VudÚ

Nick Stone

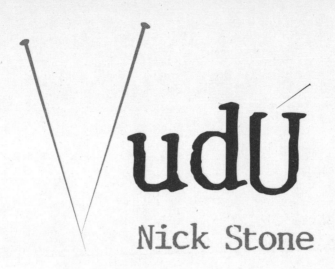

VudÚ

Nick Stone

Título original: *Mr Clarinet*
© 2006, Nick Stone
© De la traducción, 2006, Carlos Schroeder
D.R. © De esta edición:
    Santillana Ediciones Generales,
    Av. Universidad 767, Col. del Valle
    C.P. 01300, Teléfono 5420 7530
    www.sumadeletras.com.mx

Diseño de cubierta: El Orfanato de Ideas
Diseño de interiores: Raquel Cané

Primera edición: abril de 2007

ISBN: 978-970-770-937-9

Impreso en México

Para Hyacinth y Seb

A la querida memoria de Philomène Paul (Fofo),
Ben Cawdry, Adrian «Skip» Skipsey
y mi abuela, Mary Stone

Yo byen konté, yo mal kalkilé

DICHO HAITIANO

PRÓLOGO

Nueva York, 6 de noviembre de 1996

Diez millones de dólares si hacía un milagro y traía vivo de regreso al niño; cinco millones si volvía sólo con el cuerpo y otros cinco si, junto a él, llevaba a rastras a los asesinos. Que estos últimos estuvieran vivos o muertos era irrelevante, dado que tenían las manos manchadas con la sangre del chico.

Estas eran las condiciones y si decidía aceptarlas, tal era el trato.

Max Mingus era un antiguo policía convertido en detective privado. Su especialidad era la búsqueda de personas perdidas y realmente tenía un talento especial para encontrarlas. La mayoría de la gente decía que era el mejor en su cometido. Al menos cualquiera lo habría dicho hasta el 17 de abril de 1989, el día que empezó a cumplir una sentencia de siete años por homicidio sin premeditación en Rikers Island. Le retiraron la licencia de por vida.

El cliente se llamaba Allain Carver y su hijo, Charlie. El pequeño había desaparecido; se suponía que era víctima de un secuestro.

Ahora que Max Mingus volvía a estar en el negocio, podía ser optimista. Si las cosas iban de acuerdo con su plan y tenían un final feliz para todos los involucrados, Max se veía a sí mismo llegando al ocaso de su vida convertido en millonario. Había un montón de cosas de las que ya no tendría que volver a preocuparse, y últimamente se había estado preocupando mucho; en realidad no había hecho otra cosa más que preocuparse.

Hasta allí, todo parecía muy bien, pero quedaba lo principal: resolver el asunto.

El caso, le informó el cliente, era en Haití.

«Mierda», pensó el detective.

Sabía poco de Haití: vudú, sida, Papá Doc, Baby Doc, balseros y, recientemente, una invasión militar americana llamada Operación Restaurar la Democracia, que había visto en la televisión.

Conocía, o había conocido, a unos pocos haitianos, exagentes con los que había tratado frecuentemente cuando era policía y trabajaba en un caso en Little Haiti, en Miami. No tenían nada decente que contar de su tierra natal; lo más amable que decían de ella era que se trataba de un mal sitio.

Sin embargo, Max guardaba un cálido recuerdo de la mayoría de los haitianos que había conocido. De hecho, los admiraba. Eran gente honesta, honrada, muy trabajadora, que había ido a parar al sitio menos envidiable de América, al puesto más bajo en el escalafón de la pobreza. Tenían muchos motivos para merecer una compensación.

Esto pensaba de la mayoría de los haitianos que había conocido. Pero sabía que, tratándose de personas, toda generalización tiene siempre una buena cantidad de excepciones. Y los haitianos no eran la excepción.

En el fondo, aquel asunto le parecía una mala idea. Acababa de salir de una terrible experiencia. ¿Por qué meterse en otra?

Por dinero. Ésa era la razón.

Charlie había desaparecido el 4 de septiembre de 1994, el día de su tercer cumpleaños. Desde entonces no se había oído ni sabido nada de él. No hubo testigos ni petición de rescate. La familia Carver se vio obligada a suspender la búsqueda del niño después de dos semanas, porque el ejército estadounidense había invadido el país y lo había bloqueado, imponiendo el toque de queda y restringiendo el desplazamiento a toda la población. La búsqueda no se reanudó hasta finales de octubre, cuando las pistas, escasas desde el principio, ya se habían esfumado por completo.

—Hay otra cosa —añadió Carver—. Si usted acepta el trabajo, tiene que saber que es peligroso... O, mejor dicho, muy peligroso.

—¿Hasta qué punto es peligroso? —preguntó Max.

—Sus predecesores... Las cosas no resultaron demasiado bien para ellos.

—¿Muertos?

Hubo una pausa. El rostro de Carver se volvió sombrío y su piel perdió un poco de color.

—No, muertos no —admitió finalmente—. Peor. Mucho peor.

Parte

La honestidad y la franqueza no siempre eran las mejores opciones, pero Max consideraba peor complicar las cosas con mentiras. Eso le ayudaba a dormir por las noches.

—No puedo —le dijo a Carver.

—¿No puede o no quiere?

—No puedo. No puedo hacerlo. Me está pidiendo que busque a un niño que desapareció hace dos años, en un país que durante ese tiempo ha regresado a la Edad de Piedra.

Carver esbozó una sonrisa tan tenue que apenas se le notaba en los labios, pero fue suficiente para que Max percibiera que le tomaba por un simplón. Aquella sonrisa también aclaró a Max con qué clase de millonario estaba tratando. No era un nuevo rico. Manejaba dinero antiguo, el peor. Tenía contactos con todos los enchufes, con todos los centros de poder; jodidas acciones, cuentas de elevados intereses en paraísos fiscales, trato privilegiado con todo el mundo, cualquiera que fuese su profesión o condición social; poder para aplastarle a uno, para sumirle en el olvido con un simple gesto. A tipos como él nunca se les decía que no, nunca se les fallaba.

—Usted ha tenido éxito en misiones mucho más peliagudas. Usted ha hecho... milagros —dijo Carver.

—Nunca he resucitado a los muertos, señor Carver. Sólo los he desenterrado.

—Estoy preparado para lo peor.

—No lo está. Si habla conmigo es porque no lo está —declaró Max, y se arrepintió enseguida de su brusquedad. La cárcel había hecho mella en su antiguo tacto—. En cierto modo, usted tiene razón. En su momento, busqué fantasmas en los peores lugares, pero eran los peores lugares americanos, y siempre había al menos un viejo autobús para salir de allí. No conozco su país. Nunca he estado allí y, lo digo con todo respeto, nunca he querido ir. Demonios, ni siquiera hablan en inglés.

Fue entonces cuando Carver le habló del dinero.

Max no había hecho una gran fortuna como detective privado, pero tampoco le había ido mal. Ganaba lo suficiente para arreglárselas y disponer de un pequeño extra para ahorrar o invertir. Su esposa, que era una competente contable, se había ocupado del aspecto económico de sus asuntos. Había reunido algo de dinero en tres cuentas de ahorro y tenían una participación en el L Bar, un local exclusivo del centro de Miami regentado por Frank Núñez, un policía retirado amigo de Max. Eran los propietarios de su casa y tenían pagados sus dos coches, tomaban vacaciones tres veces al año y comían en restaurantes caros una vez al mes.

El detective tenía pocos gastos personales. Su ropa —trajes para el trabajo y las ocasiones especiales, pantalones de tipo militar y camisetas el resto del tiempo— siempre era de buen corte, pero casi nunca cara. Había aprendido la lección desde el segundo caso, cuando su traje de quinientos dólares se llenó de salpicaduras de sangre y tuvo que entregárselo a los forenses, quienes luego se lo pasaron a la oficina del fiscal del distrito, que lo clasificó en el tribunal como la prueba «D». Enviaba flores a su esposa todas las semanas, le compraba espléndidos regalos en todos sus cumpleaños, para Navidad y el día de su aniversario; también era generoso con sus amigos más cercanos y con su ahijado. Su único lujo era la música: jazz, swing, doo-wop, rock and roll, soul, funk... Tenía cinco mil discos, LP'S de vinilo y sencillos, de los que conocía cada nota y cada letra. El máximo gasto lo había hecho cuando en una subasta soltó cuatrocientos pesos por una copia original autografiada de un doble LP'S de vinilo de *In the Wee Small Hours of the Morning* de Frank Sinatra. La había enmarcado y colgado en su despacho, frente a su escritorio. Cuando su esposa le preguntó por el disco, Max mintió y le dijo que la había conseguido por poco dinero en una tienda de discos usados de Orlando.

En líneas generales, había llevado una existencia confortable, la clase de vida que hace que uno sea feliz, gordo y cada vez más conservador.

Y cuando mejor estaba la cosa se salió de control, mató a tres personas en el Bronx y su vida sufrió un repentino y desastroso vuelco.

Al salir de prisión, Max todavía tenía la casa y un coche en Miami, más nueve mil dólares en una cuenta de ahorros. Podía vivir de eso cuatro o cinco meses más, y luego tendría que vender la vivienda y encontrar un trabajo. El porvenir iba a ser duro. ¿Quién iba a darle empleo? Policía retirado, antiguo detective privado, exconvicto: tres manchas. Tenía cuarenta y seis años: era demasiado viejo para aprender algo nuevo y demasiado joven para rendirse. ¿Qué demonios haría? ¿Trabajar detrás de una barra? ¿Ganarse la vida en una cocina? ¿Empaquetar bolsas de supermercado? ¿Dedicarse a la construcción? ¿Hacerse vigilante jurado de un centro comercial?

Es cierto que tenía algunos amigos y personas que le debían gratitud, pero él no había pedido un favor en su vida, y no era cuestión de empezar ahora que estaba de rodillas. Eso equivaldría a mendigar, lo que iba contra todos sus principios. Había ayudado a algunas personas porque en su momento pudo hacerlo, no por lo que ellas pudieran hacer por él más adelante. Su mujer le decía que era un ingenuo, un hombre blando que se escondía tras la apariencia de un tipo duro como el hormigón. Tal vez debería haber antepuesto su propio interés por encima del ajeno. ¿Habría sido diferente su vida? Probablemente, sí.

Se imaginaba con claridad su futuro visto a dos años. Estaría viviendo en un apartamento de paredes mal empapeladas, con tribus de cucarachas en pie de guerra y una serie de obligaciones y prohibiciones clavadas en la puerta, escritas en un español semianalfabeto. Oiría a sus vecinos discutir, fornicar, hablar, pelear; en el piso de arriba, en el de abajo, en el de la izquierda y en el de la derecha. Su vida se reduciría a un plato descascarillado, un cuchillo, un tenedor y una cuchara. Jugaría a la quiniela y miraría los resultados adversos en una televisión portátil de imagen temblorosa. Muerte lenta, extinción gradual, célula a célula.

O aceptaba el trabajo de Carver o asumía su destino de ex presidiario. No tenía otras alternativas.

Max había hablado por primera vez con Carver por teléfono, en la cárcel. No había sido un buen comienzo. Max le mandó al demonio en cuanto se presentó el otro.

Carver le estuvo importunando día tras día, durante los últimos ocho meses de su condena.

Primero llegó una carta de Miami:

Estimado Sr. Mingus:
  Me llamo Allain Carver. Le admiro mucho y admiro todo lo que usted representa. Habiendo seguido su caso de cerca...

Max dejó de leer en ese punto. Le dio la carta a Velázquez, su compañero de celda, que la usó para armar un cigarro. Velázquez se había fumado todas las cartas de Max, excepto las personales. Max le apodaba el «Incinerador».

El detective era un recluso célebre. Su caso había salido en la televisión y en todos los periódicos. En un momento determinado, buena parte del país tenía una opinión firme acerca de él y de lo que había hecho. Un sesenta por ciento estaba a favor y un cuarenta en contra.

Durante los seis primeros meses tras las rejas había recibido cartas de admiradores a montones. No contestó ninguna. Ni siquiera le importaban las que le transmitían los mejores y más sinceros deseos. Siempre había despreciado profundamente a los extraños que mantenían correspondencia con criminales convictos que habían visto en la televisión, o sobre los que habían leído en los periódicos, o conocido a través de esos putos clubes de intercambio epistolar con presidiarios. Cuando daba la vuelta a la tortilla y la desgracia alcanzaba a sus seres queridos, eran los primeros en reclamar la pena de muerte. Max había sido policía durante once años. Eso le había marcado. Muchos de sus amigos más cercanos seguían todavía en el cuerpo, manteniendo a esas mismas personas a salvo de las fieras a las que escribían.

Cuando llegó la primera misiva de Carver, la correspondencia de Max se había reducido a cartas de su esposa y de algunos parientes y amigos. Sus fans se habían dedicado a tipos más agradecidos, como O. J. Simpson y los hermanos Menéndez.

Carver respondió al silencio de Max con una segunda carta dos semanas después. Cuando ésta tampoco tuvo respuesta, Carver envió otra a la semana siguiente, luego dos más a la otra semana y, siete días más tarde, otras dos. Velázquez estaba bastante contento. Le gustaban las cartas de Carver porque el papel —grueso, de color crema, con filigranas y un membrete con letras plateadas y esmeraldas en el ángulo derecho con el nombre de Carver, su dirección y sus teléfonos de contacto— tenía algo que reaccionaba fantásticamente con su hierba y le dejaba más drogado de lo habitual.

Carver probó diferentes tácticas para atraer la atención de Max —cambiaba de papel o hacía que escribieran otras personas—, pero fuera lo que fuese lo que intentara, todo iba a parar al «Incinerador».

De modo que las cartas fueron reemplazadas por llamadas telefónicas. Max supuso que Carver había sobornado a alguien que ocupaba un puesto bastante alto, porque sólo se les permitía recibir llamadas a los internos que se habían ganado el respeto de los carceleros o estaban confabulados con ellos, o tenían ante sí una revisión inminente de su pena. Un guardia le fue a buscar a las cocinas y le llevó a una de las celdas, donde habían enchufado un teléfono especialmente para él. Habló con Carver sólo el tiempo suficiente para oír su nombre, pensar que era inglés —a causa de su acento— y ponerle los puntos sobre las íes, diciéndole que nunca más le volviera a llamar.

Pero Carver no abandonó. A Max le interrumpían en las horas de trabajo, cuando hacía ejercicio, en las comidas, en la ducha, mientras estaba encerrado en la celda, después de que se apagaran las luces. No importaba, el detective siempre trataba igual a su corresponsal: hola y adiós.

Al final Max se quejó ante el jefe de los guardias, que pensó que se trataba de la cosa más rara que jamás hubiera oído. La mayoría de los presos refunfuñaba por asuntos internos, muy distintos. Le dijo a Max que no fuera tan mariquita y le amenazó con ponerle un teléfono en su celda si volvía a molestarlo con semejantes idioteces.

Max le contó a Dave Torres, su abogado, lo de las llamadas de Carver. Torres logró ponerles fin. También se ofreció a buscar algo de información acerca de Carver, pero Max pasó de ello. En el mundo libre habría sido condenadamente curioso; pero en la cárcel, la curiosidad era algo que uno dejaba almacenado con la ropa de calle y el reloj de pulsera.

El día anterior a su puesta en libertad, Max recibió una visita de Carver. Se negó a verlo, de modo que el insistente individuo le dejó su carta final.

Max se la dio a Velázquez como regalo de despedida.

Después de salir de la cárcel, Max estaba totalmente dispuesto a irse a Londres.

Marcharse al otro lado del mundo había sido idea de su esposa, algo que ella siempre había querido hacer. Se sentía fascinada por otros países y sus culturas, su historia, sus monumentos, sus pueblos. Siempre estaba visitando museos, haciendo cola para meterse en las últimas exposiciones, escuchando conferencias y asistiendo a seminarios. Leía incansablemente revistas, artículos de periódicos y multitud de libros. Hacía lo posible por contagiar a Max sus inquietudes, pero a él no le interesaban ni remotamente. Le mostraba fotografías de indios suramericanos que podían llevar bandejas de pizza en el labio inferior, de mujeres africanas con cuellos que imitaban a los de las jirafas, hechos con muelles industriales, y él realmente no podía atisbar siquiera algo mínimamente atractivo en todo aquello. Max había estado en México, las Bahamas, Hawai y Canadá, pero su mundo era simplemente Estados Unidos, un espacio suficientemente grande para él. En casa había desiertos al sur e inmensas extensiones árticas al norte, y bastante de todo en el medio. ¿Para qué ir al extranjero para ver la misma mierda, un poco más vieja?

Su mujer se llamaba Sandra. La había conocido cuando era policía. Era mitad cubana, mitad afroamericana. Nunca la llamaba Sandy.

Ella había planeado que celebraran a lo grande su décimo aniversario de boda, viajando por el mundo, viendo muchas de las cosas sobre las que tanto había leído. Si todo hubiera sido distinto, probablemente Max le habría propuesto ir una semana a los Cayos, con la promesa de un modesto viaje al extranjero (a Europa o Australia) más adelante, ese mismo año, pero como se encontraba en prisión, no estaba en condiciones de negarse. Además, allí, entre rejas, alejarse de América tanto como fuera posible parecía una buena idea. Un año en el extranjero le daría tiempo para pensar acerca de lo que le quedaba de vida y lo mejor que podía hacer con ella.

A Sandra le llevó cuatro meses organizar el viaje. Dispuso el itinerario de tal modo que regresarían a Miami exactamente un año después del día en que habrían partido, es decir, en su aniversario de boda. Visitarían todo Europa, comenzando por Inglaterra, luego se trasladarían a Rusia y China, después a Japón y el Lejano Oriente, volarían a Australia y Nueva Zelanda, luego a África y Oriente Próximo, para cerrar el recorrido en Turquía.

Cuanto más le hablaba del viaje durante sus visitas semanales, más curiosidad comenzó a sentir. Consultó libros de la biblioteca de la prisión para obtener información acerca de algunos de los países que iban a visitar. Al principio era una manera de pasar el tiempo, pero cuanto más ahondaba en los sueños de su esposa, más cerca se sentía de ella, quizá más de lo que había estado jamás.

Sandra terminó de pagar el viaje el mismo día que murió en un accidente de coche en la US 1, del cual parecía haber sido la causante, al cambiar de carril inexplicable y repentinamente y cruzarse en la trayectoria de un camión que venía en dirección contraria. Cuando le hicieron la autopsia descubrieron que había sufrido un aneurisma cerebral y que había muerto cuando todavía estaba al volante.

El jefe de los guardias le dio la mala noticia. Max se quedó demasiado aturdido para reaccionar. Sacudió la cabeza, no dijo nada, se fue de la oficina y siguió a lo suyo el resto del día, como si lo normal fuera limpiar la cocina, servir en el mostrador, meter las bandejas en el lavaplatos y pasar la jerga por el suelo. No le dijo nada a Velázquez. Eso no se hacía. Mostrar pesadumbre, tristeza o cualquier emoción no relacionada con la ira era un signo de debilidad. Uno mantenía esas cosas bien escondidas, reprimidas, fuera de la vista y de los sentidos.

No se hizo cargo verdaderamente de la muerte de Sandra hasta el día siguiente, el jueves. Era el día de sus visitas. Ella nunca había faltado a ninguna. Volaba la noche anterior, se quedaba en casa de una tía suya que vivía en Queens y luego, al día siguiente, se subía a un coche e iba a verle. Alrededor de las dos de la tarde, cuando normalmente estaba terminando su trabajo en la cocina o hablando tonterías con Henry, el cocinero, le llamaban por megafonía para que acudiera a la sala de visitas. Sandra le estaba esperando al otro lado de la cabina, detrás de la mampara de cristal y la pared que se interponían entre ellos. Siempre se presentaba inmaculadamente vestida, con una fresca capa de carmín en la boca y los ojos iluminados, tal como había aparecido en la primera cita. Hablaban de esto y aquello, de cómo se sentía él, de qué aspecto tenía, y luego ella le daba las noticias hogareñas, le contaba cosas de la casa, de su trabajo.

Henry y Max tenían un trato. Henry trabajaba con Max los jueves y le dejaba encargarse de las tareas que se hacían rápido, de modo que pudiera salir disparado en cuanto pronunciaran su nombre. Max, a cambio, ayudaba a Henry de la misma manera los domingos, cuando su familia —su esposa y sus cuatro hijos— iba a verle. Se llevaban lo suficientemente bien como para que Max hiciera caso omiso del hecho de que Henry cumpliera una pena de cadena perpetua por un asalto a mano armada que había causado la muerte de una mujer embarazada. Tampoco parecía importarle que estuviera en la Aryan Bund, un grupo nazi.

Aparentemente aquel jueves las cosas marchaban como de costumbre. La diferencia era que Max se había levantado con una sensación pesada y dolorosa en el pecho, y con un sentimiento de vacío que se había transformado en una agobiante nada a medida que fue pasando la mañana. Tenía un extraño zumbido en los oídos, como una corriente de aire. Parecía que estaba clavado en medio de un túnel aerodinámico. Se le empezaron a hinchar las venas de la frente y a temblar bajo la piel. Quiso decirle a Henry que su esposa no iría aquel día y explicarle la razón a la semana siguiente, pero no logró articular palabra, porque se dio cuenta de que en el momento en que dijera algo perdería el control de sus palabras y, casi con toda certeza, se desmoronaría.

No tuvo suficientes tareas en la cocina como para mantener la mente ocupada. Le tocó limpiar uno de los hornos menos sucios. El aparato tenía un reloj en el centro del panel de mandos. Aunque quería evitarlo, miraba fijamente el reloj, viendo cómo las agujas negras se movían, tic, tac, avanzando implacables hacia las dos.

Reprodujo mentalmente la visita de la semana anterior y evocó, uno a uno, todos los instantes de su último encuentro. Recordó cada palabra que le había dicho Sandra: el inesperado descuento que había logrado en una línea aérea, las noches gratis en un hotel de lujo que había ganado en un concurso, lo impresionada que estaba por el conocimiento que él demostraba tener sobre la historia australiana. ¿Había dicho en algún momento algo acerca de migrañas, o jaquecas, o mareos, desmayos, hemorragias nasales? Veía su rostro nuevamente a través de la mampara de vidrio a prueba de balas; el cristal estaba manchado con fantasmales marcas de dedos y pintalabios; era el lugar en el que un millón de convictos había intentado tocar y besar a sus seres queridos. Ellos nunca lo habían hecho. Estaban de acuerdo en que fingir contacto con la mampara era una cosa inútil y exasperante. ¿Acaso no iban a tocarse de verdad al cabo de un tiempo? En ese momento Max deseó que lo hubieran hecho. Una pequeña huella de sus labios habría sido mejor que la nada absoluta a la que había sido abandonado.

—Max —le llamó Henry por encima del fregadero—. Es hora de hacer de esposo.

Estaban a punto de dar las dos. El detective comenzó a quitarse el mandil, y se detuvo de repente.

—No va a venir hoy —dijo mientras dejaba caer a un lado las cintas del delantal. Sintió que una caliente marea de lágrimas llegaba a sus ojos y se concentraba, amenazando con desbordarse.

—¿Y eso por qué?

Max no respondió. Henry fue hacia él, secándose las manos con un paño de cocina. Vio el rostro de Max, a punto de perder completamente la compostura y al borde de las lágrimas. Pareció sorprenderse. Incluso dio un paso atrás. Como todos los que estaban en prisión, pensaba que Max era un bravucón hijo de puta, un ex policía encerrado en la zona de presos comunes que llevaba la frente alta como un pavo real y que cierta vez no se resistió a oponer violencia a la violencia.

Henry sonrió.

Podría haberlo hecho para burlarse, o por placer sádico ante el infortunio de otro —cosa que en la prisión se confunde con la felicidad—, o por lisa y llana turbación. Los tipos duros no lloraban, a menos que al mismo tiempo fueran maricas.

Enterrado bajo veinte metros de pesadumbre, Max sólo vio burla en el rostro de Henry.

El zumbido de sus oídos se acalló.

Le dio a Henry un puñetazo en la garganta: un golpe corto y directo que tenía la fuerza de todo su peso y que fue derecho a la tráquea. A Henry se le abrió la boca. Le faltaba el aire. Enseguida, Max le descargó en la mandíbula un gancho con la derecha y le partió el hueso en dos. El cocinero, un tío alto y grande, cayó al suelo con un ruido fuerte y sordo.

Max huyó de la cocina.

Había sido una mala reacción, la peor. Henry ocupaba un lugar prominente en la jerarquía del grupo nazi y era su mayor fuente de ingresos. Traficaban con las mejores drogas de Rikers. Los hijos de Henry se la traían de contrabando en el intestino. Los arios querrían sangre, una muerte para cubrir las apariencias.

Henry estuvo tres días en la enfermería. En su ausencia le reemplazó Max, que estuvo todo el tiempo esperando a que fueran a devolverle el favor. Los tipos del Bund no eran asesinos solitarios. Les gustaba actuar en grupos de cuatro o cinco. Los guardias lo sabrían de antemano. Habiendo recibido su propina, mirarían para otro lado, como lo harían todos los que estuvieran cerca. En lo más íntimo, donde más le dolía, Max rogaba que acabaran con él de un modo limpio, que fueran directos a cualquier órgano vital. No quería que la historia terminara con él convertido en un hombre libre en una silla de ruedas.

Pero no sucedió nada.

Henry adujo que se había resbalado con una mancha de grasa en el suelo de la cocina. El domingo estaba dirigiendo la cocina de nuevo, con la mandíbula firmemente inmovilizada. Se había enterado de la pérdida sufrida por Max, y lo primero que hizo cuando volvió a verle fue estrecharle la mano y darle una palmada en el hombro. Esto hizo que Max se sintiera aún peor por haberle golpeado.

El funeral de Sandra tuvo lugar en Miami, una semana después de su muerte. A Max se le permitió acudir.

La mujer yacía en un ataúd abierto. El empleado de la funeraria le había puesto una peluca negra que no le sentaba bien. Su verdadero cabello nunca había sido tan lacio ni tan negro; lo llevaba con mechas rojizas y de color castaño. El maquillaje también era inadecuado. Sandra nunca había necesitado maquillarse mucho cuando estaba viva. Max besó los labios fríos y rígidos y deslizó sus dedos entre las manos entrelazadas del cadáver. Se quedó de pie, mirándola fijamente durante una eternidad, sintiéndola a un millón de kilómetros de distancia. Los cuerpos de los muertos no eran nada nuevo para él, pero ahora se trataba de los restos de la persona más importante de su vida.

La besó de nuevo. Quiso desesperadamente levantarle los párpados y ver sus ojos por última vez. Ella nunca cerraba los ojos cuando se besaban. Jamás. Extendió la mano y se dio cuenta de que los lirios del arreglo floral habían dispersado su polen en el cuello del traje sastre azul oscuro, a rayas, con el que la habían vestido. Lo limpió pasándole los dedos.

Durante el funeral, el hermano menor de Sandra, Calvin, entonó *Let's Stay Together*, su canción favorita. La última vez que la había cantado había sido en su boda. Calvin tenía una voz increíble, emotiva y desgarradora como la de Roy Orbison. Al oírla, Max se derrumbó. Lloró con todo su duro corazón. No lo había hecho desde que era niño. Lloró tanto que se le hincharon los ojos y hasta se le humedeció el cuello de la camisa.

En el camino de regreso a Rikers, Max decidió que haría el viaje a cuya preparación Sandra había dedicado el tramo final de su vida. En parte para hacer honor a sus deseos, y en parte para ver todas las cosas que su mujer no vería jamás. También quería vivir su sueño y, sobre todo, decidió viajar porque no sabía qué otra cosa hacer con su vida.

Su abogado, Dave Torres, le recogió en la puerta de la cárcel y le llevó en su coche al Avalon Rex, un hotel pequeño y barato situado en Brooklyn, a unas pocas calles de Prospect Park. La habitación era funcional —cama, escritorio, silla, armario, mesilla, lámpara, radiodespertador y teléfono— y tenía un cuarto de baño compartido y fregadero en el último piso. Disponía de reserva para dos días y dos noches, después cogería un avión a Inglaterra desde el aeropuerto JFK. Torres le entregó los billetes, el pasaporte, tres mil dólares en efectivo y dos tarjetas de crédito. Max dio las gracias al abogado por todo, se estrecharon las manos y dijeron adiós.

Lo primero que hizo Max fue abrir la puerta de su habitación, salir, volver a entrar y cerrar la puerta. Le gustó tanto hacerlo que lo repitió una y otra vez, hasta que se hartó de comprobar que al fin podía ir y venir a su antojo. Luego se quitó la ropa y observó su aspecto en el espejo del armario. Max no se veía desnudo ante un espejo desde que había dejado de ser un hombre libre. Con casi ocho años más, estaba bien del cuello para abajo, cubierto sólo por sus dos tatuajes. Hombros amplios y bíceps fornidos, antebrazos macizos, un cuello corto y ancho, músculos abdominales como adoquines, muslos gruesos; con postura de culturista y untado con aceite por todo el cuerpo podría haber ganado el concurso de «Míster Penitenciaría». Hacer ejercicio en la cárcel era un arte y una necesidad. No era cuestión de vanidad o deseo de mantenerse en forma, se trataba de una cuestión de supervivencia. Era prudente ser de gran tamaño —si uno proyectaba una sombra imponente, la gente se lo pensaba dos veces antes de intentar fastidiarlo, y generalmente se apartaba de su camino—; pero tampoco convenía ser demasiado grande, pues si sobresalía del resto podía convertirse en blanco de los jóvenes primerizos que querían forjarse una reputación. No había nada más ridículo que un gigantón agonizando por culpa de un cepillo de dientes clavado en la yugular. Max estaba en muy buena forma antes de ir a la cárcel. Había sido tres veces campeón de boxeo, de peso medio, en su juventud, y se había mantenido en forma corriendo, nadando y haciendo de *sparring* en un gimnasio cerca de Coral Gables. El ejercicio no suponía para él un esfuerzo mayúsculo; tenía la autodisciplina del que ha aprendido a encajar golpes certeros. En Rikers le permitieron practicar media hora diaria de ejercicios. Había hecho pesas seis veces a la semana; un día trabajaba la parte superior del cuerpo, otro día las piernas. Todas las mañanas, en su celda, hacía tres mil flexiones de brazos y abdominales, en tandas de quinientas.

Todavía apuesto, en un estilo directo y brutal que atraía a las mujeres y a los homosexuales aficionados al sexo salvaje y a las relaciones un punto suicidas, su rostro, sin embargo, no tenía tan buen aspecto. Tenía la piel arrugada y pálida como la cera, casi fantasmal, a causa de la falta de luz solar. Las cicatrices de las comisuras de los labios casi se habían borrado. Había un nuevo matiz de mezquindad en sus ojos azules y un agrio gesto en la boca, que reconoció como herencia de su madre, que, igual que él, se había quedado sola al entrar en la madurez. Y como le sucedió a ella a la misma edad, su cabello se había vuelto completamente gris. No había percibido el cambio del castaño oscuro que tenía al entrar en la cárcel al pelo canoso de ahora porque en prisión había permanecido con la cabeza rasurada para tener un aspecto más intimidatorio. Se había dejado crecer el pelo durante las semanas previas a su puesta en libertad, un error que intentaría rectificar antes de irse de la ciudad.

A la mañana siguiente salió a la calle. Tenía que comprar un buen abrigo y una americana. Y también un sombrero, puesto que pensaba liquidar su cabellera de hombre mayor. Era un día luminoso, gélido. El aire frío le quemaba los pulmones. En la calle se apiñaba una multitud de personas. De pronto se sintió perdido y no supo qué estaba haciendo ni adónde se dirigía. Había salido a caminar justo en el peor momento de la hora pico, cuando todos iban a trabajar o a comer mierda con un gracias y una sonrisa forzada, atesorando los odios y rencores de todos los días. Debería haberlo sabido y haberse preparado para ello, pero se sintió como si le hubieran enviado desde otro planeta en contra de su voluntad. Los siete años perdidos entre rejas corrían hacia él, como un depredador con las mandíbulas bien abiertas y el vientre vacío. Todo —la ropa, los peinados, la forma de andar, las caras, las marcas de los coches, los precios, los lenguajes— había cambiado demasiado como para absorberlo y digerirlo en un instante. Demasiadas cosas demasiado de golpe tras salir de la cárcel, donde todo permanecía siempre igual, y al menos disfrutaba de la sórdida familiaridad de lo inmutable. Ahora parecía encaminarse a lo más hondo de aquellas aguas turbulentas. Podía flotar en ellas, pero había olvidado cómo dar las brazadas. No era capaz de nadar. Se dejaba llevar por la corriente, guardando una distancia de dos pasos con los que iban delante y dos pasos con los que iban detrás, como si aún estuviera en una ronda de presos. «Tal vez no importa lo libres que creamos ser, pues todos somos presidiarios a nuestro modo», pensó. O tal vez sólo necesitaba tiempo para despertar y entrar de nuevo en la rueda de la vida.

Quiso escapar de la multitud y entró disimuladamente en un café. Estaba lleno de gente que tomaba su dosis de cafeína antes de meterse en sus lugares de trabajo. Pidió un café solo. Se lo dieron en una taza de cartón con un asa y una advertencia impresa que decía que la bebida estaba muy caliente. Mentira. Cuando lo probó, estaba tibio.

¿Qué estaba haciendo en Nueva York? No era su ciudad. ¿Qué idea era ésa de viajar por el mundo cuando ni siquiera había pisado su casa y no había tratado de buscar un rumbo para reintegrarse a la existencia en libertad?

Sandra no habría querido que hiciera eso. Le habría dicho que no tenía sentido salir corriendo, puesto que finalmente tendría que regresar. ¿De qué tenía miedo? ¿De que ella no estuviera allí? Era verdad, ya no estaba. Tendría que superarlo. Y la única manera de superar algo semejante era abriéndose paso a través de su ausencia, aceptando la pérdida y siguiendo adelante.

A la mierda el viaje. Volvería a Miami en el primer avión que tuviera un boleto disponible.

Desde la habitación del hotel, Max hizo varias llamadas a las líneas aéreas. Todos los vuelos estaban llenos en los siguientes dos días y medio. Consiguió un boleto para el viernes en la tarde.

Aunque no tenía ni idea de lo que haría cuando llegara a Miami, se sintió mejor ahora que se encaminaba a un sitio familiar.

Pensó en ducharse y comer algo, y tal vez raparse el cabello, si encontraba algún lugar donde se lo hicieran.

Sonó el teléfono.

—¿Señor Mingus?

—¿Sí?

—Allain Carver.

Max no dijo nada. ¿Cómo le había encontrado?

Dave Torres era el único que sabía dónde estaba. ¿Cuánto hacía que trabajaba para Carver? Probablemente desde que le había pedido que pusiera fin a las llamadas que le llegaban a la cárcel. En lugar de dirigirse a las autoridades, Torres había acudido al mismísimo individuo que le acuciaba. Los cerdos que jugaban a dos barajas nunca desperdiciaban la oportunidad de ganar dinero.

—¿Hola? ¿Sigue ahí?

—¿De qué se trata todo este lío? —dijo Max con tono desabrido.

—Tengo un trabajo que podría interesarle.

Max aceptó encontrarse con él al día siguiente. Había reaparecido su curiosidad.

Carver le dio una dirección en Manhattan.

«¿Señor Mingus? —había dicho— Soy Allain Carver». Primera impresión: un capullo autoritario.

Cuando Max entró en el club, Carver se había puesto de pie, asomando por la parte de atrás de un sillón. En lugar de ir a su encuentro, dio un par de pasos hacia delante para identificarse y luego se quedó de pie donde estaba, con los brazos en la espalda, como si fuera un monarca que se encontrara con un súbdito empobrecido y suplicante.

Alto y esbelto, vestido con un traje de lana azul marino de buen corte, camisa azul clara y corbata de seda a juego, Carver parecía un extra de cualquier comedia musical de los años veinte. El pelo, rubio y corto, lo llevaba peinado hacia atrás desde la frente, con raya en medio. Tenía una mandíbula recia, el rostro alargado, los rasgos afilados y la piel bronceada.

Se dieron la mano. El fuerte apretón descubrió a Max una piel blanda y suave, no estropeada por tareas manuales.

Carver le señaló una silla de piel negra y caoba que estaba colocada frente a una mesa redonda. Esperó a que Max se sentara antes de ocupar su lugar en el lado opuesto. La silla tenía un respaldo alto, que terminaba unos cincuenta centímetros por encima de su cabeza. No podía ver a la izquierda o a la derecha sin inclinarse mucho hacia delante y estirar el cuello. Era como estar en un reservado, íntimo y secreto.

Detrás de él había un bar que ocupaba todo el ancho de la sala, donde parecían estar alineados todos los licores imaginables. Había botellas verdes, azules, amarillas, blancas, marrones, transparentes y semitransparentes que lanzaban destellos tan alegremente como cortinas de abalorios en un burdel para gente adinerada.

—¿Qué desea beber?

—Café, por favor. Con leche, sin azúcar.

Carver miró hacia el fondo de la sala y levantó la mano. Se acercó una camarera. Era delgada como un junco, con pómulos altos y unos labios que parecían estar haciendo un perpetuo mohín. Andaba con un contoneo propio de una pasarela de un desfile de modas. Todo el personal que Max había visto hasta el momento parecía sacado de una agencia de modelos: los dos camareros tenían barba de tres días y el aspecto cabreado típico de los anuncios de ropa elegante o crema para el afeitado, la recepcionista podría aparecer perfectamente en el catálogo de una tienda de lencería y el empleado de seguridad que había visto vigilando los monitores de un despacho situado junto a la entrada podría haber sido el atractivo obrero de la construcción del anuncio de Coca-Cola light.

A Max le había costado trabajo encontrar el club. Se hallaba en una casa rehabilitada de cinco plantas, en una calle sin salida, tan escondida que había pasado dos veces por delante antes de ver el número 34, grabado de un modo apenas visible en la pared que estaba al lado del portal. El local se encontraba en el tercer piso, y se llegaba a él en un ascensor con espejos, con un pasamanos de bronce que daba toda la vuelta al habitáculo y cuyos reflejos se desplegaban hasta el infinito. Cuando se abrieron las puertas y salió del ascensor, Max pensó que había llegado a la recepción de un hotel particularmente lujoso.

El interior era enorme y silencioso, como una biblioteca o un mausoleo. Del suelo, cubierto con una gruesa moqueta, brotaban por todas partes las mismas sillas, como si fueran troncos de robles quemados. Estaban dispuestas de tal modo que sólo se veían los respaldos, y no a la gente que se sentaba en ellas. Creyó que estaban vacías hasta que vio el humo de un puro elevándose detrás de una de ellas. Cuando miró alrededor con más detenimiento, vio asomar de otra silla el pie de un hombre calzado con un zapato beige sin cordones. Un cuadro enmarcado con sencillez adornaba la pared más cercana a ellos. Representaba a un niño tocando la flauta. Estaba vestido con un andrajoso uniforme de la época de la guerra de Secesión, de la talla de una persona al menos diez años mayor que él.

—¿Es usted miembro de este club? —preguntó Max para romper el hielo.

—Somos los propietarios. De éste y de varios establecimientos similares en todo el mundo —respondió Carver.

—¿Así que usted se dedica al negocio de los clubes?

—No es mi principal ocupación —contestó Carver con una expresión divertida en el rostro—. Mi padre, Gustav, los fundó a finnales de los años cincuenta para prestar servicios a los mejores clientes de sus negocios. Éste fue el primero. Tenemos otros en Londres, París, Estocolmo, Tokio, Berlín y otros muchos lugares. Proporcionan beneficios extras. Cuando las personas o sus empresas sobrepasan determinada suma de dólares netos en sus negocios con nosotros, se les ofrece convertirse en miembros vitalicios, gratuitamente. Los alentamos a que propongan como miembros a sus amigos y colegas, quienes, por supuesto, pagan. Tenemos gran cantidad de socios, lo que se traduce en buenas ganancias.

—¿De modo que no se puede ingresar llenando una simple solicitud?

—No. —Carver soltó una risita.

—Mantiene alejados a los paletos, ¿eh?

—Es sólo nuestra manera de hacer negocios —dijo secamente—. Funciona.

Hablaba con un tono de la costa este que volvía áspero el, por lo demás, nítido acento británico. La brevedad de algunas vocales, la exagerada pronunciación de otras. ¿Escuela inglesa? ¿Estudios en alguna prestigiosa universidad de la Ivy League?

Carver: estrella de cine frustrada, cuya apariencia se apagaba con gracia. Max calculó que tendría su edad, tal vez uno o dos años menos. Tenía un aspecto saludable, probablemente gracias a una dieta equilibrada. Lucía ya algunas arrugas en el cuello y patas de gallo en los extremos de sus pequeños y penetrantes ojos azules. Con su piel dorada podría haber pasado por sudamericano blanco —argentino o brasileño— con ascendencia alemana en todas las ramas de su árbol genealógico. Era muy bien parecido, pero la boca estropeaba el conjunto. Eso le fallaba. Parecía un largo corte hecho con una navaja de afeitar, del que la sangre empezaba a manar, sin chorrear todavía.

El café llegó en una cafetera de porcelana blanca. Max se sirvió una taza y le agregó un poco de leche de una jarrita. El café era sabroso y fuerte, y la leche no dejaba, como tan a menudo ocurría, una película grasienta en la superficie. Aquel café era un producto para entendidos, de los que se compran en granos que muele uno mismo, no el brebaje sin pedigrí que se consigue en el supermercado.

—Me enteré de lo de su esposa —dijo Carver—. Lo lamento.

—Yo también —replicó Max. Dejó que el tema quedara en el aire y muriese por sí solo y luego pasó a hablar de negocios—. ¿Decía usted que tenía un trabajo que ofrecerme y que quería que yo evaluara si me interesaba?

Carver le habló de Charlie. Max oyó lo esencial y le dijo categóricamente que no. El ricachón mencionó el dinero y Max se quedó en silencio, más por sorpresa que por codicia. En realidad, la avaricia ni siquiera entraba en juego en este asunto. Mientras Carver hablaba de números le pasó a Max un sobre marrón del tamaño de un folio. Contenía dos fotografías en blanco y negro, en papel satinado: una mostraba el rostro de una niña pequeña y la otra era de cuerpo entero.

—Si no me equivoco, usted dijo que había desaparecido su *hijo*, ¿no es así, señor Carver?

—Charlie tenía una manía obsesiva con el pelo. Le apodábamos Sansón, porque no permitía que nadie se lo tocara. Nació, lo que es bastante inusual, con la cabeza llena de pelo. Le tapaban incluso la cara. Recuerdo que en el hospital trataron de cortárselo; dio un alarido de dolor. Fue espeluznante. Y después sucedió lo mismo cada vez que alguien trataba de acercarse a él con unas tijeras. Incluso cuando lo hacíamos sigilosamente, nos descubría y gritaba. Gritar es decir poco. Le dejamos en paz. Pensamos que tarde o temprano acabaría por superar su fobia.

—O no —dijo Max sin rodeos, deliberadamente.

Max creyó ver que el rostro de Carver cambiaba por un instante, como si una sombra de dolor, de humanidad, hubiera alterado su compostura de hombre de negocios. No fue suficiente para sentir simpatía por su potencial cliente, pero era un comienzo.

Max estudió la instantánea del rostro. Charlie no se parecía nada a su padre. Sus ojos y su cabello eran muy oscuros y tenía una boca grande, con labios carnosos. No estaba sonriendo. Parecía enfadado, como un hombre interrumpido en medio de su trabajo. Tenía un aspecto muy maduro. La mirada era intensa y severa. Max podía sentirla como un aguijón, vibrando en el papel, acuciándole.

La segunda fotografía mostraba a Charlie de pie, frente a unas matas de buganvilla, con casi la misma expresión en el rostro. La cabellera, decididamente larga, la tenía atada con dos lazos en sendas trenzas que le caían sobre los hombros. Llevaba un vestido estampado con dibujos de flores, con volantes en las mangas, en el borde de la falda y en el cuello.

A Max le dieron ganas de vomitar.

—No es asunto mío y no soy psicólogo, pero es cabronamente seguro que ésta es una manera de joderle la cabeza a un niño, Carver —declaró Max con abierta hostilidad.

—Fue idea de mi esposa.

—No parece usted un pusilánime.

Carver soltó una pequeña risa, que sonó como si carraspeara.

—En Haití la gente es muy retrógrada. Hasta la más sofisticada, la más educada, cree en todo tipo de estupideces y supersticiones.

—¿Vudú?

—Efectivamente. El noventa por ciento de los haitianos son católicos, y el cien por ciento cree en el vudú, señor Mingus. No hay nada siniestro en ello. Al menos no más tétrico que, digamos, adorar a un hombre semidesnudo clavado en una cruz, beber su sangre y comer su carne.

Estudió el rostro de Max en busca de alguna reacción. El detective le devolvió la mirada, impávido. A él le daba igual que Carver adorase lo que quisiera. Le parecía que las religiones eran importantes para unos y fuente inagotable de chistes para otros. Le traían sin cuidado.

Volvió a mirar la fotografía de Charlie con su vestido. «Pobre niño», pensó.

—Le hemos buscado por todas partes —explicó Carver—. Organizamos una campaña a principios de 1995 con anuncios en los periódicos y en la televisión, vallas publicitarias con su retrato, cuñas en la radio, de todo. Ofrecimos una recompensa sustanciosa a cambio de información o, mejor aún, del mismo Charlie. Esto tuvo las consecuencias predecibles. De pronto empezaron a salir rufianes hasta de debajo de las piedras que aseguraban que sabían dónde estaba «ella». Algunos incluso sostenían haberle secuestrado ellos mismos y pedían rescate, pero eso era todo: las sumas que querían eran absurdas, demasiado pequeñas. Como es obvio, yo sabía que mentían. Esos tipos corrientes de Haití no ven más allá de la punta de su nariz. Y tienen la nariz muy chata.

—¿Investigó todas las pistas?

—Sólo las razonables.

—Ése fue el primer error. Hay que estudiarlo y comprobarlo todo. La clave está en seguir cada una de las pruebas, incluso las menos llamativas.

—Eso es lo que decían sus predecesores.

«Un anzuelo con un apetitoso cebo», pensó Max. «No te lo tragues. Vas a ser arrastrado a un juego del que saldrás jodido». Aun así, sentía curiosidad. ¿Cuánta gente había trabajado ya en el caso? ¿Por qué habían fracasado? ¿Cuántos estaban vivos todavía?

Se hizo el indiferente.

—No vaya demasiado deprisa. Por ahora sólo estamos teniendo una conversación —advirtió Max. Carver se picó, sintiéndose rebajado a un nivel al que no estaba acostumbrado. Vivía rodeado de gente que le reía todos los chistes y aprobaba todas sus opiniones. Ése era el detalle que diferenciaba a los muy ricos, los nacidos y criados en la opulencia: nadaban en sus propios mares y no respiraban el mismo aire que todos los demás; tenían vidas paralelas a las del común de la gente, aisladas, inmunes a las luchas y fracasos que moldean el carácter de los simples humanos. ¿Alguna vez había tenido Carver que esperar el cheque de la paga del mes para comprarse un nuevo par de zapatos? ¿Le había rechazado alguna mujer? ¿Sabía lo que era tener cobradores golpeándole la puerta? Difícilmente.

Carver le habló de los peligros del encargo, sacó otra vez a colación a los predecesores, insinuó que les habían pasado cosas muy desagradables. Max no se permitió ninguna reacción ante tales comentarios. Había acudido a la cita con dudas sobre aquel trabajo. Ahora casi estaba seguro de que lo iba a rechazar.

Carver notó su indiferencia y desvió la conversación hacia Charlie. Se extendió hablando del día que dio sus primeros pasos, del buen oído para la música que tenía y algunas cosas más, y luego entró un poco más en detalle en Haití.

Max escuchó, simulando interés mientras le sostenía la mirada, pero su mente estaba en otra parte, centrada de nuevo en sí mismo, calibrando sus posibilidades para el futuro, dudando si aceptar o no la propuesta de aquel hombre.

Se quedó extrañamente vacío, vacilante. El caso del niño podía tener dos orígenes: un móvil económico o alguna venganza relacionada con la mierda del vudú. Nadie había pedido rescate, lo que descartaba lo primero. En realidad no sabía más que lo que le había dicho Carver. ¿Por qué le había llamado a él? Tal vez Carver supiera cosas de él y Solomon Boukman. De hecho, estaba seguro de que Carver sabía algo al respecto. Por supuesto que lo sabía. ¿Cómo podía no ser así teniendo a Torres en su nómina? ¿Qué otras cosas sabía Carver sobre él? ¿Hasta dónde había llegado? ¿Tendría alguna carta guardada en la manga, lista para soltársela?

Mal comienzo si quería seguir adelante. No confiaba en su cliente.

Max puso fin al encuentro diciéndole a Carver que se lo pensaría. Éste le dio su tarjeta y veinticuatro horas para que tomara una decisión.

Cogió un taxi para regresar al hotel, llevando sobre su regazo las fotografías que le había dado Carver.

Pensó en los diez millones de dólares y en qué podía hacer con su vida. Vendería la casa y compraría un modesto apartamento en algún lugar tranquilo y residencial, posiblemente en Kendall. O tal vez se mudaría a los Cayos. O quizás se iría de Miami.

Luego pensó en la idea de ir a Haití. ¿Habría aceptado el caso hacía unos años, cuando estaba en la flor de la vida, antes de ser encarcelado? Sí, por supuesto. El simple desafío habría sido suficiente estímulo. Nada de recurrir a forenses que le simplificaran la tarea; trabajo cerebral, su ingenio compitiendo contra el de otro. Pero había archivado sus brillantes aptitudes cuando ingresó en la cárcel y se estaban atrofiando poco a poco por no ejercitarlas, igual que le ocurriría a cualquier músculo. Llevar un caso como el de Charlie Carver equivaldría a marchar cuesta arriba, a desandar lo andado.

Cuando llegó a su habitación, dejó las dos fotos sobre el escritorio y se quedó mirándolas.

Él no tenía hijos. Nunca le habían importado demasiado los niños. Ponían a prueba su paciencia y le atacaban los nervios. Nada le irritaba tanto como estar cerca de un bebé llorón, cuyos padres no

podían, o simplemente no querían, hacerle callar. Y aun así, irónicamente, muchos de sus casos habían estado relacionados con la búsqueda de niños desaparecidos. Algunos de ellos habían sido casi
bebés. Tenía un porcentaje de éxito del cien por ciento. Vivos o muertos, siempre los llevaba de regreso a casa. Quería hacer lo mismo con
Charlie. Le preocupaba ser incapaz de lograrlo, fallarle al niño. Aquellos ojos de las fotos, brillando con ira precoz, le encontraban una
y otra vez cuando se desplazaba por la habitación. Era una tontería, pero sintió como si le estuvieran llamando, como si le imploraran
que acudiera en su rescate.

Ojos mágicos.

Max salió a la calle e intentó encontrar un bar tranquilo donde tomar una copa y examinar detenidamente las cosas, pero todos los
locales por los que pasaba estaban llenos de gente contenta y ruidosa. Bill Clinton había sido reelegido presidente. Por todas partes
había personas celebrando el resultado electoral. No era lo que le
interesaba a él. Finalmente decidió comprar una botella de Jack Da-
niels en una licorería.

Mientras buscaba una tienda tropezó con un tipo de chamarra
blanca y gorro de esquí encajado casi hasta los ojos. Max se disculp-
pó. De la chaqueta del hombre cayó algo que aterrizó a sus pies. Una
bolsa de plástico transparente con cinco gruesos cigarros de mariguana enrollados como tampones. Max la recogió y se dio la vuelta
para devolvérsela al hombre, pero éste ya no estaba.

Se metió los cigarros en el bolsillo del abrigo y siguió andando hasta que encontró una licorería. No les quedaba *Jack*. Tenían
otras marcas de bourbon, pero nada remotamente parecido a *Jack*.

Bueno, todavía le quedaba la mariguana.

Compró un encendedor barato.

Un día ya lejano, Max Mingus y su compañero Joe Liston no tuvieron nada mejor que hacer que relajarse con un poco de mariguana que consiguieron de un vendedor soplón llamado Cinco Dedos.
Aquel confidente les había pasado unos datos para una redada y les
regaló unos gramos de la hierba jamaicana que él mismo fumaba.

Fue la mejor que Max había probado jamás, infinitamente superior a la basura que acababa de fumar, que debía de ser de hacía un año.

Una hora más tarde estaba sentado en la cama, con la mirada clavada en la pared, vagamente consciente de la sensación de caída libre que le llenaba el estómago.

Se recostó y cerró los ojos.

Pensó en Miami.

Hogar, dulce hogar.

Vivía cerca de Hobie Beach, en Cayo Vizcaíno, es un desvío de la carretera de Rickenbacker. En los atardeceres en que hacía buen tiempo, Sandra y él solían sentarse fuera, en el cobertizo, y mirar el centro de Miami con todo su esplendor hipnótico, iluminado por el neón, con el olor de la bahía, una mezcla de pescado y combustible de lanchas, flotando en la brisa fresca. Por muchas veces que contemplaran el panorama, éste siempre resultaba diferente. En días luminosos, Manhattan no tenía nada que hacer al lado de su ciudad natal. En esos momentos les gustaba hablar del futuro. La vida les iba bien y prometía mejorar. Para Sandra, el futuro significaba formar una familia.

Max tenía que haberle contado que se había hecho la vasectomía unos meses antes de que se conocieran, pero nunca tuvo los... huevos suficientes para decírselo.

¿Cómo podía traer niños al mundo después de ver lo que había visto en su trabajo, cuando buscando a algunos de ellos los había tenido que recoger pedazo a pedazo? No podía. Nunca permitiría que sus hijos se salieran de su campo visual. Los encerraría y arrojaría la llave a la basura. Les impediría ir a la escuela y jugar en la calle, incluso visitar a sus amigos, ante el peligro de que fueran raptados. Investigaría los antecedentes de todos sus parientes y conocidos, por si tenían tendencias pedófilas. ¿Qué clase de vida sería ésa para ellos, para su esposa, para él? No, no podía ser. Mejor olvidarse de tener una familia, mejor olvidarse de continuar el ciclo vital, mejor clausurarlo completamente.

1981: ése había sido un mal momento para él, una época de mierda. 1981: el año de Solomon Boukman, el líder de una pandilla de Little Haiti. 1981: el año del Rey de Espadas.

* * *

Si él hubiera sido honesto desde el primer momento, Sandra le habría comprendido, pero cuando empezaron a salir juntos todavía estaba en plan soltero empedernido, mintiendo a cada mujer que conocía, simulando que le interesaban proyectos de pareja a largo plazo, diciéndoles lo que ellas querían oír, para poder cogérselas y luego salir huyendo. Había tenido cantidad de oportunidades de sincerarse con ella antes de que se casaran, pero Max creyó que si lo hacía, la perdería. Sandra venía de una familia numerosa y le encantaban los niños.

Ahora Max lamentaba no haberse operado otra vez para deshacer la vasectomía cuando tuvo la posibilidad de hacerlo. Pensó en ello al año de haberse casado, cuando la vida con Sandra había comenzado a convertirle en un hombre mejor, que ya no negaba la posibilidad de formar una familia. Para él, tener algo que su mujer hubiera dejado en su camino lo habría significado todo. Cualquier cosa, aunque sólo fuera una huella que él pudiera amar y cuidar como la había amado y cuidado a ella.

Pensó en la casa de ambos.

Tenían una gran cocina con una isla en el centro. Él solía sentarse allí por las noches, intentando aclararse las ideas sobre tal o cual caso que le quitaba el sueño. A veces Sandra iba a hacerle compañía.

De pronto volvió a verla, apenas vestida con una camiseta y unas zapatillas, con el pelo revuelto por la almohada, con un vaso de agua en una mano y la foto de la cara de Charlie en la otra.

—Creo que deberías aceptar este caso, Max —le sugirió, atravesándole con la mirada, con los ojos hinchados por el sueño interrumpido.

—¿Por qué? —se escuchó decir a sí mismo.

—Porque no tienes alternativa, cariño. O eso, o ya sabes...

Se despertó y dio un respingo. Estaba tirado en la cama, completamente vestido, mirando fijamente el techo, con la boca seca.

La habitación apestaba a mariguana rancia, lo que le recordó su celda en el momento en que Velázquez se hacía un cigarro antes de meterse en la cama y rezar sus oraciones en español.

Max se puso de pie y fue tambaleándose hasta el escritorio, con la sensación de que veinte martillos neumáticos le machacaban el cráneo. Todavía tenía los efectos de haber fumado. Abrió la ventana y el aire frío se coló en la habitación. Inspiró profundamente varias veces. La niebla de su cabeza empezó a disiparse.

Decidió darse una ducha y cambiarse de ropa.

«¿Señor Carver? Soy Max Mingus».

Eran las nueve de la mañana. Había pasado por un abundante desayuno en una cafetería: un omelette de cuatro huevos, cuatro rebanadas de pan tostado, jugo de naranja y dos cafeteras llenas. Repasó mentalmente sus dudas varias veces; los pros y los contras, el factor riesgo, el dinero. Y luego buscó una cabina telefónica.

Cuando respondió, a Carver parecía faltarle el aire, como si acabara de llegar de hacer footing.

—Encontraré a su hijo —declaró Max.

—¡Qué buenas noticias! —exclamó Carver, casi gritando.

—Necesito los términos del contrato y las condiciones por escrito.

—Por supuesto. Venga al club dentro de dos horas. Ya tendré listo el contrato.

—De acuerdo.

—¿Cuándo podrá empezar?

—Si consigo billete de avión, estaré en Haití el martes.

CAPÍTULO
2

De regreso en Miami, Max cogió un taxi del aeropuerto hasta su casa. Le pidió al conductor que fuera por el camino más largo, por la carretera de Le Jeune, para comprobar cómo estaban Little Havana y Coral Gables y hacerse una idea de lo mucho que había cambiado su ciudad en siete años. Quería tomarle el pulso, captar los latidos entre los dos polos opuestos: desde los barrios de los latinos hasta las hileras de casas de los multimillonarios.

El suegro de Max había cuidado la casa y pagado todas las facturas. Max le debía tres mil dólares, pero eso no era problema, porque en Nueva York Carver le había adelantado veinticinco mil en efectivo cuando firmaron el contrato. Haciéndose el tonto, llevó con él a Dave Torres para que le asesorara y firmara como testigo. Le resultó gracioso mirar a Torres y Carver simulando no conocerse. Los abogados son grandes actores, sólo superados en talento por sus clientes culpables.

Max tenía la vista clavada en la ventanilla del taxi, pero no veía mucho a través de ella. Miami, ocho años después, pasaba a su lado como una refulgente imagen borrosa de coches, más coches, palmeras y cielo azul. Cuando el avión había tocado tierra, llovía, caía uno de esos tremendos y fugaces diluvios del Estado del Sol, en los que las gotas golpeaban el suelo con tanta fuerza que rebotaban. El aguacero terminó unos minutos antes de que saliera caminando del aeropuerto. No podía concentrarse en el exterior cuando pasaban tantas cosas en su interior. Pensaba en que regresaba a su vieja casa.

Esperaba que sus parientes políticos no hubieran decidido darle una fiesta sorpresa de bienvenida. Tenían buen corazón, eran gente siempre bien intencionada. Las fiestas sorpresa eran el tipo de cosas que hacían de corazón y con el mejor propósito.

Habían pasado por Little Havana y Coral Gables y él ni siquiera se había dado cuenta. Ahora estaban en la autopista principal de Vizcaya y se veía la indicación de la salida a la carretera de Rickenbacker.

Sandra siempre le iba a buscar al aeropuerto cuando viajaba por algún caso o tenía una cita con un posible cliente. En cada ocasión le preguntaba cómo le había ido, aunque ella conocía la respuesta, decía, con sólo mirarle. Salían caminando del vestíbulo de llegadas y ella le dejaba esperando fuera de la terminal mientras iba a recoger el coche. Si las cosas habían ido bien, conducía él. De camino a casa le contaba lo sucedido y lo que había hecho para que las cosas hubieran ido así. Cuando llegaban a la puerta de casa el detective ya había dicho todo lo que tenía que decir del caso y el tema quedaba zanjado, y no volvían a mencionarlo jamás. A veces Max aparecía en el aeropuerto sonriendo de oreja a oreja, triunfal, orgulloso, tras haber volado a algún lugar basándose en una atrevida corazonada que había resultado ser una de esas pistas doradas que llevan a un caso a una conclusión rápida y feliz. Tales ocasiones eran pocas, pero muy especiales. Entonces salían a bailar, o a cenar, o al L Bar si había otra gente a la que dar las gracias. Pero dos de cada tres veces conducía Sandra, porque había visto el fracaso en el lenguaje corporal de Max, en la resignada desesperación de su rostro. En esos casos ella hablaba de trivialidades mientras él rumiaba sus pensamientos en silencio, mirando fijamente el cielo a través del parabrisas. Sandra salpicaba de banalidades domésticas los negros pensamientos del detective: el remiendo de las cortinas, la limpieza de las moquetas o los nuevos electrodomésticos, cosas que le hicieran saber que su vida seguía adelante, pese a las muertes que él había conseguido dejar al descubierto y de las que tenía que presentar un informe a una esposa, un pariente o un amigo que habían depositado en él sus últimas esperanzas.

No podía regresar a casa. En ese momento no. No estaba preparado para visitar aquel museo de recuerdos felices.

—Por favor, siga conduciendo, no tome esta salida —pidió Max cuando oyó el ruido del intermitente.

—¿Adónde vamos?

—Al hotel Radisson, en North Kendall Drive.

—¡Eh, Max Mingus! ¿Qué ha pasado contigo? —La voz de Joe Liston tronó en el teléfono cuando Max le llamó desde la habitación del hotel.

—¡Qué alegría oír tu voz, Joe! ¿Qué tal te va? ¿Qué es de tu vida?

—Bien, Max, bien. ¿Estás en casa?

—No, estoy en el Radisson, en Kendall, me quedaré unos días.

—¿Por qué no te alojas en tu casa?

—Están allí unos primos de Sandra —mintió Max—. No me importó dejarles la casa unos días más.

—¿Ah, sí? —dijo Joe, soltando una risita—. ¿Son invisibles?

—¿Invisibles?

—Eres un jodido héroe por aquí, Mingus, no vayas a echar a perder tu fama —señaló Joe, dejando de reír—. No hay nadie en tu casa. He mandado una patrulla para que recorra tu calle cada hora desde que sucedió lo de Sandra. —Max debería habérselo imaginado. Se quedó cortado—. No voy a pensar mejor ni peor de ti porque lo estés pasando mal. Lo haré si pretendes fingir ante mí que eres un tonto que acabara de bajar del *autocar* que viene de Retard City —continuó Joe, regañándole con el mismo tono que seguramente empleaba con sus hijos.

Max no dijo nada. Tampoco Joe. El detective oía por el auricular los ruidos típicos de la oficina: conversaciones, teléfonos sonando, puertas abriéndose y cerrándose, silbidos de los buscas. Probablemente Joe estaría acostumbrado a que, en ese punto, sus hijos se disculparan y se pusieran a llorar. Entonces los alzaría y los estrecharía en sus brazos y les diría que ya había pasado, pero que no volvieran a hacerlo. Luego les daría un beso en la frente y los dejaría en el suelo.

—Lo siento —se disculpó Max al fin—. Ha sido duro.

—No es nada, amigo —replicó Joe en español, después de una pausa deliberada, destinada a hacer que Max pensara que estaba evaluando su sinceridad—. Pero seguirá siendo duro para ti mientras sigas huyendo. Debes ir a la montaña, si no, será la montaña hija de puta de la que vaya hacia ti —repuso Joe. Probablemente era lo que les decía a sus hijos cuando éstos se quejaban de que los deberes que les habían puesto en la escuela eran difíciles.

—Lo sé —admitió Max—. Estoy ocupándome de ello ahora mismo. De hecho, ésa es una de las razones por las que te he llamado. Necesito un par de favores. Archivos, viejos expedientes, todo lo que tengas sobre Allain Carver. Es haitiano y...

—Le conozco —dijo Joe—. Un hijo desaparecido, ¿no?

—Pues sí.

—Alguien aseguró haberle visto aquí, en Hialeah.

—¿Y?

—Ese alguien era una vieja loca que afirmaba tener visiones.

—¿Lo comprobaste?

Joe se rio de forma abierta y desbordante, pero su risa también era en parte seca y cínica; la clásica risa de viejo lobo, la que se tenía después de dos décadas en este trabajo.

—Max, si hiciéramos eso, terminaríamos buscando hombrecillos verdes en el norte de Miami Beach. Esa vieja es de Little Haití. La cara del niño está por todas partes, pegada encima de todas las superficies imaginables: paredes, puertas, tiendas. Apuesto lo que quieras a que también está en el agua que bebe la gente: su cara y los cincuenta mil dólares de recompensa por cualquier información.

Max pensó en la primera campaña de Carver en Haití. La de Miami probablemente había arrojado los mismos resultados.

—¿Tienes la dirección de la mujer?

—Has aceptado el caso, ¿no? —preguntó Joe, visiblemente preocupado.

—Sí.

—La principal razón por la que Carver vino a verme era que quería ponerse en contacto contigo. He oído que le diste muchas largas. ¿Qué te hizo cambiar de opinión?

—Necesito el dinero.

Joe no dijo nada. Max le oyó garabatear algo en un papel.

—Vas a necesitar una pistola —dijo Joe.

—Ése era el segundo favor.

Max tenía prohibida a perpetuidad la posesión de armas. Pensó que Joe se iba a negar a proporcionársela.

—¿Y el primero?

—Necesito una copia de todo lo que tengas sobre el niño de Carver y sobre su familia.

—No hay problema —respondió Joe—. ¿Qué te parece si nos encontramos esta noche en el L, digamos alrededor de las ocho?

—¿Un viernes? ¿Qué tal si vamos a un lugar más tranquilo?

—El L tiene una nueva sala con barra. Lejos de la principal. Es tan tranquila que puedes oír a una pulga tirándose un pedo.

—De acuerdo. —Max se rio.

—Cómo me alegrará verte de nuevo, Max. Será realmente estupendo —dijo Joe.

—Para mí también será una alegría, Gran Hombre —añadió Max.

Joe iba a decir algo, pero se contuvo. Luego lo intentó de nuevo y volvió a detenerse. Max podía oír los titubeos que salían de la boca que parecía dispuesta a hablar y luego se tragaba las palabras.

Max le comprendía. Todavía tenían la telepatía propia de viejos compañeros.

—¿Qué mosca te está picando, Joe?

—Va a ser bastante arriesgado para ti andar por allí.

—Conozco la situación en la que está el país.

—No es eso —corrigió lentamente Joe—. Es Boukman.

—¿Boukman? ¿Solomon Boukman?

—El mismo.

—¿Qué pasa con él?

—Ha salido —dijo Joe con la voz entrecortada, casi farfullando las palabras.

—¿Qué? ¡Estaba en el corredor de la muerte! —gritó Max, poniéndose de pie al tiempo que su voz crecía en intensidad. Su reacción le sorprendió: en los siete años que había pasado en prisión había controlado férreamente sus emociones, expresando lo mínimo indispensable. En la cárcel uno no podía permitirse el lujo de mostrar a los demás lo que le sienta bien o mal, porque pueden usarlo en su contra. Ahora estaba adaptándose al mundo libre, reencontrándose con el yo que creía haber dejado atrás.

—Ese mocoso reelecto de Clinton le ha dado vía libre para marcharse a su casa —explicó Joe—. Ahora a los criminales los despachamos a su dulce hogar. Así está sucediendo en todas partes. En buen estado y bien alimentados.

—¿Es que no saben lo que hizo? —dijo Max.

—Ésa no es la cuestión, tal como ellos lo ven. ¿Por qué derrochar el dinero de los contribuyentes manteniéndolos en prisión cuando puedes enviarlos de regreso a casa?

—Está en libertad.

—Sí, pero ahora ése es un problema de los haitianos. Y por lo que parece, también es el tuyo, si te lo cruzas por allí.

Max volvió a sentarse.

—¿Cuándo sucedió, Joe? ¿Cuándo salió en libertad?

—En marzo. Este año.

—Hijo de puta

—Hay algo más —comenzó Joe, y luego se interrumpió para decirle algo a alguien. Dejó el auricular sobre el escritorio. Max oyó cómo la conversación sonaba cada vez más fuerte. No podía entender exactamente lo que se decían, pero estaba claro que alguien había metido la pata. El diálogo se convirtió en monólogo, con la voz de Joe aplastándolo todo a su paso. Joe agarró el teléfono—. ¡Max! ¡Te veré esta noche! ¡Hablamos luego! —rugió y colgó el teléfono violentamente.

Max se rio, imaginándose a los pobres subalternos recibiendo las invectivas de Joe. Tenía un modo especial de usar cada centímetro de su imponente cuerpo para intimidar y ganar así cualquier discusión. Inclinaba su rostro justo un milímetro por encima de la cara del otro y le miraba hacia abajo, a los ojos, como si fuera una mierda de perro que él hubiera pisado de camino a la iglesia. Y entonces comenzaba a hablar.

De pronto dejó de reír. Se acordó del niño que había sido la primera víctima sacrificada. Recordó vívidamente su aspecto en la camilla de la morgue.

Solomon Boukman: asesino de niños. Libre.

Solomon Boukman: autor de una matanza. Libre.

Solomon Boukman: asesino de un policía. Libre.

Solomon Boukman: líder de una banda, capo de la droga, proxeneta, blanqueador de dinero, secuestrador, violador. Libre.

Solomon Boukman: su último caso como policía, el último criminal que había apresado, el que casi le había matado.

Recordó las palabras que le había dirigido Solomon en el juicio: «Me das una razón para vivir». Se las susurró al oído, con una sonrisa que le heló hasta el tuétano de los huesos. Esas palabras hicieron que todo lo que había entre ellos se convirtiera en algo personal.

Max respondió: «Adiós, hasta nunca, hijo de puta». Qué equivocado estaba.

Boukman había estado al frente de una banda llamada CBSN, siglas del Club de Barones del Sábado por la Noche, una especie de imitación del Barón Samedi, o Sábado, el dios vudú de la muerte. Sus miembros juraban que su líder tenía poderes sobrenaturales, que podía leer el pensamiento y predecir el futuro, que podía estar en dos lugares al mismo tiempo, materializándose en cualquier lugar como lo hacían los personajes de *Star Trek*. Decían que recibía sus poderes de cierto demonio al que adoraba, un espíritu maligno. Max y Joe le atraparon y desarticularon la banda.

Max tembló de rabia, con los puños apretados, el sudor subiéndosele al rostro, las venas de su frente latiendo y retorciéndose como gusanos friéndose en una sartén. Había sentido un gran orgullo cuando atrapó a Solomon Boukman y una gran felicidad cuando le molió a palos con sus puños antes de arrestarle.

Ahora Boukman estaba en libertad. Había vencido al sistema. Había derrotado a Max y se había cagado en su cara. Aquello era demasiado.

CAPÍTULO

3

ax conocía a Joe desde hacía veinticinco años. Habían comenzado como compañeros de patrulla y fueron ascendiendo juntos en el escalafón.

El dúo era conocido en el Departamento de Policía de Miami con el nombre de «Born to Run». Su jefe, Eldon Burns, había acuñado el apodo porque decía que los dos, cuando estaban de pie juntos, le recordaban la cubierta del disco de Bruce Springsteen titulado así, donde el pálido y esquelético cantante está apoyado en Clarence Clemons, su gigantesco saxofonista. No era una mala comparación. Joe hacía que cualquiera que se pusiera a su lado pareciera enano. Con un aspecto de defensa que se ha tragado a todo el equipo contrario, medía un metro noventa y cinco descalzo y tenía que agacharse para pasar por la mayoría de las puertas.

A Joe le gustaba el apodo. Le encantaba Bruce Springsteen. Tenía todos sus discos y cientos de horas de actuaciones en directo grabadas en cintas. Prácticamente era lo único que parecía escuchar. Cada vez que Springsteen salía de gira, Joe conseguía entradas en primera fila para todos los conciertos de Florida. A Max le aterrorizaba viajar en coche con su compañero después de que éste hubiera visto a su héroe en persona, porque entonces Joe describía la experiencia con un espantoso grado de pasión y precisión en los detalles. Los conciertos de Springsteen tenían una duración media de tres horas. Los informes de Joe llegaban fácilmente a seis. Max no soportaba a Springsteen y no entendía a qué se debía tanto alboroto a su alrededor. Para sus oídos, la voz del Boss era un sonido a mitad de camino entre las gárgaras y los estertores de alguien con cáncer de laringe. La banda sonora perfecta para tipos blancos que conducen vehículos familiares vestidos con chamarras de motocicleta. Una vez le había preguntado a Joe qué era lo que le encontraba de atractivo. «Lo suyo es como todo lo que pone en movimiento a una persona y deja quieta a otra: o te llega o no te llega. Con Bruce no se trata meramente de la música o de la voz. Se trata de un montón de cosas. ¿Me explico?». Max no le entendía, pero dejaba las cosas en paz. El mal gusto nunca había hecho daño a nadie.

De todas formas, no tenía ningún problema con el apodo. Significaba que otros reparaban en ellos. Cuando ambos se convirtieron en detectives, Max se había hecho tatuar la imagen y el título del disco en el interior del antebrazo derecho. Un año después se hizo en el brazo izquierdo el tatuaje tradicional de los policías, un escudo con una calavera y revólveres cruzados, rodeado de la leyenda «La muerte ES segura - La vida NO lo es».

El L Bar se llamaba así a causa de la forma del edificio, aunque uno tenía que verlo desde arriba para poder darse cuenta. El detective Frank Núñez había sido el primero en descubrirlo, desde un helicóptero de la policía, cuando perseguía por el centro de Miami la camioneta de los asaltantes de un banco. Se puso de acuerdo con algunos de sus amigos para comprarlo, invirtiendo una suma de dinero a cambio de una participación. Entre los inversores estaban Max y Sandra, que pusieron veinte mil dólares. Hasta que tuvieron que vender su parte para pagar las facturas del juicio de Max, el bar les había reportado cada año beneficios equivalentes al doble de su inversión. Fue un gran éxito, se llenó de gente de los negocios y la banca que lo abarrotaban de lunes a sábado.

Desde la fachada, el L parecía un bar bastante típico, con sus ventanas de postigos negros cerrados y sus carteles anunciadores de cerveza, luminosos e intermitentes. Había dos entradas. La primera llevaba directamente al bar, un espacio de techo alto, con suelos de madera barnizada y una decoración marítima a base de timones, anclas y arpones colgados de las paredes. La entrada de la izquierda conducía a una larga escalera que desembocaba en el L Lounge. Esta sala estaba separada del bar por un ventanal de cristal tintado, que permitía a los clientes ver cómo andaba la cosa por abajo sin que nadie pudiera observarlos a ellos. Era ideal para primeras citas y para tratar asuntos oficiales discretos, o clandestinos, porque estaba dividida en reservados, todos iluminados suavemente con luz roja y lámparas doradas de estilo chino. La sala tenía su propia barra y servía algunos de los mejores cocteles de Miami.

Cuando entró, Max vio a Joe sentado junto a un reservado que había en el centro, cerca del ventanal. Llevaba traje y corbata azules. Max se sintió como desnudo, con su sudadera, sus pantalones de tipo militar y sus zapatillas deportivas.

—¿Teniente Liston? —dijo Max, mientras se aproximaba a su amigo.

Joe sonrió de oreja a oreja. Su brillante dentadura parecía relucir en la penumbra del local. Se puso de pie. Max había olvidado hasta qué punto su tamaño era descomunal. Tenía algunos kilos más alrededor de la cintura y su rostro estaba un poco más redondo, pero aún podía parecer la pesadilla de cualquier sospechoso en la sala de interrogatorios.

Joe le dio un gran abrazo a su amigo. Pese al mucho ejercicio que había hecho en la cárcel, el ancho de los hombros de Max no llegaba a la mitad del pecho de Joe. El gigantón le dio unas palmaditas en los brazos y luego retrocedió un par de pasos para examinarlo.

—Veo que te han alimentado bien.

—Trabajaba en la cocina.

—¿No sería en la peluquería? —bromeó Joe, dándole una palmada en la cabeza, bastante calva.

Se sentaron uno frente a otro. Joe ocupó casi la totalidad del banco de su lado. Sobre la mesa había un archivador. Acudió una camarera. Joe pidió una Coca-Cola light y un vaso de bourbon. Max pidió una Coca-Cola para gordos.

—¿No tomas nada?

—Tengo que conducir. ¿Y tú?

—Bebo tan poco que podría decirse que lo he dejado. La edad me está dando patadas en el culo. No puedo sacudirme la resaca como antes.

—¿Eso no te hace sentir mejor?

—Ni hablar.

El rostro de Joe no parecía haber envejecido gran cosa, al menos visto a la luz de aquella sala; pero su cabello había retrocedido, dejándole una frente más amplia. Lo llevaba más corto que antes, lo que hizo sospechar a Max que estaba perdiendo el de la coronilla.

Había unas pocas parejas, todas vestidas todavía con ropa de oficina. Un piano anónimo interpretaba su melodía indescifrable en el hilo musical, desde altavoces situados en los rincones.

—¿Qué tal está Lena? —preguntó Max.

—Está bien. Te manda recuerdos. —Joe se metió la mano en la americana, sacó unas fotografías y se las pasó a Max—. Unas fotos. A ver si reconoces a alguien.

Max las examinó. En la primera se veía a un grupo familiar con Lena en el centro. Lena era pequeñita; al lado de Joe, casi resultaba de tamaño fetal. Joe la había conocido en la iglesia baptista de su barrio. No es que él fuera particularmente religioso, pero la iglesia era una alternativa mejor y más barata que los bares de ligue, los clubes o las citas con compañeras policías; él decía que era «el mejor sitio para los solteros después del cielo».

Max nunca le había caído bien a Lena. El detective no se lo reprochaba. El día que se conocieron, Max tenía sangre en el cuello de la camisa, porque un sospechoso le había mordido el lóbulo de la oreja. Ella creyó que era lápiz de labios y desde entonces siempre le había mirado como si hubiera hecho algo malo. Sus relaciones, igual que sus conversaciones, se habían estancado en una cortesía artificial. Las cosas tampoco mejoraron entre ellos cuando dejó el cuerpo policiaco. Su matrimonio con Sandra la había horrorizado. En su mundo, ni Dios cruzaba la línea de los colores.

La última vez que Max había visto a su amigo, éste tenía tres hijos, todos varones: Jethro, el mayor, luego Dwayne y Dean, los tres nacidos con intervalos de un año; pero en la foto había dos niñas más, un par de bebés sobre el regazo de Lena.

—Sí, ésa es Ashley, a la izquierda, y a la derecha está Briony —señaló Joe con orgullo.

—¿Mellizas?

—Doble problema. Lloran en estéreo.

—¿Qué edad tienen?

—Tres años. No planeábamos tener más hijos. Simplemente llegaron.

—Dicen que los que no son buscados son los más amados.

—Dicen un montón de cosas, la mayor parte idioteces. Quiero a todos mis hijos por igual.

Eran niños guapos; salían a su madre, con los mismos ojos.

—Sandra no llegó a contármelo —dijo Max.

—Tendrían asuntos más urgentes de que hablar, no me cabe duda —apuntó Joe.

La camarera apareció con las bebidas. Joe levantó el vaso, echó un rápido vistazo a su alrededor y derramó la bebida en el suelo.

—Por Sandra —dijo.

Arrojar un poco de licor por el muerto, espíritu por espíritu. Joe lo hacía cada vez que moría alguien cercano a él. En ese instante, la emoción amenazó con invadir el espacio común, con llevarse lo mejor de ese momento. Max no quería que sucediera. Tenían cosas que discutir.

—Sandra no bebía —objetó Max.

Joe le miró, percibió signos de buen humor en los labios de Max y estalló en una carcajada. Soltó una risa estentórea, una arrolladora explosión de alegría que llenó la habitación e hizo que todos les miraran.

Max observó la fotografía de su ahijado. Jethro sostenía en lo alto una pelota de baloncesto, con los dedos abiertos. El niño tenía doce años, pero era lo suficientemente alto y ancho como para pasar por uno de dieciséis.

—Salió al papá —dijo Max.

—Jet adora su balón.

—Puede que en eso tenga futuro.

—Podría ser, pero mejor dejar que el futuro sea el futuro. Además, quiero que haga las cosas bien en la escuela. El chico tiene una buena cabeza sobre los hombros.

—¿No quieres que siga tus pasos?

—Como te decía, el chico tiene una buena cabeza sobre los hombros.

Brindaron.

Max le devolvió las fotos y miró hacia la barra principal. Estaba repleta. Banqueros de Brickell Avenue, empresarios, trabajadores de cuello blanco con las corbatas flojas, bolsos en el suelo, chaquetas arrojadas descuidadamente sobre los respaldos de las sillas, con los extremos arrastrándose por el suelo. Se fijó en dos tipos con facha de ejecutivos que llevaban trajes grises similares, ambos sosteniendo en las manos latas de Bud y hablando con un par de mujeres. Acababan de conocerse, decirse sus nombres de pila y acotar un terreno común, y ahora estaban buscando un tema al que dirigir la conversación. Podía darse cuenta de todo ello por el tenso lenguaje de los cuerpos: forzados, alerta, listos para huir hacia la siguiente oportunidad que se presentara si las cosas no iban bien. Los dos hombres estaban interesados en la misma mujer, que vestía un traje sastre azul marino y llevaba mechas rubias. Su amiga lo sabía y ya estaba mirando hacia ambos lados de la barra. En su época de soltero, Max se había especializado en ir a por la amiga fea, convencido de que la más guapa tendría expectativas de atraer la atención de otros y podía hacerse la difícil y dejarlo con la verga en la mano y una abultada cuenta al final de la noche. La mujer que no esperaba un gran éxito se dejaba llevar más fácilmente. La estrategia había funcionado nueve de cada diez veces, en ocasiones con el premio inesperado de la guapa tratando de conquistarlo. No le gustaba la mayor parte de las mujeres con las que había tenido citas. Habían sido como apuestas, desafíos, cosas destinadas a ser poseídas. Su actitud cambió por completo cuando conoció a Sandra. Ahora que ella ya no estaba, todas esas viejas ideas volvían a él como el fantasma de una extremidad amputada, que le enviaba sensaciones desde un lugar inexistente.

Llevaba siete años sin mantener relaciones sexuales. No había pensado en ello desde el funeral. Ni siquiera se había masturbado en la cárcel. Su libido había desaparecido, abrumada por el peso del respeto.

Siempre había sido fiel a Sandra. Se convirtió en hombre de una sola mujer. Realmente no quería a nadie más, no buscaba a una nueva mujer. No podía siquiera imaginar cómo sería pasar por ello nuevamente, tener esas conversaciones un poco huecas, simular que uno era un hombre sensible, cuando la única razón por la que se acercaba a la mujer era para ver si podía engatusarla e irse a la cama. Miraba la escena que se desarrollaba abajo con el mismo desagrado con que el autor original mira al que plagia.

Joe le acercó el expediente.

—He indagado un poco sobre los Carver de Haití —dijo Joe—. Encontré sobre todo historias viejas, nada de hoy en día. La cinta de vídeo tiene un montón de secuencias de las noticias de la invasión a Haití. Allain Carver aparece por allí en alguna parte.

—Gracias, Joe —agradeció Max mientras recogía los expedientes y les colocaba sobre el asiento, a su lado—. ¿Hay algo interesante aquí?

—Nada de antecedentes penales, pero Gustav Carver, el padre... Tiene una mansión en Coral Gables. Hace seis años presentó una denuncia porque allanaron su casa.

—¿Qué se llevaron?

—Nada. Alguien entró una noche, cogió uno de los delicados platos de porcelana, se cagó encima, lo colocó en la mesa del comedor y se fue sin dejar rastro.

—¿Y las cámaras de seguridad?

—Nada. No creo que haya habido un seguimiento del caso. El informe sólo tiene dos páginas; parece más una queja que una denuncia. Probablemente fue algún antiguo criado resentido.

Max se rio. Había oído hablar de crímenes mucho más extraños, pero la imagen de Allain Carver encontrándose con la cagada sobre la mesa cuando bajó a tomar el desayuno era graciosa. Comenzó a sonreír, pero entonces pensó en Boukman y su expresión languideció.

—¿Me cuentas lo que ha pasado con Solomon Boukman? Cuando fui a Nueva York estaba condenado a morir y le quedaba una última apelación antes de la inyección letal.

—No estamos en Texas —señaló Joe—. Las cosas llevan su tiempo en Florida. Incluso el tiempo lleva tiempo. Un abogado puede tomarse hasta dos años para presentar una apelación. Ésta queda en trámite durante otros dos años. Luego tienes dos más antes de comparecer ante el juez. Suma todo eso y estás en 1995. Rechazaron la última apelación de Boukman, como yo sabía que harían, pero...

—¡Pero lo dejaron en puta libertad, Joe! —masculló Max, alzando la voz hasta casi gritar.

—¿Sabes cuánto cuesta un billete a Haití? Unos cien dólares más o menos, más impuestos. ¿Sabes cuánto le cuesta al Estado mantener a un hombre sentenciado a pena de muerte? Demonios, olvida eso.

¿Sabes cuánto le cuesta al Estado ejecutar a un hombre? Miles de dólares. ¿Ves la lógica del asunto?

—Y las familias de las víctimas, ¿ven la lógica del asunto? —apostilló Max amargamente. Joe no respondió. Max se daba cuenta de que también a él el asunto le sacaba de quicio, pero había algo más que le estaba royendo por dentro—. ¿Quieres contarme el resto, Joe? Aún te guardas algo.

—Limpiaron a fondo la celda de Boukman el día que se fue. Encontraron esto —dijo Joe, pasándole a Max una hoja de cuaderno escolar guardada en una bolsa para pruebas.

Boukman había recortado del periódico una foto de Max en su juicio y la había pegado en medio del papel. Por debajo, a lápiz, con su extraña caligrafía infantil, en mayúsculas, todas las letras desprovistas de curvas, hechas con palotes unidos por puntos y trazados tan rectos que parecían haber sido hechos con regla, había escrito: «ME DAS UNA RAZÓN PARA VIVIR». Más abajo había dibujado un pequeño mapa, muy esquemático, de Haití.

—¿Qué carajo quiere decir esto? —preguntó Joe.

—Me dijo eso mismo en el juicio, cuando yo estaba declarando y presentando pruebas —contestó Max, y lo dejó ahí. No iba a soltarle la verdad a Joe. Al menos por ahora. En realidad no pensaba hacerlo nunca, si le era posible.

Estuvo cara a cara con Boukman dos veces antes de su arresto. Nunca había sentido tanto terror ante otro ser humano en toda su vida.

—No sé qué piensas tú, pero había algo verdaderamente pavoroso en Boukman —dijo Joe—. ¿Recuerdas cuando hicimos una redada en ese sitio, ese lugar que era como un palacio zombi?

—No es más que un hombre, Joe. Un tipo enfermo, retorcido, pero de todas maneras un hombre. De carne y hueso, como nosotros.

—Ni siquiera soltaba un quejido cuando la emprendías a golpes con él.

—¿Y qué? ¿Salía volando en una escoba?

—No me importa cuánto te pague Carver. Creo que no deberías ir. Olvídate del asunto —le recomendó Joe.

—Si veo a Boukman en Haití, le diré que le mandas un saludo. Y luego le mataré.

—No puedes permitirte el lujo de tomarte esta mierda a la ligera —afirmó Joe enojado.

—No lo estoy haciendo.

—Tengo tu pistola —anunció Joe bajando la voz e inclinándose hacia delante—. Una Beretta nueva, y doscientas balas. De punta hueca y normales. Dame los detalles de tu vuelo. Estaré esperándote en la terminal de salidas. Recógela antes de subir al avión. Y una cosa: no la traigas de vuelta. Que se quede en Haití.

—Esto podría traerte serios problemas. No es poca cosa armar a un criminal convicto —bromeó Max al tiempo que se remangaba la sudadera hasta los codos.

—No conozco a ningún criminal, pero sí a buenas personas que se han salido del camino en un descuido.

Brindaron de nuevo.

—Gracias. Gracias por todo lo que hiciste por mí mientras estaba lejos. Te debo mucho.

—No me debes una mierda. Eres un policía. Nos cuidamos entre nosotros. Sabes cómo es la cosa, y cómo será siempre.

Dependiendo de lo que hubieran hecho para ir a parar allí —la mayor parte de las violaciones y los actos de pedofilia quedaban fuera, pero casi todo lo demás se consideraba permisible—, los policías que iban a la cárcel recibían protección del sistema. Había una red nacional extraoficial, mediante la cual el departamento de policía de un Estado cuidaba los intereses de un delincuente perteneciente al departamento de policía de otro Estado, sabiendo que el favor sería alguna vez devuelto con creces, sin excepción. Los policías convictos eran alojados, a veces, en una prisión de máxima seguridad durante una o dos semanas y luego trasladados tranquilamente a una cárcel de guante blanco, de mínima seguridad. Eso era lo que ocurría con los que habían matado a un sospechoso, o habían sorprendido recibiendo sobornos o robando drogas y revendiéndolas en la calle. Si no se podía arreglar un traslado, un policía caído era mantenido aparte, alojado en solitario; los guardias le llevaban las comidas de sus propias cantinas y le permitían ducharse y hacer ejercicio solo. Si no quedaban lugares en las celdas para un solo presidiario, cosa que solía suceder, eran alojados en la zona de presos comunes, pero con dos funcionarios guardándoles las espaldas todo el tiempo. Si un preso intentaba algo contra el policía delincuente, le arrojaban al agujero, la celda de castigo, hacían correr la voz de que era un soplón y le dejaban salir justo a tiempo para que le molieran a palos. Aunque a Max le habían arrestado en Nueva York, Joe no tuvo problemas para asegurarse de que su amigo recibiera tratamiento de seguridad cinco estrellas en Rikers.

—Antes de marcharte deberías ver a Clyde Beeson —le aconsejó Joe.

—¿Beeson? —De todos los investigadores privados de Florida, Clyde Beeson había sido su mayor competidor. Max le despreciaba profundamente desde el caso Boukman.

—Carver le contrató antes que a ti. Las cosas no salieron muy bien, por lo que he oído.

—¿Qué sucedió?

—Mejor será que lo escuches de sus propios labios.

—No va a querer hablar conmigo.

—Lo hará si le dices que te vas a Haití.

—Le veré si tengo tiempo.

—Busca tiempo para eso como sea.

Era cerca de medianoche y la muchedumbre que atestaba el bar de abajo estaba en su apogeo. Más borrachos, más sueltos, sus pasos hacia los servicios más inestables. Las voces se alzaban hasta convertirse en gritos por encima del barullo de la música, entremezclándose en cien conversaciones diferentes. Podía oírse el bullicio, incluso amortiguado por el cristal.

Max comprobó cómo les iba a los ejecutivos con las mujeres. Vio a la rubia y a uno de los hombres en una mesa cerca del fondo. Se habían quitado las chaquetas. El hombre tenía remangada la camisa y se había aflojado la corbata. La mujer llevaba un vestido o una blusa abierta por la espalda y sin mangas, de color negro. A juzgar por sus brazos firmes y proporcionados, Max supuso que podría ser instructora de gimnasia o modelo de una revista de preparación física. O tal vez fuera simplemente una ejecutiva que hacía deporte. Ahora el hombre estaba dando un paso delante, inclinándose cada vez más hacia ella por encima de la mesa. Ya le tocaba la mano. También la hacía reír. Probablemente lo que decía no fuera muy gracioso, pero ella estaba claramente interesada en él. La amiga se había ido, lo mismo que el otro hombre, probablemente cada cual por su lado; los perdedores raramente se iban juntos.

Max y Joe hablaron un poco más: quién se había retirado, quién se había muerto —tres: uno de cáncer, otro a balazos y otro borracho y ahogado—, quién se había casado o divorciado, cómo marchaba el trabajo en esos días, cómo habían cambiado las cosas después de Rodney King. Rieron, cotillearon, evocaron los viejos tiempos. Joe le habló de los quince conciertos de Bruce Springsteen que había visto mientras Max no estaba. Por fortuna, redujo los detalles al mínimo. Bebieron más Coca-Cola light, miraron a las parejas que había en la sala, hablaron del envejecimiento. Estuvo bien, fue un rato cálido, el tiempo pasó rápido y Max se olvidó de Boukman durante todo ese tiempo.

Hacia las dos de la mañana, el bar ya estaba medio vacío, sólo quedaban unos pocos bebedores. La pareja en la que se había estado fijando Max había desaparecido.

Los amigos se encaminaron a la salida.

En la calle soplaba una brisa fresca. Max aspiró una bocanada de aire de Miami, con su olor a mar mezclado con ciénaga y un suave resto de los gases emitidos por los coches.

—¿Cómo lo llevas? Estar libre, digo —preguntó Joe.

—Es como estar aprendiendo a caminar y descubrir que todavía puedes correr —contestó Max—. Dime una cosa. ¿Cómo es que nunca fuiste a verme?

—¿Esperabas que lo hiciera?

—No.

—Verte allí dentro me habría afectado la moral. Los policías no van a la cárcel —señaló Joe—. Además, me siento un poco responsable. Por no haberte enseñado a contenerte en su momento, cuando podía haberlo hecho.

—No puedes enseñarle a un hombre cuál ha de ser su naturaleza, Joe.

—Eso es lo que he oído. Pero puedes enseñarle el sentido común a partir del sinsentido. ¿Y qué me dices de esa mierda a la que te dejaste arrastrar entonces? Eso fue un sinsentido, algo carente de sensatez.

El tono paternalista otra vez. Max rondaba los cincuenta años, prácticamente ya habían pasado dos tercios de su vida. No necesitaba que Joe le diera la charla; al fin y al cabo tenía sólo tres años más que él, aunque siempre actuaba como si le llevara diez. De todas maneras, eso no cambiaría las cosas ni un pelo. Lo hecho, hecho estaba. No había forma de dar marcha atrás. Además, Joe no era un santo. Cuando eran compañeros, recibió tantas denuncias por brutalidad policial como el propio Max. A nadie le había importado un carajo ni les habían hecho nada. Miami era por aquel entonces una zona de guerra. La ciudad necesitaba combatir la violencia con violencia.

—¿Amigos, Joe?

—Siempre.

Se abrazaron.

—Nos vemos cuando regrese.

—Vuelve entero. Es la única forma en la que quiero verte.

—Así me verás. Salúdame a los niños.

—Cuídate, hermano —dijo Joe.

Cada uno se fue por su lado.

Cuando abría la puerta de su Honda alquilado, Max cayó en la cuenta de que Joe acababa de llamarle «hermano» por primera vez en sus veinticinco años de amistad. Siempre habían sido amigos íntimos, pero Joe era un témpano de hielo cuando se trataba de expresar sentimientos afectivos.

En ese momento Max presintió que las cosas iban a ir mal en Haití.

Mientras conducía de regreso a Kendall, el detective pensó en Solomon Boukman y volvió a sentir que le hervía la sangre. Se puso a gritar, maldecir y golpear el volante.

Se acercó a la acera y paró el coche.

Respiró profundamente para calmarse. Se dijo a sí mismo que debía concentrarse en el caso de Charlie Carver, fijar su atención en ello y dejar el resto a un lado. Boukman estaba en Haití. Había regresado después de la desaparición de Charlie, de modo que no estaba involucrado.

Max pensó que eso no importaba. Si le encontraba, le mataría. Tenía que hacerlo. De no ser así, Boukman le mataría a él.

CAPÍTULO

4

En el hotel, Max se dio una ducha e intentó dormir un poco, pero no pudo.

Siguió pensando en Boukman, que había estado en libertad mientras él continuaba en prisión. Se imaginaba al criminal riéndose en su cara, cortando en trozos a más niños. No sabía qué era lo que más le indignaba. Tenía que haberle matado cuando tuvo la oportunidad de hacerlo.

Se levantó, encendió la luz y cogió el archivo de Joe sobre los Carver. Comenzó a leer y no se detuvo hasta que lo terminó.

Nadie parecía conocer a ciencia cierta el origen de los Carver. Se ignoraba cuándo habían hecho su primera aparición en Haití. Un rumor sostenía que la familia descendía de unos soldados polacos que habían desertado en masa del ejército de Napoleón para pelear junto a los revolucionarios de Toussaint L'Ouverture en la década de 1790. Otros relacionaban a la familia con un clan escocés, la familia de los MacGarvers, que había vivido en la isla en los siglos XVIII y XIX. Sus miembros eran propietarios y explotaban plantaciones de cereales y caña de azúcar.

Lo que sí se sabía era que, hacia 1934, Fraser Carver, el abuelo de Allain, se había hecho multimillonario, convirtiéndose no sólo en el hombre más rico de Haití, sino en uno de los individuos más acaudalados del Caribe. Había hecho su fortuna llenando la isla de alimentos básicos baratos —arroz, alubias, leche en polvo y evaporada, aceite de maíz, aceite para freír— que había comprado, con importantes descuentos, al ejército americano, y embarcado luego gratuitamente hacia el país. Esto dejó rápidamente fuera del negocio a muchos comerciantes y finalmente llevó a Carver a obtener el monopolio de casi todos los productos alimenticios importados que se vendían en Haití. Después fundó el segundo banco del país, el Banque Populaire d'Haïti, a finales de los años treinta.

Fraser Carver murió en 1947, dejando su emporio comercial al padre de Allain, Gustav. El hermano mellizo de Gustav, Clifford, apareció muerto en un barranco en 1959. Aunque la causa oficial que se declaró fue la de accidente automovilístico, no se encontró ningún vehículo destrozado ni nada parecido cerca del cuerpo, que además parecía tener todos y cada uno de los huesos rotos. El informe de la CIA citaba, sin dar su nombre, a un testigo que vio a miembros de la milicia —los VSN, los Voluntarios para la Seguridad Nacional o Tontons Macoutes, como se les llamaba comúnmente— atrapar a Clifford en una calle residencial e introducirle a empujones dentro de un coche. El informe concluía que Gustav Carver había hecho matar a su hermano con ayuda de su amigo y socio François Duvalier, *Papá Doc,* el presidente del país, con quien mantenía una estrecha relación.

Gustav Carver había conocido a François Duvalier en Michigan en 1943. Duvalier era uno de los veinte médicos haitianos enviados a la universidad de esa ciudad para formarse en salud pública. Carver estaba en viaje de negocios. Los presentó un amigo común después de que Duvalier, que conocía la reputación de la familia y la leyenda forjada en torno a ésta, insistiera en conocer a Gustav. Carver habló más adelante sobre este encuentro a un amigo, al que le dijo que Duvalier estaba predestinado a la grandeza y que sería, en el futuro, presidente de Haití.

Por aquel entonces, las tres cuartas partes de la población haitiana sufría una epidemia de pian, una enfermedad tropical atroz altamente contagiosa que corroe las extremidades, la nariz y los labios. Las víctimas eran invariablemente los pobres, que no tenían dinero para zapatos y contraían la enfermedad, causada por una bacteria, a través de sus desnudos pies.

Duvalier fue enviado a la zona de Haití más afectada por la infección, a la Clínica Rural de Gressier, situada a poco más de veinte kilómetros al suroeste de Puerto Príncipe. Enseguida se quedó sin la penicilina que necesitaba para curar a los enfermos y pidió más suministros a la capital. Le respondieron que el *stock* estaba casi agotado y que tenía que esperar otra semana hasta que llegaran nuevos suministros de Estados Unidos. Entonces se puso en contacto con Gustav Carver, solicitándole ayuda. El millonario despachó inmediatamente diez camiones llenos de antibióticos, además de camas, tiendas de campaña y otros materiales básicos.

Duvalier curó a la región entera y su reputación se extendió entre los pobres, quienes recorrían, cojeando penosamente, grandes distancias, cayéndose literalmente a pedazos, para que les curara. Le apodaron «Papá Doc». Así, el médico se convirtió en un héroe popular, un salvador de los pobres.

Gustav Carver financió la campaña electoral para la candidatura a presidente de Duvalier en 1957 y organizó y pagó algunas de las fuerzas que se utilizaron para intimidar a los votantes que no pudieron ser sobornados para que apoyaran al buen doctor. Duvalier se impuso en las urnas de forma arrolladora y Carver fue recompensado con más monopolios, esta vez en los lucrativos negocios del café y el cacao del país.

Haití entró en otra época oscura cuando Papá Doc se autoproclamó «presidente vitalicio» y llegó a convertirse en el más temido e injuriado tirano de la historia del país. Tanto el ejército como los Tontons Macoutes mataron, torturaron y violaron a miles de haitianos, ya fuera por órdenes del gobierno o por razones más personales. A menudo se asesinó simplemente para robar una parcela de tierra o para hacerse con el control de un negocio.

Gustav Carver siguió acumulando una inmensa fortuna gracias a su intimidad con Duvalier, que no sólo le recompensó con más monopolios —pronto a lo que ya tenía se sumaron la caña de azúcar y el cemento—, sino que además tenía cuentas en el Banque Populaire d'Haïti, donde regularmente ingresaba los millones de dólares de ayuda americana que recibía cada tres meses, y de los que transfería la mayor parte a cuentas en bancos suizos.

Papá Doc murió el 21 de abril de 1971. Jean-Claude ocupó el puesto de su padre como «presidente vitalicio» a los diecinueve años de edad. Aunque nominalmente ejercía el poder, Baby Doc no tenía el menor interés en llevar las riendas del país y lo dejó todo en manos de su madre primero y después en las de su esposa, Michele, cuya boda con Baby Doc apareció en el libro Guinness de los récords de 1981 como la tercera más cara de la historia; mientras, el mismo año, un informe del Fondo Monetario Internacional señalaba a Haití como el país más pobre del hemisferio occidental.

CAPÍTULO

5

lyde Beeson había caído bajo. La vida no se conformó finalmente con darle una simple patada en la dentadura; además
había rellenado los agujeros con papel del malo. Ni siquiera podía pa-
garse una casa. Vivía en un campamento de remolques en Opa-locka.

Aquel lugar era un pozo de mierda, una de las zonas más
degradadas del condado de Dade, un grano en el culo del tonifica-
do, bronceado, depilado y hedonista Miami. Era un bonito día, con
un cielo azul claro y transparente y una intensa luz que inundaba todo el paisaje, lo que hacía que la zona, con su descuidada y ruinosa
arquitectura, pareciera aún más desolada.

Max había conseguido la dirección por medio del recepcionista que encontró en el vestíbulo de la que había sido la casa de
Beeson durante sus años dorados, un complejo de apartamentos
de lujo en Coconut Grove. El inmueble tenía espléndidas vistas de
Bayside Park, donde se divisaba trotando a la gente de los clubes náu-
ticos y de las perfectas puestas de sol de Florida. El recepcionista
pensó que Max era un cobrador. Le dijo que le rompiera las dos piernas a «la puta esa».

Dependiendo de sus moradores y de su ubicación, algunos
campamentos de remolques despiden cierto aire de lugar agradable
en una avenida de los suburbios. Las caravanas se ocultan detrás de
cercas más o menos bien cuidadas, rosales, parcelas de césped limpias
y bien segadas y buzones que no están llenos de mierda de perro. Incluso a veces llegan a ponerles bonitos nombres hogareños, como

Cabañas Lincoln, Bungalows Washington o Casas Roosevelt. Pero la mayoría de los campamentos no llega tan lejos. No se molestan en hacerlo. Bajan los brazos, aceptan ser lo que son y eligen su lugar en un mundo sin futuro para ellos, al borde de la indigencia.

El vecindario de Beeson parecía haber sido alcanzado por bombas arrojadas desde el ojo de un huracán que hubiera pasado por allí. Por todas partes había restos de objetos en estado ruinoso —cocinas, televisiones, coches destripados, neveras— y sobre todo basura, tanta que ya formaba parte del paisaje; algún espíritu emprendedor había hecho montículos con los residuos y luego les había colocado encima carteles en forma de flecha, pintados con los números de las casas en grandes dígitos mal garabateados. Las caravanas tenían un aspecto exterior tan estropeado que Max las confundió con restos incendiados y abandonados hasta que alcanzó a ver movimiento a través de las ventanas. No había perros ni niños. La gente que vivía allí estaba fuera del mundo y allí se quedaba. Predominaban los marginados sociales, adictos, ladronzuelos, desesperanzados terminales, perdedores natos.

La caravana de Beeson era un rectángulo blanco aporreado y descascarillado, con dos ventanas con postigos a ambos lados de una puerta marrón de aspecto sólido, que tenía tres cerraduras, una en la parte superior, otra en la inferior y la restante en el medio. Estaba montada sobre bloques de ladrillos rojos y parecía permanentemente a punto de dirigirse a ninguna parte. Max condujo hasta ella y aparcó el coche.

Golpeó la puerta y dio un paso atrás, para que pudiera verle por la ventana. Oyó fuertes ladridos, luego arañazos de una pata detrás de la puerta y finalmente un ruido sordo, seguido por otro. Beeson tenía un pitbull. Los postigos se movieron tras la ventana izquierda y luego se abrieron un poco más.

—¿Mingus? ¡Max Mingus! —gritó Beeson desde el interior.

—Sí, así es. Abre, necesito hablar contigo.

—¿Quién te ha enviado?

—Nadie.

—Si estás buscando trabajo, tienes suerte, aquí necesitan a alguien que vacíe la letrina —dijo Beeson, soltando una risita.

—Seguro, lo haré después de que hablemos —repuso Max. El muy cabrón no había perdido la capacidad de reírse de los infortunios de los demás. Seguía hablando con el mismo tono, en parte gruñón, en parte chillón, con altibajos agudos y graves, como si estuviera perdiendo el habla o fuera un adolescente al que le está cambiando la voz.

El postigo se levantó y Max pudo ver la cara de Beeson, redonda, regordeta, pálida, como si no le llegara la sangre, mirando con atención a izquierda y derecha desde donde estaba de pie, vigilando el entorno.

Unos momentos después, Max oyó detrás de la puerta el sonido de lo que podía ser media docena de cadenas al ser quitadas de sus ganchos, seguido por el golpeteo de un pestillo descorriéndose y luego por el chirrido de tres cerraduras que se abrían. El interior de la puerta debía de tener el aspecto de un corsé con ataduras para prácticas sadomasoquistas.

Beeson estaba de pie sobre el extremo roto de la puerta, entornando los ojos para acostumbrarse a la luz. Había dejado una gruesa cadena colocada en la puerta, a la altura de su cuello. A sus pies estaba el perro, con el hocico pegado contra el resquicio entreabierto, que le ladraba a Max y babeaba.

—¿Qué quieres, Mingus? —espetó Beeson, arrastrando las palabras.

—Hablar sobre Charlie Carver —respondió Max.

Por el modo en que Beeson estaba de pie, medio echado hacia atrás, medio inclinado hacia delante, se dio cuenta de que tenía un arma en una mano y la correa del perro en la otra.

—¿Te mandan los Carver?

—No, no me envían los Carver. Pero ahora estoy investigando el caso.

—¿Te vas a Haití?

—Sí.

Beeson empujó la puerta para cerrarla, quitó la última cadena y volvió a abrirla. Ladeando la cabeza, le indicó a Mingus que entrara.

Dentro estaba oscuro, e incluso todo parecía más negro viniendo de la brillantez del exterior. Reinaba una fetidez agobiante. Corrió por la estancia una ráfaga de agrio olor a desperdicios fermentados y le dio a Max en plena cara, lo que le obligó a inclinarse para que no penetrara en sus orificios nasales. Dio un par de pasos hacia atrás, tambaleándose, con el estómago contraído, víctima de un acceso de náuseas que le raspó el extremo de la garganta. Se puso un pañuelo delante de la nariz y respiró a través de la boca, pero sintió el olor inmundo incluso en la lengua.

Había moscas por todas partes, zumbándole en los oídos, saltándole a la cara y a las manos; algunas se le posaban aquí y allá, disfrutando de su piel hasta que se sacudía para espantarlas. Oyó a Beeson arrastrar al pitbull hacia un rincón y atarlo.

—Es mejor que mantengas a la vista ese coche en el que has venido —dijo Beeson—. Los hijos de puta de aquí no le dejarán ni la pintura si permanece ahí demasiado tiempo.

Abrió las persianas de la izquierda y se quedó apartado, mirando. Todas las moscas de la habitación salieron como flechas, con estrepitoso zumbido en busca de la brillante luz blanca que se colaba en la oscuridad.

Max había olvidado lo bajo que era Beeson —apenas alcanzaba el metro cincuenta— y lo desproporcionadamente grande que era su cabeza con forma de cuchara.

A diferencia de muchos investigadores privados del condado de Dade, Beeson nunca había sido policía. Comenzó su vida laboral como buscador de mierda para el Partido Demócrata de Florida, buscando datos que pudieran ensuciar a los rivales y cosas por el estilo y convirtiéndolos luego en moneda de cambio política.

Se retiró de la política para dedicarse a la investigación privada después de la nominación de Carter, en 1976. Se dijo que había amasado millones de dólares arruinando vidas —matrimonios, carreras públicas, negocios—, haciendo que se derrumbase todo lo que fisgoneaba. Se había vestido, había conducido, comido, follado y vivido a la perfección gracias a los frutos de su éxito. Max recordaba cómo era cuando ejercía de rey del cotarro: trajes de alta costura, mocasines brillantes de charol con borlas, camisas tan blancas que prácticamente resplandecían, toneladas de colonia, manicura y un gordo anillo en el meñique. Por desgracia, dada su estatura de gnomo, la pompa y la época de apogeo de Beeson no habían acabado de darle el lustre que él suponía que conseguiría al precio de unos pocos miles de dólares gastados en sastrería. En lugar de verle como un personaje célebre de Florida, a Max siempre le había causado la impresión de un niño demasiado ansioso, que iba a la primera comunión con ropa dominguera elegida por su mamá.

Ahora estaba allí, usando una camiseta mugrienta debajo de una camisa playera barata, que llevaba abierta, con palmeras verdes y naranjas salpicando la tela.

Max se quedó conmocionado al verle.

No fue por la camisa ni la camiseta...

Fue por el pañal.

Clyde Beeson llevaba puesto un grueso pañal blanco, grisáceo y marrón, de paño, sostenido en la cintura por enormes broches de bebé, con puntas azules.

¿Qué demonios le había sucedido?

Max echó una mirada a la caravana. Parecía casi vacía. Entre él y Beeson había una pieza de linóleo para el suelo, un sillón de piel verde con el relleno saliéndose cerca de los brazos y un cajón de embalaje vuelto del revés, utilizado como mesa. El suelo estaba mugriento, cubierto de una suciedad negra aceitosa y su color amarillo original asomaba a través de las las huellas del pitbull. Había caca de perro por todas partes, reciente, seca y semiseca.

¿Cómo se había permitido Beeson caer tan bajo?

También vio cajas de cartón apiladas contra la pared, desde el suelo hasta el techo, cubriendo las ventanas que había a su derecha. Muchas de ellas estaban húmedas y abombadas en el centro, a punto de romperse y dejar caer su contenido.

La luz que entraba a través de las persianas parecía cortar el aire viciado en rodajas, colgaba pesadamente entre capas de humo de cigarrillo y estaba salpicado de moscas azules que pasaban a toda velocidad entre los hombres y se estrellaban contra la ventana iluminada, creyendo que se trataba del maravilloso exterior. Hasta las moscas querían salir de aquel patético pozo negro.

Desde un rincón oscuro, en el que la tiniebla se había replegado sobre sí misma, el perro gruñía, amenazador, en dirección a Max. Éste sólo podía distinguir los ojos del animal, lanzando destellos más que mirando.

Supuso que la cocina que se adivinaba detrás de Beeson estaba atestada de platos mugrientos y de comida putrefacta, y le dio asco pensar en lo que habría en el dormitorio del pobre y en el cuarto de baño.

Hacía un calor abrasador. A Max le cubría una capa de sudor cada vez más gruesa.

—Entra, Mingus —le dijo Beeson, haciéndole un gesto con la mano que sostenía el arma. Era una Magnum 44 de cañón largo, de acero, idéntica a la pistola de seis tiros que Clint Eastwood usaba en *Harry el Sucio,* circunstancia sin duda decisiva para su comprador. El arma era casi tan larga como el brazo que la sostenía.

Beeson se dio cuenta de que Max no se había movido. Estaba de pie, quieto, tapándose la nariz con el pañuelo y con una mirada de disgusto en los ojos.

—¡Haz lo que quieras! —Se encogió de hombros y sonrió. Miró a Max a través de unos pegajosos ojos de sapo, castaños, sostenidos por almohadones hinchados de carne grisácea. No parecía haber dormido mucho.

—¿De quién te estás escondiendo? —preguntó Max.

—Simplemente me estoy escondiendo —respondió—. De modo que Allain Carver te ha convencido para que busques a su hijo, ¿no?

Max asintió. Quiso apartar el pañuelo, pero la fetidez de la habitación era tan densa que podía sentir que se le depositaban partículas sobre la nariz, en forma de polvillo fino.

—¿Qué le dijiste?

—Le dije que probablemente el niño esté muerto.

—Nunca he sabido cómo te las has ingeniado para ganar un centavo en esta ciudad con esa actitud que tienes —dijo Beeson.

—La honestidad se paga bien.

Beeson se rio del comentario. Debía de llevar tiempo fumando tres paquetes al día, o más, porque su alborozo disparó una tos sonora, ronca y silbante que parecía arrancarle pedazos del pecho. Escupió una flema al suelo y la restregó en la mugre con el pie. Max se preguntó si habría sangre de un tumor mezclada con la saliva.

—No voy a despejarte el terreno, Mingus, si es a lo que has venido. A menos que me pagues.

—Algunas cosas no han cambiado.

—Es la fuerza de la costumbre. De todas maneras, ahora el dinero no me sirve para nada.

Max no podía soportarlo más. Dio un paso atrás desde la puerta y tiró de ésta para abrirla. La luz y el aire fresco invadieron la caravana. Max se quedó allí, de pie, un segundo, inspirando profundamente, dando bocanadas higiénicas.

El pitbull ladraba con furia, tirando de la cadena y del objeto al que estaba amarrada, probablemente desesperado por huir de la cloaca en la que le obligaban a vivir.

Max volvió a acercarse a Beeson, esquivando mierdas de perro que formaban un camino que se dirigía hacia la cocina. Había evitado por poco pisar una montañita de excrementos que parecía demasiado bien presentada como para que fuera natural. Beeson no se había movido. Parecía no importarle que la puerta estuviera abierta.

Todas las moscas huían, pasando al lado de Max, rasgando el aire en busca de la libertad.

—¿Cómo has terminado así? —preguntó Max. Nunca había creído en el destino o en el karma o en que Dios, si es que existía, se interesara realmente por los casos particulares. Las cosas no sucedían por ninguna razón en particular, simplemente sucedían, y rara vez uno tenía lo que se merecía. Cada cual poseía sueños, ambiciones, metas. Se trabajaba por ellos. De vez en cuando, uno tenía éxito, la mayor parte de las veces uno fracasaba. Así veía Max la vida. No era nada complicado. Pero el hecho de estar de pie allí, mirando a Beeson, le dio una pausa para pensar, le hizo cuestionar sus arraigadas creencias. Si el castigo divino no era parecido a lo que estaba viendo, entonces no existía semejante cosa.

—¿Qué? ¿Sientes pena por mí? —preguntó Beeson.

—No —contestó Max.

El desgraciado esbozó una sonrisita. Estudió a Max, recorriéndole con la vista de arriba abajo.

—De acuerdo, ¡qué carajo! Te lo contaré —dijo Beeson, mientras se alejaba de la ventana y se sentaba en el sillón, con el arma atravesada sobre el regazo. Se sacó un paquete de Pall Mall sin filtro del bolsillo de la camisa, lo sacudió para extraer un cigarro y lo encendió—. Fui a Haití en septiembre del año pasado. Estuve tres meses allí. —El hombrecillo se tomó un respiro. Luego siguió hablando—. Sabía, desde el momento en que Carver me dio los detalles, que en el caso todo eran negativas. No hubo petición de rescate, no hubo testigos, nadie vio nada, nadie oyó nada. Pero, qué importa, seguí adelante. Tripliqué mi tarifa, considerando que Haití no es exactamente lo mismo que las Bahamas. Carver dijo que de acuerdo, que no había problema. Y además mencionó la misma recompensa por llevárselo vivo que probablemente te habrá ofrecido a ti también.

—¿Cuánto te ofreció?

—Ni más ni menos que un millón si desenterraba el cuerpo. La friolera de cinco si encontraba vivo al niño. ¿Es eso lo que te ha ofrecido a ti? —Max asintió con la cabeza—. Ahora bien, sé que este tipo es empresario y uno no llega a amasar una fortuna como la de los Carver si se la gasta en esperanza. Me dije a mí mismo que el niño estaba completamente muerto y que el papi quería enterrar el cuerpo, o incinerarlo, o la mierda que hagan allí con los muertos. Me imaginé que sería un millón fácil, y además tendría unas pequeñas vacaciones. Como mucho, dos semanas de trabajo.

Beeson apuró su cigarrillo hasta donde estaba impresa la marca y luego encendió otro con el primero. Arrojó la colilla al suelo y la hizo rodar con su talón desnudo, sin mostrar la menor señal de dolor. Max supuso que estaría verdaderamente drogado por algún calmante fuerte de los que enfrían el cuerpo pero mantienen el cerebro extrañamente iluminado.

Mientras hablaba, Beeson no había dejado de mirar a Max con sus ojos muertos.

—Las cosas no salieron como pensaba. Las primeras tres semanas anduve por ahí, mostrando por todas partes la foto del niño y siempre oyendo el mismo nombre: Vincent Paul. Averigué entonces que éste es el líder del mayor poblado de barrios del país. Y por eso la gente dice que él es el verdadero poder en esa tierra. Se rumorea que ha construido una ciudad entera, moderna, en la que nadie ha estado ni nadie sabe dónde está. Dicen que tiene gente trabajando allí, desnuda, en fábricas de drogas. Les obliga a ponerse máscaras de Bill y Hillary Clinton. Como si dijera: jódanse. Olvídate de Aristide o de cualquier otro títere que Clinton ponga allí. Ese tipo, Paul, es un gánster profesional. Hace que todos los negros pandilleros y violadores que tenemos por aquí parezcan Bugs Bunny. Y además odia a los Carver. No pude averiguar por qué razón.

—¿Así que crees que secuestró al niño?

—Sí, eso está claro como el día. Tenía motivos y medios para hacerlo.

—¿Hablaste con él?

—Lo intenté, pero uno no habla con Vincent Paul. Él habla con uno. —Beeson dijo esto último lentamente.

—¿Y habló contigo?

Beeson no respondió. Sus ojos apuntaron hacia abajo y luego inclinó la cabeza. Guardó silencio. Max se quedó mirando el cuero cabelludo del desdichado, desmochado del todo, si no fuera por unos pocos mechones de largos cabellos de color castaño rojizo. El resto estaba concentrado detrás, en una aureola, como si fuera una tonsura eclesiástica. Permaneció así un interminable minuto, sin hacer ni un ruido. Max estaba a punto de decir algo cuando Beeson levantó lentamente la cabeza. Antes, sus ojos habían sido agujerillos desafiantes, osados pese a su mezquindad. Ahora esa mirada había desaparecido y los ojos se habían agrandado; las bolsas que aparecían debajo de ellos estaban desinfladas. Max vio miedo reflejado en el fondo de ellos.

Beeson miró luego por la ventana y siguió chupando su Pall Mall hasta que nuevamente empezó a toser y a respirar entrecortadamente. Esperó a que se le pasara el acceso de tos.

Se deslizó hacia el borde del sillón y se inclinó hacia delante.

—Nunca creí estar acercándome a nada, pero tal vez sí que lo estaba logrando, sin saberlo, o quizás alguien pensó que lo estaba haciendo. De todas maneras, un día estaba durmiendo en mi hotel y al día siguiente me despierto en una habitación extraña de paredes amarillas, sin tener ni idea de cómo he llegado allí. Estoy atado a la cama, desnudo, boca abajo. Entran unas personas, alguien me da un pinchazo en el culo y ¡pum!, me desvanezco. Me quedo totalmente dormido.

—¿Viste a esa gente?

—No.

—¿Qué sucedió a continuación?

—Cuando desperté, pensé que seguía soñando, porque iba a bordo de un avión de American Airlines, en mitad de un vuelo. Volando de regreso a Miami. Nadie me mira con extrañeza, a todo el mundo todo le parece normal. Le pregunto a la azafata cuánto tiempo llevo allí y me responde que una hora. Le pregunto a la persona que está detrás de mí si me vio subir y dice que no, que yo estaba allí dormido cuando ellos subieron.

—¿No recuerdas haberte subido en el avión? ¿Ni haber ido al aeropuerto? ¿Nada?

—Nada de nada. Bajé del avión en el aeropuerto de Miami. Cogí mi equipaje. No faltaba nada. Pero, cuando estoy saliendo, veo que hay adornos navideños. Miré un periódico, ¡y vi que era 14 de diciembre! ¡Eso me hizo cagarme de miedo! ¡Me faltaban dos putos meses! ¡Dos meses enteros, Mingus!

—¿Llamaste a Carver?

—Lo habría hecho, pero... —Beeson inspiró profundamente. Se tocó el pecho—. Tenía un dolor aquí. Como un desgarro, un desgarro caliente. Así que fui al servicio del aeropuerto y me abrí la camisa. Esto es lo que encontré.

Beeson se puso de pie, se quitó la camisa y se levantó la camiseta mugrienta. Su torso estaba cubierto de gruesos pelos castaño oscuros, enmarañados y ensortijados, desparramados formando vagamente la figura de una mariposa, desde debajo de sus hombros hasta el ombligo. Pero en una amplia zona el pelo raleaba o no crecía: una larga cicatriz rosada, de un centímetro de ancho, recorría desde el borde del cuello todo el centro del pecho, pasando entre los pulmones, trepaba por el redondo estómago y terminaba en el vientre.

A Max le entraron escalofríos y sintió una sensación de vacío en el estómago, como si la tierra se hubiera abierto allí, en esa puta caravana, y estuviera cayendo a un abismo sin fin.

Desde luego, no podía ser obra de Boukman, pero todo ello resultaba tan familiar, tan parecido a los cuerpos de aquellos pobres niños.

—Me hicieron esta mierda —dijo Beeson, mientras Max le miraba horrorizado—. Hijos de puta.

Se bajó la camiseta y volvió a caer sobre el sillón. Y entonces enterró la cabeza entre las manos y comenzó a llorar; su cuerpo gordo temblaba, sacudiéndose como la gelatina. Max rebuscó su pañuelo en los bolsillos, pero se detuvo, pues no quería que Beeson le pusiera encima sus manos pestilentes.

Detestaba ver llorar a los hombres. Nunca sabía qué decir o hacer. Consolarlos, como lo haría con una mujer, le parecía una violación de su masculinidad. Se quedó allí de pie, sintiéndose torpe y estúpido, dejando que Beeson se desahogara soltando las lágrimas. Esperaba que terminara pronto, porque todavía le faltaban por saber un montón de cosas.

Gradualmente, los sollozos de Beeson se fueron apagando entre ruidos nasales, resuellos y resoplidos, y disminuyeron hasta desaparecer. Se secó las lágrimas de la cara con las manos y se enjugó la humedad en la peluda parte trasera de su cabeza.

—Me fui derecho al hospital, a que me reconocieran —continuó cuando pudo recuperar el control de su voz—. No faltaba nada, pero... —Señaló con dos dedos hacia abajo, hacia el pañal—. Me di cuenta después de tomar la primera comida. Fue directamente de una punta a la otra. Esos haitianos me jodieron las tuberías para siempre. Nadie me las ha podido reparar aquí. No puedo retener nada. Disentería permanente.

Max sintió compasión por un momento. Beeson le recordaba a las putas del pabellón de mujeres que había visto en la cárcel, en el patio, y que andaban como patos, con pañales, porque los músculos del esfínter se les habían aflojado permanentemente a causa de las violaciones múltiples perpetradas por pandilleros.

—¿Crees que fue Vincent Paul el que te lo hizo?

—*Sé* que fue él. Para advertirme.

Max sacudió la cabeza.

—Eso es tomarse muchas molestias sólo para advertirle algo a alguien. Lo que te han hecho lleva tiempo. Además, te conozco, Beeson. Tú te asustas fácilmente. Si hubieran irrumpido en tu habitación y te hubieran puesto una pistola contra la garganta, habrías salido disparado de allí como un puto cohete.

—Qué cosas tan bonitas y dulces me dices —respondió Beeson al tiempo que encendía otro pitillo.

—¿A qué te estabas acercando?

—¿Qué quieres decir?

—¿Habías descubierto algo sobre el niño? ¿Alguna pista? ¿Algún sospechoso?

—Nada. Lo que tenía era *nickts*, que es como llaman las viejas judías a la mierda.

—¿Estás seguro? —insistió Max, estudiando los ojos de Beeson en busca de signos que revelaran que estaba mintiendo.

—*Nickts*, te lo estoy diciendo. —Max no le creyó, pero sabía que Beeson no se iba a rendir—. Entonces, ¿por qué crees que me jodieron así? ¿Para enviarle un mensaje a Carver?

—Podría ser. Tendría que tener más datos para asegurar algo —repuso Max—. ¿Y qué pasó después? Digo contigo. ¿Qué te ocurrió a ti?

—Me vine abajo. Hasta caer al punto en que me ves —explicó con toda naturalidad, dándose unos golpecitos en la cabeza—. Tuve este bajón, esta caída en picado. Ya no podía trabajar. Me retiré. Abandoné. Debía dinero a clientes por trabajos que no había terminado. Tuve que devolverlo, así que no me quedó mucho. Pero qué demonios, al menos sigo con vida.

Max asintió con la cabeza. Tenía ideas muy claras sobre la situación en la que estaba Beeson en ese momento. Ir a Haití era probablemente lo único que podía hacer para no terminar encontrando su propia caravana cubierta de mierda.

—No vayas a Haití, Mingus. Hay una mierda condenadamente jodida en ese lugar —dijo Beeson. Su voz era como un agudo quejido, como el sonido de una persistente ráfaga de viento frío que pasara rodeando una casa, silbando a través de los resquicios, tratando de entrar.

—Incluso aunque no quisiera hacerlo, tengo que ir, porque no me quedan muchas alternativas —replicó Max. Recorrió con la mirada la caravana por última vez—. Ya sabes, Clyde, que nunca me has gustado. Sigues sin gustarme. Eras un imbécil de primera, un cerdo traidor que hacía doble juego, sin escrúpulos morales. Pero ¿sabes una cosa? Ni siquiera tú te mereces esto.

—¿Debo entender que no te vas a quedar a cenar? —preguntó Beeson.

Max se dio la vuelta y se encaminó a la puerta. Beeson recogió su Magnum y se puso de pie. Siguió a Max de puntillas y tropezó con una blanda mierda en su camino.

Fuera ya de la caravana, Max se quedó de pie, aliviado por el aire límpido y bañado por el brillo del sol. Respiraba profundamente por la nariz. Tenía la esperanza de que la pestilencia no se le hubiera quedado pegado a la ropa y al pelo.

—¡Eh! ¡Mingus! —gritó Beeson desde la puerta.

Max se dio la vuelta.

—¿Te cogieron en la cárcel?

—¿Qué?

—¿Eras la puta de algún negro? ¿Algún negro te llamaba Mary? ¿Recibiste parte del botín de los bandidos, Mingus?

—No.

—Entonces, ¿qué te ocurrió de especial para que te hayas vuelto tan comprensivo? El Max de la vieja escuela habría dicho que he recibido lo que me merecía, me habría dado un puntapié en los dientes y se habría limpiado el pie en mi cara.

—Cuídate, Clyde —contestó Max—. Nadie lo hará por ti.

Subió al coche, se puso al volante, arrancó y se alejó. Iba en una especie de ensueño, aturdido.

CAPÍTULO

6

ax condujo de regreso a Miami y se dirigió a Little
Haiti.

Cuando era niño, en los años sesenta, había tenido una novia llamada Justine que vivía en esa zona. Por aquel entonces el barrio se
llamaba Lemon City y era de población mayoritariamente blanca, de
clase media, un barrio excelente para hacer compras. Su madre solía ir
allí para comprar los regalos de Navidad y de los cumpleaños.

En la época en que Max se convirtió en policía, una década después, todos los blancos, a excepción de los más pobres, se habían
mudado, las tiendas habían cerrado o se habían trasladado y el que
fuera un próspero barrio se degradó velozmente. Primero se insta-
laron allí los refugiados cubanos, y luego los afroamericanos más
prósperos de Liberty City se compraron las casas baratas. Los haitianos empezaron a llegar en cantidades importantes en la década de
1970, huyendo del régimen cada vez más asesino de Baby Doc.

Hubo mucha tensión entre los afroamericanos y los haitianos,
lo que a menudo desembocó en derramamientos de sangre, en su mayor parte de estos últimos. Nada cambió hasta que los inmigrantes
recién llegados comenzaron a organizarse en pandillas y a cuidarse
los unos a los otros. La más notable de tales bandas fue el CBSN, el
Club de Barones del Sábado por la Noche, liderada por Solomon
Boukman.

Max había ido al barrio por última vez cuando estaba investigando a Boukman y su banda, en 1981. Al volante de su coche cru-

zó, una tras otra, calles obstruidas por montones de basura, pasó al lado de almacenes cerrados con tablones y casas abandonadas o en ruinas sin ver un alma. Entonces se desencadenó el disturbio que les sorprendió en medio a él y a Joe.

Quince años después, Max esperaba más de lo mismo, o incluso algo peor que antes, pero cuando se metió en la calle 54 creyó que se había equivocado. La zona estaba limpia y llena de gente que andaba tranquilamente por las calles, en las que se sucedían escaparates y fachadas pintadas de brillantes colores, rosas, azules, naranjas, amarillos y verdes. Había pequeños restaurantes, bares, cafés con terrazas y tiendas que vendían de todo, desde ropa y comida hasta tallas de madera, libros, música y cuadros.

Max aparcó, salió del coche y comenzó a caminar. Era la única cara blanca de la calle y tuvo la nerviosa sensación de que era necesario andar con precaución. Se trataba de la misma vaga inquietud que habría experimentado en un gueto negro.

La tarde estaba avanzada y el sol había comenzado a ocultarse, dándole al cielo los primeros tintes de color púrpura. Max anduvo hasta un lugar al que su madre y su padre le habían llevado cuando era adolescente, una tienda de muebles de la calle 60, en la que compraron la mesa de la cocina. La tienda había desaparecido hacía ya bastante tiempo y en su lugar se erguía el imponente Mercado Caribeño, una réplica exacta del viejo Mercado de Hierro de Puerto Príncipe.

Entró y vagó entre pequeños changarros que vendían más comida, discos, ropa y todo tipo de abalorios católicos. Todos hablaban en criollo, el dialecto haitiano, una mezcla de francés y lenguas tribales del oeste de África. Aquel lenguaje sonaba a disputa. El criollo no se hablaba, casi se gritaba, con un tono tenso y vehemente; todos parecían estar pronunciando la última palabra, a punto de llegar a las manos. Sin embargo, cuando Max observó el lenguaje corporal de los hablantes del extraño idioma, se dio cuenta de que probablemente no estaban haciendo nada más peligroso que cotillear o regatear.

El detective salió del mercado y cruzó la calle hacia la iglesia de Notre Dame d'Haïti y el vecino Centro Católico Haitiano Pierre Toussaint. El centro estaba cerrado, así que se metió en la iglesia. Podía no haber dedicado mucho tiempo a Dios en su vida, pero le encantaban los templos. Siempre acababa entrando en una iglesia cuando necesitaba pensar. Eran los lugares más tranquilos y vacíos que conocía. Se trataba de una costumbre que había adquirido cuando patrullaba por las calles. Había resuelto muchos casos sentándose en los bancos, con la sola compañía de sus pensamientos y sin más apoyo que el de su cuaderno de notas. Las iglesias le ayudaban a concentrar su atención. Nunca se lo había contado a nadie, ni siquiera a su esposa, temeroso de que le tomaran por un fanático secreto de Jesucristo, o de que los otros resultaran ser ellos mismos unos beatos e intentaran darle una charla religiosa.

En la iglesia sólo había una anciana, sentada en los bancos del centro. Leía, en voz alta, un libro de oraciones en criollo. Oyó entrar a Max y se volvió para mirarlo, sin interrumpir su recitado.

Max fijó la mirada en las grandes vidrieras y en un mural que representaba el viaje de los haitianos desde su tierra natal hasta Florida, observados desde arriba, en el cielo, por la Virgen María y el Niño Jesús. El aire apestaba a incienso rancio, a velas y a los fragantes lirios rosas y blancos que sobresalían de floreros colocados en soportes metálicos, a ambos lados del altar.

La mujer, que seguía leyendo en voz alta, no le quitó de encima los ojos negros. Era como si le apuntara con el cañón de un revólver. Max podía sentir aquella mirada fija del mismo modo que se percibe cómo una cámara de seguridad te sigue en la sala acorazada de un banco. La miró. Era pequeña, frágil, con los cabellos blancos; las manchas propias de la vejez salpicaban su rostro lleno de arrugas. Intentó dedicarle la sonrisa que utilizaba con los extraños potencialmente hostiles, amplia, bien intencionada, abierta, mostrando bien los labios y las mejillas; pero el gesto fracasó. Max se retiró lentamente por el pasillo, sintiéndose turbado, mal recibido. Era el momento de marcharse.

Cuando salía, le echó un ojo a una librería colocada en un rincón cercano a la puerta. Había biblias en francés, en criollo y en inglés, así como diversos libros de tema religioso, sobre todo vidas de santos.

Al lado de los estantes, un gran tablón de anuncios de corcho ocupaba la mayor parte de lo que quedaba de pared. Estaba lleno de pequeños retratos de niños haitianos. Al pie de cada fotografía había una estampa amarilla con el nombre del pequeño, su edad y una fecha. Los niños eran de todos los colores y tenían entre tres y ocho años. Había chicos y chicas, y muchos aparecían vestidos con uniformes escolares. La imagen de Charlie Carver se le apareció por el rabillo del ojo. Escondida en un rincón del lado derecho, apenas era un rostro entre docenas de rostros, de modo que resultaba fácil que se perdiera entre ellos. Se trataba de una copia pequeña del retrato que tenía Max. Leyó el diminuto cartel: «Charles Paul Carver, 3 ans, 9/1994». Eran el mes y el año en que había desaparecido. Examinó las fechas de las otras fotografías. No las había anteriores a 1990.

—¿Es usted de la policía? —preguntó una voz de hombre detrás de él. Tenía acento francoamericano y entonación negra.

Max se dio la vuelta y vio a un cura de pie frente a él, con las manos en la espalda. Era un poco más alto que Max, pero más delgado y estrecho de hombros. Llevaba gafas redondas, con montura de metal plateado; los cristales reflejaban la luz y escondían los ojos. Pelo entrecano, perilla entrecana. Poco más o poco menos de cincuenta años.

—No, soy investigador privado —contestó Max. Nunca mentía en una iglesia.

—Otro cazador de recompensas —gruñó el cura.

—¿Es tan evidente?

—Me estoy acostumbrando a tropezar con personas como usted.

—¿Han venido muchas?

—Una o dos, tal vez más, no recuerdo. Todos pasan por aquí de camino a Haití. Ustedes y los periodistas.

—Hay que empezar por alguna parte —dijo Max. Podía sentir la mirada fija del cura, que le sondeaba más allá de los párpados. El sacerdote olía levemente a sudor y a un jabón pasado de moda—. Estos otros niños, ¿quiénes son?

—*Les enfants perdus* —contestó el cura—. Niños perdidos.

—¿Secuestrados también?

—Ésos son los casos de los que tenemos noticia. Hay muchos, muchos más. La mayoría de los haitianos no puede comprar una cámara ni hacer una simple foto.

—¿Cuánto hace que sucede?

—Siempre han desaparecido niños en Haití. Comencé a poner fotografías en el tablón muy poco tiempo después de llegar aquí, en 1990. En nuestra otra religión, el alma de un niño es un tesoro muy codiciado. Puede abrir muchas puertas.

—¿De modo que cree usted que se trata de algún asunto relacionado con el vudú?

—¡Quién sabe!

Había una suave tristeza en la voz del cura, un cierto hastío que sugería que había reflexionado sobre el asunto un millón de veces y pese a ello seguía con las manos vacías.

Max se dio cuenta en ese momento de que para el cura se trataba de algo personal. Miró el tablón que había quedado a sus espaldas y buscó entre las fotografías, con la esperanza de encontrar un sorprendente parecido de familia que le permitiera sacar a colación el tema. No encontró nada, pero de todas maneras fue al grano.

—¿Cuál de éstos es algo suyo?

En un primer momento el cura se sintió desconcertado, pero luego sonrió abiertamente.

—Es usted un hombre muy perspicaz. Dios debe de haberle elegido.

—Me dejé llevar por la intuición, padre.

El cura dio unos pasos hacia el tablón y señaló la foto de una niña que estaba al lado de la de Charlie, a la derecha.

—Mi sobrina, Claudette —señaló el cura—. Confieso que la puse aquí para que se le contagiara un poco el aura del niño rico.

Max desprendió el retrato de Claudette. «Claudette Thodore, 5 ans, 10/1994».

—Desapareció un mes después. ¿Thodore? ¿Ése es su apellido?

—Sí. Me llamo Alexandre Thodore. Claudette es la hija de mi hermano Caspar —dijo el sacerdote—. Le daré su dirección y su teléfono. Vive en Puerto Príncipe.

El cura sacó una pequeña libreta de su bolsillo y apuntó los datos de su hermano en un trozo de papel, que arrancó y entregó a Max.

—¿Le contó su hermano qué sucedió?

—Un día él estaba con su niña y al día siguiente estaba buscándola.

—Haré lo que pueda por encontrarla.

—No lo dudo —dijo el cura—. A propósito de los niños de Haití... Allí tienen un apodo para el coco que se lleva a los niños. «Tonton Clarinette». El señor Clarinete.

—¿Clarinete? ¿Como el instrumento? ¿Por qué?

—Con él atrae a los niños para llevárselos.

—¿Igual que el flautista de Hamelín?

—Se dice que Tonton Clarinette trabaja para el Barón Samedi, el dios vudú de la muerte —explicó el padre Thodore—. Roba las almas de los niños para entretener a la muerte. Algunos dicen que su aspecto es mitad hombre, mitad pájaro. Otros aseguran que es un pájaro con un solo ojo. Y sólo los niños pueden verle. Y eso es porque él mismo era un niño cuando murió. Cuenta la leyenda que originalmente fue un niño-soldado francés, una especie de mascota, lo que era muy común en aquellos tiempos. Estaba en uno de los regimientos enviados para poner orden en Haití, allá por el siglo XVIII. Entretenía a las tropas tocando el clarinete. Los esclavos que trabajaban en el campo solían oírle tocar y su música les enfurecía, porque asociaban el sonido y las melodías ejecutadas por el niño con el cautiverio y la opresión. —El cura sonrió tristemente y siguió con su relato—. Cuando los esclavos se sublevaron, aplastaron al regimiento del niño e hicieron un montón de prisioneros. Obligaron al pequeño a que tocara su condenado instrumento cuando asesinaban a sus camaradas, uno por uno. Y luego le enterraron vivo, mientras seguía tocando el clarinete —contó Thodore en tono grave. Tal vez sea una leyenda, pero él se lo tomaba muy en serio—. Es un espíritu relativamente nuevo, no es de los que nos asustaban a los niños cuando yo me crie. Escuché hablar de él por primera vez a la gente hace más o menos veinte años. Dicen que deja su señal por donde pasa.

—¿Qué clase de señal?

—Jamás he visto ninguna, pero se afirma que parece una pequeña cruz, con dos pies y uno de los brazos cortado por la mitad.

—Dice usted que siempre han desaparecido niños en Haití. ¿Tiene alguna idea de cuántos desaparecen al año?

—Es imposible saberlo. —Thodore abrió las manos en un gesto de desesperanza—. Allí las cosas no son como aquí. No hay ningún lugar donde pedir ayuda ni nadie a quien informar de las desapariciones. Y no hay manera de saber quiénes son o eran esos niños, porque los pobres no tienen partida de nacimiento ni certificado de defunción. Ésas son cosas de ricos. Casi todos los niños que desaparecen son pobres. Cuando desaparecen, es como si no hubieran existido nunca. Pero ahora, con el niño de los Carver, las cosas son diferentes. Se trata de un niño de la alta sociedad. De pronto, todo el mundo presta atención al drama. Es como aquí, en Miami. Si desaparece un niño negro, ¿a quién le importa? Tal vez uno o dos policías locales salen a buscarlo. Pero si es un crío blanco, llaman a la Guardia Nacional.

—Con el debido respeto, padre, eso último no es del todo cierto, aunque a veces lo parezca —objetó Max, sin levantar la voz—. Y nunca fue así en mi caso, cuando yo era policía aquí. Nunca.

El cura le miró duramente durante un instante. Él mismo tenía ojos de policía, esos ojos que pueden distinguir la sinceridad de las mentiras una y mil veces. Le tendió la mano a Max. Se estrecharon la mano mutuamente con firmeza. Después el padre Thodore le bendijo y le deseó buena suerte.

—Tráigala de regreso —le dijo a Max en un susurro.

Parte
2

El vuelo a Haití se retrasó una hora, porque hubo que esperar a un convicto repatriado y a los dos agentes estadounidenses que le escoltaban.

El avión iba casi lleno. El pasaje estaba compuesto sobre todo de haitianos, la mayoría hombres, que se dirigían a casa con bolsas llenas de comida, jabón y ropa, y cajas y cajas de electrodomésticos baratos, televisiones, radios, vídeos, ventiladores, microondas, computadoras, altavoces. Habían amontonado sus compras en los compartimentos para equipajes, las habían deslizado debajo de los asientos o las habían dejado sueltas por el pasillo cuando no cabían en otro lado, violando todas las reglas de seguridad aérea.

Las azafatas no se quejaban. Parecían estar acostumbradas a ello. Hacían su recorrido a través de los obstáculos con elegancia, erguidas y con sonrisas profesionales dibujadas en las caras, siempre arreglándoselas para circular entre el caos sin perder su exquisito porte, sin importarles lo estrecho que fuera el espacio disponible.

Max podía distinguir a los emigrantes que iban de visita de los que vivían en la isla. Los primeros lucían los adornos típicos del gueto: cadenas de oro, pendientes y brazaletes. En realidad era más valioso lo que llevaban encima que lo que tenían guardado en el banco. Los residentes en Haití vestían de modo conservador; los hombres con pantalones baratos, pero de buen gusto, y camisas de manga corta; las mujeres con vestidos como los que se llevan para ir a la iglesia entre semana.

La atmósfera del avión era animada; aparentemente, a nadie le preocupaba la demora. Las conversaciones se mantenían en voz muy alta y clara, los tonos siempre bruscos del criollo rebotaban hacia delante y hacia atrás, unos contra otros, y desde todos los rincones del avión. Las voces, profundas y guturales, ahogaban el hilo musical de la megafonía e impedían escuchar las palabras del piloto.

—La mayor parte de estas personas vive en casas sin electricidad —explicó la mujer que estaba al lado de Max, en el asiento de la ventanilla—. Adquieren todas esas cosas como adornos, como símbolos de un estatus elevado, como nosotros compramos una estatuilla o un cuadro.

Su nombre era Wendy Abbott. Había vivido en Haití los últimos treinta y cinco años, con su esposo, Paul. Dirigían una escuela primaria en las montañas a cuyos pies estaba Puerto Príncipe. Ofrecía sus servicios tanto a los ricos como a los pobres. Los padres ricos pagaban en efectivo, los pobres en especie. Obtenían ganancias, porque muy pocos pobres creían en la educación o sabían para qué servía. La mayoría de los alumnos seguía sus estudios en la Union School, donde se les enseñaba de acuerdo con el programa estadounidense, o en el más caro y prestigioso Lycée Français, que los preparaba para el bachillerato francés.

Max se había presentado a sí mismo limitándose a decir su nombre.

Unos cincuenta soldados canadienses, parte del Cuerpo de Paz de las Naciones Unidas, estaban sentados juntos en mitad del avión, formando un paisaje de caras sudorosas, rosadas y blancas, peinados con raya a la izquierda, bigotes a lo Village People, silenciosos, tensos, deprimidos en medio de la bulliciosa gente que habían contribuido a subyugar. Al ver las expresiones de sus rostros, uno habría jurado que la cosa había sido al revés.

El convicto llegó a bordo, acompañado por sus dos escoltas, en medio de un sonoro y peculiar ruido de gruesas cadenas. Max le estudió. Vestía pantalones vaqueros, sin cinturón, camiseta blanca holgada, un pañuelo azul y blanco en la cabeza, nada de oro, nada de bisutería. Parecía un pandillero de primera, al que probablemente habían cogido vendiendo pedrería o al regresar de su primer asesinato apestando a humo de pistola. Estrictamente, un preso de poca monta; ni siquiera había pasado del segundo escalón en la jerarquía del gueto. Todavía llevaba las ropas del presidio, porque ya se le habrían quedado pequeñas las que usó en el juicio, después del tiempo pasado cumpliendo su sentencia. Hinchaba el pecho y procuraba llevar su cabeza de presidiario en alto, pero Max pudo ver que sus ojos se tiñeron de incertidumbre cuando contempló la multitud que bullía en el avión y barruntó una libertad que no era condicional. Probablemente había pensado que moriría en la cárcel.

Los haitianos ignoraron al convicto, pero todos los canadienses le prestaron especial atención, observando a los agentes estadounidenses, mirándolos como si esperaran que alguno se pusiera de pie y les explicara lo que estaba pasando.

No lo hicieron. En cambio, uno de ellos, con perilla, le dijo algo a una azafata. Querían sentarse en los tres asientos de delante, que eran los más cercanos a la puerta, pero estaban ocupados. La azafata protestó. El agente sacó un papel de un bolsillo interior de su chaqueta y se lo entregó. Ella lo cogió, lo leyó y desapareció detrás de unas cortinas que estaban a sus espaldas.

—Me pregunto si se da cuenta de la injuria que representa para la herencia histórica de su país: regresar a Haití como llegaron sus antepasados, encadenado —señaló Wendy, mirando al convicto.

—No creo que le importe un carajo, señora —respondió Max.

Hasta ese momento, el convicto había mantenido la mirada fija en un punto indeterminado, sin enfocar la vista sobre nadie ni nada en particular, pero debió de percibir que Max y Wendy le estaban observando, porque miró hacia el lado en el que estaban ellos. Wendy bajó la vista en cuanto sus ojos se cruzaron con los del prisionero, pero Max le contempló cara a cara. El convicto reconoció en Max a uno de los de su clase, sonrió muy levemente y le hizo un gesto con la cabeza. Max respondió al saludo con un involuntario movimiento de cejas.

Nada de eso habría sucedido en prisión. Un presidiario negro nunca establecía un vínculo con uno blanco, a menos que estuvieran comprando o vendiendo algo, generalmente drogas o sexo. Una vez que uno había sido encerrado, se quedaba entre los suyos y no se mezclaba ni entraba en relación con los otros grupos. Era así y no había manera de que la cosa fuera diferente. Las tribus siempre estaban en guerra. Los blancos eran los primeros en ser víctimas de violaciones colectivas y palizas a manos de negros y latinos, que los veían como símbolos del sistema judicial que les había colocado en situación inferior desde que nacieron. Si uno era listo, se olvidaba de sus opiniones liberales y aceptaba los prejuicios en cuanto se cerraba la puerta de la celda. El odio y el miedo le mantenían a uno alerta y con vida.

La azafata regresó y dijo a las tres personas sentadas frente a la zona en la que estaba Max que tenían que cambiarse de asiento. Las tres empezaron a protestar. La azafata les dijo que los pasaría a primera clase, que les darían champán gratis y tendrían más espacio para estirar las piernas.

Al oír eso, se pusieron rápidamente de pie y recogieron sus pertenencias. Eran tres monjas.

Los agentes sentaron al convicto en el asiento del centro y se ubicaron uno a cada lado de él.

El avión salió de Miami diez minutos después.

Con su forma de pinza de langosta, mutilada en la parte superior, desde el aire Haití le dio la impresión de ser un territorio que no estaba donde debía estar, después del denso y exquisito verdor de Cuba y todas las demás pequeñas islas que habían sobrevolado. Árido y amarillento, el herrumbroso paisaje parecía completamente privado de hierba y árboles. Cuando el avión dio un giro sobre el límite de la vecina República Dominicana, se podía ver claramente la división entre los dos países: la tierra estaba separada tan claramente como en un mapa; un páramo reseco junto a un oasis exuberante.

La noche anterior Max no había dormido mucho. Había estado en la oficina de Joe, primero fotocopiando los viejos expedientes sobre Solomon Boukman y el CBSN y luego buscando en la base de datos a los antiguos miembros de la banda

Aunque había fundado y dirigía el CBSN, Boukman delegaba sus funciones. Tenía doce suplentes, todos implacablemente leales, tan absolutamente despiadados como él y con su misma sangre fría. De ellos, siete ya estaban muertos —dos ejecutados por el Estado de

Florida, otro por el Estado de Texas, dos abatidos por balas de la policía y uno asesinado en la cárcel—, uno estaba cumpliendo cadena perpetua en régimen de máxima seguridad y los otros cuatro fueron deportados a Haití entre marzo de 1995 y mayo de 1996.

Rudy Crèvecoeur, Jean Desgrottes, Salazar Faustin y Don Moïse habían sido los más temibles subordinados de Boukman. Eran los encargados de hacer respetar las reglas, los que vigilaban a la banda, asegurándose de que nadie robara o se fuera de la lengua donde no debía. Moïse, Crèvecoeur y Desgrottes fueron, además, responsables directos de los secuestros de los niños que Boukman sacrificaba en sus ceremonias rituales.

Salazar Faustin estaba a cargo de las operaciones de tráfico de drogas del CBSN. Había pertenecido a los Tontons Macoutes —la milicia particular de Duvalier— y utilizó sus contactos en Haití para montar una red altamente eficiente de contrabando de cocaína hacia Miami. Compraban las drogas directamente a los productores bolivianos y las llevaban a Haití en aviones pequeños, que aterrizaban en una pista secreta, al norte del país. Allí cambiaban de piloto, el avión repostaba y volaba a Miami. Los agentes de aduanas de Estados Unidos no se molestaban en revisar el avión, porque pensaban que sólo venía de Haití, una zona en la que no se producían drogas. Una vez en Miami, la cocaína era trasladada al Sunset Marquee, un hotel barato en South Beach, propiedad de Faustin, que lo regentaba con su madre, Marie-Félize. En el sótano cortaban la cocaína con glucosa y la distribuían a los narcos callejeros del CBSN, que la vendían por todo Florida.

Tanto Salazar como Marie-Félize Faustin habían sido sentenciados a cadena perpetua por tráfico de drogas. Fueron deportados el mismo día, el 8 de agosto de 1995, y se reencontraron bañados en lágrimas en el aeropuerto.

Aterrizaron a las 14:45. El personal del aeropuerto, vestido con monos azules, hizo rodar una escalerilla hasta las puertas de la aeronave. Los pasajeros tenían que caminar por el asfalto de la pista para llegar a la terminal, que no era más que una construcción rectangular de poca monta, totalmente desvencijada, con paredes agrietadas y la pintura blanca desconchada. Había una torre de control a la derecha del edificio, tres mástiles desnudos en medio y la leyenda «Bienvenidos al Aeropuerto Internacional de Puerto Príncipe» pintada a lo largo de la fachada que daba a la pista, en toscas letras negras.

El piloto solicitó a los pasajeros que esperasen a que primero bajara del avión el prisionero.

Se abrió la puerta. Los agentes estadounidenses, ambos con gafas de sol, se pusieron de pie con el convicto y le sacaron del avión.

Cuando Max se bajó le sorprendió el calor, que le sofocó como si estuviese envuelto en una densa manta que le dejaba sin espacio para tomar un poco de aire. Ni siquiera la suave brisa que estaba soplando aliviaba la sensación de agobio. En comparación con aquello, los días más calurosos de Florida parecían frescos.

Siguió a Wendy cuando bajaron por la escalerilla, llevando su pesada bolsa de viaje en la mano, respirando un aire que parecía vapor y sudando por todos los poros del cuerpo.

Ambos siguieron a los pasajeros que marchaban hacia la terminal. Wendy notó que la cara de Max estaba roja y que una capa de humedad le cubría la frente.

—Tiene suerte de no haber venido en verano —dijo—. Es como entrar al infierno con un abrigo de piel.

Había docenas de soldados rodeando la pista de aterrizaje. Marines americanos en manga corta que cargaban camiones con cajones y cajas, relajados y sin prisas. La isla sería suya todo el tiempo que quisieran.

Más adelante, Max pudo ver a los agentes americanos entregándoles el convicto a tres haitianos vestidos de civil, armados con escopetas. Uno de los agentes estaba en cuclillas, quitando los grilletes de los tobillos del prisionero. Vista desde la posición que ocupaba Max, la escena podría haber parecido un gesto bastante considerado, pues se diría que el agente estaba atándole los cordones al convicto que tenía a su cargo antes de entregarlo.

Una vez quitadas las cadenas y las esposas, los agentes subieron a un todoterreno militar americano y les llevaron hacia el avión. Mientras tanto, los tres haitianos hablaban con el convicto, que se frotaba las muñecas y los tobillos. Cuando terminó de hacerlo, caminaron con él y entraron por una puerta lateral que estaba en el extremo más lejano de la terminal.

Se oía música procedente de la terminal. Una banda de cinco miembros estaba actuando cerca de la entrada; tocaba una canción criolla, ni muy rápida ni muy lenta. Max no entendía ninguna de las palabras, pero percibió tristeza en lo que parecía una tonada dulce e intrascendente.

Eran músicos viejos, hombres delgados y encorvados, vestidos con idénticas camisas playeras de tienda de todo a un dólar de Miami, con dibujos de palmeras y puestas de sol. Había un bongosero, un bajista, un tecladista, un guitarrista y el cantante, todos con sus instrumentos conectados a una pila de amplificadores apilada contra la pared de la terminal. Max vio a algunas personas balanceándose, siguiendo el ritmo de la música al caminar, y oyó a otras que estaban delante y detrás de él cantar al unísono.

—Se llama *Haïti, ma chérie*. Es el lamento de un exiliado —explicó Wendy cuando pasaron al lado de la banda y llegaron a la entrada, que estaba dividida en dos puertas: una para ciudadanos haitianos y otra para no haitianos.

—Aquí nos separamos, Max —se despidió Wendy—. Tengo doble nacionalidad. Me ahorra colas y papeleo. —Se dieron un apretón de manos—. ¡Ah, y cuidado con la cinta de equipajes! —advirtió ella, mientras se ponía en la fila para el control de pasaportes—. ¡Es la misma desde 1965!

A Max le pusieron un sello rojo en el pasaporte y después se dirigió a la zona de llegadas, que vio que estaba en la misma sala grande y oscura que el área de salidas, la aduana, la venta y recogida de billetes, el alquiler de coches, la información turística, la entrada y la salida. El recinto estaba repleto de gente, jóvenes y viejos, hombres y mujeres, yendo y viniendo, a empujones, todos gritando a viva voz. Vio un pollo que andaba frenéticamente entre la multitud, zigzagueando entre piernas, maletas y paquetes, cacareando mecánicamente, agitando las alas y defecando en el suelo. Un hombre lo perseguía, inclinado hacia delante, con los brazos estirados, empujando y a veces derribando a todo el que se interponía en su camino.

Max había llamado a Carver antes de embarcar. Le había dado el número de vuelo y la hora de llegada. Carver le había dicho que alguien le esperaría en el aeropuerto. Max miró en vano a su alrededor, en busca de algún extraño que llevara un cartel con su nombre.

Entonces oyó un alboroto a su izquierda. Una barrera humana de cuatro o cinco cuerpos de espesor se había formado en un extremo de la zona de llegadas; todos gritaban, todos se movían caóticamente. Max descubrió a qué le dedicaban tan apasionada atención: la cinta de equipajes.

Tenía que recoger la maleta.

Se dirigió hacia la muchedumbre, al principio intentando esquivar cuidadosamente a la gente, pero cuando vio que no se acercaba ni un centímetro a la cinta, hizo lo mismo que los haitianos: repartió codazos, empujó, forcejeó y arremetió con los hombros para abrirse camino a través de la multitud, deteniéndose sólo una vez, para no pisar al pollo y a su dueño.

Atravesó la masa humana y se movió hasta tener claramente a la vista la cinta transportadora. No estaba en funcionamiento y parecía que llevaba años averiada. Sus laterales cromados estaban unidos por remaches, la mayoría de los cuales habían saltado o estaban a punto de saltar, dejando al aire puntas irregulares, afiladas, que se retorcían hacia fuera, impidiendo que uno se acercara. La cinta, que en su día había sido de goma negra, estaba indeciblemente desgastada y dejaba traslucir las planchas de acero, excepto en algunas partes en las que los pedazos de su revestimiento original estaban tenazmente pegados a ellas, como si fuera chicle envejecido. Las planchas mismas hacía tiempo que estaban deformadas, habiendo perdido cualquier clara forma geométrica.

La cinta de equipajes era el lugar más importante de aquel sector de mugrientas paredes blancas, suelo de mármol oscuro y grandes ventiladores desvencijados, que apenas agitaban el aire o mitigaban el calor acumulado, cuando no amenazaban con desplomarse y decapitar a la gente que había debajo.

Cuando Max miró más de cerca, se percató de que la cinta se estaba moviendo y que el equipaje empezaba a llegar, aunque a una velocidad tan tremendamente lenta que las maletas parecían arrastrarse subrepticiamente, centímetro a centímetro, segundo a segundo.

Alrededor de la cinta se agolpaba mucha más gente que la que había viajado en su vuelo. La mayoría, pues, estaba allí para robar equipajes. Max comenzó a distinguir rápidamente a los pasajeros legítimos de los ladrones. Los segundos manoseaban todas y cada una de las maletas que quedaban a su alcance. Los verdaderos dueños intentaban entonces arrebatárselas o forcejeaban para recuperar sus pertenencias. Los ladrones luchaban un poco, pero luego se daban por vencidos y volvían a abrirse paso a empujones hacia la cinta, para probar suerte con otros bultos. Era una batalla campal. Allí no había personal de seguridad aeroportuaria. Ni se le esperaba.

Max decidió que no iba a comenzar su estancia en Haití dándole una paliza a alguien, por justificada que fuera su acción. Se abrió camino a empujones, hasta que pudo situarse tan cerca como le fue posible del lugar del que surgían las maletas.

Su Samsonite negra apareció después de una eternidad. Le puso las manos encima y se abrió paso groseramente, sin ningún miramiento, a través del gentío.

Una vez que había salido y ya fuera de la masa humana, volvió a ver al pollo fugitivo. Su dueño le había colocado una correa en forma de lazo alrededor del cuello y tiraba del animal hacia la salida.

—¿Señor Mingus? —preguntó una mujer detrás de él.

Max se dio la vuelta. Lo primero que atrajo su atención fue la boca: labios gruesos, carnosos y gesticulantes, dientes blancos.

—Soy Chantale Duplaix. El señor Carver me ha enviado a recogerle —dijo, tendiendo la mano.

—Hola, yo soy Max —saludó, estrechándole la mano, que era pequeña y aparentemente delicada, aunque su piel resultó ser dura y áspera, y el apretón de su mano muy fuerte.

Chantale era muy hermosa y Max no pudo reprimir una sonrisa. La mujer tenía la piel de color marrón claro, con algunas pecas sobre la nariz y las mejillas, y grandes ojos de color miel. El pelo, lacio y negro, le caía hasta los hombros. Con sus tacones, era ligeramente más baja que él. Llevaba una falda azul que le llegaba hasta las rodillas y una blusa holgada de manga corta, con el botón de arriba desabrochado, dejando ver una delgada cadena de oro. Parecía tener unos veinticinco años.

—Lamento las molestias que ha sufrido con su maleta. Íbamos a ir a ayudarle, pero usted se desenvolvió muy bien.

—¿Es que aquí no tienen ustedes personal de seguridad? —preguntó Max.

—Teníamos. Pero ustedes se llevaron nuestras armas —dijo, al tiempo que se oscurecía su clara mirada y se endurecía su dulce voz. Max, algo sorprendido, imaginó que era capaz de perder los estribos y arrasar todo lo que se interpusiera en su camino—. Su ejército nos desarmó —explicó Chantale—. No fueron capaces de entender que la única autoridad que respetan los haitianos es la autoridad armada.

Max no supo qué responder. No sabía lo suficiente sobre la situación política como para replicar o hacer comentarios, pero le constaba que una buena parte del mundo odiaba a los americanos por hacer lo que hacían en Haití. Por lo tanto, sabía lo difícil que resultaría el trabajo que tenía por delante si se suponía que Chantale estaría a su lado.

—Pero no se preocupe por ello —añadió la joven al tiempo que le ofrecía una radiante sonrisa blanca. Max observó que tenía un pequeño lunar ovalado a la derecha de la boca, justo en la línea que separaba la piel del rostro del labio inferior—. Bienvenido a Haití.

Max inclinó la cabeza, esperando que el gesto no fuera interpretado como un sarcasmo. Ahora, al mirarla mejor, pensó que Chantale estaría cerca de los treinta. Rezumaba madurez y autocontrol, cierta desenvoltura diplomática que sólo da la experiencia.

Le guió hacia la aduana, en realidad dos mesas donde hacían abrir los bolsos a todo el mundo para inspeccionar su contenido. Dos hombres altos permanecían detrás, de pie, mirando. Exhibían bigotes, gafas de sol y evidentes bultos de armas en sus costados, bajo las camisas que llevaban fuera del pantalón. Siguieron a Max.

Chantale sonrió a los oficiales de aduanas, quienes le devolvieron la cortesía y la saludaron con la mano, siguiéndola con la mirada hasta que desapareció de su campo visual. Max no pudo evitar contemplarla detenidamente desde atrás. Comprobó por qué los otros se habían quedado observándola y dejó escapar un silencioso silbido. Hombros anchos, espalda recta, cuello elegante. Finos tobillos, curvas muy atléticas hasta las pantorrillas. Se cuidaba, corriendo, sin duda, y haciendo pesas. Su culo era perfecto: alto, respingón, redondo y firme.

Salieron andando del aeropuerto y cruzaron la calle hacia el lugar en el que estaban aparcados dos Toyota Landcruiser de color azul marino, uno detrás del otro. Ella subió al primer coche y abrió el maletero para que Max pusiera su equipaje. Los hombres subieron al coche de atrás.

Max montó y se sentó delante, al lado de Chantale. La mujer conectó el aire acondicionado. El detective seguía sudando pesadamente, mientras su cuerpo luchaba por aclimatarse, después del calor sufrido en la terminal.

Miró la entrada del aeropuerto a través de la ventanilla y vio al convicto que había viajado en su avión, de pie, restregándose las muñecas y observando el entorno. Miraba a derecha e izquierda. El hombre parecía perdido y vulnerable, como si echara mucho de menos su celda, la seguridad de lo familiar. Sentada en el suelo, con las piernas cruzadas, al lado de un par de zapatillas rotas y estropeadas, una mujer le estaba hablando. Él se encogió de hombros y alzó las palmas de las manos, expresando impotencia. Había preocupación en su rostro, un miedo incipiente. Ah, si los matones y los tipos duros pudieran verle ahora, acorralado por el mundo libre, inadaptado, con la vida poniéndole en evidencia. Max jugó con la idea de hacer de buen samaritano y recoger al convicto para llevarle hasta la ciudad, pero enseguida la descartó. Era una simpatía falsa, equivocada. Había estado en la cárcel, pero no se consideraba a sí mismo un criminal.

Chantale pareció leerle el pensamiento.

—Vendrán a recogerle —dijo—. Enviarán un coche a buscarle, como nosotros hemos hecho con usted.

—¿Quiénes lo enviarán?

—Depende de a qué rumor preste uno atención. Alguna gente dice que hay un grupo de criminales expatriados que operan aquí, como un sindicato. Cada vez que viene alguien de una prisión americana le acogen y le obligan a entrar en la banda. Otra gente dice que no hay tal cosa, que en realidad es asunto de Vincent Paul.

—¿Vincent Paul?

—«Le roi de Cité Soleil», el rey de Cité Soleil, Ciudad Sol. Es el mayor poblado de criminales del país. Está al lado de Puerto Príncipe. Dicen que el que controla aquel lugar domina Haití. Todos los cambios de gobierno han comenzado allí, incluida la caída de Jean-Claude Duvalier.

—¿Vincent Paul estuvo detrás de aquello?

—La gente dice todo tipo de cosas. Hablan mucho aquí. A veces es lo único que hacen. Hablar es el pasatiempo nacional, en vista de lo mal que funciona la economía. No hay trabajo. No hay suficientes cosas que hacer. Por desgracia, sobra el tiempo. Ya se dará cuenta —explicó Chantale, sacudiendo la cabeza.

—¿Qué debo hacer para reunirme con Vincent Paul?

—Él se reunirá con usted, llegado el caso.

—¿Y cree usted que llegará el caso? —preguntó Max, pensando en Beeson. ¿Habría recogido Chantale a Beeson en el aeropuerto? ¿Sabría lo que le había sucedido?

—¿Quién puede asegurarlo? Tal vez esté detrás del asunto, o tal vez no. No es la única persona que odia a la familia Carver. Mis jefes tienen un montón de enemigos.

—¿Los odia usted?

—No —contestó la mujer, riendo y clavando la mirada en el rostro de Max. Tenía unos hermosos ojos felinos y una risa contundente, sonora, estridente, vulgar, cómplice e irresistiblemente indecente; la risa de alguien que se emborracha, se coloca y se acuesta con perfectos desconocidos.

El coche arrancó y partieron.

CAPÍTULO
8

La carretera que salía del aeropuerto era larga, polvorienta, de color gris lechoso. Fisuras, socavones, boquetes y grietas destrozaban la superficie, convirtiéndola en un tosco enrejado que convergía frecuentemente en agujeros y cráteres de distintos tamaños y profundidades. Era un milagro que aún pareciese una carretera y no un simple rastro de tierra.

Chantale conducía con destreza, dando volantazos para esquivar o rodear los agujeros más grandes y bajando la velocidad cuando tenía que pasar por encima de los más pequeños. Todos los coches que iban delante, así como los que venían en sentido contrario, en el otro supuesto carril, se movían de la misma manera, aunque algunos sorteaban los obstáculos de la carretera guiando sus vehículos más espectacularmente que otros, conduciéndolos como los clásicos automovilistas borrachos.

—¿Es la primera vez que viene a Haití? —preguntó Chantale.

—Pues sí. Espero que no todo sea como el aeropuerto.

—Es peor —soltó la joven, y se rio—. Pero nos las arreglamos.

Aparentemente, había sólo dos clases de coches en Haití: los de lujo y los que parecían listos para el desguace. Max vio Mercedes, Beemers, Lexus y una buena cantidad de todoterrenos. Hasta una limusina. Vio un Bentley seguido de un Rolls Royce. Pero por cada uno de éstos, había docenas de camiones oxidados que echaban nubes de humo, abarrotados de gente, con las cabinas y los remolques tan llenos que algunas personas iban colgadas a los lados y otras agarradas al techo. Luego estaban los viejos vehículos familiares, todos pintados con lemas e imágenes de santos o de campesinos en colores brillantes. Eran taxis, le contó Chantale, y los llamaban «taptaps». También estaban llenos de gente y el portaequipaje iba cargado con sus pertenencias, canastos atiborrados, cajas de cartón y fardos de tela liada. A Max le dio la impresión de que todos estaban huyendo de una guerra o de un desastre natural.

—Usted se alojará en una de las casas de Carver, en Pétionville. Es una zona residencial, a media hora de Puerto Príncipe. En este momento, la capital resulta demasiado peligrosa. En la casa hay una criada llamada Rubie. Es muy agradable. Le hará la comida y le lavará la ropa. Usted nunca la verá. A menos que se pase allí el día entero. Hay teléfono, televisión y ducha. Todo lo necesario.

—Gracias —dijo Max—. ¿Es éste el trabajo que hace usted habitualmente para los Carver?

—¿Chófer? —preguntó con una sonrisita—. No, esto es una excepción. Trabajo en el equipo de Allain. Me ofreció que me tomara el resto del día libre a cambio de ir a recogerle.

La carretera atravesaba, o casi diseccionaba, una seca llanura sin fin, prácticamente un desierto salpicado de hierbas amarillentas y escuálidas. El paisaje pasaba a su lado. Max avistó las oscuras montañas a la izquierda y vio que las nubes estaban muy bajas, tan cerca del suelo que parecían haberse desprendido para caer amontonadas del cielo, amenazando la tierra. De cuando en cuando se veían señales de limitación de velocidad, números negros sobre fondo blanco, 60, 70, 80, 90; pero nadie les prestaba demasiada atención y mucho menos se echaba a un lado de la carretera, a menos que algo más grande viniera en sentido contrario. Chantale no subía, ni apenas bajaba, de setenta por hora.

Vallas pintadas con anuncios, de unos diez metros de alto por veinte de ancho, se erguían a ambos lados de la carretera, anunciando marcas nacionales e internacionales. Entre ellas había otras más pequeñas y angostas, de bancos locales, emisoras de radio y loterías. De vez en cuando aparecía la cara de Charlie Carver, con sus rasgos intensos y embrujados, ampliados y colocados en lo alto, en blanco y negro, los ojos mirando fijamente a los viajeros. Encima de la imagen estaba pintada con letras rojas la palabra «recompensa», y debajo «$1.000.000». A la izquierda, en negro, había un número de teléfono.

—¿Cuánto tiempo hace que eso está allí? —preguntó Max, tras pasar al lado del primero de los carteles.

—Unos dos años —respondió Chantale—. Lo cambian todos los meses, porque se destiñe.

—Imagino que habrán recibido montones de llamadas.

—En una época las hubo, pero fueron haciéndose cada vez más escasas, desde que la gente se dio cuenta de que no les iban a pagar por inventar cuentos.

—¿Cómo era Charlie?

—Sólo le vi una vez, en casa de los Carver, antes de la invasión. Era un bebé.

—Supongo que el señor Carver mantiene separadas su vida privada y su vida profesional.

—Eso es imposible en Haití. Pero hace lo que puede —respondió la chica mirándole a los ojos. Notó un eco de resentimiento en su voz. La hermosa mujer tenía acento francoamericano, dos sonidos que casaban a regañadientes. Nacida y criada en la isla, se había educado en algún lugar de Estados Unidos o Canadá. Definitivamente cercana a los treinta años, parecía haber encontrado su propia voz, su propia personalidad.

Era hermosa. Max quería besar su boca y saborear sus labios carnosos, ligeramente abiertos. Miró por la ventanilla para evitar fijar la vista en ella de modo demasiado manifiesto. No quería ponerse en evidencia.

Se veía poca gente, hombres con camisas y pantalones andrajosos y sombreros de paja pastoreando pequeños rebaños de sucias cabras marrones, patéticamente flacas. Otros empujaban burros cargados con cestos de paja rebosantes y hombres y mujeres, en parejas o solos, andaban con baldes llenos de agua sobre los hombros o llevando en equilibrio grandes canastos sobre la cabeza. Todos se movían muy lentamente, con el mismo paso escorado y holgazán. Más adelante llegaron a la primera aldea, un puñado de casuchas de una sola habitación, pintadas de naranja, amarillo o verde, todas con tejado de zinc. Había mujeres sentadas frente a mesas dispuestas a un lado de la carretera, vendiendo golosinas de caña de azúcar. Al lado jugaban niños desnudos. Un hombre cocinaba algo en un cazo puesto al fuego, del que salía un ligero humo blanco. Perros callejeros olfateaban el suelo. Todo ello asándose bajo el intenso brillo de los rayos del sol.

Chantale puso la radio. Max tenía la esperanza de escuchar de nuevo *Haïti, ma chérie,* pero tuvo que conformarse con oír la familiar mierda de máquina, de ritmos machacones, de todos los discos de rap grabados y por grabar. Sonó una nueva versión de *Ain't Nobody,* una canción que le encantaba a Sandra, destrozada por un rapero que sonaba a rayos y centellas.

—¿Le gusta la música? —le preguntó Chantale.

—La música sí —respondió Max sin dejar de mirarla. Ella seguía el ritmo de la canción con la cabeza.

—¿Por ejemplo? ¿Bruce Springsteen? —preguntó ella, haciendo un gesto con la cabeza para señalar el tatuaje de Max.

Él no supo qué decir. Contar la verdad llevaría demasiado tiempo y abriría demasiadas ventanas por las que quedaría al descubierto su intimidad.

—Cuando me hice este tatuaje no sabía nada —arguyó—. Ahora me gusta la música tranquila. De viejos. *Old Blue Eyes.*

—¿Sinatra? Eso sí que es antiguo —comentó ella, y lo echó una mirada, recorriendo con los ojos su cara y su pecho. Max sorprendió la mirada de la hermosa mujer metiéndose en su camisa. ¡Hacía tanto que no flirteaba! En el pasado sabía cómo comportarse en situaciones como aquélla. Por aquel entonces tenía claro lo que quería. Ahora no estaba tan seguro.

—La música más popular de aquí se llama *kompas.* Compacta. Es un tipo de canción muy larga, que puede durar media hora o más. En realidad es más bien un montón de canciones cortas unidas. Con diferentes compases —explicó Chantale, con los ojos ahora fijos en la carretera.

—¿Como un popurrí?

—Más o menos un popurrí, pero no exactamente. Tendría que oírla para comprenderlo. El cantante local más popular es Sweet Micky.

—¿Sweet Micky? Tiene nombre de payaso.

—Otro es Michel Martelly. Es una mezcla de sonido Bob Marley y rap pandillero.

—Interesante, pero no le conozco.

—Toca mucho en Miami. Usted es de Miami, ¿no?

—Y de otros lugares —respondió Max, intentando descubrir en su cara lo que sabía o no sabía de él. Ella no reaccionó.

—Y luego están The Fugees. Ha oído hablar de ellos, ¿verdad?

—No —dijo Max—. ¿Tocan *kompas?*

La chica estalló en una carcajada. La misma descarada risa otra vez.

El eco de las llamativas carcajadas retumbó en el cerebro de Max. Se imaginó en la cama con ella. No pudo evitarlo. Durante siete años lo único que había tenido para aliviarse había sido su mano y no la había usado.

Ahora tenía un problema, estaba excitado. Echó una furtiva ojeada a su entrepierna. Era una erección de las peores, una especie de roca sólida trataba de asomar por la bragueta y hacía presión contra sus pantalones, formando una montañita en su ingle.

—Entonces... hábleme de The Fugitives —dijo, casi jadeando.

—Fugees —corrigió ella, con una risita nerviosa—. Son dos hombres y una mujer, la cantante. Ellos son haitiano-americanos y la chica es afroamericana. Tocan soul hip hop, y su último disco, *The Score,* ha vendido millones de copias en todo el mundo. Han tenido grandes éxitos con *Ready or Not, Fu-Gee-La* y *Killing Me Softly.*

—¿La canción de Roberta Flack?

—La misma.

—¿Con ritmo de rap?

—No, Lauryn la canta tal como es, Wyclef dice «One time... one time» todo el rato, pero está puesta en ritmo hip hop.

—Parece horrible.

—Funciona, créame —dijo ella a la defensiva y un poco condescendiente, como si Max no fuera capaz de conectar con su gusto—. Lauryn canta realmente bien. Voy a ver si encuentro algo aquí. Están sonando en la radio constantemente.

Movió el sintonizador de la radio, saltando de emisora en emisora. Velozmente se sucedieron fragmentos de funk, reggae, calipso, listas de éxitos, canciones en lengua criolla, hip hop... Pero no logró encontrar a The Fugees.

Cuando volvió a reclinarse en el asiento, Max lanzó una mirada furtiva a su pecho. Sus ojos pasaron a través del espacio que quedaba entre los botones de la blusa. Un sujetador blanco adornado con encaje cubría los pequeños senos morenos que se hinchaban debajo. Se dio cuenta de que había indicios de una sonrisa en la comisura de sus labios y que sus orificios nasales estaban ensanchados. Ella sabía que la estaba mirando y que le gustaba lo que veía.

—¿Y qué hay de usted? —preguntó Max—. Cuénteme. ¿Dónde estudió?

—Me licencié en economía en la Universidad de Miami. Terminé en 1990. Trabajé unos años para el Citibank.

—¿Cuánto hace que regresó?

—Tres años. Mi madre enfermó.

—De no ser así, ¿se habría quedado en Estados Unidos?

—Sí. Tenía hecha mi vida allí —contestó con un tono de pesar que desmentía su sonrisa cortés, casi profesional.

—¿Y qué hace para Allain Carver?

—Sobre todo, hago de secretaria. Están pensando en pasarme a marketing, porque quieren lanzar una tarjeta de crédito, pero el tema está parado hasta que la economía se recupere. Se supone que los americanos van a darnos ayuda financiera, pero todavía no hemos visto ni un dólar. Ni creo que lo veamos alguna vez.

—A ustedes no les caemos muy bien, ¿verdad?

—No sé lo que su pueblo piensa que están haciendo aquí, pero no están logrando en absoluto que las cosas mejoren.

—No hay nada como un buen comienzo —declaró Max con tono irónico y miró por la ventanilla.

Veinte minutos más tarde llegaron al primer pueblo, un antro polvoriento de edificios ruinosos y calles todavía más dañadas que las carreteras por las que habían transitado.

El Landcruiser aminoró la marcha al girar en la calle principal, que estaba obstruida por la gente. Los más pobres, vestidos con ropas de organizaciones humanitarias internacionales que les caían por la cintura y los hombros, andaban sobre sus pies descalzos, insensibilizados y deformados hasta parecer casi ancas de rana, todos moviéndose en una caminata lenta y pesada, motivada más por la costumbre que por la urgencia o la necesidad de ir a parte alguna. Parecían un ejército derrotado, un pueblo conquistado, desmoralizado, marchándose hacia la nada. Eso era Haití en realidad, nada más que una huella de la esclavitud. Muchos empujaban toscos carros improvisados con tablones, chapas y viejos neumáticos rellenos de arena, mientras que otros llevaban grandes cestos de juncos y viejas maletas en las manos y sobre los hombros. Los animales se mezclaban libremente con las personas, en paz con ellas, sus iguales: cerdos negros, perros pulgosos, burros, cabras flacuchas, vacas famélicas, pollos. Max sólo había visto esa clase de pobreza en la televisión, generalmente en vídeos informativos sobre algún país de África golpeado por el hambre o sobre barrios sudamericanos. Había visto miseria en América, pero no era nada comparado con aquello.

Ante semejante espectáculo, su erección desapareció.

—Esto es Pétionville —anunció Chantale—. Hogar dulce hogar, para usted, mientras esté aquí.

Condujo hasta una colina empinada, dobló a la izquierda y avanzó despacio a lo largo de una calle lateral llena de socavones, flanqueada por altas casas encaladas. Dos palmeras se erguían al final de la calle, donde ésta trazaba una curva y llevaba de vuelta hacia el centro del suburbio. En medio de las palmeras parecía comenzar un camino. «Impasse Carver», se leía en ambos troncos en letras negras.

Chantale se metió en el camino, que estaba oscuro porque lo flanqueaban, a ambos lados, más palmeras, que crecían delante de altos muros y cuyas hojas se entrelazaban bajo el cielo y filtraban la luz en una oscura y húmeda neblina verde, rota de vez en cuando por brillantes rayos de sol. El suelo era suave y parejo, un alivio después de transitar por tantas carreteras y calles desesperantes.

La casa de Max se hallaba al otro extremo del camino. El portón de la valla estaba abierto. Chantale entró en un patio de cemento sobre el que se inclinaban más palmeras. Se veía la casa al fondo, una edificación de color naranja, de una sola planta, con un tejado de zinc de mucho desnivel. Construida aproximadamente a un metro del suelo, tenía una docena de anchos escalones de piedra que llevaban a un porche. Cerca de las paredes crecían matas de buganvillas y adelfas.

Chantale aparcó el coche. El de los guardaespaldas entró al patio un momento después.

—Los Carver le han invitado a cenar esta noche. Alguien vendrá a recogerle alrededor de las ocho.

—¿Usted va a estar?

—No, yo no. Venga. Permítame que le enseñe la casa.

CAPÍTULO

9

En Haití la noche caía rápidamente. En un instante se pasaba de la clara luz de la tarde a la oscuridad de la noche. Parecía que alguien pulsaba un interruptor.

Max pasó un rato inspeccionando el terreno situado detrás de la casa. Había un jardín pétreo de estilo japonés, impecablemente presentado y cuidado. Un primoroso adoquinado atravesaba una superficie de pedacitos de mármol verde, en dirección a una losa cuadrada de granito, presidida por una gran mesa redonda blanca, de malla metálica, y seis sillas haciendo juego. Las sillas estaban ligeramente cubiertas de polvo, al igual que la mesa, que tenía salpicaduras de cera de vela roja en el centro. Se imaginó que allí se habría sentado una pareja, de noche, degustando cócteles a la luz de las velas, tal vez cogidos de la mano y saboreando el momento. Pensó en Sandra, a quien le gustaba hacer cosas como ésa. Disfrutar el instante, valorarlo, acariciar la mano de Max, atrapar el tiempo mismo, deteniendo las manecillas del reloj para hacerse dueña del momento inolvidable. Max se acordó de su primer aniversario, cuando comieron pescado a la parrilla en la casa que habían alquilado en los Cayos. Habían contemplado las puestas y las salidas de sol todos los días y bailado en la playa, al son de las olas. Se preguntó por qué Haití era tan ajeno a ella, una declarada entusiasta de los viajes. Era un lugar que nunca había mencionado.

El jardín estaba rodeado de palmeras jóvenes, con no más de dos o tres años, todavía delgadas y frágiles, cuyos troncos se iban ensanchando. Una hilera de mangos, naranjos y limeros señalaba el final de la propiedad. Entre ellos había una cerca cuya parte superior estaba coronada por espirales de alambre de espino. La valla estaba electrificada; emitía un zumbido permanente, parecido a las vibraciones de un diapasón. Caminó hacia el final de la cerca hasta que llegó a un muro blanco de unos seis metros, también coronado por alambre de púas. En el terreno que se extendía ante el muro estaban esparcidos pedazos de vidrio roto, medio enterrados en la arena. Encontró un hueco en la falsa cerca de árboles y se coló por él. El fondo de la casa daba a un barranco que recorría toda la longitud de la finca. La mitad estaba señalada y separada por un muro de contención. El extremo opuesto era una alta colina de tierra oscura. Del suelo brotaban árboles, pero todos estaban precariamente inclinados sobre el barranco, doblados en ángulos dolorosamente agudos, con la mitad de las raíces fuera de la tierra, sujetándose en el aire, como arrancados de cuajo por una avalancha que se hubiera detenido repentinamente, sin consumar su obra destructora. Un manchón de agua estancada, aceitosa, llenaba el fondo del barranco. Frente a éste había una estación de servicio Texaco y una especie de cafetería.

Oyó ruidos procedentes de la calle. Todas las ciudades y pueblos tenían sus propias orquestas, su banda sonora. En Nueva York eran los bocinazos de los coches y las sirenas, los atascos y las emergencias. En Miami era el ruido, más suave, del tráfico en movimiento, frenazos y patinazos, explosiones de los tubos de escape de las motos y los coches. En Pétionville los coches traqueteaban como si estuvieran arrastrando guardabarros destrozados a lo largo de carreteras llenas de baches, y las bocinas tenían un sonido de saxofón alto.

Estaba allí de pie, mirando el mundo exterior, cuando cayó la noche por sorpresa.

Se alegró de no poder ver nada más. En el aire que le rodeaba repicaba el canto de los grillos y las cigarras, la cerrada oscuridad estaba salpicada de luciérnagas, minúsculas bengalas de color verde que se encendían durante un fugaz segundo antes de desaparecer para siempre.

El cielo estaba despejado y pudo ver miles de estrellas desparramadas encima de él, más cercanas de lo que jamás las había encontrado en Estados Unidos. Era como un rocío blanco y brillante que parecía casi al alcance de la mano.

Regresó a la casa. Mientras lo hacía, un ruido completamente distinto le hizo detenerse. Era un sonido débil, lejano. Escuchó. Intentó abstraerse del rumor de los insectos, del tráfico y del runrún que emitían los miserables que vivían cerca, pobres afanándose para pasar otra noche en sus casuchas de mierda.

Lo logró. Se volvió un poco hacia la derecha. Allí estaba. Venía de algún lugar situado por encima del pueblo, en aquella dirección. Se trataba de un tambor, un solo golpe de tambor, repetido cada diez o doce segundos: «Tom... tom... tom...».

Era un tambor grave y su sonido atravesaba el ruidoso caos nocturno, insistente y poderoso, como los latidos del corazón de un gigante.

A Max le pareció que el sonido le penetraba en el cuerpo. El ritmo del tambor solitario se filtraba por su pecho y luego fluía hacia su corazón, hasta que por un instante los dos latidos se convirtieron en uno solo.

10

Los hombres que había visto en el aeropuerto recogieron a Max para llevarlo a la cena. Salieron de la finca en el coche y bajaron por la calle; al final de ésta torcieron a la izquierda y tomaron la dirección de la empinada carretera que los conduciría hacia las montañas. Pasaron por un bar, cuyo nombre estaba enmarcado en un panel de bombillas de colores brillantes: La Coupole. Seis o siete hombres blancos, con botellas de cerveza en la mano, estaban fuera, ociosamente, hablando con algunas mujeres del lugar, ataviadas con faldas y vestidos ceñidos y cortos. Max reconoció a sus compatriotas inmediatamente por sus ropas: pantalones de tipo militar, como los suyos, y la misma clase de camisas y camisetas que había traído él mismo para el viaje. Eran soldados que estaban de permiso, el ejército conquistador derrochando el dinero de los contribuyentes americanos. Tomó nota mentalmente, para detenerse en el bar cuando hubiera terminado el encuentro con sus clientes. La búsqueda de Charlie Carver comenzaría esa misma noche.

La finca de los Carver era, a la vez, una plantación de plátanos, una de las más rentables de Haití. De acuerdo con una nota escrita al pie del informe de la CIA, la familia invertía los beneficios obtenidos en la cosecha anual en sus proyectos filantrópicos, sobre todo en El Arca de Noé, una escuela para los niños más pobres de la isla.

El hogar de los Carver era una impresionante casa de cuatro plantas, blanca y azul, con una escalera ancha y enorme que subía hacia la entrada principal, brillantemente iluminada. Frente a la mansión había una extensión de césped bien cuidado, que en el centro tenía una fuente burbujeante y una charca de agua salada llena de peces. Alrededor había bancos. La zona estaba iluminada con focos, como si fuera un estadio de fútbol, desde altas torres con vigilantes, situadas entre los árboles que la rodeaban.

Un guardia de seguridad armado con una ametralladora Uzi y un dóberman sujeto con una correa que se abría apretando un botón, salió al encuentro de los visitantes, mientras éstos rodeaban el césped con el coche hacia la escalera de entrada. Max odiaba a los perros, siempre los había odiado, desde que una vez, cuando era niño, le persiguió uno. Los que eran tontos solían darse cuenta y le gruñían, le ladraban y le mostraban los dientes. Los entrenados aguardaban el momento oportuno y esperaban una señal. Éste le pareció un perro policía adiestrado para el ataque, parado obedientemente al lado de su amo, rumiando pensamientos homicidas, entrenado para ir directo a los testículos y a la garganta, por ese orden.

Una criada hizo pasar a Max al salón, donde tres de los Carver estaban sentados, esperándole: Allain, un hombre mayor que Max, supuso que sería Gustav, y una rubia que imaginó que sería la madre de Charlie y esposa de Allain.

Allain se levantó y caminó hacia el recién llegado; su suela de goma golpeaba el lustroso suelo de losas negras y blancas; venía con la mano ya extendida. Exhibía la misma sonrisa profesional que la primera vez que se habían visto, pero, por lo demás, parecía notablemente distinto de la fría criatura que Max había conocido en Nueva York. No llevaba gomina en el pelo, lo que le hacía cinco años más joven y le quitaba casi completamente el aire grave.

—Bienvenido, Max —saludó. Se dieron un fuerte apretón de manos—. ¿Ha tenido un buen viaje?

—Sí, gracias.

—La casa, ¿le parece bien?

—Es magnífica, gracias.

Carver parecía un gerente de un hotel de cinco estrellas, con sus zapatos de piel, sus atildados pantalones y la camisa de manga corta, estilo Oxford, que combinaban a la perfección con sus ojos fríos. Sus brazos eran delgados y pecosos.

—Venga, venga —dijo Carver, y guió a Max a través de la habitación.

Los Carver estaban sentados alrededor de una mesa de cristal, larga y sólida, con revistas en el estante de abajo, apiladas, formando cinco ordenados montones y encima tenía un florero con lirios amarillos y naranjas. Gustav estaba sentado en un sofá de piel negro con adornos dorados. La mujer estaba en otro, que hacía juego con el primero.

El lugar olía a limpiamuebles, limpiacristales, cera para suelos y al mismo desinfectante que se usaba en los hospitales. Max también percibió un desagradable olor a cigarrillos viejos.

Llevaba puesto un traje de lino que había comprado justo antes de ir a Haití en Saks Fifth Avenue, en Dadeland Mall. Unos zapatos de piel negros y, por supuesto, su Beretta en el lado izquierdo de la cintura completaban su atuendo. No le habían cacheado antes de entrar. Tomó nota mental de ello para decírselo a los Carver si lo consideraba pertinente.

—Francesca, mi esposa —dijo Allain.

Francesca Carver sonrió lánguidamente, casi sin ganas, como si algún secreto mecanismo le obligase a realizar el gesto. Estrechó la mano de Max con un apretón frío, húmedo. Semejante contacto le recordó por un instante los días en que compartía el coche patrulla con Joe, cuando «tamizaban la mierda». Entonces, a menudo buscaban drogas escondidas en el fondo de los retretes y lo hacían al tacto, con las yemas de los dedos. La mayoría de las veces tenían que usar sus manos desnudas, porque no habían comprado guantes para la redada. Recordaba que aquellas repulsivas aguas tenían, al tacto, la textura de una hamburguesa cruda y fría. Era la misma sensación que le producía la mano de la señora Carver.

Sus miradas se cruzaron y escrutaron durante unos instantes. Los ojos de la mujer eran de un tono azul pálido, con un brillo algo desmayado. Su mirada era pura reserva: cautelosa, perspicaz, dubitativa, tensa.

Francesca era hermosa, pero de una clase de hermosura que nunca le había atraído: una belleza distinguida, distante, que hablaba más de estatus social que de atractivo sexual. Piel delicada, pálida como la porcelana; rasgos perfectamente equilibrados, sin nada que fuera más grande o más pequeño de lo que debía ser, todo simétrico y colocado exactamente en el lugar correcto; pómulos altos, afilados, un mentón puntiagudo y una nariz ligeramente respingona, que era la plataforma de lanzamiento perfecta para una mirada desdeñosa o fulminante. Reina de Manhattan, beldad de Florida, princesa de Palm Springs, sangre azul de Bel Air: Francesca Carver poseía el rostro típico de las fundadoras de clubes sociales exclusivos, aquellos en los que nunca ingresa la inmensa mayoría de los mortales. Max se imaginó su vida: almuerzos de cuatro horas, dietas estrictas, manicuras, pedicuras, limpiezas de cutis, liposucciones, visitas a la peluquería dos veces a la semana, una ama de llaves, un monitor personal de gimnasia, una asignación diaria, semanal, mensual, una ilimitada cantidad de temas de conversación triviales. Era el complemento perfecto de Allain Carver.

Pero había algo en ella que no encajaba. Algunas cosas la dejaban mal parada y deterioraban su imagen. Había bebido de un gran vaso lo que debía equivaler, más o menos, a cuatro vasos de vodka puro; su cabello rubio oscuro estaba fuertemente recogido en un moño severo, que exponía su rostro y marcaba fuertemente su delgadez y palidez, las sombras que crecían bajo los ojos y sobre la vena de la sien izquierda, que latía tensa bajo la piel, con el pulso acelerado.

La mujer no dijo nada. El intercambio de miradas entre ambos no tuvo acompañamiento de palabras. Max se dio cuenta de que no parecía caerle bien, lo que era raro, porque los padres que acudían a él para que buscara a sus hijos desaparecidos solían mirarle como si fuera poco menos que un superhéroe.

Carver siguió con las presentaciones.

—Y mi padre, Gustav Carver.

—Encantado de conocerle —dijo Gustav. Su voz era bronca y comunicativa, de fumador gritón.

Se estrecharon las manos. El mayor de los Carver demostró tener mucha fuerza para su edad, máxime teniendo en cuenta que, no hacía mucho, había sufrido una apoplejía. Tenía un par de zarpas que intimidaban, del tamaño de guantes de béisbol.

Agarró el pesado bastón con empuñadura de plata que había dejado sobre los brazos del sillón y dio una palmada en el sofá, a su izquierda, cerca de él.

—Siéntese a mi lado, señor Mingus —gruñó.

Max se sentó lo suficientemente cerca del anciano como para sentir un suave aroma a mentol procedente de él. Gustav Carver parecía una gárgola descansando entre dos estallidos de furia demoniaca. Tenía una enorme cabeza coronada por una gruesa melena gris, aplastada hacia atrás con gomina. Su nariz era un pico ancho, la boca tenía unos labios apretados y sobresalientes, y los pequeños ojos castaño oscuros, que escrutaban tras el velo de la piel arrugada que los rodeaba, brillaban como dos granos de café recién tostados.

—¿Desea beber algo? —preguntó Gustav, con tono más imperativo que interrogador.

—Sí, por favor —respondió Max. Iba a pedir agua, pero Gustav le interrumpió.

—Debería probar nuestro ron. Es el mejor del mundo. Yo le acompañaría, pero tengo un motín en la sala de máquinas. —Se dio unas pequeñas palmadas en el pecho, soltando una risita—. Tendrá que beberlo usted por mí.

—¿Ron Barbancourt? —preguntó Max—. En Miami puede conseguirse.

—La variedad de lujo no —espetó Gustav—. No es para los extranjeros. No sale nunca de la isla.

—Yo no bebo, señor Carver —declaró Max.

—No parece usted una persona que esté luchando contra el alcoholismo —repuso Gustav, escudriñándole el rostro. Su acento era aún más británico que el de su hijo.

—Lo dejé antes de llegar a ser alcohólico.

—Es una lástima. Le gustaría nuestro ron.

—El ron no era lo mío. Yo era de los que beben bourbon y cerveza.

—Entonces, ¿qué puedo ofrecerle?

—Agua, por favor.

—Aquí ésa es otra bebida de lujo —dijo Carver.

Max rio.

Gustav ladró a un criado, que se acercó rápidamente desde cerca de la puerta, donde había estado todo ese tiempo. Carver ordenó que trajeran agua a Max con unas palabras que salieron de su boca como el estampido de una pistola.

Al seguir con la vista al sirviente, que salió prácticamente huyendo de la sala, los ojos de Max se posaron en Allain, que estaba sentado en el otro extremo del sofá, con la mirada en blanco, fija en el vacío, jugueteando con los dedos. Max se dio cuenta de que había perdido conciencia de la presencia de Allain en la sala desde que le habían presentado a Gustav. Miró furtivamente a Francesca, que estaba en el sofá de enfrente, y vio que seguía sentada de la misma manera, con la espalda erguida, las manos cruzadas sobre el regazo, mirando hacia la nada, como su marido.

La dinámica de la familia quedó a la vista. Gustav Carver dirigía el cotarro absolutamente, sin la menor sombra de duda u oposición. El espectáculo era suyo y todos los que le rodeaban eran extras, simples comparsas. También los miembros de su familia.

El anciano absorbía toda la energía y la personalidad de la sala y parecía asimilarla, incorporarla a su organismo. Ésa era la razón por la que Allain parecía tan diferente: la presencia del viejo le degradaba desde la realeza hasta la simple plebe; también por esa razón Francesca estaba reducida a la condición de mero adorno, aunque sus ojos gritaban que era cualquier cosa menos eso. Max pensó que crecer teniendo como padre a Gustav debía de haber sido terrorífico. Era la clase de padre que reniega de lo que no puede domar ni doblegar.

El salón era enorme. Tres de las paredes estaban cubiertas con libros antiguos, colecciones de volúmenes con tapas repujadas en oro, una al lado de la otra; los lomos estaban agrupados en armónicos bloques de color: castaños, verdes, azules, marrones, todos dispuestos en muebles discretos que realzaban la calidad de las obras. Se preguntó cuántos libros de aquellos habrían leído los Carver.

Una persona tenía que ser de una determinada manera para dejarse atrapar por un libro. Max no era así. Prefería la actividad física a estar sentado y las historias inventadas habían dejado de interesarle cuando todavía era un niño. Hasta que fue a la cárcel, sólo había leído periódicos y lo que estuviera relacionado con el caso en el que trabajara.

Sandra era la lectora de la casa. Ciertamente, una lectora voraz.

En el salón, la luz, que venía de unos focos colocados en el techo y de altas lámparas dispuestas en los cuatro rincones, era cálida, reconfortante, de un íntimo tono dorado, como el resplandor de un hogar. Max pudo distinguir dos petos de armadura con cascos con visera, montados sobre pedestales, colocados en cada extremo de las librerías que estaban a la derecha del salón. Sobre la pared que estaba frente a él, entre dos ventanas con forma de arco, había un enorme retrato de mujer y, debajo de éste, una gran repisa repleta de fotografías en portarretratos de varias formas y tamaños.

—Su apellido, Mingus, es afroamericano, ¿no? —preguntó Gustav.

—Mi padre era de Nueva Orléans. Un músico de jazz frustrado. Se cambió el nombre antes de conocer a mi madre.

—¿Por el músico Charles Mingus?

—Así es.

—Una de sus canciones se llama...

—*Canción de pelea haitiana,* la conozco —se anticipó Max.

—Se refiere a *la gague,* nuestras peleas de gallos —le informó Carver.

—También las tenemos en Miami.

—Aquí son más violentas, más primitivas —Carver le dedicó una amplia sonrisa. Los dientes del anciano eran del color de la arena y tenían las raíces negras.

Los ojos de Max se posaron sobre los lirios del florero. Había algo fuera de lugar en ellos, algo que desentonaba con la nobleza del salón.

—¿Le gusta el jazz? —le preguntó el viejo Carver.

—Sí. ¿Y a usted?

—Algunas cosas. Una vez fuimos a un concierto que Mingus dio aquí, en Puerto Príncipe, en el hotel Olffson. Hace mucho tiempo.

Gustav se quedó callado y miró fijamente hacia el retrato en la pared.

—Venga —le pidió, mientras se levantaba del sofá con ayuda del bastón. Max se puso de pie para ayudarle, pero Gustav le rechazó casi despectivamente. Tenía más o menos su estatura, aunque estaba ligeramente encorvado y era bastante más estrecho de hombros y cuello.

Carver condujo a Max hacia la repisa.

—Nuestro salón de la fama, o de la infamia, depende de sus preferencias políticas —anunció Carver con una risotada, señalando todo el ancho de la repisa con un gesto del brazo.

La repisa era de granito, con una fina franja central de doradas hojas de laurel entrelazadas. Era mucho más profunda de lo que Max se había imaginado; parecía más un mostrador que una repisa. El detective echó un vistazo a las fotografías. Había más de cien, amontonadas en cinco hileras, cada una colocada en un ángulo diferente, de modo que se veían con más claridad las que estaban en el centro.

Estaban montadas en marcos negros, con el mismo motivo de hojas doradas que recorría la parte interior de los bordes. A primera vista, Max sólo vio caras desconocidas que le devolvían la mirada, en blanco y negro, sepia y color. Los antepasados de Carver: hombres mayores y viejos, mujeres sobre todo jóvenes, todos caucásicos, y también, revoloteando entre los perfiles aristocráticos y las poses para las viejas cámaras de antaño, había fotos de Gustav de cuando era joven, pescando, jugando, con su esposa el día de su boda y, en la mayoría, estrechándole la mano a celebridades. Entre las que Max reconoció estaban John Kennedy, Fidel Castro (estas dos fotografías estaban puestas una al lado de la otra), John Wayne, Marilyn Monroe, Norman Mailer, William Holden, Ann-Margret, Clark Gable, Mick Jagger, Jerry Hall, Truman Capote, John Gielgud, Graham Greene, Richard Burton, Elizabeth Taylor. Carver no parecía estar abrumado ante el aura de las estrellas en ninguna de las imágenes; al contrario, Max pensó que su presencia parecía la más prominente, como si estuviera posando para las fotos de ellos.

Había dos fotografías de Sinatra, una junto a Carver, la otra besando en la mejilla a una atemorizada Judith Carver.

—¿Cómo le conoció? A Sinatra, digo —preguntó Max.

—Era un renacuajo que se creía un tiburón, completamente vulgar, además. No tenía clase —sentenció Carver—. Sin embargo, mi esposa le adoraba, así que se lo perdoné prácticamente todo. Aún me escribe. O lo hace su secretaria. Me ha enviado su último disco.

—¿*L.A. is my Lady*?

—No, *Duets*.

—¿Un disco nuevo? —preguntó Max, con más entusiasmo del que hubiera querido expresar. Antes de ir a la cárcel solía ir a comprar discos los martes y los viernes, cosa que le encantaba.

—Puede quedárselo si lo desea —dijo Carver con una sonrisa—. Ni siquiera lo he abierto.

—No puedo aceptarlo. No puedo hacer eso.

—Claro que puede —replicó Carver, dándole una afectuosa palmada en el hombro y levantando luego la vista para mirar el retrato.

Max lo estudió y reconoció en él una versión más antigua de Judith Carver que la de las fotografías de la repisa y en su rostro, que casi no tenía labios, a la madre de Allain Carver. Estaba sentada, con las piernas cruzadas, las manos juntas, una sobre la otra y apoyadas sobre la rodilla. Al fondo, sobre un pedestal situado detrás de ella, estaban el mismo florero y los mismos lirios que había sobre la mesa de centro. Fue entonces cuando Max se dio cuenta de qué era lo que le había chocado de las flores: eran artificiales.

—Mi esposa, Judith —dijo Carver, sacudiendo la cabeza en dirección al retrato.

—¿Cuándo la perdió?

—Hace cinco años. Murió de cáncer —comentó, y entonces se volvió hacia Max—. Los maridos no deberían enterrar a sus esposas.

Max asintió con la cabeza. Estaba al lado del anciano y vio que los ojos de Gustav se llenaban de lágrimas y que su labio inferior temblaba, hasta que se lo mordió. Max quiso hacer o decir algo para consolarlo o distraerlo, pero no encontró las palabras adecuadas y no estaba seguro de no emocionarse él también.

De pronto se dio cuenta de que él y el anciano iban vestidos igual: Gustav llevaba un traje de lino beige, camisa blanca y zapatos de piel negros, bien lustrados.

—*Excusez-moi, monsieur Gustav* —interrumpió el criado detrás de ellos. Había traído el agua para Max, un vaso largo con hielo y una rodaja de limón, solitario en medio de una gran bandeja redonda de plata.

Max cogió el vaso y dio las gracias a su portador con un movimiento de cabeza y una sonrisa.

Carver apartó del montón una fotografía de la familia. Max pudo ver que había sido tomada en el salón. Carver estaba sentado en un sillón, meciendo a un niño en brazos, con una sonrisa radiante. Max reconoció vagamente a Charlie en la cara del bebé.

—Esto fue después del bautizo del hombrecito —dijo Carver—. Se estuvo pedorreando durante toda la ceremonia.

Carver se rio para sí. Max se dio cuenta de que amaba a su nieto. Lo percibió en la forma en que le sostenía en la foto y en el modo en que miraba, conmovido, la imagen de ambos juntos.

Le tendió la fotografía a Max y caminó a lo largo de la repisa, deteniéndose casi en el extremo y cogiendo un retrato más pequeño de la fila de atrás. Se quedó allí de pie y lo estudió.

Max miró la fotografía. Era de la familia Carver reunida alrededor del patriarca y del nieto. Había cuatro hijas. Tres se parecían a la madre y eran bellezas salidas del mismo molde que el de Francesca, mientras que la última era bajita y gorda, y parecía una versión más joven de su padre. Francesca estaba de pie a su lado y Allain ocupaba el extremo derecho de la hilera. En la fotografía había otro hombre, más o menos de la edad de Allain, pero mucho más alto y con el cabello corto y oscuro. Max se preguntó si sería un pariente político.

Carver se movió por la sala, pensativo. Max notó que andaba con una ligera cojera del lado izquierdo.

Volvió a coger la foto del bautizo y se inclinó, acercándose a Max.

—Me alegra mucho que usted esté trabajando en el caso —dijo, bajando la voz hasta dejarla casi en un susurro—. Es un honor tener aquí a un hombre como usted. Un hombre que entiende lo que significan los valores y los principios.

—Tal como le he dicho a su hijo, puede que esto no tenga un final feliz —dijo Max, también en un susurro. Generalmente mantenía a raya los sentimientos en su relación con los clientes, pero debía admitir que el anciano le caía bien, pese a todo lo que había leído sobre él.

—Señor Mingus...

—Llámeme Max, señor Carver.

—Bien, Max. Soy viejo. He tenido una apoplejía. No me queda mucho tiempo. Un año, quizás un poco más, pero no mucho. Quiero a nuestro niño de regreso. Es mi único nieto. Quiero verle otra vez.

Los ojos de Gustav estaban humedeciéndose nuevamente.

—Haré tódo lo que pueda, señor Carver —comentó Max con sinceridad. Aunque estaba casi seguro de que Charlie Carver había muerto, empezaba a espantarle la posibilidad de tener que decírselo al anciano.

—Sí, creo que lo hará —asintió el viejo, mirando a Max con admiración.

El detective se sintió bien, listo para ponerse a trabajar. Encontraría a Charlie Carver, en cuerpo o en espíritu, si se diera el caso. Descubriría qué le había ocurrido y quiénes eran los responsables. Luego averiguaría por qué. Pero allí se detendría. Él no administraría justicia. Los Carver se procurarían esa satisfacción ellos mismos.

Sus ojos tropezaron con algo que no había notado antes, algo sólo visible desde muy cerca: palabras grabadas en los pilares de la repisa, hechas con un baño de pintura dorada. Eran del Salmo 23, el más conocido, el que comienza diciendo: «El Señor es mi pastor...». Sólo estaba citado el versículo quinto:

Tú preparaste ante mí una mesa en presencia de mis enemigos: tú ungiste mi cabeza con aceite; mi copa se derramó.

Una criada se acercó a ellos.
—*Le dîner est servi* —anunció.
—*Merci, Mathilde* —respondió Carver—. La cena. Espero que haya venido con el estómago vacío.

Cuando Max y Carver comenzaron a caminar hacia la puerta, Allain y Francesca se levantaron de sus asientos y los siguieron. Por un instante, Max había olvidado por completo que ellos estaban en la misma habitación.

CAPÍTULO

11

Dos criadas vestidas con uniformes negros y delantales blancos sirvieron la cena. Eran silenciosas y discretas, y dispusieron el primer plato —dos rebanadas de jamón de Parma, con trozos de melón anaranjado, melón verde y sandía, cortados en forma de caracol, de estrella, en cuadrados y en triángulos— haciendo el mínimo ruido. Su presencia era una leve sombra detrás del hombro de los comensales.

El comedor, de losas negras y blancas, como el salón, estaba vivamente iluminado por dos enormes arañas y llamaba la atención la mesa para banquetes, en la que podían sentarse veinticuatro personas. Un retrato de Judith colgaba de la pared izquierda; su rostro y su torso se asomaban por encima del extremo de la mesa; su imagen, su esencia misma, llenaba el lugar que sin duda antes había ocupado su cuerpo. La mesa estaba decorada con tres floreros con lirios artificiales. Max y los Carver estaban sentados juntos en el extremo opuesto. Gustav ocupaba la cabecera, Francesca estaba frente a Allain y Max junto a ella.

El detective miró sus cubiertos. Había aterrizado en territorio ajeno. No soportaba mucho los ceremoniales y la etiqueta. Aparte de los restaurantes a los que en otro tiempo había llevado a su esposa y a sus novias, las únicas cenas y comidas formales que había frecuentado eran banquetes de policías, y se trataba más bien de fiestas de camaradería, que degeneraban en batallas de migas de pan y concursos poco aseados de esculturas hechas con comida.

Mientras daba cuenta del jamón, Max miró a los Carver. Todavía estaban con el melón. Comían en silencio, sin mirarse. Los golpecitos del metal sobre la porcelana eran el único sonido que llenaba el enorme comedor. Gustav mantenía los ojos fijos en la comida. Max notó cómo le temblaba el tenedor en los dedos cuando se lo llevaba a la boca. Allain apuñalaba su comida como si estuviera intentando, sin lograrlo, aplastar una hormiga zigzagueante con el tenedor. Alzaba los pedazos de fruta hacia su boca sin labios y los atrapaba de tal modo que parecía una lagartija tragando una mosca. Francesca sostenía sus cubiertos como si fueran agujas de tejer, desmenuzando la fruta en pequeños bocados, que luego hacía entrar en su boca sin abrirla de verdad. Max observó lo delgados, pálidos y desprovistos de vitalidad que eran sus labios. Se dio cuenta de que también estaba temblando. Era un temblor nervioso. Parecían devorarla sus preocupaciones. Max miró de nuevo a Allain, y luego otra vez a ella. No había química entre ambos. Nada. ¿Habitaciones separadas? Una pareja deprimente. ¿Todavía discutían o todo era silencio? Debía de haber algo más que lo del niño. Él se cuidaba a sí mismo, mantenía su aspecto, seguía intentando ser el centro de atención. Francesca se había abandonado. Pobre mujer.

—¿Cuánto hace que vino a Haití, señora Carver? —preguntó Max, y su voz llenó la habitación. El padre y el hijo le miraron, algo sorprendidos, y luego lo hizo Francesca.

—Demasiado —respondió rápidamente, con voz apenas más fuerte que un murmullo, como si estuviera dando a entender que Max no debería dirigirse a ella. No giró la cabeza para mirarle, limitándose a hacerlo con el rabillo del ojo.

Max tragó el jamón haciendo mucho ruido. Le raspó la garganta al bajar. Todavía le quedaba una loncha, pero no la tocó.

—Y bien, cuénteme, Max: ¿qué tal lo pasó en la cárcel?

—¡Papá! —exclamó Allain, turbado por la brusquedad y la indiscreción del anciano.

—No me importa hablar de ello —le aseguró Max a Allain. Estaba esperando a que el anciano le preguntara por su pasado—. No debí aceptar el caso García. Era gente demasiado cercana, una relación demasiado personal. Mi esposa y yo conocíamos a la familia. Eran amigos nuestros. Primero, amigos de ella, luego míos.

A veces incluso cuidábamos a su hija, Manuela. Me equivoqué desde el principio.

Le parecía estar viéndola allí, frente a él, con sus cuatro años de edad, sus rasgos nacientes, la nariz algo torcida, ojos y cabello castaños, con rizos, sonrisa insolente, siempre hablando, una pequeña inca. Amaba a Sandra, la llamaba «tiíta». A veces le gustaba pasar la noche con ellos, aun cuando sus padres estuvieran en casa.

—Richard y Luisa tenían todo lo que la mayoría de la gente desea —prosiguió Max—. Eran millonarios. Intentaron, durante años, tener un bebé. Siempre habían tropezado con complicaciones. Luisa sufrió tres abortos espontáneos y los médicos le dijeron que no podría volver a embarazarse. Así que cuando llegó Manuela pensaron que era un milagro. Amaban a esa niñita.

A Manuela no le caía demasiado bien Max, pero había heredado las desenvueltas dotes diplomáticas de su padre, e incluso a esa edad entendía la importancia de no ofender a la gente, a menos que uno esté seguro de que puede sostener su postura. Era cortés con Max y le llamaba «tío Max», pero cuando pensaba que no la oía se refería a él como «Max» o simplemente «él». Siempre le había hecho sonreír, percibiendo en la niña signos de la futura adulta.

—Se pusieron en contacto conmigo apenas les llegó la petición de rescate. Les aconsejé que acudieran a la policía, pero dijeron que los secuestradores les habían advertido que no lo hicieran o la niña moriría. Todo igual que la mierda que se suele ver en la televisión —explicó Max, hablándole a la habitación, sin fijar la vista en nadie—. Nunca confíen en un secuestrador, y menos aún si les dice que no acudan a la policía. Es señal de que no sabe lo que está haciendo. En esos casos, nueve de cada diez veces la víctima resulta herida. Le dije a Richard todo esto, pero aun así quiso seguir jugando con sus reglas. Me pidió que fuera el encargado de entregar el rescate. Yo tenía que ponerlo en el sitio convenido y esperar a que los secuestradores me llamaran y me dijeran dónde hallaría a Manuela. Dejé el dinero cerca de una cabina telefónica de Orlando. Lo recogió un tipo en una moto. No me vio. Yo estaba escondido al otro lado de la calle. Apunté la matrícula de la moto y pude hacerme una idea básica del aspecto del motorista. Suficiente para describirle. —Tragó saliva, muy serio, y siguió—. La llamada no llegó nunca. Le pasé los detalles del motociclista a un amigo del trabajo. Resultó que la moto pertenecía a uno de los empleados de Richard. Obtuve de él la información que necesitaba y le entregué a la policía. Me dijo que tenían a Manuela en una casa de Orlando. Fui allí, pero ella ya no estaba. —Max vio que Francesca Carver retorcía y apretaba su servilleta bajo la mesa, soltándola y volviéndola a retorcer, con fuertes apretones de la mano—. El tipo del rescate me había dado los nombres de sus cómplices. De ellos, tres todavía eran adolescentes. Diecisiete años. Dos jóvenes y una muchacha. Negros. Todos con antecedentes. La chica se había escapado de casa y se había hecho prostituta. Uno de los muchachos era primo del cabecilla.

Entraron las criadas, se llevaron los platos y volvieron a llenar las copas con agua y jugo. Allain y Gustav le estaban prestando toda su atención, eran todo oídos. Sintió que estaban pendientes de cada palabra suya. Francesca no le miraba. Le latía otra vez la vena de la sien.

—Hubo una persecución, primero en el Estado, luego nacional, llegó a involucrarse el FBI. Estuvieron seis meses buscando a Manuela y a los secuestradores, pero no encontraron nada. Yo también la busqué. Richard me ofreció un millón de dólares. Pero yo lo hacía gratis.

Max recordó su búsqueda con total y absoluta claridad, kilómetro a kilómetro de autopistas y autovías sin fin, horas y días en los que no había nada más que carretera, sentado en coches alquilados, cada uno con distintos defectos, sin aire acondicionado, sin calefacción, sin indicador de gasolina, con los cambios demasiado lentos, sin radio, con la radio demasiado potente, con olores a comida rápida de los anteriores ocupantes; recordó las habitaciones de motel, los aparatos de televisión, los vuelos en avión; el cansancio, las píldoras de anfetaminas tragadas con cafeteras llenas, las llamadas a casa, las llamadas a la familia García; la desesperanza creciendo en él aún más, como las sombras del crepúsculo adueñándose de la tarde. Lo sentía todo otra vez, en la distancia, diluido en el tiempo, pero con sus huellas todavía lo suficientemente marcadas.

—En su momento, me ha tocado ver realidades terriblemente espantosas. He visto a personas hacerse las unas a las otras cosas que ustedes no podrían imaginarse. Era parte de mi trabajo. Eso venía con el sueldo. Era algo que podía dejar atrás al final de cada turno, olvidarlo y volver a sumergirme en ello pocas horas después. Pero cuando es un asunto personal, le golpea a uno de mala manera. Las pocas horas de inactividad que te permites desaparecen. Uno ya no es un profesional. Está con los familiares, las madres y los padres, los maridos y las esposas, los novios y las novias, los compañeros de habitación, hasta con las mascotas, compartiendo sufrimientos y lágrimas. ¿Saben ustedes cómo le entrenan a uno, como parte de los estudios para detective, en el arte de dar malas noticias? Te hacen practicar la compasión profesional. A mí me enseñaron profesores de arte dramático que se habían quedado sin trabajo en Hollywood. Yo era el mejor de mi clase, rezumaba compasión profesional, como si verdaderamente me saliera del alma. Intenté usar algo de esa compasión conmigo mismo. No resultó. —Tras una nueva pausa llegó al desenlace—. Encontré a Manuela García casi un año después de su secuestro. En Nueva York. Llevaba muerta seis o siete meses. Le habían hecho cosas. Cosas desagradables. —Logró detenerse antes de entrar en detalles.

Las criadas sirvieron el plato principal. Era comida haitiana: *grillot,* cerdo cortado en dados, frito con ajo, pimienta y chiles, servido con aliño de limón; rodajas de plátano, arroz integral frito y un preparado de maíz y *riz dion-dion,* arroz con setas. También había ensalada de tomates.

Max dudaba si los Carver solían comer de acuerdo con la gastronomía autóctona o si habían hecho preparar la comida especialmente para él, a modo de agasajo de bienvenida, o quién sabe si de iniciación. No se echaban mucho en el plato. Max se había servido arroz, plátano, *grillot* y una buena ración de tomate, todo en el mismo plato, ignorando el que había para la ensalada. Se dio cuenta de su metedura de pata cuando Francesca puso unas pocas rodajas de tomate en su plato de ensalada y el *grillot* en el principal. Pero decidió no preocuparse por ello.

Allain Carver tomó lo mismo que Max, aunque sirviéndose correctamente. Francesca troceó cerdo en fragmentos minúsculos, que quedaron desplegados en abanico, y dejó la mirada fija en ellos, como si tratara de escrutar el porvenir en el fondo del plato.

Comieron en silencio durante unos minutos. Max intentó tomarse su tiempo, pero tenía hambre y la comida estaba deliciosa. Era lo mejor que había probado en siete años.

Su plato casi estaba vacío cuando se reinició la conversación.

—¿Y qué pasó luego, Max? —preguntó Gustav.

—Bueno —respondió tras beber un gran sorbo de agua—. Supongo que ustedes saben que hay montada toda una industria psiquiátrica dedicada a mirar dentro de las mentes a las que se les ocurren las torturas más repugnantes que se le puede infligir a un ser humano. Los que llevan ese negocio dicen ver tales torturas a través de esas mentes. Usan la misma palabrería rebuscada que los picapleitos en la defensa de los sádicos. La sacan a relucir en el juicio, para explicar que cierto jodido enfermo terminó como terminó porque sufrió abusos de niño, o porque sus padres mismos estaban jodidos. Yo no me trago esa mierda. Nunca lo he hecho. Creo que la mayoría de nosotros sabemos lo que está bien y lo que está mal, y si uno pasó por lo que estaba mal cuando era niño, como adulto uno busca lo que está bien. Pero para la mayoría de los americanos, la terapia es como la confesión y los psiquiatras son los curas. En lugar de rezar sus avemarías, le echan la culpa a los padres.

Gustav Carver se rio y aplaudió. Allain esbozó una tensa sonrisa. Francesca volvía a estrangular su servilleta.

—Yo sabía que aquellos criminales se librarían del castigo. No hay pena de muerte en Nueva York. Harían el truco de la enfermedad mental y ganarían. Dos de ellos eran adictos al crack, lo que ya atenuaba su responsabilidad. Le habían echado la mayor parte de las culpas al cabecilla de la banda, el mayor, el que había organizado todo, o sea, el empleado de Richard. Entretanto, Manuela caería en el olvido y el juicio se centraría más bien en los acusados. Los medios de comunicación se apoderarían del asunto y lo convertirían en el gran juicio a la juventud afroamericana. Les echarían de quince a veinte años. Seguramente les violarían en la cárcel. Se contagiarían de sida. Tal vez. Pero por mucho que sus vidas quedaran maltrechas, podridas, Manuela seguiría sin estar viva. Primero encontré a la chica. No fue difícil. Se prostituía. Me condujo hasta los otros dos. Estaban escondidos en un agujero, en Harlem. Pensaron que yo era policía. Confesaron todo, hasta el último mugriento detalle. Los es-

cuché, esperé a estar completamente seguro de que habían sido ellos...
Y luego les disparé.

—¿Así, sin más? —preguntó Allain, con la mirada llena de
horror.

—Sin más —confirmó Max.

Nunca le había contado tanto a nadie sobre el caso García.
Se sintió bien al hacerlo. No esperaba la absolución, ni siquiera comprensión o cierta simpatía. Sólo quería descargarse a sí mismo del peso tremendo de la verdad. Lo había conseguido.

Gustav le estaba sonriendo. Le brillaban los ojos, como si la
historia le hubiera conmovido y a la vez llenado de energía.

—¿De modo que usted se declaró culpable de homicidio sin
premeditación aunque cometió un asesinato a sangre fría? Le impu-
sieron una sentencia muy liviana. El mismo sistema que criticaba le
protegió —señaló Gustav.

—Tuve un buen abogado —replicó Max— y un gran psiquiatra.

Gustav se rio.

Allain se sumó a las carcajadas.

—¡Bravo! —ladró el viejo, lleno de gozo, y el eco de su apro-
bación resonó en toda la sala

Allain se puso de pie.

Max se sentía en parte encantado y divertido, en parte avergonzado, y en parte deseaba estar lejos de allí. Los dos Carver no
eran mejores que las bestias reaccionarias de la América profunda que le escribían cartas a la cárcel. Le hubiera gustado volver atrás
en el tiempo, hacerles tragar la bola que les había metido a los policías y a su abogado, lo de la defensa propia.

Francesca interrumpió la charla.

—Lo sabía —sentenció malévolamente, con los ojos convertidos en dos puñales apuntados contra Max—. No se trata de Charlie. Todo esto es por ellos.

—Francesca, sabes que eso no es cierto —dijo Allain con condescendencia, como si estuviera regañando a un niño por contar una
mentira evidente. A la vez le dirigió una mirada cortante, como diciéndole que no se pasara de la raya, y la mujer bajó la cabeza—. Es
comprensible que Francesca esté disgustada —explicó Allain, inclinándose hacia Max y dejando a la mujer fuera del diálogo.

—¡Disgustada! ¡No estoy sólo disgustada! ¡Es mucho más que eso! —chilló Francesca. Tenía la cara roja, sus azules ojos se le salían de las órbitas, casi desvaneciéndose. El palpitante trazado de la vena de la sien se le había puesto morado. Al igual que su marido, tenía acento de Inglaterra, pero el de ella era puro, sin aristas de la costa este ni vocales breves.

—Usted sabe por qué está aquí, ¿verdad? —le preguntó a Max—. No le han traído para encontrar a Charlie. Creen que está muerto. ¡Lo han creído desde el principio, todo el tiempo! Le han traído a usted para encontrar a los secuestradores, para cazar a quien ha sido capaz de osar levantar su mano contra el todopoderoso y omnisciente clan Carver, que todo lo ve, que todo lo posee. La historia que usted acaba de contar lo confirma todo. Usted no es un detective privado. Usted no es más que un asesino a sueldo glorificado.

Max la miró, sintiéndose censurado e incómodo. No esperaba aquello.

En cierto modo, la mujer tenía razón. Tenía malas pulgas. Actuaba guiado por el impulso. Su carácter era más fuerte que él y, sí, a veces se le nublaba el entendimiento. Pero eso era antes, cuando todavía se dejaba arrastrar, antes de haber caído en la trampa de su propio sistema.

—Francesca, por favor —dijo Allain, ahora con otro tono, intentando calmarla.

—¡Vete al diablo, Allain! —gritó, arrojando al suelo la servilleta y poniéndose de pie con tanta violencia que su silla salió despedida hacia atrás y cayó al suelo—. Creía que habías prometido encontrar a Charlie.

—Lo estamos intentando —le aseguró Allain, suplicante.

—¿Con él? —Francesca señaló a Max, furiosa.

—Francesca, te lo ruego, siéntate —pidió Allain.

—¡Maldito seas, Allain, y maldito seas tú también, Gustav! ¡Malditos sean ustedes y su maldita familia!

Le lanzó a Max una mirada llena de odio y empapada de lágrimas. Parecía desencajada. Los labios le temblaban de ira y miedo. El enojo la hacía parecer más joven, menos dolida y vulnerable.

Se dio la vuelta y salió corriendo de la habitación. Max notó que estaba descalza y que tenía un pequeño tatuaje encima del tobillo izquierdo.

A la explosión siguió el silencio, que se apoderó de la estancia como una pesada presencia invisible. Era un silencio pleno, la habitación quedó tan tranquila y silenciosa que Max pudo oír el ruido que hacía el dóberman mientras escarbaba fuera, en el camino de grava, y el canto chirriante de los grillos.

Allain parecía humillado. Se ruborizó. Su padre volvió a sentarse en la silla. Observaba la incomodidad de su hijo con una expresión divertida en sus gruesos labios.

—Lamento lo de mi esposa —se disculpó Allain ante Max—. Se ha tomado todo este asunto muy mal. Todos lo sentimos, como es obvio, pero a ella... la ha golpeado especialmente.

—Lo comprendo —dijo Max.

Y así era. Había dos tipos de parientes de las víctimas: los que se temían lo peor y los que vivían en la esperanza. Los primeros no se derrumbaban; vivían con su pérdida, se volvían más duros, recelosos e intolerantes. Los últimos no se recuperaban nunca. Se destruían a sí mismos y se venían abajo. Perdían todo lo que alguna vez habían amado y por lo que habían vivido. Morían jóvenes, de cáncer, o por adicciones o intoxicaciones. Max podía distinguir a los que caerían de los que sobrevivirían nada más conocerlos, cuando apenas estaban en el umbral de su mayor tormento, cuando aún no lo habían atravesado. Hasta entonces nunca se había equivocado. Creyó que con los Carver la cosa terminaría bien, que saldrían adelante. El modo en que Francesca había perdido los estribos le hizo cambiar de idea.

Se metió un poco de *grillot* en la boca.

—Ella estaba en el coche con Charlie cuando le secuestraron —explicó Allain.

—Cuénteme lo que sucedió —pidió Max.

—Fue justo antes de la invasión de los americanos. Francesca llevó a Charlie a Puerto Príncipe, al dentista. En el trayecto, el coche fue rodeado por una turba hostil. Destrozaron el vehículo y se llevaron al pequeño.

—¿No tenían ningún personal de seguridad? —preguntó Max.

—Sí, el chófer.

—¿Sólo él?

—Era muy bueno.

—¿Qué le ocurrió?

—Creemos que murió ese día —contestó Allain.

—Dígame —dijo Max—, ¿su esposa aparecía mucho en la televisión de aquí o en los periódicos?

—No. Creo que salió una vez, con motivo de una recepción ofrecida al embajador americano, hace unos años. ¿Por qué?

—Y su hijo, ¿aparecía en la prensa?

—Nunca. ¿Adónde quiere llegar, Max?

—Su chófer.

—¿Qué ocurre con él?

—¿Podría decirme su nombre? —preguntó Max, sin satisfacer la curiosidad de Allain.

—Eddie. Eddie Faustin —respondió Allain.

—¿Faustin? —A Max le dio un vuelco el corazón. ¿Tendría ese Faustin alguna relación con Salazar Faustin, el del Club de Barones del Sábado por la Noche? Todavía no quería empezar a tirar del hilo de esa pista—. ¿Cree posible que él planeara el secuestro de Charlie?

—Eddie Faustin no tenía cerebro ni para atarse los cordones de los zapatos; mucho menos para planear un secuestro —dijo Gustav—. Además era un buen hombre. Muy, muy, muy leal. Se habría partido la espalda por uno sin pedir siquiera una aspirina para calmar el dolor. En una ocasión se llevó una bala destinada a mí, ¿sabe? No se quejó. Regresó al trabajo una semana después. Él y su hermano habían formado parte de los Tontons Macoutes. ¿Sabe de qué hablo? La milicia, los VSN. No caían bien a mucha gente a causa de lo que hicieron cuando los Duvalier, pero todo el mundo les tenía miedo.

Max hizo memoria. Sabía algo de aquellos tipos. Salazar era un antiguo miembro de la policía secreta de Haití. Le habían entrenado para ejercer la brutalidad. Max no había olvidado las historias que habían contado en los interrogatorios: ceremonias de iniciación en las que tenían que pelear con pitbulls y golpear a personas hasta matarlas sólo con las manos. Era la misma gente. Una gran familia feliz.

—Tal vez lo que la gente quería era atraparle a él —sugirió Max.

—En su momento, lo pensamos; pero podrían haber venido a buscarle a cualquier hora. Todo el mundo sabía que trabajaba para nosotros. Todo el mundo sabe dónde encontrarnos —dijo Allain.

—Incluidos los secuestradores, ¿no? ¿Están completamente seguros de que él no estaba detrás de este asunto o tal vez mezclado en él? —preguntó Max a Gustav.

—No, Eddie no tuvo nada que ver. Apostaría mi vida —respondió el anciano—. Me traen sin cuidado las apariencias.

Max confiaba en el juicio de Gustav hasta cierto punto. Había muchos ingredientes en un secuestro: el lugar donde se escondía a la persona raptada, el plan para el rapto, la vigilancia de la víctima, el secuestro mismo, la huida. Se necesitaba un cerebro tranquilo, calculador, metódico, verdaderamente racional, para juntar todas esas piezas y hacer que funcionaran. Además hacía falta ser despiadado y tener sangre fría. Gustav Carver no habría tenido a alguien tan inteligente cerca de él. La mayor parte de los guardaespaldas eran unas bestias con excelentes reflejos y con siete vidas. Y Eddie Faustin debió de ser todo lo tonto que su antiguo jefe decía para continuar en el mismo trabajo después de recibir un balazo.

Si Eddie estaba involucrado en el secuestro, alguien le había manipulado para que lo hiciera. La irrupción de la turba había sido posiblemente una maniobra de distracción, organizada deliberadamente para matar a Eddie mientras los secuestradores se escabullían tranquilamente con el niño. ¿Participaron en el tumulto formando parte de la turba o fueron hasta allí y se llevaron al niño?

Max se esforzaba al máximo por aclarar sus ideas.

—¿Dónde quedó el cuerpo de Eddie? ¿Cerca o lejos de donde estaba la señora Carver?

—No se encontró ningún cuerpo —contestó Allain.

—¿Ningún cuerpo?

—Sólo un charco de sangre cerca del coche. Pensamos que era suya.

—La sangre tiene siempre el mismo aspecto. Podría haber sido de cualquiera —objetó Max, asombrado.

—Es verdad.

—De ahora en adelante también consideraré a Eddie como una persona desaparecida. ¿Qué hay de los testigos? ¿Su esposa?

—Sólo recuerda a la gente atacando el coche.

—De modo que si Eddie estuviera vivo, tendría que saber quién se llevó a Charlie.

—Usa usted un condicional absurdo —interrumpió Gustav—. No hay «si estuviera vivo» que valga. Eddie está muerto. La turba le mató, estoy seguro.

«Tal vez», pensó Max, «pero los *tal vez* no resolvían los casos».

—Eddie tenía un hermano, ¿no?

—Salazar —dijo Allain, lanzando una mirada hacia su padre.

—El mismo que usted arrestó cuando le echó el guante a Boukman —respondió Gustav, como si fuera una réplica teatral.

—Usted está muy bien informado. Supongo que también sabe que todos fueron deportados, es decir, enviados de regreso aquí.

—Sí —afirmó Gustav—. ¿Acaso eso le molesta?

—Sólo si ellos me ven primero.

Hubo un momento de silencio. Gustav sonrió a Max.

—Usted tendrá una guía —dijo Allain—. Alguien que le orientará en la isla y que le hará de intérprete. De hecho, ya la ha conocido. Chantale.

—¿Chantale?

—Va a ser su ayudante.

Gustav soltó una risotada y le guiñó un ojo a Max.

—Ya —replicó el detective, poco convencido—. No da la impresión de conocer bien los bajos fondos.

—Conoce bien el medio y sabe cómo moverse —aseguró Allain.

—¡Ya lo creo que sabe! —confirmó Gustav, riendo.

Max se preguntó a cuál de los dos se habría tirado Chantale. Supuso que a Allain, que estaba ruborizado hasta el último pelo. Max se sintió estúpidamente celoso. El dinero y el estatus de Carver eran un poderoso afrodisiaco. Max intentó imaginarse a Chantale y a Allain juntos, pero no pudo. Había algo que no encajaba. Se la quitó de la cabeza, se dijo a sí mismo que tenía que concentrarse, pensar en ella como en una colega, una compañera, una máquina de apoyo profesional. Así se había relacionado con muchas mujeres cuando era policía. Aquello siempre servía para eliminar los inconvenientes de la pasión.

Comió otro poco de *grillot*, pero la carne se había enfriado y estaba dura como una piedra. Como todavía tenía hambre, picó un poco de tomate.

—Mi hijo no ha tenido mucha suerte con las personas que ha contratado para buscar a Charlie —dijo Gustav.

—¡Papá! —exclamó Allain.

—Creo que deberías decirle a Max contra qué se está enfrentando, ¿no te parece? Sería bastante justo, ¿no? —añadió Gustav.

—Estuve con Clyde Beeson. ¿Es a eso a lo que se refieren? —inquirió Max.

—Estaba pensando más bien en el desafortunado señor Medd —afirmó Gustav.

Allain parecía incómodo. Echó una ojeada a su padre, con evidente enfado.

—¿Cuándo entró en escena? —preguntó Max.

—En enero de este año —explicó Allain—. Darwen Medd. Ex miembro de las Fuerzas Especiales. Había perseguido a tipos de los carteles de la droga en Sudamérica. No llegó muy lejos, antes de...

La voz de Allain se fue apagando y apartó la mirada de Max.

—Medd desapareció sin dejar huella —terció Gustav—. El día antes de esfumarse nos dijo que se iba a Saut d'Eau, que es como una versión vudú de Lourdes, una cascada a la que uno va para purificarse. Aparentemente a Charlie lo habían visto allí.

—¿Y no volvieron a saber nada de él? —Allain negó con la cabeza—. ¿Saben quién le dio esa información?

—No.

—¿Siguieron la pista de la catarata esa?

—Sí. Era una pista falsa.

—¿Le pagaron a Medd mucho dinero por adelantado?

—Menos que a usted.

—¿Comprobaron en el aeropuerto si había huido?

—Si, en los puertos y en la frontera. Ni rastro de él.

Max no dijo nada. Todos los países contaban con otras vías de escape, aparte de las oficiales, y Haití no era diferente. Los balseros que llegaban a la costa de Florida todos los días eran una prueba de ello. Y, además, Medd podía haberse escabullido hacia la República Dominicana por algún punto de la frontera, que en su mayor parte carecía de vigilancia.

Pero, suponiendo que todavía estuviera vivo, si había dejado el país, ¿por qué habría querido salir tan rápido y sin avisar a Carver?

—No le estás contando todo, Allain —gruñó Gustav a su hijo.

—Papá, no creo que eso sea relevante —dijo Allain, evitando mirar a cualquiera de los dos.

—Ah, sí, sí lo es. Mire, Max, Medd y Beeson tuvieron un predecesor...

—Papá, eso no es importante —insistió Allain, mostrando los dientes, con ferocidad en los ojos y apretando los puños.

—Emmanuel Michelange —completó Gustav, levantando la voz hasta convertirla en un bramido.

—¿También desapareció? —preguntó Max mirando a Allain, tratando de apartarlo de la órbita de su padre, con la esperanza de evitar otra explosión familiar.

Pero la pregunta sorprendió a Allain con la guardia baja. El miedo asomó a sus ojos.

Gustav se movía, lleno de nerviosismo. Iba a decir algo, pero Max le hizo un gesto para que se quedara callado, poniéndose el dedo delante de los labios.

Allain no se dio cuenta. Estaba pálido. Tenía los ojos inmóviles, pero no miraba a ninguna parte. Su pensamiento se había escapado del presente, marchando hacia atrás en el tiempo. No llegó demasiado lejos, pues enseguida tropezó con un mal recuerdo. Las arrugas de su frente se perlaron de sudor.

—No, sólo Medd desapareció... —contestó Allain, con la voz temblorosa—. Manno, Emmanuel, fue hallado en Puerto Príncipe.

—¿Muerto? —preguntó Max. Allain respondió, pero con tan poca fuerza que las palabras se le quedaron atravesadas en la garganta—. ¿Le cortaron en dos pedazos? —añadió. Allain bajó la cabeza y la sostuvo entre el pulgar y el índice—. ¿Qué ocurrió, señor Carver? —insistió Max, con firmeza, pero intentando usar un tono que le diera confianza. Allain sacudía la cabeza. Max pensó que iba a ponerse a llorar. Tal vez Emmanuel Michelange había sido un íntimo amigo suyo—. Señor Carver, por favor —continuó Max en el mismo tono, inclinándose un poco para crear una sensación de intimidad—. Sé que es difícil para usted, pero tengo que saber lo que ocurrió.

Allain se quedó en silencio.

Max oyó algo que se arrastraba por el suelo, cerca del asiento de Gustav.

—¡Díselo! —explotó el anciano desde el otro extremo de la mesa.

Max y Allain levantaron la vista al mismo tiempo y vieron cómo el anciano, desde su sitio, de pie, sacudía el bastón en el aire.

Hubo un gran estrépito cuando el bastón alcanzó la mesa y la vajilla. Las copas y la porcelana se hicieron añicos y volaron convertidas en pedacitos y astillas, cruzando la habitación.

Gustav estaba de pie ante la mesa, iracundo, tambaleante, con aspecto maligno, y su presencia llenaba la habitación como un gas tóxico.

—Haz lo que te digo y cuéntale la historia de una vez —dijo Gustav lentamente y en voz bien alta, alzando el bastón y apuntando con éste a Allain. Max vio que en el extremo del bastón había judías y granos de arroz aplastados.

—¡No! —le respondió Allain con un grito, saltando de su silla impulsado por los puños. Miraba de modo hostil a su padre, con la cara llena de ira. Max se preparó para interponerse entre ambos si el más joven atacaba al mayor.

Gustav le devolvió la mirada, desafiante, esbozando una sutil sonrisita.

—Emmanuel Michelange —comenzó Gustav, limpiando su bastón con el mantel y apoyándolo al lado de su silla— fue el único indígena que contratamos. —Escupió la palabra «indígena» con un gruñido, como si fuera una molesta flema—. Mi hijo, aquí presente, insistió. De modo que lo intentamos. Fue poco menos que inútil. Duró dos semanas. Encontraron su todoterreno en Puerto Príncipe. Le habían quitado las ruedas, el motor y mucho más. Emmanuel estaba allí sentado, en el asiento del conductor. Le habían seccionado el pene y los testículos. En realidad, seccionados no; se los cortaron con tijeras.

Max sintió que el miedo se apoderaba de su estómago y se desplazaba hacia los genitales.

Gustav miró fijamente a Allain mientras estuvo hablando. Su hijo le devolvía la mirada, con los puños todavía apretados, pero Max se dio cuenta de que no iba a usarlos. El viejo lo había sabido desde el primer momento.

—Michelange fue asfixiado con sus propios genitales —añadió Gustav—. El pene le bloqueaba la garganta. Y los testículos estaban alojados cada uno bajo una mejilla, así.

Gustav lo mostró, poniéndose los índices en la boca y empujando sus mejillas hacia fuera. Resultaba grotesco, cómico. Luego le sacó la lengua a su hijo y la meneó de un lado a otro. Ahora, su parecido con una gárgola era asombroso.

—Me imagino que eso es algo de lo que Chantale no tendrá necesidad de preocuparse —soltó Max.

Gustav lanzó una risotada y dio una ruidosa palmada sobre la mesa.

—¡Al fin! —bramó—. ¡Alguien con chispa!

—¡Cabrón! —gritó Allain. Max pensó que se lo decía a él, pero el hijo todavía estaba mirando al padre. Salió furioso de la habitación.

Una vez más, una quietud espectral se alzó en el enorme comedor; se hizo un vacío dentro del vacío. Max bajó la vista hacia su comida sin terminar y deseó estar en alguna otra parte.

Gustav se sentó y llamó a las criadas. Acudieron, recogieron todo a su alrededor y luego se llevaron los platos.

Cuando volvía de la cocina, una de las empleadas le trajo del salón la pitillera de plata, un encendedor y un cenicero. Carver se volvió a decirle algo, farfullando las palabras, por lo que la mujer tuvo que inclinarse para oírle. El anciano le apoyó una mano en el hombro mientras hablaba.

La criada se fue de la habitación y Carver cogió un cigarrillo sin filtro y lo encendió.

—Solía fumar cuarenta al día antes de mi primer ataque —dijo Gustav—. Ahora me conformo con uno solo: mantiene vivo el recuerdo. ¿Y usted?

—Lo he dejado.

Gustav sonrió y sacudió la cabeza.

Alguna gente nace fumadora. Carver era un ejemplo. Le encantaba fumar. Inhalaba el humo del cigarrillo y lo retenía en los pulmones, extrayendo todo lo posible con cada bocanada antes de exhalar suavemente.

—Le pido disculpas por lo que ha tenido que presenciar. Todas las familias se pelean. Es escabroso, pero saludable. ¿Tiene usted familia, señor Mingus?

—No. Mi madre está muerta. No sé dónde está mi padre. Probablemente también esté muerto. Supongo que tengo primos y sobrinos y todo eso, pero no los conozco.

—¿Y qué hay de la familia de su difunta esposa? ¿Se trata con ella?

—De cuando en cuando.

Gustav sacudió la cabeza.

—Allain se llevó un gran disgusto con lo de Emmanuel porque eran amigos de la infancia. Yo obligué a Emmanuel a ir a la escuela y a la universidad. Su madre era la niñera de Allain. La quería más que a su propia madre —explicó Carver—. En Haití tenemos toda una cultura de la servidumbre. Los llamamos *restavec*. Significa «quedarse con» en criollo: deriva del francés *rester*, quedarse, y *avec*, con. Como ve, aquí no pagamos a los sirvientes. Viven con nosotros, «se quedan con» nosotros. Los vestimos, los alimentamos, les damos un alojamiento decente. Y como compensación, ellos cocinan, limpian, hacen las cosas de la casa y se ocupan del jardín. Es feudal, lo sé. —Carver sonrió y mostró su dentadura—. Pero mire este país. El noventa y ocho por ciento de la población todavía frota dos palos para encender fuego. ¿Le he ofendido?

—No —dijo Max—. La cárcel se parece a esto. Una mentalidad de putas. Uno ve a la gente venderse por un paquete de cigarrillos. Con una grabadora se puede comprar una mamada diaria de por vida.

Gustav soltó una risa.

—Aquí la cosa no es tan bárbara. Es un modo de vida. La servidumbre está en los genes de los haitianos. No tiene sentido modificar la naturaleza —dijo Carver—. Trato a mi gente todo lo bien que puedo. Mando a sus niños a la escuela. Muchos han llegado a ser miembros de la clase media y han triunfado, relativamente, en la vida. En Estados Unidos, por supuesto.

—¿Y qué hay de Emmanuel?

—Era brillante, pero tenía una debilidad por las mujeres que le impedía concentrarse.

—Su madre estaría orgullosa de él.

—Lo habría estado, pero murió cuando él tenía quince años.

—Qué vida tan desgraciada.

Gustav apagó el cigarrillo en el cenicero. La criada regresó. Traía algo para Max, y lo depositó a su lado en la mesa. Era el disco *Duets*, de Frank Sinatra, autografiado personalmente para el anciano con tinta azul.

—Espero que lo disfrute —dijo Carver—. Creo que hay un reproductor de discos en la casa de Pétionville.

Se miraron el uno al otro a través de la mesa. Pese a haber sido testigo de la innegable crueldad del anciano, a Max le caía bien. No podía evitarlo. Percibía en el viejo una honestidad que permitía saber a qué atenerse cuando se le trataba.

—Si quiere, pido que le preparen café. Yo ya me voy a acostar —dijo Carver.

—No se moleste. Sólo una cosa más: ¿qué puede decirme de Vincent Paul?

—Podría hablarle de él toda la noche, pero la mayor parte de lo que le contara no le interesaría. En fin, le diré lo siguiente: creo que está detrás del secuestro de Charlie. No sólo creo que pudo haberlo organizado, sino también que es el único capaz de hacerlo.

—¿Y eso por qué?

—Me odia. Muchos me odian. Vivo peligrosamente. —Carver sonrió con aire burlón.

—¿Le han interrogado?

—Esto no es Estados Unidos —espetó Gustav con una carcajada—. Además, ¿quién se atrevería a ir a hablar con él? La sola mención del nombre de esa bestia hace que hasta los hombres más valientes se caguen en los pantalones.

—Pero, señor Carver, seguramente usted, es decir, un hombre de su posición, podría haber pagado a algunas personas para que...

—¿Para qué, Max? ¿Para matarle? ¿Para arrestarle? ¿Bajo qué cargos, por decirlo con sus palabras? ¿Por sospechoso de haber raptado a mi nieto? Eso no se sostiene. Créame, examiné todas las maneras posibles de conseguir que Paul fuera interrogado, como usted dice. No pudo ser. Vincent Paul es un peso pesado aquí, demasiado poderoso. Si uno va contra él sin una razón, se verá envuelto en una guerra civil. Pero con pruebas, sí puedo ir por él. De modo que consígamelas. Y traiga al niño de vuelta. Por favor. Se lo imploro.

12

De nuevo en el coche, bajando de la montaña hacia Pétionville, Max soltó un gran suspiro de alivio. Estaba contento de hallarse lejos de aquella casa. Esperaba no tener que volver a cenar nunca más con los Carver.

No se había dado cuenta de hasta qué punto le había hecho mella la presión sufrida esa noche. Tenía la camisa pegada al lino de la chamarra por culpa del sudor y comenzaba a sentir un agudo dolor de cabeza, detrás de los ojos, sin duda causado por la tensión vivida. Necesitaba caminar, relajarse, estar solo, respirar aire fresco, pensar, ordenar sus ideas.

Les dijo a los hombres que le dejaran en el bar que había descubierto a la ida. No les gustó la idea, le respondieron que no era seguro e insistieron en que tenían órdenes de conducirle hasta la casa. Max pensó en mostrarles su pistola para tranquilizarlos, pero finalmente se limitó a decirles que todo iría bien, que la casa no estaba lejos.

Los guardaespaldas se alejaron en el coche, sin decir nada, saludándole con la mano. Max vio cómo las luces traseras desaparecían rápidamente en la noche. Echó una ojeada carretera abajo, para orientarse.

En la parte más baja se veía el centro de Pétionville, la rotonda y el mercado, totalmente desiertos e iluminados con brillantes luces de neón de color naranja. Entre ambos lugares reinaba una oscuridad casi absoluta, rota aquí y allá por alguna que otra bombilla desnuda colgada sobre las puertas y en las ventanas, y por pequeños fuegos encendidos a un lado de la carretera. Max sabía que tenía que doblar hacia abajo en una calle lateral, andar hasta el final de ésta, encontrar el Impasse Carver y seguir por éste hasta su casa. En ese momento se dio cuenta de que debería haber dejado que los hombres le llevaran de vuelta: no sólo sería un problema encontrar la entrada de la finca en la oscuridad, sino que, antes, se tendría que enfrentar con el problema de que no sabía cuál era la calle que conducía a la casa. Había al menos cuatro para elegir.

Tendría que andar colina abajo y probar con cada una de las calles hasta que diera con la correcta. Recordó haber pasado por situaciones así de estúpidas cuando era más joven, siempre borracho y drogado, cuando no conseguía ligar. Al final lograba llegar a casa. Sano y salvo. Esa noche no sería diferente.

Pero necesitaba un trago. Sólo uno, tal vez un vaso de ese Barbancourt seis estrellas, de lujo, que el viejo Carver le había ofrecido antes. Eso le permitiría llegar a casa, le ayudaría a hacer el camino, le sacudiría el miedo que empezaba a rondar su ánimo. Veía otra vez a Clyde Beeson con su pañal y se preguntaba qué le habría pasado a Darwen Medd. Se imaginó a Emmanuel Michelange con el pene cortado a tijeretazos y metido en el fondo de la garganta, y se preguntó si estaría aún vivo cuando le habían hecho eso. Pensaba en Boukman, allí sentado, en algún lugar de la calle, tal vez al lado de una de esas luces, mirándole, esperándole.

Desde fuera, La Coupole era una pequeña casa azul brillante, con un tejado de zinc oxidado, de cuyos aleros colgaba una ristra de luces parpadeantes de todos los colores, similares a las que rodeaban el cartel. Éste constaba de dos tablas de madera, con el nombre del bar pintado en blanco con unas toscas letras hechas a mano, una absurda mezcla de mayúsculas sueltas con minúsculas unidas, algunas derechas, otras torcidas. Había unos focos pequeños apuntando a las paredes que sólo servían para resaltar los desconchones y las grietas del cemento. Las ventanas estaban cerradas con tablas. Alguien había pintado con aerosol negro «La Coupole les da la bienvenida a los americanos» en una de las tablas, y en la otra había pintada una lista de bebidas y precios, Bud, Jack y Coca-Cola nada más.

Desde dentro llegaba el sonido apagado de la música, pero no estaba lo suficientemente fuerte como para que Max pudiera distinguir otra cosa que el bajo. Era el único ruido que se oía en la calle, aunque un montón de personas, todos nativos, estaba por allí, fuera del bar, conversando.

Un adolescente calvo, con un mugriento traje blanco, sin camisa ni zapatos, observaba sentado sobre una vieja motocicleta carente de salpicaduras. De los cuatro costados del asiento se salían los resortes y la gomaespuma. El joven estaba rodeado de un semicírculo de niños, también calvos, todos mirándole con reverencia. Era un cuadro perfecto para una iglesia: Jesús convertido en un chico de una chabola haitiana, vestido con un gastado traje a la moda disco de la época de John Travolta.

Max entró en el bar. La luz era tenue y rojiza, pero se veía bien. Era mucho más grande de lo que se había imaginado. Pudo ver en qué parte habían derrumbado el fondo original de la casa y levantado una construcción suplementaria, puesto que después no pintaron las paredes de un color uniforme, ya fuera por falta de dinero o porque no se habían molestado en hacerlo. Un tercio del interior era del mismo azul que el exterior, mientras que el resto era de toscos bloques grises deslucidos. El suelo era de cemento puro.

Había mesas de madera y sillas rodeando el perímetro de la habitación y amontonadas en los rincones. No se veían dos mesas ni dos sillas iguales. Algunas eran altas y redondas, otras bajas y cuadradas, una estaba hecha con cuatro pupitres de escuela unidos de cualquier manera, otra había sido alguna vez parte de una mesa más grande, serrada por la mitad y modificada. Incluso había una mesa con las esquinas cubiertas de bronce o cobre, que, sospechosamente, parecía una antigüedad.

Dentro había un montón de gente; la mayoría, varones blancos. Todos eran americanos de permiso y, supuso, soldados de la ONU. Max podía distinguir a sus compatriotas. Eran dos veces más grandes que sus colegas multinacionales. Exhibían brazos fornidos, hombros anchos, cabezas pequeñas y sin cuello; lo mismo que él. Incluso la mayor parte de las pocas mujeres que andaban por allí estaban agrupadas de igual manera. Todas hablaban entre ellas, bebiendo Bud o Coca-Cola directamente de las botellas. Voltearon descaradamente cuando Max pasó a su lado. El detective se destacaba del resto por su traje y sus zapatos brillantes. Iba demasiado bien vestido para un lugar lleno de vaqueros, pantalones cortos, camisetas y playeras.

Se dirigió a la barra. No tenía taburetes, sólo espacio libre para estar de pie. Detrás había exactamente una sola botella expuesta, de ron Barbancourt común, sin abrir, con el sello de papel amarillo todavía intacto. La cerveza y las Coca-Colas las extraían de una nevera.

Max sorprendió al camarero cuando pidió ron. El tipo bajó la botella, la abrió y sirvió una buena cantidad en un vaso de plástico transparente. Iba a arrojar dentro un puñado de hielo, pero Max recordó la advertencia de no beber agua del grifo y sacudió la cabeza para que no lo hiciera. Pagó dos dólares. No le dieron nada de cambio.

La música venía del patio, situado a la izquierda, a través de un arco sin puerta. Un DJ haitiano, que parecía divertirse mucho, estaba sentado en una mesa, encargándose de un reproductor de discos, machacando un espantoso tema hip hop interpretado por un cantante andrógino con acento germánico. Frente a él, una docena de encargados de mantener la paz, de permiso, bailaban como si fueran epilépticos que hubieran sufrido un ataque en una pista de hielo.

Max notó que había ojos observándole. Giró la cabeza y, dejándose llevar por la intuición, miró hacia un rincón oscuro, cerca de la barra. Dos mujeres haitianas le estaban sonriendo, tratando de atraer su atención. Le hacían señas. Prostitutas. Tenían la misma apariencia en todo el mundo. Sintió un tirón en la ingle, una agitación en los testículos. Las mujeres negras y las mestizas eran sus preferidas, las que siempre le habían atraído, las que le hacían detenerse y reaccionar.

Una de las putas se dirigió hacia él, andando de modo poco elegante, con su ceñido vestido negro y sus altos tacones plateados. Max se dio cuenta de que había estado mirándolas sin verlas, mientras daba rienda suelta a sus recuerdos y sus fantasías. Las mujeres notaron su urgencia instantáneamente, olieron su lujuria acumulada. Max miró a la mujer a los ojos y la obligó a detenerse con la vista. La sonrisa de la mujer se convirtió en una expresión de inquietud. Max sacudió la cabeza y desvió la mirada, dirigiéndola de nuevo hacia el DJ y los que estaban bailando al son de su música.

Dio un trago. El ron era sorprendentemente bueno. Dulce y suave en la lengua, pasaba bien por la garganta. En lugar del puñetazo en el bajo vientre que se había esperado, le produjo una sensación reconfortante. El primer trago en más de diez años. Su abrazo fue cálido y familiar.

En verdad, uno nunca supera totalmente una adicción. Podía mantenerse limpio el resto de su vida, pero siempre estaba allí, como un reprimido impulso para volver a empezar, siguiéndole a uno como una sombra, andando a su lado, lista para atraparle si bajaba la guardia. Era mejor dejar un hábito cuando el subidón era todavía mayor que el bajón y el placer pesaba más que el dolor. De ese modo, uno se quedaba con buenos recuerdos y no sentía arrepentimiento, como los ligues ocasionales que uno conoce en las vacaciones y luego deja atrás sin compromisos.

Max no había sido alcohólico, pero había estado cerca. Tomaba un trago al final de cada turno, sin importar cuándo terminara. A horas tan tempranas como las siete o las ocho de la mañana, Joe y él se metían en el primer bar abierto que encontraban y se unían a las personas que se estaban metiendo un trago entre pecho y espalda de camino al trabajo y a las que desayunaban después de toda una noche de parranda. Era, eso sí, el único trago de las mañanas: un vaso de whisky irlandés, puro, sin hielo.

Cuando salía bebía un montón, pero nunca tanto como para perder el control. El hábito le había ayudado a olvidar que era un policía y a combatir la tendencia que todo agente tiene a recelar de todo y vigilar a todos, seres queridos incluidos. Le había ayudado a soportar situaciones sociales difíciles. Había sido un buen compañero en las comidas y las noches solitarias. Le ayudaba a ligar, y mucho.

Max nunca se había quedado a medias en materia de vicios y placeres. Se fumaba un paquete de Marlboro al día; cuando bebía, aún más, y todavía más si estaba a punto de resolver un caso. Había fumado muchísima mariguana con Joe, sobre todo una buena mierda jamaicana que siempre les ponía tal y como a ellos les gustaba. Joe lo había dejado cuando leyó que fumar demasiada hierba producía psicosis y hacía crecer las tetas. Max hizo caso omiso, convencido de que aquélla era una historia de miedo pergeñada por el departamento de relaciones públicas del FBI, y continuó fumando sin problemas.

Sandra le ayudó a dejarlo todo: la bebida, la hierba, el tabaco y su trabajo.

Un día ella aceptó su propuesta de matrimonio.

La noche anterior a la boda, Max se había escabullido en el coche. Compró una botella de whisky y un paquete de Marlboro. Llevaba un año sin probar ambas cosas, pero quería decir adiós a aquellos compañeros de su viejo estilo de vida: cigarrillos, bebida y soledad. Con los tres se escapó por última vez.

Condujo hasta Ocean Drive, se sentó al lado del mar y empezó a beber y fumar. El cigarro sabía horrible, la bebida le escaldaba la garganta y se sintió como un marginado buscando problemas, allí, solo, en la arena, con las lanchas, los ladronzuelos, los vagabundos playeros y los turistas tontos dejándose atracar. Apagó el cigarro en la botella, enroscó el tapón, la arrojó al mar y se marchó, sintiéndose más estúpido que satisfecho.

Ahora la corriente le devolvía la botella.

En la barra nadie estaba fumando. Max terminó su vaso y pidió otro.

La bebida le aflojaba, le ayudaba a relajarse y a pensar.

Los Carver le bailaban en la cabeza. Gustav era temible, pero extraordinario. Max le admiraba. El anciano dirigía el antro, pese a su enfermedad. Tendrían que arrancarle a la fuerza las cuerdas con las que movía las marionetas, o sea, la familia y los negocios, por no decir la isla. No parecía existir nadie capaz de hacerlo.

Probablemente, Allain fuera un tío más agradable. Tenía otras ideas acerca de sus negocios, un modo más abierto de llevar las relaciones. Aunque en casa estuviera aplastado, o por lo menos eclipsado por el viejo, no le faltaba coraje.

No había mucho amor entre padre e hijo, tal vez nada en absoluto, pero existía respeto, al menos por parte de Allain. Y estaba Charlie. Charlie Carver hacía que la familia permaneciera unida.

Algo parecido se podía decir de Francesca Carver. Le odiaba, pero Max veía por dónde respiraba y sentía afinidad hacia ella, incluso la compadecía. Quería escapar de su matrimonio y de los Carver y marcharse de Haití, pero no iba a irse sin el niño. Lo abandonaría todo una vez que supiera qué le había ocurrido a su hijo, una vez que pudiera poner fin al asunto.

Los Carver eran conflictivos, pero no formaban, ni mucho menos, la peor familia que había conocido. Estaban afrontando juntos la adversidad, soportándose unos a otros, a su manera.

Según todas las apariencias, el secuestro de Charlie se debía más al anciano que al hijo. Gustav parecía tener un censo entero rebosante de enemigos. Si eran ricos, tendrían suficiente dinero e influencias como para encargar un secuestro a terceros, que no sabrían para quién estaban trabajando.

¿O sí lo sabrían? Tres investigadores privados habían venido y se habían estrellado: uno estaba muerto, otro desaparecido, presumiblemente muerto, y el tercero había quedado jodido de forma truculenta. Los tres debieron de estar bastante cerca de encontrar al niño o hicieron creer a alguien que así era.

Pero ¿qué le había ocurrido a Darwen Medd? ¿Dónde estaba?

Pidió su tercer ron. La gente no le estorbaba. Un par de americanos hablaban con las prostitutas. Las trataban de tú a tú, pero era evidente que no tenían experiencia alguna en ese tipo de negocios. Las chicas no demostraban interés. Probablemente, los soldados no querían coger el sida y no había un condón lo suficientemente grueso como para disipar el mito de que la enfermedad se había originado en Haití.

Un haitiano estaba pegado a un pequeño grupo de americanos, escuchando atentamente su conversación, pendiente de cada palabra, repitiendo como un loro las que entendía. Si alguien decía «mierda» o «follar», o dejaba caer el nombre de alguna celebridad, el haitiano coreaba las palabras como un eco, dándose una palmada en el muslo y riéndose de las obscenidades, o sacudiendo la cabeza y diciendo «¡sí, hombre!» o «¡ésos son ustedes!» con un acento que quería ser americano, pero sonaba con entonación china. De vez en cuando, el grupo miraba al tipo y se reía, algunos con indulgencia, otros burlonamente. Unos pocos se quedaban callados; despreciaban profundamente al imbécil. Max podía verlo en sus rostros, en la manera en que permanecían de pie, en la pequeñez de sus ojos cuando intentaban no mirarle, en el modo en que gesticulaban cuando le oían imitarlos. Probablemente sólo buscaban una salida nocturna tranquila.

El haitiano llevaba una gorra de béisbol con la visera hacia atrás, una camiseta muy holgada con la bandera americana en el pecho y la espalda, jeans y tenis Nike. Parecía un verdadero fanático de sus conquistadores.

Entonces Max vio lo que de verdad estaba ocurriendo.

El haitiano hablaba, en realidad, con alguien a quien Max no había visto, que estaba de pie en medio del grupo, oculto de la vista por sus colegas. Max lo vio cuando uno de ellos fue a la barra a pedir más bebidas.

Era un rubiales, con el pelo cortado casi al ras, nariz minúscula y un grueso bigote. Se estaba divirtiendo a costa del haitiano, simulando estar enseñándole inglés, cuando en realidad todo lo que estaba haciendo era procurar que el pobre se humillara a sí mismo.

Max puso la oreja.

—Repite conmigo: «Yo» —dijo el güero, moviendo las manos como un director de orquesta.

—Ya...

—Vivo...

—Vive...

—En...

—En...

—Un...

—On...

—Zoológico...

—Sooooolójaco...

—Llamado...

—Llama...

—No: llama-do.

—Llama-do.

—Bien. Yo vivo en un zoológico llamado Haití.

—¿Jaití?

—¿Qué? Sí, sí, me da igual cómo ustedes los negros de mierda llamen a este asqueroso lugar. —El güero se rio, y los demás le corearon, a excepción de algún disidente, la mirada de uno de los cuales se había cruzado con la de Max. Se disculpó, impotente, con los ojos, como si dijera: «Son ellos, no yo».

A Max le importaron una mierda él y su educado complejo de culpa. Era el haitiano el que le daba lástima. Era triste verle así, y Max se enfureció. Se acordó de la rutina del Tío Tom, de Sammy Davis

Júnior en los espectáculos de Rat Pack Vegas que tenía grabados en vídeo. Frank Sinatra y Dean Martin le humillaban sobre el escenario, lanzándole todos los epítetos racistas posibles en tono educado, frente al público, que gritaba y reía, mientras Sammy se daba palmadas en los muslos y aplaudía y abría la enorme boca, haciendo pensar que todo era simplemente una broma. Pero sus ojos estaban fríos e indiferentes, su alma definitivamente en otro lugar, y aquella boca abierta de pronto parecía estar aullando de dolor y, sobre todo, de ira, ahogada por el redoble del tambor, los platillos y las carcajadas del público. El haitiano era lo que había sido Sammy, aunque no lo estaba pasando tan mal porque él, al menos, no comprendía lo que el güero le estaba diciendo y haciendo.

En ese momento, por primera vez en su vida, Max se sintió por un breve instante avergonzado de ser americano.

Volvió hacia la barra y sacudió su vaso ante el camarero para que se lo rellenara. Éste le sirvió su cuarto Barbancourt y le preguntó qué le parecía. Max le dijo que era sencillamente estupendo.

Un hombre se acercó a la barra y pidió un trago, hablando en criollo. Le dijo unas palabras al camarero y le hizo reír.

Se volvió hacia Max, sonrió cortésmente y sacudió la cabeza. Max le devolvió el saludo.

—¿Acabas de llegar? —preguntó el tipo.

Max no supo si se refería al bar o al país. El ron empezaba a hacerse notar en su cabeza. Se sentía al límite de la sobriedad, a un paso de zambullirse en la borrachera.

—Max Mingus, ¿verdad?

Max le miró fijamente demasiado tiempo como para negarlo y hacerse pasar por otro. No dijo nada y esperó que el recién llegado moviera pieza.

—Shawn Huxley. —Sonrió y le extendió la mano. Max no se la estrechó—. Tranquilízate. Soy periodista.

Tono obsequioso, sonrisa obsequiosa, lenguaje corporal obsequioso: la afectada sinceridad de una serpiente haciéndose pasar por un vendedor de coches usados.

—Mira, consigo una lista de las llegadas diarias por medio de mi contacto en el aeropuerto: Mingus, Max, AA147. No es un nombre común.

Acento francoamericano. Ni haitiano, ni cajún. ¿Canadiense?

Un tipo apuesto, casi guapo: piel suave de color bronceado, ojos orientales, un fino bigote coronando su labio superior y un corte de pelo escalonado, cuidadosamente peinado alrededor de la frente y las sienes. Llevaba pantalones de tipo militar, una camisa blanca de manga corta y recios zapatos negros. Tenía la altura de Max y un tercio de su complexión.

—No soy yo —gruñó Max.

—Vamos, no pasa nada. Te invitaré a una copa y te hablaré de mí.

—No —espetó Max, dándose la vuelta.

—Puedo imaginarme lo que piensas de la prensa, Max. Con esos tipos del *Herald* escarbando antes de tu juicio, y todos los problemas que le ocasionaron a tu esposa...

Max lanzó una mirada poco amistosa a Huxley. No le gustaban los periodistas, nunca le habían gustado, ni siquiera cuando teóricamente eran amigos suyos porque estaban del mismo lado. Al alcanzar su juicio repercusión nacional, la prensa revolvió hasta desenterrar cada trapo sucio que pudieron encontrarle. Publicaron lo suficiente como para enterrarle veinte veces. Era una historia buenísima; uno de los detectives más condecorados y respetados de Florida, un heroico policía, en realidad había construido su brillante carrera sometiendo a los sospechosos a tratos abusivos para arrancarles confesiones y endosándoles pruebas supuestamente falsas. Docenas de reporteros se habían instalado junto a su casa. No se cansaban de dar vueltas al hecho de que el suyo fuera un matrimonio interracial. Los periodistas blancos le habían preguntado a Sandra si ella era la sirvienta de Max; los periodistas negros la habían llamado vendida, habían dicho que era como la Tía Jemima, la imagen de la esclavitud, y a él le condenaban por tener una mentalidad de dueño de plantación.

—Oye, yo no te he molestado, pero tú me estás molestando a mí —ladró Max, lo suficientemente alto como para que la gente interrumpiera sus conversaciones y mirara hacia ellos—. Vuelve a mencionar a mi esposa y te arranco la cabeza y me cago en el muñón de tu cuello. ¿Me entiendes?

Huxley asintió con la cabeza, con la mirada petrificada. En ese momento Max podría haber jugado con el miedo de Huxley como si fuera un muñeco; podría haber hecho que se derritiera de terror, simulando que iba a golpearle, pero dejó que las cosas se quedaran ahí. El tipo, como todos esos de los medios de comunicación, sólo estaba haciendo su trabajo y buscando ascensos, igual que cualquiera que hubiera nacido con ambiciones y con la suficiente crueldad como para pisotear a otras personas para lograrlo. Si él hubiera sido un policía recto, si nunca hubiera buscado atajos, si se hubiera ceñido estrictamente a las reglas, la prensa habría estado de su lado, defendiendo su causa; pero aun así habría pasado el mismo tiempo en la cárcel por homicidio sin premeditación. De todas maneras habría perdido.

Max sintió ganas de orinar. No había ido al baño desde que había llegado a casa de los Carver. La tensión de la noche no le había permitido reparar en cómo se le hinchaba la vejiga. Miró en todas las direcciones dentro del bar buscando la puerta de los servicios, pero no vio nada que se lo pareciera, y mucho menos ningún lugar que estuviera señalado con un rótulo. Le preguntó al camarero, quien inclinó la cabeza hacia la derecha señalando hacia el lugar donde las prostitutas seguían de pie.

Max se dirigió hacia allí. Las chicas se animaron, se alisaron y ciñeron sus vestidos con la velocidad del rayo; después encendieron sus miradas abiertas, insinuantes. Le recordaron la mirada de Huxley, una invitación a la amistad inmediata, a la confianza interesada, ofreciendo discreción, con tal de que uno pagara el precio; un vendedor que se deshacía de su alma, pedazo a pedazo, con cada venta conseguida. Los periodistas y las putas dormían en la misma cama. «Pregúntate», pensó, «hasta qué punto tú eres diferente. ¿Para qué clase de gente había trabajado? ¿No había mirado hacia otro lado cuando ellos limpiaban sus porquerías? Todos hemos hecho cosas que no queríamos a cambio de dinero. Así funcionaba el mundo: tarde o temprano, todo y todos estaban en venta».

Había dos baños, con sus símbolos femenino y masculino descuidadamente pintados en azul y rosa sobre las puertas, cuyos extremos inferiores quedaban a la altura de los tobillos, encima del polvoriento suelo inclinado. Entre ambos había una habitación, detrás de una cortina de abalorios de madera, con un catre y una caja boca abajo a su lado y una lámpara de petróleo encima. Max supuso que allí dormía el camarero, o tal vez el vigilante.

Dentro del cubículo, sobre la pared, había una cisterna negra, lustrosa, a la altura de la cara de Max. No había inodoro con asiento y tampoco agua en la taza, sólo un agujero negro. Soltó un largo chorro y lo oyó borbotear hasta chocar contra algo blando, húmedo y hueco, situado aproximadamente un metro más abajo. Olía débilmente a amoniaco y a flores podridas: el aroma de la cal y del desinfectante de uso industrial que arrojaban después del uso diario.

Max oyó que alguien pasaba al lado del cubículo, encendía un cigarrillo y daba una profunda bocanada. Salió y vio a Shawn Huxley en el corredor, allí al lado, con la espalda contra la pared y un pie apoyado en ésta.

—¿Qué es lo que te resulta tan interesante? ¿Escuchar mi meada? ¿La has grabado? —se burló Max con sorna. Estaba borracho, no perdido, pero sí lo suficiente como para tener que esforzarse por mantener el equilibrio.

—El chico de los Carver —dijo Huxley—. Estás aquí por él, ¿verdad?

—¿Y qué importa si lo estoy? —respondió Max, acercando su cara a la de Huxley, casi escupiéndole sin querer. Huxley pestañeó, pero no se limpió. Max se quedó mirando una pequeña gota perlada que colgaba del borde del bigote del periodista, cerca del labio. Si hubiera sacado la lengua, la habría atrapado.

Max estaba más borracho de lo que creía. No había sabido detectar el momento en que debía dejar de beber. Había pasado esa frontera hacía ya un buen rato. Cuando escupía en la cara de la gente, era señal de que ya había perdido el control.

—Puedo echarte una mano —dijo Huxley al tiempo que daba una calada al cigarrillo.

—No te necesito —respondió Max, mirándole. El periodista parecía todavía más delgado bajo la luz brillante. Se diría que sólo se alimentaba de apio, cigarrillos y agua.

—Llevo aquí cerca de tres años. Llegué unos meses antes de la invasión. Conozco el lugar. Conozco a la gente, cómo entrarles, cómo hacer que se abran.

—Tengo a alguien mejor. —Max sonrió, pensando en Chantale.

—Eso podría ser cierto, pero creo que estoy sobre la pista de algo que podría estar ligado con el secuestro.

—¿Ah, sí? ¿De qué se trata? ¿Y cómo es que no has usado esa pista para llegar al final y conseguir la recompensa? —preguntó Max.

—No es algo que uno pueda hacer solo —respondió Huxley, mientras arrojaba el cigarrillo que había fumado hasta el filtro.

Max no acertaba a saber si el tipo aquel iba en serio. Ése era siempre el problema con los periodistas. No se podía confiar en ellos. Casi todos eran traicioneros, fulanos que le clavarían a uno, sin mayores problemas, un puñal en la espalda.

¿Por qué Huxley se estaba ofreciendo a ayudarle? Los periodistas nunca ayudaban a nadie, sólo a sí mismos. ¿Cuáles eran los motivos de Huxley? Probablemente financieros, supuso Max. El caso Charlie Carver no estaba ofreciendo novedades como para que apareciera en primera plana de la prensa de Estados Unidos.

Max decidió seguirle el juego, aunque con cautela. Se encontraba en un país extranjero que parecía estar perdiendo su vínculo con el presente siglo y cayendo hacia atrás en el tiempo. Huxley podría serle útil.

—¿Has conocido a alguno de mis predecesores? —preguntó Max.

—Al chaparrito, ése que tenía mala facha.

—¿Clyde Beeson?

—Ése, sí. Le vi muchas veces rondando mi hotel...

—¿Hotel?

—El Olffson, donde me hospedo.

—¿Qué hacía allí?

—Pululaba alrededor de los periodistas, para ver si conseguía algo.

—Me suena creíble —masculló Max—. ¿Y cómo supiste hacia dónde estaba encaminado?

—Una noche le escuché preguntarle a alguien en el bar cómo se llegaba a la cascada.

—¿La cascada? —le interrumpió Max, recordando el lugar al que había ido Medd—. ¿El sitio ese del vudú?

—Sí. Dijo que estaba siguiendo una pista. Fue la última vez que le vi. ¿Le conocías?

—¿Qué esperabas? Ambos somos investigadores privados en Florida —respondió Max.

Beeson también fue a la cascada. ¿Qué clase de pista estaban siguiendo ambos?

—¿Erais amigos? —preguntó Huxley.

—No, todo lo contrario. Fui a verle antes de venir aquí. Lo menos que uno puede decir es que estaba bien jodido.

—¿Qué le sucedió?

—Ni lo preguntes.

Huxley miró a Max directamente a los ojos y dibujó una sonrisa ambigua, en parte de complicidad, en parte divertida, la clase de sonrisa que usan las personas cuando quieren que uno piense que saben más de lo que cuentan. Max no se iba a tragar esa mierda. Él mismo la había utilizado muchas veces.

—¿Beeson mencionó a Vincent Paul?

—Sí, lo hizo —contestó Max.

—Vincent Paul, el rey de Cité Soleil. Así le llama la gente rica que le tiene miedo, por Luis XIV, el poderoso rey francés. Es un insulto.

—¿Por qué?

—Vincent vive en Cité Soleil, o cerca. Es la ciudad de la mierda, como la llamo yo, el gigantesco poblado del extrarradio de Puerto Príncipe, en la costa. A su lado, los barrios bajos de nuestro país parecen Park Avenue. De hecho, no hay nada como Cité Soleil en ningún lugar del mundo. He estado en poblados marginales en Bombay, Río, Ciudad de México; en comparación a aquí son un paraíso. Aquí estamos hablando de cerca de medio millón de personas, casi el diez por ciento de la población del país, que viven en quince kilómetros cuadrados plagados de enfermedades y mierda. Literalmente. El lugar tiene su propio canal. «El canal de Boston», lo llaman. Está lleno de restos de petróleo de la central eléctrica.

Max, en contra de lo que se temía, se estaba enterando de todo. Tener que concentrarse para absorber la información le devolvió la sobriedad y le ayudó a aclarar la mente.

—¿Y dices que es allí donde puedo encontrar a Vincent Paul?

—Sí. Dicen que el que gobierna Cité Soleil gobierna Haití. La gente allí es tan pobre que si uno les promete comida, agua limpia y ropa, matarán a ladrillazos a quien uno quiera. Algunos dicen que a Paul le paga la CIA. Cada vez que quieren derrocar a un presidente, hacen que Vincent Paul caldeé los ánimos de la gente de Cité Soleil.

—¿Crees que eso es cierto?

—La única manera de saberlo sería preguntándoselo al mismísimo aludido, y eso no se puede hacer. Él te habla a ti, no al revés.

—¿Has hablado con él?

—Una vez tuve una cita, hace un tiempo, pero cambió de opinión.

—¿Por qué?

—No lo dijo. —Huxley soltó una risita.

—¿Sabes algo acerca de esa ciudad que se supone que ha construido? —preguntó Max.

—Sólo que nadie sabe dónde está. Nadie ha estado nunca allí.

—¿Crees que existe?

—Tal vez sí, tal vez no. Nunca se está seguro de ninguna cosa en Haití. La vida de este país fluye por un río de mitos, rumores, habladurías, cotilleos. La verdad acaba por perderse en el camino. Nadie cree nada.

—¿Crees que Vincent Paul tuvo algo que ver con la desaparición de Charlie Carver? —preguntó Max.

—¿Por qué no nos encontramos mañana o pasado y tenemos una larga charla, vemos lo que podemos hacer y tal vez pensamos alguna manera de ayudarnos el uno al otro? —inquirió a su vez Huxley, sonriente, mientras aplastaba su cigarro.

Max dio por hecho que Huxley había orientado la conversación para llegar a ese momento, dosificando hábilmente la información, haciéndole sentir cada vez más hambre, para luego cerrar la cocina y estar en condiciones de dictar las reglas a su gusto. Había estado jugando con él. No era nada tonto el periodista.

—¿Y tú qué ganas con ello? —preguntó Max.

—Mi Pulitzer. —Huxley sonrió—. Estoy escribiendo un libro sobre la invasión y sus secuelas, ya sabes, la clase de mierda que nunca vas a leer en los periódicos. No creerías lo que ha estado pasando aquí, lo que alguna gente ha hecho en Haití impunemente.

—¿Como qué?

Justo en ese momento entró el güero. Echó una ojeada a Max y a Huxley y sonrió insidiosamente, mostrando sus voraces caninos.

—Buenas noches, señoras —saludó con sorna.

Lanzó a Max una mirada llena de asco. Sus ojos grisáceos podrían haber resultado atractivos, de no ser tan pequeños y fríos, simples agujerillos de brillo gélido en un rostro que rezumaba mezquindad.

Entró en la habitación que estaba entre los dos servicios. Max y Huxley le oyeron descargar la vejiga, rociando la cama, la caja y el suelo. Se miraron. Max percibió desprecio en los ojos de Huxley, un desdén que le brotaba desde lo más profundo del corazón.

El soldado terminó y salió de la habitación, subiéndose la cremallera. Les echó otra ojeada y lanzó un largo y ruidoso eructo en dirección a ellos.

Max le miró, prestándole lo que consideró la cantidad adecuada de atención, pero tuvo cuidado de no quedarse con sus ojos fijos en los del otro. La mayoría de las personas bajaba la mirada si uno les hacía creer que no tenían nada que perder; pero a otros había que permitirles que le hicieran bajar la mirada a uno, aunque supiera perfectamente que podía molerlos a palos. Todo era cuestión de elegir el momento. Y en este caso, todo estaba en contra, no era la ocasión de ajustar cuentas.

El güero salió del corredor y regresó al bar.

Huxley sacó otro cigarro. Trató de encenderlo, pero le temblaban más las manos que a un borracho en tratamiento de desintoxicación. Max le sujetó el mechero y lo encendió.

—Es de la mierda como ésa, mierda como él, de lo que estoy escribiendo —dijo Huxley, escupiendo su primera nube de humo, con la voz agitada por la ira—. Los pinches americanos deberían avergonzarse de tener a cerdos como «eso» peleando en su nombre.

Max estaba de acuerdo, pero no lo dijo.

—¿De modo que eres haitiano, Shawn?

Huxley se quedó desconcertado.

—No se te escapa una, ¿eh, Max?

—Veo lo que es evidente —contestó el detective, aunque había acertado por suerte o pura adivinación.

—Estás en lo cierto: nací aquí. Fui adoptado por una pareja canadiense cuando tenía cuatro años, después de la muerte de mis padres. Ellos me contaron lo que sabían sobre mis orígenes hace unos pocos años, antes de que fuera a la universidad —explicó Huxley.

—¿Así que todo este asunto es para ti una especie de búsqueda, como le pasaba a Kunta Kinte en *Raíces*?

—No busco una sola cosa. En cuanto a las raíces, no tengo nada que buscar, porque sé de dónde provengo —dijo Huxley—. Podría decirse que estoy intentando devolver parte de lo que he recibido.

Max comenzó a sentir simpatía por él. No era por los efectos del ron ni por su compartido desprecio hacia el güero. Era más bien por la sinceridad que rezumaba aquel hombre y que no se veía con mucha frecuencia entre la gente de los medios de comunicación. Tal vez fuera nuevo en el gremio y todavía conservara casi todo su candor, o quizás aún no había espabilado, no sabía que todo era un juego y pensaba que estaba en una misión importante, a la caza de «la verdad». Alguna vez Max había tenido ideales, en sus comienzos como agente, cuando era lo suficientemente joven como para creer en la mierda esa de que la gente es buena por naturaleza y que las cosas pueden cambiar y mejorar. En aquel tiempo se había imaginado a sí mismo como una especie de superhéroe. Le bastó menos de una semana en las calles para convertirse en un redomado cínico.

—¿Dónde puedo llamarte o localizarte? —preguntó Max.

—Estoy en el hotel Olffson. El más famoso de Haití.

—¿Eso significa algo?

—Graham Greene se alojó allí.

—¿Quién?

—También Mick Jagger. De hecho, ocupo la misma habitación en la que se alojó cuando compuso *Emotional Rescue*. No parece impresionarte demasiado, Max. ¿No eres fan de los Stones?

—¿Alguien importante de verdad ha sido huésped de ese lugar? —Max sonrió con suficiencia.

—Ninguno que conozcas. —Huxley se rio y le tendió su tarjeta. Allí figuraban su nombre y su profesión y la dirección y el teléfono del hotel.

Max miró la tarjeta y la deslizó dentro del bolsillo de su chamarra, al lado del disco firmado por Sinatra que le había dado Carver.

—Me pondré en contacto contigo en cuanto haya aterrizado del todo en este lugar —prometió Max.

—Por favor, no dejes de hacerlo —dijo Huxley.

Max se fue de La Coupole a eso de las dos de la mañana. El ron Barbancourt hacía que la cabeza le diera
vueltas, pero la sensación no era desagradable. Con frecuencia, el alcohol le había llevado a estados de ánimo en los que perdía el control, poniéndose a sí mismo en situaciones sin salida, o con salidas
muy malas. Lo habitual, cuando se embriagaba, era que tropezase
y cayese en algún pozo. Ésta era, sin embargo, otra clase de borrachera, más parecida a consumir opiáceos. Max tenía grabada una sonrisa en el rostro y el corazón confortado por la placentera sensación
de que todo iría bien y que el mundo no era realmente un lugar tan
malo. La bebida era así de buena aquella noche.

Del suelo brotaban oscuros postes de telégrafo, ligeramente
inclinados hacia delante, en dirección al centro de Pétionville, brillantemente iluminado. Los cables estaban tendidos a tan poca altura
y eran tan flojos que Max podría haberlos tocado si hubiera querido.
Caminaba por la calle, sintiendo apenas sus propios pasos, intentando estabilizar el cuerpo, amenazado por el empuje vertical de la
gravedad, que parecía a punto de tumbarle de bruces. Detrás de él,
grupos de gente salían del bar, entre conversaciones y risas que se
iban apagando hasta convertirse en murmullos a medida que se alejaban, sumiéndose en la oscuridad de la noche. Algunos americanos
desafiaban la quietud del ambiente con un alarido, un ladrido o un
maullido; pero el impresionante sosiego absorbía el ruido, y al instante reinaba un silencio mayor.

Max no sabía exactamente por qué calle debía encaminarse. No recordaba cuántas había cruzado en dirección contraria, en el coche, antes de descubrir el bar. Aunque estaba relativamente cerca del centro del pueblo, no sabía mucho más. Cruzó una calle y miró hacia el fondo, pero se dio cuenta de que no era la suya. Había un supermercado a la izquierda y una pared llena de grafitis a la derecha. Tal vez la próxima calle fuera la buena. O la siguiente. O la anterior. Se había hecho el firme propósito de preguntarle el camino a Huxley, pero entre la charla y los cuatro o cinco tragos que se habían tomado juntos, se olvidó de hacerlo. Luego, un rato después de que hubiera perdido la cuenta de la cantidad de tragos que se había metido en el cuerpo, dejó de importarle el regreso. El Barbancourt le decía que encontraría el camino a casa sin problemas. Siguió andando.

Los zapatos comenzaban a oprimirle los pies y a rozarle la piel a la altura de los tobillos. Mierda. En aquel momento odiaba aquellos bonitos mocasines de piel nuevos, lustrosos, que había comprado en Saks Fifth Avenue, en Dadeland Mall. Tenía que haberlos domado antes de ponérselos. No le gustaba el «clac-clac» que hacía la suela en la calzada. Sonaba como los pasos de un potrillo trotando con sus primeras herraduras.

Y además le molestaban los tambores, que volvían a sonar, no más cerca que cuando los había oído por primera vez, aunque ahora se escuchaban con más claridad. El sonido bajaba de las montañas y parecía el estruendo de una cubertería herrumbrosa; un conjunto completo de redobles de tamtan, timbales y platillos. Los ritmos tenían un tono irregular. Parecían dirigirse directamente a la parte borracha de su cerebro, la afectada por su recaída en el vicio del alcohol, la que le iba a hacer sentirse jodidamente hecho polvo por la mañana.

Alguien le tiró de la manga izquierda.

—*Blan, blan.*

Era la voz ronca, casi rota, de una criatura, un niño.

Max miró a ambos lados y no vio a nadie. Se dio la vuelta y escrutó la carretera hacia atrás. Vio las luces del bar y a la gente en la distancia, pero nada más.

—*Blan, blan.*

Esta vez sonó en la dirección opuesta, colina abajo. Max se dio la vuelta, lentamente.

Tenía el cerebro a medio gas; le llevaba su tiempo poner cada cosa en su lugar, ajustarla, calcularla. Le parecía que los objetos estaban inmersos en una danza ondulante, como si se encontrara en el fondo de un lago profundo, mirando guijarros que caían lentamente desde la superficie.

Apenas pudo distinguir al niño en la oscuridad, sólo atisbó el esbozo de una silueta recortada contra el neón naranja.

—¿Sí? —dijo Max.

—¡*Ban moins dolah!* —gritó el niño.

—¿Qué?

—¡*Kob, ban moins ti kob!*

—¿Estás... herido? —preguntó, primero en tono de policía y luego saliéndose de ese papel.

El niño fue derecho hacia él. Tenía las manos extendidas.

—¡*Dolah!* ¡*Ban moins dólarrrrgggg!* —gritó.

Max se tapó los oídos. Vaya, lo que era capaz de gritar el cabrón. ¿*Dolah?* ¡Dinero! Quería dinero.

—*No dolah* —dijo Max, alzando las manos y mostrando las palmas vacías—. No tengo dinero.

—*Ban moins dolah donc* —aulló el niño, lanzando su aliento caliente sobre las palmas todavía abiertas de Max.

—No tengo dólares. Ni pesos, ni un jodido centavo —exclamó Max, y siguió andando carretera abajo.

El niño le siguió. Max apretó un poco el paso. Tenía al chico pisándole los talones, llamándole cada vez más fuerte.

—¡*Blan!* ¡*Blan!*

Max no se dio la vuelta. Oía el ruido de los pies del chiquillo siguiéndole los pasos, unas suaves pisadas que acompañaban su veloz taconeo. El niño no llevaba zapatos.

Caminó más rápido. No importó, el chiquillo seguía pegado a su espalda.

Cruzó una calle que le pareció conocida y se detuvo abruptamente. El pequeño, que iba lanzado, se estrelló contra sus piernas y le empujó. Max fue impulsado dos pasos hacia delante, con lo que perdió el equilibrio y la orientación. Dio un par de frenéticos traspiés desesperados, intentando enderezarse, pero metió el pie en un hueco en el que debería haber carretera pero no había nada. La pierna fue hacia abajo, abajo, abajo. Y entonces pisó con el pie un charco, salpicando alrededor. Para entonces, Max ya estaba demasiado inclinado. Cayó limpiamente hacia delante, aterrizando con un fuerte golpe en la frente y machacándose y raspándose el mentón. Oyó que alguien se escabullía carretera abajo.

Se quedó allí tendido, quieto, durante unos segundos, y trató de evaluar sus heridas. Tenía bien las piernas. A decir verdad, no le dolían. El torso y la barbilla no le hacían sufrir demasiado. Era consciente de tener una sensación desagradable, una vaga noción de dolor, que le recorría el interior, pero que no podía localizar. Se sentía brumosamente herido. En la época en la que no existía la anestesia total, a los que iban a amputarles un miembro deberían haberles dado una ración de Barbancourt.

El niño se reía, como un sapo, encima de su cabeza. Había vuelto.

—¡*Blan sa sou! ¡Blan sa sou!*

Max no sabía qué carajo quería decir. Se levantó, sacó la pierna del socavón y se dio la vuelta, mirando colina arriba, con un malestar de los mil demonios, sintiendo ahora que un dolor le aguijoneaba el pecho. El hechizo del ron se había roto y todas las pesadillas habían regresado a la carrera. Tenía la mitad de la pernera del pantalón empapada por un cóctel de orines, restos de aceite y agua estancada.

—¡Carajo! —gritó.

Ahora no podía ver al niño. Se había ido de nuevo. En su lugar, frente a él, estaban de pie unos doce callejeros haraganes que no pasaban de los diez años de edad. Pudo distinguir las siluetas de sus cabezas y sus dientes y el blanco de sus ojos. No eran altos, a lo sumo le llegaban al hombro. Percibía su olor a humo de leña acumulado, verduras hervidas, tierra, licor ilegal, sudor, podredumbre. Presentía que le observaban, incluso que le estudiaban, a través de la oscuridad.

En aquel tramo de la carretera no había farolas, ni coches yendo y viniendo. Las luces del bar eran pequeños puntitos en la distancia. ¿Cuánto se había alejado? Echó una rápida ojeada a la calle que estaba a su izquierda. Atravesándola, había dos filas de niños, bloqueándole el camino. Ni siquiera estaba seguro de que fuera la calle que estaba buscando. Tenía que volver sobre sus pasos, tal vez regresar al bar, comenzar de nuevo. Y esta vez preguntar a alguien por el camino.

Comenzó a andar, pero se paró. Había perdido el zapato en el socavón. Miró carretera abajo, pero no vio el agujero en el que había caído. Palpó el suelo con la planta del pie, pero sólo notó asfalto sólido.

El sonido de los tambores se había detenido de repente, como si quienes estaban tocando hubieran visto lo que estaba ocurriendo y hubieran acudido a verlo. Max tuvo la fugaz sensación de que se había quedado sordo.

Se quitó el otro zapato, se lo metió en el bolsillo de la chamarra y comenzó a andar colina arriba. Se paró nuevamente. Había más niños de los que imaginaba. Estaban dispersos por todo el camino, a lo largo de la carretera. El detective estaba de pie ante ellos, lo suficientemente cerca como para no poder inhalar otra cosa que su hedor a cloaca. Iba a decir algo, pero oyó suaves susurros detrás de él, palabras que se evaporaban en el aire como gotas de lluvia en un techo de zinc caliente.

Cuando se dio la vuelta había otra barrera de niños, cerrando el paso colina abajo. Distinguió siluetas que subían desde el centro de Pétionville. Más niños dirigiéndose hacia él. Traían cosas en las manos. Parecían palos, estacas grandes, macanas.

Iban por él. Se disponían a matarle.

Oyó que caía una piedra y que rodaba por la calle. Los murmullos que le rodeaban subieron hasta convertirse en una especie de rumor amenazante. Todos venían del mismo lado. Max siguió la dirección del ruido y vio que procedía de la entrada de una construcción vacía. Miró más de cerca, se internó en la oscuridad, hacia el punto del que pensaba que llegaban los sonidos más débiles y vio que los niños se estaban pasando piedras unos a otros a lo largo de la hilera que formaban. La mitad de ellos ya tenía una en las manos, que sostenían a su lado. Cuando todos estuvieran armados, pensó, las harían llover sobre él. Entonces los otros le arrancarían la vida a golpes de macana.

Se le secó la boca. No sabía qué hacer. No podía pensar. No podía despejar la mente.

El ron volvió a hacerle efecto. De pronto su cuerpo se sintió bien, el dolor punzante del mentón se alivió, la mente se le iluminó nuevamente. Se sintió lleno de valor, invencible.

La cosa no parecía tan grave. Había pasado por otras situaciones peores. Podía abrirse camino. ¿Por qué no intentarlo? ¡Qué demonios!

Dio un par de pasos hacia atrás y se irguió. Estaba dispuesto a embestir como un bulldozer. Oía a los niños detrás de él. No miró. ¿Podían ver lo que estaba haciendo? Probablemente sí. Estos chavales vivían en la oscuridad, eran como gatos. ¿Habrían previsto su reacción?

Cuando cargara contra ellos, tumbaría a tres o cuatro. Le apedrearían, pero si mantenía cubierta la cabeza y corría como un ratero, se alejaría enseguida de lo más peligroso de la barrera.

Cuesta arriba, borracho, ya no era joven. ¿Adónde iría?

Le seguirían y él no sabría por qué calle tirar. Se preocuparía de eso después.

¿Y cuántos niños había?

Cien. Fácilmente. Estaba muerto.

El efecto del ron se le pasó. También se resquebrajó su optimismo.

Los tambores comenzaron a sonar de nuevo, no exactamente con el mismo ritmo lento y profundo que había oído antes esa noche en el patio. Esta vez parecían bombas cayendo sobre una ciudad lejana, o un ariete golpeando las puertas de una muralla. No sentía el ritmo en el corazón, sino directamente detrás de las orejas; cada nota era una granada que le explotaba en el cráneo, cuya onda expansiva bajaba por la columna vertebral, haciéndole estremecerse y temblar de dolor.

Vuelve a pensar, se dijo a sí mismo. Un intento más. Si falla, corre.

—¿Quieren dinero? —preguntó suplicante a pesar de todo.

No hubo respuesta. Las piedras seguían circulando en silencio, las manos asesinas llenándose de ellas. El círculo mortal se cerraba. Parecía no haber esperanzas.

Entonces se acordó de su pistola. Estaba armado, tenía el cargador lleno.

De pronto, una moto rugió en la cima de la colina; el motor irrumpió en la noche como una motosierra. Era el joven del traje blanco.

Bajó por la colina; la moto aminoró la marcha hasta que su ruido fue un simple gruñido y luego un ronroneo cuando casi llegaba al círculo que rodeaba a Max.

El joven dejó la moto en el suelo y se aproximó a Max.

—¿*Sa wap feh là, blan*? —preguntó con una voz profunda y áspera, propia de alguien que tuviera cinco veces su edad.

—No comprendo —replicó Max, arrastrando las palabras—. ¿Hablas inglés?

—¿*Angléeees*?

—Sí, inglés. ¿Lo sabes hablar?

El muchacho se quedó de pie en el mismo lugar y le miró.

Max lo oyó antes de verlo: fue algo que cortaba el aire, algo pesado, dirigido directamente a su cabeza. Se agachó y el chaval del traje dio un puñetazo al aire.

Max le propinó una furiosa combinación de izquierda y derecha en las costillas y el torso al muchacho. Éste jadeó y dio un grito, mientras se doblaba como un papel, exponiendo su mentón para recibir un gancho de derecha, que Max le sacudió, haciéndole caer despatarrado al suelo.

El detective agarró al muchacho con una llave asfixiante, sacó la pistola y le metió el cañón en la boca.

—¡Atrás todos, cabrones, o le mato! —gritó, mirando a su alrededor. El chico trataba de librarse de él con las manos, agitándose, pataleando, intentando tumbar a Max. El hombre le pisó una de las manos con el talón desnudo. Oyó el chasquido de los huesos que cedían y un grito ahogado que salía de la garganta del tipo.

Nadie se movió.

¿Y ahora qué?

No podía arrastrar al muchacho con él mientras buscaba el camino a casa, probando con cada calle hasta que la encontrara. Imposible. Tal vez podía usarle de escudo, llevándoselo tan lejos de la multitud como fuera posible, y luego soltarle y dejarle ir.

No se lo permitirían.

Quizá lo mejor fuera abrirse camino a tiros.

Pero no, no usaría el arma contra aquellos jodidos niños.

Dispararía al aire y correría cuando ellos se arrojaran al suelo o se dispersaran o les entrara el pánico.

—¡Aparte su pistola! —gritó de pronto una voz.

Max dio un respingo.

La retumbante orden llegaba de arriba, del cielo negro, detrás de él. Sin soltar al muchacho, Max giró la cabeza hacia Pétionville. La vista estaba completamente bloqueada por el cuerpo del hombre que había gritado, al que Max no podía ver, sino sólo atisbar, macizo y pesado, amenazador como un trueno entre negras nubes.

—¡No se lo pediré de nuevo! —insistió la voz.

Max sacó el arma de la boca del chico y se la guardó en la pistolera.

—Ahora déjele marchar.

—¡Mierda, trató de matarme! —gritó Max.

—¡Déjele marchar! —bramó el hombre, haciendo que algunos niños saltaran y dejaran caer sus piedras.

Max soltó a su agresor.

El tipo dijo algo en criollo y se encendieron luces blancas cegadoras colina arriba. Max apartó la vista, protegiéndose del resplandor con la mano. Vio al tipo en el suelo, con la parte delantera del traje toda ensangrentada.

De pronto, Max pudo ver cada milímetro de la calle aledaña. Los niños estaban de pie alrededor de él, en tres hileras. Todos eran delgados, iban vestidos con andrajos mugrientos, muchos sólo con pantalones cortos. Todos usaban las manos como escudo para proteger sus ojos de la cegadora luz

La misma voz volvió a ladrar en criollo.

Todos los chicos soltaron sus piedras, provocando un estrépito colectivo. Los cascotes rodaron carretera abajo; algunas piedras chocaron contra los pies desnudos de Max.

El detective entornó los ojos, tratando de mirar hacia la luz. La voz venía de arriba, de la hilera de luces.

Retumbó una orden más y los niños se fueron corriendo, en una estampida de minúsculos pies, casi todos descalzos, rasgando la carretera, huyendo tan rápido como podían. Max los vio correr a través de la plaza de Pétionville; eran más de cien. Le habrían hecho pedazos.

Oyó el ruido de un potente motor que se ponía en marcha y vio dos tubos de escape que se elevaban detrás de las luces. Parecían pinos tumbados. Le dio la impresión de que era un todoterreno militar. Ni siquiera le había oído llegar.

El acento del hombre era completamente británico, sin el menor matiz americano o francés.

Max notó que el gigante le miraba desde arriba; al menos era unos treinta centímetros más alto que él. Y sintió que su presencia, poderosa, magnética y apabullante, habría hasta podido llenar un palacio.

Se acercó a Max.

El detective le miró, pero no pudo ver su rostro.

El hombre se acercó hasta el chico herido, le agarró por la mitad de su chaqueta y le alzó del suelo limpiamente, como si estuviera recogiendo algo que se le hubiese caído. Max sólo vio su antebrazo desnudo, lleno de gruesas venas y muy musculoso, más grande que los bíceps de Joe, y su puño contundente, pesado y rotundo como un mazo. Max hubiera jurado que el hombre tenía seis dedos. Contó cinco nudillos, no cuatro, cuando vio la mano cerrándose para coger la chaqueta del chico como si se tratara de un asa.

Aquel tipo era un coloso.

Aquel hombre, pensó Max, era Vincent Paul.

Las luces de arriba se apagaron y se encendieron las principales, iluminando otra vez a Max. El motor se puso en marcha.

Recuperó la vista a tiempo para ver al todoterreno dando rápidamente marcha atrás, colina abajo. Llegó a la rotonda, giró a la izquierda y bajó por la carretera. Max trató de ver a sus ocupantes, pero no pudo distinguir a nadie. Desde donde estaba, el todoterreno parecía vacío, conducido por espíritus.

Una vez que se marcharon, Max anduvo dando tumbos por las calles vacías, buscando la esquiva calle que llevaba a la casa. La borrachera iba y venía en oleadas. Padecía mareos que le dejaban atontado, alternándose con momentos de lucidez.

Finalmente, volvió sobre sus pasos, hasta el bar, y luego bajó por cada una de las calles que salían a la derecha, entre el local y el centro del pueblo, hasta que finalmente encontró el camino hacia el ansiado alojamiento que le habían preparado los Carver.

Era la avenida de la que había estado más cerca cuando le rodearon los niños.

Cuando llegó a la casa, Max se dirigió a su habitación y sacó la cartera, se desabrochó la pistolera con el arma y las dejó caer sobre la cama. Se quitó el traje, que de beige había pasado a ser marrón y estaba empapado de sudor por la espalda y las axilas, en realidad por todas partes. Estaba hecho una ruina. Los pantalones apestaban. La pierna derecha estaba negra, tiesa y pegajosa hasta la rodilla.

Dentro hacía calor y reinaba una pegajosa humedad. Encendió el ventilador para mover un poco el aire estancado y hacer que corriera algo de brisa fresca. Le temblaban las manos, por sus venas corrían torrentes de miedo y cólera, el corazón le galopaba, bombeando más y más adrenalina en la corriente sanguínea. Volvió a pensar en los niños. Una parte de él quería volver y destrozar a patadas sus culos andrajosos, que parecían sacados de carteles de festivales de rock «solidarios», destinados a reunir fondos para ayuda humanitaria. Les haría volar a patadas hasta los cielos del vudú. Otra parte de él quería salir de aquel país dejado de la mano de Dios en la primera flota de balseros que se echara al mar. Y otra parte más estaba replegada sobre sí misma, hecha un ovillo, empequeñecida y escondiendo la cabeza humillada, llena de vergüenza.

Se acordó de la tarjeta de Huxley y del disco de Sinatra que tenía en el bolsillo. La primera todavía estaba allí, pero el disco había desaparecido. Se dio cuenta de que se le debía de haber salido del bolsillo cuando se cayó en el socavón. Cogió el traje y lo arrojó a un rincón de la habitación. Se desabrochó la camisa y se limpió con la mano, luego se quitó la ropa interior, hizo una pelota con todo y fue al cuarto de baño, donde la arrojó al cesto de la colada antes de meterse en la ducha.

Un blanco chorro de agua helada chocó contra su piel. La impresión le cortó el aliento. Iba a cerrar el grifo cuando afloró toda la cólera y la frustración contenidas que no había podido descargar. Se consumía por dentro, era una sensación que le haría perder los estribos cada vez que saliera de casa si no lograba darle rienda suelta y desahogarse. Abrió el grifo al máximo, se sacudieron y vibraron las tuberías amenazando con hacer saltar los soportes que las sujetaban a la pared. Dejó que el agua helada le bañara y le machacara la carne hasta que comenzó a dolerle. Se aferró al dolor, mientras centraba su atención en la humillación de la que acababa de escapar medio a rastras.

Le había cubierto de vergüenza y oprobio un puñado de mocosos. Le habrían matado de no haber sido por el tipo del todoterreno. ¿Qué podía hacer uno cuando eran niños los que amenazaban con quitarle la vida? Si los mataba, ardería en el infierno. Si no, ellos convertirían la tierra en el mismo infierno.

No había solución, no había manera de librarse de semejante amenaza. La ira se fue alejando a duras penas hasta que encontró un agujero lo suficientemente grande como para refugiarse, a la espera del pobre bastardo que, sin sospecharlo, la hiciera salir.

Se secó y regresó a su habitación. Estaba demasiado condenadamente sobresaltado como para dormir. Quería tomar más ron.

Sabía que no debía hacerlo, que ésa era la manera incorrecta de beber, que si lo hacía volvería a dar los conocidos pasos hacia el alcoholismo; pero en aquel preciso momento le importaba un demonio cualquiera de esas cosas.

Se puso unos pantalones militares y una camiseta blanca y fue con pasos silenciosos hacia la cocina.

Francesca Carver estaba sentada a la mesa.

—¿Usted que carajo está haciendo aquí? —le soltó Max bruscamente, dando un paso atrás por la sorpresa.

—He venido a hablar con usted.

—¿Cómo ha entrado?

—Somos los propietarios de esta casa, ¿lo recuerda? —respondió con altiva impaciencia.

—¿De qué quiere que hablemos?

—De Charlie; cosas que usted tiene que saber antes de dar un sólo paso más.

Max fue a coger su cuaderno y su grabadora mientras Francesca se quedaba sentada a la mesa, bebiendo un vaso de agua embotellada que había encontrado en la nevera y fumando un cigarro Gitane francés, que sacó de un elegante paquete azul y blanco. Soltaban una peste del demonio, pero iban bien con ella. Parecía uno de los típicos cigarrillos totalmente blancos a los que las heroínas de las películas clásicas de los años cuarenta y cincuenta siempre estaban dándole caladas a través de una boquilla.

Max supuso que no había percibido el olor de los cigarros de Francesca al entrar en la casa porque su propia hediondez era mucho peor.

—Antes que nada, tiene que prometerme una cosa —dijo la mujer cuando Max regresó.

—Dígame lo que es y veré si puedo complacerla —repuso Max. Parecía distinta a la Francesca que había conocido unas horas antes: mucho más bonita, más relajada, menos marchita. Se había cambiado de ropa y se había puesto una blusa de color azul claro, una falda larga de mezclilla y unos tenis. Llevaba el cabello suelto y muy poco maquillaje, la mayor parte concentrado alrededor de los ojos.

—No puede repetirle nada de esto a Gustav.

—¿Por qué no?

—Porque se le rompería el corazón si lo supiera, y su corazón está ya pendiente de un hilo. ¿Puede prometérmelo?

«Mierda», pensó Max. Ella no sentía amor por Gustav Carver en absoluto. Además, ¿por qué clase de idiota le tomaba con eso de envolver todo con una voz suave, lastimera, tratando de tocarle la fibra sensible? Seguro que en algún momento de su vida había pasado por una escuela de interpretación. Se le daba demasiado bien lo de cambiar el tono de la voz, adornar cada palabra con una lágrima antes de emitirla.

—Ya. ¿Y cuál es la verdadera razón? —preguntó Max, mirándola fijamente a los ojos hasta encontrar sus pupilas y manteniendo luego la vista clavada en ellas.

A ella no se le movió ni un pelo. Sus ojos se encontraron con los de él y también se quedaron clavados en ellos. Tenía una mirada fría, dura e implacable. Aquellos ojos decían: «He visto lo peor de lo peor, lo he visto todo, he visto demasiado; y todavía estoy en pie; jódete».

—Si Gustav supiera lo que voy a contarle, se volvería loco de furia.

—¿Lo que quiere usted decir es que Charlie no es su nieto?

—¡No, por Dios! ¡Cómo se atreve a sugerir siquiera tal cosa! —respondió violentamente. Parecía indignada. Se ruborizó, poniéndose de un púrpura claro, y apuñaló a Max con la mirada. Dio una breve fumada y lo arrojó en la copa medio llena de agua que había cogido para usar de cenicero. La colilla emitió una especie de soplido al apagarse.

—Perdone. —Max sonrió—. Sólo me estaba cerciorando del asunto.

La mujer se había dirigido directamente a él. Bien, era una señal de debilidad. Max no sabía si le había tocado alguna fibra sensible o si había desbaratado sus mentiras mojigatas. Estaba lanzando puñaladas en la oscuridad, comprobando hasta qué punto era profunda la sinceridad de Francesca. Por ahora, la mujer se mantenía en pie.

—Cuénteme lo que quiera contarme, señora Carver.

—Primero quiero su palabra.

—¿Está segura? —preguntó Max.

—Por favor, déjese de tonterías. No le queda más remedio que dármela. ¿No es así?

El detective se rio. Perra engreída. ¿Quería su palabra? Bueno, ¿por qué no? ¿Cuál era el problema? A él siempre le quedaba la posibilidad de romper el trato. No sería la primera vez. Palabras, promesas, apretones de manos y compromisos no significaban nada para él fuera del ámbito de la amistad.

—Le doy mi palabra, señora Carver —repuso Max por fin. Su voz sonaba sincera y eso se reflejaba en la mirada que sostuvo en Francesca. La mujer le examinó y pareció satisfecha

La grabadora estaba encendida y registraba todo lo que Francesca decía. Max tenía esa costumbre desde hacía muchísimo tiempo. Grabada, casi siempre a escondidas, todas las conversaciones que mantenía con clientes, testigos y sospechosos.

—Usted estaba sobre la pista correcta, hoy en la cena, cuando hablaba sobre Eddie Faustin —comenzó—. Él estuvo involucrado en el secuestro. Fue el encargado de entregar al niño.

—¿Y ha venido aquí para decirme eso?

—He venido aquí para poder hablarle con libertad. Es imposible hacerlo delante de Gustav. No toleraría que dijera una sola palabra en contra de Faustin. Ese hombre se llevó una bala que iba destinada a Gustav, y a sus ojos eso le convierte en un santo —dijo Francesca, dándole una fuerte calada a otro cigarro—. Es muy testarudo. Por más que le conté lo que sucedió durante el secuestro, hizo caso omiso. Dijo que no era posible que yo me acordara de nada, porque me habían dejado sin sentido de un golpe. E incluso después, cuando fuimos adonde vivía Faustin y encontramos lo que tenía allí...

Se interrumpió y apoyó la frente en la punta de los dedos, frotándose la piel en círculos. Parecía un gesto más dramático que terapéutico.

—¿Qué encontraron?

—Faustin vivía en los antiguos establos, detrás de la casa principal de la plantación. Habían sido convertidos en pequeños apartamentos para los *restavecs,* los criados de más confianza de la familia. Después del secuestro se vació su apartamento y hallaron un muñeco, un fetiche vudú, en una caja escondida bajo su cama. El muñeco era mi figura.

—¿Faustin la odiaba?

—No. Era un fetiche amoroso, sexual. Estaba hecho con auténticos cabellos míos y la cera tenía incrustadas uñas de los dedos de mis manos y mis pies. Las había reunido en secreto, o le había pagado a alguna de las criadas para que lo hiciera.

—¿Alguna vez sospechó usted que estuviera haciendo eso?

—En absoluto. Faustin era un empleado de confianza. Siempre educado, muy profesional.

—¿Nunca notó que él la deseaba, nunca le sorprendió mirándola de modo... inapropiado?

—No. Aquí los sirvientes saben cuál es su lugar.

—Seguramente, señora Carver. Por eso Faustin colaboró para que secuestraran a su hijo —apuntó Max, sarcástico.

Francesca se puso roja de ira.

El detective no quería enfadarla demasiado, para evitar que decidiera sumirse en el silencio. Por eso siguió adelante sin forzar la situación.

—¿Qué sucedió el día del secuestro?

Francesca apagó el cigarro y encendió otro casi inmediatamente.

—Fue la mañana del tercer cumpleaños de Charlie. Podían verse los buques de guerra americanos que traían las tropas invasoras en el horizonte, frente al puerto de la capital. Todos decían que los americanos iban a bombardear el Palacio Nacional. En Puerto Príncipe se sucedieron los disturbios y los saqueos. La gente salía de sus casas en las montañas y bajaba a pie hasta la ciudad, con carros y carretillas, para llevarse las cosas que saqueaban de las tiendas y las casas de la capital. Era la anarquía. Uno podía hacerse cargo de lo mal que estaban las cosas con sólo oler el aire. Si detectaba olor a goma quemada, eso significaba que estaban produciéndose desmanes, robos y disturbios. Los manifestantes cerraban las calles con barricadas de llantas incendiadas. Uno veía hacia fuera y, a veces, habían dos o tres columnas de denso humo negro subiendo desde Puerto Príncipe, elevándose hasta el cielo. Eso significaba que las cosas estaban realmente mal. —Suspiró y siguió contando—. Las cosas iban realmente mal cuando bajamos a la ciudad en el coche blindado esa mañana. Rose, la niñera, estaba sentada en la parte trasera, con Charlie y conmigo. Él parecía contento. Me dejó jugar con su pelo y le pasé los dedos entre sus mechones. Íbamos hacia la Rue du Champs de Mars, no demasiado lejos del Palacio Nacional. La ciudad se había vuelto muy peligrosa ese día. Se oían disparos constantemente. Perdí la cuenta de los cuerpos que había tirados en las calles por las que pasamos. Faustin dijo que debíamos detenernos en algún lugar apartado y esperar a que cesara el tiroteo, así que aparcamos en el Boulevard des Veuves. Generalmente está atestado, pero aquel día se encontraba desierto. Me di cuenta de que Faustin estaba pendiente de algo. Sudaba muchísimo y me había estado mirando por el espejo retrovisor durante todo el camino. Se supone que todos nuestros coches tienen armas cargadas bajo los asientos. Yo comprobé el mío. No había nada. Faustin me vio cuando estaba haciéndolo y al cruzarse nuestras miradas sonrió como diciendo: «No están ahí, ¿verdad?». Había bloqueado las puertas. Traté de no mostrar lo mucho que me estaba asustando. —Max escuchaba con atención, el rostro impasible, la mirada clavada en su interlocutora. Francesca era buena narradora, no había duda—. El tiroteo se fue apagando. Rose le preguntó a Faustin por qué no nos poníamos en marcha. Éste le dijo que se ocupara de sus propios asuntos de una manera verdaderamente grosera. Yo le grité que midiera sus palabras. Me dijo que me callara. Fue entonces cuando me convencí de que algo iba realmente mal. Me puse histérica. Le grité que nos dejara salir del coche. No respondió. Entonces aparecieron algunos niños alrededor del automóvil. Sólo chicos de la calle. Vieron el coche y se acercaron. Miraron dentro. Uno de ellos mencionó el nombre de Faustin y empezó a gritar y a señalarnos. Llegó más y más gente, sobre todo adultos, con machetes, macanas, neumáticos y latas de gasolina. Coreaban «*Faustin-assassin, Faustin-assassin*» una y otra vez. Faustin había sido un temible Tonton Macoute. Se había ganado montones de enemigos; muchísima gente quería verle muerto.

—¿Y le vieron muerto?

—Espere, no me haga perder el hilo. La multitud se amontonó alrededor del coche. Alguien arrojó una piedra a la ventana trasera. Rebotó sin causar daños, pero fue una especie de señal, porque entonces se lanzaron sobre nosotros. Faustin sacó el coche de allí, pero no llegó muy lejos, pues la gente había levantado una barricada al final de la calle. Dio marcha atrás, pero la turba nos alcanzó. Estábamos atrapados.

Francesca se detuvo para inspirar profundamente. Se había puesto pálida y había bajado la mirada a causa del miedo que estaba reviviendo.

—Tómese su tiempo —dijo Max.

—La gente salía de las barricadas y corría hacia nosotros. Enseguida nos rodearon. Gritaban «*Faustin-assassin*» y luego golpeaban el coche con las macanas y con piedras, le daban patadas, lo sacudían. Aporreaban las ventanillas. Y entonces empezaron a clavar algo en los ángulos del techo. Faustin se hizo con una ametralladora que estaba escondida debajo de su asiento. Rose daba alaridos. Supongo que yo también. Charlie estuvo tranquilo todo el tiempo, mirando lo que ocurría como si fuera un juego. Lo último que recuerdo es que le pasé la mano por la cabeza y le abracé, diciéndole que no tuviera miedo, que no nos pasaría nada. Después de eso... Lo siguiente que recuerdo es cuando recuperé el conocimiento, en la calle. No sé cómo llegué tan lejos. Había una mujer vieja, con un vestido rosa, sentada al otro lado de la calle, frente a un taller de zapatería, mirándome fijamente.

—¿Dónde estaba sentada?

—Frente al taller... de un zapatero.

—¿Qué hizo usted entonces?

—Regresé como pude al coche. Estaba volcado, con las ruedas hacia arriba. La calle se había quedado vacía. Había sangre por todas partes.

—¿Estaba usted herida?

—Sólo estaba confusa y dolorida. Unos pocos moretones, un par de golpes. Rose, sin embargo, estaba muerta. Faustin había desaparecido. Y también mi pequeño —remachó, bajando la cabeza.

Comenzó a llorar. Primero fue un llanto silencioso, luego algunos sollozos y finalmente un diluvio de lágrimas.

Max puso la grabadora en pausa y fue al cuarto de baño por un poco de papel higiénico. Se lo dio, se sentó y miro cómo lloraba hasta quedarse seca. Le cogió la mano y eso la ayudó a pasar lo peor. A Max, ella no le importaba demasiado, y estaba seguro de que a ella él tampoco le importaría demasiado. Pero no tenía alternativa. Debía acompañarla y consolarla.

—Permítame que prepare un poco de café —ofreció Francesca, recuperada, mientras se ponía de pie.

Max se echó hacia atrás en la silla y la vio coger una cafetera de acero y una lata de metal de uno de los estantes de los armarios con puertas de cristal que había a lo largo de la pared, por encima del fregadero. La cocina estaba pintada de color amarillo brillante, fácil de limpiar con un paño.

Francesca puso agua de la botella y café en la cafetera y la colocó sobre la cocina. Fue hacia otro armario y cogió dos tazas con sus platos. Limpió el interior de las tazas pasándoles un paño de cocina que encontró encima de la nevera. Parecía estar disfrutando con lo que hacía, ya que asomó una minúscula sonrisa en sus labios y los ojos parecieron encenderse un poco. La consolaba mantenerse ocupada. Max pensó que añoraba una vida sin criados.

Miró el reloj. Ya eran las cuatro y cuarto. Todavía estaba oscuro, pero podía oír los primeros pajarillos madrugadores gorjeando en el jardín, compitiendo con el zumbido de los insectos. Chantale iría a recogerle a las ocho. Le pareció que era demasiado tarde para acostarse. Tendría que saltarse el sueño y empalmar la actividad con el día siguiente.

Un débil silbido indicó que el café estaba listo. Francesca lo puso en un termo y lo llevó a la mesa con las tazas, los platos, las cucharillas, una jarrita con leche y un azucarero, todo colocado sobre una bandeja. Max probó el café. Era el mismo que había tomado en el club de los Carver. Probablemente lo cultivaba la propia familia.

Se sentaron casi en silencio. Max la felicitó por el café. Ella fumó primero un cigarro y luego otro.

—Señora Carver...

—¿Por qué no me llama Francesca?

—Francesca, ¿cómo se le ocurrió ir con su hijo a Puerto Príncipe justamente ese día?

Max puso de nuevo en marcha la grabadora.

—Teníamos una cita.

—¿Con quién?

—Con un hombre llamado Filius Dufour. Bueno, no se trata de un hombre común, sino de un *houngan*, un sacerdote vudú.

—¿Llevó a Charlie a ver a un sacerdote vudú el día de su cumpleaños? —Por el tono de su voz, Max parecía más sorprendido de lo que realmente estaba. La religión local había arraigado en el ámbito familiar de los Carver. Recordó cómo Allain se había puesto a la defensiva al respecto.

—Le llevaba a ver a Filius una vez a la semana, sin fallar ninguna, desde hacía seis meses.

—¿Para qué?

—Filius nos estaba ayudando a Charlie y a mí.

—¿De qué manera?

—¿Cuánto tiempo tiene?

—Todo el que usted necesite —contestó Max.

Francesca comprobó la hora en el reloj de Max. El detective miró cuánta cinta quedaba en la grabadora. Era un casette de dos horas, y le quedaba un poco de la primera cara. Dio la vuelta a la cinta. Cuando Francesca empezó a hablar, le dio a la tecla de grabación.

—Charlie nació en Miami el 4 de septiembre de 1991. Una de las enfermeras dio un grito cuando le vio la cara. Parecía como si hubiera nacido envuelto en una placenta negra como la brea, pero sólo era su pelo. Nació con mucho pelo, ¿sabe? A veces ocurre. Regresamos a Haití tres semanas más tarde. En ese momento el país estaba gobernado por Aristide, imperaba una suerte de ley de la calle que se hacía pasar por gobierno. Un montón de personas abandonó el país. No sólo los balseros, sino también los ricos, todos los empresarios, la gente con educación. Gustav insistió en quedarse, aun cuando Aristide nos había señalado en discursos públicos como la gente blanca que le había «robado» todo a los negros haitianos pobres. Gustav sabía que Aristide iba a ser derrocado. Tenía amistad con algunos militares y también tenía trato, igualmente amistoso, con algunas personas clave del entorno de Aristide.

—Se sabe manejar —dijo Max.

—Gustav cumple la máxima que dice «Mantente cerca de tus amigos, pero aún más cerca de tus enemigos».

—¿Tiene amigos? —preguntó el detective.

Francesca se rio de buena gana. Luego sus ojos se cruzaron con los de Max y sostuvo su mirada un momento. El hombre notó que le estaba sondeando. Le intrigaba la pregunta. Tras mirarle unos instantes, no encontró una explicación de la que pudiera estar segura.

—Aristide fue derrocado el 30 de septiembre. Esa noche Gustav dio una fiesta. La idea inicial era asesinar a Aristide, pero hubo un cambio de planes. Aun así, fue una fiesta muy alegre. El bautizo de Charlie se celebró un mes después. Yo supe desde el primer momento que había algo en él que no iba bien. En mi adolescencia hice de niñera de mis sobrinos, entonces unos bebés, y eran muy distintos a Charlie. Eran comunicativos. Me reconocían. Charlie no era así. Nunca me miraba directamente. No parecía tener un particular interés por mí. No me tendía las manos, no sonreía. Nada. Y lo más extraño es que no lloraba.

—¿Nunca?

—Jamás. Hacía los ruidos propios de un bebé, pero nunca le oí llorar. Los bebés lloran mucho. Lloran si se han hecho pipí o caca, cuando tienen hambre. Lloran cuando quieren que uno les preste atención. Charlie no. Era muy, muy tranquilo. A veces parecía que no estaba. Un médico le revisaba más o menos todas las semanas. Se lo dije a él, lo del silencio del niño. Se limitó a bromear y me dijo que aprovechara la buena racha, porque eso no iba a durar. Pero, por supuesto, no fue así. Allain me dijo que no me preocupara, que su mismo padre no había comenzado a hablar hasta casi los cuatro años. —Francesca se interrumpió y encendió otro cigarrillo. Max empezaba a acostumbrarse al olor de aquel tabaco—. Digo que Charlie no era comunicativo, pero lo cierto es que siempre le sonreía a Gustav. Incluso se reía cuando el anciano le ponía caras graciosas o le hacía cosquillas. Tenían muy buena relación. Gustav estaba verdaderamente orgulloso de Charlie. Siempre encontraba tiempo para estar con él. Algunas veces le llevaba al trabajo, al banco, con él. Por las noches se sentaba con el niño, le daba de comer, le cambiaba. Verlos juntos era muy enternecedor. Nunca había visto a Gustav tan contento. No se comportaba igual con sus otras nietas. No era tan cariñoso. Charlie es su único nieto varón. Creo que quiere morir con la seguridad de saber que el apellido de la familia será preservado, que seguirá viviendo. Es un hombre chapado a la antigua, pero nada en este país está mucho más al día que él.

Max se sirvió otra taza de café. La primera le había quitado el cansancio de los huesos y hasta pareció aliviarle el dolor de cabeza.

—Entonces, lo que le ocurría a Charlie ¿era lo que usted tenía en mente cuando fue a ver al sacerdote vudú? No se trataba de usted, ¿verdad? Se trataba de su hijo. Usted pensó que había algún problema con él, así que le llevó al sacerdote para pedirle su opinión. ¿Me equivoco?

—Sí y no. No es exactamente así. A Charlie le pasaba algo con el pelo...

—Vi el retrato —dijo Max escuetamente—. La foto en la que está con el vestido.

—No permitía que nadie se lo cortase...

—Es lo que me contó su marido —repuso Max con un tono algo seco.

—Créalo, no teníamos alternativa. La gente le amargó la vida.

—¿Eso fue antes o después de que usted le pusiera un vestido? —soltó el detective sarcásticamente.

—Era por su propio bien —insistió Francesca, irritada—. ¿Sabía usted que Charlie comenzaba a gritar cada vez que alguien se le acercaba con unas tijeras?

—Sí, Allain me lo contó.

—¿Y le contó cómo gritaba? No era el grito de un bebé, ni siquiera de un niño pequeño. Era puro dolor, soltaba alaridos de ésos que hielan la sangre, que destrozan los oídos. Imagínese una cueva llena de murciélagos chillando. La gente decía que se le oía a tres kilómetros de distancia.

Max activó la pausa de la grabadora. Francesca estaba de nuevo alterada con el relato de sus recuerdos. Se estaba mordiendo el labio y hacía un gran esfuerzo por no llorar. Estuvo tentado de acercarse y dejar que aliviara su pesar apoyándose en su hombro, pero no le pareció apropiado. La estaba entrevistando, reuniendo pruebas. No estaba en Haití como consejero ni como confesor.

—Explíqueme algo más lo del vestido —dijo cuando dejó de llorar. Sabía lo que iba a contarle, pero trataba de llevarla otra vez al sistema de preguntas y respuestas.

—A Charlie nunca le cortamos el pelo. Se le rizó y era muy difícil de peinar. Se lo atamos en coletas, con cintas, y finalmente le hicimos trenzas. Era más fácil ponerle un vestido y presentarlo al mundo exterior como una niña que explicar por qué llevaba el pelo así. Funcionaba, ¿sabe? Siempre llevaba vestido —explicó Francesca.

—¿Cómo llegó hasta el sacerdote vudú?

—Un día, cuando menos me lo esperaba, Rose me trajo un mensaje escrito de su puño y letra. Mencionaba cosas de Charlie y mí misma que nadie, y quiero decir nadie, sabía ni podía saber.

—¿Podría darme más detalles?

—No —contestó rotundamente la mujer—. Pero si usted es tan bueno como dice Allain, seguramente los averiguará.

—¿De dónde conocía Rose al sacerdote?

—Una amiga suya, Eliane, trabaja para él.

—Ya veo —dijo Max mientras hacía mentalmente una lista de potenciales sospechosos—. ¿Rose podría haber sabido algo acerca de esas «cosas» de las que usted no me va a hablar?

—No.

—¿Seguro? En un lugar tan pequeño como éste...

—No. No sabía nada.

—De acuerdo. Entonces usted y Charlie fueron a ver al sacerdote. ¿Qué ocurrió?

—Habló conmigo y luego con Charlie, por separado, en privado.

—En ese momento, ¿qué edad tenía Charlie? ¿Dos años?

—Dos y medio.

—¿Ya había empezado a hablar?

—No. Ni una palabra.

—Entonces, ¿cómo se comunicaban?

—No lo sé, porque no estaba allí, pero sea lo que fuere, funcionó, porque Charlie cambió su actitud hacia mí. Se abrió. Me miraba. Hasta empezó a sonreír y tenía una sonrisa tan encantadora que me alegraba el día cada vez que me dedicaba una.

La voz de Francesca había bajado hasta convertirse casi en un susurro; las palabras se debilitaban a causa del creciente pesar.

Se sonó la nariz ruidosamente y luego encendió otro cigarrillo, el último que le quedaba. Aplastó el paquete con el puño.

—¿Cada cuánto tiempo dice que veían usted y Charlie al sacerdote?

—Una vez a la semana.

—¿Siempre el mismo día y a la misma hora?

—No, variábamos el horario. Rose era la que me decía cuándo.

—Tendré que ver a ese hombre.

Francesca extrajo un papel doblado del bolsillo de su blusa y se lo alargó por encima de la mesa.

—Los datos y la dirección de Filius. Le espera a las dos, esta tarde.

—¿Me espera?

—Vio que usted iba a venir. Me lo dijo hace dos meses.

—¿Qué quiere usted decir con eso de que «vio que yo iba a venir hace dos meses»? Hace dos meses yo no sabía que iba a venir.

—Ve cosas.

—¿Como un adivino?

—Algo así, pero no es exactamente eso.

—¿Por qué se comportó usted así durante la cena?

—No me había dado cuenta de que era usted.

—Así que luego habló con Dufour, ¿no?

—Sí.

—Y por eso ha venido luego aquí. —Asintió con la cabeza—. Debe de ejercer cierto dominio sobre usted.

—No es así.

—¿Contó algo de todo esto a mis predecesores?

—No. Sólo les hablé del secuestro.

—¿Por qué?

—Emmanuel era un hombre agradable, pero indiscreto, un chismoso. Odiaba a Clyde Beeson; tampoco Medd me caía demasiado bien. Sólo vinieron aquí por el dinero.

—Es su medio de vida, señora Carver —dijo Max—. Hacen lo mismo que cualquiera de las personas que cumplen con su trabajo. Podrían estar en una oficina, podrían estar atendiendo una gasolinera, podrían ser policías, podrían ser bomberos. La mayor parte de la gente hace lo que hace por dinero. Los que no lo hacen, o son afortunados o son estúpidos.

—Entonces usted debe de ser estúpido, Max —sonrió mirándole directamente a los ojos—. Porque no es afortunado.

Después de aquello, a Francesca ya no le quedaba mucho por contar.

Max la acompañó hasta la entrada de la finca. La mujer le tendió la mano y le pidió disculpas por el arrebato que había sufrido durante la cena. Le rogó que encontrara a Charlie. Max respondió que haría todo lo posible y luego la siguió con la vista mientras se alejaba por el camino al final del cual ella le había dicho que había un coche esperándola.

Despuntaba el alba y una luz azul grisácea impregnaba el patio y el jardín, animado por los ruidos de los pájaros que estaban desayunando insectos. Detrás, la calle comenzaba a cobrar vida.

Mientras volvía a la casa, oyó el motor de un coche que se ponía en marcha. Se abrió y se cerró una puerta, y el coche se alejó.

CAPÍTULO

15

Max se lavó la cara, se afeitó y preparó más café.

Se sentó al aire libre, en el porche, con su taza. Salió el sol y en pocos segundos todo lo que le rodeaba estaba inundado de luz, como si el rayo de un reflector hubiera enfocado de repente el país entero.

Se tomó el café. Ya no estaba cansado, y ni siquiera tenía resaca.

Miró el reloj. Las seis y media. La misma hora que en Miami. Joe ya estaría levantado, preparando la mesa para el desayuno de su mujer y sus hijos.

Fue a su dormitorio y llamó a casa de su amigo. El teléfono era un modelo de los antiguos, de los de disco.

—¿Joe? Soy Max.

—¡Eh! ¿Qué pasa, hombre? Justamente estaba pensando en ti.

—Esto del vudú ya está empezando a asomar la oreja —dijo Max, pensando en el sacerdote de Charlie.

Joe se rio.

—¿Estás en la cocina, Gran Hombre?

—No, en mi estudio. Insonorizado. Mi mujer dice que así se libra de escuchar a Bruce. Le odia tanto como tú.

—Hace bien —repuso Max—. Oye, necesito información sobre alguien. ¿Habría algún problema en que me la buscaras?

—Ninguno. Lo puedo hacer desde aquí mismo, en este instante. Tengo la base de datos delante de mí.

—¿De veras? —preguntó Max, incrédulo.

—Desde hace un tiempo disponemos de toda la información *online* —explicó Joe—. Ese tipo de trabajo ahora lo hago en casa. La oficina es sólo para exhibir las insignias ante los principiantes, codearse con los jefes y escaparse de la familia de vez en cuando. Las cosas han cambiado mucho desde que te fuiste, Max. La tecnología es como la herrumbre: nunca duerme, siempre avanza haciéndose cargo lentamente de lo que a nosotros nos da demasiada pereza hacer. De todas maneras, lo que quieres podría llevar algún tiempo. Depende de cuántas consultas se estén haciendo en el sistema en este momento.

—Tengo tiempo, Joe. Puede que necesites cruzar datos con los archivos de la Interpol.

—Venga, dispara.

—Nombre: Vincent. Apellido: Paul. Los dos se deletrean tal como suenan.

—¿Es haitiano?

—Sí.

Max oyó el ruido que hacía Joe al teclear; sonaba música al fondo, a bajo volumen. La voz de Bruce Springsteen sobre una austera guitarra acústica. Se preguntó si el disco de Sinatra que le había dado Gustav todavía estaría en la calle.

—¿Max? Nada en la base de datos nacional, pero hay un Vincent Paul en el archivo de Interpol. De baja prioridad. Clasificado como PD: Persona Desaparecida. Le buscan los británicos. Scotland Yard. —Joe tecleó un poco más—. Aquí también hay una foto. Un bastardo de aspecto malvado, como Isaac Hayes cuando tiene un mal día. También es un gran hijo de puta. Aquí figura su estatura, casi dos metros. ¡Un bebé de Goliat! Hay un montón de referencias cruzadas que puedo consultar... Aquí aparece un Asociado Conocido. Todavía sin identificar. El ordenador está lento... Oye, esto podría llevar otra hora y tengo que ver a los niños. Voy a dejarlo en búsqueda automática. Cuando tenga los datos te llamaré. ¿Cuál es tu número de teléfono?

Max se lo dio.

—Será mejor que te llame yo, Joe. No sé cuándo estaré de regreso aquí.

—De acuerdo.

—Si lo necesitara, ¿puedes hacer que realicen algunas pruebas forenses?

—Depende de lo que estés buscando.

—Datos cruzados, ADN, grupos sanguíneos, huellas digitales.

—De acuerdo. Trabajos menores. Pero no me envíes un cuerpo entero, ni tampoco un pollo.

Max se rio.

—Intentaré no hacerlo

—¿Cómo van las cosas por allí? —preguntó Joe.

—Despacio. Son los primeros días.

—Si te marchas ahora, lo único que pierdes es dinero. Recuérdalo, hermano —dijo Joe, poniéndose serio.

Max había olvidado lo bien que le conocía su amigo. Éste percibía dudas en su voz. Max pensó en contarle lo de los niños en el exterior de La Coupole, pero creyó que era mejor no mencionarlo, dejarlo pasar, que se perdiera en sus recuerdos. Si lo dejaba en el primer plano de sus pensamientos, le nublaría la visión, le desordenaría las ideas. Tenía que mantener despejada la cabeza.

—No lo olvidaré, Joe, no te preocupes.

Max oyó la música de Bruce sonando sobre la guitarra acústica, soplando notas con la armónica, como un Bob Dylan con esteroides. Supuso que su amigo se lo estaría pasando bien, escuchando su música, en el seno de su adorada familia. Joe siempre tendría cerca alguien que se preocupara de él y de quien él pudiera preocuparse. Max sintió deseos de quedarse allí un rato más, oyendo a Joe, escuchando los sonidos del calor y la ternura de aquel hogar. Envidiaba a su amigo por todo aquello.

Parte

3

ax, apestas —le dijo Chantale, y soltó una de sus carcajadas desvergonzadas.

Tenía razón. Aunque se había lavado y se había cepillado los dientes, era difícil sacudirse el aroma de una turbulenta noche de alcohol en un lugar de clima cálido. El ron que había bebido sin parar hasta hacía pocas horas se le iba escapando ahora por los poros y llenaba el interior del Landcruiser de un hedor dulce, rancio y agrio.

—Lo siento —se disculpó, y miró el paisaje, que pasaba por la ventanilla como una imagen borrosa, marrón, amarilla y a veces verde, mientras bajaban por la sinuosa carretera hacia Puerto Príncipe.

—Dicho sea sin ánimo de ofender —añadió la joven, sonriendo.

—No me he ofendido. Me gusta la gente que dice lo que piensa. Eso suele significar que quieren decir lo que dicen y le ahorra a uno el esfuerzo de adivinarlo.

Chantale, al contrario que él, olía maravillosamente. Despedía un fresco, intenso y delicado aroma a limón, que la aislaba del hedor de Max. Iba vestida con ropa sencilla, de trabajo: una blusa azul turquesa de manga corta, pantalones azules desteñidos y botas bajas de ante. Llevaba el pelo recogido en una cola de caballo, gafas de sol, y del bolsillo de la blusa asomaban un lapicero y una pequeña libreta. No estaba allí como simple chófer. Había ido a trabajar con él, le gustara a Max o no.

Había llegado temprano, a las siete y media. Entró en el patio con un polvoriento Honda Civic, cuyo parabrisas parecía no haber sido limpiado en un año. Max estaba tomando en ese momento el desayuno que Rubie, la criada, le había preparado. Quería huevos fritos, pero fue incapaz de entenderse con la mujer, a la que hablaba en una mezcla de inglés y lenguaje mímico; de modo que tuvo de conformarse con omelette de mandioca, que de todas formas le supo a gloria y le dejó más que satisfecho. La acompañó con café fuerte y un gran vaso de jugo de uva, especialidad de la criada.

—¿Una noche larga? —le preguntó Chantale.

—Podría decirse que sí.

—Has ido a La Coupole.

—¿Cómo lo sabes?

—No hay muchos bares para elegir cerca.

—¿Has estado allí?

—No. —La joven rio—. Me tomarían por una puta.

—No lo creo —repuso Max—. Se nota que tienes clase.

Allí estaba el primer piropo, el acercamiento inicial. Le salió de manera natural, sin tener que dar mil vueltas a la forma de hacerlo, sin nervios ni palabras rebuscadas. Simplemente, al abrir la boca brotó de ella un cumplido ambiguo, muy halagüeño para la mujer, pero muy poco comprometido. Recuperaba su estilo de conquistador sutil que tan buenos resultados le había dado en los buenos tiempos. A partir de ese momento, todo era posible: que la mujer le siguiera el juego o que le parase en seco.

Al oírle, Chantale agarró el volante con un poco más de fuerza de la que era necesaria, con ambas manos, y concentró la mirada en la carretera que tenía por delante.

—No creo que esos compatriotas tuyos que andan por ahí sean capaces de notar la diferencia —replicó con cierta amargura.

Al parecer, no estaba por la labor. No era, desde luego, un rechazo directo, pero tampoco parecía estar cediendo. Max trató de adivinar con cuántos hombres habría estado. Notaba una amargura corrosiva en sus palabras, esa especie de mecanismo de defensa que se crea después de un desengaño. Tal vez reconocía su juego porque alguna vez ya había caído en él y se había llevado una decepción.

—Alguien debe de haberte hecho sufrir bastante, Chantale —dijo Max.

—Lo hizo —respondió la joven de modo cortante, hablando hacia el parabrisas, al tiempo que encendía la radio y la ponía a todo volumen. Así daba por zanjada la charla.

Bajaban por una montaña. El coche trazó una curva cerrada a la izquierda y, al salir de ella, Max vio Puerto Príncipe desplegado ante él, unos pocos kilómetros más abajo, derramándose desde la costa, como un gigantesco charco de vómitos a la espera de ser limpiado por el mar.

Había una fuerte presencia militar americana en el centro de la capital. Vehículos blindados, todoterrenos con ametralladoras montadas y soldados a pie, con chalecos antibalas, concentrados enfrente y alrededor del Palacio Nacional, donde el presidente René Préval, sucesor y antiguo hombre de confianza de Aristide, ex banquero del que se rumoreaba que era alcohólico, vivía y gobernaba su país hasta donde el destino, sus influencias y los ocupantes se lo permitían.

Según Huxley, que había puesto al corriente a Max, la actual constitución haitiana prohibía la reelección de un presidente por segundo mandato consecutivo, pero le permitía ocupar el cargo en etapas alternas. Préval fue considerado por muchos como poco más que el recadero de Aristide, el que le mantenía el asiento caliente y preparado para el inevitable regreso del amo. La democracia era todavía una cosa incierta en Haití.

—¡Condenados americanos! —exclamó Chantale al pasar al lado de un todoterreno lleno de marines—. Con perdón.

—No me doy por ofendido. ¿No estás de acuerdo con lo que está sucediendo?

—Al principio lo estaba, hasta que me di cuenta de que la invasión no era otra cosa que una proeza publicitaria preelectoral de Clinton. La había cagado en Somalia, donde Estados Unidos fue humillado y su credibilidad quedó afectada. ¿Qué hacer entonces? Escoger un país negro indefenso que te quede cerca e invadirlo en nombre de la democracia y la libertad —dijo Chantale con amargura, y luego se rio—. ¿Sabes que enviaron a Jimmy Carter a negociar la paz con la junta militar cuando ésta se negó a dimitir?

—Sí, me enteré de eso —dijo Max. «En la cárcel», pensó—. El mismísimo «señor Derechos Humanos». Odiaba a ese capullo. Arruinó Miami.

—¿En 1980? ¿Cuando acogió a los balseros?

—Exacto. Era un sitio agradable, lleno de jubilados judíos y cubanos derechistas que conspiraban para matar a Castro. Era realmente tranquilo, muy conservador, con una baja tasa de criminalidad, muy pacífico. Entonces Castro envió a sus criminales y psicópatas en barcos, mezclados con los refugiados decentes, respetuosos de la ley, que sólo querían empezar una nueva vida. Gracias a Jimbo, nos jodieron sin más. En esa época ser policía era un infierno, si quieres que te diga la verdad. No sabíamos qué nos había pasado. De la noche a la mañana pasamos de ser un bonito lugar para criar a nuestros niños a convertirnos en la capital del crimen de Estados Unidos.

—Entonces supongo que votaste a Reagan.

—Todos y cada uno de los policías de Miami votamos por él en 1980. Los que no lo hicieron, o estaban enfermos o no se habían empadronado. —Max sonrió.

—Yo solía simpatizar con los demócratas. Voté por Clinton en el 92 y antes por Dukakis. Nunca más —dijo Chantale—. ¿Te enteraste de lo que sucedió en las llamadas conferencias de paz entre Carter y el general Cedras, el jefe de la junta militar?

—No. Cuéntame.

—Vino Carter. Las cámaras de televisión estaban grabando. Se encontró con el general Cedras y su esposa. Y fue la señora Cedras quien llevó las negociaciones. Hizo que Carter aceptara pagarle a cada miembro de la junta diez millones de dólares, que les garantizase la salida segura del país y total inmunidad legal para todos. Parecía que ya era un trato, pero entonces pidió que los americanos protegieran sus casas. Y negoció con Carter que el Gobierno de Estados Unidos se las alquilase para destinarlas al personal de la Embajada. Ahora sí, trato hecho. Pero faltaba algo más, y aquí el acuerdo casi se fue a pique, pues la señora Cedras quería que su sillón de piel negra fuera enviado a Venezuela, donde se iban a mudar todos. Carter dijo que no. ¿Por qué? Porque no estaba autorizado a pagar los gastos de una compañía de transportes. Todo lo demás estaba bien, pero eso no. —En el tono de Chantale se mezclaban la ironía y la furia—. Discutieron y se pelearon, y todo fue hacia atrás y hacia delante. Por fin, cuando parecía que el dichoso sillón iba a ser la causa de que no se cerrara el acuerdo, Carter telefoneó a Clinton y le sacó de la cama para explicarle la situación. Clinton se enojó. Verdaderamente regañó a Carter, le gritó tan fuerte que la gente dijo que podía oír lo que estaba diciendo desde fuera de la habitación. De todas maneras, Clinton aceptó y el sofá se fue al exilio con la junta.

Max estalló en una carcajada.

—¡Menuda mierda!

—Rumores bien fundados —aseguró Chantale.

Ambos rieron.

El Palacio Nacional era un edificio blanco de dos plantas, reluciente, grande, que absorbía y en parte reflejaba la luz del sol, de modo que parecía luminoso visto sobre el telón de fondo de las montañas de los alrededores. La bandera de Haití, roja y azul, colgaba de un mástil colocado encima de la entrada principal.

Pasaron con el coche, rodeando un pedestal sobre el que se alzaba una estatua del general Henri Christophe, uno de los primeros líderes haitianos. Eternamente montado sobre su caballo, parecía hacer frente al palacio y a las tropas americanas. Grupos de jóvenes haitianos estaban sentados en la base del pedestal y de pie alrededor de éste, con las ropas ondeantes sobre sus miembros flacuchos, observando a los ocupantes, mirando el tráfico o con la mirada ausente, perdida en el vacío.

El resto de la ciudad, al menos lo que Max vio de ella, era un vertedero, una ruina rancia, herrumbrosa, destruida, degradada. No era que Puerto Príncipe estuviera mal conservada, sino que no estaba conservada en absoluto. Todo aparecía medio derribado, tambaleante, en precario equilibrio, a punto de venirse abajo. Cualquier cosa que se viera en la ciudad necesitaba un lavado de cara de un millón de dólares o, mejor aún, un trabajo de demolición completo y posterior reconstrucción. En lo que alguna vez había sido una parte próspera de la ciudad, unas casas que parecían viejas colmenas, a las que hacía mucho que les faltaban las puertas, con los postigos colgando de los goznes, se mantenían en pie, mugrientas y en ruinas, ocupadas por sabe Dios cuántas personas, algunas de las cuales Max vio sentadas, casi colgando de los balcones.

En ninguna parte había semáforos. Max había visto exactamente uno desde que habían salido de Pétionville, y no funcionaba. Las calles, como ocurría con casi todas por las que había pasado en Haití, estaban agrietadas y llenas de socavones. Los coches que circulaban por ellas tosían, jadeaban, estaban remendados con distintas piezas sacadas de desguaces y de cementerios de coches. Y todos reventaban de gente. Pasaron unos pocos *tap-taps* pintados de todos los colores, tocando el claxon, con sobrecarga de pasajeros y bultos, improvisados equipajes liados en sábanas y telas atadas y amontonadas en el techo, junto con tantos pasajeros como pudieran caber encima. Y luego estaban los ocasionales coches de lujo, automóviles de decenas de miles de dólares, importados, de mantenimiento caro, abriéndose paso delicadamente por las carreteras destrozadas, sus socavones traicioneros y sus superficies irregulares.

La visión de aquella ciudad hizo que Max sintiera una tristeza que nunca antes había experimentado. Entre ruinas y desperdicios vio unos pocos edificios antiguos, grandes, orgullosos y elegantes, cuyo aspecto debía de haber sido glorioso en la época dorada y que volverían a ser admirables si alguien se ocupara de restaurarlos. Aun así, no podía imaginar que esto sucediera alguna vez. Si la capital es el escaparate de un país, Puerto Príncipe era como un salón de exposiciones que había sido saqueado e incendiado sin que nadie se preocupara de apagar las llamas.

—Recuerdo cuando vino el Papa —contó Chantale, y apagó la radio—. Fue en 1983, un año antes de que yo me fuera a Estados Unidos. Jean-Claude Duvalier, Baby Doc, todavía estaba en el poder. Bueno, en realidad la que gobernaba era su esposa, Michele. Ella llevaba las riendas del país por aquel entonces. Hizo limpiar todas estas calles. Estaban llenas de mendigos y de vendedores que exhibían sus mercancías en grandes mesas de madera. La tipa los obligó a recoger sus cosas y trasladarse a otro lado, donde el Papa no pudiera verlos. Además, había discapacitados físicos y mentales que solían acampar por aquí y mendigar en la calle. También se deshizo de ellos, sin miramientos. Las calles se pavimentaron por primera vez en mucho tiempo, se pintaron o se encalaron. Pocas horas antes de que el Papa pasara con su caravana, Michele hizo regar la calle con un perfume de Chanel. Yo estaba exactamente allí —señaló un punto cercano— cuando sucedió. El olor era tan fuerte que me dio dolor de cabeza y se me quedó pegado a la ropa durante meses y meses, por más que mi madre la lavara una y otra vez. Desde entonces tengo alergia a ese perfume de Chanel. Quien lo lleva me produce jaqueca, no lo puedo remediar.

—¿Qué hicieron con los discapacitados?

—Les ocurrió lo mismo que a mediados de los años setenta, cuando decidieron que el país fuera más atractivo para los turistas: organizaron una redada para juntarlos a todos, los enfermos, los cojos, los necesitados, los locos, y los embarcaron hacia La Gonâve. Es una pequeña isla alejada de la costa.

—Ya veo —comentó Max, palpándose para ver si encontraba una libreta. No llevaba ninguna—. ¿Y qué les ocurrió? ¿Todavía están allí?

—No lo sé. Algunos de ellos, supongo, se quedaron. Era gente pobre que vivía entre la mugre, como las ratas. No le importaban a nadie —respondió Chantale, mientras Max recogía la pequeña mochila militar que estaba a sus pies, donde había puesto su cámara y su grabadora. Llevaba lapicero, pero había olvidado el papel.

Chantale se sacó del bolsillo de la camisa su libreta y se la pasó.

—Nunca hay que olvidar lo esencial —dijo riéndose.

Max tomó unas notas.

—¿Has oído hablar de Tonn Tonn Clarinet?

—Se dice Tonton, Max, no Tonn Tonn. Cuando lo pronuncias pareces un elefante enfadado. —Se rio de nuevo—. Tonton Clarinette es una leyenda urbana, un cuento de fantasmas que los padres les sueltan a sus hijos: pórtate bien o Tonton Clarinette va a venir a buscarte. Es como el flautista de Hamelín, hipnotiza a los niños con su música y se los lleva para siempre.

—¿La gente dice que a Charlie se lo llevó Tonton Clarinette?

—Sí, por supuesto. Cuando estábamos poniendo los carteles, la gente en la calle venía y nos decía: «Nunca encontrarán a ese niño: lo tiene Tonton Clarinette, igual que se ha llevado a los nuestros». —Max sacudió la cabeza, pensando en Claudette Thodore—. ¿Ves aquello? —preguntó Chantale, señalando una calle de mal aspecto, con edificios raquíticos que tenían desteñidos carteles pintados en los techos y las paredes. Había gente saltando de un camión de basura que acababa de aparcar en mitad de la calzada—. Eso fue una vez el barrio rojo. Había montones de bares gays, burdeles y clubes. Realmente, una zona divertida, libre de preocupaciones. Todas las noches eran fiesta ahí. Aunque la gente fuera pobre, sabía cómo pasarlo bien. Ahora ni siquiera se puede atravesar en coche cuando oscurece, a menos que vayas en un vehículo militar o tengas buenos contactos con el hampa.

—¿Qué ocurrió con los bares?

—Jean-Claude los cerró todos cuando el sida asoló el país en 1983. La mayoría de los gays americanos ricos que solían venir a pasar fines de semana locos dejaron de hacerlo, porque sus medios de comunicación dijeron que Haití era el lugar en el que había nacido la enfermedad. Jean-Claude encerró a todos los homosexuales.

—¿Los envió a La Gonâve?

—No. Nadie sabe qué sucedió con ellos.

—En otras palabras, los mataron. ¿Se trata de eso?

—Probablemente. Nadie está seguro. Nadie se ocupó del asunto, del que de todos modos no hubo publicidad alguna. Ni siquiera se permitían los rumores. La homosexualidad es aquí algo muy mal visto. En criollo, a los gays se les llama *massissi* y a las lesbianas *madivine*. Ahora circula un dicho: «No hay gays en Haití: todos están casados y tienen hijos». Forman una sociedad secreta. Pero se sabe que Jean-Claude fue bisexual durante un tiempo. Creo que era por la coca que no paraba de drogarse y porque se había cogido a todas las mujeres de Haití que había querido. Se decía que tenía un novio de la alta sociedad, René Sylvestre. Un tipo grande, gordo, que conducía un Rolls Royce bañado en oro y usaba vestidos de mujer.

—Suena a Liberace.

—Le llamaban «Le Mighty Real», por ese cantante de música disco.

—¿Ése de *You Make me Feel Mighty Real*?

—¿Le conoces?

—Por supuesto. Tengo el disco en mi departamento.

—¿Tú? —Chantale rio.

—Pues sí.

—¿De verdad?

—Claro. ¿Cuál es el problema? Soy el auténtico Tony Manero. *You Make me Feel Mighty Real* ¡Ésa es mi canción!

—No van contigo esos gustos. —Se rio otra vez con su descaro habitual.

—Tendrás que observarme más de cerca —advirtió Max.

—Ya veremos.

CAPÍTULO

17

Bajaron en el coche por el Boulevard Harry Truman, un
tramo de carretera ancho, flanqueado por palmeras y sorprendentemente liso que corría paralelo a la costa. A la izquierda,
Max pudo ver un buque cisterna y un navío de guerra en el horizonte, mientras que carretera adelante, a cierta distancia, divisó el
puerto, con sus barcos oxidados, medio hundidos, encallados. El coche de Max y Chantale se cruzó con una procesión de cascos azules
de la ONU que venía en dirección contraria.

La sede del Banque Populaire d'Haïti, núcleo financiero propiedad de la familia Carver, era un imponente cubo de color crema
que habría sido más apropiado para albergar una biblioteca o un juz-
gado. A Max le recordó vagamente las fotos que había visto del Arco del Triunfo de París.

El banco estaba apartado de la carretera, construido encima de
una pequeña colina y rodeado por una gran extensión de exuberante hierba. Le rodeaba un muro de arenisca, en cuya parte superior había flores rojas y blancas, que apenas ocultaban las puntas
de metal afiladas y una alambrada de espino. Entre la calle y el banco se alzaba un alto portón metálico. A cada lado de éste había un
guardia armado. Uno de ellos habló por su aparato radiotransmisor cuando Chantale se detuvo. Instantes después, el portón se abrió
hacia dentro.

—Ésta es la puerta para la gente importante —dijo Chantale,
mientras entraban con el coche y seguían por un corto camino que

dividía la hierba circundante en dos zonas—. Sólo para la familia, algunos miembros del personal y determinados clientes especiales.

—¿A qué categoría perteneces tú? —preguntó Max, notando que les seguía un Mercedes de color plateado con ventanillas opacas.

Siguieron el camino hasta un aparcamiento medio vacío. Por la puerta giratoria del banco entraba y salía un torrente de personas.

Mientas se bajaban del coche, Max vio el Mercedes estacionado un poco más allá. Echó una mirada, lo suficientemente larga para captar la escena e interpretarla, pero no tanto como para que alguien notara que estaba mirando. Se bajaron cuatro hombres fornidos, con aspecto de hispanos. Se dirigieron a la parte de atrás, a la cajuela.

Max había visto todo lo que necesitaba ver. Sabía lo que vendría a continuación, incluso antes de que los alcanzaran a él y a Chantale en dirección al banco, corriendo más que andando, con dos pesadas maletas cada uno.

—¿Clientes especiales? —preguntó Max.

—El dinero no tiene patria, no se sabe de dónde viene. Ni siquiera lo saben mis jefes —repuso, sin la menor señal de apuro, sorpresa o preocupación, como si ya hubiera tenido que hacer este tipo de comentarios muchas otras veces, o hubiera sido entrenada para ello.

Max no dijo nada. Ya había supuesto que por el Banque Populaire pasaría un montón de dinero procedente de la droga. Desde principios de los ochenta, al menos el diez o el quince por ciento de la cocaína que circulaba por el mundo era distribuida vía Haití, y casi todos los grandes traficantes de los carteles de Sudamérica habían establecido fuertes vínculos con el país, al que muchos utilizaban como lugar ideal para pasar inadvertidos uno o dos años. Estaba seguro de que los Carver nunca se habían dedicado activamente al negocio de las drogas, pues Gustav era demasiado astuto para eso; pero suponía que tampoco se negaban a recibir a los clientes que trabajaban en ese negocio cuando se presentaba la oportunidad.

Max había decidido comenzar su investigación en el banco, en el propio territorio de los Carver. Ése había sido siempre su método de trabajo: empezar a partir del cliente. Cuanto más sabía acerca de la gente que le estaba pagando, más fácil era imaginar lo que pensaban sus enemigos; se hacía una idea de lo que odiaban y codiciaban, lo que querían llevarse o destruir. Primero establecía los posibles objetivos, luego desplegaba una red alrededor de los sospechosos y tiraba de ella. Los iba descartando uno a uno hasta que encontraba al culpable.

Siguieron a los que llevaban las maletas a través de varias puertas. El interior era espléndido. Como era de prever, estaba a mitad de camino entre un enorme hangar y un mausoleo de grandes personajes. El techo, en el que había pintado un gigantesco fresco, tenía una altura de casi treinta metros y estaba sostenido por enormes columnas de granito oscuro. La pintura representaba un cielo azul claro, con nubes esponjosas, y las manos de Dios abiertas, de las cuales brotaban las principales monedas del mundo, desde dólares hasta rublos, francos, yenes, libras, pesetas. Era llamativa la ausencia del gourde haitiano.

Las ventanillas se encontraban al fondo. Había por lo menos treinta, divididas en cajas numeradas, y estaban hechas de granito y cristal a prueba de balas. Max notó lo bien vestidos que estaban los clientes, como si todos hubieran pasado a propósito por una sastrería y una peluquería antes de ir allí a hacer sus negocios. Supuso que tener una cuenta bancaria en Haití le daba a uno cierto estatus social que le hacía formar parte de un círculo exclusivo, y que todo el ritual de retirar e invertir dinero era el equivalente social a tomar la comunión o echar la limosna en el cepillo de la iglesia los domingos.

A los hombres de las maletas les hicieron pasar por una entrada que estaba a la derecha de las ventanillas. Dos guardias de seguridad se quedaron de pie, al lado de la puerta, con escopetas colgadas de los hombros.

En el centro del suelo de granito oscuro, muy pulido, estaba representada, mediante un mosaico, la bandera nacional, que ocupaba la mitad de la superficie. Max caminó alrededor de ella, estudiándola. Azul oscuro encima y rojo debajo, con un emblema que representaba una palmera flanqueada a ambos lados por un cañón, mástiles y mosquetones con bayonetas caladas. Una gorra azul y roja cubría la parte superior de la palmera, mientras que al pie, en un pergamino, se leía «L'union fait la force».

—Era mejor la bandera de Duvalier, negra y roja en lugar de azul. Significaba «negocios». Recuperó sus colores originales hace diez años, con lo que también hubo que rehacer este suelo —dijo Chantale, mientras miraba a Max caminando alrededor, curioseando los detalles—. Es una bandera muy francesa. Los colores, el azul y el rojo, eran básicamente la tricolor francesa, con el blanco, que simbolizaba a los hombres blancos arrancados de aquí. El lema y las armas representan la lucha del país por la libertad a través de la unidad y la revolución.

—Una nación guerrera —dijo Max.

—En un tiempo lo fue —respondió Chantale con amargura—. Pero ya no somos luchadores. Ahora nos dejamos llevar hacia delante y nos resignamos a lo que quieren otros.

—¡Max! —Allain Carver avanzaba hacia ellos cruzando el recinto. Unas pocas cabezas, sobre todo mujeres acaudaladas que hacían cola a la espera de que las atendieran, se dieron la vuelta y se quedaron mirándole, con los ojos pendientes de él, mientras andaba decididamente por la sala. Hacía ruido con los zapatos e iba con las manos echadas ligeramente hacia delante, como si estuviera esperando que le entregaran algo.

Se estrecharon las manos.

—¡Bienvenido! —saludó Carver. Con una sonrisa cálida, un traje reluciente y el pelo peinado hacia atrás, parecía que volvía a tener todo bajo control. De nuevo era amo y señor.

Max volvió a echarle una mirada al edificio, preguntándose qué parte de él se habría levantado con dinero de la droga.

—Me encantaría enseñarle el lugar —se disculpó Carver—, pero estoy atado todo el día por compromisos con distintos clientes. Nuestro jefe de seguridad, el señor Codada, se lo enseñará todo.

Carver los llevó en la dirección de la que había venido, haciéndoles pasar por una puerta vigilada hacia el interior de un corredor fresco y largo, con moqueta azul, que terminaba, un poco más allá, en un ascensor.

Se detuvieron junto a la única oficina que daba al pasillo. Carver golpeó dos veces la puerta antes de abrirla bruscamente, como si esperara sorprender al ocupante con la guardia baja, en plena actividad vergonzante o prohibida.

El señor Codada estaba hablando por teléfono, con un pie sobre su escritorio, riendo sonoramente y haciendo que las borlas de sus mocasines sonaran al ritmo de sus arrebatos de júbilo. Miró a los tres, les dirigió un vago saludo con la mano y continuó hablando por teléfono, sin cambiar de postura.

La oficina era espaciosa; en una de las paredes destacaba un cuadro que representaba un moderno edificio blanco situado junto a una cascada; también había una pintura en la que se veía una tradicional fiesta callejera en el exterior de una iglesia. Sobre el escritorio sólo se veía el teléfono, una carpeta y algunas pequeñas estatuillas negras de madera.

Codada se despidió con un *À bientôt ma chérie,* lanzó un par de besos a través del auricular y colgó. Giró su silla ciento ochenta grados para colocarse frente a sus visitantes.

Sin moverse del sitio en el que estaba, cerca de la puerta, Carver le habló bruscamente en criollo, haciendo una seña hacia Max mientras pronunciaba su nombre. Codada asintió con la cabeza, sin decir una palabra; en su rostro había una mezcla de seriedad profesional y restos de la alegría anterior. Max comprendió lo que pasaba de inmediato. Codada era un hombre de Gustav y no se tomaba al hijo en serio.

A continuación, Carver se dirigió a Chantale, mucho más delicadamente, sonriendo.

—Disfruten de su visita —dijo—. Hablaremos más tarde.

Maurice Codada se puso de pie y rodeó el escritorio.

Le dio sendos besos en el aire a Chantale en ambas mejillas y la cogió fuertemente por los brazos. Ella le presentó a Max.

—*Bienvenu à la Banque Populaire d'Haïti, monsieur Mainguss* —saludó Codada, soltando a borbotones las palabras e inclinando a la vez la cabeza, con lo que dejó a la vista de Max una calva rosada y pecosa, de aspecto extraño. Se estrecharon las manos vigorosamente. Aunque era un hombre pequeño y delgado, más bajo y enjuto que Max, apretaba la mano con notable fuerza. Chantale explicó que tendría que hacer las veces de traductora, ya que Codada no hablaba inglés.

Codada los llevó de nuevo hacia la entrada principal e inmediatamente empezó a mostrarles el edificio, lanzando ráfagas de comentarios en criollo, que salían de su boca de forma entrecortada, como si en lugar de palabras estuviera emitiendo teletipos.

Chantale resumía sus comentarios con frases cortas. «Las columnas las trajeron de Italia». «Los suelos también». «La bandera es de Haití». «Las ventanillas vinieron también de Italia». «El personal, no, ja, ja, ja».

Codada iba y venía entre la fila de clientes, dando apretones de manos y palmadas en los hombros, besando castamente a las mujeres, moviéndose entre la multitud con el entusiasmo propio de un político metido en campaña para obtener un cargo. Hasta alzó en brazos a un bebé y lo besó.

Era como un payaso de circo disfrazado de león, un personaje de dibujos animados. Tenía una ancha nariz chata, el pelo afro, la piel naturalmente pálida de los pelirrojos. El rostro estaba densamente salpicado de pecas. Sus labios eran rojos y estaban siempre húmedos, ya que se pasaba por ellos constantemente la punta rosada de su lengua, como una mantis religiosa que persiguiera sin éxito un bicho veloz. Tenía los párpados caídos, los iris parecían granos de café que miraban desde una maraña de venas.

Codada tenía muchas cosas que no le cuadraban. Para empezar, todas las joyas que exhibía. Estaba lleno de oro. Lucía dos gruesos brazaletes en cada muñeca y dos pequeños y gordos lingotes que usaba como anillos en los meñiques. Cuando sonreía, mostraba sus incisivos dorados, y cuando andaba de aquí para allá por la estancia se oía un tintineo bajo su camisa, lo que indicaba que llevaba colgadas unas cuantas cadenas, seguramente también de oro.

Max pensó que Codada carecía de prácticamente todos los rasgos de personalidad necesarios para trabajar como vigilante de seguridad. Quienes hacían ese trabajo eran poco extravertidos, por no decir muy reservados, y, ante todo, discretos; hablaban poco, observaban todo, pensaban y se movían con rapidez. Codada era todo lo contrario. Le gustaba la gente y le encantaba llamar la atención. El buen personal de seguridad se mezcla con el gentío, pero ve a cada una de esas personas como una amenaza potencial. Hasta sus ropas eran inadecuadas: pantalones blancos de dril, chaqueta azul marino y pañuelo granate y blanco. El personal de seguridad busca tonos apagados o uniformes oscuros, mientras que Codada podría haber pasado por el *maître* de un crucero gay.

Tomaron un ascensor revestido de espejos y subieron a la planta siguiente, donde estaba la sección dedicada a los negocios. Codada se quedó de pie a la izquierda de la puerta, con la clara intención de ocupar una posición desde la que poder ver a Chantale en sus tres dimensiones. Max había pensado que era homosexual, pero Codada utilizó cada uno de los pocos segundos del trayecto para acariciar con la vista el busto de Chantale, sus ojos sorbiendo cada detalle. Justo antes de que llegaran al otro piso, debió de notar la intensa mirada de Max, porque fijó sus ojos en él, luego echó una mirada brevísima al pecho de Chantale y volvió a los ojos del detective, sacudiendo la cabeza muy ligeramente, haciéndole saber que habían hallado un interés común. La mujer no se dio cuenta.

La sección de negocios estaba embaldosada, tenía aire acondicionado y olía ligeramente a plastilina. A lo largo de los pasillos había antiguas fotografías en blanco y negro enmarcadas de todas las grandes obras y proyectos financiados por el banco, desde una iglesia hasta un supermercado. Codada los guio a través de varias oficinas. Tres o cuatro hombres y mujeres elegantemente vestidos estaban sentados detrás de escritorios llenos de ordenadores y teléfonos, aunque ninguno de ellos realizaba actividad alguna. De hecho, en toda la planta no parecía estar sucediendo absolutamente nada. Muchas de las pantallas de los ordenadores estaban negras, no sonaba ningún teléfono y algunas personas ni siquiera se molestaban en disimular su inactividad. Permanecían sentadas frente a sus mesas, charlando o leyendo periódicos. Max miró a Chantale en busca de una explicación, pero ella no le ofreció ninguna. La voz de Codada cortaba agudamente el silencio. Muchos levantaban la mirada y seguían con la vista al grupo, algunos riéndose en voz alta de alguna de las cosas que él decía. Al escuchar la traducción de sus comentarios, Max no logró comprender qué le hacía tanta gracia a aquella gente.

El detective estaba empezando a entender la mentalidad de Gustav, su actitud hacia la gente. Había algo odioso en su comportamiento, pero también era en gran parte admirable.

En la planta siguiente, dedicada a hipotecas y préstamos personales, la cosa apenas estaba más animada. La organización era la misma, pero Max oyó sonar teléfonos y vio que algunos ordenadores estaban encendidos y que había gente trabajando en ellos. Codada explicó por medio de Chantale que los haitianos tenían tendencia a construir sus propias casas, más que a comprar viviendas ya edificadas, por lo que a menudo necesitaban ayuda para adquirir el terreno y contratar a un arquitecto y un equipo de albañiles.

Los Carver tenían sus oficinas en la última planta. Codada usó los espejos del ascensor para comprobar que su aspecto era el adecuado y para atusarse el pelo. Chantale cruzó una mirada con Max y le sonrió, como diciendo «qué mamón es este tipo». El detective se pasó la mano por la cabeza calva.

Las puertas del ascensor se abrieron a una zona de recepción de la que se ocupaba una mujer situada detrás de un alto escritorio de caoba. Había una sala de espera, con sofás bajos de piel negra, una mesa de centro y una máquina de agua. Dos guardias de seguridad, con chalecos antibala y armados con Uzis, rondaban por los extremos de la zona. Codada guio a Max y a Chantale desde el ascensor hasta un par de pesadas puertas que estaban a la izquierda. Marcó un código de seguridad en un teclado instalado junto al marco. Las puertas se abrieron; daban a un pasillo que llevaba a otro par de puertas dobles, que estaban en el fondo.

Se dirigieron a la oficina de Gustav Carver. Codada dijo sus nombres por el interfono, la puerta se abrió con un zumbido y pasaron.

La secretaria de Gustav, una imponente mujer de piel clara de cuarenta y tantos años, saludó a Codada con cordialidad profesional.

Codada le presentó a Max, pero no a la inversa, de modo que el detective no pudo saber el nombre de la mujer. Tampoco figuraba en ningún letrero colocado sobre el escritorio, como a veces ocurría. Le tendió la mano a Max, acompañando el saludo con un ligero movimiento de cabeza.

Codada le preguntó algo y ella respondió «*non*». El jefe de seguridad le dio las gracias y condujo a Max y a Chantale fuera de la oficina, de regreso al pasillo.

—Le ha preguntado si podíamos ver las oficinas de Gustav Carver, pero Jeanne ha dicho que no —susurró Chantale.

—¿Y el despacho de Allain?

—Es el vicepresidente. Su despacho está en el primer piso. Ya hemos pasado por allí.

Codada los llevó de vuelta a la planta baja. Max le entregó doscientos dólares para que se los cambiara por moneda haitiana. El tipo se escabulló hacia las cajas, estrechando manos y repartiendo besos a varios clientes que se cruzaron por el camino.

Regresó tras unos minutos, llevando en la mano un pequeño fajo marrón de gourdes. La moneda haitiana se había devaluado de un modo tan brutal por la invasión y por el calamitoso estado de la economía del país que un dólar podía valer cualquier cifra entre cincuenta y cien gourdes, dependiendo de en qué banco se hiciera la transacción. El Banque Populaire era el que tenía la tasa de cambio más generosa de Haití.

Max cogió el fajo de dinero y lo examinó. Los billetes estaban húmedos y grasientos y, pese a sus colores variados, azul, verde y rojo, todos parecían marrones, porque estaban igualmente gastados y desteñidos. Cuanto menor era su valor, más oscurecidos por la mugre estaban las cifras y el dibujo, mientras que los de quinientos gourdes sólo parecían ligeramente manchados y se veían perfectamente todos sus detalles. El dinero soltaba, en fin, un fuerte olor a queso.

Codada les condujo a las puertas giratorias y luego les dijo adiós. Mientras hablaban, salieron los hombres de las maletas, que ahora estaban vacías. Codada interrumpió su despedida para saludarlos, abrazando afectuosamente a uno de ellos.

Max y Chantale iniciaron el regreso al coche.

—¿Qué piensas de todo esto? —preguntó Chantale.

—Gustav es un hombre generoso —dijo Max.

—¿Por qué lo dices?

—Mantiene en nómina a un montón de gente que no hace nada —repuso. Estuvo a punto de citar a Codada entre los parásitos, pero no lo hizo. Nunca le había parecido bueno juzgar sólo por las apariencias y el instinto, aun cuando los indicios fueran más que suficientes para sacar una conclusión desaprobatoria, como ocurría en ese caso.

—Gustav entiende la mentalidad haitiana. Haz algo por alguien hoy y tendrás un amigo para toda la vida —dijo Chantale.

—Supongo que eso vale también en el otro sentido.

—Así es. Recorremos un kilómetro de más para ayudar a un amigo y veinte para enterrar a un enemigo.

ueron en el coche hacia el Boulevard des Veuves, donde Charlie había sido secuestrado.

Se estacionaron y se bajaron. El calor cayó sobre Max como una fina lluvia de lava fundida, asando su piel, haciéndole hervir por dentro. Le brotó de inmediato una oleada de sudor, que se derramó por la espalda y le caló la camisa. Al salir del banco, el bochorno estaba suavizado por la brisa que soplaba directamente desde el mar, pero aquí no corría el aire, el ambiente era sofocante y completamente seco. El calor era tan intenso que podía verlo ondular ante sí, en flujos casi sólidos que nublaban la vista.

Las aceras estaban muy elevadas con respecto a la calle. Sus peligrosas superficies se habían desgastado tanto que eran suaves y lisas como el hielo y brillantes como un espejo. Las habían pulido millones de pasos y décadas de descuido. Max oía sus suelas de goma, que casi chapoteaban al andar por el cemento hirviente. Todos los miraban, especialmente a Max, que sentía que se concentraban en él el desconcierto y la incredulidad de la masa. Era una hostilidad distinta a la que notaba al andar por los guetos de su país, donde despertaba más desconfianza que odio. Teniendo presente lo que le había sucedido unas pocas horas antes, evitó mirar a nadie a los ojos. Bajaron de la acera y comenzaron a caminar por la calzada, en la que había menos gente.

De no haber sido porque la ciudad entera se encontraba en las últimas, Max habría dicho que estaban en un barrio muy degradado y peligroso, o como se decía en argot, «chungo». El Boulevard des Veuves había estado en su día adoquinado con pequeñas piedras hexagonales. Sólo quedaban unas pocas, aquí y allá, pegadas a los bordes de la acera; algunas habían sido arrancadas de un modo profesional, en hileras geométricas, otras caprichosamente, en montones de una o dos docenas. Cada dos metros había alcantarillas, agujeros cuadrados practicados en los bordillos y cada cuatro o cinco, partes de la calzada que se habían hundido, formando enormes cráteres negros, apestosos, infestados de moscas. Eran utilizados, por añadidura, como vertederos de basura e incluso como servicios públicos en los que hombres, mujeres y niños meaban y cagaban a la vista de todo el mundo, sin aparentar que el tráfico que pasaba por allí les molestara lo más mínimo. El lugar apestaba a mierda, agua estancada, frutas, verduras y huesos de animales podridos.

El barrio era el reino del polvo y éste impregnaba todas las cosas. Bajaba de las montañas que rodeaban la capital. Hacía mucho tiempo habían estado cubiertas de densos bosques, pero las sucesivas generaciones los habían talado para hacer casas, instrumentos de labranza o conseguir leña. Expuesta y desnuda, la tierra antiguamente rica y fértil se había secado por el sol y el viento la había hecho volar sobre las caras de los haitianos. Sintió su sabor en la lengua y se dio cuenta de que si cerraba los ojos un momento y dejaba volar la imaginación, sabría exactamente qué se sentía al ser enterrado vivo en aquel jodido lugar dejado de la mano de Dios.

El rostro de Charlie aparecía por toda la calle, en carteles confeccionados en un austero blanco y negro que ofrecían una recompensa en efectivo a cambio de información sobre su secuestro, y que competían con otros más grandes y llenos de colorido que anunciaban conciertos de cantantes haitianos en Miami, Martinica, Guadalupe y Nueva York.

Arrancó uno de los carteles de Charlie para empezar a mostrárselo a la gente. Vio un pequeño símbolo dibujado a mano en el margen izquierdo, una cruz, ligeramente curvada en el centro, con la base partida, a la que le faltaban dos tercios del brazo derecho. Miró los otros carteles y comprobó que todos estaban marcados con el mismo signo.

Le señaló la marca a Chantale.

—Tonton Clarinette —dijo ella al verla.

Para empezar, hicieron un sondeo en la calle, en busca de testigos del secuestro del pequeño. Primero entraron en los comercios, pequeñas tiendas de ultramarinos sin aire acondicionado y con los estantes desgastados; otras que vendían cazos, sartenes, cucharones y cucharas de madera; localitos en los que se vendían licores ilegales de destilación casera; una panadería; una carnicería en la que sólo había, colgado, un pollo muerto, medio desollado; un comercio de repuestos usados para coches; un lugar en el que únicamente vendían huevos de gallina de un blanco brillante... En todos recibieron, con pequeñas variantes, la misma respuesta: «*Mpas weh en rien*», es decir: «Yo no vi nada».

Luego interrogaron a la gente en la calle. Chantale les mostraba el cartel y era la que hablaba.

Nadie sabía nada. Sacudían las cabezas, se encogían de hombros, respondiendo con una o dos palabras, o en largos arrebatos guturales. Max se quedaba de pie, mirando, haciendo pasar a las personas a las que abordaban por el filtro de sus ojos de sabueso mientras respondían. Buscaba signos reveladores de mentiras y omisiones, pero todo lo que vio fueron hombres y mujeres exhaustos, medio dormidos, de edades indeterminadas, confundidos por el hecho de ser objeto de atención de un hombre blanco y una mujer de piel clara.

Después de pasar así más de una hora, Max decidió averiguar dónde estaba el taller de zapatería que había mencionado Francesca. Había estado buscándolo mientras permanecían en la calle, pero no encontró nada parecido. Tal vez se les había pasado por alto, o había cerrado. Como poco, la mitad de la gente que veía iba descalza, con los pies tan curtidos y deformados, tan llenos de callosidades del color de la cera en las plantas y los talones, que dudó que hubiera usado zapatos alguna vez.

Emprendieron el regreso al coche. Un hombre viejo, vendedor de jugo granizado, que extraía de un carrito de madera equipado con un refrigerador y botellas de colores brillantes, estaba de pie allí cerca, echando hielo en un vaso de papel.

Max se dio cuenta de que les había estado esperando. Le había descubierto con el rabillo del ojo, mientras examinaba a la multitud. El viejo se había colocado una y otra vez en algún punto cercano al lugar al que ellos se habían dirigido, empujando su carrito, raspando el hielo de la nevera, mirándolos.

Se acercó a Max y comenzó a hablarle. Creyendo que intentaba venderle uno de sus refrescos contaminados, Max le hizo una señal con la mano para apartarle.

—Lo que quiere decirte te interesa, Max —le dijo Chantale—. Está hablando del secuestro.

El hombre dijo que había presenciado el suceso cerca de donde estaba aparcado el coche, pero desde el otro lado de la calle. Su versión de los hechos coincidía casi totalmente con la de Francesca. Faustin había parado el coche en la calle y luego esperó un buen rato. El vendedor de granizado dijo que oyó a Faustin gritando a ambas mujeres.

En ese momento una multitud se congregó alrededor del vehículo. Faustin bajó la ventanilla y les dijo que se ocuparan de sus propios asuntos y que se apartaran del camino. Al ver que no se movían, sacó un arma e hizo un par de disparos al aire. Mientras Faustin hacía fuego, Rose trató de agarrarle por la cabeza desde atrás y sacarle los ojos. Fue entonces cuando él disparó.

Para entonces, muchos de los que participaban en el tumulto habían reconocido a Faustin y se lanzaron sobre el coche, armados con machetes, cuchillos, bates y piedras. Aporrearon las ventanillas, volcaron el coche haciéndole dar dos vueltas, saltaron sobre el techo y empezaron a destrozarlo. El hombre dijo que cerca de trescientas personas se habían aglomerado alrededor del automóvil.

La turba sacó del vehículo a Faustin a rastras, por el techo. Aunque estaba cubierto de sangre, aún vivía, y pedía a gritos que le perdonaran la vida. Los que le sacaron del coche le entregaron a la multitud deseosa de venganza. El hombre dijo que, sin duda, habían despedazado al guardaespaldas hasta hacerle picadillo, porque todo lo que quedó de su cuerpo cuando se marchó la gente fue un gran charco de sangre y tripas, con algunos pedazos de huesos rotos y retazos ensangrentados de su ropa. Recordó, riendo, cómo le habían seccionado la cabeza, la habían clavado en un palo de escoba y habían salido corriendo hacia La Saline con ella en alto. Faustin, dijo, tenía una lengua anormalmente grande, por lo menos tanto como la de una vaca o un burro. Intentaron arrancársela como habían hecho con los ojos, pero no lo consiguieron y la dejaron colgando de la boca, hasta el mentón, en el que rebotaba y se revolvía por el aire cuando la multitud corría hacia los barrios con su trofeo, cantando y bailando durante todo el camino.

El vendedor de granizado no tenía muy claro qué había sucedido después. La gente que se quedó atrás comenzó a desguazar el coche para llevarse lo que pudiera. Entonces llegaron Vincent Paul y sus hombres en tres todoterrenos y la multitud se dispersó. Paul comenzó a gritar, corriendo calle arriba y calle abajo, preguntando dónde estaban el niño y la mujer. Alguien señaló hacia la dirección en que se había ido la turba con la cabeza de Faustin. Pusieron el cuerpo de Rose en la parte trasera de un todoterreno y partieron hacia allí a toda velocidad.

El hombre dijo que no sabía qué había sucedido luego. El incidente había tenido lugar unos pocos días antes de que las tropas americanas invadieran la isla, cuando el ejército haitiano y la milicia andaban dando vueltas por ahí, rociando de balas, al azar, algunos de los barrios pobres e incendiando otros. Con semejante confusión, muchas cosas se habían olvidado o ignorado. Era lo lógico en ese clima de miedo y terror.

Max le dio las gracias y quinientos gourdes. El vendedor de granizado miró el dinero y le dio un fuerte apretón de manos, prometiéndole sacrificar alguna cosilla en su honor la próxima vez que fuera al templo.

19

La mujer vieja era tal y como Francesca la había descrito. Llevaba un desteñido vestido rosa y estaba sentada en la entrada de la tienda de un zapatero, en el otro extremo del Boulevard des Veuves. La tienda se hallaba en una casa cuya fachada cubría un mural que representaba a un hombre negro vestido con un mono, con las mangas remangadas, dando martillazos en las suelas de una bota, mientras un niño descalzo le veía. Un ángel les miraba desde arriba. Era la única indicación del oficio al que estaba dedicado el taller. La entrada, aunque abierta, revelaba una oscuridad impenetrable, impermeable a la luz del sol. Alguien había puesto un cartel de Charlie en la pared que estaba justo enfrente de la mujer.

Chantale los presentó y contó a la vieja lo que estaban haciendo. La anciana dijo a la joven que se acercara más y le hablara al oído. A Max le pareció normal; él mismo apenas podía oírla a causa del bullicio de la gente y el ruido del tráfico. Todos chillaban y silbaban, intentando abrirse camino en medio de la aglomeración.

La mujer escuchó y luego habló en voz alta, tal y como hacen quienes oyen mal.

—Dice que vio lo que pasó. Estaba exactamente aquí —explicó Chantale.

—¿Qué vio? —Chantale iba traduciendo a medida que las palabras salían de la boca de la mujer

—Dice que sabe que estás pagando a la gente por contarte sus recuerdos de aquel día.

La vieja sonrió y le mostró a Max lo poco que le quedaba de sus dientes, apenas dos caninos torcidos, manchados, que parecían pertenecer a la mandíbula de un perro feroz. Miró un momento por encima de su hombro, hacia la entrada, que estaba situada detrás de ella, sacudió la cabeza y, entonces, observando primero a Max y luego a Chantale, hablo a ésta en una voz aún más baja. Chantale hizo una mueca, dibujando una sonrisita sarcástica y sacudiendo la cabeza antes de transmitirle a Max lo que la anciana acababa de contarle.

—Quiere más que lo que le has pagado al último tipo.

—Sólo si lo que dice es cierto y resulta de alguna utilidad.

La mujer rio cuando Chantale le contó lo que acababa de decir Max. Apuntó con un dedo, torcido y largo como una ramita, hacia el lado opuesto de la calle, donde alguien había pegado un cartel de Charlie.

—Él estaba allí —contó por intermediación de Chantale.

—¿Quién? —preguntó Max.

—El hombre grande... —exclamó la mujer—, el hombre más grande.

—¿Vincent Paul?

La vieja se encogió de hombros.

—¿Le había visto alguna vez?

—No.

—Desde entonces, ¿ha visto al hombre grande alguna otra vez?

—No.

—¿Conoce a Vincent Paul?

—No.

—¿Cómo le llaman ustedes, los haitianos? —inquirió Max.

—¿Le Roi Soleil? —preguntó Chantale, y obtuvo como respuesta una mirada de perplejidad. No sabía de qué estaba hablando la joven.

—De acuerdo, da igual. El hombre, hable de él, ¿qué estaba haciendo?

—Corría —fue la respuesta de la mujer, y luego, sacudiendo la cabeza en dirección al cartel de la pared de enfrente, añadió—: Corría con el niño.

—¿Ese niño? —preguntó Max, apuntando a la reproducción del rostro de Charlie—. ¿Está segura?

—Sí —afirmó—. El hombre lo llevaba sobre el hombro, como un saco de carbón pequeño. El niño daba patadas al aire y sacudía los brazos.

—¿Qué sucedió después?

La mujer le mostró a Max otra vez sus dientes manchados. El detective se metió la mano en el bolsillo y le enseñó su fajo de gourdes grasientos. La vieja estiró la mano hacia él y le hizo un gesto con los dedos, urgiéndole a que le pagara ya.

Max sacudió la cabeza con una sonrisa. Señaló a la mujer con el dedo e hizo un gesto como de cotorreo, con el que le decía que tenía que hablar más.

La mujer le sonrió de nuevo y luego soltó una carcajada y le hizo a Chantale un comentario, que la joven dejó sin traducir, aunque le arrancó una sonrisa.

La anciana parecía tener una edad muy avanzada. Su cabello, el poco que se veía asomando del pañuelo verde que llevaba atado en la cabeza, era de un blanco puro, a juego con sus cejas, que colgaban como pequeños bultos. Tenía la nariz chata, como la de un boxeador, y los ojos con los que miraba a Max eran de un tono más oscuro que su piel. El fondo no era blanco, sino beige.

—Llegó un coche por la carretera de Cité Soleil —le contó la mujer a Chantale, señalándola para que ambos la vieran—. El hombre grande metió en el coche al niño y se fueron.

—¿Vio usted al conductor?

—No. Tenía las ventanillas opacas.

—¿Qué clase de coche era?

—Un coche bonito, de ricos.

Max miró a la traductora, con gesto de impaciencia.

—Dile que sea más concreta. ¿Era un coche grande? ¿De qué color?

—Un coche oscuro, con ventanillas opacas —tradujo Chantale. La mujer siguió hablando—. Dice que lo había visto por aquí unas pocas veces, antes del incidente, siempre viniendo por esa carretera.

—¿Lo ha vuelto a ver desde entonces?

Chantale transmitió la pregunta a la mujer. Ella dijo que no lo había vuelto a ver y luego añadió que estaba cansada, que recordar cosas que habían pasado hacía tanto tiempo le producía sueño. Poco más iban a sacar de ella.

Max le pagó ochocientos gourdes. La mujer contó rápidamente el dinero y le hizo un guiño pícaro, de complicidad, como si compartieran un profundo secreto profesional. Luego, mirando de manera fugaz sobre su hombro, dividió el dinero, cogiendo una parte con cada mano. Dejó caer el billete de quinientos gourdes dentro de su vestido y deslizó hábilmente el resto en un zapato, con movimientos rápidos; sus manos y sus dedos eran como fantasmas fugaces a los que apenas se podía seguir con la vista. Usaba zapatos de distintos pares, de distinto tamaño y color; uno negro, ya casi gris por el desgaste y ajustado con un cordel raído, y el otro, originalmente rojizo, con un cierre estropeado y una hebilla retorcida. Eran tan pequeños que le habrían valido a un niño. Max no fue capaz de imaginar cómo había podido esconder dinero en cualquiera de esos zapatos.

El detective echó una ojeada por la puerta abierta, para ver qué era lo que ella vigilaba. Estaba demasiado oscuro como para ver lo que había dentro y tampoco salía de allí ningún ruido. No obstante, notó la presencia de alguien, mirándolos.

—La tienda está cerrada —dijo la anciana, como si leyera el pensamiento de Max—. A esta hora todo está cerrado.

ntonces, ¿tú qué crees? ¿Que a Charlie le secuestró Vincent Paul?

—No lo sé —admitió Max—. No tengo pruebas ni a favor ni en contra.

Estaban sentados en el coche, que se encontraba aparcado en la Rue du Dr. Aubry, compartiendo una de las botellas de agua que llevaban en una nevera portátil.

Chantale bebió un sorbo. Estaba pensativa, masticando un chicle de canela. Pasó un todoterreno de la ONU remolcando un destartalado taxi.

—Aquí le echan la culpa de todo a Vincent Paul. Es el responsable automático de todo lo malo que sucede —explicó Chantale—. Comete todos los crímenes. ¿Asaltan un banco? Fue Vincent Paul. ¿Roban un coche? Fue Vincent Paul. ¿Atracan una gasolinera? Fue Vincent Paul. ¿Allanan una casa? Fue Vincent Paul. Y una mierda. No es él. Pero la gente de aquí es tan tonta, tan apática, tan miedosa, tan... tan condenadamente atrasada, que creen lo que quieren creer, sin que les importe lo estúpido y sin sentido que sea. Y no son las masas analfabetas las que lo dicen, sino la gente educada, que debería ser más racional. Claro, es la misma gente que rige nuestros asuntos, la que gobierna el país. A la vista está con qué talento.

—Bueno, a juzgar por el apestoso estado en que está todo, eso no me sorprende —soltó Max con una risita—. ¿Y tú qué piensas de él, de Vincent Paul?

—Creo que está metido en algún asunto verdaderamente de grandes proporciones, algo de mucho peso.

—¿Drogas?

—¿Qué otra cosa podría ser? —respondió—. ¿Sabes lo de los criminales que Clinton nos está enviando de vuelta? Bueno, Vincent Paul siempre manda a alguien al aeropuerto a recoger a cualquiera que vuelva a casa.

—¿Y dónde van luego?

—A Cité Soleil, ya sabes, el gran poblado de criminales del que te hablé ayer.

—El que lleva las riendas de *Sité So-léi* lleva las riendas del país. ¿No es así como funcionan las cosas? —comentó Max, recordando lo que le había contado Huxley.

—Te has aprendido bien la lección. —Chantale sonrió, mientras le pasaba el agua—. Pero ¿qué sabes en realidad de ese lugar?

—Algo —dijo Max sacudiendo la cabeza, y repitió buena parte de lo que le había contado Huxley.

—No vayas nunca allí sin un buen guía y una máscara de oxígeno. Si acudes sin esas protecciones y te pierdes, si no te mata la gente, te matará el aire.

—¿Me llevarás allí?

—¡Ni loca! No conozco el lugar ni quiero conocerlo —respondió casi con enfado.

—Eso no está bien, porque quiero ir allí mañana. Tendremos que hacer algo —dijo Max.

—No puedes ir a ciegas, no encontrarías nada. Necesitas saber dónde quieres ir exactamente.

—No creo que sea para tanto. —Max rio—. De acuerdo. Iré por mi cuenta. Sólo dime cómo llegar. No me pasará nada. —Chantale le miró, preocupada—. No te preocupes, no se lo diré a tu jefe.

La joven sonrió. Max bebió un poco de agua y sintió el sabor de la canela en el borde, donde se habían posado antes los labios de la mujer.

—¿Qué más puedes contarme de Vincent Paul? ¿Qué sucede entre él y los Carver? —preguntó Max.

—Gustav llevó a su padre a la ruina. Perry Paul era un gran mayorista. Tenía un montón de acuerdos exclusivos con los venezolanos y los cubanos, y vendía sus mercancías a precios muy bajos.

Gustav se valió de su influencia en el gobierno para echarle del negocio. Perry lo perdió todo y se pegó un tiro. Vincent estaba en Inglaterra cuando eso sucedió. Era bastante joven, pero aquí el odio es
una cosa atávica, está en los genes. Familias enteras se odiarán para
siempre como consecuencia de una riña de sus bisabuelos.

—Menuda mierda.

—Esto es Haití.

—¿Qué hacía en Inglaterra?

—Estudiar. Allí fue al colegio y luego a la universidad.

Max recordó el acento británico del hombre de la noche anterior.

—¿Le has conocido? —preguntó Max.

—No. —La joven rio—. Te cuento lo que me han contado a
mí, lo que he oído. No sé nada de primera mano.

El detective garabateó unas notas en la libreta.

—¿Dónde vamos, detective?

—A la *Ru du Chan da Mar*.

—Rue du Champs de Mars —corrigió la chica—. ¿Qué hay
allí?

—*Felius Doofoor* —leyó Max. —Chantale no dijo nada. Cuando Max levantó la vista y la miró, vio que se había puesto pálida y
que parecía asustada—. ¿Qué sucede?

—¿Filius Dufour? *¿Le grand voyant?*

—¿Qué significa en inglés eso último?

—Aquí no son los políticos ni los Carver los que ostentan
el verdadero poder; ni siquiera tu presidente. Está en manos de la
gente, como el hombre al que quieres ver. Filius Dufour era el adivino personal de Papá Doc. Duvalier no hacía nada importante sin
consultarle antes. —Chantale bajó la voz, como si realmente no
quisiera que nadie la escuchara—. No sé si sabes que Papá Doc murió al menos dos meses antes de que se hiciera pública la noticia de
su fallecimiento. Tenía tanto miedo de que sus enemigos descu-
brieran el cadáver y se apoderaran de su espíritu que ordenó que le
enterraran en un lugar secreto. Hasta el día de hoy, nadie sabe dónde está, excepto Filius Dufour. Se dijo que fue él quien celebró la
ceremonia del sepelio. Y también se comentó que había casado a
Baby Doc con su madre el día de la muerte de Papá Doc, al lado de
la cascada, en una especie de extraño ritual vudú que muy pocas

personas en el mundo saben realizar y que asegura una transferencia fluida del poder del padre al hijo. Cuando los Duvalier cayeron, todos los que tenían alguna relación con ellos fueron al exilio o a la cárcel, o los mataron. Filius Dufour se salvó. A él no le sucedió nada. Todo el mundo le tenía demasiado miedo por lo que podía hacer.

—Yo pensaba que sólo era un sacerdote vudú.

—¿Un *houngan*? ¿Él? No. Un *voyant* es como un adivino, pero va mucho más allá de eso. Por ejemplo, si quieres a una mujer que no puedes obtener, porque, digamos que ella está felizmente casada o que tú no le interesas, puedes consultar a un *houngan*, se ocupará del asunto y lo arreglará todo.

—¿De qué manera?

—Hechizos, oraciones, cánticos, ofrendas. Es muy personal y depende del *houngan*. En realidad, el procedimiento suele consistir en cosas verdaderamente repugnantes, como hervir los tampones usados de la mujer y beberse la infusión.

—¿Funciona?

—Nunca he conocido a nadie que lo haya probado. —Chantale soltó una carcajada—. Pero he visto a montones de hombres feos paseándose con mujeres hermosas, así que saca tus propias conclusiones.

—¿Y el *voyeur...*?

—*Voyant*. Son cosas muy diferentes. No tiene absolutamente nada que ver con el vudú, pero, claro, si se lo dices a alguien que no es haitiano, no te creerá. —Chantale escrutó a Max mientras hablaba para comprobar si le estaba tomando en serio. Le alegró ver que él tenía el cuaderno abierto y que estaba escribiendo rabiosamente—. En todo el mundo hay adivinos, los que leen las cartas de tarot, los que leen las palmas de las manos, gitanos, parapsicólogos, médiums. Los *voyants* son algo así, pero van mucho más allá. No echan mano de trucos. No los necesitan. Vas a ellos con una pregunta específica en mente, por ejemplo si estás a punto de casarte y de pronto tienes dudas. El *voyant*, hombre o mujer, te mira y te dice, a grandes rasgos, lo que va a suceder. Simplemente como si estuvieras conversando con él. No siempre puede decirte qué debes hacer; muchas veces se limita a mostrarte lo que te depara el futuro y deja que tú decidas.

—O sea, es como una *hotline* psíquica, una línea de ayuda —apuntó Max.

—Algo así, pero los *grands voyants* son capaces de cambiar tu futuro. Sólo hay un par de ellos en Haití, y Filius Dufour es el más poderoso que uno puede imaginar. Si no te gusta lo que te cuentan, los *grands voyants* pueden hablar directamente con los espíritus. Volviendo al ejemplo de la mujer que no puedes obtener, imagínate que tienes espíritus que te están vigilando.

—¿Como ángeles de la guarda?

—Eso es. Los *grands voyants* pueden hablar directamente con esos espíritus y hacer tratos con ellos.

—¿Tratos?

—Si la mujer los está decepcionando, apartándose de su destino o tratando con crueldad a la gente que la rodea, los espíritus estarán de acuerdo en permitir al *voyant* que la empuje hacia el hombre.

—¿Es cierto eso? Me imagino que el éxito de todo ello depende de que uno crea en lo que me acabas de contar.

—También funciona con los que no creen. Para ellos es peor, porque no saben lo que les está afectando: la súbita racha de mala suerte, la esposa que ha estado contigo quince años y se va de pronto con tu enemigo jurado, la hija que se queda embarazada, ese tipo de cosas.

—¿Por qué sabes tanto de todo esto?

—Mi madre es una *mambo,* una sacerdotisa. Filius Dufour la inició cuando ella tenía trece años. También me inició a mí.

—¿Y cómo se hace eso?

—En una ceremonia.

Max la miró, pero no pudo interpretar la expresión de su rostro.

—¿Qué pasó?

—Mi madre me dio una poción para que me la bebiera. Ésta hizo que yo abandonara mi cuerpo y lo viera todo desde fuera o, mejor dicho, desde arriba. No muy alto, digamos a unos cincuenta centímetros. ¿Sabes cómo se ve tu piel cuando te sales de ella? —Max negó con la cabeza, ni siquiera había sentido algo así estando drogado con la mejor hierba colombiana o jamaicana—. Como uvas que se están pasando, arrugadas, vacías y marchitas, aunque seas joven, como lo era yo. Eso te parece tu propia piel.

—¿Qué más hizo?

—No lo que tú estás pensando —respondió Chantale, leyendo el pensamiento de Max a través de su voz—. La nuestra puede ser una religión primitiva, pero no salvaje.

El detective meneó la cabeza.

—¿Cuándo viste a Dufour por última vez?

—No he vuelto a verle desde ese día. ¿Qué quieres de él?

—Es parte de la investigación.

—¿Y qué tiene que ver con Charlie?

—Debo respetar la confidencialidad de mis clientes —respondió Max con cierta acritud.

—Ya veo —replicó Chantale con tono también seco—. Acabo de contarte algo muy personal, algo que, ciertamente, no ando soltando por ahí a la ligera, pero tú no vas a contarme...

—Tú me has ofrecido esa información por razones profesionales —dijo Max, e inmediatamente quiso retirar lo dicho. Decir algo así era una auténtica idiotez.

—Yo no te he ofrecido nada —espetó la chica despectivamente, y luego suavizó su tono—. Me apeteció contártelo.

—¿Por qué?

—Te digo que simplemente me apeteció hacerlo. Hay algo en ti que inspira confianza. Das la sensación de ser un hombre capaz de escuchar sin emitir juicios sumarios.

—Probablemente se deba a mi formación como policía —repuso Max. Pero la joven estaba equivocada, él siempre juzgaba. Tenía claro que ella estaba flirteando, no de forma descarada, sino con un método sutil, sofisticado, ambiguo. Lo hacía con tanta habilidad que parecía que el deseoso de tener relaciones era él. Sandra comenzó en su día de la misma manera; le dio suficiente carnada como para que picara y sospechara que ella sentía interés por él, pero le mantuvo en vilo hasta que estuvo segura de su personalidad y sus sentimientos. Max se preguntó cómo se habría llevado su mujer con Chantale, si la habría aprobado como su sucesora. Luego procuró alejar aquellos pensamientos morbosos—. De acuerdo, Chantale. Te contaré una cosa. Charlie Carver estuvo visitando a Filius Dufour todas las semanas durante seis meses antes de desaparecer. Tenía cita con él el día que le raptaron.

—Bueno, vayamos a verle —respondió la mujer mientras ponía en marcha el motor.

21

La Rue Boyer había sido en otro tiempo una zona de lujo, con casas de aire colonial rodeadas de jardines y cocoteros. Papá Doc había trasladado allí a sus compinches durante su reinado, mientras que Baby Doc convirtió dos de las mansiones en exclusivos burdeles que pobló de prostitutas rubias, de quinientos dólares la hora, reclutadas en Los Ángeles para entretener a los capos de los carteles de Colombia, que entraban y salían del país para supervisar la distribución de su droga y blanquear las ganancias en los bancos nacionales. Los compinches y las putas se esfumaron junto con el régimen de los Doc, y las masas reivindicaron la calle como cosa propia, primero saqueando las casas y llevándose hasta las tablas de los suelos y luego ocupándolas. Allí seguían viviendo.

Max no entendía por qué Dufour había elegido quedarse en Haití. La calle era un vertedero, tan calamitoso como lo que había visto en los guetos o en el campamento. No podía concebirse mayor degradación.

Pasaron con el coche a través de lo que quedaba del arco de entrada a la exclusiva calle. Ya no era más que un marco de hierro, inclinado hacia atrás si uno venía desde la carretera. De lo que había sido una lujosa puerta apenas quedaban goznes rotos, doblados y retorcidos, con forma de mariposas malignas. La carretera era la habitual pista de obstáculos, con sus socavones, inmundicias, protuberancias y surcos, mientras que las casas, alguna vez gloriosas y elegantes construcciones de tres plantas, quedaban casi fuera de la vista, como borrones simétricos, oscuros y umbríos, privados de todos los detalles arquitectónicos, corroídos por el súbito influjo de la pobreza. Su único destino razonable era la piqueta, la demolición. Ahora las tristes ruinas constituían el nuevo hogar para muchos haitianos, sobre todo viejos y muy jóvenes, vestidos de un modo casi idéntico, con harapos que apenas preservaban su dignidad y que sólo en algunos casos diferenciaban entre sexos. Todos siguieron al unísono el paso del coche, como un rebaño de miradas vacías, en blanco, que se apiñaban en las ventanas.

Dufour vivía en la última casa de la carretera, que resultó ser una calle sin salida. Su vivienda era completamente distinta del resto. Tenía un color rosa pálido, con un voladizo azul que recorría el largo de los balcones, por arriba y por abajo. Los postigos eran de un blanco brillante y estaban cerrados. El patio delantero aparecía cubierto de verde hierba y un camino flanqueado por rocas y plantas llevaba a los escalones del porche.

Un grupo de diez o doce niños jugaba en la calle. Todos interrumpieron su actividad y observaron a Max y Chantale mientras salían del coche.

El detective oyó un silbido detrás de él. Vio a un niño pequeño correr a través de la hierba hasta desaparecer por un lateral de la casa.

Cuando comenzaron a andar hacia el sendero, los niños de la calle formaron un grupo apretado y les cerraron el paso. Todos tenían piedras en las manos.

A diferencia de los otros niños que había visto en las calles, éstos estaban bien vestidos y calzaban zapatos en buen estado. Todos parecían sanos y, desde luego, limpios. No podían tener más de ocho años, pero en sus caras se veía la huella de una experiencia y un conocimiento propios de edades más avanzadas. Max trató de calmarlos dirigiendo una sonrisa simpática a una niña que tenía un lazo en el cabello, pero ella le devolvió una mirada feroz.

Chantale intentó hablarles, pero ninguno respondió ni se movió. Tenían las piedras fuertemente apretadas en las manos. A cada palabra que ella pronunciaba, los jóvenes cuerpos se ponían más tensos y se sacudían más agresivamente. Max miró el suelo y vio que los niños podrían disponer de montones de munición si la necesitaran. La calle era una cantera.

Agarró a Chantale por el brazo y la llevó unos pasos hacia atrás.

De pronto, los niños oyeron un silbido procedente de la casa. El niño mensajero volvió corriendo y gritando. Chantale dejó escapar un suspiro de alivio. Los pequeños dejaron caer las piedras y volvieron a sus juegos.

CAPÍTULO

22

Una adolescente de sonrisa cálida y aparatos de ortodoncia en los dientes abrió la puerta y los hizo pasar. Les indicó con un gesto que esperaran en el vestíbulo, pintado de amarillo y verde, y subió a la carrera por una imponente escalera enmoquetada hacia el rellano del primer piso.

Al principio, la casa resultaba agradablemente fresca al llegar del abrasador ambiente exterior, pero una vez que se aclimataron, casi empezaron a sentir frío. Chantale se frotó los brazos para calentárselos.

Aunque había un tragaluz que iluminaba el vestíbulo, Max notó una ausencia total de luces, eléctricas o de cualquier otro tipo. Vio que no había interruptores de ninguna clase en las paredes. Apenas podía distinguir nada que estuviera a más de dos metros de él. La oscuridad los rodeaba por completo. Era casi sólida, como una presencia viva, lista para abalanzarse sobre el punto en el que estaban ellos y ocuparlo en cuanto se fueran.

El detective alcanzó a ver un gran cuadro pintado al óleo sobre una pared que representaba a dos hombres de aspecto hispano, de rostros delgados, casi en los huesos, de pie detrás de una bonita mujer de piel oscura. Todos iban vestidos con ropas de la época de la guerra civil americana. Los hombres parecían tahures del Mississippi, con levitas negras y pantalones a rayas grises; la mujer llevaba un vestido naranja y un paraguas en la mano.

—¿Algunos de esos tipos es *Doofoor?* —preguntó Max a Chantale, que estaba bastante concentrada estudiando el retrato.

—Ambos —susurró.

—¿Tiene un hermano gemelo?

—No, que yo sepa.

La chica volvió a aparecer en el rellano superior de la escalera y les hizo una seña para que subieran.

Al ascender vieron que de las paredes colgaban fotografías en blanco y negro, todas enmarcadas. Algunas eran antiguas, varias de tonos sepia; era difícil verlas bien a causa de la falta de luz, que parecía hacerse más tenue cuanto más se alejaban del suelo, pese a la relativa cercanía del tragaluz. A Max le llamó la atención una fotografía en particular, la de un hombre negro, con gafas y un abrigo blanco, hablando a un grupo de niños sentados al aire libre.

—Papá Doc, cuando era bueno —dijo Chantale al ver lo que estaba mirando Max.

La muchacha los llevó a una habitación cuya puerta estaba abierta de par en par. Dentro reinaba una densa oscuridad. Sonriendo todavía, la muchacha le cogió la mano a Chantale y le dijo que cogiera a su vez la de Max. Entraron tanteando, arrastrando los pies, ya que no se veía absolutamente nada.

Fueron conducidos a un sofá. Se sentaron. La chica encendió una vela, que iluminó brevemente la habitación. Max pudo captar por un instante la imagen de Dufour, sentado exactamente frente a ellos, en un sillón. Tenía una manta sobre las piernas y le estaba mirando, sonriente; entonces la luz de la vela se fue apagando hasta convertirse en una mínima llamita que finalmente sirvió para encender la mecha de una lámpara de aceite. La luz de ésta era muy escasa, y Max ya no podía ver a Dufour, lo que no estaba mal, porque lo poco que había atisbado de él no le había resultado agradable. Le recordó a una especie de pavo monstruoso, con una nariz larga y afilada que parecía empezar justo en medio de los ojos y una bolsa de carne floja y blanda que pendía de su mandíbula inferior. Si no tenía cien años, no estaría muy lejos de esa edad.

La lámpara emitía un débil resplandor. Max podía ver a Chantale, la mesa de caoba que tenían delante y una bandeja plateada sobre la que reposaban una jarra llena de jugo de lima helado y dos vasos con dibujos azules. No podían ver a Dufour, ni ninguna otra cosa que hubiera en la habitación.

Primero habló el inquietante anciano, no en criollo, sino en francés. Explicó, con una voz tan tenue que apenas era audible, que sólo sabía decir tres cosas en inglés: *hello* (hola), *thank you* (gracias) y *goodbye* (adiós). Chantale traducía sus palabras a Max, y le preguntó a Dufour si tenía algún problema en que estuviera allí oficiando de intérprete. Respondió que no. Se dirigió a ella llamándola *mademoiselle*. Por un momento, Max se sintió transportado a otra época, cuando los hombres se ponían la mano en el sombrero y se levantaban ante una mujer, les arrimaban la silla y les abrían las puertas. Pero las preocupaciones que le habían llevado allí le devolvieron rápidamente al presente, alejando cualquier ensoñación.

—Les pido disculpas por la oscuridad del lugar, pero mis ojos ya no ven como veían antes. El exceso de luz me produce terribles dolores de cabeza —dijo Dufour en francés—. Bienvenido a mi casa, señor Mingus.

—Trataremos de no robarle demasiado tiempo —comentó Max, mientras colocaba su grabadora, su cuaderno y su lapicero sobre la mesa.

Dufour comentó con humor que, cuanto más había envejecido, más pequeñas se habían hecho las cosas, recordando la época en que las grabadoras eran voluminosos aparatos con grandes carretes de cintas abiertas. Les dijo que probaran la limonada que había preparado para ellos.

Chantale sirvió un vaso para cada uno. A Max le divirtió que los dibujos de los vasos fueran orientales y representaran hombres y mujeres en varias posturas sexuales, algunas comunes, otras exóticas y unas pocas que requerirían la agilidad de un contorsionista profesional para llevarlas a la práctica. Se preguntó cuánto tiempo haría que Dufour había tenido su último contacto erótico.

Hablaron de trivialidades mientras se tomaban las bebidas. La limonada era agridulce, pero muy refrescante. Max probó tanto el jugo de limón como el de lima, mezclados con agua y azúcar. Dufour preguntó al detective cuánto hacía que estaba en el país y qué pensaba de éste. Max respondió que no había estado en Haití el tiempo suficiente como para formarse una opinión. Dufour se rio sonoramente de ello, pero no coronó su risa con ningún comentario.

—Bien, bien —dijo—. Comencemos.

ax abrió el cuaderno y puso en marcha la grabadora.

—¿Cuándo vio por primera vez a Charlie Carver?

—Su madre me lo trajo unos meses antes de su desaparición.
No recuerdo la fecha exacta —respondió Dufour.

—¿Cómo la conoció a ella?

—Vino a verme. Estaba muy preocupada.

—¿Por qué?

—Si ella no se lo ha contado, tampoco yo puedo hacerlo.

Su respuesta a la última pregunta había sido educada, pero firme. A Dufour no le quedaba mucha vida, pero Max pudo detectar
una voluntad de hierro apuntalando aquel cuerpo que se venía abajo. El detective llevaba adelante la entrevista como si fuera una conversación, manteniendo una voz neutra y un lenguaje corporal relajado y amistoso. Nada de brazos sobre la mesa, nada de inclinarse
hacia delante. Apoyaba tranquilamente la espalda en el respaldo
del sofá, como diciendo al anciano «cuéntamelo todo, déjame que
me encargue de llevar la iniciativa de este juego».

Por el contrario, Chantale estaba prácticamente a punto de
caerse del sofá. Muy tensa, trataba de aguzar el oído para escuchar al anciano, ya que lo poco que quedaba de su voz se desva-
necía y luego volvía a reaparecer, cuando subía un poco de intensidad apenas era más fuerte que el ruido que hace la nieve al caer sobre
un tejado.

—¿Qué le parecía Charlie?

—Un niño muy inteligente y feliz.

—¿Cada cuánto le veía?

—Una vez a la semana.

—¿El mismo día y a la misma hora todas las semanas?

—No, el día y la hora cambiaban de una semana a otra.

—¿Todas las semanas?

—Todas las semanas.

Procedente del lado de Dufour llegó el ruido de una tapa que se estaba desenroscando. Al cabo de un instante, un olor a queroseno y verduras podridas acabó con el aroma a lima fresca que había sido hasta entonces el único perfume de la habitación. Chantale arrugó la cara y apartó la cabeza de la dirección de la que parecía venir el hedor. Max puso la grabadora en pausa.

Dufour no dio ninguna explicación. Se frotó las palmas de las manos, luego las muñecas y los antebrazos y después los dedos, uno por uno, haciéndose sonar los respectivos nudillos cuando terminaba. El olor pasó de malo a repugnante, para terminar siendo casi insoportable, e instaló en el fondo de la garganta de Max un sabor agrio, correoso.

El detective apartó la mirada del anciano y echó un vistazo a la habitación. Sus ojos se habían acostumbrado a la tenue luz y podía ver mejor. La superficie de todo lo que le rodeaba emitía unos tenues reflejos de la luz de la lámpara, lo que le recordó a las multitudes sosteniendo en alto sus encendedores durante los conciertos de rock. A su izquierda estaban las ventanas, con los postigos cerrados. El intenso sol trataba de penetrar a través de las minúsculas fisuras de la madera, pero apenas conseguía pasar en forma de diminutos rayos y puntitos luminosos. El efecto era muy extraño.

Dufour cerró el misterioso recipiente y le dijo algo a Chantale.

—Está listo para proseguir —tradujo la joven a Max.

—De acuerdo. —Volvió a conectar la grabadora y miró fijamente hacia donde podía distinguir vagamente la cabeza de su anfitrión—. ¿Quién decidía cuándo eran las citas? ¿Usted o la señora Carver?

—Yo.

—¿Cómo se lo notificaba?

—Por teléfono. Eliane, mi criada, a quien ustedes han conocido cuando han entrado aquí, llamaba a Rose, la niñera de Charlie.

—¿Con cuánta antelación les avisaba?

—Cuatro, cinco horas.

Max anotó aquel dato en su cuaderno.

—En ese momento, ¿había alguien más con usted?

—Sólo Eliane.

—¿No venía nadie a la casa mientras usted estaba con él? ¿Ninguna visita?

—No.

—¿Le contó a alguien que Charlie le estaba visitando?

—No.

—¿Alguien veía a Charlie venir aquí?

—Todo el mundo... en esta calle.

Inmediatamente después de que Chantale terminara de traducir, Dufour se rio, para confirmar que se trataba de una broma.

—¿Sabían quién era?

—No, no lo creo.

—¿Descubrió usted a algún sospechoso vigilando su casa? ¿Alguien que usted no hubiera visto antes?

—No.

—¿No detectó a nadie dando vueltas por los alrededores?

—Los habría visto.

—Creí que no le gustaba la luz diurna.

—Hay más de una forma de ver —tradujo Chantale.

Max pensó que había llegado el momento de escuchar patrañas místicas. Tuvo ganas de decir al viejo que no fuera por ese camino, pero no lo hizo. Ya había pasado antes por una situación similar, en una charla que había tenido con un sacerdote vudú, del que se rumoreaba que tenía poderes sobrenaturales. Ocurrió cuando estaba buscando a Boukman. Lo más sobrenatural del tipo era su olor, conseguido con baños de ron y meses de saltarse la ducha. Le siguió la corriente, le dio cuerda y salió de la entrevista con una comprensión básica de la religión nacional de Haití. A veces, aunque no muy a menudo, merecía la pena ser tolerante e indulgente.

—Usted no me está haciendo las preguntas adecuadas —le avisó Dufour por medio de Chantale.

—¿De veras? ¿Y qué debería estar preguntándole?

—Yo no soy el detective.

—¿Sabe usted quién secuestró a Charlie? ¿Sabe dónde está?

—No.

—Creí que usted podía ver el futuro.

—No todo.

«Qué cómodo —pensó Max—. Así da gusto. Supongo que eso es lo que le dices a la gente cuando sus parientes mueren repentinamente».

—Por ejemplo —añadió Dufour—, no puedo decir a las personas cuándo van a morir sus seres queridos.

El corazón de Max dio un respingo. Quiso tragar y le costó, porque tenía la garganta seca.

Pensó que era pura coincidencia. Nadie puede leer la mente.

Algo, o alguien, se agitó detrás de él. Oyó que una de las tablas del suelo crujía un poco, como si la estuvieran pisando firme, pero lentamente. Miró por encima del hombro, pero no pudo ver nada. Después miró a Chantale, que parecía no haber oído nada.

Max volvió los ojos a Dufour.

—Hábleme de Charlie, de lo que pasaba cuando venía a verle. ¿Qué hacía usted cuando él venía?

—Hablábamos.

—¿Hablaban?

—Sí. Hablábamos sin palabras.

—Ya veo. De modo que usted... ¿qué hacía? ¿Utilizaba la telepatía, la percepción extrasensorial, qué método?

—Hablaban nuestros espíritus.

—¿Hablaban sus espíritus? —preguntó, con el tono más neutro y profesional que fue capaz de conseguir. Apenas podía contener la risa.

Habían entrado oficialmente en el reino de la idiotez, donde todo podía suceder y nada parecía lo suficientemente ilusorio. Seguiría el juego, se dijo a sí mismo, hasta que los disparates llegaran demasiado lejos y la situación amenazara con irse de las manos. Entonces intervendría y daría la vuelta a la tortilla.

—Nuestros espíritus. Lo que somos por dentro. Usted también tiene uno. No confunda su cuerpo con su alma. Su cuerpo es simplemente la casa en la que usted vive mientras está sobre la tierra.

«No me confundas tú a mí —pensó— con un imbécil».

—Entonces, ¿cómo hacía eso de hablar con su espíritu?

—Es algo que hago yo, aunque... no es algo que haya hecho ninguna otra vez antes con una persona viva. Charlie era el único.

—¿De qué hablaban?

—De él.

—¿Qué le dijo?

—¿Le han contado a usted por qué vino a verme?

—Sí, porque no hablaba.

—Me contó por qué no lo hacía.

Max vio con el rabillo del ojo que algo cruzaba por la derecha su campo visual. Rápidamente se volvió hacia ese lado para ver qué era, pero, sorprendido, comprobó que no había nada que ver.

—Entonces, no sé si entiendo bien lo que me dice. ¿Charlie le contó, o su espíritu le contó lo que le pasaba, por qué no hablaba?

—Sí.

—¿Y...?

—¿Y qué?

—¿Qué era lo que le pasaba?

—Se lo conté a su madre. Si ella no se lo ha dicho, yo tampoco lo haré.

—Podría ser de ayuda para mi investigación —dijo Max.

—No, no lo sería.

—Creo que soy yo quien debería juzgar eso.

—No le ayudaría nada —repitió Dufour con firmeza.

—Y su madre, ¿confió en sus palabras, en lo que usted afirma que le contó Charlie?

—No, al igual que usted, ella era escéptica. De hecho no me creyó —tradujo Chantale, ahora dubitativa, con una voz entrecortada y confusa. Para ella, lo que estaba oyendo no tenía sentido.

—¿Qué fue lo que la hizo cambiar de idea?

—Si ella quiere contárselo, lo hará. Yo no diré nada.

Y Max supo que no obtendría nada de él, al menos de aquella manera. Fuera lo que fuera, Francesca o Allain Carver iban a tener que contárselo. Siguió adelante.

—¿Dice usted que sus espíritus hablaban? ¿El suyo y el de Charlie? ¿Hablan todavía? ¿Sigue usted en contacto con el niño?

Chantale tradujo. Dufour no respondió.

Max se dio cuenta de que no había visto a la criada salir de la habitación. ¿Estaba allí con ellos? Echó un vistazo hacia el lado de la puerta, pero la oscuridad en torno a ésta era demasiado intensa, parecía un ser vivo que no quisiera permitir que se viera lo que no debía verse.

—*Oui* —admitió finalmente Dufour, moviéndose en su asiento.

—¿Sí? ¿Ha hablado con él últimamente?

—Sí.

—¿Cuándo?

—Esta mañana.

—¿Está vivo?

—Sí.

A Max se le secó la lengua. La excitación disipó por un momento todas sus dudas e incredulidades.

—¿Dónde está?

—No lo sabe.

—¿Le puede describir algo?

—No. Sólo que un hombre y una mujer se ocupan de él. Son como sus padres.

Max anotó aquello con mucho interés, aunque estaba grabando la conversación.

—¿Dice algo acerca del lugar en el que está?

—No.

—¿Está herido?

—Dice que le están cuidando bien.

—¿Le ha contado quién se lo llevó?

—Eso tiene que averiguarlo usted. Para eso está aquí. Ése es su destino —dijo Dufour, elevando la voz, con un principio de enfado.

—¿Mi destino? —Max dejó el cuaderno sobre la mesa. No le había gustado lo que acababa de oír, la arrogancia que contenía, el atrevimiento.

—Todos los humanos son depositados sobre la tierra con un destino, un propósito esencial, Max. Toda vida tiene una razón de ser —prosiguió Dufour con tono tranquilo.

—¿Qué quiere decir con eso?

—Éste, aquí y ahora, es su destino. El curso que vayan a seguir las cosas es algo que le atañe a usted, no a mí.

—¿Está usted diciendo, nada menos, que yo *nací* para encontrar a Charlie?

—Nunca he dicho que usted vaya a encontrarle. Eso aún no está decidido.

—Ya. ¿Y quién decide eso?

—Todavía no sabemos para qué está usted aquí.

—¿Quiénes son esos *nosotros* que no saben para qué estoy aquí?

—Ignoramos lo que hace que usted permanezca aquí. Con los otros era fácil verlo. Vinieron por el dinero. Eran mercenarios. No estaba bien. Pero estoy seguro que no es eso lo que le ha traído a usted aquí.

—Bueno, le aseguro que no estoy aquí por el clima —bromeó Max, y casi inmediatamente recordó el sueño que había tenido en su habitación del hotel en Nueva York en el que Sandra le decía que aceptara el caso porque «no tenía alternativa». Recordó cómo había dado mil vueltas a lo que podía hacer, cómo había vislumbrado un negro futuro, lo sombrío que le había parecido todo. El anciano tenía razón: estaba allí para rehacer su vida, para salvarse a sí mismo tanto como a Charlie.

¿Qué sabía sobre él, sobre su vida e incluso sobre su futuro? Antes de que pudiera preguntárselo, el anciano comenzó a hablar.

—Dios nos da libre albedrío e inteligencia para vivir. A unos pocos les da mucho de ambas cosas, con la mayoría no es tan generoso. Los que reciben en abundancia ambas cosas son conscientes de lo que esperan del porvenir. Los políticos se ven a sí mismos como presidentes, los empleados como gerentes, los soldados como generales, los actores como superestrellas, y así sucesivamente. Normalmente, uno puede distinguir a esa gente cuando aún está en su punto de partida. Saben lo que quieren hacer con sus vidas antes de cumplir los veinte años. Ahora bien, de qué modo y cuándo cumplimos con nuestro propósito, nuestro destino, depende mucho de nosotros mismos, pero también escapa un poco de nuestras manos. Si Dios tiene en mente un propósito más elevado para nosotros y nos ve perdiendo el tiempo con algo que es poca cosa, intervendrá y nos volverá a poner en la buena senda. A veces es una intervención dolorosa, y en otras ocasiones aparentemente accidental. Nos parece que somos marionetas en determinadas coincidencias. Los más perspicaces reconocen que la mano divina está dando forma a sus vidas y siguen el camino que les corresponde. Max, a usted le correspondía venir aquí.

El detective respiró hondo. El hedor había desaparecido y otra vez dominaba el dulce y penetrante aroma a lima. No sabía qué pensar.

«Aférrate a lo que sabes, no a lo que te gustaría saber —se dijo—. Estás investigando la desaparición de una persona, de un niño. Eso es lo que importa, lo que estás persiguiendo. Como solía decir Eldon Burns: haz lo que tengas que hacer, y el resto que se joda».

Max sacó el cartel con el retrato de Charlie del bolsillo y lo desplegó sobre la mesa. Señaló la cruz marcada en los bordes.

—¿Puede ver esto? —le preguntó a Dufour, señalando las extrañas marcas.

—Sí. Tonton Clarinette. Es su marca —respondió Dufour.

—Creía que *Ton Ton Clarinet* —comentó, fallando como siempre en la pronunciación— era un mito.

—En Haití todos los hechos se basan en mitos.

—Entonces, ¿está usted diciendo que es real?

—Eso es algo que tiene que descubrir usted. —Dufour sonrió—. Vaya a la fuente del mito. Encuentre cómo nació y por qué. Y quién lo originó.

Max pensó en Beeson y Medd, y en el lugar al que Huxley le había contado que habían ido, la cascada. Anotó que debía hablar otra vez con Huxley.

—Volviendo a Charlie —dijo Max—, ¿él vio a *Ton Ton Clarinet?*

—Sí.

Max echó una ojeada a Chantale. Vio su mirada fija. Se dio cuenta de que había miedo en sus ojos.

—¿Cuándo?

—La última vez que vino aquí me dijo que había visto a Tonton Clarinette.

—¿Dónde? —Max se inclinó y se acercó al viejo.

—No lo dijo. Sólo me contó que le había visto.

Max apuntó «entrevistar a los sirvientes de Carver» en el cuaderno.

—Aquí hay gente que roba niños, ¿no? —preguntó Max.

—Sucede mucho, sí.

—¿Por qué se los llevan?

—¿Por qué lo hacen en su país?

—Por razones sexuales, la mayoría de las veces. El noventa y nueve por ciento de los casos tiene que ver con la pederastia. Y también por dinero. Incluso hay parejas sin hijos que quieren saltarse los trámites de las agencias de adopción y mujeres solitarias obsesionadas con la maternidad. Ese tipo de cosas.

—Aquí hacemos otro uso de los niños.

Los pensamientos de Max retrocedieron durante un segundo hacia el pasado y llegaron rápidamente hasta Boukman.

—¿Vudú?

Dufour soltó una risita socarrona.

—No, *vudou* no. El *vudou* no es el mal. Es como el hinduismo, con distintos dioses para distintas cosas y un gran Dios majestuoso para todas las cosas. En el *vudou* no se sacrifican niños jamás. A ver si adivina de qué hablo.

—¿Satanismo? ¿Magia negra?

—Magia negra. Exacto.

—¿Por qué se sacrifican niños en la magia negra?

—Por varias razones, la mayoría de ellas demenciales. La magia negra es principalmente terreno de idiotas ilusos, bobos que creen que si hacen algo lo suficientemente horroroso, el diablo va a salir del infierno para estrecharles la mano y concederles tres deseos. Pero aquí la cosa es distinta, la gente sabe exactamente lo que está haciendo, que hay espíritus que velan por uno y por todos nosotros; que estamos todos protegidos por ellos.

—¿Ángeles de la guarda?

—Sí, puede llamarlos como quiera. Ahora bien, la mayor protección, o casi la mayor, que puede tener alguien es la de un niño. Los niños son inocentes, puros. Cuando un niño está velando por uno, tendrá muy pocos sufrimientos duraderos; y el sufrimiento duradero que tenga será de los que a uno le sirven para aprender y crecer.

Max se quedó pensando un momento. Aquello coincidía por completo con el caso Boukman, que había sacrificado a niños para satisfacer a algún demonio que supuestamente había invocado.

—¿Dice usted que los niños son los ángeles de la guarda más poderosos porque son inocentes y puros? —preguntó Max—. ¿Y en el caso de Charlie? ¿Qué querrían de él, además de lo que sacarían de cualquier niño?

—Charlie es muy especial —explicó Dufour—. La protección que puede ofrecer es mayor, porque está entre los espíritus más puros, los que a veces son llamados «perpetuamente puros», los que nunca conocerán el mal. Los otros espíritus confían en ellos. Pueden abrir muchas puertas. Hay poca gente que los tenga como guardianes. Los que los tienen, generalmente son personas como yo, los que somos capaces de ver más allá del presente.

—¿O sea, que es posible robar un espíritu?

—Sí.

—¿Lo ha hecho usted alguna vez?

—Para hacer el bien hay que conocer el mal. Usted, Max, sabe mejor que casi nadie lo que estoy diciendo. Hay un lado malo que marcha paralelo a lo que yo hago, una especie de cara oscura de mi proceso. Es magia negra, que pretende esclavizar almas y obligarlas a convertirse en protectoras del mal. Los niños son el mejor instrumento para conseguirlo. Son lo más cotizado aquí en Haití, la moneda más apreciada.

Justo en el momento en que Chantale terminaba de traducir aquello, la criada entró en la habitación y se dirigió hacia ellos.

—Es la hora —señaló Dufour.

Se despidieron. La criada le cogió la mano a Chantale y ésta a Max y salieron en fila de la habitación. En la puerta, el detective miró hacia atrás, hacia el lugar donde habían estado sentados. Hubiera jurado que atisbó el perfil apenas visible, no de una, sino de dos personas, de pie en el lugar que ocupara Dufour. No podía estar seguro.

24

Regresaron al banco, ahora con Max al volante. Empezaba a acostumbrarse a las ruinosas calles de Puerto Príncipe. En cuanto dejara a Chantale, volvería a la casa. Le pesaba la cabeza. Ya había tenido suficiente por aquel día. No podía pensar con claridad. No había tenido tiempo de digerir la enorme cantidad de información acumulada a lo largo de todo el día, y su cerebro estaba a punto de estallar. Necesitaba procesar todos los datos, dividirlos en útiles e inútiles, deshacerse de la basura y quedarse con lo bueno, para luego trabajar sobre ello, clasificar lo que le quedara, buscar hilos comunes y conexiones, pistas prometedoras, cosas que le llamaran la atención.

Desde que se habían marchado de la casa de Dufour, Chantale apenas había dicho nada.

—Gracias por tu ayuda, Chantale —dijo Max, y la miró. Estaba pálida. Su rostro brillaba, levemente húmedo por el sudor que se acumulaba en pequeñas gotitas, especialmente sobre el labio superior. Había tensión en su rostro.

—¿Estás bien?

—No —masculló—. Para el coche.

Max se acercó a la acera y se detuvo en una calle en la que había mucho movimiento. Chantale salió de un salto, dio unos pasos y vomitó en el desagüe, lo que provocó el grito de asco de un hombre que estaba meando contra una pared cercana.

Max la sujetó en cuanto se hizo cargo de lo que ocurría.

Cuando terminó, la ayudó a apoyarse en el coche e hizo que respirara hondo varias veces. Sacó la botella de agua, derramó un poco en un pañuelo y se lo pasó por la frente, abanicándola con el cuaderno, para refrescarla.

—Ya estoy mejor —dijo cuando le volvió el color al rostro.

—Fue demasiado para ti, ¿verdad? No tenías que haber ido allí.

—Estaba realmente nerviosa.

—No se notaba.

—Créeme, me moría.

—Hiciste muy bien tu trabajo —dijo Max—. Tanto, que mañana te daré el día libre.

—Vas a ir a Cité Soleil, ¿verdad?

—¡Me has descubierto!

Regresaron al coche y Chantale le dibujó un mapa. Le dijo que consiguiera mascarillas y guantes quirúrgicos, que encontraría en uno de los dos principales supermercados de la ciudad, y que arrojara sus zapatos a la basura si planeaba bajar del coche y dar una vuelta andando. El terreno estaba casi literalmente constituido por mierda de animales y, sobre todo, humana. En el poblado, cada vez que respirabas tragabas todo tipo de virus, bacterias y microorganismos.

—De verdad, ten mucho cuidado allí. Lleva un arma. No pares el coche a menos que sea absolutamente necesario.

—Es como lo que solía contar la gente sobre Liberty City.

—Cité Soleil no es cosa de broma, Max. Es un lugar realmente horrible.

La llevó en el coche hasta el Banque Populaire. Se quedó mirándola, a ella y a su culo, hasta que traspasó la gran puerta. La mujer no se dio la vuelta. Max no estaba seguro de que eso significara algo.

Llamó a Allain Carver desde la casa y le hizo un resumen de lo que había hecho, con quién había hablado y qué pasos pensaba dar a continuación. Por la forma en que Carver le escuchaba, gruñendo afirmativamente para hacerle saber que seguía al aparato, sin hacer ninguna pregunta, se dio cuenta de que ya había sido informado minuciosamente por Chantale.

Luego llamó a Francesca. No hubo respuesta.

Sentado en el porche, con el cuaderno en la mano, transcribió las cintas de las entrevistas.

Empezaron a surgirle las preguntas.

En primer lugar: ¿por qué había sido secuestrado Charlie?

¿Dinero?

La ausencia de una petición de rescate descartaba ese móvil.

¿Venganza, entonces?

Era bastante posible. La gente rica siempre tenía enemigos mortales. Los Carver, con su historia, debían de tener suficientes como para llenar una gruesa agenda.

¿Qué le pasaba a Charlie?

Con tres años, todavía no había comenzado a hablar. Algunos niños tardan en hacerlo.

¿Y qué le ocurría al pelo del chico?

Era muy pequeño. Una de las pocas cosas que Max recordaba de su padre era que le había contado que, de bebé, solía llorar cada vez que alguien se reía. Esas mierdas suceden, luego uno crece y pasan.

Seguro, pero Dufour había encontrado algo fuera de lo normal.

Los secuestradores, ¿sabían qué le ocurría al pequeño?

Tal vez. En ese caso, el motivo pasaba a ser el chantaje. Los Carver no habían mencionado nada al respecto, pero eso no significaba necesariamente que no estuviera sucediendo. Si lo que le pasaba al niño era algo serio, probablemente Allain y Francesca se lo estuvieran ocultando a Gustav, a causa de su frágil salud.

¿Por qué Francesca no le había contado nada sobre el estado de Charlie?

¿Era demasiado doloroso? ¿Ella no creía que fuera relevante?

¿Había sido secuestrado por razones vinculadas con la magia negra?

Posiblemente.

Tendría que comenzar por hacer averiguaciones sobre los enemigos de Carver y luego cruzar esos datos con otros de personas relacionadas con la magia negra. Pero ¿cómo iba a hacerlo? El país estaba patas arriba, malviviendo, con un pulso casi imperceptible. No podía decirse que tuviera un cuerpo de policía, y Max dudaba que hubiera algún tipo de archivos o expedientes criminales que pudiera examinar.

Sería un trabajo muy duro, mirando debajo de cada piedra, persiguiendo cada sombra.

¿Y qué pasaba con Eddie Faustin?

Eddie Faustin había estado involucrado. Era un profesional. Sabía quién estaba detrás del secuestro. Habría que saber con quién andaba.

¿Quién era el hombre grande que había visto la mujer del zapatero?

¿Faustin? Se suponía que le habían asesinado y decapitado cerca del coche, de modo que no pudo ser él. Además, si compartía los mismos genes que su madre y su hermano, no tendría tal tamaño. Los dos Faustin eran de contextura media, fláccidos, poca cosa.

Por supuesto, Vincent Paul había estado en la escena del crimen.

¿Charlie estaba vivo?

Al respecto sólo tenía la palabra de Dufour, y a menos que éste fuera el secuestrador o le tuviera cautivo, había que descartar esa afirmación y seguir considerándole presuntamente muerto.

¿Sabía Dufour en realidad quién había secuestrado a Charlie? Igual respuesta.

¿Tenía mucha influencia sobre Francesca?

Ella era rica y vulnerable, o sea que estaba a punto de caramelo para ser explotada. Era muy frecuente: parapsicólogos, charlatanes y místicos farsantes que se aprovechan de los solitarios, los desconsolados, los que están crónicamente obsesionados consigo mismos, los ingenuos, los jodidos tontos de capirote, a todos les prometían un glorioso futuro por $99,99 más impuestos.

¿Y si lo de Dufour iba en serio?

Mejor no considerarlo y aferrarse a lo conocido, a lo real.

¿Era Dufour sospechoso?

Habría que verlo. Sí y no. Un hombre tan cercano a Papá Doc y a Baby Doc tendría poder suficiente como para llevar a cabo un simple secuestro. Seguro que conocía a algunos Tontons Macoutes en paro, hambrientos de dinero y añorantes de sus días de gloria, que habrían estado dispuestos a hacerlo. Secuestraban a mucha gente. ¿Pero cuál sería su motivo, a su edad, con muy pocos años de vida por delante? ¿Le habría jodido Gustav Carver a él o a su familia en el pasado? Lo dudaba. Gustav no se habría metido con uno de los favoritos de Papá Doc. Por ahora, todavía no podía llegar a una conclusión.

Más tarde trató de dormir, pero no pudo. Fue a la cocina y encontró una botella sin abrir de ron Barbancourt en uno de los armarios. Cuando la alcanzó, vio algo guardado en un rincón. Era una estatuilla de unos diez centímetros que representaba a un hombre con un sombrero de paja, de pie, con las piernas separadas y los brazos en la espalda.

Max la puso sobre la mesa y la examinó mientras bebía. La cabeza del muñeco estaba pintada de negro y las ropas, camisa y pantalones, eran de color azul oscuro. Tenía un pañuelo rojo y llevaba una pequeña bolsa, como una mochila escolar, sobre el hombro. La postura parecía militar, y el aspecto, el de un espantapájaros.

El ron bajaba bien, proporcionándole un calorcillo relajante que pronto se extendió por todo su cuerpo y se tradujo en una placentera sensación de optimismo totalmente infundado.

Por mucho que Huxley y Chantale le hubieran contado cómo era Cité Soleil, nunca habría imaginado los horrores que desfilaron por delante del parabrisas cuando se adentró en el poblado. Una pequeña parte de él, que siempre había sido un tipo duro, de piedra, se derrumbó y se dejó arrastrar hacia el lugar en el que tenía escondida la compasión.

Al principio, cuando entró en el poblado por el sendero cubierto de hollín que hacía las veces de calle principal, le pareció un laberinto de casas miserables, con miles de casuchas de una sola habitación, densamente apretadas, que se extendían hasta donde el ojo podía ver, de este a oeste, de horizonte a horizonte, sin que pudiera identificarse claramente un solo camino por el que entrar o del que salir. Cuanto más veía las casuchas y más de cerca las miraba, más le parecía notar que en el poblado había una especie de jerarquía, un sistema de clases en el interior del inframundo. Más o menos una cuarta parte de las casas eran chozas de adobe, con techumbres de zinc. Parecían bastante robustas y habitables. El escalón siguiente eran chabolas de paredes construidas con delgadas planchas de madera y que tenían telas de plástico azul a modo de techo. Cualquier viento de mediana intensidad se las llevaría, junto con sus habitantes, hacia el mar. Pero al menos eran mejores que las del último escalón de la pirámide habitacional del poblado: casuchas hechas con cartones pegados, algunos de los cuales amenazaban con venirse abajo en cuanto uno tosiera. Supuso que las chozas de adobe pertenecían a los moradores veteranos del poblado, los que habían sobrevivido y se habían arrastrado hasta la cima de aquella pila de mierda. Las casuchas de cartón pertenecían a los recién llegados y a los débiles, los vulnerables, los casi muertos, mientras que las de madera eran para los habitantes que estaban entre ambos extremos.

De toscos agujeros practicados en los techos surgían gruesas columnas de negro humo, de carbón vegetal, que se dispersaban hacia el cielo, formando una nube de contaminación con forma de zepelín, que cubría la zona, agitándose con la brisa, pero sin llegar a deshacerse. Al desplazarse, Max sintió las miradas que le lanzaban desde las chozas. Cientos y cientos de pares de ojos que caían sobre el coche, abriéndose paso a través del parabrisas, desnudándolo para descubrir si era amigo o enemigo, rico o pobre. Veía a la gente flaca, devastada, con los huesos encogidos envueltos en un saco de piel, aferrada a los límites de la existencia, apoyada en sus casuchas.

Entre bloques de casas inmundas, ubicadas al azar, había zonas que todavía no habían sido ocupadas y construidas, en las que la tierra era una mezcla de descomunal vertedero y fantasmagórico campo de batalla de la Primera Guerra Mundial. Eran solares cubiertos de barro, se diría que recién bombardeados, rociados de muerte y desesperación. En algunas zonas el estiércol estaba apilado en imponentes y enormes montículos en los que los niños, de piernas delgadas como insectos, vientres hinchados y cabezas demasiado grandes para sus cuellos, jugaban y escarbaban.

Pasó al lado de dos caballos que apenas se movían, con los cascos enterrados en estiércol, tan esqueléticos que Max pudo ver claramente sus costillares y contarles los huesos.

Por todas partes había sumideros a cielo abierto, coches, autobuses y camiones destripados que servían de hogares. Todas las ventanillas del coche de Max estaban cerradas y el aire acondicionado funcionaba a tope, pero aun así se colaba el penetrante hedor del exterior. Entraba cada uno de los olores horribles, apestosos, mezclado en uno solo y multiplicado por dos: cadáveres de un mes, basura fermentando, mierda humana, mierda de animales, agua estancada, combustible mal quemado, humo viciado, humanidad hacinada. Max empezó a marearse. Extrajo una de las mascarillas que había comprado esa mañana en el supermercado.

Cruzó el llamado canal de Boston por un puente improvisado, construido con vigas metálicas mal amarradas entre sí. El denso río fangoso de restos de combustible dividía Cité Soleil por la mitad, como una herida permanente en el alma envenenada del poblado que vertiera la sangre de su negra ponzoña hacia el mar. Era, sin más, el peor lugar que había visto en su vida, un círculo del infierno puesto en la tierra a modo de advertencia. No podía creer que la ONU y Estados Unidos estuvieran ocupando el país desde hacía dos años enteros y no hubieran hecho nada con Cité Soleil.

Buscaba señales de Vincent Paul: coches, todoterrenos, cosas que funcionaran, que parecieran fuera de lugar allí. Todo lo que podía ver era miseria viviendo en la miseria, enfermedad alimentándose de enfermedad, gente arrastrando su sombra.

Llegó a una extensión de tierra elevada y salió del coche para echar un vistazo a su alrededor. Teniendo presente lo que le había dicho Chantale, Max había comprado calzado para usar y tirar, un par de botas militares llenas de raspones, a una vendedora callejera, cerca del Impasse Carver. Se alegró de haberlo hecho, porque a cada paso que daba, sus pies eran ligeramente succionados por el suelo. Pese a la cruda y abrasadora exposición al sol, era blando y pegajoso, en lugar de estar calcinado y duro como la piedra.

Oteó el caótico panorama que le rodeaba, las innumerables casuchas que salían del suelo como erupciones de pústulas metálicas, dándole al paisaje la textura de un rallador de queso, abollado y oxidado. El lugar era el hogar de más de medio millón de personas y aun así parecía inquietantemente tranquilo, con un ruido que apenas se superponía al sonido del mar, que estaba a unos quinientos metros. Era la misma quietud acobardada de las peores partes de Liberty City, donde la muerte golpeaba a cada hora. Aquí, supuso que sería a cada segundo.

¿Era posible que Vincent Paul tuviera una base allí? ¿Podía vivir en un lugar tan vil?

De pronto, sus pies se hundieron profundamente en el suelo, con un fuerte sonido de chapoteo, e instantáneamente quedó sumergido en estiércol hasta los tobillos. Parecía que el suelo trataba de tragárselo. Sacó los pies de un tirón y regresó a tierra firme. Las profundas huellas que había dejado en el lugar en el que había estado comenzaron a desintegrarse inmediatamente. Se nivelaron los hoyos con una suave superficie pegajosa y sobre ellos emergió una densa y venenosa melaza.

Max oyó el ruido de coches que se aproximaban.

A cierta distancia, hacia su izquierda, vio un pequeño convoy de vehículos militares, tres camiones del ejército, precedidos y seguidos por todoterrenos, que se dirigían hacia el mar.

Corrió hacia el Landcruiser y puso en marcha el motor.

CAPÍTULO

27

ax siguió al convoy hasta un claro cercano al mar, donde se habían montado grandes tiendas de color verde oliva formando un semicírculo. Dos de ellas tenían banderas de la Cruz Roja.

Cientos de habitantes de Cité Soleil estaban haciendo cola para recibir comida, que los soldados les servían desde largas mesas plegables. Las personas cogían sus platos de papel y comían de pie, allí donde estuvieran. Otros lo hacían andando, de regreso hacia el final de la cola, para recibir una nueva ración.

En otro sitio, otras personas esperaban su turno frente a un camión de agua, con cubos, latas y botes de cuatro litros en las manos. Más allá había otros tres grupos de personas, esperando recibir arroz, cereales o carbón. Las colas eran sorprendentemente ordenadas y tranquilas. No había empujones, ni codazos, ni peleas, ni pánico. Todos recibían lo que esperaban, casi con tanta paz como en la comunión.

Max empezó a pensar que había hecho un juicio erróneo, que la ONU sí estaba haciendo algo para aliviar el sufrimiento de esa gente desesperada, a la que había liberado en nombre de la democracia; pero cuando miró los vehículos un poco más de cerca, se dio cuenta de que ninguno tenía insignias del organismo. Ninguno de los soldados tenía puesto el casco azul claro de las fuerzas de ocupación. En cambio, tenían un surtido de armamento propio de una banda criminal: Uzis, escopetas recortadas, fusiles AKS.

Finalmente, el detective cayó en la cuenta de que estaba observando a la tropa de Vincent Paul. Lo hizo apenas un momento antes de ver con claridad al mismísimo jefe saliendo de una tienda que hacía las veces de ambulatorio. Al igual que sus hombres, no llevaba mascarilla ni guantes quirúrgicos ni zapatos desechables. Estaba vestido de negro de pies a cabeza, con camiseta, pantalón de combate y botas de paracaidista. Era alto, enorme, de piel oscura. Y calvo. Max no tenía claro si era del tamaño de Joe o un poco más grande. Lo cierto era que proyectaba una sombra más larga y su porte era más notorio que el de su amigo, quien ciertamente no carecía de él.

El enorme individuo se dirigió a una de las mesas de comida y se puso a ayudar, sirviendo a la gente, hablando y riendo con todos. Fue la risa, un profundo y retumbante trueno jovial, algo así como el ruido de una formación de reactores oído desde lejos, lo que le confirmó la identidad de Vincent Paul. Max reconoció la voz que había escuchado dos noches antes, cuando le había salvado de los asaltantes callejeros.

Después de haber servido algunos platos de comida en la cola, Paul se mezcló entre la gente. Habló con los niños, poniéndose de cuclillas para que sus miradas quedaran a la misma altura; charló con hombres y mujeres, inclinándose para escucharlos. Repartió apretones de manos y aceptó abrazos y besos. Cuando una anciana le besó la mano, él besó la de ella, lo que la hizo reír. La gente detenía su avance en las colas y se quedaba parada donde estaba para observarle. Algunos empezaron a abandonar sus lugares en la cola y se acercaron a él.

Y entonces Max oyó lo que al principio era un murmullo sibilante, como pedacitos de una canción, «ssssan-ssssan, ssssan-ssssan, ssssan-ssssan», y luego un clamor cada vez más fuerte, a medida que más gente se sumaba y le daba cuerpo y definición al cántico, pues de eso se trataba: «Vannn-ssssan, Vannn-ssssan, Vannn-ssssan». El gigante se había convertido en el foco de toda la atención, el punto al que se volvían todos los ojos. Los habitantes de Cité Soleil habían olvidado totalmente su hambre y su miseria y se amontonaban alrededor de Vincent Paul, rodeándolo por completo, aunque dejando un amplio espacio, como un halo de respeto hacia él, de modo que podía moverse con comodidad, estrechar manos y aceptar abrazos. Max vio que le flanqueaban dos atractivas mujeres, en traje de faena, que observaban a la multitud con las manos cerca de las pistolas que llevaban en la cintura.

Paul levantó las manos y la multitud se quedó en silencio. Era unos cuantos centímetros más alto que la persona más alta que hubiera allí, de modo que la mayoría podía ver perfectamente su enorme cabeza en forma de cúpula. Se dirigió a ellos con una voz profunda de barítono que llegó hasta Max, aunque éste no pudo entender ni una palabra. La multitud festejaba lo que decía, rompiendo en ovaciones, silbidos, pataleos y chillidos. Hasta los propios hombres de Paul, que sin duda le habían oído un millón de veces, aplaudían con espontáneo entusiasmo.

Max ya había visto esta clase de mierda en las calles de Miami. Cada pocos años, los mayores traficantes locales, los que se las arreglaban para mantenerse vivos y fuera de la cárcel por medio de la suerte, la crueldad, el dinero y los buenos contactos, decidían «devolver algo» a la comunidad a la que habían ayudado a diezmar con la droga y las guerras territoriales. En Navidad se metían con su pandilla en las barriadas y repartían pavo asado, regalos y hasta dinero. Con frecuencia ocurría hacia el final de sus vidas en la calle, era el último gran gesto antes de ser vencidos por los rivales o por la policía. Poseían todo lo que sus limitadas mentes habrían podido desear jamás: riqueza, mujeres, un poder de pacotilla, el miedo que les tenía la gente, coches, ropas. Ahora también querían amor y respeto.

En ese momento, Max admiró la filantropía de Paul, independientemente de las motivaciones a largo plazo que le llevaran a practicarla. Había empezado a comprender que aquélla era una parte del mundo donde todo lo que conocía y lo que había dado por sentado se venía abajo o nunca había existido. La única manera en que la gente podía hacer algo por sí misma era irse del país, como hacían miles y miles de haitianos todos los años, haciéndose a la mar y arriesgando sus vidas para alcanzar Florida. Los que se quedaban estaban condenados a vivir de rodillas, esclavos de la generosidad y la misericordia de los desconocidos. Alguien tenía que ayudarlos, y como resultaba evidente que ese alguien no iba a ser ni Estados Unidos ni la ONU, ¿por qué no el hombre del que se afirmaba que era el mayor señor de la droga del Caribe?

.Al observar cómo Paul se regodeaba con la adulación, estrechando las manos de todos, Max tuvo la certeza de que estaba mirando al secuestrador de Charlie Carver. Para él habría sido fácil
agarrar al niño y esconderlo en Cité Soleil. Tenía el poder suficiente para llevarlo a cabo y salirse con la suya. Tenía el poder para hacer casi cualquier cosa que quisiera.

CAPÍTULO

28

Cuando avanzó la tarde, Vincent Paul montó en un todoterreno y se fue del poblado. Le siguieron un camión y dos vehículos más.

El detective fue detrás de ellos, a través de polvorientas tierras llanas, entre edificios a medio construir o medio en ruinas. Luego, cuando cayó la noche, subieron hacia las montañas. Treparon por una empinada carretera de tierra, en la que, cientos de metros por delante, desaparecieron en la polvareda. No era difícil seguir su rastro, aunque no se les viera.

El último tramo del viaje los llevó a través de la meseta. El convoy se detuvo y encendieron una pequeña hoguera. Aparcaron los vehículos unos frente a otros, de modo que los haces de luz de sus faros se cruzaban e iluminaban un cuadrado de tierra rocosa, áspera.

Max apagó las luces de su coche, avanzó un poco más hacia el lugar en el que se habían detenido y luego bajó del vehículo. Primero se orientó, para poder encontrar después el camino de regreso al coche, y finalmente se aproximó sigilosamente al convoy. Observó desde una distancia prudente.

La parte de atrás del camión estaba abierta. Se oían violentos gritos, dentro y fuera. Un hombre fue arrojado al suelo. Cayó con un ruido sordo, un grito y un fuerte tintineo de cadenas. Uno de los hombres de Vincent lo levantó y le arrojó contra el camión.

En ese momento salieron lanzados del camión al suelo más hombres, que aterrizaron unos encima de otros. Max contó ocho. Les hicieron dirigirse hacia el espacio iluminado entre los vehículos.

Se aproximó un poco más, siempre procurando que no le vieran. Un grupo de doce civiles, o tal vez más, era testigo de lo que ocurría.

Max se retiró un poco hacia la izquierda, permaneciendo en la oscuridad. Podía ver a los cautivos con claridad. Estaban colocados en fila. Vestían uniformes militares de la ONU y parecían hindúes.

Con los brazos en la espalda, Paul los examinó. Cuando pasaba frente a cada uno, le miraba de arriba abajo. Parecía un padre enfadado con sus hijos indisciplinados; los hombres arrojados del camión, comparados con él, eran pequeños y frágiles.

—¿Alguno de ustedes habla y entiende inglés? —preguntó Paul.

—Sí —respondieron todos al unísono.

—¿Quién es el oficial al mando?

Un hombre dio un paso al frente y se cuadró. Trató de mirar a los ojos a Paul, pero su cabeza se inclinó tanto hacia atrás que parecía estar contemplando el cielo en busca de alguna estrella distante.

—¿Cómo se llama usted?

—Capitán Ramesh Saggar.

—¿Éstos son sus hombres?

—Sí.

—¿Saben por qué han sido conducidos hasta aquí?

—No. ¿Quién es usted? —preguntó el capitán, con un marcado acento hindú.

Paul hizo caso omiso a la pregunta, echó una breve ojeada a los civiles y luego volvió su mirada hacia el capitán.

—¿Saben lo que están haciendo ustedes en nuestro país?

—¿Cómo dice?

—¿Cuál es el propósito de su presencia aquí, en Haití? ¿Qué están haciendo aquí? Usted, sus hombres, la división de Bangladesh del ejército de Naciones Unidas, ¿qué hace en esta isla?

—No... no... no le entiendo.

—¿Qué es lo que no entiende? ¿La pregunta? ¿O lo que están haciendo aquí?

—¿Por qué me pregunta eso?

—Yo soy el que está haciendo las preguntas y usted es el que las está respondiendo. Son preguntas sencillas, capitán. No le estoy pidiendo que revele secretos militares.

Paul estaba concentrado en lo que hacía; su voz era mordaz, pero tranquila, desprovista de emoción. Si estaba haciendo el tipo de interrogatorio que creía Max, su calma y sus modales mesurados eran el preludio de una explosión. Joe lo hacía de un modo brillante; usaba su cuerpo para intimidar y aterrorizar al sospechoso, y luego le confundía con una repentina actitud muy razonable y tranquila, e iba al grano: «Mira, sólo dime lo que quiero saber y veré qué clase de acuerdo puedo conseguirte con el fiscal del distrito», y entonces, si no funcionaba, o si el detenido era particularmente cabrón, o simplemente Joe tenía un mal día, le arrojaba al suelo de un revés.

—Responda a mi pregunta. Por favor.

—Estamos aquí para mantener la paz.

Max oyo un primer temblor en la voz del capitán.

—Para mantener la paz —repitió Paul—. ¿Están haciendo eso?

—¿De qué se trata esto?

—Responda a mi pregunta. ¿Están haciendo su trabajo? ¿Están manteniendo la paz?

—Sí, creo... creo que sí.

—¿Por qué?

—Aquí no hay una guerra civil. El pueblo no está en guerra.

—Cierto. Por ahora. —Paul miró a los otros siete soldados, todos en posición de descanso—. ¿Piensa que su trabajo, eso de mantener la paz, que usted cree que están haciendo tan bien, incluye prestar protección al pueblo de Haití?

—¿Pro... protección?

—Sí, protección. Ya sabe, evitar que las personas sufran daños. ¿Comprende?

No había ni rastro de malevolencia en la voz de Paul.

—Sí.

—Bien, ¿entonces? ¿Están haciendo su trabajo aquí?

—Creo... creo... creo que sí.

—¿Cree que sí? ¿Usted cree que sí?

El capitán asintió con la cabeza. Paul le lanzó una mirada hostil. El capitán bajó los ojos. Su calma se estaba resquebrajando.

—Entonces, dígame, capitán: ¿cree que proteger al pueblo haitiano incluye o no incluye violar a mujeres? O mejor, permítame ser más claro: ¿cree usted, capitán Saggar, que proteger al pueblo haitiano incluye el ataque brutal y la violación a chicas adolescentes?
—Saggar no dijo nada. Sus labios temblaban; toda su cara se estremeció—. ¿Qué me dice? —preguntó Paul, inclinándose sobre el capitán—. No hubo respuesta—. ¡Responda a mi jodida pregunta! —rugió Paul, y todos, incluidos los propios hombres de Paul, dieron un respingo. Max notó que la voz repercutía en su vientre, como los bajos de un potente altavoz.
—Yo... yo... yo...
—¡Yoyo, yoyo! —le imitó Paul con voz aflautada—. ¿Está pidiendo un yoyó? ¿Quiere un juguete, capitán? ¿No? Bueno, pues respóndame.
—No... no incluye eso, pero... pero... pero...
Paul alzó la mano para reclamar silencio y Saggar se estremeció.
—Ahora ya sabe de qué trata todo esto.
—Lo siento —balbuceó el capitán.
—¿Qué?
—Hemos pedido disculpas. Escribimos una carta.
—¿Se refiere a este papel? —Paul sacó de su bolsillo un documento y lo leyó en voz alta.

Estimado señor Le Fen: Le escribo para pedirle disculpas, en nombre tanto de mis hombres como de las Fuerzas de Paz de las Naciones Unidas, por el lamentable incidente en el que se vieron involucrados su hija y algunos hombres que están a mis órdenes. Haremos un gran esfuerzo para garantizar que incidentes de esa naturaleza no se repitan. Reciba un atento saludo, capitán Ramesh Saggar.

Paul dobló lentamente la carta y la guardó nuevamente en el bolsillo.
—¿Sabe usted que el noventa por ciento de los habitantes de Haití son analfabetos? ¿Sabía eso, capitán?
—No.
—¿No? ¿Sabe que, por otra parte, el inglés no es aquí la primera lengua?

—Sí.

—De hecho, es la tercera. El noventa y nueve por ciento de la gente no habla inglés. Y el señor Le Fen, que es el hombre que está al lado del todoterreno, el de la camisa roja, forma parte de esa mayoría. Así que, ¿para qué le va a servir una carta escrita en inglés? Yendo más al grano: ¿para qué le iba a servir una asquerosa carta a Verité Le Fen? ¿Sabe quién es ella, capitán?

Saggar no respondió.

Paul dirigió la palabra al grupo de civiles y extendió el brazo. Se acercó una chica, cojeando y avanzando con dificultad, y se detuvo frente a Saggar. Eran de la misma altura, aunque la joven estaba encorvada de modo antinatural. Max no podía verle la cara, pero a juzgar por la expresión del capitán, debía de estar realmente muy maltrecha.

El detective echó una ojeada a los soldados. Uno de ellos, un hombre calvo y flacucho, con un grueso bigote, estaba temblando.

—¿La reconoce, capitán?

—Lo siento mucho —se disculpó Saggar—. Lo que te hicimos fue horrible.

—Tal como le he explicado, capitán, ella no puede entenderle.

—Por... por favor, traduzca.

Paul transmitió la disculpa a la chica. Ella susurró algo en el oído a Paul, que miró a Saggar.

—¿Qué ha dicho?

—*Get maman ou:* literalmente, el clítoris de tu madre. Para entendernos, que te cojan.

—¿Qué... qué va a hacer usted con nosotros?

Paul volvió a rebuscar algo en el bolsillo de la camisa. Extrajo una cosa pequeña y se la tendió a Saggar, que la miró, con expresión atónita, luego incrédula, finalmente confundida. Era una fotografía.

—¿De dónde... de dónde la ha sacado?

—De su oficina.

—Pero... pero...

—Unas chicas muy bonitas. ¿Cómo se llaman? —Saggar miró la fotografía y empezó a sollozar—. ¿Sus nombres, capitán?

—Si... si usted... si usted nos hace daño a cualquiera de nosotros, va a tener muchos problemas.

Paul hizo una seña al último hombre de la fila para que se acercara. Le colocó frente a Saggar, dio unos pasos atrás, extrajo su pistola y le disparó al hombre en la sien. El cuerpo del soldado se desplomó sobre el suelo, la sangre brotándole del agujero de la cabeza. Saggar dio un grito.

Paul enfundó la pistola, se acercó y dio un puntapié en el costado del cadáver.

—¿Cómo se llaman sus hijas, capitán?

—Meena y Sunita —dijo al fin, con apenas un hilo de voz.

—¿Meena? —preguntó Paul, señalando la foto—. ¿La mayor? ¿La que lleva la diadema? —Saggar asintió con la cabeza—. ¿Qué edad tiene?

—Tre... trece años.

—¿Usted la ama?

—Sí.

—¿Qué me haría si yo la violara? —Saggar no dijo nada. Bajó la vista y se quedó mirando el suelo—. No se mire los pies, capitán: mire a su hija. Bien. Ahora imagínese que yo violara a su hija. ¿Puede hacerlo? —Paul miró al oficial—. Trate de imaginarse la escena. Un día mis hombres y yo vamos en un coche por la calle. Somos ocho. Vemos a Meena, andando, sola. Nos detenemos y le hablamos. Le pedimos que venga a pasear con nosotros. Ella se niega, pero de todas formas nos la llevamos. Allí mismo, a plena luz del día, con un montón de testigos que pueden identificarnos, aunque ninguno pueda pararnos, porque llevamos uniformes militares y estamos armados... Ah, olvidaba mencionar un pequeño detalle: en nuestros ratos libres somos soldados de la ONU destinados a «mantener la paz». Estamos aquí para «protegerlos» a ustedes. Pero la gente a la que estamos protegiendo en realidad nos tiene terror. ¿Sabe por qué? Porque siempre estamos llevándonos por la fuerza a jovencitas como Meena.

Saggar miraba otra vez al suelo, con la cabeza colgando hacia delante, los hombros caídos, a punto de desmoronarse. Sentía miedo y remordimientos, pero todavía no se resignaba a su destino. No podía creer que Paul fuera a matarlos a él y a sus hombres. Max sí lo creía. Le había soltado al jefe de la banda que había secuestrado a Manuela un discurso similar. Utilizó a la hermanita del tipo como ejemplo, tratando de arrojarle encima el crimen, personalizarlo, hacérselo sentir con todo el daño, con todo el dolor que producía. No había surtido el efecto previsto. El jefe de la banda le dijo a Max que una vez había estado tan colocado con crack y PCP que se había follado a su hermanita por el culo. Cinco meses más tarde se había convertido en su chulo y la ofrecía a los pedófilos locales. Max le voló la cabeza, sin arrepentirse nunca ni sentir remordimiento alguno.

—Llevamos a su hija a un lugar aislado —proseguía Paul—. Su hija Meena es una chica valiente, con agallas. Es una luchadora. Muerde a uno de mis hombres, casi le arranca un dedo. Así que él le da un culatazo en los dientes. Y luego la agarra por las orejas y le mete a la fuerza la polla hasta la garganta, mientras otro de mis colegas le apunta a la cabeza con su pistola. A todos les va tocando su turno. A todos, menos a mí y al chófer. Yo estoy por encima de ese nivel. Ya sabe, si yo quiero un coño, me pongo dos condones y voy con una de esas putas dominicanas que están cerca de mi cuartel. ¿Y el chófer? Se niega a participar. Cuando mis colegas ya han terminado con su boca, violan a la pequeña Meena. Dos veces. Cada uno. Nos llevamos su virginidad, verdaderamente desgarramos a la puta, la destrozamos por dentro. Literalmente. Ella tiene una hemorragia. Nos damos cuenta, por supuesto. Entonces, ¿qué hacemos? ¿Nos detenemos y la llevamos a que la vea un médico? No. Le damos la vuelta y nos la follamos por el culo. Dos veces. Cada uno. Entonces, ¿sabe lo que hacemos? Meamos sobre ella y nos marchamos a buscar a la próxima chica. A Meena la encuentran dos días más tarde. Casi muerta. ¿Sabe cuántos puntos tienen que darle sólo para coserle la vagina? ¡Ciento ochenta y tres! Y tiene trece años.

Saggar comenzó a llorar.

—Yo... yo... yo no hice nada —gimoteó.

—Usted se quedó allí mirando y no hizo nada. Eran sus hombres, estaban a sus órdenes. Una sola palabra suya y se habrían detenido. Tiene que aceptar su plena responsabilidad.

—Mire, informe a mis superiores. Yo firmaré una confesión. Ellos van a...

—¿A aplicarle sanciones disciplinarias de acuerdo con los reglamentos de la ONU? ¡A la mierda! —gritó Paul—. La familia Le Fen se dirigió a sus superiores antes de acudir a mí. ¿Lo sabía? ¿Y qué hicieron sus superiores? Le obligaron a enviarle una disculpa por escrito a la familia. Así que, ¿qué van a hacer esta vez? ¿Sentenciarlo a lavarme el coche?

—Por favor —imploró Saggar, cayendo de rodillas—, por favor, no me mate.

—Si hubiera sido su hija, usted querría matarme a *mí*, ¿no?

—Por favor —lloriqueó Saggar.

—Responda a mi pregunta.

—Yo le llevaría ante la justicia —respondió Saggar.

—¿Sabe que no tenemos leyes aquí en Haití? ¿Que no hay leyes absolutamente para nada? ¿Sabe que Bill Clinton rompió en pedazos nuestra Constitución para poder pagarle a su camarilla de abogados de Arkansas la redacción de una nueva? Así que, mientras esperamos que Bill haga de Moisés, ¿por qué no les damos a ustedes un poco de justicia de Bangladesh? Dígame, capitán, ¿cuál es la pena por violación en su país? —Saggar no respondió—. Vamos. Usted lo sabe. —Saggar sollozó, pero no respondió—. Usted sabe que yo lo sé. Me he enterado —dijo Paul—. Sólo quiero oírselo decirlo a usted.

—La... la... la muerte.

—¿Cómo ha dicho?

—Pena de muerte.

—¿Así que la violación se considera un crimen tan grave en su país que se castiga con la muerte, pero usted cree que aquí está bien practicarla? ¿Es así?

—Usted dijo que aquí no hay justicia.

—Sólo entre los haitianos. Éste es nuestro país, no el suyo. No pueden venir aquí y tratarnos de este modo sin que ello tenga consecuencias. Y yo me encargo de las consecuencias.

—Mis hombres sólo querían divertirse un poco. No tenían intención de hacerle daño a la chica.

—Trate de explicárselo a ella, ¿quiere? ¿Saben ustedes, bastardos, que no sólo le han destrozado la cara para toda la vida, sino que le han fracturado la columna y ya nunca podrá caminar bien otra vez? No podrá llevar nada en la espalda. En este país, las mujeres lo transportan todo. Así que cuando crezca, será como si estuviera muerta. Ustedes le han arruinado la vida. Es igual que si la hubieran matado. —La cara de Saggar brillaba por las lágrimas. Paul señaló hacia la derecha—. Vaya y quédese de pie allí. —Saggar se movió hacia el lugar indicado, dando tumbos—. Deténgase. Quédese donde está. —Uno de los hombres de Paul apuntó con un rifle a la cabeza del capitán.

Paul se dirigió hacia donde estaban los demás hombres de Bangladesh y agarró a uno de ellos del brazo. Le miró la mano y luego le arrancó de la fila. El soldado no tuvo tiempo de mover los pies. Le flaqueaban las piernas. El gigante le arrastró por el suelo, tirando de la pechera, y le puso de pie en el lugar donde había estado Saggar.

—¿Es usted Sanjay Veja?

—¡Sí! —gritó. Tenía la cabeza rasurada. En su voz se notaba mucho más temple que en la del capitán.

—Ella le mordió el dedo, así que usted le rompió la cara con su rifle. Usted fue el primero, el que más la hirió. ¿Tiene algo que alegar?

—No —contestó Veja, imperturbable.

—Quítese los pantalones.

—¿Co... cómo?

—Los pantalones. —Paul los señaló y repitió la orden lentamente—. Quíteselos.

Veja miró hacia atrás, hacia sus compañeros de armas. Ninguno le miró a él. Acató la orden. Paul se apartó de él, dándole la espalda, y empezó a hurgar en la tierra, levantando, sopesando y descartando piedras, hasta que encontró lo que buscaba: dos trozos de roca largos, planos, lisos, que tenían la medida de sus enormes manos.

—Y la ropa interior. También —dijo Paul sin darse la vuelta.

Tras una nueva mirada a sus camaradas, Veja se quitó tímidamente sus blancos calzoncillos.

Paul se le acercó, con los brazos en la espalda.

—Sostenga la verga en alto. —Paul le miró, para asegurarse de que obedeciera—. Ahora quédese quieto.

Max observó cómo el narcotraficante se agachaba, poniéndose de cuclillas, tenso, mirando a los ojos al soldado. Respiró hondo por la nariz, y luego, a la velocidad del rayo, sacó las manos de su espalda, cada una con una piedra. En vertiginoso movimiento semicircular, como si fuera un latigazo, aplastó entre ellas el escroto colgante de Veja. Max oyó dos ruidos: el del fuerte impacto de las piedras una contra otra e inmediatamente después un tenso reventón húmedo.

La boca del soldado se abrió hasta asemejarse a una caverna, como si los músculos de la mandíbula se hubieran disuelto de repente. Los ojos parecían a punto de salírsele de las órbitas y cada una de las venas y arterias de su cráneo se hincharon, formando una red de nudos gruesos, abultados.

Primero, Veja gritó en un registro antinaturalmente bajo. Luego, cuando, pese al dolor, logró darse cuenta de lo que le había sucedido, el grito se quebró en un torrente de terribles y horrorosos alaridos, que parecían salir en virulentas ráfagas desde el fondo de su alma. Max quiso vomitar. Algunos de los camaradas del soldado hicieron eso precisamente. Dos incluso se desmayaron. Los demás, incluido el capitán Saggar, lloraban, gemían y se meaban encima.

Paul no había terminado. Le maltrató durante un rato interminable, sacudiéndole, retorciéndole cruelmente los brazos.

Se detuvo. Tomó aliento, emitió un gruñido pesado, exhausto, y le arrancó a Veja del cuerpo el escroto destrozado con un tremendo tirón. El ruido fue repulsivo, como si hubieran despellejado de un tirón a un pollo.

Veja se tambaleó, dio varios pasos hacia atrás con la boca abierta, en silencio, tratando de respirar, con la garganta torturada por un espasmo ascendente y descendente. Ya no le quedaban gritos, era incapaz de soportar su dolor descomunal.

Max vio la enorme herida ensangrentada entre las piernas, los regueros rojos que le caían por los muslos.

El desgraciado estiró la mano hasta la entrepierna, estupefacto, buscando un alivio imposible.

Paul arrojó las piedras y el pedazo de carne ensangrentados hacia un rincón.

Veja se llevó las manos ensangrentadas a los ojos, las miró de cerca, y luego, justo cuando su rostro comenzaba a estallar en lágrimas, perdió el equilibrio, cayó hacia atrás golpeando violentamente el suelo y se rompió el cráneo.

Estaba muerto.

Su verdugo sacó la pistola y le pegó un tiro en la cabeza. Luego se llevó a rastras del aterrorizado grupo a otro soldado, que aullaba, rogaba y suplicaba a gritos. Paul abofeteó al hombre en el rostro con su enorme mano llena de sangre.

—Tú te quedas aquí y miras a tus compañeros. Tal como hiciste cuando ellos violaron a la chica —dijo, y le hizo darse la vuelta para quedar frente a frente con sus camaradas. Luego les gritó algo a los dos guardias que vigilaban a Saggar. Éstos le empujaron hacia donde estaban sus subordinados.

—¡Usted es un animal... un monstruo! —chilló a Paul—. Será castigado por lo que hace.

Paul se hizo a un lado, se fue hacia un rincón y dio un silbido. Las piedras empezaron a volar.

La primera lluvia de piedras vino de la familia de la chica, que se había situado frente a los violadores. Les arrojaron grandes pedruscos, a mano, y otras piedras más pequeñas con resorteras. Todas daban en el blanco, abriendo cabezas, cortando frentes, reventando ojos.

Los soldados trataron de correr hacia atrás, pero se encontraron inmediatamente con una salva de piedras que volaban hacia ellos desde la oscuridad, arrojadas por manos invisibles. Uno de los torturados cayó desvanecido, otro se dejó caer al suelo y encogió las piernas en posición fetal.

Las piedras volaban sobre las cabezas, las caras, las rodillas, los torsos. Max vio cómo moría un hombre cuando una piedra arrojada con una honda le hundió el cráneo, reventándole el cerebro.

Saggar estaba a cuatro patas. Trataba de abrirse camino arrastrándose por el suelo, con la cara cubierta por la sangre que manaba de un profundo corte en la frente. Tenía un ojo enterrado bajo un montículo de piel hinchada.

No quedaba ninguno de los violadores de pie cuando la familia Le Fen se acercó con palos y machetes en las manos. Verité iba a la cabeza, seguida de cerca por su padre. Los demás linchadores salieron de la oscuridad y formaron un círculo alrededor de los hombres caídos.

Unos momentos después, de allí surgían ruidos de golpes, apuñalamientos, jadeos desgarradores. Max oyó unos pocos gritos de dolor, pero todo parecía ser poca cosa después de los gritos de Veja, que todavía resonaban en su cabeza.

La multitud hacía la sádica faena con los cuerpos, dejando salir su odio, tomándose cuanta venganza pudiera antes de que sus músculos flaquearan y el cansancio fuera más fuerte que ellos.

Cuando se retiraron, la mayoría dando tumbos, ebria de sangre, dejaron atrás una masa de pulpa roja, un terrorífico lago viscoso.

Un tipo se acercó y pegó tiros de gracia a los cráneos que todavía estaban intactos.

Paul miró al chófer.

—Ahora, usted. Quiero que regrese a su cuartel en Puerto Príncipe y les cuente a todos lo que ha sucedido. Comience por decírselo a sus amigos y colegas, y luego siga por sus superiores. Dígales que yo soy el responsable. Vincent Paul. ¿Ha entendido? —El hombre asintió con la cabeza; sus dientes castañeteaban en medio de la mortal palidez del rostro—. Y cuando les cuente lo que ha ocurrido, dígales de mi parte que si cualquiera de ustedes viola o hiere alguna vez, de una u otra manera, a una de nuestras mujeres o a uno de nuestros niños, los mataremos de esta forma —dijo, señalando la maraña de cuerpos asesinados y destrozados—. Y si alguno viene a buscar venganza, haciendo redadas contra nuestra gente, nos levantaremos todos y haremos una masacre con todos y cada uno de ustedes. Y eso no es una amenaza, es una promesa. Ahora váyase.

El chófer comenzó a alejarse a pie, muy lentamente, con la cabeza gacha, encorvado, con paso incierto, como si fuera la primera vez que caminara después de mucho tiempo y tuviera miedo de que sus piernas flaquearan. Esperó hasta que se alejó unos metros, y entonces empezó a correr de forma enloquecida, desapareciendo en la sangrienta noche.

Paul se acercó a la familia.

Max no podía moverse. Estaba paralizado por la conmoción y el asco, en su mente se libraba una batalla. Odiaba a todos los violadores y, en teoría, no tenía nada contra lo que Paul había hecho. Eso era teoría, pero acababa de contemplar la realidad más cruda del ojo por ojo. Otra de sus firmes ideas se derrumbaba.

Ciertamente, lo que habían hecho los soldados era vil, y su castigo oficial había sido una burla, un insulto a la víctima, pero la acción de Paul no tenía nada que ver con la justicia. Con ella, la chica no había recuperado su vida ni su inocencia, sólo había obtenido la satisfacción de saber que los violadores habían sido castigados, que sufrieron lo indecible antes de morir. Pero ¿para qué le serviría eso el año siguiente, y luego año tras año? ¿Para qué le servía ahora?

Era verdad que el castigo administrado por Paul sería disuasorio allí, en Haití, pero una vez que las tropas de la ONU fueran desplazadas a otro lado, harían lo mismo en la nueva tierra en la que se les encomendara que «mantuvieran la paz».

Una forma mejor de hacer las cosas, y más responsable, pensó, habría sido que Paul hablara con la prensa, que hubiera promovido un gran escándalo sobre la violación y que hubiera forzado a la ONU a juzgar a sus soldados y a dejar bien claro que esa conducta era inaceptable.

Pero entonces Max pensó en Sandra y se preguntó a sí mismo qué habría hecho de haber estado en el lugar de Paul. ¿Apresarlos y esperar un año a que algún juez tal vez los sentenciara a una condena de entre quince años y cadena perpetua si las pruebas se sostenían? No, por supuesto que no. También habría castrado a los hijos de puta con sus propias manos.

¿Qué era exactamente lo que estaba pensando? Paul tenía razón. ¿Qué carajo le importaba a Paul lo que la ONU hiciera en otro lado? Ésta era su patria y éste era su pueblo. Era así como veía las cosas.

«Juego limpio —se dijo a sí mismo—. Que les den por culo».

Max regresó furtivamente al coche, arrancó y se fue.

Lo que pasaba por ser la vida nocturna de Pétionville estaba en su punto de máxima agitación cuando Max bajó por la calle principal que llevaba a la plaza del mercado. Unos pocos bares y restaurantes habían abierto sus puertas de par en par y sus carteles estaban iluminados, mostrando que estaban listos para recibir a los clientes. Pero allí no había casi nadie.

Max necesitaba un trago y un poco de calor humano a su alrededor para recuperar el equilibrio; algo de alegría y frivolidad para despojarse de las sombrías secuelas que le habían quedado en el alma y en las tripas, y que recorrían sus venas hacia arriba y hacia abajo. Hacía años que no veía morir a nadie, concretamente desde que disparó sobre aquellos adolescentes. Ellos también se lo merecían, pero eso no hacía que fuera más fácil asimilarlo y seguir adelante. En esos casos siempre se quedaba un poco de muerte con uno. Se alegró de que ahora no fuera tan difícil cargar con ello como lo había sido entonces, cuando tenía más cosas por las que vivir y de las que preocuparse.

Hacía años había visto morir en la silla eléctrica a varios condenados. La cabeza se les había calcinado bajo la capucha y la piel se les había fundido, despegándose de la carne y de los huesos como cera ardiente. Había visto a policías abatir a criminales y a criminales matar a policías. Y, desde luego, estaba toda esa gente a la que él mismo había matado cumpliendo con su deber, e incluso dando un paso o dos más allá de éste. No sabía cuántos habían sido, no podía ponerse a contarlos, pero recordaba todas sus caras, sus expresiones, los que habían suplicado por sus vidas, los que le habían dicho que se fuera a la mierda, los que rezaban, el que le había perdonado, el que había querido asirle la mano, el que había echado su último aliento ante su rostro, cargado de olor a pólvora quemada y chicle. Su jefe, Eldon Burns, llevaba la cuenta de todas las personas que se había cargado, pero era una costumbre malsana. Al tipo le gustaban los números. Guardaba su revólver de servicio en una caja de cristal, sobre el escritorio. Por cada muerte tenía una muesca en la culata. Max había contado dieciséis.

Pasó frente a La Coupole y vio a Huxley de pie en la puerta, conversando con tres niños de la calle. Estacionó el coche y se dirigió al bar.

—Me alegro de volver a verte, Max —dijo Huxley cálidamente cuando se estrecharon la mano. Los niños con los que hablaba parecieron ponerse en guardia, y el más pequeño se escondió detrás del más alto.

Huxley les dijo algo. Como respuesta, el chico más grande farfulló unas palabras, hablando rápido y lleno de excitación, con una voz entrecortada y ronca, que recordaba a los graznidos de una bandada de cuervos. Señaló a Max con los dedos y con los ojos, apuntando en dirección a él.

—¿Qué está diciendo? —preguntó Max, suponiendo que el niño sería uno de sus posibles atacantes.

—Dice que te pide disculpas por lo de la otra noche —contestó Huxley, con aire de no comprender de qué hablaban. Max miró al niño. Tenía una cabeza pequeña en la que crecía muy poco pelo y unos ojos minúsculos que brillaban como pequeñas linternas. El chico parecía más asustado que arrepentido—. Dice que no sabía quién eras.

—¿Quién cree que soy?

Huxley se lo preguntó. El detective oyó el nombre de Vincent Paul en medio del subsiguiente farfulleo.

—Dice que eres amigo de Paul.

—¿Amigo? Yo no soy...

El niño le interrumpió con otro borbotón de palabras.

—Dice que Paul les advirtió que te cuidaran mientras estuvieras por aquí —tradujo Huxley, que parecía impresionado—. ¿Te has encontrado con él?

Max no respondió.

—Pregúntale al niño cuándo le vio por última vez.

—Ayer —dijo Huxley—. ¿Quieres tomar una copa y ponerme al corriente?

Huxley se rio cuando Max le contó lo que había sucedido después de su encuentro.

—Todo lo que tenías que haber hecho era haber tratado al chico con un poco de respeto; sólo decir que no, con firmeza. Te habría dejado en paz. Ellos no insisten —explicó Huxley—. Mostrarse grosero con alguien que ha nacido sin nada que perder no es prudente, y hacerlo en su propio país, en sus propias calles, es cometer una jodida estupidez, Max. Tuviste suerte de que Vincent Paul llegara cuando llegó.

El bar estaba casi vacío y no había música. En el patio exterior sí había algo de ambiente, el que creaba un nutrido grupo de americanos. Por su acento parecían ser del Medio Oeste, vaqueros de las praderas en una salida de fin de semana. A Max le pareció oír cómo disparaban los rifles y cómo reponían luego los cargadores.

Max iba por su tercer Barbancourt puro. Las medidas de los vasos eran más que generosas. La bebida empezaba a mostrar nuevamente sus encantos, a hacerle sentirse más suelto.

—Y entonces, ¿qué tal estuvo lo de la ciudad de la mierda? Estuviste allí hoy, ¿no? —preguntó Huxley, encendiendo un cigarro.

Max le lanzó una mirada llena de desconfianza.

—Vamos, Max. Hueles como si te hubiera meado una mofeta. —Huxley se rio—. ¿Sabes cómo nota aquí la gente que alguien viene de un suburbio? Porque el aire a su alrededor huele como tú, tiene el olor de ciudad de la mierda. Cuando la gente sale de Cité Soleil y se dirige a Puerto Príncipe a derrocar al gobierno, las nubes apartan las narices, el viento sopla en dirección contraria y los pájaros se caen del cielo. Yo conozco ese olor. No puedes engañarme, Mingus. Soy haitiano.

Max se dio cuenta de que todavía llevaba puestas las botas desechables, embadurnadas de estiércol de Cité Soleil.

—Siento lo del olor.

—No te preocupes. ¿Has encontrado algo allí? —preguntó Huxley.

—No mucho. —No iba a contarle lo que había presenciado—. Sólo una especie de operación de ayuda, las labores de beneficencia de Vincent Paul.

—¿Las tiendas verdes? Sí, es famoso por eso. Y por ello le adoran en los poblados. Él se ocupa de la gente. Corren rumores de que en esa ciudad mítica que se supone que ha construido hay hospitales y escuelas para los pobres. Todo gratuito, pagado con lo que recauda con el tráfico de drogas. El tipo es como un Castro de la cocaína.

Max se rio.

—¿Dónde está ese lugar?

—Es como El Dorado. Nadie sabe dónde está ni cómo llegar allí, pero todos juran que existe. Tú sabes cómo son las cosas aquí —dijo Huxley—. ¿Qué tal va la investigación?

—Recién empezada —respondió Max, terminándose su copa de un trago.

Entraron los americanos. Eran marines, alrededor de treinta, que andaban pesadamente por el bar y volvían a salir a la calle, todos armados, pintarrajeados de negro y enfundados de pies a cabeza en uniformes de combate.

—¿Qué sucede? ¿Una redada? —preguntó tranquilamente Max.

—No. —Huxley sonrió y sacudió la cabeza mientras miraba a los soldados que salían en fila—. ¿Sabes cómo fue recibida toda esta invasión? No se disparó ni un solo tiro. No hubo resistencia. Bueno, un montón de marines están molestos porque no vieron combate alguno, así que cada dos semanas bajan al pueblo y juegan a la guerra con sus colegas de la ONU. Los cascos azules defienden esos viejos cuarteles en el barrio de Carrefour, en Puerto Príncipe. Los marines tienen que ir y tratar de tomarlos.

—Qué divertido —señaló Max sarcásticamente.

—No lo sabes todo. Hay algo más divertido aún.

—¿Sí?

—Usan munición real.

—¡Mierda! ¡No es posible!

—Como te lo cuento.

—¡No lo creo!

—Lo juro por mi madre.

—¿Vive tu madre?

Huxley se echó a reír.

—Por supuesto.

—¿Y qué pasa con las bajas? ¿Cómo lo explican?

—No son tantas como uno podría pensar. Hasta ahora, un par de muertes en ambos bandos, pero los superiores al mando lo taparon todo; dijeron que había sido un ataque del enemigo o un accidente en unas maniobras.

—Sigo sin creerte. —Max reía, francamente divertido.

—Yo tampoco me creí nada hasta que lo vi con mis propios ojos —dijo Huxley mientras se ponía de pie.

—¿Adónde vas?

—Tengo una cámara de vídeo en el coche. Sólo estoy esperando que algunos de ellos den una exhibición de combate en directo, así podré venderle la cinta a la CNN.

—Creí que estabas aquí por una causa noble. —No dejaba de reír.

—Lo estoy. Pero los hombres nobles también comemos. ¿Quieres venir?

—Esta noche no. Hoy he trabajado a tiempo completo. Tal vez en otro momento. No te vayan a disparar, ¿eh?

—Cuídate.

Se estrecharon la mano. Huxley se fue detrás de los soldados. Max pidió otro trago y se quedó mirando fijamente la inmóvil colilla ardiente del cigarrillo que el periodista había arrojado. Absorto, seguía el recorrido del humo hacia el techo. Le daba igual si lo que acababa de oír no era verdad. Era una buena historia y le hacía reír. Ahora mismo eso era todo lo que le importaba.

ax telefoneó a Allain Carver a la mañana siguiente y
le dijo que quería entrevistarse con todos los sirvientes que estaban trabajando para él en el momento del secuestro
de Charlie.

Allain respondió que podría hacerlo sin problemas, en veinticuatro horas.

El detective se entrevistó con los sirvientes en una pequeña habitación del primer piso de la casa principal, que tenía vistas al césped
y al denso perímetro de árboles que lo rodeaban. Aparte de la mesa y
las sillas en las que él y Chantale estaban sentados, no había ningún
otro mueble en la habitación. Max cayó rápidamente en la cuenta de
que la falta de asientos era una manera deliberada de reforzar el rígido escalafón social de la casa: los sirvientes siempre estaban de
pie cuando se les hablaba. Max se preocupó de ofrecer su asiento a
las personas con las que habló. Todos, sin excepción, tanto los mayores como los más jóvenes, rechazaron cortésmente el ofrecimien-
to y le agradecieron su generosidad, al tiempo que echaban una rápida y temerosa mirada al único cuadro de la habitación, un gran
lienzo de Gustav, ya mayor, vestido con su traje beis y su corbata
negra, que los fulminaba con la mirada por encima de los interro-
gadores. Junto al temible carcamal, atado con una correa de gruesa
piel, estaba sentado un bulldog del mismo color que el traje de Gus-

tav. La cabeza y la expresión del perro tenían algo más que un parecido casual con el semblante de su amo.

El servicio doméstico de los Carver estaba dividido a grandes rasgos en personal culinario, de limpieza, mecánico, de jardinería y de seguridad. Casi todos trabajaban directamente para Gustav. Allain y Francesca tenían sus propias servidumbres.

Las entrevistas seguían siempre el mismo esquema. Max comenzó con el personal del anciano. Les preguntaba los nombres, lo que hacían, con quién trabajaban, cuánto tiempo hacía que estaban trabajando allí, dónde estaban el día del secuestro y si habían visto u oído algo sospechoso durante las semanas previas a éste. Exceptuando sus nombres, sus responsabilidades y el tiempo que hacía que estaban trabajando allí, sus preguntas fueron muy similares. El 4 de septiembre de 1994 habían estado trabajando en la casa o alrededor de ésta, con otros o a la vista de varias personas.

Cuando les preguntó por Eddie Faustin, se encontró con que el guardaespaldas había pasado por sus vidas, aparentemente, como un perfecto extraño. Todos le recordaban bien, pero ninguno tenía mucho que decir sobre él. Gustav Carver prohibía que el personal doméstico tuviera cualquier tipo de contacto personal con los que ocupaban puestos relacionados con la seguridad, y viceversa. Aunque hubieran querido relacionarse con Faustin, habría sido casi imposible, porque él pasaba todo el día fuera de la casa. Tampoco le veían cuando terminaba sus turnos, pues no vivía en los aposentos de los sirvientes, sino en la casa principal, en una de las habitaciones del sótano, reservadas para los que ocupaban puestos de responsabilidad.

Los sirvientes mismos eran personas tan parecidas, con sus modales sonrientes, benignos, deferentes, que Max las pasó canutas para acordarse de cualquiera de ellos una vez que salían de la habitación y entraba el siguiente.

Hicieron un descanso para el almuerzo, que les fue servido allí mismo. Comieron pescado a la parrilla, tan fresco que todavía podía sentirse el sabor del mar en la carne, y una ensalada de tomates, judías y pimientos rojos y verdes.

Cuando terminaron, Chantale hizo sonar la campanilla que les habían llevado con la comida. Los sirvientes entraron en la habitación y retiraron los platos.

—Quería preguntarte sobre El Arca de Noé —dijo Max a Chantale, soltando las palabras mientras pasaba las hojas del cuaderno en busca de una que estuviera en blanco.

—Pregúntale a la siguiente persona que entre —respondió de manera inesperadamente cortante—. Seguro que ellos saben más que yo. Todos han pasado por allí.

Hizo exactamente eso. Las siguientes entrevistas fueron con el personal de Allain y Francesca. Se enteró de que El Arca de Noé era un escuela-orfanato que estaba en Puerto Príncipe, cuyos propietarios y administradores eran los Carver. La familia no sólo reclutaba allí a su personal doméstico, sino prácticamente a todos los que trabajaban para ellos.

Los nuevos entrevistados eran diferentes de los sirvientes de Gustav, tenían personalidades claramente discernibles.

Se mostraron más abiertos a la hora de hablar de Faustin. Contaron que solían verle rebuscar en la basura de Francesca, robando cosas de los cubos y llevándoselas a su cuarto. Cuando limpiaron su habitación, después de que desapareciera, encontraron un muñeco vudú que había hecho con pelos, recortes de uñas, pañuelos de papel, viejos tubos de pintalabios y tampones de ella. Algunos dijeron a Max que habían oído rumores de que el guardaespaldas había reclutado putas dominicanas de piel clara en Pétionville y que les había pagado un dinero extra para que usaran pelucas rubias cuando se las tiraba. Muchos dijeron que habían visto a Faustin entrando o saliendo regularmente de un bar llamado Nwoi et Rouge, regentado por amigos suyos, ex Macoutes. Uno o dos dijeron entre dientes que le habían visto recoger de la basura pañales usados de Charlie, y la última persona entrevistada afirmó haber oído por casualidad a Faustin hablando de una casa que poseía en Puerto Príncipe.

Las entrevistas finalizaron cuando la tarde estaba avanzada. Mientras conducían montaña abajo, hacia Pétionville, Max abrió las ventanillas y dejó que entrara el aire. Chantale parecía agotada.

—Gracias por tu ayuda una vez más. No sé qué haría sin ti —agradeció el detective, torpemente.

—¿Tienes ganas de tomar una copa? —propuso ella, con un principio de sonrisa.

—Perfecto. ¿Qué lugar sugieres?

—Estoy segura de que tienes en mente el sitio adecuado —soltó la chica, sonriendo.

—¿Qué te parece el viejo refugio de Faustin?

—Tú me llevas a sitios con clase, ¿eh? —replicó Chantale, y soltó su risa escandalosa.

C A P Í T U L O
31

El bar Nwoi et Rouge se llamaba así por los colores que
tenía la bandera haitiana bajo el régimen de los Duvalier.
Negro y rojo. Papá Doc había cambiado el azul original por el negro para fortalecer la total ruptura con el pasado colonial, reflejar
mejor la abrumadora mayoría étnica del país y subrayar su creencia en el *noirisme*, la supremacía negra; aunque tal creencia no era coherente con la elección de la mujer con la que se casó, Simone, una
mulâtresse de piel clara. Su ideología tampoco encajaba bien con los
Estados Unidos de antes del Acta de los Derechos Civiles, cuya ayuda militar y económica había aceptado alegremente para mantener
su régimen en pie. Para mucha gente, los colores modificados de la
bandera simbolizaban el más oscuro y sangriento periodo de la historia, ya de por sí turbulenta, del país.

A Max, la bandera le recordaba la de los nazis, cuyos colores
compartía. Por lo demás, el escudo de armas, un cañón, mosquetes y
astas dominadas por una palmera coronada con un sombrero de
esquí, podría haber sido obra de un surfista drogado, fanático de la
historia militar del siglo XVIII. ¿Quién demonios podría tomarse alguna vez en serio un lugar así?

La bandera estaba orgullosamente desplegada detrás de la barra, entre fotografías enmarcadas de Papá Doc y Baby Doc. El primero era de piel oscura y cabellos blancos, con sus gruesas gafas
de montura negra, que apenas humanizaban un rostro amargado, cuyos rasgos sugerían una ilimitada crueldad. Su hijo, Jean-Claude, era

un aguerrido zoquete, de rasgos delicados, aspecto árabe, piel bronceada y ojos de lelo.

El bar estaba en una casucha independiente, de una sola estancia, en un tramo de la carretera ubicado entre el final de la montaña y la entrada a Pétionville. Era fácil pasar de largo ante él, aunque también resultaba sencillo encontrarlo si uno lo buscaba.

Cuando Max entró con Chantale, lo primero que le llamó la atención no fueron las banderas ni los retratos, sino el fornido hombre mayor que barría pesadamente el suelo, alrededor de un haz de luz proyectado por un sólo foco, que brillaba tanto, en el extremo del cable, que parecía casi líquida.

—*Bond joor* —dijo Max, saludando con la cabeza.

—*Bon soir* —le corrigió el hombre. Llevaba una camisa blanca de manga corta, suelta, jeans desteñidos sostenidos por tirantes rojos y un par de gastadas sandalias de puntera abierta. Barría el polvo, formando un pequeño montoncillo marrón a su izquierda.

Detrás de la barra había un grifo surtidor para servir bebidas refrigeradas y una larga hilera de botellas transparentes alineadas cerca de éste. Muy en el extremo, justo antes de un ventilador, Max leyó la palabra *taffia* escrita en toscas letras mayúsculas sobre una pizarra. Debajo había dos ecuaciones: un vaso, igual a una mano con los cinco dedos levantados; una botella, igual a dos manos con todos los dedos levantados.

Max buscó algún asiento en el bar, pero no vio ninguno. Había pequeñas torres de cajones apiladas contra las paredes. Supuso que los clientes los usaban, disponiéndolos como banquetas y mesas. Aquello sí que era beber al estilo más rudimentario, al límite.

El hombre miró a Chantale y empezó a hablarle; su voz era como el ruido de un tren que descarrilaba y rodaba por la ladera de una empinada colina, volcando su carga de troncos con cada rebote y cada choque. Max oyó que el nombre «Carver» afloraba dos veces durante la caída del tren.

—Dice que si tú también estás buscando al niño de los Carver, pierdes tu tiempo con él —tradujo Chantale—. Te contará lo mismo que les contó a los otros.

—¿Qué les contó? —preguntó Max al hombre, tratando de mirarle a los ojos, sin conseguirlo, porque el modo en que estaba de pie bajo la bombilla lo sumía en las sombras. El tipo respondió, se rio y saludó con la mano.

—Él no tiene al niño —tradujo Chantale.

—Muy gracioso —dijo Max. Le empezó a sudar la cabeza. Sintió que la transpiración le brotaba por todo el cuero cabelludo, que las gotitas se unían, se buscaban unas a otras, se encontraban, se sumaban a ésas y todas juntas se preparaban para empezar a chorrear. El bar apestaba a humo y a aire cargado, a sudor y, sobre todo, a éter.

—¿Por qué creyeron que usted tenía al niño? —preguntó Max.

—A causa de mi gran amigo, Eddie Faustin —respondió el hombre, y señaló a su derecha.

Max se dirigió hacia donde el reflejo de la lámpara permitió distinguir una fotografía. Reconoció a Faustin de inmediato, pues había heredado el parecido de todos los miembros de su familia con un burro furioso. Cabeza grande, nariz protuberante, mentón, orejas y ojos saltones, ceño fruncido, transmitido genéticamente, orificios nasales acampanados y los dientes superiores totalmente a la vista. El cuerpo era menudo, demasiado pequeño para la cabeza. Max se sorprendió de que hubiera sobrevivido a la bala dirigida a Carver.

En la foto estaba de pie entre dos personas, su hermano, Salazar, y el camarero, que tenía un revólver en la mano y un pie calzado con una bota apoyado sobre un cadáver. El suelo cercano a la cabeza y el cuello del cuerpo estaban salpicados de manchas irregulares de sangre, con forma de signos de exclamación. Las manos y los pies del muerto estaban atados. El tipo sonreía orgullosamente a la cámara.

—Ésos eran buenos tiempos —comentó el hombre del bar.

Max se dio la vuelta y le vio sonreír a través de unos pocos dientes, muy espaciados entre sí.

—¿Quién hizo la foto?

—No me acuerdo —respondió, mirando lascivamente a Chantale cuando ésta traducía. Le temblaba ligeramente la barbilla y movía la cabeza de arriba abajo, siguiendo las curvas de la chica, mientras su puño aferraba el palo de la escoba.

Se oyó un débil ruido. Algo había golpeado la bombilla y había caído después al suelo, dejando tras de sí un leve rastro de humo. Era una polilla, cuyas alas se quemaron instantáneamente en el foco, quedando inservibles. Yacía patas arriba, luchando furiosamente contra el aire antes de dejar de moverse definitivamente.

El hombre soltó una risita y barrió el bicho poniéndole sobre el montoncillo que seguía acumulando. Cuando Max lo miró con detenimiento, vio que casi lo único que había en él eran polillas muertas. La escoba era tosca, de fabricación casera, un simple palo largo con un ramillete de carrizos secos atados alrededor de un extremo para formar el cepillo.

—¿Cómo se llama usted?

—Bedouin —dijo el hombre, enderezándose un poco.

—¿Bedouin... Désyr? —preguntó Chantale, bajando la voz hasta dejarla casi en un susurro.

—*Oui. Le même.*

—*Dieu* —murmuró Chantale, dando un paso atrás.

—¿Qué pasa? —preguntó Max, interviniendo en la charla algo alarmado.

—Te lo contaré más tarde, cuando estemos fuera de aquí.

Otra polilla se inmoló contra el foco. Cayó sobre la cabeza de Max, rebotó y aterrizó, humeante, sobre su hombro, agitando las patas. El detective se la sacudió. Désyr resopló y dijo algo entre dientes cuando se aproximó con la escoba y golpeó diestramente al bicho medio muerto, que saltó por el suelo hacia el montoncillo como si fuera una pelota de golf.

—¿*Taffia*? —le preguntó a Max, haciendo con la mano un gesto indicativo de bebida.

Max asintió con la cabeza y siguió a Désyr a la barra. El tipo sacó un vaso de papel de debajo del mostrador y lo sostuvo bajo el grifo de bebidas frías. Al salir el líquido, ascendió una burbuja de aire de la garrafa de plástico y dejó escapar un olor penetrante, químico, casi como de gasolina.

Désyr le tendió el vaso a Max, que lo cogió. Los vapores le irritaron los ojos.

—¿La gente toma esto habitualmente? —le preguntó a Chantale.

Désyr soltó una risita.

—Sí. También lo usan para limpiar los motores y hasta para ponerlos en marcha cuando no se consigue gasolina. Funciona casi igual de bien. Es ron de ciento ochenta grados. Ten mucho cuidado con eso. Te puede dejar ciego.

Max dio un sorbo muy pequeño. Era tan fuerte que no tenía sabor y le quemó la lengua cuando bajaba hacia la garganta.

—¡Por Dios! —exclamó Max, con deseos de escupir.

Désyr se rio y le hizo un gesto indicándole que se la bebiera de un trago. Max pensó que hacerlo aumentaría su credibilidad ante el dueño del bar y tal vez así lograría que le contase algo más sobre Faustin y el secuestro. Al fin y al cabo, sólo había, más o menos, un dedo de bebida en el vaso.

Respiró hondo y se tragó toda la *taffia*. Le golpeó los extremos de la boca como una bomba incendiaria y siguió abrasándole todo el recorrido hasta llegar al estómago.

La llegada del flujo de alcohol al cerebro fue casi instantánea. Era el equivalente a cinco bourbons dobles tragados con el estómago vacío. Se sintió tocado de inmediato, llena la cabeza de una especie de mareo eufórico. Se le nubló la vista y todo empezó a oscilar mientras trataba de volver a enfocar la mirada. Le cayeron lágrimas por la cara y la sangre se le subió a la cabeza. Le latían las sienes. Le goteaba la nariz. Parecía un subidón de coca, nitrato y sales, todo junto. Pero no se sentía ni remotamente bien. Se agarró a la barra. Como tenía las palmas húmedas de sudor, le resbalaron las manos hacia atrás. Sintió una turbulencia en el estómago. Respiró hondo, sin poder percibir otro olor que el de la *taffia*. ¿Qué carajo creía estar haciendo al beberse aquella mierda?, se dijo entre vapores.

—¡Bravo, *blan*! —gritó Désyr, y aplaudió, poniéndole las manos delante de las narices.

—¿Te encuentras bien, Max? —le preguntó Chantale al oído mientras le posaba una mano en la espalda para ayudarle a mantenerse en equilibrio.

«¿A ti qué demonios te parece?», pensó, confuso, pero no lo dijo en voz alta. Volvió a respirar hondo y luego espiró lentamente. Repitió la operación dos veces más. El aire que salía de su boca estaba caliente. Siguió haciendo inspiraciones, con los ojos fijos en Désyr, que le miraba muy divertido, sin duda esperando que cayera redondo al suelo.

Las náuseas se atenuaron y la cabeza dejó de darle vueltas.

—Estoy bien —dijo, al fin, a Chantale—. Gracias.

Désyr le puso otro vaso delante. Max le dijo que no con la mano. El hombre se rio y soltó a Chantale otro estridente discurso.

—Dice que no sólo eres el único blanco que jamás ha bebido *taffia* sin desmayarse; además asegura que muy pocos haitianos lo han hecho.

—Maravilloso. Dile que le invitaré a una copa.

—Gracias de su parte —le comunicó Chantale—. Pero él no bebe esa cosa.

Max y Désyr se rieron al unísono.

—Eddie Faustin venía a beber aquí, ¿no?

—*Oui. Bien sûr* —dijo Désyr, cogiendo una botella de Barbancourt del mostrador y sirviendo un poco en un vaso de papel—. Antes de morir, bebía más que de costumbre.

—¿Le dijo por qué?

—Estaba llegando al fin, y eso le ponía nervioso.

—¿Sabía que iba a morir?

—No. Qué va. Me dijo que su *houngan* le había predicho cosas buenas, asuntos de faldas —contó Désyr, mirando otra vez con lascivia a Chantale y sorbiendo su ron. Se sacó una bolsa de tabaco del bolsillo del pantalón y se lio un cigarrillo—. Estaba enamorado de la mujer rubia de Carver. Le dije que era una locura, que era imposible. ¿Él y ella? ¡Por favor! —Encendió una cerilla frotándola sobre el mostrador—. Fue entonces cuando acudió a Leballec.

—¿Ese *hun-gán*, o como se diga?

—Sólo se dedica a la magia negra —explicó Chantale—. Dicen que si acudes a él es porque estás dispuesto a vender tu alma. No acepta dinero en efectivo como otros nigromantes. Cobra en... no lo sé. Nadie lo sabe con seguridad, excepto los que han acudido a él.

—¿Le contó Faustin lo que ocurrió cuando fue a ver a Le... al *hun-gán*? —preguntó Max a Désyr.

—No. Pero cambió. Antes solía hablar y reír recordando los viejos tiempos. Jugaba mucho al dominó y a las cartas con nosotros, pero dejó de hacerlo después de ver a Leballec. Se quedaba de pie ahí, donde está usted, y sólo bebía. A veces una botella entera.

—¿De esa mierda?

—Sí. Pero a él no le afectaba.

Max empezó a pensar que tal vez el *houngan* le había pedido a Faustin que secuestrara a Charlie.

—¿Alguna vez le habló del niño, de Charlie?

—Sí. —Désyr rio—. Decía que el niño le odiaba. Decía que el niño podía leerle la mente. Decía que no veía llegar la hora de quitárselo de encima.

—¿Dijo eso?

—Sí. Pero él no se llevó al niño.

—¿Quién lo hizo?

—Nadie se lo llevó. El niño está muerto.

—¿Cómo lo sabe?

—Oí que le mató la gente que atacó el coche. Le pisotearon hasta matarle.

—Nadie encontró el cuerpo.

—*Cela se mange* —dijo Désyr, y apagó su cigarrillo dándole un pellizco a la brasa.

—¿Qué ha dicho, Chantale?

—Dice...

—*Le peuple avait faim* —siguió el tipo—. *Tout le monde avait faim. Quand on a faime on oublie nos obligations.*

—Dice —empezó Chantale—. Dice que se lo comieron.

—¡Mierda!

—Eso es lo que ha dicho.

A Max la *taffia* le había producido un fuerte ardor en el estómago y el pecho. Podía oír el débil murmullo de los gases y los jugos gástricos trabajando en sus tripas.

—Ese Le...

—Leballec —terminó Chantale.

—Ese mismo, ¿dónde vive? ¿Dónde puedo encontrarle?

—Lejos de aquí.

—¿Dónde?

Se escuchó el ruido de otro desastre ferroviario, esta vez más prolongado, porque Chantale interrumpía al charlatán, le hacía más preguntas. Max aguzó el oído para ver si captaba una u otra palabra que le resultara familiar. Désyr dijo «Oh» unas pocas veces, Chantale soltó algo así como *«zur»*. Por fin oyó algo que reconoció:

—*Clarinette.*

—¿Qué ha dicho del clarinete? —les interrumpió Max.

—Dice que encontrarás a Leballec en Saut d'Eau.

—¿La cascada del vudú? —preguntó Max. Era el lugar al que tanto Beeson como Medd habían ido antes de desaparecer—. ¿Y qué pasa con el clarinete?

—Es un pueblo, el que está más cerca de la cascada. Se llama Clarinette. Allí vive Leballec. Faustin solía ir a verle.

—¿Habías oído hablar de ese lugar, Chantale?

—Del pueblo, no, pero eso no significa nada. Aquí alguien levanta una casa en un lugar cualquiera del campo, le pone un nombre y el sitio se convierte en una aldea.

Max miró a Désyr.

—Usted habló a los otros acerca de ese lugar, ¿no? Los otros blancos que vinieron aquí.

Désyr sacudió la cabeza.

—*Non, monsieur* —soltó una risita—. No podía hacerlo. No pasaron la prueba de la *taffia*.

—¿Se desmayaron?

—No. Se negaron a tomar mi bebida. Así que no les dije nada.

—Entonces, ¿cómo diablos llegaron a ese... a la cascada?

—No lo sé. Yo no se lo dije. Tal vez lo hizo alguna otra persona. Yo no era el único amigo de Eddie. ¿Estaban buscando a Leballec?

—No lo sé.

—Entonces tal vez fueron allí por alguna otra razón.

—Es posible —repuso Max.

Otra polilla voló hacia el foco y cayó al suelo. Enseguida ocurrió lo mismo con otra y otra más. Finalmente, pareció que todos los bichos del lugar habían decidido suicidarse.

Désyr dio a Max una palmada en señal de amistad.

—Me caes bien, *blanc*, así que te diré una cosa: si vas a Saut d'Eau, procura largarte de allí antes de medianoche.

Max se rio sonoramente.

—Y si no lo hago, ¿qué sucederá? ¿Vendrán los zombis y me atraparán?

Désyr torció el gesto.

—La magia blanca, la magia buena, la magia honesta, se hace antes de la noche —dijo dirigiéndose directamente a Chantale—. La magia negra se hace después de la medianoche. No lo olviden.

—¿Por qué me está ayudando? —preguntó Max.

—¿Por qué no iba a hacerlo? —preguntó a su vez Désyr.

32

Chantale llevó a Max en el coche hasta una cafetería, donde pidió un café fuerte y una botella de agua. Al cabo de una hora, el detective recuperó la sobriedad y despejó su cabeza de los restos de la *taffia*.

—¿Siempre eres tan imprudente? Por lo que veías y olías, podía haber sido lubricante de batería, o algo similar.

—Soy de la clase de tipos a los que les gusta probarlo todo alguna vez —dijo Max—. De todas maneras, ¿por qué iba a querer envenenarme?

—¿Bedouin Désyr? Yo no dejaría nada frágil ni peligroso a su alcance. Solían llamarle *Bedouin Le Baiseur*, Bedouin el Semental. Pero ese apodo no significa lo que tú te imaginas. En su época de Macoute, Bedouin Désyr era un violador en serie. Lo suyo era forzar a las esposas delante de los maridos, a las madres delante de los niños, a las hijas delante de los padres... la edad no importaba.

—¿Cómo es posible que siga vivo? ¿Y además así, tan fresco, sin ocultarse lo más mínimo?

—Los mitos son más fuertes que la muerte, Max. Muchísima gente todavía tiene terror a los Macoutes —explicó Chantale—. Muy pocos de ellos fueron juzgados por lo que hicieron. Incluso los encausados pasaron en la cárcel una semana y luego los soltaron. Algunos fueron asesinados por las turbas. Pero la mayoría desapareció, se fue a otra parte del país, al extranjero, a la República Dominicana. Los más inteligentes se incorporaron al ejército o se engancharon a Aristide.

—¿A Aristide? —preguntó Max—. Yo creía que él estaba en contra de todo aquello.

Se había hecho de noche. Eran los únicos clientes en la cafetería. El ventilador del techo estaba encendido y en la radio sonaban *kampas* lo suficientemente fuerte como para que uno no le prestara atención a los ruidos que se colaban desde la calle o al chirrido de las aspas que sacudían la quietud del cargado aire del interior. En medio de la música y el barullo de la acera, Max oyó los familiares ritmos de los tambores, que comenzaban a sonar en las montañas.

—Así fue como empezó —explicó Chantale—. Yo creí en él. Un montón de gente lo hizo. No sólo los pobres.

—No me digas más. —El detective sonrió—. Nosotros, los malvados racistas blancos americanos, no queríamos otro comunista al lado de casa, sobre todo a uno negro, así que hicimos que le derrocaran.

—No exactamente —replicó Chantale—. Aristide se convirtió en Papá Doc más rápido de lo que tardó Papá Doc en convertirse en Papá Doc. Empezó por mandar turbas a los opositores para que les golpearan o les mataran. Cuando el nuncio criticó lo que estaba sucediendo, hizo que le dieran una paliza y le dejaran desnudo en la calle. Fue entonces cuando la gente decidió que ya era suficiente, y el ejército se hizo con el poder, con la bendición del presidente Bush y la CIA.

—Entonces, ¿por qué Aristide está nuevamente aquí?

—Era el año en que Bill Clinton se jugaba la reelección. En 1993, apenas un año después del inicio de su primer periodo, se había equivocado a lo grande en Somalia. Su nivel de popularidad cayó en picado. De pronto, América parecía débil, vulnerable. Tenía que hacer algo para recuperar su credibilidad. Reponer en su cargo a un presidente depuesto por un golpe de Estado parecía una buena idea. Estados Unidos quedaba como campeona de la democracia, aunque fuera la de Aristide, el tercer Duvalier de la dinastía —explicó Chantale—. Ahora le tienen atado de pies y manos, así que deberá portarse bien hasta que Clinton termine su mandato. Luego, ¿quién sabe? Espero que para entonces yo esté muy lejos de aquí —añadió, mirando hacia la calle, donde se había detenido un coche de la ONU y el conductor entregaba cartones de tabaco a alguien.

—¿Adónde tienes planeado ir?

—Supongo que otra vez a Estados Unidos. Tal vez me mude a Los Ángeles. No tengo nada que hacer en Florida. ¿Y tú? ¿Qué harás cuando termines aquí?

—No tengo ni la menor idea. —Max rio.

—¿También has pensado en cambiar de ciudad?

—¿Como irme a Los Ángeles, por ejemplo? —Max la miró y sus ojos se encontraron. Ella bajó la vista—. Esa ciudad no es para mí, Chantale.

—Creí que habías dicho que eras la clase de tipo al que le gusta probar todo alguna vez.

—Lo he probado. Ya conozco Los Ángeles —admitió, casi riendo—. Llevé algunos casos allí. Siempre he odiado esa ciudad. Demasiado desparramada, desconectada, caótica. Trabajaba al doble de mi ritmo habitual para poder irme cuanto antes de allí. El mundo de las películas, los famosos, las tetas operadas y toda esa mierda no es lo mío. Todos tratando de arrastrarse por el mismo sumidero. Montones de personas que quedan fuera. Víctimas y sueños rotos por todas partes. Ya tengo esa clase de mierda en mi ciudad, y allí sí siento pena por algunos de los desgraciados. Sus historias lacrimógenas son más variadas, algo distintas cada vez. En Los Ángeles todos están leyendo la misma página. Harías mejor quedándote aquí antes que mudarte allí.

—No me quedaré aquí ni un segundo más de lo que sea preciso. —La joven sacudió la cabeza.

—¿Tan malo es?

—No sé, pero no es mucho mejor que lo peor de lo peor —suspiró—. Tenía gratos recuerdos de cuando me crie aquí, pero al regresar, todo lo que conocí ya no existía. Supongo que tuve una niñez feliz, lo que hizo que volver aquí como adulta fuera mucho más duro, muy decepcionante.

Entraron un hombre y una mujer y saludaron al camarero con un apretón de manos. Era una de las primeras veces que salían juntos, pensó Max: todavía examinándose el uno al otro, con muchos rodeos, todo formalidad y cortesía, dando tiempo a cada movimiento. Estaban cerca de los treinta años; vestían bien. Él tenía los pantalones vaqueros bien planchados y los de la mujer eran recién comprados, o sólo los usaba en ocasiones especiales. Ambos llevaban polos, el de ella de color azul turquesa, el de él verde botella. El camarero los acompañó hasta la mesa del rincón. Chantale los miró con una sonrisa nostálgica.

—Cuéntame algo sobre el *hun-gán* de Faustin.

—¿Leballec? —bajó la voz—. Antes que nada, hay que decir que no es un *houngan*. Los *houngans* son buenos. Leballec es un *bokor*, un practicante de magia negra. Se dice que es tan poderoso como Dufour, pero cien veces peor. —Hizo una breve pausa. Parecía costarle trabajo hablar de aquellos asuntos—. En la vida hay cosas que uno no puede alcanzar. Digamos que uno está enamorado de alguien que simplemente no le quiere, o que desea con todas sus ansias un trabajo imposible de conseguir. La mayor parte de las personas soporta las decepciones, se encoge de hombros y sigue adelante. Aquí, la gente va a su *houngan* o a su *mambo*. Éstos escudriñan el futuro y ven si los deseos de la persona aparecen realizados o no. Si no lo están, el *houngan* o el *mambo* intentarán arreglarlo, siempre y cuando eso no suponga alterar la dirección que lleva la vida de la persona.

—¿Entonces acuden a Leballec?

—Sí, a ese tipo de magos. Los llaman Les Ombres de Dieu, «Las sombras de Dios». Los que caminan detrás de Dios, en la oscuridad, donde el Señor no mira. Te dan lo que se supone que no te corresponde —susurró Chantale. Parecía asustada.

—¿Cómo lo hacen?

—¿Recuerdas lo que Dufour te contó sobre la magia negra? ¿Que utilizan niños para engañar a los ángeles de la guarda?

—¿*Le Bal... lek* mata a niños?

—No puedo afirmarlo —respondió Chantale, reclinándose en su asiento—. Nadie sabe con certeza lo que hacen. Eso queda entre él y la gente para la que trabaja. Pero de lo que no hay duda es de que llegan a los peores extremos.

—¿Qué clase de gente acudiría a él, en términos generales?

—Gente que ha perdido todas las esperanzas. Gente desesperada. Gente a las puertas de la muerte.

—Eso le llega a todo el mundo alguna vez —repuso Max.

—Faustin fue a verle.

—Para lograr que Francesca Carver se enamorara de él, o lo que fuera. Tal vez por eso se llevó a Charlie —sugirió Max, analizando detenidamente las cosas—. Dufour dijo que Charlie era muy especial. *Le Balek*, o como se llame, también pensaría eso.

—Tal vez —dijo Chantale—. O quizá no. A lo mejor Charlie era el pago.

—¿El pago?

—Les Ombres nunca te piden dinero. Prefieren que a cambio uno haga algo para ellos.

—¿Como un secuestro, por ejemplo?

—O un asesinato.

—¿Qué sucede si el hechizo no funciona?

—Ellos no te piden que les des nada por adelantado, no pagas hasta que has conseguido lo que quieres. Entonces comienzas a saldar la deuda. Es así como funciona.

—¿Como funciona el qué?

—Bueno, lo que quieras que le suceda a alguien se volverá contra ti tres veces —dijo Chantale—. Así es como se mantiene el equilibrio. Ninguna mala acción queda impune. A principios de los ochenta, antes de que el sida llenara las primeras páginas de los periódicos, Jean-Claude Duvalier tenía una amante y un amante. Era bisexual. Ella se llamaba Veronique, el novio se llamaba Robert. Veronique se puso celosa de Robert, que estaba recibiendo más atención por parte de Jean-Claude. Tenía miedo de perder sus favores y de que él la dejara por un hombre, así que acudió a Leballec. No sé qué le pidió, pero Robert murió de un modo inesperado en pleno Puerto Príncipe. Cayó fulminado mientras iba al volante de su coche. Cuando le hicieron la autopsia, encontraron agua en los pulmones, como si se hubiera ahogado.

—¿No podría haberle ahogado alguien y luego haberle metido dentro del coche?

—Un montón de gente le vio conduciendo. Incluso se detuvo a comprar cigarros unos cinco minutos antes de morir —contó Chantale—. A Jean-Claude le llegó el rumor de que Veronique había estado en Saut d'Eau, con Leballec. Él sabía lo que eso significaba. Le tenía terror a Leballec. Hasta se decía que Papá Doc también le tenía miedo. Cortó con Veronique. Un mes después, la hallaron a ella, a su madre y a dos de sus hermanos ahogados en la piscina de la familia.

—A mí todo eso no me suena a rollo satánico —dijo Max. Se había repuesto de los efectos de la *taffia,* aunque se sentía cansado—. ¿Tienes alguna idea de cuál es el aspecto de ese tal *Le Balek?*

—No. Nadie que yo conozca le ha visto jamás. ¿Cuándo iremos a buscarle?

—¿Qué te parece mañana?

—¿Qué tal pasado? Es un viaje largo, por carreteras muy malas. Tendremos que salir de aquí temprano, a las tres o las cuatro de la madrugada —dijo Chantale, mirando el reloj—. Así podrás descansar un poco, quitarte la resaca de la *taffia* con un buen sueño y llegar fresco a ver al pájaro.

Lo que decía era razonable. Necesitaba tener la cabeza despejada para ir al lugar en el que uno de sus predecesores había desaparecido y del que el otro había regresado con el torso rajado desde el cuello hasta el ombligo.

No es que no nos importe. Claro que nos importa. Lo que pasa es que no lo aparentamos. Y las apariencias lo son todo —dijo Allain Carver con una sonrisa. Había despertado a Max tres horas antes, con una llamada telefónica citándole en El Arca de Noé.

Max tenía mucha resaca y se sentía bastante peor que la noche anterior, con el estómago convertido en una especie de saco de balas de cañón grasientas y un dolor de cabeza que le hacía sentir como si alguien estuviera usando su cráneo de cuenco para mezclar los ingredientes de una comida. No podía entenderlo. Al levantarse de la cama se había encontrado bastante bien, pero al minuto de terminar la primera taza de café padeció una oleada de mareos y dolores. Se tomó cuatro pastillas muy fuertes para la jaqueca, pero no le hicieron el menor efecto.

El Arca de Noé estaba en una carretera lateral del Boulevard Harry Truman. Carver condujo a Max y a Chantale a través de una pequeña puerta de hierro forjado y luego por un sendero blanco con bordes de ladrillos azules. Cruzaron una impecable superficie de césped, que recibía algo de sombra de unos cocoteros inclinados, con aspersores cuyos chorros producían varios arco iris en miniatura, casi a ras de suelo. A la derecha había un pequeño parque infantil, con columpios, balancines, un tobogán y una estructura de barras para subir y colgarse.

El sendero terminaba en la escalera de una imponente casa de dos plantas, con resplandecientes paredes encaladas y un tejado azul.

Los marcos de las ventanas y de la puerta también eran azules. El emblema de la institución, un barco azul oscuro con una casa en lugar de la vela, sobresalía en relieve en la pared, encima de la puerta.

Una vez dentro, quedaron frente a frente con un mural en el que aparecía un hombre blanco vestido con traje de safari. Llevaba de la mano a dos niños haitianos semidesnudos, un chico y una chica, vestidos con harapos. Los alejaba de una oscura aldea cuyos habitantes estaban muertos o espantosamente deformados. El hombre miraba fijamente al observador del mural, con una sonrisa llena de determinación y una expresión heroica. El cielo, detrás de ellos, era tormentoso, con rayos que cortaban el horizonte y torrentes de lluvia que asolaban el desdichado pueblo. El hombre y los niños a su cuidado estaban secos y bañados por el dorado sol naciente.

—Ése es mi padre —explicó Allain.

Cuando Max miró con un poco más de detenimiento, vio que realmente era Gustav en su juventud, aunque la imagen estaba muy idealizada, lo que hacía que se pareciera más a su hijo que a sí mismo.

Mientras los guiaba hacia un pasillo en el centro de la institución, Carver explicó que su padre había desempeñado un importante papel en la ayuda dada a su amigo François Duvalier en la campaña para la curación del pian que afectaba a la población. Era una enfermedad tropical altamente contagiosa que, si no se trataba, tenía como resultado que las víctimas acabaran cubiertas de dolorosas úlceras purulentas, antes de perder la nariz, los labios y finalmente las extremidades, que se consumían como cigarros. Había comprado todas las medicinas a los americanos y ayudó a que llegaran a manos de Duvalier. En una visita a la aldea que aparecía en el mural, Gustav encontró a dos huérfanos, un niño y una niña. Decidió rescatarlos y cuidarlos. Posteriormente, este hecho llevó a la creación de una escuela-orfanato financiada por el propio Carver.

A lo largo del pasillo que estaban recorriendo había fotografías escolares que se remontaban hasta el año 1962. Más allá se veían tablones de corcho repletos de dibujos hechos por niños, divididos en grupos de edades, empezando por los de cuatro y terminando por los de doce. De los de más edad, los adolescentes, había muy pocos, todos hechos por dos muchachos, al parecer especialmente dotados para el dibujo.

Carver continuó explicando que El Arca de Noé se ocupaba de los niños ininterrumpidamente, desde su nacimiento hasta la graduación en el instituto o la universidad. Eran alimentados, vestidos, albergados y educados siguiendo el programa escolar francés o el americano. En El Arca de Noé la primera lengua era el francés, pero los alumnos que mostraban aptitudes para el inglés, como sucedía con muchos, lo que no era de extrañar, dada la influencia preponderante que ejercían en sus vidas la televisión y la música americanas, eran encaminados hacia el sistema de enseñanza anglosajón. Las lecciones en francés tenían lugar en la planta baja, y las que se daban en inglés en el piso de arriba. Cuando terminaba su educación primaria y secundaria, los que así lo deseaban eran enviados a la universidad, y los Carver se hacían cargo de todos los gastos.

Las aulas estaban a ambos lados del pasillo. Max miró a través de las cristaleras de las puertas y vio pequeños grupos de alumnos, niños y niñas, todos vestidos con simpáticos uniformes: faldas o pantalones cortos azules y blusas o camisas blancas. Todos vestían impecablemente y prestaban absoluta atención a sus maestros, incluso los de las filas de atrás. Max no podía imaginar aulas tan ordenadas en Estados Unidos, con alumnos tan disciplinados y tan interesados en las lecciones.

—¿Y cuál es el truco? —preguntó Max cuando se dirigían al piso siguiente.

—¿El truco?

—Claro. Los Carver son gente de negocios. No regalan el dinero. ¿Qué beneficio obtienen con este montaje? No puede ser por publicidad, porque son demasiado ricos para preocuparse de lo que la gente piense de ustedes.

—El truco es muy simple —confesó Carver con una sonrisa—, terminan sus estudios y vienen a trabajar para nosotros.

—¿Todos ellos?

—Sí, tenemos muchos negocios en todo el mundo, no solamente aquí. Pueden trabajar en Estados Unidos, en Reino Unido, en Francia, Japón, Alemania.

—¿Qué ocurre si reciben una oferta mejor de trabajo en otro lado?

—Ahí está lo que usted llama el «truco». —Carver rio—. Al cumplir dieciséis años, todos los alumnos de El Arca de Noé firman un contrato que establece que una vez que hayan terminado sus estudios, o trabajarán para nosotros hasta que nos hayan devuelto nuestra inversión en ellos...

—¿Inversión? —medio exclamó Max—. ¿Desde cuándo la beneficencia tiene algo que ver con las inversiones?

—¿He dicho en algún momento que esto fuera una obra de beneficencia?

Max oyó frases en inglés pronunciadas con una mezcla de acento americano y franco-haitiano cuando paseaban por la planta alta, observando las aulas, viendo alumnos tan modélicos como los otros.

—Devolvernos nuestra inversión suele costarles seis o siete años. Un poco más las mujeres, que tardan ocho o nueve —prosiguió Carver—. Desde luego, pueden devolver simplemente el importe completo de una sola vez y quedan libres.

—Pero eso no ocurre nunca, porque, ¿de dónde van a sacar el dinero? —dedujo Max, con enfado en la voz y la mirada—. Las cosas no son como usted dice, señor Carver. Esos pequeños no nacen nadando en plata y oro.

—Yo no puedo remediar el hecho de haber nacido rico, del mismo modo que ellos no pueden remediar el hecho de haber nacido en la pobreza, Max —replicó Carver, con una sonrisa incómoda en sus delgados labios—. Comprendo sus escrúpulos, pero ellos están más que felices con lo acordado. Tenemos una tasa de retención del noventa y cinco por ciento. Por ejemplo, veamos el caso de la persona que está enseñando aquí —señaló a una pequeña mujer de piel clara, ataviada con un amplio vestido verde, que casi parecía un hábito religioso—. Eloise Krolak. Una de las nuestras. Es la directora de este lugar.

—¿Krolak? ¿Es polaca? —preguntó Max, estudiando a la directora un poco más de cerca. Su cabello, recogido en un severo moño, era todavía negro, salvo por un halo gris que asomaba en las raíces. Tenía una boca pequeña y prominente con los dientes un poco salidos. Cuando hablaba parecía un ratoncillo royendo un pedacito de comida.

—A Eloise la encontramos en las afueras del pueblo de Jérémie. Allí hay un montón de personas de piel muy clara. Muchos tienen los ojos azules, como Eloise. Descienden directamente de un pelotón de soldados polacos que desertaron del ejército de Napoleón para pelear al lado de Toussaint L'Ouverture. Cuando, con su ayuda, los franceses fueron derrotados, Toussaint les dio a los soldados el pueblo de Jérémie como recompensa. Hubo matrimonios mixtos y trajeron al mundo a algunas personas bastante hermosas.

«Con excepciones», pensó Max, mirando a la directora.

Continuaron hacia el siguiente piso. Carver les mostró el comedor y las zonas destinadas al personal, alojamientos y diversas oficinas.

—¿Dónde duermen los niños? —preguntó Max.

—En Pétionville. Los traen todas las mañanas y los llevan a casa al finalizar el día. Éste es el edificio de la escuela primaria. Hasta los doce años. Hay otro Arca de Noé en la otra calle.

—Usted sólo me ha hablado de los que tienen éxito, ¿verdad? De los listos —dijo Max.

—No le sigo.

—Sus sirvientes también salen de aquí, ¿verdad?

—No todos podemos llegar a lo más alto, Max, ser profesionales de altos vuelos. El espacio aéreo es limitado. Algunos tenemos que andar pegados al suelo.

—Entonces, ¿cómo los clasifican? ¿En superiores e inferiores? Los que andan a ras de suelo, ¿demuestran aptitudes para lustrar zapatos? —increpó Max, intentando, sin éxito, contener la indignación que impregnaba su voz. Aquél era un pueblo cuyos antepasados habían ido a la guerra para librarse de la esclavitud y aquí estaban los Carver haciéndolos retroceder otra vez prácticamente hasta el punto de partida.

—Usted no es de aquí y por eso no lo entiende —replicó Allain, con tono impaciente en la voz—. Contraemos un compromiso de por vida con todos y cada uno de los niños que están aquí. Los cuidamos. Les encontramos algo que hacer, que sea adecuado para ellos, que les permita ganar dinero, que les dé dignidad. Los empleos que les proporcionamos les permiten construirse o comprarse una casa y tener ropa, les permiten comer y tener un mejor nivel de vida que el noventa por ciento de los pobres bastardos que usted ve en la calle. Y si pudiéramos ayudarlos a todos, créame que lo haríamos. Pero no somos tan ricos. —Miró al detective de hito e hito y prosiguió—. Usted nos juzga a nosotros, a este lugar y lo que hacemos a través de sus criterios americanos, de esa retórica vacía que manejan ustedes: libertad, derechos humanos, democracia. Son sólo palabras huecas para consumo de su pueblo. Hablan de esas cosas, pero los negros de su país consiguieron los mismos derechos que ustedes hace menos de cuarenta años. —Carver hablaba más bajo, pero con furia certera. Sacó un pañuelo del bolsillo y se secó el sudor que se le había acumulado en el labio superior.

Max podría haber alegado ciertas cosas en defensa de su patria: que Estados Unidos al menos ofrecía a la gente libertad de elección, que allí cualquiera que tuviera la suficiente voluntad, determinación, disciplina y empuje podía tener éxito en la vida y que aún era la tierra de las oportunidades. Pero no llegó a hacerlo. No era el momento ni el lugar para enzarzarse en un debate.

—¿Alguna vez han cometido algún error? —preguntó Max, tras unos instantes de silencio—. ¿Han tenido a algún Einstein limpiando baños toda su vida?

—No, nunca —respondió Carver con tono desafiante—. Cualquiera puede ser idiota, pero no todos pueden ser inteligentes. Los segundos siempre se hacen notar.

—Ya veo —dijo Max, poco convencido.

—Usted no aprueba lo que hacemos aquí, ¿no es verdad? ¿No cree que es un sistema justo?

—Tal como dijo usted, señor Carver, no es mi país. Soy sólo un americano tonto, con la cabeza repleta de retórica y no tengo derecho a hablar de lo que está bien y lo que está mal —respondió Max.

—La esperanza media de vida aquí es de aproximadamente cuarenta y ocho años. Eso significa que uno está en la madurez a los veinticuatro. —Carver volvió a su tono de voz normal y equilibrado—. La gente que trabaja para nosotros, los que recorren el camino que les trazamos, viven más. Llegan a viejos. Ven crecer a sus hijos. Exactamente lo que se supone que tiene que poder hacer la gente. Estamos salvando vidas y fomentando vidas. Puede que usted no lo entienda, pero toda Europa funcionaba de esa manera antes de la Revolución Francesa. Los ricos cuidaban a los pobres. ¿Sabe que cuando nos ven venir la gente abandona a sus hijos para ver si los recogemos y les damos una vida mejor? Sucede constantemente. Lo que usted ve aquí puede parecer malo desde lejos, Max, pero de cerca, realmente, es más bien todo lo contrario.

Partieron hacia Saut d'Eau a las cuatro de la mañana del día siguiente. Conducía Chantale. La cascada estaba sólo sesenta y cinco kilómetros al norte de Puerto Príncipe, pero treinta kilómetros del recorrido debían hacerse por las peores carreteras de Haití. Con buen tiempo, el viaje de ida y vuelta podía suponer diez horas; con mal tiempo, el doble.

Chantale llevaba un pequeño cesto de comida para el viaje. Aunque a lo largo del camino no faltaban lugares en los que uno podía detenerse a tomar algo y cerca de la cascada había un pequeño pueblo turístico llamado Ville Bonheur, no convenía fiarse de la comida en Haití. A veces servían perros, gatos, alimañas, o cosas por el estilo, haciéndolas pasar por cerdo, pollo o carne de res.

—¿Por qué vas a Saut d'Eau? ¿Cuál es la razón exacta del viaje? —preguntó Chantale.

—Antes de nada, quiero hablar con ese tipo, *Le-Ball-eck*. Faustin sabía quién secuestró a Charlie. Es posible que haya compartido la información o dejado alguna pista. Además, Clarinette fue el último lugar al que se dirigieron mis predecesores antes de desaparecer. Quiero averiguar por qué, qué es lo que vieron u oyeron. Tienen que haber estado cerca de algo importante.

—¿No crees que, a estas alturas, quienquiera que esté detrás del asunto se habrá preocupado de que no quede ni un solo rastro, ni menos aún prueba alguna?

—Sí. —Max asintió con la cabeza—. Pero nunca se sabe. Tal vez se les haya pasado algo por alto. Siempre existe esa posibilidad.

—Remota —puntualizó Chantale.

—Como siempre, como en todos los casos. Uno siempre espera que el criminal sea más tonto y menos cuidadoso que uno. A veces se tiene suerte —soltó una risita.

—No has mencionado a Filius Dufour.

—¿La mierda esa de «vaya a la fuente del mito»? Lo último que voy a hacer es seguir los consejos de un adivino. Yo trato con los hechos, no con la fantasía. Si uno necesita asociarse con un ocultista, es que la investigación se está perdiendo en la niebla.

—Dudo que tú creas eso —dijo Chantale.

—Si él se preocupara por el niño y realmente supiera algo, lo habría dicho.

—Tal vez tenía prohibido hablar lo más mínimo.

—¡Ah! ¿Quién se lo ha prohibido? ¿Los fantasmas con los que habla? ¡Vamos, Chantale! El tipo sabe tanto como yo: nada de nada.

Durante la primera hora marcharon en la más completa oscuridad, dejaron atrás Pétionville y pasaron junto a un solitario poste de telégrafos, con carteles publicitarios, rumbo a las montañas. El camino era sorprendentemente liso, hasta que enfilaron una curva muy cerrada, en torno a las primeras colinas, y el terreno pasó a ser de grava primero y luego pura escombrera. Chantale redujo considerablemente la velocidad y encendió la radio. La emisora de las fuerzas americanas estaba emitiendo *I Wish I Could Fly,* de R. Kelly. Chantale movió rápidamente el sintonizador y llegó a una en la que sonaba el rapero Wu Tang Clan: *America is Dying Slowly.* Cambió a una emisora en la que se escuchaba palabrería haitiana; en otra radiaban una misa. Las demás eran de la República Dominicana y emitían a todo volumen una mezcla de salsa, cháchara, un evento deportivo, probablemente fútbol, a juzgar por el tono, y otra misa; todo en español. A Max la cosa le hizo reír, porque le recordó la radio de Miami, con la diferencia de que aquí todo era mucho más caótico de lo que jamás permitirían allí.

Chantale sacó un cassette de su bolso y la metió en el radio.

—Sweet Micky —explicó.

Era la grabación de un concierto. La voz de Sweet Micky sonaba como un papel de lija al ser frotado con un rallador de queso; su modo de cantar era un muestrario de gritos, ladridos, alaridos, risas y, para las notas más agudas, aullidos quejumbrosos de gatos furiosos. La música de acompañamiento era un funk alocado, tocado a un ritmo frenético, que no amainaba nunca. Max no había escuchado antes nada semejante. Chantale se dejaba llevar por la canción, bailando con el cuerpo entero, golpeando las manos contra el volante y los pies contra los pedales, moviendo la cabeza, el torso y las caderas. Cantaba, susurrante, el estribillo: «*Tirez sûr la gâchette -¡¡paff!!-¡¡paff!!-¡¡paff!!*». Colocaba la mano en forma de revólver y sonreía para sí misma, con los ojos llenos de alegría y agresividad.

—Supongo que ese tema no era *Imagínate a toda la gente viviendo en paz*, ¿no? —dijo Max cuando terminó la canción y la joven quitó la cinta.

—No. Habla del *raras*, una especie de ritmo ambulante que la gente baila en la época del carnaval, yendo de una calle a otra, de una aldea a otra. Dura días. Es bastante desenfrenado, además. Con montones de orgías y asesinatos a su alrededor.

—Suena bien —bromeó Max.

—Tendrías que verlo.

—¿Cuándo es?

—Antes de Pascua.

—Entonces espero no verlo. —Max rio.

—¿Te vas a quedar aquí hasta que encuentres a Charlie? ¿Aunque te lleve mucho tiempo?

—Espero no eternizarme, pero sí, seguiré aquí hasta que esté terminado el trabajo.

Max vio la sonrisa de Chantale, iluminada por las luces verdes y rojas del salpicadero.

—¿Qué harás si te quedas sin pistas?

—No es que por ahora haya muchas que digamos. Estamos verificando rumores, mitos, cosas que alguien oyó decir a alguien. Nada sólido.

—¿Qué pasará si esas vías de investigación se agotan? ¿Qué harás entonces?

—Ya veremos.

—¿Y si está muerto?

—Probablemente lo está, si quieres que te sea franco. Sólo tendremos que encontrar el cadáver y la persona o las personas que le hayan quitado la vida, y averiguar por qué lo hicieron. El motivo siempre es importante —declaró Max, muy serio.

—No eres de los que abandonan, ¿eh?

—No me gustan los asuntos inconclusos.

—¿Eso lo aprendiste de niño? —preguntó Chantale, girando la cara para mirarle.

—Sí, supongo que sí. No de mis padres. No conocí a mi padre. Se fue cuando yo tenía seis años y nunca volvió. Lo más parecido a un padre que he tenido era un tío llamado Eldon Burns. Era un policía que regentaba un gimnasio de boxeo en Liberty City. Entrenaba a niños del lugar. Fui allí a los doce años. Me enseñó a pelear y muchas cosas más. En el ring aprendí algunas de las lecciones más importantes de la vida. Eldon tenía carteles con reglas de comportamiento pegados en las paredes de los vestuarios. Uno no podía dejar de verlas. Una regla decía: «Termina siempre lo que empieces». Si estás corriendo una carrera y vas el último, no te acobardes y sigue hasta el final, tienes que llegar de todas maneras a la meta. Si es una pelea y te están destrozando, no digas «ya es suficiente» y te retires a tu rincón; lucha hasta que suene la última campana. —Los recuerdos hicieron sonreír a Max—. «Haz esfuerzos ordinarios y un día serás extra-ordinario», decía otra regla. Es una buena norma.

—¿Gracias a aquel hombre te hiciste policía?

—Sí —asintió Max—. Durante un tiempo, después, fue mi jefe.

—¿Todavía siguen en contacto?

—Contacto directo, no —dijo Max. Él y Eldon habían reñido antes de que Max fuera a la cárcel, y no se habían hablado desde hacía más de siete años. Eldon no le había fallado ni en el juicio ni en el funeral de Sandra, pero hizo ambas cosas por sentido del deber, para devolver favores. Ahora estaban en paz.

Chantale percibió animosidad en Max y volvió a encender la radio, hasta que encontró un discreto piano que tocaba las notas de *I Wanna Be Around*.

Empezaba a salir el sol por detrás de las montañas. Se veían siluetas de picos negros recortadas contra un cielo pintado con los tonos malvas del amanecer.

—¿Y qué hay de ti? —preguntó Max—. ¿Cómo está tu madre?

—Muriendo. Lentamente. A veces con muchos dolores. Dice que estará bien cuando ya se haya ido.

—¿Y tu padre?

—No le conozco —contestó Chantale—. Mi madre se quedó embarazada durante una ceremonia. En ese momento fue poseída por un espíritu; ése fue mi padre. Se llama Chevalier, que significa «caballero» en francés y «llevado por los dioses» en nuestra lengua.

—¿Así que eres la hija de un dios? —bromeó Max.

—¿No lo somos todos, Max? —replicó con una sonrisa.

—¿Te ha poseído alguna vez a ti... *Chevrolet?*

—Chevalier, no Chevrolet —corrigió, fingiendo indignación—. Y no. No me ha rozado siquiera. No he estado en una ceremonia desde que era adolescente.

—Siempre hay tiempo —sugirió Max.

Chantale volvió la cabeza y le lanzó una mirada escrutadora, matizada por el deseo. Max lo notó y se excitó, no pudo evitar que sus ojos se deslizaran hacia la boca de la mujer, al pequeño lunar que tenía debajo del labio inferior. Se preguntó, y no por primera vez, qué tal se comportaría ella en la cama y supuso que sería espectacular.

Se hizo de día. La carretera por la que iban era una huella de tierra que cortaba una seca y árida llanura salpicada de piedras blancas y algunos esqueletos de animales, totalmente limpios y blanqueados. No había árboles ni arbustos a la vista, sólo cactus. El desolado paisaje recordó a Max las postales que recibía de los amigos que viajaban a los grandes Estados del suroeste estadounidense.

El coche se internó por las montañas. No tenían nada que ver con las de su país. Max había estado en las Rocosas y los Apalaches, pero éstas eran completamente diferentes. Enormes montículos marrones de tierras muertas, erosionadas lenta pero sistemáticamente por cada ráfaga de viento, por cada gota de lluvia. Era difícil hacerse a la idea de que alguna vez el país entero había sido una selva tropical, que aquel lugar de pesadilla había tenido vida, que había sido la piedra angular del comercio de un gran imperio extranjero. El detective trató de imaginarse cómo sería la gente que vivía en las montañas, y se la representó como una mezcla de superviviente de campo de concentración y víctima del hambre en Etiopía.

Pero estaba equivocado.

Podían ser muy pobres, pero las gentes del campo vivían, de alguna manera, mejor que las almas miserables de la ciudad. Los niños, aunque flacos, no tenían los cuerpos abotargados, los vientres hinchados, ni las miradas desesperadas, famélicas, de los de Puerto Príncipe. Las aldeas por las que pasaron no tenían nada que ver con las espantosas casuchas de Cité Soleil. Eran conjuntos de pequeñas chozas, con tejados de paja y gruesas paredes pintadas con vivos colores, rojos, verdes, azules, amarillos. Hasta los animales tenían mejor aspecto: los cerdos no parecían cabras, las cabras no parecían perros, los perros no parecían zorros, los pollos no parecían pichones anoréxicos.

La carretera empeoró y tuvieron que aminorar aún más la velocidad. Iban a paso de tortuga. Tuvieron que sortear socavones de metro y medio de profundidad, salir de auténticos cráteres, tomar lentamente curvas muy cerradas, por si alguien venía de frente. No vieron ni un solo coche, pero había unos cuantos restos de vehículos accidentados de los que quedaba sólo el armazón. Max se preguntó qué habría sido de los conductores.

Pese al aire acondicionado, que mantenía fresco el coche, el detective podía sentir el calor del exterior, que bajaba del cielo azul brillante, sin una nube.

—Allain no te contó todo sobre El Arca de Noé —dijo Chantale de pronto—. Lo que no me sorprende, dada tu actitud.

—¿Crees que me pasé de la raya al decir lo que dije?

—Ambos tenían razón —respondió—. Sí, su forma de pensar está mal, pero mira este lugar. Hay más gente que cultivos.

—¿Qué es lo que no me contó?

—Cosas de fondo, relativas a los contratos. A lo largo de toda su vida, mientras van creciendo, a esos niños se les recuerda constantemente de dónde vinieron y quién fue el que los sacó de allí. Los llevan a Cité Soleil, a Carrefour, a otros lugares asquerosos. Los llevan a ver a personas muriendo por desnutrición o enfermedades, no para inculcarles compasión, sino para enseñarles a tener gratitud y respeto, para que sepan que los Carver son sus salvadores, que les deben sus vidas a la familia.

—¿Así que les lavan el cerebro?

—Reciben educación, se les enseña el credo de los Carver junto con los verbos y la tabla de multiplicar —contó Chantale—. De todas maneras, básicamente, quedan convencidos de que si abandonan El Arca, en un minuto terminarán en los poblados, con la gente miserable.

—Así que, cuando llegan a los diecisiete o dieciocho años y aparecen los contratos, renuncian encantados al derecho a disponer de su vida —concluyó Max—. Y entonces cambian El Arca de Noé por el imperio de los Carver.

—Así es.

—¿Por qué te contrataron a ti?

—A Allain le gusta contratar a gente de fuera —dijo—. Excepto para trabajar de sirviente.

—Pero ese contrato... no tiene validez en el extranjero, ¿verdad? Digamos que estás estudiando en América y decides que quieres ir a trabajar a JP Morgan, en lugar de hacerlo para Gustav Carver. No pueden impedírtelo.

—No, no pueden, pero lo hacen —aseguró bajando la voz, como si alguien estuviera escuchando.

—¿De qué manera?

—Tienen contactos en todas partes. Son personas muy ricas, muy poderosas. Gente con influencia. Intenta romper un trato con ellos y ellos romperán tu vida.

—¿Te consta que haya sucedido alguna vez?

—No es algo de lo que ellos alardeen ni que nadie se dedique a investigar, pero estoy segura de que ha sucedido —dijo Chantale.

—¿Qué les sucede a los niños que no cumplen, a los niños problemáticos, a los que arman bulla en las últimas filas de pupitres?

—Tampoco es algo de lo que ellos hablen abiertamente, pero Allain me ha contado que los chicos imposibles son devueltos a su lugar de origen.

—Vaya, qué gente tan civilizada —declaró Max con amargura.

—Es la vida. La existencia no es fácil en ninguna parte, pero aquí es peor. Es el infierno. No es como creen esos niños, que no saben lo afortunados que son.

—Tienes que cambiar de trabajo. Hablas como tu jefe.

—Vete al demonio —soltó entre dientes, y subió el volumen de la radio.

—Gracias —le dijo Max.

—¿Por qué?

—Por abrir una nueva vía de investigación en este caso: El Arca de Noé.

—¿Estás pensando que la persona que secuestró a Charlie podría haber sido expulsada de allí?

—Sí, o que los Carver le arruinaron el futuro. Una vida a cambio de una vida. Uno de los móviles más viejos que existen: la venganza.

—Si tú lo dices —apostilló Chantale.

CAPÍTULO

35

Para la mayor parte de los haitianos, Saut d'Eau es un lugar en el que las aguas fluyen entre magias y milagros. La leyenda cuenta que el 16 de julio de 1884 la Virgen María se le apareció a una mujer que estaba en el torrente, lavando ropa. La visión se convirtió en una paloma blanca que voló hacia el interior de la cascada, confiriendo para siempre a la catarata los poderes del Espíritu Santo. Desde entonces, Saut d'Eau atrae a miles de visitantes todos los años, peregrinos que van a colocarse debajo de las aguas benditas y que rezan en voz alta pidiendo la curación de sus enfermedades, poder pagar sus deudas, obtener buenas cosechas o soluciones rápidas para conseguir el visado de entrada a Estados Unidos. Por otra parte, el aniversario de la aparición de la Virgen se celebra con un famoso festival que tiene lugar en el entorno de la cascada, y dura todo el día y toda la noche.

El propio Max casi se quedó prendado de la leyenda cuando vio el lugar por primera vez. Lo último que esperaba encontrar después de tantas horas conduciendo por el árido páramo era un pequeño pedazo de paraíso tropical, un proverbial oasis, un espejismo hecho realidad. También un santuario, un recordatorio de cómo había sido alguna vez la isla y de todo lo que había perdido.

Para llegar a la cascada, Max y Chantale habían tenido que caminar por la ribera de un ancho arroyo que se abría paso por un tupido bosque de árboles densamente apretados, rebosante de vida vegetal, con lianas y gran profusión de plantas de dulce perfume y vivos colores. No estaban solos. A medida que se acercaban a su destino, más y más gente se les había ido uniendo, la mayoría descalza. Algunos marchaban montados en burros y en caballos que parecían cansados. Todos peregrinaban en busca de curación. Cuando éstos llegaron al arroyo, lo vadearon, caminando solemne y humildemente hacia la cascada, de treinta metros de altura. Pese al gran rugido del agua había una profunda quietud en el bosque, como si la esencia del silencio mismo brotara de la tierra y de los millares de formas de vegetación que hacían del lugar un paraíso. La gente parecía notarlo, porque nadie hablaba ni hacía demasiado ruido en el agua.

Max vio que algunos de los árboles situados a lo largo del camino estaban repletos de velas y cubiertos de fotografías de personas, de santos, de coches; había hasta postales, la mayoría de Miami y Nueva York. También se veían fotos recortadas o arrancadas de revistas y periódicos. Chantale le explicó que esos árboles, con sus enormes y gruesos troncos y sus delgadas ramas larguiruchas, algunas de las cuales colgaban llenas de frutos con forma de pepinos, se llamaban *mapou* en Haití. Eran sagrados para el vudú: árboles de cuyas raíces se decía que eran una conexión con los *loas,* los dioses. Servían de contacto entre este mundo y el otro, y su presencia indicaba la cercanía de agua fluyendo. El árbol estaba ligado inextricablemente a la historia de Haití. Se rumoreaba que la rebelión de esclavos que había culminado con la independencia del país había empezado bajo un *mapou,* en el pueblo de Gonaïves, cuando un niño blanco raptado fue sacrificado al demonio a cambio de su ayuda para vencer a los ejércitos franceses; la independencia de Haití fue declarada debajo del mismo árbol en 1804.

Cuando llegaron a la cascada se detuvieron en la orilla, cerca de un *mapou*. Max dejó en el suelo el cesto que había acarreado. Chantale lo abrió y extrajo un pequeño saco de terciopelo púrpura, cerrado con un cordón. Sacó cuatro candelabros metálicos, que colocó en el árbol, en cuatro puntos equidistantes. Moviéndose en el sentido contrario a las agujas del reloj, clavó cuatro velas en los candelabros. Una blanca, una gris, una roja y una color lavanda. Luego sacó una foto de su cartera, la besó con los ojos cerrados y la colocó en medio del rombo de velas. Se salpicó las manos con el contenido de una pequeña botella de agua y luego se dio masaje en las manos y los brazos con el líquido, que olía a sándalo. Su-

surrando quedamente, encendió cada vela con una cerilla y luego, inclinando la cabeza hacia atrás, miró hacia arriba, al cielo, y extendió los brazos.

Max se apartó un poco para permitirle que tuviera algo de intimidad. Miró la cascada. A la izquierda había un claro entre los árboles por el que se colaba el sol y producía un gigantesco arco iris en la bruma que surgía del torrente. La gente permanecía de pie sobre las rocas situadas directamente debajo de la cascada, dejándose golpear los cuerpos por el agua. Otros estaban a unos metros, a los lados, donde el caudal no caía con tanta fuerza. Cantaban y alzaban las manos al cielo, de un modo muy parecido a lo que hacía Chantale; algunos sacudían instrumentos similares a maracas, otros batían palmas y bailaban. Todos estaban desnudos. Al llegar cerca de las rocas, junto a la caída del agua, se despojaban de sus ropas en el arroyo y dejaban que la corriente se las llevara. En el arroyo mismo, los peregrinos se quedaban de pie, sumergidos hasta la cintura, lavándose con hierbas y con barras de jabón amarillo que compraban a unos niños que estaban en la orilla. Max vio que varios peregrinos estaban en trance, de pie, inmóviles en poses de crucifixión. Otros parecían poseídos, sacudiendo el cuerpo, moviendo violentamente la cabeza hacia delante y hacia atrás, sacando y metiendo la lengua de la boca en perpetuo movimiento.

Chantale se aproximó a Max y le puso la mano en el hombro.

—Eso lo he hecho por mi madre —explicó—. Es un ritual para pedir por los enfermos.

—¿Por qué se deshacen de la ropa? —preguntó Max, moviendo la cabeza en dirección a los fieles.

—Es parte del ritual. Primero se despojan de la carga de su mala suerte pasada, simbolizada por la ropa, y luego se lavan, dejando que la cascada los limpie. Es como una especie de bautismo. Hacen un gran sacrificio al deshacerse de sus ropas, porque toda esta gente que ves aquí tiene muy pocas.

Chantale comenzó a andar por la orilla, en dirección al agua, con una botella vacía en la mano.

—¿Te vas a meter? —preguntó Max, incrédulo.

—¿Tú no? —respondió ella, sonriendo, con mirada insinuante.

Max se sintió condenadamente tentado, pero se contuvo.

—Quizá la próxima vez —dijo.

Chantale compró a los niños una barra de jabón y un puñado de hierbas y luego se metió en el agua y empezó a cruzar el arroyo hacia las oscuras rocas y el torrencial caudal de agua que las machacaba.

Antes de llegar a la cascada, se quitó la camisa y la dejó caer en el agua. Se enjabonó la cara y el torso desnudo y luego se subió a las rocas. Se quitó los pantalones y los arrojó junto con los zapatos.

Max no podía quitarle los ojos de encima. Sin ropa era todavía más guapa de lo que había imaginado. Sus piernas eran sólidas, el vientre plano, los hombros bien proporcionados, los pechos pequeños y firmes. Tenía cuerpo de bailarina, no atlético, sino ágil y lleno de gracia. Max trató de imaginarse cuánto de aquella belleza se debía a los genes y cuánto al ejercicio, pero luego se dio cuenta de que la estaba mirando demasiado fijamente y salió de su estado casi extático.

Ella le vio mirándola y sonrió y le saludó con la mano. Max le devolvió el saludo, de modo automático, tontamente, volviendo de golpe a la realidad, avergonzado de que le hubiera sorprendido espiándola.

Chantale dio un paso atrás y se metió en mitad del torrente, justo debajo del más recóndito borde del arco iris, donde el agua caía con más fuerza y más pesadamente. Max la perdió de vista por completo, confundiéndola una y otra vez con otros bañistas y con sus sombras, o sus siluetas borrosas a causa de la bruma. Por momentos parecía haber mucha gente junto a ella, limpiando sus almas, y luego, de pronto, la cascada le pareció completamente vacía, como si los peregrinos se hubieran disuelto en el agua o se hubieran marchado junto con las ropas de las que se habían desprendido.

Mientras trataba de localizar a Chantale, algo a su izquierda le llamó la atención; presintió que allí había alguien que le estaba observando. No le miraban con curiosidad o asombro, tal como lo habían hecho algunas personas de camino a la cascada; parecía estudiarle un ojo experto. Tuvo esa sensación porque le habían enseñado a reconocerla en la academia de policía. Muchos criminales eran condenadamente paranoicos y tenían un agudo sentido de la sospecha, igual que los ciegos desarrollan los sentidos del olfato y el oído. Sabían si estaban siendo observados; de hecho, sentían la presencia de otra persona, percibiendo cada respiración, cada movimiento. Por eso a los policías se les enseñaba la «regla de oro de la observación»:

nunca mirar directamente al blanco, sino fijar la vista cinco grados a su izquierda o su derecha, para mantenerlo vigilado sin que parezca que se le mira.

Quien le estuviera observando no había aprendido tal técnica. Tampoco debía conocer otra regla importante, la que aconseja mantenerse siempre fuera del campo visual. Si uno va a ver, no debe ser visto.

Estaba de pie sobre las rocas, lejos del lugar donde caía el agua, oculto en parte por la bruma. Era un hombre alto, delgado, con harapientos pantalones azules y una camiseta de manga larga de los Rolling Stones que estaba hecha jirones y tenía el dobladillo deshilachado. Miraba directamente a Max, sin mostrar ninguna expresión en lo poco que se le podía ver del rostro, bajo la gruesa mata de rastas que colgaban de su cabeza como las patas de una tarántula.

Chantale reapareció en las rocas, sacudiéndose el agua y alisándose el pelo con los dedos. Volvió a bajar al arroyo y comenzó a caminar hacia Max.

Al mismo tiempo, el tipo de las rastas se metió en el agua y también avanzó hacia donde estaba él. Tenía en las manos algo que no quería que se mojara, porque lo sostenía con los brazos en alto, por encima de la superficie del agua. Los fieles se apartaban de su camino, intercambiando miradas llenas de inquietud, algunos dirigiéndose a toda prisa hacia la ribera. Una mujer que parecía estar en trance lanzó un manotazo violento hacia lo que él tenía en las manos. El individuo le dio un terrible codazo en la cara, haciéndola caer al agua, de espaldas. Los espíritus habían huido de su cuerpo al emerger, con la cara chorreando sangre.

Cuando el de las rastas estuvo cerca, Max le hizo un gesto a Chantale para que volviera hacia las rocas. Ahora el tipo estaba cerca de la orilla. Max pensó en apuntarle con la pistola y hacer que se detuviera, pero si el tipo era un chiflado, no serviría de nada. Algunas personas quieren que uno les dispare, simplemente porque ellos no han tenido los cojones suficientes para librarse a sí mismos de sus sufrimientos.

El desconocido aminoró el paso y se detuvo justo frente a Max, metido en el agua hasta los tobillos. Le tendió lo que llevaba en las manos: una caja de hojalata abollada y oxidada en la que todavía podía reconocerse algo de su etiqueta original, una gran rosa azul, pegada a ella.

Max estaba a punto de avanzar hacia él cuando una enorme piedra llegó volando y golpeó al hombre en un lado de la cabeza.

—¡*Iwa!* ¡*Iwa!*

Se oyeron gritos de niños asustados justo detrás de Max.

De pronto el hombre de las rastas recibió golpes procedentes de todas las direcciones, un fuego cruzado de piedras grandes y pequeñas, arrojadas con sorprendente precisión, todas pegándole en alguna parte del cuerpo.

Max se agachó y retrocedió hacia la orilla, donde se encontraban, juntos, los que tiraban piedras. Era un pequeño grupo de niños, el mayor de los cuales podría tener doce años.

—¡*Iwa!* ¡*Iwa!*

Esto envalentonó a los fieles, que hasta ese momento habían permanecido inmóviles como postes. Empezaron a apedrear, también ellos, al desgraciado, pero no tenían la puntería de los niños y sus lanzamientos caían lejos del blanco, golpeando a otros peregrinos, que caían al agua, o dando en pleno rostro a varios posesos, que o bien salían del trance o sufrían espasmos aún más violentos.

El de las rastas, que aguantaba en pie, recibió una pedrada en las manos. Dejó caer la lata, que cayó al arroyo, desapareció bajo la superficie y luego reapareció unos pocos metros más allá.

El hombre fue por ella, corriendo todo lo que pudo, esforzándose por avanzar en el agua, perseguido por aluviones de piedras y por los peregrinos más audaces, quienes creyendo que huía de ellos, le perseguían con palos, pero sin la menor prisa por alcanzarle.

En unos instantes, el individuo se esfumó arroyo abajo.

Cuando ya era evidente que no regresaría, las cosas volvieron a la normalidad. Los espíritus poseyeron de nuevo a los cuerpos que habían abandonado, los fieles retornaron a las aguas del arroyo, a enjabonarse y a trepar por las rocas hacia la cascada, y los niños de la orilla se ocuparon otra vez de sus cestas.

Chantale regresó. Max le tendió una toalla y ropa que sacó del cesto.

—¿Qué significa *e-wah*? —le preguntó el detective, mientras la veía secarse la cabeza.

—¿*Iwa*? Significa «ayudante del demonio». Una persona que trabaja con los *bokors*. Aunque yo no creo que ese hombre lo fuera. Probablemente es sólo un chiflado de los muchos que hay por aquí.

Se ven muchos por todas partes. Y especialmente en esta zona. Cuando llegan son normales, experimentan una posesión, y ya no se van jamás.

—¿Qué crees que quería de mí?

—Tal vez creyó que eres un *loa,* un dios —respondió, mientras se ponía un sujetador muy juvenil.

—Si yo fuera un dios de esos, las cosas tendrían otro color —dijo Max riendo. Pero al repasar mentalmente el incidente no le resultó tan fácil hacer caso omiso de él, quitarle importancia. Estaba seguro de que el tipo de las rastas sabía quién era él, o qué estaba haciendo allí, a quién estaba buscando. Cuando intentó acercarse le había mirado fijamente, de forma deliberada, asegurándose de que captaba su atención. Sólo entonces se había arriesgado. Le habría gustado saber qué había en la lata.

CAPÍTULO
36

Clarinette era una aldea que estaba convirtiéndose en pueblo. Su núcleo se encontraba en la cima de una colina, con vistas a la cascada. Las laderas estaban plagadas de casas de una sola habitación, chozas y casuchas de cartón, desparramadas tan al azar que, en la distancia, a Max le pareció que alguien había lanzado cajas y desperdicios sin ton ni son.

Cuando bajaron del coche, la gente se detuvo a mirarlos. Los adultos los estudiaban de pies a cabeza, examinaban el Landcruiser y seguían adelante, atendiendo sus asuntos, como si ya hubieran visto todo eso en otras ocasiones. Todos los niños, sin embargo, huían corriendo. Sobre todo parecían tener miedo de Max. Algunos buscaban a sus padres, para señalarle, otros iban a por sus amigos, que se aproximaban tímidamente en grupos de tres o cuatro, encogidos, y salían corriendo en cuanto el detective los miraba. Se preguntó si el miedo que les inspiraba se debía sólo a no haber visto nunca a alguien con su aspecto, o si los recelos hacia el hombre blanco no estarían en su código génetico.

El edificio más alto de Clarinette era su imponente iglesia, una especie de círculo de cemento, de color amarillo, coronado por un tejado de juncos y una sencilla cruz negra. Tenía cuatro veces el tamaño de la segunda construcción más grande, que era un bungaló azul, y hacía que las casuchas de barro y latón chapuceramente construidas que se agrupaban de manera desordenada a su alrededor parecieran enanas. Max supuso, a juzgar por la ubicación de la iglesia, justo en el centro de la aldea, que había sido la primera construcción, y que luego la comunidad creció a su alrededor. La iglesia no parecía tener mucho más de cincuenta años.

El extremo superior de la cruz rozaba las nubes, que eran increíblemente bajas y sellaban la aldea con una impenetrable capa de penumbra, que el sol, pese a toda su fuerza, no podía vencer. La erosión gradual de las cadenas montañosas cercanas había puesto el cielo un poco más al alcance de la mano.

Había en el aire cierta frescura, saludables ráfagas de fragancia de naranja y de hierbas salvajes que atenuaban el olor a fuego de leña y a cocina. Al fondo, sobre el barullo de la gente que iba de acá para allá, se escuchaba el constante ruido de la cascada, que estaba unos pocos kilómetros más abajo. Su bramido se convertía allí en un persistente gorgoteo, como de agua fluyendo por un desagüe.

Anduvieron a través de la aldea, hablando con la gente a medida que la recorrían. Nadie sabía nada de Charlie, Beeson, Medd, Faustin o Leballec. A Max le pareció que no estaban mintiendo. Las preguntas sobre Tonton Clarinette sólo provocaban risas. Max se preguntó si Beeson y Medd realmente habrían ido allí, si Désyr no los habría despistado deliberadamente.

Al acercarse a la iglesia, oyeron golpes de tambor que procedían de su interior. Max notó que aquellos ritmos le resultaban familiares, incluso que se apoderaban de él, de su sistema nervioso. Inconscientemente, movía los dedos, las manos enteras, al compás de la extraña percusión.

La puerta de la iglesia estaba cerrada con candado. En la pared había un gran cartel que tenía una prominente imagen de la Virgen María. Chantale lo leyó y se rio.

—Este lugar no es lo que piensas. No es una iglesia, Max —dijo—. Es un *hounfor*, un templo vudú. Y la imagen que ves no es de la Virgen María, es Erzilie Freda, nuestra diosa del amor, nuestra Afrodita, una de las divinidades más importantes y veneradas.

—Pues parece la Virgen María —repuso Max.

—Claro, las hacen así con esa intención. En la época en la que Haití era una colonia francesa, los amos trataron de controlar a los esclavos erradicando la religión vudú, que habían traído con ellos de África, y convirtiéndolos al catolicismo. Los esclavos sabían que no tenía sentido resistirse a sus amos, que estaban fuertemente armados.

Fingieron las conversiones; pero en realidad fueron muy astutos. Adoptaron los santos católicos como sus propios dioses. Fueron a la iglesia tal como se suponía que debían hacerlo, pero en lugar de adorar a los iconos de Roma, los adoraban considerándolos sus *loas*. San Pedro se convirtió en Papá Legba, el *loa* de los extraviados; a san Patricio se le rezaba llamándole Damballah, la serpiente *loa*; san Jaime se convirtió en Ogu Ferraille, el *loa* de la guerra. Y María, ya ves.

—Gente lista —dijo Max.

—Así fue como obtuvimos la libertad —comentó Chantale, sonriente. Se dio la vuelta para ver el cartel durante un momento y luego volvió a mirar a Max—. Hay una ceremonia hoy a las seis. ¿Podemos quedarnos a presenciarla? Quiero hacer una ofrenda por mi madre.

—Sí, claro. —A Max no le importaba, aun cuando ello significaba hacer el viaje de regreso a Pétionville en la más completa oscuridad. Quería ver la ceremonia, sólo por satisfacer su curiosidad. Nunca había asistido a ninguna de verdad. La visita a tan remoto lugar no habría sido del todo en vano.

Abandonaron la aldea principal y anduvieron hacia el este, donde había dos árboles de *mapou*; Max se maravilló de lo tranquilo y silencioso que resultaba el campo, después de lo sufrido en la capital.

Llegaron a una pared larga y baja, de arenisca, que habían dejado a medio terminar.

—¿Quién querría construir algo aquí? Esto está en mitad de la nada —dijo Chantale.

—Tal vez ahí esté justamente la clave.

—Es demasiado grande para ser una casa —comentó la joven, siguiendo la pared con la vista, en dirección hacia las montañas que estaban detrás de la aldea.

Los dos árboles de *mapou* estaban adornados con cabos de velas consumidas, cintas, mechones de pelo, fotografías y pequeños trozos de papel escritos a mano. Un pequeño trecho más allá, un arroyo poco profundo fluía tranquilamente en dirección al abismo de Saut d'Eau. Habría resultado un rincón idílico de no ser por dos perros de presa que jugaban en medio del agua.

El dueño, un hombre bajito y fornido, vestido con pantalones vaqueros y camisa blanca impecablemente planchada, estaba de pie al otro lado del arroyo, mirando al mismo tiempo a sus animales y a Max y Chantale. Tenía una escopeta Mossberg en la mano izquierda.

—*Bonjour* —saludó—. ¿Americano?

—Así es —confirmó Max.

—¿Estar con los militares?

—No.

—¿Visitar la cascada? —preguntó el hombre, caminando a lo largo de la otra orilla hasta quedar frente a ellos. Los perros le siguieron.

—Sí, hemos ido allí.

—¿Gustarles?

—Sí, claro.

—¿Parecer a las del Niágara?

—No lo sé. Nunca he estado allí.

—Más arriba haber unas piedras planas, puedo guiarlos hasta allí para que poder cruzar sin tener que meterse en agua —señaló vagamente un punto en el riachuelo—. Es decir, si querer venir a este lado.

—¿Qué hay allí? —preguntó Max, sin moverse de la protectora sombra de los árboles.

—Sólo el cementerio francés.

—¿Por qué francés?

—El lugar donde estar enterrados los soldados franceses. Los hombres de Napoleón. Era una plantación de tabaco. Había una pequeña guarnición emplazada donde estar el pueblo. Una noche los esclavos sublevar y hacerse con el control de la guarnición. Traer los soldados aquí, justo donde estar ustedes entre esos dos *mapoux*. Uno por uno, hacerlos arrodillar sobre un *vévé* consagrado al Barón Samedi, el dios de la muerte y los cementerios, y rajarles la garganta —explicó, pasándose el dedo por el cuello y emitiendo un chasquido con la lengua para acompañar el gesto—. Juntar la sangre que les manaba del cuello y hacer una poción que beber todos. Luego ponerse los uniformes de los soldados, pintarse las caras y las manos de blanco, de esa manera poder engañar a cualquiera que verlos a la distancia, y salir de saqueo, matando, violando y torturando a todos los hombres, mujeres y niños blancos que encontrar. Ninguno de ellos recibir ni un rasguño. Cuando terminar, una vez libres, regresar todos aquí, donde establecerse.

Max miró los árboles y la tierra sobre la que estaba de pie, como si algo en el terreno pudiera traicionar su historia; luego, al no hallar nada digno de nota, él y Chantale siguieron por la orilla hasta que encontraron las piedras salientes para cruzar el arroyo, saltando de una a otra.

El hombre y los perros acudieron a recibirlos. Max calculó que sería más o menos de su misma edad, cuarenta y tantos, o tal vez algunos años más. Tenía una oscura cara redonda y pequeños ojos centelleantes, muy alegres. Se diría que acababa de recuperar la compostura tras oír el chiste más gracioso del mundo. Su frente estaba marcadamente arrugada y tenía surcos profundos rodeándole las ojeras, pequeñas arrugas que prolongaban los extremos de su boca y una barba de pocos días que le salpicaba la mandíbula. Parecía fuerte y saludable, con brazos musculosos y el pecho saliente como un barril. En su juventud podría haber sido culturista profesional, pensó Max. Nunca se habían visto, pero el detective sabía algo de él. Su postura, el acento, la complexión y la mirada le delataban: era un ex convicto.

Max le tendió la mano e hizo las presentaciones.

—El nombre es Philippe —dijo él en su extraño inglés, y se rio, enseñando la mejor dentadura de todas las que Max había visto en un haitiano. Tenía la voz ronca, no de gritar ni por enfermedad, notó Max, sino por falta de uso. Normalmente no tenía a nadie con quien hablar, o nada que valiera la pena contar a quien estuviera con él—. ¡Venir! Vamos a ver el cementerio.

Cruzaron un campo y otro arroyo y llegaron a un bosquecillo de naranjas silvestres, cuyo poderoso y embriagador aroma había dejado su rastro alrededor de la aldea. Philippe iba orientándose y guiándolos a través de los árboles, esquivando montones de fruta en proceso de putrefacción. Las naranjas eran las más grandes que Max hubiera visto jamás, del mismo tamaño que una toronja o que un pequeño melón, y la piel era gruesa y pálida, con un ligero tono rojizo. Las que habían reventado mostraban que por dentro estaban moteadas de rojo. El monte era, en fin, un zumbido constante de moscas, en perpetuo festín por la abundancia de azúcar en fermentación.

Para llegar al cementerio había que adentrarse un poco. Era un gran rectángulo de densa hierba y lápidas grandes y modestas, verticales unas, torcidas otras. Estaba rodeado por un cercado metálico de algo menos de un metro de altura, y tenía cuatro entradas.

Los soldados estaban enterrados uno al lado del otro. Sesenta cuerpos en cinco hileras de doce, con sus últimas moradas señaladas por grandes rocas con las superficies alisadas y los apellidos cincelados en toscas y profundas mayúsculas.

—No se lo he contado todo —dijo Philippe, cuando les hizo pasar al lado de las improvisadas lápidas—. Los esclavos no sólo beberse su sangre y robarse sus uniformes; además quedarse con sus nombres. ¿Ven? —Señaló una piedra con el nombre «Valentín» grabado sobre ella—. Preguntar en el pueblo y verán que todos los apellidos que escuchen provenir de este lugar.

—¿Eso no es contradictorio? —preguntó Max—. Si querían ser verdaderamente libres, ¿para qué iban a querer los apellidos de los amos esclavistas?

—¿Contradicción? —sonrió Philippe—. De lo que tratarse era de la erradicación.

—Entonces, ¿por qué dejaron esto aquí? ¿Para qué enterraron los cuerpos? —preguntó Max.

—Los haitianos tener un gran respeto a los muertos. Incluso a los muertos blancos. No querer ser acosados por ningún fantasma que hablar francés. —Sonrió y miró a Max. Durante el paseo, el detective había quitado el seguro de su pistola, sin sacarla de la funda—. Algo del hechizo, sin embargo, salir mal en alguna parte.

El hombre les guio hacia un amplio claro que separaba las tumbas de los soldados de otras sepulturas del cementerio. En medio se erguía una piedra solitaria, justo donde había una porción de terreno seco, tierra marrón rojiza desnuda, en el que no crecía la hierba. No tenía grabado ningún nombre.

—El ejército de Napoleón —siguió contando— tener un montón de niños, algunos de sólo ocho años, huérfanos que eran reclutados. El oficial al mando tener veinte años —añadió Philippe, mirando en dirección a la tumba aislada—. Allí es donde enterrar a la mascota de la guarnición, nadie saber cuántos años tenía, pero no era más que un niño. Tampoco saberse su nombre. Solía tocar el clarinete para los esclavos que trabajar en estos campos. Él fue el último del que se ocuparon. Hacerle tocar el clarinete mientras colgaban a sus camaradas por las piernas y cortales la garganta poniéndoles un cubo debajo. A él no hacerle eso. Meterle en un cajón y enterrarle vivo justamente aquí. —Philippe tocó el suelo con el pie—. Decir que oírle tocar el clarinete mucho tiempo después de haber puesto el último puñado de tierra encima de su cabeza. Que continuar durante días débil música de la muerte. Algunas personas decir que cuando hay un viento fuerte soplando por aquí, oír el sonido del clarinete mezclado con el hedor de las naranjas, aquí nadie querer esas naranjas porque se alimentan de los muertos.

—¿Qué salió mal en el hechizo? —preguntó Max.

—Si ustedes creer en este tipo de cosas, el Barón Samedi aparecer para hacer valer sus derechos sobre los cuerpos que los esclavos le habían ofrecido, y hallar que el niño todavía estaba vivo. Le adoptó como ayudante y le puso al frente de todo lo que tener que ver con los niños.

—¿De modo que es el dios de los niños muertos?

—Sí, pero no es un dios en ese sentido, porque nadie adorarle como hacerlo con el Barón. Es más bien como un demonio. Y tampoco espera a que los niños mueran. Simplemente, se los lleva vivos.

Max recordó que Dufour le había recomendado ir a la fuente del mito del señor Clarinete para averiguar qué le había sucedido a Charlie. Pues bien, allí estaba, en la fuente, donde el mito había surgido. Entonces, ¿dónde estaba la respuesta?

—¿Cómo sabe usted todo eso de los soldados y demás?

—Yo crecer con nuestra historia. Mi madre contármela cuando era niño. Antes su madre lo había hecho con ella, y así sucesivamente, siempre hacia atrás. La palabra de boca en boca mantener vivas las cosas mejor que los libros. El papel se quema. En realidad, a menos que mi instinto fallarme por completo, es a mi madre a quien ustedes venir a buscar aquí, ¿no es verdad?

—¿Su madre? —le interpeló Max, confundido—. ¿Cuál es su apellido?

—Leballec —sonrió Philippe.

—¿Por qué no nos lo dijo antes?

—Ustedes no preguntarme —respondió Philippe con una risita—. Ustedes venir por lo del niño, ¿no es cierto? ¿Charlie Carver? Por lo mismo que venir los otros hombres blancos.

En ese preciso instante, Max oyó fuertes pisadas y chasquidos de ramas en el bosquecillo. Chantale y él se dieron la vuelta y vieron tres grandes naranjas que rodaban hacia la cerca. Una de ellas se detuvo a los pies de Chantale. Ella la apartó con el pie.

—Así que su madre es...

—La *bokor*, sí, así es. Pero ustedes no esperarse eso, ¿verdad? Que una mujer estar aquí arriba manejando toda esta mierda. Las mujeres hacer todo en este país, menos gobernar el condenado lugar. Si lo hicieran, Haití no estaría montada en el tren con destino a la mierda, como estar ahora. —Philippe sacudió la cabeza.

—¿Dónde está ella? —preguntó Max.

—Cerca de aquí. —Philippe señaló hacia el este con la cabeza y empezó a andar; luego se detuvo, se dio la vuelta y miró a Max a los ojos—. ¿Cuándo salir usted en libertad?

—¿Y cuándo salió usted? —Podía distinguir a un ex convicto por la tensión de su cuello y sus hombros, por el modo en que su cuerpo permanecía en continuo estado de alerta, listo para repeler un ataque. A Philippe se le notaba todo eso; y a Max también.

—Hacer dos años —contestó Philippe al tiempo que sonreía.

—¿Le repatriaron?

—Por supuesto. Era la única manera de no conocer un ataúd por dentro. Fui uno de los primeros que enviaron, el conejillo de Indias. Ya ven, tengo un pequeño lugar en la historia.

—¿Alguna vez se encontró con alguien llamado Vincent Paul?

—No.

—¿Sabe quién es?

—Sí, por supuesto que sé. —Philippe hizo un gesto con el pulgar para que emprendieran la marcha, dio unos pocos pasos hacia delante y volvió a detenerse—. En caso de que estar preguntándose lo que hice, saber que fue un asesinato —contó—. Premeditado. Me involucré en un asunto de mierda con un tipo. Quedé atrapado en una situación sin salida. Un día, simplemente me levanté de la cama y me lo cargué. Lo único de lo que me arrepiento es de haberme dejado agarrar. ¿Y usted?

—Más o menos lo mismo.

Los Leballec vivían a media hora del cementerio, al final de un camino de tierra que atravesaba otro campo y estaba interrumpido por un arroyo, antes de llevar, bajando por una cuesta, a una llanura cubierta de hierba desde la que se veía la cascada. No habían tenido que buscar muy lejos los materiales para la construcción, pues su casa era un sólido rectángulo de una sola planta, cuyas paredes estaban hechas con la misma arenisca que la estructura del edificio sin terminar cercano a Clarinette.

Philippe los hizo esperar fuera, con los perros, mientras entraba para hablar con su madre.

Oyendo el distante estrépito de la cascada, los pensamientos de Max se remontaron a sus primeros meses en Rikers Island. Recordó que prácticamente sólo escuchaba el ruido del agua que rodeaba la cárcel. Aquellos sonidos deberían haber sido relajantes y tendrían que haberle facilitado la paz interior y, sin embargo, produjeron el efecto contrario. Casi le habían vuelto loco. Habría jurado que la corriente de agua le susurraba cosas, le llamaba desde allá abajo, desde lo más hondo. Mientras le sucedía aquello, Max tenía muy claro a qué se debía; había oído que era una alucinación frecuente entre los reclusos primerizos que comenzaban condenas largas: paranoia, miedo, ansiedad y estrés, actuando todos juntos, jugando malas pasadas a la mente, ofreciendo la demencia como el alivio más fácil. Se aferró a la cordura con todas sus fuerzas y se mantuvo firme. Logró pasar la prueba. Había aprendido a no escuchar el rumor del agua. Fue un violentísimo ejercicio de autocontrol.

En la ventana más cercana a la puerta apareció una figura oscura, permaneció un momento allí y luego se esfumó.

Un rato después se abrió la puerta y Philippe les hizo señas para que entraran. Los perros se quedaron fuera.

El interior estaba fresco y oscuro. En el aire flotaba un agradable olor dulce, a pastelería bien surtida. Había aromas de chocolate, vainilla, canela, anís, menta y naranja, que iban, venían, se mezclaban.

Philippe los condujo a una habitación. Su madre esperaba allí, sentada ante una larga mesa cubierta con un paño de seda negra, ribeteado de cordones rojos, dorados y plateados. Estaba en una silla de ruedas.

La habitación no tenía ventanas, pero estaba intensamente iluminada por gruesas velas moradas, dispuestas en apretados rombos, sobre el suelo, en candelabros de bronce de muchos brazos o apoyadas en objetos de diversa altura y longitud, que también estaban envueltos con paños negros. Las velas del suelo eran cruces de tres brazos, con la llama haciendo las veces de cabeza.

En la habitación debería hacer un calor sofocante, pero la temperatura era casi fría gracias al aire acondicionado, que estaba funcionando a plena potencia, y a un ventilador de techo cuyo rechinante motor podían oír por encima de sus cabezas. La brisa artificial provocaba que las llamas se ondularan suavemente. El juego de sombras resultante hacía que las paredes parecieran dar vueltas lentamente alrededor de ellos, como una gran bestia informe acechando a su víctima, tomándose su tiempo, esperando el momento oportuno, saboreando el miedo de las presas.

Philippe hizo las presentaciones. Al dirigirse a su madre usó una voz tierna y un lenguaje respetuoso, por lo que Max dedujo que la amaba y la temía en igual medida.

—Max Mingus, permitirme presentarle a Madame Mercedes Leballec —dijo, y se hizo a un lado.

—*Bond-jur* —saludó Max, inclinando la cabeza automática e inconscientemente. Había en ella una autoridad innata, un poder que hacía que los demás se mostraran humildes e intimidados en su presencia.

—Señor Mingus, bienvenido a mi casa. —La mujer hablaba en inglés con acento afrancesado, lenta y elegantemente, pronunciando cada palabra con una voz suave que parecía estudiada, una voz que reservaba específicamente para los desconocidos.

Max calculó que tendría poco más o menos setenta años. Llevaba puesto un vestido de mezclilla de manga larga, con botones de madera de color claro en la parte delantera. Era completamente calva, tenía el cráneo tan liso y brillante que parecía que nunca hubiera tenido pelo. Su frente era alta y vertical. Las facciones estaban anormalmente juntas, aplastadas, y eran más pequeñas e indefinidas de lo normal. Sus ojos eran tan diminutos que Max apenas podía verlos y se movían como una sombra detrás de una mirilla. No tenía pestañas ni cejas, pero lucía una versión artificial de estas últimas, dos gruesas pinceladas negras que salían de los extremos de las sienes y se iban afinando hasta casi tocarse en el hueco que le quedaba entre la frente y el comienzo de la nariz, chata y en forma de chimenea. Su boca también era pequeña. Dibujaba una mueca como de pez. El mentón era firme y tenía una hendidura tan profunda que parecía una pezuña. Su aspecto hizo pensar a Max en una excéntrica reina que vivía recluida después de haber recibido quimioterapia, o en una inquietante anciana de película de terror. Le echó una breve mirada a Philippe, que ahora estaba sentado en un taburete detrás de ella, encorvado, con las manos sobre el regazo. No encontró ni pizca de parecido.

La mujer les invitó a sentarse con un señorial movimiento de mano.

—¿Están buscando al niño? ¿A Charlie? —Hizo la pregunta apenas habían tomado asiento.

—Así es —respondió Max—. ¿Lo tiene usted?

—No —respondió Mercedes enfáticamente.

—Pero usted conoce a Eddie Faustin.

—Conocía a Eddie, está muerto.

—¿Cómo sabe que está muerto? Nunca apareció su cadáver.

—Eddie está muerto —repitió, haciendo rodar su silla para acercarse más a la mesa.

Max vio que la mujer llevaba un gran silbato de acero inoxidable atado con una cuerda alrededor del cuello. Se preguntó si sería para llamar a los perros, a Philippe o a los tres.

—¿Eddie le contó alguna vez para quién estaba trabajando o con quién lo hacía?

—No estaríamos aquí sentados ahora mismo si lo hubiera hecho.

—¿Y eso por qué? —preguntó Max.

—Porque yo sería rica y usted no habría venido.

A Max le llamó la atención algo que había detrás de ella. Era una escultura de bronce de tamaño natural que representaba un par de manos en actitud orante; estaba colocada en medio de una mesa cubierta con una tela. A los lados había dos largas velas, colocadas en soportes que simulaban columnas clásicas. Junto a las manos había un cáliz y una botella de vidrio transparente, vacía. Detrás, en semicírculo, un cráneo de perro, una daga, un par de dados, un sagrado corazón de metal y una muñeca de trapo. Pero lo principal eran los objetos que vio al final, y que estaban colocados justo debajo de las manos, sobre una bandeja de bronce que podría haber sido una patena: un par de ojos de porcelana, del tamaño de pelotas de pingpong, cuyos brillantes iris azules le estaban mirando fijamente.

Aquello era un altar para ceremonias de magia negra. Recordó haber visto muchos de ellos en Miami, hacía tiempo, a principios de los años ochenta, cuando una ola de crímenes cometidos por cubanos se esparció por la ciudad. Los tipos infames rezaban a los espíritus infames para que les protegieran antes de salir a hacer cosas infames. La mayoría de los polis proclamaba a viva voz que se cagaba en esos altares supersticiosos, pero por dentro se sentían algo más que inquietos por ellos. Tenían algo que no comprendían, una extraña influencia que no podían controlar.

—¿De modo que Eddie no dijo nada de nada sobre la gente para la que estaba trabajando? —prosiguió Max.

—No.

—¿Ni un solo detalle? ¿Ni siquiera le dijo si trabajaba para un hombre o una mujer? ¿Si eran blancos o negros? ¿Extranjeros, quizá?

—Nada.

—¿Usted no le preguntó?

—No.

—¿Por qué?

—No me interesaba —respondió con toda naturalidad.

—¿Pero usted sabía lo que estaba a punto de suceder? —Max se inclinó un poco sobre la mesa, tal como solía hacer cuando presionaba a un testigo testarudo en la sala de interrogatorios—. Usted sabía que él iba a secuestrar a ese niño.

—No era asunto mío —respondió con mucha calma, completamente serena.

—Pero seguramente usted pensaba que lo que él estaba haciendo era una cosa incorrecta —insistió Max.

—Yo no soy el juez de nadie.

—De acuerdo. —Max se reclinó en la silla. Dirigió una breve mirada a Chantale, que seguía atentamente el desarrollo de la reunión, y luego a Philippe, que estaba bostezando.

Miró otra vez el altar, sus ojos se cruzaron con los de porcelana, y entonces percibió lo que había en el fondo. La pared situada detrás de Mercedes estaba pintada de azul. En ella había colgada, en diagonal, una cruz de madera descabezada, con largos clavos toscamente incrustados en el brazo, algunos doblados, la mayoría sobresaliendo en ángulos torcidos. Parecía darse a entender que la cruz estaba cayendo del cielo.

—¿Cuánto hacía que conocía a Eddie?

—Yo le ayudé a conseguir su trabajo con la familia Carver —respondió Mercedes, sonriendo ligeramente al ver que Max miraba las cosas que había tras ella.

—¿Cómo le ayudó?

—Es a eso a lo que yo me dedico.

—¿Y a qué se dedica exactamente?

—Bueno... —Su boca, al sonreír, mostró una hilera de dientes minúsculos—. Creo que lo sabe.

—¿Magia negra? —preguntó Max.

—Llámelo como quiera. —La anciana hizo un gesto de desdén con la mano.

—¿Qué hizo usted por él?

—El señor Carver tenía que elegir entre Eddie y otros tres. Eddie me trajo algo de cada uno de sus competidores, objetos que ellos habían tocado o usado, y yo me puse manos a la obra.

—¿Y entonces?

—La buena suerte no es eterna. Debe ser agradecida, devuelta con intereses. —Mercedes empujó su silla un poco hacia atrás.

—Dicen que Eddie tuvo una muerte espantosa. ¿Es así como pagó sus intereses?

—Eddie debía un montón.

—¿Quiere explicármelo? —la instó Max.

—Acudió a mí, con todos sus problemas, después de haber conseguido el trabajo con los Carver. Le eché una mano con eso.

—¿Qué clase de problemas tenía?

—Los típicos: mujeres, enemigos.

—¿Quiénes eran sus enemigos?

—Eddie había sido un Macoute. Casi todos aquellos a los que había golpeado o extorsionado querían verle muerto. También las familias de las personas a las que había matado, de las mujeres que había violado. Es lo que sucede cuando uno pierde poder.

—¿Qué le dio él a cambio de su ayuda?

—Usted no lo entendería, y no es asunto suyo —dijo con firmeza, y esperó a ver cómo reaccionaba Max. Pero el detective pareció conformarse.

—De acuerdo. Hábleme de Eddie y Francesca Carver.

—Hay algunas cosas en la vida que uno no podrá obtener jamás. Traté de advertirle que no siguiera con aquella locura. No le veía un buen final. Eddie no me escuchó. Tenía que conseguirla. Creyó que estaba enamorado de ella.

—¿No lo estaba? —preguntó Max.

—Eddie no —soltó con una risita—. No sabía qué significaba eso. Había violado a todas las mujeres por las que no pagaba.

—¿Usted trabajó para él?

—¿Y usted no ha trabajado para gente mala? —Rio profundamente, sin abrir la boca, con una risa que le salió del fondo de la garganta—. No somos tan diferentes, ambos nos ponemos en alquiler, o en venta.

Hasta donde Max alcanzaba, la mujer no tenía nada que ocultar, pero de todas maneras se guardaba cosas que no quería contarle. El detective se daba cuenta de que mantenía a buen recaudo algún dato esencial.

—¿Qué intentó usted para unir a Eddie con la señora Carver?

—Mejor pregunte qué no intenté. Probé con todo lo que conozco. No funcionó nada.

—¿Le había pasado eso alguna vez anteriormente?

—No.

—¿Se lo dijo a Eddie?

—No.

—¿Por qué no?

—No me pagaba para que fracasara.

—¿De manera que le mintió?

—No. Probé algo nuevo, una ceremonia poco común, algo que sólo se hace en casos desesperados. Muy peligrosa.

—¿En qué consistió?

—No puedo decírselo. Y no se lo diré.

—¿Por qué no?

—No estoy autorizada a hablar de ello.

Parecía un poco asustada. Max no la presionó.

—¿Eso funcionó?

—Al principio sí.

—¿De qué manera?

—Eddie me contó que tenía la posibilidad de levantar el vuelo con la señora Carver.

—¿Levantar el vuelo? ¿Fugarse con ella?

—Sí.

—¿No dijo nada más concreto?

—No.

—Y usted, ¿no le pidió más datos porque el asunto no le interesaba? —preguntó Max. Ella asintió con la cabeza—. ¿Salió mal?

—Eddie está muerto. La cosa no podía salir peor que eso.

—¿Quién le ha dicho que está muerto?

—Él —respondió Mercedes.

—¿Quién? ¿Eddie?

—Sí.

—¿Y cómo lo hizo?

La mujer tiró de la mesa para volver a acercarse.

—¿Realmente lo quiere saber?

De cerca, olía a cigarros mentolados.

—Sí —asintió Max con firmeza—. Quiero.

—¿Tiene usted bien templados los nervios?

—Sí.

—Muy bien. —Mercedes volvió a impulsar su silla hacia atrás y le dijo algo en voz baja a Philippe en criollo.

—¿Podrían levantarse ambos y apartarse de la mesa para que lo preparemos todo? —preguntó Philippe, levantándose del taburete y señalando vagamente hacia su derecha.

Max y Chantale se colocaron junto a la puerta, donde permanecieron de pie. Toda la pared estaba cubierta de estantes de madera, desde muy cerca del techo hasta justo encima del suelo. Había veinte compartimentos, cada uno de los cuales exhibía un grueso frasco de vidrio cilíndrico, lleno de un líquido amarillo y un objeto sumergido en él. Max los recorrió con la vista al azar y descubrió un huevo enorme, una fruta negra, un pie pequeño, un murciélago, un corazón humano, un sapo gordo, una pata de pollo, un prendedor de oro, un lagarto, una mano de hombre...

—¿Para qué son estas cosas? —susurró a Chantale.

—Para hacer hechizos. Buenos y malos. Mi madre tiene algunas cosas parecidas. El huevo se usa para hacer que una mujer se vuelva fértil o estéril. —Luego señaló el pie, que a Max le pareció que estaba seccionado profesionalmente por encima del tobillo—. El pie se puede usar para curar huesos rotos o para dejar tullido a alguien. —Después le pidió a Max que prestara atención a la mano, marchita y de un color verde grisáceo—. Es de un hombre casado. ¿Ves la alianza? —El detective vio el oro desvaído en la base del anular—. Puede lograr un matrimonio o romperlo. Cada una de las cosas que ves aquí tiene dos usos posibles. Todo depende de quién lo pida. Los hechizos buenos se hacen antes de la medianoche; los malos, después. Pero no creo que aquí se hagan muchos de los primeros.

—¿De dónde han sacado todo este material? —preguntó Max.

—Lo han comprado.

—¿Dónde?

—Aquí se puede comprar cualquier cosa, Max. Hasta el futuro está en venta.

Miró hacia atrás para ver qué estaban haciendo los Leballec.

Philippe había quitado el paño de la mesa, dejando al descubierto la madera barnizada que cubría. Sobre la superficie había marcas de diversos tamaños, talladas y pintadas de negro. Primero, y más prominentes, dispuestas en dos arcos a mitad de la mesa, frente a Mercedes, estaban las letras del alfabeto, en mayúsculas, e iban de la A a la M, y luego de la N a la Z. Debajo, en línea recta, los números, del 1 al 10. En los ángulos superiores figuraban las palabras *oui* y *non*, y al otro lado estaban talladas las palabras *au revoir*.

—¿Esto es lo que creo que es? —preguntó Max a Philippe.

—No es el Monopoly. Usted quiere saber. —Philippe sonrió—. Esto es conocimiento. Acérquense los dos.

Max dudó. ¿Debía aceptar aquellas tonterías?

Qué más daba, se dijo a sí mismo. Las creencias absurdas sólo podían hacerle daño a quienes creyeran en ellas.

—Yo creía que cobraban por este tipo de cosas —dijo Max, sin moverse.

—¿De modo que quieren que lo hagamos?

—Sí.

—Bien. —Mercedes sonrió—. Entonces considérelo un regalo que le hago. Usted es mucho más hombre que sus predecesores, el señor Beeson y el señor Medd.

—¿Habló con ellos?

—Beeson fue muy grosero y arrogante. Me dijo que era una perra embaucadora, con esas palabras, y salió de aquí en cuanto vio lo que yo hacía. Medd fue más educado. Antes de irse, me agradeció el tiempo que le dediqué.

—¿No regresaron nunca?

—No.

Lo que significaba que ellos tampoco creían en tales disparates, pensó Max. O él tenía una mente más abierta o se había vuelto idiota.

—¿Comenzamos, Max?

La superficie de la mesa era un enorme tablero de ouija, de espiritismo. Junto a Mercedes había un cuaderno, un lápiz y un puntero ovalado de cristal transparente.

Estaban a punto de comunicarse con el espíritu de algún muerto, o de varios.

Se sentaron alrededor de la mesa, Max frente a Mercedes, Chantale frente a Philippe, con las cabezas inclinadas hacia delante, agarrados de la mano, en círculo. Excepto Max, todos tenían los ojos cerrados. El detective no se lo iba a tomar en serio. No creía en esas cosas.

—¿Eddie? ¿Eddie Faustin? *Où là?* —llamó Mercedes sonoramente, llenando la habitación con su voz.

Si estaba interpretando una farsa, pensó Max, ponía en ello todo el corazón y el alma. Su rostro era todavía más extraño en tensión que cuando estaba relajado. Lo contrajo tanto que sus rasgos casi se disolvieron por completo, en espirales y manojos de carne y piel apretujadas, deformadas. Apretaba las manos de Chantale y Philippe tan fuerte que sus puños temblaban por el esfuerzo. Ambos tenían los rostros crispados por el dolor.

La habitación se había oscurecido un poco más. Max creyó ver algo moviéndose en los estantes y miró hacia allí. Los objetos expuestos parecían ligeramente más brillantes y vivos, intensos, como los maniquíes de una tienda de ropa iluminados en medio de una calle oscura y vacía. Hubiera jurado que podía detectar cierto movimiento en algunos de ellos; una pulsación en la mano, los dedos moviéndose en el extremo del pie, la serpiente sacando la lengua, la cáscara del huevo rajándose. Aun así, cuando dirigía la vista directamente a cada uno de ellos por separado, parecían completamente inertes.

Philippe y Chantale apretaron las manos de Max, mientras sus labios se movían en silencio.

La atmósfera de la habitación había cambiado. Hasta ese instante, en ningún momento le había parecido opresiva, pese a toda la parafernalia de la magia negra, pese a saber que sus predecesores habían pasado por allí de camino hacia la mutilación y, probablemente, la muerte. Ahora sintió una tirantez en el pecho y la espalda, como si estuviera soportando el peso de alguien muy grande.

Cuando oyó el primer ruido, no lo identificó como nada especial. Lo atribuyó al ventilador.

Al volver a oírlo, lo percibió más cerca y más alto, procedente de la derecha. Fue un suave golpe seco, seguido por lo que parecía el roce de un objeto pequeño sobre una superficie suave, un ruido no muy diferente del que hace una cremallera al subir o bajar.

Bajó la vista hacia el tablero. Las cosas habían cambiado. El puntero se había movido, o lo habían movido, desde al lado de Mercedes hacia donde estaban las letras. Señalaba la letra E.

Chantale y Philippe soltaron las manos.

—*Qui là?* —preguntó Mercedes.

Max vio que el puntero giraba, por sí solo, para señalar la D.

El detective quiso preguntarle a Mercedes cómo lo estaba haciendo, pero tenía la boca demasiado seca y se le había helado la sangre.

El rostro de Chantale permanecía impasible.

Mercedes había anotado las dos primeras letras.

El puntero giró hacia la izquierda y se desplazó, atravesando el tablero suavemente para detenerse en la I; su movimiento era entrecortado pero firme, como si realmente lo guiara una mano invisible. Era algo impresionante, aunque se tratara de un truco, cosa que Max siguió diciéndose a sí mismo para no dejarse dominar por el pánico.

Pensó en mirar debajo de la mesa, para ver si había una máquina oculta que controlara el fantasmagórico espectáculo, pero se dijo que quería ver en qué acababa todo aquello.

Mercedes tenía ambas manos sobre la mesa.

El puntero se volvió a mover hacia la E y se mantuvo allí. Parecía una enorme lágrima solidificada.

—Está aquí —declaró la vieja—. Pregúntele lo que quiera saber.

—¿Qué?

—Que le haga la pregunta que quiera —replicó lentamente Mercedes.

De pronto Max se sintió estúpido, como si estuviera siendo timado a lo grande, mientras un público invisible se reía de él a mandíbula batiente.

—De acuerdo —dijo, decidiendo que de momento les seguiría el juego—. ¿Quién secuestró a Charlie?

El puntero no se movió.

Esperaron.

—Pregúntele otra vez.

—¿Seguro que entiende el inglés? —bromeó Max.

Mercedes le dirigió una mirada furiosa.

Max estaba a punto de decir algo así como que se habían agotado las pilas, cuando el puntero se puso en movimiento con una sacudida y se desplazó rápidamente por los dos arcos de letras, deteniéndose apenas el tiempo suficiente para que Mercedes anotara la letra, antes de ir a la siguiente.

Cuando el puntero dejó de moverse, levantó su cuaderno. Se leía «H-O-U-N-F-O-R».

—Significa templo —dijo.

—¿Un templo vudú? —preguntó Max.

—Así es.

—¿Cuál? ¿Dónde? ¿Aquí?

Mercedes preguntó, pero el puntero no se movió.

Y ya no volvió a moverse. Repitieron la ceremonia. Max incluso trató de aparcar su escepticismo y su cinismo y fingió que realmente creía en lo que estaban haciendo. Pero el puntero se quedó allí clavado.

—Eddie se ha ido —concluyó Mercedes, después de un último intento—. Generalmente dice adiós. Algo debe de haberle asustado. Tal vez le ahuyentó usted, señor Mingus.

—¿Eso fue real? —preguntó Max a Chantale cuando caminaban de regreso hacia el bosquecillo de naranjos.

—¿Viste algún truco? —replicó Chantale.

—No, pero eso no significa que no lo hubiera —dijo Max.

—De vez en cuando hay que creer en lo imposible —afirmó ella.

—Intento hacerlo —gruñó Max—. ¿Acaso no estoy aquí?

Estaba seguro de que había una explicación perfectamente racional, trivial, de todo lo que habían visto en la casa de los Leballec. Aceptar lo que acababan de ver como si tal cosa equivalía a volverse demasiado gilipollas.

Max creía en la vida y la muerte. No creía que la vida se cruzara con la muerte, aunque sí que algunas personas podían estar muertas por dentro y aparentar estar vivas por fuera. A la mayoría de los condenados a cadena perpetua o a muchos años que había conocido en la cárcel le pasaba algo así. Él también tenía bastante de eso, era un cadáver envuelto en tejido vivo, engañando a todos menos a sí mismo.

CAPÍTULO

38

Cuando regresaron a Clarinette preguntaron a todos los que parecían lo suficientemente mayores para recordarlo, o para darles una respuesta sensata, quién había estado a cargo de la construcción con la que se encontraron en el camino hacia el arroyo.

La respuesta siempre era la misma.

—Monsieur Paul —decían todos—. Buen hombre. Muy generoso. Nos construyó nuestro pueblo y nuestro *hounfor*.

—No se refieren a Vincent Paul —explicó Chantale—, sino a su difunto padre, Perry.

¿Cuánto tiempo hacía de aquel intento de construcción?

Nadie estaba muy seguro. No medían el tiempo en años. Distinguían cada época por lo que eran capaces de hacer en ella, el peso que podían cargar, lo rápido que podían correr, el aguante haciendo el amor, bailando y bebiendo. Algunos dijeron cincuenta años, y ellos mismos no parecían tener mucho más de cuarenta; otros dijeron veinte, unos pocos afirmaron que habían trabajado en la construcción un siglo antes. Ninguno sabía qué era lo que estaban construyendo. Se limitaban a obedecer órdenes.

Chantale calculó que debió de ser entre mediados de los sesenta y principios de los setenta, antes de que los Paul se arruinaran.

—¿Qué tal era el señor Paul?

—Era un buen hombre. Generoso y amable. Construyó casas para nosotros y un *hounfor*. Nos trajo alimentos y medicinas.

«De tal palo, tal astilla», pensó Max.

—En esa época, ¿desaparecían niños?

—Sí. Dos: los hijos de la loca Merveille Gaspésie. Un niño y una niña; ambos desaparecieron a la vez —dijeron varios, sacudiendo la cabeza.

Todos contaban el mismo relato. Los pequeños de Gaspésie solían jugar cerca de la obra en construcción. Eran de corta edad, más o menos de siete u ocho años. Un día desaparecieron los dos. La gente los buscó, removiendo cielo y tierra, pero nunca fueron hallados. Algunos dijeron que habían caído por la cascada, otros que se habían encontrado con Tonton Clarinette cerca del cementerio.

Un día, la madre, Merveille, cuando ya era una mujer mayor, recorrió todas las casas de sus amigos, contándoles que su hijo había regresado y que tenían que ir a verle. Reunió a muchas personas y las llevó a su casa; pero cuando llegaron, allí no había nadie. Ella insistió en que el muchacho había regresado, que estaba bien vestido y que era muy rico. Les mostró un grueso fajo de dinero que le había dado, billetes nuevos, crujientes. Cuando le preguntó qué había ocurrido, dónde había estado, él dijo que un hombre con la cara deformada se los había llevado a él y a su hermana.

La verdad es que la gente no la creyó, pero le siguió la corriente porque se había convertido de pronto, como por arte de magia, en la mujer más rica del pueblo. En privado, decían que estaba loca.

Merveille esperó a que su hijo regresara. Pero no volvió nunca. Esperó y esperó, y no salía de su casa por si volvía. Le llamaba a voces una y otra vez. «¡Boris!».

Al final, la pobre mujer se volvió demente del todo. Comenzó a tener alucinaciones y se ponía violenta cada vez que la gente trataba de ayudarla. No le quedaban familiares y había perdido a todos sus amigos.

Un día cesaron todos los ruidos de su casa. Cuando, finalmente, un grupo de personas reunió suficiente coraje para entrar en la vivienda, no estaba allí; se había marchado. Desde entonces, nadie la había visto. Nadie supo qué le ocurrió; todo quedó envuelto en el misterio.

—¿Qué piensa, detective? —preguntó Chantale mientras se limpiaba la boca con una servilleta de papel.

—¿Sobre los niños desaparecidos? Tal vez fueron raptados, y tal vez el hijo de esa mujer sí que regresó. De no ser así, ¿de dónde salió todo aquel dinero? Pero, quién sabe, la historia entera podría ser sólo otro mito.

Estaban sentados en el coche, tomando el almuerzo que había preparado Chantale, lomo de cerdo, sándwiches de aguacate y pepinillos, hechos con gruesas rebanadas de pan casero, ensalada de papas y pimientos rojos, plátanos y cerveza. La radio estaba a bajo volumen, sintonizando una emisora americana en la que sonaban viejos éxitos del rock: Eagles, Boston, Blue Oyster Cult, Reo Speedwagon. Max movió el sintonizador hasta llegar a una cháchara haitiana y lo dejó allí.

La tarde estaba avanzada. La luz empezaba a desaparecer y las nubes que tenían encima se iban poniendo más densas, cerrando, amenazadoras, el cielo.

—¿Y qué piensas de Vincent Paul?

—Todavía es mi principal sospechoso. Es el denominador común, el que sigue apareciendo por todas partes, en todas las pistas. Tal vez haya secuestrado a Charlie para devolver a los Carver el daño hecho a su familia, real o imaginario. Por supuesto, no tengo ni la menor prueba de ello. —Max terminó su cerveza de un trago—. He de hablar con Paul, pero tendría más posibilidades de conseguir una entrevista con Clinton. Además, creo que Beeson, Medd y ese tío, Emmanuel Michelange, intentaron hacer exactamente lo mismo, y puede que por eso terminaran como terminaron.

—¿Y si el culpable no es él? —preguntó Chantale—. ¿Y si es alguien del que todavía ni siquiera has oído hablar?

—Tendré que esperar y observar. La mayor parte del trabajo de un detective se reduce a eso, ¿sabes?, a esperar y mirar.

Chantale se rio estruendosamente y movió la cabeza a la vez que soltaba un suspiro de cansancio.

—En verdad que me recuerdas a mi ex marido, Max. Solía decir ese tipo de cosas cuando en algún asunto veía que no estaba llegando a ninguna parte. Era policía. Todavía lo es. Por cierto, del Departamento de Policía de Miami.

—¿Sí? ¿Cómo se llama? —Max estaba sorprendido, pero casi de inmediato se dio cuenta de que debería haberlo sospechado. Dejando a un lado su apego al vudú, Chantale era una flecha dirigida al blanco, alguien en quien se podía confiar; es decir, el tipo de mujer con el que se casaban la mayor parte de los policías.

—Ray Hernández.

—Creo que no le conozco.

—No, no le conoces. Todavía estaba en la academia cuando tú te retiraste —señaló Chantale—. Lo sabía todo acerca de ti. Siguió tu juicio día a día. Me pedía que grabara las noticias cuando estaba fuera de casa, de servicio, para no perderse ni un dato de tu caso.

—O sea, que sabías quién soy. ¿Por qué no me dijiste nada?

—¿Qué sentido habría tenido hacerlo? De todos modos, pensé que supondrías que Allain me había contado los datos esenciales sobre ti.

—En eso estás en lo cierto.

—Ray te despreciaba profundamente. Decía que eras un matón con placa. Tú, Joe Liston, Eldon Burns, toda su división. Les odiaba a todos porque ensuciaban el buen nombre de la policía.

—¿Qué hacía tu Raymond? ¿En qué división estaba?

—¿Cuando iba de paisano? Primero anticorrupción, luego narcóticos. Quería pasar a homicidios, pero para ello tenía que colaborar con la gente que te tenía en alta estima.

—Así es como funciona el mundo. Todo es política, dependencias, saldo acreedor o deudor en el banco de favores. No alcanzas tus metas sin romper corazones y pisotear amistades, o hundir a personas. —Max se imaginaba la clase de individuo que era el ex marido de Chantale: el típico capullo ambicioso, con ínfulas de superioridad moral, que terminaba trabajando en asuntos internos, porque allí uno ascendía más rápido y se premiaban la traición y la puñalada por la espalda—. ¿Por qué te separaste?

—Me estaba engañando.

—¡Qué mamón! —Max se rio, y ella también.

—Sí que lo era. Y tú, ¿eras fiel a tu esposa?

—Sí —dijo Max, y asintió también con la cabeza.

—Salta a la vista.

—¿Ah, sí?

—Estás tan destrozado como todas las personas desconsoladas que he conocido

—¿Se nota tanto?

—Sí, Max —afirmó, mirándole directamente a los ojos—. Tú no has venido aquí a buscar a Charlie. Ni siquiera has venido por el dinero. Eso es lo que harían otros. Estás aquí para alejarte de tus fantasmas y de toda la culpa y el arrepentimiento con los que has estado cargando desde que murió Sandra.

Max apartó la mirada y no dijo nada. No tenía réplica para aquello. Las palabras de Chantale le hicieron mella, calaron hondo en él. Era la verdad y su verdad era tóxica como un veneno.

Fuera habían abierto las puertas del templo y la gente empezaba a dirigirse hacia allí. Entraban despreocupadamente, casi indiferentes, como si los empujara la curiosidad y la necesidad de una nueva experiencia.

También habían comenzado a sonar los tambores, con un ritmo lento que Max sintió que le penetraba por los tobillos, reverberando en los huesos, provocando en los pies la necesidad de moverse, de bailar, de andar, de correr.

Por dentro, el templo era mucho más grande de lo que él había previsto, lo suficiente como para albergar dos ceremonias separadas, con cientos de participantes y asistentes. Toda aquella gente estaba sentada en gradas de cuatro hileras, que cubrían casi toda la circunferencia de la pared. Entremezclada entre la multitud se notaba la presencia de una especie de orquesta de percusión.

Al verla, Max pensó que lo que iba a oír sería puro caos, los ritmos del centro de Puerto Príncipe convertidos en sonidos tribales. Todos los instrumentos eran caseros, fabricados toscamente con madera ahuecada o con latas de aceite. Los parches estaban hechos con piel de animales estirada, sujeta con clavos, tachuelas, cordones y gomas; pero reconoció sonidos similares a los del tamtan, los bongos, las tumbadoras y los timbales. Los músicos estaban colocados al azar, allí donde hubiera sitio, y no había nadie dirigiendo; miraban la ceremonia, escuchaban y tocaban sus instrumentos con las manos, siguiendo todos el ritmo, regular como el de un metrónomo, y produciendo un sonido ni más fuerte ni más débil que el de un trueno lejano.

Max presintió que aquello era sólo el preludio.

Hacía tanto calor como en una sauna a causa del hacinamiento, la falta de ventilación y las antorchas, que derramaban sobre el lugar una luz ámbar. El aire estaba tan quieto y era tan denso que se veía, por así decirlo. Nubes de incienso ascendían hacia el techo y luego volvían a bajar como una suave niebla.

Cuando Max aspiró hondo, tuvo una sensación embriagadora, casi narcótica, a la vez sedante y estimulante. Como si se hubieran agudizado de repente sus sentidos, percibió claramente multitud de olores naturales: alcanfor, romero, lavanda, gardenia, menta, canela, sudor fresco y sangre rancia.

En el centro del templo, la gente bailaba y oraba alrededor de una gruesa columna retorcida de roca negra, labrada en forma de enorme tronco de *mapou,* que atravesaba el techo por un gran agujero redondo. En lo alto estaba coronado por la cruz que habían visto desde la calle. Al igual que ocurría con los árboles de verdad, había docenas de velas encendidas fijadas a la escultura. Los fieles iban y venían alrededor de ella, pegando sus fotos, pedazos de papel, cintas y velas, y luego se incorporaban al carrusel de cuerpos, ajustando su paso al de los demás, uniéndose a la danza colectiva de caderas y cabezas oscilantes. Todos se sumaban a los cánticos. Max intentó comprender lo que canturreaban, pero de aquellas bocas no salía nada comprensible para él. Sólo escuchaba notas profundas, sostenidas, extendidas, saboreadas y transformadas en otros sonidos igualmente indescifrables.

El suelo era de tierra, aplanada a pisotones por el movimiento de los fieles, torturada por el calor. Había tres grandes *vévés,* hechos de maíz. Dos eran representaciones de serpientes, uno con el cuerpo envolviendo un poste y la lengua apuntando hacia la entrada del templo; el segundo mordiéndose la cola y, entre ellos, un ataúd horizontal, dividido en cuatro secciones, cada una de las cuales contenía un crucifijo y un ojo dibujados sobre arena.

—*Loa* Guede —explicó Chantale, haciéndose oír por encima de los tambores y los cánticos. Señalaba el *vévé* del ataúd—. ¡El dios de la muerte!

—Yo creía que era el buen Barón —dijo Max.

—No te equivocas del todo, es difícil de entender —respondió, mirándole a los ojos casi con lascivia. Estaba un poco aturdida, mareada, como si fuera por la tercera copa de la noche y empezara a perder la compostura—. ¿Sabes qué es lo que va siempre con la muerte, Max? El sexo.

—¿También es el dios de eso?

—Oh. —Sonrió y soltó su risa desvergonzada—. Se avecina un *banda*.

—¿Un qué?

La mujer no respondió. No dio explicaciones. Empezó a bailar, zarandeándose, moviendo el cuerpo en olas lentas, suaves, de los pies a la cabeza, y de ahí otra vez hacia las piernas. Ahora, el americano sentía el influjo de los tambores en los muslos y las caderas, lo que le incitó a bailar con ella.

Chantale le llevó de la mano y empezaron a moverse hacia la escultura del *mapou*. Max bailaba sin habérselo propuesto, imitando a los que tenía delante. Los tambores dirigían sus piernas. Casi se había convertido en uno más.

Notó que alguien les observaba, pero había demasiada oscuridad y demasiada gente mirando hacia donde estaban ellos como para poder identificar al espía.

A la derecha de la columna, alejado de ésta, Max vio a un grupo de personas rodeando un estanque de agua gris y burbujeante. Dos muchachos semidesnudos estaban en el agua, que les llegaba a la cintura. Hacían señas a los demás para que se les unieran. Algunos de los presentes arrojaban monedas a la charca. Entonces, una mujer cubierta con una toga azul se introdujo en el agua. Los muchachos la agarraron de los brazos y la sumergieron, sosteniéndola abajo con fuerza, como si estuvieran tratando de ahogarla, y luego la soltaron de repente y se echaron hacia atrás, tambaleándose. La mujer emergió despacio, ahora cubierta apenas por su ropa interior y por un espeso lodo gris, que la embadurnaba completamente. Volvió a tierra firme, dio unos pocos pasos hacia delante y luego se arrojó al suelo, retorciéndose boca arriba y boca abajo, dando fuertes palmadas sobre el suelo. Instantes después empezó a echarse arena por todo el cuerpo y a metérsela en la boca a puñados. Finalmente corrió hacia la gente que miraba a los fieles bailar alrededor de la columna, agarró a un hombre de la camisa y le escupió un chorro de un líquido marrón en la cara. El individuo se echó hacia atrás, gritando, frotándose furiosamente la cara y los ojos. La mujer le agarró por la muñeca, le arrastró hasta el estanque y le empujó dentro. Los dos muchachos le metieron bajo el agua y le mantuvieron allí hasta que dejó de resistirse. Cuando le soltaron, el hombre salió lentamente del agua.

También se había quedado del color de la ceniza y de la leche, y completamente desnudo. Se puso en cuclillas y miró a los danzantes.

Chantale se encaminó hacia la escultura y colocó allí la foto de una mujer sentada en una cama. Luego encendió una vela y la puso en un saliente de la roca. Murmuró unas palabras en criollo y luego empezó a salmodiar, como lo estaban haciendo los que se encontraban a su alrededor.

El ritmo de los tambores se hizo un poco más vivo; predominaban los sonidos graves, cuyas vibraciones sentía Max ahora en los muslos.

Bailaron. El detective siguió a Chantale y a todos los demás, arrastrando los pies, bajando las caderas hacia un lado y otro, tocando el suelo con la mano izquierda, luego con la derecha, juntándolas y separándolas. Apenas se daba cuenta de lo que estaba haciendo. El humo narcótico que llenaba el aire le había relajado al principio, y ahora le hacía sentirse separado de su propio cuerpo. Creía flotar al margen de su cárcel de carne, huesos y nervios. El cerebro se había ido apagando, hasta quedar limitado a sus funciones básicas. Sus sentidos parecían estar envueltos en un paño de algodón, metidos dentro de un tubo y arrojados en un río profundo y cálido, donde flotaban, alejándose lentamente de él, quedando fuera de su alcance. Max los veía irse y no le importaba. Aquello era la felicidad.

Oyó los tambores, que aceleraban el ritmo; movió los pies un poco más rápido. Se oyó a sí mismo unirse al canto, encontrando, sin saber cómo, la nota común, sacándola desde el fondo del estómago. No era un buen cantante. De pequeño nunca cantaba en la iglesia. Le daba demasiada vergüenza. Primero, porque su voz sonaba como la de una niña, y luego, cuando se hizo mayor, como si estuviera eructando constantemente. Una noche, más o menos a los cinco años de edad, su padre trató de enseñarle algo de música, sentados los dos al piano. No hubo manera. El padre acabo diciéndole que no tenía oído. Ya no era así; al menos en aquel momento y en aquel lugar.

Sus ojos se posaron en Chantale. Estaba tan hermosa, tan deseable.

Ahora se movían más rápido. Los fieles empezaban a dispersarse, saliéndose del círculo. Las mujeres permanecían de pie, temblando, con los ojos moviéndose sin parar, la lengua sacada, echando espuma por la boca, en el punto culminante de la posesión espiritual. Mientras tanto, los fervorosos creyentes embadurnados de lodo salían corriendo del estanque, escupiendo chorros a las personas que se amontonaban mirando a los bailarines y arrastrándolas a las aguas grises.

En ese momento Max se sentía plena y sencillamente feliz. Sonreía y oía risas en su cabeza que parecían provenir de lo más profundo de su ser.

Ahora estaba frente a frente con Chantale; los dos de pie, cada uno por su lado, lejos del círculo. Los toques de tambor le habían incendiado y sentía una enorme excitación. La joven mulata le miraba fijamente, se agarraba y se manoseaba los pechos, giraba y movía su pubis hacia fuera y hacia dentro. Se apretó contra él y le rozó con la mano toda la parte delantera de los pantalones. Max cerró un momento los ojos y dejó que le llenara por completo el placer de aquel roce.

Pero cuando los abrió, ella ya no estaba.

En su lugar, vio a un hombre que se dirigía hacia él. Estaba desnudo, con la piel cubierta de seco lodo gris, agrietado y descascarillado, y los ojos rojos como unas luces de freno. Succionaba sus mejillas y las soltaba, rápidamente, babeando un líquido rojizo por los labios entreabiertos.

De pronto, Max volvió en sí. Se sintió como si le hubieran despertado de un sueño profundo a golpes.

Grogui, tambaleándose, trató de buscar a Chantale, mientras mantenía los ojos sobre el hombre embarrado. Toda la escena que le rodeaba estaba empezando a cambiar rápidamente. Vio hombres embadurnados de gris agarrando a mujeres del círculo de danzantes y arrojándolas al suelo, arrancándolas la ropa, violándolas. Ellas no oponían ninguna resistencia. La mayoría parecía recibir con beneplácito los ataques.

Ahora el sonido de los tambores era rápido y estridente, como si los que tocaban hubieran sufrido un ataque arrítmico, desprovisto de forma y orden. El estruendo caía en medio del templo como una lluvia de balas y flechas incendiarias. Los tambores se habían convertido en ruedas dentadas que destrozaban la cabeza de Max. No podía soportarlo.

Apretó las manos sobre las orejas para amortiguar el ruido. En ese preciso momento, el hombre desnudo y embadurnado corrió hacia él y le escupió un chorro directamente al rostro. Max se agachó a tiempo, esquivando la mayor parte del repulsivo líquido, pero aun así recibió unas pocas gotas perdidas en los nudillos. Quemaban como lava ardiente.

El hombre de barro le agarró el brazo e intentó empujarlo hacia delante. Max se echó hacia atrás, se zafó de los dedos que le estaban sujetando y luego dio al tipo embadurnado una patada en el pecho. El poseso voló hacia atrás, se estrelló contra el suelo y resbaló un poco antes de quedar tendido. Pero casi instantáneamente se puso otra vez de pie, cargando de nuevo contra Max, con los ojos en llamas, llenos de una furia demencial.

El detective le lanzó una serie de cortos y secos puñetazos, deteniendo su carrera y obligándole a retroceder. Luego le propinó dos rápidos y violentos ganchos en el mismo punto, debajo del mentón. Todo ocurrió en un segundo. El tipo estaba por fin fuera de combate. En lugar de seguir golpeándole, Max se limitó a empujarlo, dejándole caer, noqueado.

Buscó a Chantale. No estaba cerca de la columna. Tampoco en las proximidades del estanque. Se encaminó hacia la multitud. Se habían tomado de las manos y no le permitían pasar.

Max volvió hacia atrás. Los tambores le estaban destrozando la cabeza, como un millón de martillos neumáticos turnándose para aporrearle el cerebro.

Se dio la vuelta y caminó hacia la escultura. Chantale no podía estar lejos. Alrededor de él había multitud de hombres y mujeres por el suelo, desnudos, fornicando en múltiples posturas, desenfrenadamente. El aire apestaba a sexo y sudor.

Se encaminó al estanque.

Entonces vio a Chantale de pie, cerca del agua. Un hombre de barro le había arrancado la camisa y estaba rasgándole el sostén. Ella no oponía resistencia y observaba la lucha titánica del tipo contra su ropa interior con mirada vidriosa y sonrisa indiferente. Parecía ida.

Max corrió hacia allí a toda velocidad y empujó al hombre de cabeza al estanque.

Agarró la mano de Chantale, pero ella se zafó, le dio una bofetada y empezó a insultarle en criollo. Max se quedó allí de pie, desconcertado, sin saber qué hacer. Entonces la joven le cogió la cabeza con ambas manos y estampó sus labios contra los suyos, deslizándole la lengua dentro de la boca, jugando con la de él, lamiéndose-la, saboreándola. Y luego le agarró la entrepierna, le atrajo hacia ella y empezó a acariciarle.

El dolor abandonó al instante la cabeza de Max y los tambores volvieron a percutir en su interior. Otra vez sentía que se deslizaba por la pendiente, que se rendía a no sabía qué fuerzas, sin sentir otro deseo que penetrar a Chantale allí mismo, sobre el suelo arenoso.

La veía bajarse los pantalones cuando un hombre embarrado le golpeó. Cayeron al suelo juntos; Max se llevó la peor parte en la caída, recibiendo todo el peso sobre el hombro. El poseso trató de pegarle, pero intentó un golpe realmente torpe y erró por completo. Max le dio un violento rodillazo en el plexo solar, tan fuerte que sintió en plena cara la ráfaga de aire fétido que soltó el otro al recibir el impacto.

El hombre de barro se quedó mustio, vomitando bilis sobre el suelo. Max le agarró por el cuello y por el trasero, le levantó como si fuera un bulto liviano y le arrojó al estanque.

Chantale estaba todavía donde él la había dejado, pero con otro hombre, éste sin lodo, aunque desnudo y brillante por el sudor. De pie, frente a ella, se manoseaba el pene, que se iba poniendo erecto, preparándose para abalanzarse sobre ella.

Max asió a Chantale del brazo y se la llevó rápidamente de allí, camino a la salida. Al principio gruñó, pataleó y trató de soltarse, pero luego, cuando se acercaron a la multitud y quedaron más lejos de la ceremonia, dejó de luchar, le entró una gran flojera y finalmente una infinita pesadez, y tuvo que andar arrastrando los pies. Max le preguntó si se sentía bien. Chantale no respondió, y trató de mirar-le a través de sus ojos, que se movían enloquecidamente, como si no la obedecieran.

Max la levantó y la cargó al hombro. Sacó la pistola y le qui-tó el seguro con el pulgar. La multitud no se movía.

Entonces, justo frente a él, se encontró con el individuo de las rastas. La gente se apartaba de su camino, dejando espacio.

Max no aminoró el paso.

El tipo de rastas se salió de la multitud y avanzó hacia ellos, con la lata de la rosa azul en las manos.

Max levantó la pistola y le apuntó a la cabeza.

—¡Detente!

El tipo no le hizo ni puto caso. Encajó la lata contra el pecho de Max y salió corriendo. Instintivamente, el detective sujetó la lata con la mano que tenía libre.

Miró hacia atrás.

El de las rastas se había largado, pero cinco hombres de barro corrían hacia él, esgrimiendo machetes y puñales.

Con Chantale cargada sobre la espalda, Max empujó, codeó, pateó y pisoteó cuanto hizo falta durante el resto de su recorrido hasta la salida del templo.

Chantale durmió la mayor parte del viaje de regreso, vestida con la camisa de Max. Sus ronquidos evocaban el ruido de una granja repleta de animales.

Max condujo con la ventanilla completamente abierta y la radio sintonizada en un programa de entrevistas haitiano, que duraba toda la noche. No podía entender ni una palabra de lo que estaban diciendo, pero era mejor que Bon Jovi, con quien aburrían las restantes cadenas.

Después de cinco horas, ya estaba en la carretera del aeropuerto, camino de Pétionville. Chantale se despertó y miró fijamente a Max, como si hubiera esperado encontrarse en su casa, en la cama.

—¿Qué ha sucedido? —preguntó.

—¿Qué es lo último que recuerdas? —Max apagó la radio.

—Estábamos bailando en el templo, juntos.

—¿Y luego nada?

Chantale pensó un momento, pero estaba en blanco. Max le contó lo que ella había olvidado, empezando por el final, lo de la lata de hojalata. Omitió lo que había pasado entre ambos, pero no ahorró ni un detalle al relatar cómo la había salvado de un potencial violador.

—No me iba a violar, Max —dijo enfadada—. Era un *banda*, una orgía ritual. La gente entra en trance y cojen unos con otros; todos están descerebrados. Nadie sabe lo que está haciendo.

—A mí me parecían violaciones adobadas con vudú, conscientes o inconscientes. El tipo aquel te estaba desgarrando la ropa —respondió Max.

—La gente hace eso cuando practica sexo de común acuerdo, Max. Se llama pasión.

—¿Ah, sí? Bueno, no sé cómo puedes ir y follarte a un desconocido así como así. Podría haber tenido el sida. ¡Dios!

—¿Quieres decir que hasta ahora nunca has follado con desconocidas, Max?

—Sí, pero no es lo mismo.

—¿Por qué? Conoces a una mujer. Pensemos dónde. ¿En un bar, en un pub? La música está fuerte, ambos acaban ebiros. Van a algún lugar, cojen y a la mañana siguiente tú te vas y ya nunca se vuelven a ver. Es lo mismo, con la diferencia de que para nosotros tiene un mayor significado.

—Estupendo —soltó Max con sorna—. Nosotros, los decadentes, los desalmados americanos, vamos por ahí teniendo encuentros vacíos de una sola noche, pero aquí cuando lo hacen en un templo vudú se trata de una experiencia religiosa. ¿Sabes lo que pienso, Chantale? Que es una gran idiotez. Sexo es sexo. Violar es violar. Y ese tipo iba a violarte. Fin de la historia. De ningún modo lo habrías hecho voluntariamente con un tipo embadurnado de lodo si hubieras tenido la mente lúcida.

—¿Cómo lo sabes? —gruñó Chantale—. No me conoces tanto como para afirmarlo.

Max no respondió. Se agarró con fuerza al volante y apretó los dientes, arrepentido durante un buen rato de no haber dejado que una pandilla entera violara a la desagradecida zorra.

Su intención inicial era que ella se quedara en la casa, pero atravesó Pétionville a toda velocidad y enfiló la carretera que llevaba a la capital. Por las noches, cualquier ciudad americana estaba iluminada como una mini-galaxia. Puerto Príncipe tenía unos pocos retazos de luz flotando en la negrura dominante, como mariposas blancas caídas sobre una superficie de petróleo; y nada más. Nunca había visto un lugar tan oscuro.

CAPÍTULO

39

Todavía estaba oscuro, pero ya no había insectos y los pájaros empezaban a cantar en el patio. Despuntaba el alba.

Había un mensaje de Joe en el contestador telefónico. Era demasiado temprano para devolverle la llamada.

Dentro de la lata que le había dado el hombre de las rastas, Max encontró una cartera que contenía numerosas tarjetas, ATM, AMEX, VISA, Mastercard, de socio de una biblioteca, de donante de sangre, del gimnasio Gold. Todas pertenecían a Darwen Medd.

Max encontró también media docena de tarjetas de visita blancas, con letras negras, unidas por un clip. Si todavía estaba vivo, Medd se encontraba trabajando en Tallahassee, especializándose en personas desaparecidas e investigaciones para empresas. Esto último era probablemente una actividad nueva, algo a lo que estaba empezando a dedicarse, para tener trabajo cuando fuera demasiado viejo y no estuviera en condiciones de buscar a personas fugadas o secuestradas. Trabajar para el sector empresarial era menos peligroso y mucho mejor pagado. Uno se sentaba en un escritorio y seguía pistas de papel, utilizando teléfono, fax y ordenador. El único trabajo de campo que había que hacer era encontrarse con el cliente para almorzar, cenar o tomar unas copas. Si uno era bueno, nunca le faltaba trabajo. Algunas firmas le contrataban a uno como personal fijo. Cuanto mejor era uno, más probable resultaba que le pusieran en nómina.

Era una vida agradable. Aburrida como el demonio, eso sí; pero alguna vez Max se había planteado seguir aquel camino.

No había dinero en la cartera, pero, metido en el compartimento de los billetes, encontró un papel doblado.

Era una página de una guía telefónica de Haití de 1990. De la letra I a la F, con un círculo trazado con tinta de bolígrafo azul señalando una parte: todos los Faustin de Puerto Príncipe, que eran trece en total.

Medd había seguido, pues, la misma pista.

¿Quién era el tipo de las rastas? ¿Por qué le había dado la lata de hojalata?

¿Era Medd? No. Aquel fulano era negro. Estaba loco, y muy posiblemente fuera mudo. No había emitido un solo sonido ni en la cascada ni en el templo.

Tal vez hubiera visto a Medd en la cascada cuando éste fue a visitar a Mercedes Leballec. Quizá Medd se había hecho amigo de él. O simplemente había encontrado el cadáver de Medd y se había llevado su cartera. La guardó en una lata y se la dio al primer blanco que había visto en Saut d'Eau.

A Max se le ocurrió que la mejor manera de averiguarlo era volver a Saut d'Eau y preguntárselo, pero no quería regresar allí, y no lo haría si podía evitarlo.

A las seis y media llamó a Joe. Su amigo respondió al segundo tono. Estaba en la cocina, viendo las noticias de la televisión a bajo volumen. Max podía oír a las dos niñas entre los ruidos de fondo.

Conversaron y bromearon. El que más habló fue Joe. Tenía una vida en tres dimensiones. La de Max era unidimensional. Plana, para decirlo más claramente.

—El tipo del que me pediste que buscara información, Vincent Paul.

—¿Sí?

—¿Recuerdas? Te dije que los británicos querían interrogarle.

—¿Sí?

—Era por un caso de desaparición de personas.

Max apretó fuerte el receptor.

—¿Quién?

—Una mujer —explicó Joe—. A principios de los setenta Vincent Paul estaba estudiando en la Universidad de Cambridge, en Inglaterra. Salía con una chica de allí llamada... —Max le oyó pasar las hojas de un cuaderno— Josephine... Josephine Latimer. La chica era pintora. También le gustaba beber. Mucho. Una noche, ella atropella a un niño con su coche y huye. Un testigo reconoce el coche y la matrícula. La arrestan y queda encerrada hasta que se celebre la vista de la fianza. Ahora bien, sus padres son peces gordos de esa pequeña ciudad. Todo el mundo sabe quiénes son, así que el hecho de que su hija se haya visto involucrada en un caso de atropello y fuga es toda una noticia para la prensa local. La policía quiere que el juicio sea ejemplar, que demuestre a la gente que todos son iguales ante la ley. Demoran dos semanas la vista de la fianza. La chica se queda en la cárcel y es golpeada y violada. Cuando sale, está destrozada y trata de suicidarse. El juicio tiene lugar un año después, en 1973. Es declarada culpable de homicidio sin premeditación. Debe comparecer en el tribunal dos días más tarde. Se comenta que lo mínimo que le van a caer son cinco años de cárcel. Ella sabe que no podrá cumplirlos. Sabe que no soportará ese lugar. —Joe gritó algo a las niñas y siguió—. El día que tiene que comparecer, desaparece. Se ordena su búsqueda, primero a escala local, luego a nivel nacional. Su novio, Vincent, también se ha marchado. Ahora bien, Vincent es una especie de gigante, mide como dos metros, así que no va a ser precisamente difícil encontrarle, ¿me sigues? Pero pasan dos meses enteros después de la desaparición de la chica y no hay ni rastro. Al fin alguien aparece y cuenta que los ha visto en un barco con destino a... a... a Hoek van Holland, un puerto en Holanda.

—O sea, que entonces, en el barco, ¿fue la última vez que la vieron? —preguntó Max.

—Sí. A la chica y a él. Ella todavía tiene orden de busca y captura en Inglaterra, por homicidio sin premeditación y por huir del país. Pero a estas alturas es un asunto, por así decirlo, de baja prioridad. No son Bonnie y Clyde.

—Allí tal vez no. Aquí, al menos él, es bastante más que eso.

—¿Has visto a Paul en Haití?

—Sí.

—¿Has hablado con él?

—Todavía no. Uno no habla con él; él habla con uno —bromeó Max.

—¿Qué? ¿Se aparece como Dios bajo la forma de zarza ardiente?

—Algo así. —Max rio.

—¿Qué hay de la mujer, Josephine? ¿La has visto?

—No, que yo sepa. ¿Qué aspecto tiene?

—No tengo una foto suya. Pero si ves a ese Vincent Paul, pregúntale dónde está.

—Lo haré si se presenta la ocasión

—¿Sabes que los ingleses enviaron a dos oficiales de policía a Haití para buscarlos? Agentes de Scotland Yard.

—No me digas. ¿Y no encontraron nada?

—Nada. ¿Crees que Vincent o su familia pudieron sobornarlos?

—Tal vez, pero su familia quedó arruinada cuando él estaba en Inglaterra. Además, a juzgar por lo que hasta ahora sé, no es el estilo de Vincent Paul sobornar a la gente. Antes los mataría. —Ambos rieron—. ¿Conoces a un policía llamado Ray Hernández, uno de los suyos? —preguntó Max.

—Sí, claro que le conozco. —Joe bajó la voz para que sus hijas no pudieran oírle—. Si no hablamos de un tipo distinto, es uno al que le llamamos Ray Hiedetuculez.

—Suena adecuado.

—¿De qué le conoces?

—Su nombre se me ha cruzado en la investigación —mintió Max.

—Estaba en narcóticos —murmuró Joe—. Se tiraba a la esposa de su compañero. Luego averiguó que éste tenía las manos sucias, así que se escapó a asuntos internos. Le recompensaron con un escritorio y le nombraron teniente. Es imbécil a más no poder. Cuando le conocí, me habló como si yo fuera un pedazo de eme i e erre de a, ¿entiendes lo que te estoy diciendo? Lo que yo no sabía era que su mujer era de las que te dejan sin aliento. Un tipo tiene que estar ciego y ser idiota para engañar a alguien así.

Max supuso que la esposa de Joe no estaba cerca, y por lo tanto no podía oírle. Nunca había conocido a una mujer más celosa. Si llegaba a descubrir a Joe aunque sólo fuera mirando a una mujer en una valla publicitaria, le daría un ataque.

—Necesito que hagas un par de cosas más por mí, Joe, por favor.

—Dispara.

—Busca a las siguientes personas, a ver qué puedes conseguir: primero, Darwen Medd. Es un investigador privado de Tallahassee.

—No hay problema, pero tampoco puedo garantizarte cuándo tendré algo. ¿Sabes lo que te digo, Max?

—¿Qué?

—¿Sabes lo que estoy oyendo?

—¿Qué cosa?

—El ruido de Max pasándoselo bien.

—Yo no lo expresaría en esos términos.

—No quiero decir que estés de juerga, sino que estás disfrutando con la idea de trincar a esa gentuza. Noto la antigua energía en tu voz. Vuelve el viejo Mingus, con su temple de acero.

—¿Tú crees?

—Lo creo. Te conozco, Mingus. Has vuelto, Max.

—Si tú lo dices —soltó Max con una risita. No acababa de tener la misma impresión.

Se fue a la cama y se durmió cuando el sol empezaba a entrar por la ventana.

Soñó que había vuelto al templo vudú, embadurnado de barro gris, y que fornicaba con Chantale sobre el suelo, mientras el ritmo de los tambores enloquecía. Joe, Allain, Velázquez y Eldon danzaban alrededor de ellos. Luego vio a Charlie sentado en el regazo de Dufour, mirándole fijamente. Estaban al lado del estanque. No podía ver el rostro de Dufour, sólo su silueta, sentado. Trató de ponerse de pie, pero Chantale le retenía abajo, con sus brazos y sus piernas envolviéndole con fuerza. Finalmente logró incorporarse y empezó a caminar hacia Charlie, pero él y Dufour ya no estaban allí. En su lugar se encontraban los tres chicos a los que Max había matado. Todos tenían sus pistolas en las manos. Le apuntaban y le disparaban. Todavía estaba vivo, mirando hacia arriba, viendo la cruz a través del agujero del techo. Llegó Sandra y se quedó a su lado, sonriendo. Llevaba a una chiquilla agarrada de la mano. La niña era bonita, pero parecía tremendamente triste. Max reconoció a Claudet-te Thodore, la sobrina desaparecida del cura de Little Haiti, y recordó que se había olvidado de visitar a sus padres.

Le dijo a la niña que lo primero que haría por la mañana sería ir a verlos, antes de buscar la casa de Faustin.

Sandra se inclinó para besarle.

Max alzó el brazo para tocarle la cara y se despertó con la mano en el aire, los dedos acariciando la nada.

Había oscurecido otra vez. Miró el reloj. Las siete de la tarde. Llevaba doce horas durmiendo. Tenía la boca seca, la garganta oprimida, los ojos húmedos. Supuso que había llorado en sueños. Fuera los grillos cantaban y los tambores de la montaña telegrafiaban sus ritmos directamente al estómago de Max, bailando con su hambre, diciéndole que debería comer algo.

CAPÍTULO

40

Antes de su desaparición en octubre de 1994, Claudette Thodore vivía con sus padres, Caspar y Mathilde, en la Rue des Ecuries, en Puerto Príncipe, cerca de un viejo cuartel militar.

La Rue des Ecuries unía dos ajetreadas calles principales, pero no resultaba fácilmente visible desde ninguna de las dos, ya que la ocultaban gigantescas palmeras. Era uno de esos pequeños rincones escondidos que sólo conocen los lugareños, o descubren los forasteros que buscan un atajo, para olvidarlo en cuanto han pasado por él.

Mathilde le había dado a Max instrucciones precisas para llegar. Hablaba perfectamente inglés, con un acento salpicado de inflexiones del Medio Oeste, probablemente de Illinois, sin el menor deje franco-caribeño.

Cuando Max y Chantale bajaron del coche, percibieron un aroma a flores frescas, mezclado con menta. Cerca había un hombre con un cubo y una fregona, limpiando la calle. Según se acercaron, aumentó la intensidad del aroma. Las casas de ambos lados de la calle estaban ocultas detrás de sólidos portones de metal y muros coronados con afiladas puntas de hierro y alambre de púas. Detrás de ellas sólo asomaban las copas de los árboles, los postes de telégrafo y las antenas de televisión, normales y parabólicas. No se veía nada más. El detective supuso que las casas eran chalés, bungalós o cualquier otro tipo de construcciones de una sola planta. Oyó el furioso husmear de los perros por detrás de los portones, olfateándolos a través de los resquicios, distinguiendo los olores conocidos de los desconocidos. Ninguno de los animales ladró para alertar a sus amos de que había extraños en las cercanías. Max sabía que guardaban silencio porque eran perros de ataque. Le dejan a uno entrar tranquilamente en su territorio, y cuando te has internado lo suficiente como para que te resulte difícil huir, se abalanzan sobre ti.

Odiaba las redadas que se hacían con los escuadrones de perros. Eran unos animales espantosos que sólo respetaban a su entrenador, que los había adiestrado para ejercer tal grado de ferocidad que, si hubieran sido personas, cometerían toda clase de asesinatos, con un montón de perversas torturas incluidas. No se podía ser razonable con los perros de ataque. Uno no podía aplacarlos o hipnotizarlos, ni arrojarles un palo para que corrieran a buscarlo mientras uno trepaba al árbol más cercano. Si un perro de ataque se lanzaba contra uno, lo único que se podía hacer era dispararle al instante. Los de la policía eran entrenados para lanzarse sobre diferentes partes de la anatomía. En Florida se lanzaban sobre los testículos, en la ciudad de Nueva York sobre los antebrazos, en el Estado de Nueva York sobre las pantorrillas. En algunos Estados del sur se lanzaban a la cara, en otros a la garganta; en California le arrancaban a uno un pedazo del culo de un mordisco, y en Texas tenían debilidad por los muslos. Max no sabía cómo era la cosa en Haití, y no le interesaba averiguarlo. Esperaba que los Thodore no tuvieran uno de aquellos bichos.

El hombre les echó una ojeada cuando se aproximaban, sin dejar ni por un segundo de hacer lo que estaba haciendo. Chantale le hizo un gesto con la cabeza y le saludó. El hombre no respondió; se limitó a mirarlos de arriba abajo, con los ojos entornados y el ceño fruncido, todo el cuerpo rezumando tensión.

—Seguro que tiene sangre siria —susurró Chantale—. Está fregando la calle con menta y agua de rosas. Es una costumbre de su tierra, cuya intención es ahuyentar a los malos espíritus y atraer a los buenos. Hubo una oleada migratoria de sirios aquí, hace cuarenta o cincuenta años. Abrieron esas pequeñas tiendas que vendían de todo a los pobres. Cada mañana barren la parte de la calle en la que está su negocio y la rocían con pociones de hierbas, para atraer la suerte, la prosperidad y la protección. A unos pocos, evidentemente, les ha funcionado, pues han hecho un montón de dinero.

La Rue des Ecuries era la calle más limpia que Max había visto en Haití hasta ese momento. No se divisaba ni un trocito de basura en ninguna parte, ni animales perdidos, ni vagabundos en las aceras, ni pintadas en las paredes; y ni un solo socavón sobre la calzada, que estaba inmaculadamente adoquinada con piedras grises. Podría haberse tratado de cualquier tranquila avenida residencial de un barrio de clase media próspera de Miami, Los Ángeles o Nueva Orleans.

Max golpeó el portón de los Thodore cuatro veces, tal como Mathilde le había pedido que hiciera. Poco después oyó pasos detrás del muro.

—*Qui là?*

—Me llamo...

—¿Mingus? —preguntó una voz de mujer.

Se oyó el ruido de un cerrojo deslizándose y el portón se abrió desde dentro, gimiendo horriblemente sobre sus goznes.

—Soy Mathilde Thodore. Gracias por venir. —Les hizo señas para que pasaran, y cuando lo hicieron empujó el portón para cerrarlo. Llevaba unos pantalones de chándal, tenis y una camiseta holgada de los Bulls de Chicago.

Max se presentó y le estrechó la mano. Ella apretó con fuerza, lo que estaba a tono con su mirada directa, casi desafiante. Si hubiera sonreído más, podría haber sido una mujer atractiva, incluso hermosa, pero su rostro era duro e implacable, el semblante de una persona que ha sufrido demasiadas adversidades en la vida.

Estaban en un patio pequeño, a un par de metros de un modesto bungaló naranja y blanco, con tejado de zinc inclinado, medio escondido entre descuidados arbustos. Detrás se erguía una frondosa palmera, que cubría la casa con un manto de sombra. A la derecha había un columpio, con las cadenas oxidadas. Max supuso que Claudette había sido hija única.

Luego los ojos de Max cayeron sobre dos cuencos de color verde chillón para comida de perro; uno tenía comida, el otro agua. Miró hacia atrás, a la pared, y descubrió una gran caseta canina.

—No se preocupen por él. No muerde —dijo Mathilde, al ver a Max mirando fijamente la caseta.

—Eso es lo que dicen todos.

—Murió —respondió Mathilde rápidamente.

—Lo siento —se disculpó Max, pero en realidad no lo sentía en absoluto.

—La comida y el agua son para su espíritu. Ustedes saben que en este país todo se basa en la superstición, ¿no? Aquí alimentamos a los muertos mejor de lo que comemos nosotros. Los difuntos gobiernan esta tierra.

La casa era pequeña y estaba abarrotada de cosas; los muebles eran demasiado grandes para el espacio disponible.

Las paredes estaban llenas de fotografías. En todas aparecía Claudette: fotos de un bebé de ojos vivaces con la boca abierta; de la niña en uniforme escolar; instantáneas de ella con sus padres, abuelos y parientes, cuyas caras sonreían alrededor de la suya, como planetas en un sistema solar. En muchas era una niña feliz de cinco años, que sonreía y hacía muecas, y era el centro de atención de todas las personas del grupo. Había una en la que ella estaba de pie, frente a la iglesia de Miami, con su tío Alexandre, que parecía haber sido tomada después de un servicio religioso, ya que él llevaba su vestidura ceremonial y había gente elegantemente vestida al fondo. Se veía otra foto de la niña al lado de un dóberman negro. Al menos una docena mostraba a la pequeña con su padre, de quien seguramente había heredado la hermosura y que parecía ser quien se llevaba la mejor parte de su cariño, porque en las pocas instantáneas en las que aparecía con su madre no sonreía tan abiertamente.

Las parejas se sentaron frente a frente, a ambos lados de una mesa de comedor. Caspar saludó a los recién llegados con un movimiento de cabeza y un fugaz apretón de manos, pero no pronunció ni una palabra de bienvenida.

No se parecía a su hermano. Era bajo y fornido, con brazos gruesos, hombros anchos, manos gigantes y forzudas, con venas salientes y dedos planos y anchos. Su actitud era de una impertinencia que rozaba la grosería. Llevaba el pelo, ya blanco, muy corto, y se le estaba cayendo en la coronilla. El rostro, mucho más severo que el de su esposa y que empezaba a perder firmeza en la papada y bajo los ojos, casaba muy bien con su actitud agresiva y recordaba el de un mastín cabreado. Max calculó que andaría por los cuarenta y cinco años. Llevaba el mismo tipo de ropa que su esposa, que estaba sentada a su lado y bebía un vaso de zumo.

—¿Ustedes son aficionados de los Bulls? —preguntó Max mirando a Caspar, con la esperanza de romper el hielo.

Silencio. Mathilde le dio un codazo a su esposo.

—Vivimos en Chicago durante un tiempo —respondió el hombre sin mirarle a los ojos.

—¿Cuánto hace de eso?

No hubo respuesta.

—Siete años. Regresamos cuando derrocaron a Baby Doc —dijo Mathilde.

—Deberíamos habernos quedado —agregó su esposo—. Volvimos aquí, queríamos colaborar, hacer algo bueno, y todo lo que nos sucedió fue malo.

Dijo algo más, pero Max no le entendió. Tenía una voz bronca que enterraba más palabras de las que dejaba salir.

Mathilde miró a Max y alzó los ojos, como diciendo que él era así siempre. Max supuso que era quien había encajado peor la desaparición de Claudette.

Vio una foto del padre y la hija, ambos riendo. En ella Caspar estaba más joven, su cabello era más oscuro y abundante. La foto no era tan vieja, porque Claudette ya tenía el aspecto de la instantánea que le había dado su tío.

—¿Qué más les ha sucedido?

—¿Aparte de lo de nuestra hija? —preguntó Caspar, con acento amargo, mirando por fin a Max directamente al rostro, con sus pequeños ojos inyectados en sangre—. Habría que preguntar qué no nos ha sucedido. Este lugar está maldito. Así de simple. ¿Se ha dado cuenta de que aquí no crece nada? Ni plantas, ni árboles, ni cosa viva alguna.

—A nosotros no nos ha ido nada bien aquí —intervino rápidamente Mathilde—. Trabajábamos en el cuerpo de bomberos de Chicago. Caspar tuvo un accidente y recibió la indemnización del seguro. Antes de eso ya planeábamos volver aquí, así que pensamos: hagámoslo ahora.

—¿Por qué se fueron de Haití?

—Nosotros no nos fuimos, quiero decir que lo hicieron nuestros padres, a principios de los sesenta, a causa de Papá Doc. Mi padre tenía algunos amigos que estaban vinculados con grupos de disidentes de Miami y Nueva York. Trataron de orquestar un golpe de Estado, que fracasó. Papá Doc no se limitó a perseguir a los inculpados. También acosó a todas sus familias y a sus amigos y a los amigos de los amigos y a las familias de los amigos de los amigos. Así hacía él las cosas. Nuestros padres pensaron que sólo era cuestión de tiempo que los Macoutes vinieran a por todos nosotros, así que nos fuimos.

—¿Por qué quisieron regresar? —preguntó Max—. Chicago no es un mal sitio.

—Es lo que me digo a mí mismo. A veces tengo ganas de darme cabezazos contra la pared —refunfuñó Caspar.

Max se rio, más para dar ánimos que porque le hiciera gracia. Caspar le miró con enorme pesadumbre. No parecía haber nada que pudiera consolarle.

—Creo que en Estados Unidos ambos sufrimos el sentimiento de pérdida de lo que se ha dejado atrás —explicó Mathilde—. Siempre llamábamos a este lugar «nuestra casa». Teníamos muchos recuerdos del viejo Haití, llenos de afecto. Pensábamos que, pese a la tiranía que lo gobernaba, era un lugar maravilloso. Sobre todo, su gente. Aquí reinaba el amor. Antes de casarnos juramos que volveríamos a casa algún día. La indemnización la invertimos, entre otras cosas, en parte de la propiedad de una tienda situada junto a una gasolinera en la que se vendían comida y productos de primera necesidad a los pobres, a precios rebajados. A la gente no le gustó que nosotros viniéramos aquí y montáramos, así como así, un negocio próspero. Aquí tienen una palabra para designar a la gente como nosotros. Nos llaman «diáspora». Antes era un insulto, que sugería que habíamos huido como gallinas, habíamos dado la espalda a nuestro país y sólo regresamos cuando las cosas se pusieron bien. En nuestros días es sólo una palabra más, pero en aquella época...

—Era lo único que oíamos entonces —terció Caspar—. No entre la gente con la que tratábamos a diario, que siempre fue agradable con nosotros. Teníamos una buena relación con ella. Nos desenvolvíamos más o menos como los coreanos en los barrios negros de Chicago, que saben emplear a algunas personas del lugar, tratarlas bien, ser respetuosos con todos. En eso no teníamos ni el menor problema. Pero los que son como nosotros, la gente de negocios y nuestros vecinos de Pétionville, dejaban muy claro que no nos querían cerca. Nos llamaban de todo.

—La envidia es universal —sentenció Chantale—. No es exclusiva de aquí.

—Lo sé, lo sé —replicó Caspar con enfado.

Chantale levantó las manos en un gesto de embarazosa disculpa.

—Nosotros nos encerramos en nosotros mismos, trabajamos duro, tratamos a la gente lo mejor que pudimos. Pasado un tiempo nos mudamos aquí. Era mejor. Los vecinos de esta zona son gente como nosotros, inmigrantes —comentó Mathilde, mientras daba palmaditas en el brazo a Caspar para que se calmara—. Aquí se está bien. Y es un sitio realmente limpio.

—Somos una comunidad muy cerrada —reconoció Caspar—. Tenemos una política de tolerancia cero.

—¿Contra quién?

—Contra cualquiera a quien no conozcamos. Eso les disuade y no se instalan aquí. Si quieren pasar por esta calle, no hay problema, con tal de que lo hagan rápido. Además nos turnamos para regar y barrer la calle, por la mañana y por la tarde, antes de la caída del sol. Nos cuidamos unos a otros.

Caspar se permitió una pequeña sonrisita cómplice, de la que Max dedujo que disfrutaba rompiendo las cabezas a los desafortunados tipos sin techo que se acostaban en su calle para pasar la noche. Probablemente era la única cosa que le seguía proporcionando satisfacción. Muchos ex policías que conocía Max eran iguales. Añoraban sus tiempos en la calle y buscaban empleos de guardaespaldas o en empresas de seguridad, en los que pudieran seguir dando palizas a la gente con relativa impunidad. Probablemente Caspar volvía a ser la persona que había sido antes de que la felicidad se mezclara en su vida. El resentimiento parecía su estado natural.

—Aquí hemos sido felices —siguió diciendo Mathilde—. Con Claudette nuestra vida se completó. La tuve unos meses después de que nos viniéramos. No habíamos planeado formar una familia, e incluso yo pensaba que ya era demasiado mayor para ello, pero la niña llegó a nuestras vidas e iluminó rincones de nuestro ser que nosotros no sabíamos que existían.

Miró a su esposo. Max no podía ver la cara de Mathilde, pero sabía, por la manera en que la mirada de Caspar se ablandó, que estaba a punto de estallar en lágrimas. El marido le puso el brazo tiernamente sobre los hombros y la atrajo hacia sí.

Max apartó la mirada para no perturbar su intimidad. Eran buena gente. Sobre todo Mathilde. Ella era el alma y el motor de la pareja, la que moderaba a su esposo, la que sacaba sus asuntos adelante. Como se encargaba de poner orden y disciplina en casa, la niña debía de preferir al padre, que no la regañaba. Pensó en Allain y Francesca. Estaban separados por un millón de kilómetros, marchando en direcciones opuestas, sin ofrecerse calor ni intentar acercarse el uno al otro, pese a su enorme dolor. Max había visto cómo la pérdida de un niño provocaba el naufragio de los matrimonios más fuertes. Sin embargo, la desaparición de Claudette había unido a los Thodore, reafirmando, del modo más oscuro, aquello que desde el principio los había acercado.

Centró su atención en una fotografía de Claudette en una hamaca, empujada por el padre, mientras el dóberman miraba desde un rincón.

Mathilde se sonó la nariz y se secó las lágrimas que se le habían escapado.

—El negocio iba bien, pese al mal clima político —continuó, recuperada la compostura—. En apenas un mes tuvimos dos presidentes y tres golpes de Estado. Siempre sabíamos que pasaba algo porque nuestra tienda no estaba lejos del Palacio Nacional. Quien ocupaba el poder en ese momento mandaba a los tipos que trabajaban para él a comprar reservas de gasolina, para su fuga. —Hizo una pausa, como si tratara de recuperar el hilo de su discurso, y enseguida prosiguió—. Toda la gasolina viene de Estados Unidos, así que cuando quieren derrocar a un presidente, amenazan con interrumpir el envío de combustible. Cada vez que hay un peligro real de que eso pase, uno ve a los directivos petrolíferos aparecer por la gasolinera. Son esos blancos americanos gordos y sudorosos con pinta de vendedores de biblias. Le dicen al gerente de la gasolinera que esperan remesas especiales porque han recibido «advertencias de sequía», lo que en su código significa un relevo en el gobierno. El combustible nunca dejó de llegar, porque fueron golpes de Estado tranquilos. No se disparó ni un tiro. Uno estaba viendo tranquilamente la televisión, se interrumpía el programa y un general hacía una declaración: el presidente de este mes ha sido arrestado o se le ha expulsado del país por traición, corrupción, exceso de velocidad, lo que sea, y el ejército ha tomado provisionalmente el control. Todo el mundo seguía con su vida de siempre. Nadie pensaba que alguna vez habría un embargo. Y luego lo hubo.

—Nos quedamos fuera del negocio. Mucha de nuestra mercancía llegaba de Estados Unidos y Venezuela. De pronto, los barcos no podían pasar —explicó Caspar—. Claudette solía preguntarme por qué no iba a trabajar. Le dije que prefería quedarme en casa para verla crecer.

—Incendiaron nuestra tienda justo antes del desembarco de los marines —apostilló Mathilde.

—¿Quiénes? —preguntó Max.

—Los militares. Simplemente querían complicar la vida a los invasores cuanto fuera posible. Prendieron fuego a un montón de tiendas. No creo que fuera algo personal.

—¿Ah, no? —intervino Caspar lleno de rabia—. Liquidaron nuestra vida. Nada puede ser más personal que eso.

Mathilde no supo qué decir. Apartó la mirada y se quedó contemplando una de las fotos, como si tratara de volver al tiempo de la felicidad.

Max se puso de pie y dio unos pasos, apartándose de la mesa. Detrás de ellos había un sofá, dos sillones y, sobre una mesilla, una televisión de tamaño mediano. El aparato estaba cubierto por una capa de polvo, como si no lo hubieran usado desde hacía bastante tiempo o simplemente estuviera averiado. Vio una escopeta al lado de la ventana. Miró hacia el patio y contempló la hamaca, la caseta del perro y el portón. Había algo que no cuadraba.

—¿Qué le sucedió al perro?

—Lo mataron —respondió Mathilde, mientras se levantaba y se acercaba a él—. Los que se llevaron a nuestra hija lo envenenaron.

—¿Entraron aquí?

—Sí. Venga conmigo.

Guio a Max hacia el interior de la vivienda y entraron en un pasillo oscuro. Abrió una puerta.

—La habitación de Claudette —dijo, invitándole a mirar.

Los Thodore se habían resignado a no volver a ver a su pequeña. La habitación era un santuario, preservada como recordaban haberla visto ordenada por última vez. Sobre las paredes había dibujos hechos por Claudette; sobre todo de la familia. Papá, alto; mamá, no tan alta; Claudette, diminuta, y el perro, más grande que ella y menos que Mathilde, todos frente a la casa. Los dibujos, realizados con lápices de colores, eran meros palotes que trazaban toscas figuras humanas. Papá siempre era azul, mamá roja, Claudette verde y el perro negro. Tal y como Max imaginaba, la casa de Pétionville debía de haber sido mucho más grande, porque los garabatos de la familia eran diminutos al lado de ella. En sus dibujos del Impasse Beaufort, las figuras humanas eran el doble de grandes que la casa. Otros trazos eran simplemente cuadrados pintados de colores, con el nombre completo de Claudette en la parte inferior, escrito por una mano adulta.

Max miró fugazmente por la ventana y luego volvió a observar la habitación. Vio la cama, que era baja, con una colcha azul y una almohada blanca, y una muñeca de trapo asomando por debajo de las mantas. Notó que la colcha estaba un poco arrugada en el centro, como si alguien se hubiera sentado. Se imaginó al padre o a la madre entrando en la habitación y jugando con la muñeca, empapándose de los recuerdos de su hija y llorando a mares. Imaginaba que Caspar era el visitante más asiduo.

—El día que desapareció... fui a despertarla, entré en la habitación y me encontré con que su cama estaba vacía y la ventana abierta. Entonces miré hacia fuera y vi a *Toto*, nuestro perro, que yacía en el suelo, cerca de la hamaca —contó Mathilde con serenidad.

—¿Había algo roto en la casa? ¿Cristales, cuadros?

—No.

—¿Y la puerta principal? ¿Había sido forzada?

—No.

—¿Ningún indicio en la cerradura? A menudo, cuando se ha abierto con una ganzúa, las llaves no giran del todo bien.

—Funcionaba perfectamente.

—¿Y sólo estaban ustedes tres en la casa?

—Sí.

—¿Alguien más tiene llaves?

—No.

—¿Y el propietario anterior?

—Cambiamos todas las cerraduras.

—¿Quién las cambió?

—Caspar.

—¿Y está segura de que ese día cerró con llave la puerta principal?

—Sí. Completamente segura.

—¿Hay una entrada trasera?

—No.

—¿Y las ventanas?

—Estaba todo cerrado. No había nada roto.

—¿Tienen sótano?

—En esta casa no.

—¿Qué hay detrás de la casa?

—Una finca vacía. Había una galería de arte, pero cerró. El muro tiene casi cinco metros de altura y está cubierto de alambre de espino.

—¿Alambre de espino? —murmuró Max para sí. Entonces miró el muro a través de la ventana de Claudette. Había puntas de hierro a lo largo de su parte superior, pero no las espirales de alambre de púas que había visto alrededor de las casas vecinas.

—Yo me negué a ponerlo —dijo Mathilde—. No quería que fuera lo primero que viera mi hija cuando se despertaba.

—No habría servido de mucho —dijo Max.

«Nunca sirve de nada», pensó. «Si quieren llevarse a tu hijo, lo harán sea como sea».

El detective salió y se dirigió al portón. A la derecha había arbustos. Los secuestradores habrían hecho ruido si hubieran caído sobre ellos. Por lo tanto, habían entrado por el lado izquierdo del muro, donde el salto era sólo de tres metros sobre terreno despejado. Probablemente habían usado una escalera para subir desde la calle.

Debieron de haber observado el lugar antes de entrar. Eso explicaba que supieran dónde estaba la caseta del perro y por qué lado entrar.

Típico comportamiento de predador experto.

Max se dio la vuelta y miró hacia atrás, a la casa. Había algo en aquel dormitorio que no estaba como debía estar. Algo no concordaba.

Empezó a caminar hacia la casa, poniéndose en el lugar del secuestrador que acaba de envenenar al perro. La habitación de Claudette estaba a la izquierda de la puerta principal. ¿Cuántos habían ido por ella? ¿Uno o dos?

Entonces se percató de la presencia de Mathilde en la ventana de la habitación de su hija, de pie, con los brazos cruzados, mirándole moverse.

Ninguna ventana rota. Ningún cerrojo abierto con ganzúa. Ninguna puerta forzada. Ninguna entrada trasera. ¿Cómo habían entrado en la casa?

Mathilde abrió la ventana y empezó a hablarle. Él no la oía. Mientras ella hablaba, tiró accidentalmente algo que había en el alféizar; algo pequeño.

Max dio unos pasos y dirigió la mirada hacia el suelo. Era una figurilla de alambre, pintada, que representaba a un hombre con una cara de pájaro. El cuerpo era de color naranja y la cabeza negra. La figura no tenía brazo izquierdo. Cuando la estudió más de cerca, vio que la cara no estaba entera.

Empezaba a comprender lo que había sucedido.

Levantó la figurilla.

—¿Quién le dio esto a su hija? —preguntó Max, mostrándoselo a Mathilde.

La mujer pareció confundida. Agarró la figurilla y cerró la mano alrededor de ella, recorriendo el alféizar con los ojos.

Max volvió a entrar en la casa.

Había media docena de hombres-pájaro alineados a lo largo del alféizar, al lado de la cama, ocultos por el resplandor deslumbrante del sol que entraba por los cristales. Eran de la misma forma e igual color, salvo el último, que era más ancho porque representaba a dos sujetos: el hombre-pájaro y una niñita con un uniforme azul y blanco.

—¿De dónde los sacó?

—De la escuela —contestó Mathilde.

—¿Quién se los dio?

—Nunca me lo dijo.

—¿Un hombre, una mujer?

—Yo creía que había sido un niño, alguno de sus amigos. También conocía a un par de niños de El Arca de Noé.

—¿El Arca de Noé? ¿La escuela de los Carver?

—Sí. Queda a un par de calles del Lycée Sainte Anne, que era la escuela de Claudette —dijo Mathilde, y le dio a Max la dirección.

—¿Mencionó su hija alguna vez a alguien que hubiera hablado con ella cerca de la escuela? ¿Un desconocido?

—No.

—¿Nunca?

—No.

—¿Habló alguna vez de Tonton Clarinette?

Mathilde se dejó caer pesadamente sobre la cama. Le temblaba el labio inferior y su mente no lograba centrarse. Abrió la mano y miró fijamente la figurilla.

—¿Hay algo que no me ha contado, señora Thodore?

—No creí que fuera importante... en ese momento —repuso.

—¿Qué?

—El Hombre Naranja —explicó con enorme pesadumbre.

Max examinó nuevamente los dibujos de la pared, por si se le había pasado por alto alguno con media cara, pero no. No encontró lo que buscaba.

Recordó la historia de los niños que habían desaparecido en Clarinette. La madre había contado que a su hijo le había secuestrado un hombre con la cara deformada.

—¿Max? —Chantale le llamó desde la puerta—. Tienes que ver una cosa.

Caspar estaba de pie, al lado de ella, con un montón de papeles en las manos.

Claudette contaba que su amigo el Hombre Naranja era mitad humano, mitad máquina. Al menos, su cara. Decía que tenía un gran ojo gris con un punto rojo en el centro. Sobresalía tanto de su cabeza que tenía que sostenerlo con una mano. También, según la niña, hacía un ruido extraño.

Caspar dijo que se burló de ella cuando le contó todo aquello. Él tenía debilidad por las películas de ciencia ficción. *Robocop*, *La Guerra de las Galaxias* y *Terminator* eran sus preferidas, y solía verlas en el vídeo con su hija, pese a las protestas de Mathilde, que considera-

ba que Claudette era demasiado pequeña para verlas. Caspar pensó
que el Hombre Naranja era un híbrido de R2-D2 y Terminator cuando a éste se le cae un pedazo de cara y se le ve la maquinaria que tiene por debajo de la piel. Caspar no se lo tomaba en serio; no creía que
el amigo de su hija fuera más real que los robots de las películas.

Mathilde había sido todavía menos propensa a creer en las historias de su hija sobre el Hombre Naranja. Cuando tenía la edad
de la pequeña, también había tenido una amiga imaginaria. Había sido hija única y sus padres la solían dejar sola, e incluso cuando estaban con ella no le prestaban toda la atención que necesitaba.

Ninguno de los dos se preocupó demasiado cuando, durante
los seis meses previos a su desaparición, Claudette empezó a dibu-
jar más y más retratos de su amigo.

—¿Alguna vez vieron al Hombre Naranja? —preguntó Max a los
Thodore, cuando se volvieron a sentar en torno a la mesa del comedor, con los dibujos desparramados ante ellos. Había más de
treinta, grandes y pequeños, hechos sólo a lápiz o pintados a todo
color.

Básicamente, cada dibujo era una persona trazada con palotes, con una cabeza enorme que tenía forma de letra D y estaba
compuesta de dos mitades verticales unidas: un rectángulo a la izquierda y un círculo a la derecha. El círculo se parecía a una cara, aunque indefinida: una rayita para representar un ojo y otra para la boca. No tenía nariz. Un triángulo torcido hacía de oreja. La otra mitad
era más detallada e inquietante. Los rasgos más llamativos eran un
gran círculo en espiral donde debería haber un ojo y una boca con
colmillos agudos que apuntaban hacia arriba, más parecidos a puñales que a dientes. Al cuerpo le faltaba el brazo izquierdo.

—No. Claro que no, nunca le vimos.

—¿Alguna vez hablaron con la niña sobre él? ¿Le preguntaron quién era?

—A veces yo le preguntaba si le había visto —dijo Caspar—.
Generalmente decía que sí.

—¿Nada más? ¿No dijo si le había visto con alguien más?

Ambos negaron con la cabeza.

—¿Mencionó un coche? ¿No dijo si él conducía?

Negaron con la cabeza.

Max volvió a mirar los dibujos. No estaban ordenados de ninguna manera, pero pudo deducir lo que había sucedido. El Hombre Naranja se había ganado la confianza de Claudette antes de lanzarse sobre ella. Los dibujos iniciales mostraban al hombre a cierta distancia, de perfil, de pie entre tres o cuatro niños, sobresaliendo por su estatura. Era totalmente naranja, la cabeza plana en la parte delantera y redonda en la de atrás, con un pico protuberante haciendo la función de nariz. La cantidad de niños de los dibujos fue disminuyendo. Al final sólo quedaba la propia Claudette, de pie ante el misterioso personaje. En todo el conjunto de retratos los niños estaban separados del hombre, pero en los que sólo estaban el Hombre Naranja y Claudette, iban de la mano. A Max las pinturas que mostraban la vida familiar de Claudette le dejaron helado. Aparecía el Hombre Naranja de pie justo frente a la casa, cerca del perro, o con la familia, incluso cuando estaban en la playa.

Claudette conocía a su secuestrador. Le había dejado entrar a su dormitorio. Se había ido voluntariamente.

—¿Dijo por qué le llamaba el Hombre Naranja?

—No le llamaba así —respondió Caspar—. Ese nombre se lo puse yo. Un día la niña trajo a casa uno de esos dibujos. Le pregunté qué era la figura y ella me dijo que era su amigo. Así es como ella le mencionó: *mon ami*, mi amigo. Yo creí que se refería a un amigo de la escuela. Como medio en broma, le comenté: «Oye, eres amiga de un hombre naranja», y con ese nombre se quedó.

—Ya veo. ¿Y qué me dicen de sus amigos? ¿Hablaron alguna vez del Hombre Naranja?

—No, no lo creo —respondió Mathilde. Miró a Caspar, que se encogió de hombros.

—¿Desaparecieron más niños de la escuela de Claudette?

—No, que nosotros sepamos.

Max miró sus notas.

—¿Qué ocurrió el día de... cuando se dieron cuenta de que Claudette no estaba? ¿Qué hicieron?

—Salimos a buscarla —contó Caspar—. Fuimos casa por casa. Enseguida tuvimos a un grupo de personas ayudándonos, gente del barrio que se movilizó. Paraban a los transeúntes, hacían preguntas. Creo que, al acabar aquel día, entre todos nosotros habíamos cubierto cada centímetro en varios kilómetros cuadrados de nuestro entorno. Nadie había visto nada. Nadie sabía nada. Eso fue un martes. Pasamos las dos semanas siguientes buscándola. No hacíamos otra cosa. Uno de los vecinos de aquí, Tony, es impresor. Hizo esos carteles que pusimos por todas partes. Y nada.

Max tomó unas pocas notas y leyó un par de páginas anteriores.

—¿Hubo alguna petición de rescate? —preguntó Chantale.

—No. Nada. Nosotros no tenemos gran cosa, excepto a Claudette y el amor mutuo que nos profesamos —dijo Caspar, al borde de las lágrimas, a punto de perder su férrea coraza exterior. Mathilde le acarició la mano y él la estrechó con fuerza.

—¿Podrán encontrarla y traérnosla? —preguntó con voz trémula a Chantale.

—Le prometí a su hermano que investigaría el asunto —intervino Max, dirigiendo a ambos una mirada imperturbable, dispuesto a evitar que alimentaran falsas esperanzas.

—¿Cómo le va con el caso de Charlie Carver? —preguntó Mathilde.

—¿Qué quiere usted decir?

—¿Alguna pista?

—No estoy autorizado a hablar de ello, señora Thodore. El secreto profesional me obliga a respetar la confidencialidad del cliente. Lo siento.

—¿Y usted cree que fueron las mismas personas? —preguntó Caspar.

—Hay similitudes, pero también diferencias. Es demasiado pronto para hacer conjeturas.

—Vincent Paul cree que fueron las mismas personas —dijo Caspar, con toda naturalidad.

Max interrumpió sus notas y se quedó con la mirada fija en el papel que tenía delante.

—¿Vincent Paul? —preguntó con el tono más neutro que pudo. Miró fugazmente a Chantale, que se dio cuenta y desvió la mirada hacia un conjunto de fotografías colgadas cerca del rincón superior derecho.

—Sí. ¿Le conoce? —preguntó Caspar.

—Sólo por su reputación —repuso Max, y se puso de pie. Simuló estirar los brazos y el cuello. Caminó alrededor de la mesa hacia las fotografías de la pared, sacudiendo las manos como si las tuviera dormidas.

En un rincón había una fotografía familiar. Se veía a Claudette, con unos tres años, a Mathilde y a Caspar, con aspecto de felicidad y muchísimo más jóvenes. También estaba Alexander Thodore, con su atuendo clerical, y, en medio de ellos, sentado, probablemente para poder entrar en el plano, Vincent Paul, calvo y sonriente. El cura le rodeaba parte de su gigantesca espalda con el brazo.

Max supuso lo que eso significaba, que Vincent Paul había donado parte de los millones ganados con la droga a Little Haiti; pero se lo guardó para sí.

Volvió a su sitio.

—Después de buscar todo lo que pudimos, solicitamos ayuda a los marines —dijo Mathilde—. Los dos somos ciudadanos americanos, Claudette también, pero ¿saben ustedes lo que sucedió? Vimos a un capitán y todo lo que quiso saber fue por qué nos habíamos ido de Estados Unidos para venir a un agujero de mierda como éste. Ésas fueron sus palabras. Luego nos dijo que los soldados estaban demasiado atareados como para prestarnos ayuda, que tenían que restaurar la democracia. Cuando regresábamos a nuestro coche, pasamos por un bar y allí vimos a todo un grupo de marines dedicados a restaurar la democracia por el procedimiento de ponerse hasta atrás con cerveza.

—¿Qué ocurrió con Vincent Paul?

—Acudimos a él cuando el ejército americano se negó a ayudarnos.

—¿Por qué no lo hicieron antes?

—Yo... —Mathilde iba a decir algo, pero Caspar la cortó.

—¿Qué es lo que sabe de él?

—He oído cosas buenas y malas, sobre todo malas —respondió Max.

—Igual que Mathilde. Mi mujer no quería que acudiéramos a él.

—No era eso... —empezó Mathilde de nuevo, pero captó la mirada con la que su marido le estaba diciendo que se callara—. Bueno, estando aquí las tropas y todo eso, yo no quería que se supiera que alguien como él andaba buscando a mi hija. No quería que nos arrestaran por cómplices o partidarios suyos.

—¿Partidarios?

—Vincent tenía una relación muy estrecha con Raoul Cedras, el jefe de la junta militar que fue depuesta por la invasión. Eran buenos colegas —explicó Caspar.

—Yo creía que el estilo de Paul era más parecido al de Aristide —apuntó Max.

—Así fue al principio, por supuesto. En su día Aristide fue un buen tipo, cuando era cura y ayudaba a los pobres en las zonas marginadas. Hizo mucho por ellos. Pero el mismo día que fue elegido presidente empezó a convertirse en Papá Doc. Resultó igual de corrupto. Se quedó con millones de la ayuda extranjera. A las dos semanas de que tomara posesión, Vincent ya estaba intentando joderlo.

—Nunca he pensado que las personas como Paul tengan principios.

—Es un hombre compasivo —dijo Mathilde.

—¿De modo que les ayudó?

—Mucho —respondió la mujer—. Estuvo un mes entero revolviendo toda la isla para ver si la encontraba. Tenía a gente buscándola en Nueva York, en Miami, en la República Dominicana, en las otras islas. Hasta recurrió a las tropas de las Naciones Unidas para pedirles ayuda.

—Todo menos contratar a un investigador privado —comentó Max.

—Dijo que si él no podía encontrarla, nadie podría hacerlo.

—¿Y ustedes le creyeron?

—Le habríamos creído si la hubiera encontrado —apostilló Mathilde.

—¿Se puso en contacto con ustedes alguien más? Los Carver tenían a otras personas buscando a su hijo antes de contratarme a mí. ¿Alguno habló con ustedes?

—No —dijo Caspar.

Max tomó unas pocas notas más. Todavía le quedaba otra pregunta importante para los Thodore

—De acuerdo con lo que he oído, todos los días desaparece aquí una gran cantidad de niños. Debe de haber un montón de gente que le pide ayuda a Vincent Paul. —Los esposos se miraron uno al otro, indecisos. Max se lo puso fácil—: Miren, sé de lo que Vincent Paul es capaz, y la verdad, me importa un bledo. Estoy aquí para hallar a Charlie Carver y también a Claudette, si puedo. De modo que, por favor, sean francos conmigo. ¿Por qué les ayudó Vincent Paul?

—Es amigo de la familia, de mi familia —explicó Caspar—. Mi hermano y él se conocen desde hace mucho tiempo.

—Paul da dinero a su hermano para la iglesia de Little Haiti, ¿no es así?

—No exactamente. Mi hermano dirige un albergue para balseros haitianos en Miami. Vincent lo financia. Ha invertido un montón de dinero en Little Haiti, ha ayudado a mucha gente a ponerse en pie. Es un buen hombre.

—Alguna gente no estaría de acuerdo en esa afirmación —señaló Max, y lo dejó ahí. Se contuvo para no decir que en Liberty City había niños de diez años vendiendo la droga que enviaba Vincent Paul desde Haití, mientras sus padres se estaban fumando sus vidas, camino del infierno, probablemente con la misma mierda. En ese momento, a los Thodore eso les importaría un comino. ¿Por qué tenía que importarles?

—También podría ser que hubiera diversas opiniones sobre quién es usted, señor Mingus —replicó Mathilde, suavemente.

—Suele suceder —concedió Max, y sonrió a ambos. Eran gente decente, honesta, muy trabajadora y básicamente buena—. Gracias por su ayuda. Y, por favor, no se sientan culpables de lo que le sucedió a Claudette. Ustedes no podrían haber hecho nada por evitarlo. Nada de nada. Se puede parar a los ladrones, a los asesinos y a los violadores; pero las gentes como el Hombre Naranja son invisibles. Por fuera son como ustedes y como yo; por lo general, las últimas personas de quien uno sospecharía.

—Encuéntrela, por favor —suplicó Mathilde—. No me preocupa atrapar a la gente que se la haya llevado. Sólo quiero que mi hija regrese.

odavía crees que Vincent Paul se llevó a Charlie? —preguntó Chantale, ya en el coche. Iban hacia la primera de las direcciones de Faustin que aparecían en la hoja de la guía telefónica.

—No descarto nada. En realidad, que haya ayudado a buscar a Claudette no significa nada para mí. Lo sabré cuando hable con él —dijo Max, metiendo en la guantera dos de las figurillas de alambre que se había llevado de la casa, junto con un par de dibujos del Hombre Naranja. Se lo enviaría a Joe para que buscara huellas digitales.

—¿Sabes cómo llegar a él?

—Tengo el presentimiento de que él me encontrará a mí.

—Es tu trabajo. —Chantale suspiró. No había mencionado lo del templo y tampoco se había mostrado enfadada con él. Se estaba comportando de modo normal, exhibiendo su alegría natural y soltando de vez en cuando su risa escandalosa. Era reticente a mostrar lo que pasaba en su interior. Fingía. Actuaba como una profesional, guardándose los sentimientos.

—Tu marido, ¿hablaba contigo de sus casos? —preguntó Max.

—No. Teníamos una regla que consistía en no llevarnos el trabajo a casa con nosotros. ¿Y tú? ¿Le contabas cosas a tu mujer?

—Cuando era policía, no estaba casado. Pero, sí, Sandra y yo solíamos hablar sobre el trabajo.

—¿Alguna vez resolvió algún caso por ti?

—Sí, un par de veces.

—¿Y no te enfadabas? ¿No te hacía dudar de tu capacidad?

—No —contestó Max, y sus recuerdos le hicieron sonreír—. Nunca. Estaba orgulloso de ella, realmente orgulloso. Siempre estaba orgulloso de ella.

Se detuvieron a causa del tráfico. Mientras esperaban, Chantale le estudió. Max se dio cuenta y trató de adivinar qué conclusiones estaría sacando. Pero la mujer no dejó traslucir nada.

Las cinco primeras posibles casas de Faustin que aparecían en la lista de Max habían sido destruidas por un incendio, un saqueo, el ejército, un huracán y el accidente de un helicóptero de la ONU. En el vecindario nadie sabía quién era Eddie Faustin.

La sexta estaba en el límite del poblado de Carrefour. Era la única construcción todavía intacta de una calle en la que todo lo demás eran barrios pobres levantados entre las ruinas. Estaba un poco apartada de la calle, y para llegar a la puerta principal había que subir unos escalones. Los cristales de las ventanas, aunque mugrientos, estaban intactos. Nadie respondió cuando golpearon la puerta. Miraron por las ventanas. El lugar parecía desierto, pese a los muebles que había en las habitaciones y a las sábanas blancas que Chantale vio tendidas en el patio trasero cuando Max la alzó para que pudiera mirar por encima del muro.

Preguntaron a un par de personas que pasaban por allí quién vivía en la casa. Respondieron que no lo sabían, que la casa estaba así desde hacía mucho tiempo. Nadie entraba, nadie salía.

—¿Cómo es que nadie la ha ocupado? —preguntó Max.

No lo sabían.

El detective decidió que volvería por la noche para hacer una inspección más detallada. No quería que estuviera Chantale cuando se metiera en la casa. Ya la había hecho pasar por suficientes situaciones difíciles.

El resto de las casas de la lista eran edificios abandonados y ruinosos, ocupados ahora por indigentes. La antigua vivienda de Jerome Faustin estaba rebosante de niños desnutridos, con los vientres tan hinchados que tenían que caminar con las piernas muy abiertas para mantener el equilibrio. La siguiente, más o menos igual. Unos niños comían con sus padres hojas secas y pasteles de barro y bebí-

an de un cubo de agua turbia. Max no podía creer que fueran a co-
merse cualquiera de esas cosas, hasta que vio a una pequeña de unos
cinco años morder un pedazo de tierra cocida. Sintió náuseas, pero
se aguantó, en parte por respeto hacia esa pobre gente y en parte por
miedo a que su vómito entrara en la cadena alimentaria de aquella
familia. Quiso darles a los padres todo el dinero que llevaba en el
bolsillo, pero Chantale le aconsejó que no lo hiciera. Le recomendó que, en lugar de eso, les comprara comida.

Encontraron una tienda y compraron unos sacos de maíz,
arroz, alubias y plátanos. Volvieron y dejaron todo en el patio de
delante. Los niños y los adultos les miraron con curiosidad y continuaron tomando su almuerzo.

Max y Chantale continuaron el viaje. Al caer la tarde habían
terminado. Habían hablado con dos ancianas que les habían ofrecido limonada y galletas rancias; con un hombre que estaba en su cobertizo leyendo un periódico del año anterior; con un mecánico y
su hijo; con una mujer que les pidió que le leyeran algo de una Biblia alemana, y con otra que reconoció a Max porque le había visto
en la televisión y le dijo que era un buen hombre.

Aunque todavía no podía demostrarlo, ahora Max estaba seguro de que la casa que habían visto en Carrefour pertenecía o había pertenecido alguna vez a Eddie Faustin.

Después de llevar a Chantale a su casa, volvió allí.

ax esperó a que fuera noche cerrada y entonces rodeó la casa para llegar a la parte trasera, trepó por la
pared y se dejó caer en un jardín de hierba seca y arbustos marchitos.

Abrió con una ganzúa las dos cerraduras de la puerta trasera
y se metió.

Encendió la linterna. En el interior, la capa de polvo era tan
gruesa y suave que parecía la nieve de una tarjeta de Navidad. Nadie
había estado allí en mucho tiempo.

La casa tenía dos plantas y un sótano.

Se dirigió al piso superior. Las habitaciones eran grandes, con
un montón de muebles de buena calidad. Había armarios, roperos,
cómodas, mesas y sillas, todo de caoba y con patas doradas. Mesillas
de mármol y de cristal. Camas de bronce con colchones todavía con-
sistentes, sillones y sofás aún en buen estado.

Quien hubiera vivido allí debía de estar muy seguro de sí mismo, con tanto lujo en el límite de un poblado pobre, a pocos metros
de un infierno de miseria, desesperación y violencia. No había rejas
en ninguna ventana. Nadie se había metido en la casa. Max supuso
que los dueños eran oriundos del barrio y que en el poblado se sabía quiénes eran; gente con la que no se jugaba, gente cuyas propie-
dades uno respetaba más que las propias.

Bajó al sótano. Estaba caldeado y húmedo, con un olor rancio
en el aire. La linterna alumbró las manchas de humedad de las paredes, los ladrillos llenos de polvo. Había algo en el suelo.

Encontró un interruptor. Una lámpara sostenida de un cable iluminó el gran *vévé* negro con forma de cometa que había en el suelo. Estaba pintado con sangre. Se dividía en cuatro secciones, con un símbolo diferente en las tres primeras y una fotografía en la última. La foto era de Charlie, sentado en la parte trasera de un coche, posiblemente un Mercedes SUV, mirando fijamente a la cámara.

Max repasó el *vévé* en el sentido de las agujas del reloj; primero el símbolo del señor Clarinete, seguido por un ojo, un círculo que rodeaba cuatro cruces y una calavera, y, finalmente, la fotografía. Había una corona de cera púrpura en el centro. Suponiendo que aquélla fuera la casa de Eddie Faustin, lo más probable era que éste hubiera llevado a cabo la ceremonia antes de secuestrar a Charlie.

Max se metió la foto en la cartera.

En el sótano no había nada más.

Estaba a punto de irse cuando recordó que no había revisado algunas cosas. Regresó a la planta alta. La capa de polvo era tan gruesa que amortiguaba sus pasos. Estornudó dos veces.

No encontró nada.

Dio unos golpecitos en las paredes. Eran sólidas. Miró debajo de los sillones. Movió los muebles. Se empapó de sudor empujando los pesados armarios.

Movió un armario de roble y oyó que algo caía al suelo.

Era una cinta de vídeo.

Cuando regresó a Pétionville, Max vio la cinta.

Empezaba con un niño que caminaba por una calle. Iba vestido con el uniforme de El Arca de Noé, pantalones cortos y una camisa blanca de mangas también cortas, y llevaba una mochila de colegial en la espalda. El detective calculó que tendría entre seis y ocho años.

Le habían filmado desde el interior de un coche.

La pantalla se quedó en negro y luego apareció otra imagen: unos veinte niños, todos de uniforme, reunidos frente al portal de El Arca de Noé. La cámara recorrió el grupo de chiquillos, que reían y jugaban, unos persiguiendo a otros, algunos en parejas, otros conversando en corro, hasta que encontró al niño de la primera secuencia, hablando con dos amigos. La cámara hizo zoom sobre su rostro, que era encantador, más que bonito, y luego sobre su boca, bien abierta, sonriente. Después volvió hacia atrás, encuadrando la cabeza y el torso del niño. A continuación se desplazó hacia la derecha del pequeño, justo por encima de su hombro y enfocó a una niña pequeña, que se inclinaba para atarse las agujetas. Un niño le había levantado la falda hasta la espalda y él y sus amigos se estaban riendo. La niña no se había dado cuenta de la trastada de ellos, ni tampoco de la presencia de la cámara. Cuando se enderezó y la falda volvió a ponerse en su sitio, los niños salieron corriendo, muertos de risa.

En la siguiente imagen aparecía el niño en clase, filmado desde fuera; la persona que llevaba la cámara estaba de pie en algún lugar situado a la izquierda, oculta entre arbustos que, movidos por el viento, entraban y salían del cuadro. El niño escuchaba a la maestra, tomando apuntes, alzando la mano a menudo. Su rostro se iluminaba, con una mezcla de orgullo y felicidad, cada vez que sabía una respuesta. Era un niño que probablemente nunca se metía en problemas y cuyos padres estarían orgullosos de él si le vieran comportarse de aquella manera. Tenía ojos vivaces, inteligentes, inquisitivos.

De pronto la pantalla volvió a quedarse en negro. Permaneció así una eternidad.

Max pasó la cinta. Le latía el corazón con fuerza y empezaba a sentir en el estómago una sensación familiar, que anunciaba que estaba a punto de hacer un descubrimiento macabro. La había experimentado muchas veces cuando comenzaba su carrera como policía. Con el paso de los años había logrado hacerse inmune al angustioso cosquilleo. Ningún hallazgo lograba conmocionarle como antes. Si encontraba a una persona muerta de un simple disparo en la cabeza, pensaba que el asesino era un ejemplo de misericordia y compasión, pues de todas las cosas tremendas que podía haber hecho, había elegido la forma más rápida y más simple de quitar la vida.

La cárcel le había devuelto aquellos sentimientos de principiante, que reaparecían intactos, como si todos esos años en los que se había visto enfrentado a los actos de los monstruos los hubiera vivido otro.

La pantalla recuperó al fin la imagen, ahora de un lugar diferente, un edificio de cemento, del tamaño de un hangar de aviones, que se alzaba en medio de una vegetación exuberante. Max puso el vídeo en pausa y estudió la imagen congelada y parpadeante. No parecía ser ningún lugar de Haití. Había árboles alrededor de toda la construcción, abundancia de vegetación, una sensación de que la tierra que la rodeaba era sana y vital.

La imagen siguiente estaba grabada en el interior del edificio, en un espacioso salón en el que la luz del sol entraba a raudales a través de altos ventanales.

Una fila de niños de ambos sexos, todos menores de diez años, iba hacia una mesa cubierta con un paño de seda negro y rojo. Los pequeños iban inmaculadamente vestidos: las niñas con faldas negras y blusas blancas, los niños con trajes negros y camisas blancas. Se aproximaban a la mesa y bebían de un gran cáliz de oro reluciente, como lo habrían hecho en la comunión. Pero no había ningún sacerdote que oficiara la ceremonia, sólo un hombre que daba unos pasos hacia la mesa tras pasar cada niño y, con un cazo de oro, llenaba el receptáculo con un espeso líquido grisáceo.

El niño al que había visto al principio de la cinta dio unos pasos hacia el cáliz y se bebió todo su contenido. Luego puso la copa otra vez donde la había encontrado y miró fijamente hacia la cámara. Sus ojos estaban apagados, muertos; cada gramo de vida, pensamiento y personalidad que los niños habían exhibido en las tomas anteriores había desaparecido para siempre. El pequeño se alejó de la mesa y siguió a la hilera de muchachos que salía del salón, andando lenta y trabajosamente. Todos caminaban de la misma manera, con paso de anciano.

Max sabía lo que era ese líquido. Lo había probado. Sabía lo que provocaba. Era una poción, un líquido para zombis.

Como en las películas, los zombis del vudú son muertos vivientes, aunque en realidad no están muertos en absoluto, sino que se hallan en un profundo estado catatónico. Son personas normales que han sido envenenadas con una poción que las incapacita por completo. Sus mentes funcionan. Son plenamente conscientes, pero no pueden moverse ni hablar. Incluso parece que no respiran. No se percibe el pulso. Después de enterrarlos, el *houngan* o *bokor*, generalmente la persona responsable de que se encuentren en ese estado, los desentierra y les da un antídoto. Ellos recuperan la conciencia, aunque no tienen la personalidad anterior, sino que parecen vegetales. El sacerdote hipnotiza a los zombis y los convierte en esclavos, suyos o de quien le haya contratado. Ellos hacen todo lo que se les ordena.

Boukman había usado zombis.

Max siguió viendo la cinta.

El niño estaba otra vez sentado en primera fila en un aula, pero ahora sus ojos apenas se movían y su rostro carecía por completo de expresión; sus rasgos no hacían pensar que captara ni una palabra de lo que se estaba diciendo. La cámara retrocedió y mostró a alguien dirigiéndose a la clase

Era Eloise Krolak, la directora de El Arca de Noé.

«Maldita hija de puta», murmuró el detective. Congeló la imagen cuando el rostro de la maestra apareció claramente en un plano. Sus rasgos eran puntiagudos y severos. Parecía un roedor.

Max supo que desde ese momento el resto de la cinta mostraría cosas cada vez peores.

Tenía razón.

Cuando la cinta terminó, Max se quedó sentado, mirando la pantalla sin imágenes, incapaz de moverse. Permaneció así un buen rato, temblando.

43

ax pensó en contar a Allain lo de la cinta, pero decidió que por el momento se lo guardaría. Primero reuniría pruebas.

Copió la cinta, guardó el original junto con las figurillas y se dirigió a la oficina de correos de Puerto Príncipe.

Le hizo saber a Joe lo que le había enviado. También le pidió que averiguara lo que pudiera sobre Boris Gaspésie.

Luego fue en coche hasta El Arca de Noé. Aparcó en la calle y colocó el espejo retrovisor en una posición que le permitiera ver el portal.

Se bajó, entró en la escuela y comprobó que Eloise Krolak estaba allí. La vio hablando a sus alumnos de la misma manera que lo hacía a los niños zombis del vídeo. Se acordó de las cosas que había visto en el vídeo, de lo que les hacían a aquellos chicos. Sintió náuseas.

Regresó al coche y esperó a que ella saliera.

Por la tarde llovió. Max nunca había visto una lluvia igual. En Miami lo hacía a cántaros, a veces durante todo el día, toda la semana, incluso todo el condenado mes; pero la lluvia caía y formaba charcos o desaparecía en el suelo.

En Haití, la lluvia no caía, atacaba.

El cielo se puso casi negro y el agua se desprendió de las densas nubes tormentosas, arremetiendo contra Puerto Príncipe, empapando la ciudad hasta los cimientos, convirtiendo en cuestión de segundos la tierra reseca en ríos de barro.

Las alcantarillas se inundaron rápidamente y escupieron la inmundicia otra vez hacia fuera y las calles pasaron a ser ríos marrones y negros. En las casas cercanas al coche de Max, los depósitos de las azoteas se llenaron hasta los topes y se desbordaron. Los oxidados pilares de algunos se rompieron y los tanques se estrellaron contra el suelo. El suministro eléctrico iba y venía; reventaron las tuberías; los árboles fueron despojados de sus hojas, de sus frutas e incluso de su corteza. Un tejado se desplomó. La gente, confundida y presa del pánico, corría y chocaba con el ganado y los animales sueltos, que estaban igual de aturdidos y aterrorizados. Se formaban montones de cuerpos que luchaban y se retorcían. Luego aparecieron las ratas, a centenares, expulsadas de sus agujeros inundados, escabulléndose colina abajo hacia el puerto, en una gran marea de repugnante y enfermizo pelaje. Los bichos chillaban, horrorizados. Truenos ensordecedores perforaron la atmósfera y una cortina de relámpagos iluminó con todo detalle las calles estropeadas y anegadas, rebosantes de lodo y mierda y repletas de alimañas. Luego reinó la oscuridad, como si todo hubiera sido una alucinación.

La lluvia paró. Max vio cómo la tormenta se alejaba hacia el mar.

Eloise Krolak no se fue de El Arca de Noé hasta pasadas las seis y media, cuando la recogió un Mercedes SUV plateado, con ventanillas opacas.

El detective la siguió a través de la ciudad y a lo largo de la carretera de montaña que llevaba a Pétionville. Había oscurecido. El tráfico era intenso.

El carril contrario estaba muy despejado. Casi nadie se dirigía hacia la capital a esa hora, salvo los vehículos de la ONU.

Un convoy pasó al lado de los coches atascados: dos todoterrenos, seguidos por un camión, y luego, avanzando más lentamente, otro todoterreno, uno de cuyos ocupantes apuntaba hacia cada uno de los coches detenidos con una linterna.

El rayo de luz llegó al coche del detective, que se quedó mirando hacia delante.

Oyó que el todoterreno se detenía.

Alguien golpeó la ventanilla.

Max no llevaba encima el pasaporte, sólo su tarjeta AMEX.

—*Bonsoir, monsieur* —saludó el soldado de la ONU. Casco azul, uniforme, rostro blanco y joven. Se dirigía a Max en francés.

—¿Habla inglés? —preguntó Max.

Al soldado se le cortó la respiración. Luego se recuperó y siguió preguntando.

—¿Nombre?

Max se lo dijo. No había terminado de decir su apellido cuando el soldado ya había sacado una pistola y le apuntaba con ella a la cabeza.

Le hizo salir del coche. Cuando el detective se bajó, fue rodeado inmediatamente por media docena de hombres que le apuntaban con sus rifles. Levantó las manos. Le cachearon, le quitaron el arma y le obligaron a salir de la carretera y dirigirse hacia donde estaban estacionados el camión y los tres todoterrenos. Max protestó, invocando su inocencia, y les gritó que llamaría a Allain Carver o a la Embajada americana.

Notó un pinchazo y vio que tenía una jeringuilla clavada en el antebrazo izquierdo; el émbolo se desplazaba inyectándole un líquido transparente, mientras alguien contaba hasta diez en su oído.

Entonces comprendió. Por fin iba a encontrarse con Vincent Paul.

Se preguntó qué parte de su cuerpo le destrozarían para que ya no volviera a funcionar como antes.

La droga le dejó libre de temores. Fuera lo que fuera, era una hermosa mierda.

Parte

4

CAPÍTULO

44

Cómo se encuentra? —preguntó Vincent Paul a Max, después de indicarle que se sentara en un sillón frente a su escritorio. Estaban en el despacho de Paul. Tenía aire acondicionado, las paredes cubiertas de libros, fotografías enmarcadas, banderas.

—¿Dónde estoy? —preguntó Max, con la voz ronca.

Había pasado dos días en una habitación sin ventanas. Allí se le había pasado el efecto de la inyección. Su primera sensación fue de pánico; se palpó todo el cuerpo buscando alguna parte que le faltara, cicatrices o vendajes. No le habían hecho nada. Todavía.

Había recibido visitas con regularidad. Un médico y una enfermera, con tres guardias armados, acudieron a examinarle. El médico le había hecho un montón de preguntas. Hablaba inglés con acento alemán. No contestó a ninguna de las preguntas de Max. Al segundo día, dejó de ir.

Le sirvieron tres comidas diarias y le llevaron un periódico americano, en el que no se decía nada de la situación de Haití. Había visto la televisión por cable en el aparato que estaba al pie de su cama. Para su reunión con Vincent Paul, le habían afeitado la cara y la cabeza y le habían devuelto sus ropas, lavadas y planchadas.

—Debería relajarse. Si le quisiera muerto, habría permitido a los chiquillos que le cortaran en pedacitos —declaró Paul con una voz suave y profunda. Era un individuo muy oscuro, con los ojos metidos tan dentro del cráneo que parecían reducidos a dos puntitos brillantes de luz reflejada, como si tuviera luciérnagas en las órbitas. Apenas tenía arrugas en el rostro. Parecía maduro, pero de ningún modo tenía aspecto de estar cerca de la edad que Max suponía que tenía, es decir cincuenta y pocos. Calva redonda, fina nariz alargada, enorme mandíbula, cejas gruesas, cuello corto y robusto, nada de grasa, todo músculos. Al detective le recordó, a un tiempo, a Mike Tyson, a un tronco de un *mapou* y al busto de un tirano cruel con aires de grandeza. Incluso sentado era imponente; todo en él parecía exagerado y monumental.

—No es la muerte lo que me preocupa —dijo Max—, sino cuánto de mí va a dejar usted vivo.

No aparentaba estar nervioso, pero en su interior sentía una creciente inquietud. Pese a su gran experiencia, no estaba preparado para afrontar un trance como aquél, completamente a merced del enemigo. No sabía qué le esperaba. Si Paul le abría en canal y le convertía en un Beeson, pensó, se volaría los sesos a la primera oportunidad.

—No le entiendo —repuso Paul, frunciendo las cejas. Las manos que habían aplastado y desgarrado los testículos de un hombre estaban ahora entrelazadas, apoyadas sobre la parte baja de su pecho, anormales por su huesudo contorno, terroríficas por su tamaño. Eran tan grandes que parecía estéticamente lógico que tuvieran los dos meñiques extra que tenían. Y habían pasado por la manicura. Las uñas brillaban.

—Usted rajó bestialmente a uno de mis predecesores, de tal modo que ya no puede contener la mierda —dijo Max.

—Sigo sin entenderle —replicó Paul, más lentamente.

—¿Acaso no rajaron a Clyde Beeson y le reordenaron las tripas?

—No.

—¿Y qué me dice de ese haitiano que estaba trabajando en el caso, Emmanuel *Michaels?*

—Michelange —le corrigió Paul.

—Sí, el mismo.

—¿El que encontraron al lado de los muelles con su propio pene atravesado en la garganta y con los cojones en la boca?

—¿Lo hizo usted?

—No. —Paul sacudió la cabeza—. Michelange estaba follándose a la mujer de alguien. El marido se ocupó de él.

—¡Y una mierda! —exclamó Max instintivamente.

—Si usted pregunta por ahí, verá que no le miento. Sucedió dos semanas después de que comenzara a investigar el caso.

—¿Los Carver lo saben?

—Lo sabrían si preguntaran a la gente adecuada.

—¿Cómo sabe esa gente que fue el marido?

—Lo confesó. Lo hizo en su habitación, con su esposa como testigo.

—¿A quién se lo confesó?

—A los de la ONU.

—¿Y qué ocurrió después?

—¿A qué se refiere?

—¿Le detuvieron?

—Por supuesto. Todo el tiempo necesario para que les contara lo que había hecho. Luego le dejaron marchar. Dirige un hotel y un casino cerca de Pétionville. Le va bien. Puede ir a hablar con él si quiere. El lugar se llama El Rodeo. Su nombre es Frederick Davi.

—¿Y qué fue de su esposa?

—Le abandonó —respondió Paul, con cara impasible y ojos risueños. Max prosiguió su interrogatorio.

—De acuerdo. ¿Y Darwin Medd? ¿Dónde está? ¿Le mató usted?

—No. —Paul parecía sorprendido—. No sé dónde está. ¿Por qué iba a querer matarle?

—Una advertencia. Como la que le envió a los violadores de la ONU —dijo Max, con la boca seca.

—Eso no fue una advertencia. Eso fue un castigo. Y desde entonces los ocupantes no han perpetrado ninguna otra violación —comentó Paul, y sonrió—. Yo sabía que ese día usted estaba siguiéndome. Era difícil no verle. Aquí los coches buenos llaman la atención.

—¿Por qué no hizo nada?

—No tenía nada que ocultarle. Cuénteme más cosas sobre sus predecesores.

Max se explayó. Paul escuchó con rostro solemne.

—No fui yo. Se lo aseguro. Aunque no puedo decir que lamente enterarme de lo de Clyde Beeson. —De cerca, el acento de

Paul tenía más de inglés que de francés—. Pequeño sinvergüenza patético. Un zoquete avaricioso andando con paso de pato sobre dos muñones a los que él llamaba piernas.

Max logró esbozar una sonrisa.

—¿De modo que le conoció?

—Los hice traer aquí a ambos, para interrogarlos.

—¿No debería haber sido al revés?

Paul sonrió, pero no respondió. En su boca resplandecía la blancura de los dientes. De pronto parecía encantador, simpático, casi juvenil.

—¿Qué le dijo?

—Lo que usted está a punto de decirme a mí. Me contó los progresos de la investigación.

—Usted no es mi cliente —objetó Max.

—¿Qué sabe usted sobre mí, Mingus?

—Sé que usted sería capaz de arrancarme la información por medio de torturas.

—Algo tenemos en común. —Paul rio, recogiendo un archivador de su escritorio y mostrándolo en alto. En la tapa se leía el nombre de Max en gruesas letras mayúsculas—. ¿Qué más?

—Usted es uno de los principales sospechosos de haber secuestrado a Charlie Carver.

—Alguna gente cree que mi nombre es sinónimo de todo lo malo que sucede aquí.

—Algunos testigos dicen haberle visto en el lugar de los hechos.

—Estaba allí. —Paul sacudió la cabeza—. Pero ya llegaré a eso.

—Le vieron huir corriendo con el niño en brazos.

—¿Quién le dijo eso? ¿Esa vieja que estaba en el porche del taller de zapatos? —Rio—. Es ciega. Le dijo lo mismo a Beeson y a Medd. Si usted no me cree, vaya y compruébelo cuando hayamos terminado. Y puede que también quiera echar un vistazo al taller. Guarda el esqueleto de su difunto esposo en una caja de cristal, frente a la puerta. Al entrar, uno juraría que le está mirando alguien.

—¿Por qué habría de mentirme?

—Aquí mentimos por sistema a los blancos. No se lo tome como algo personal. Está en nuestro ADN. ¿Qué más cree saber de mí?

—Usted es sospechoso de ser un capo del narcotráfico, tiene orden de captura por el caso de una persona desaparecida en Inglaterra y odia a los Carver. ¿Qué tal lo estoy haciendo hasta ahora?

—Mejor que sus predecesores. Ellos no sabían lo de Inglaterra. Me figuro que obtuvo ese dato por su amigo. —Paul revolvió las hojas del archivador hasta que encontró lo que buscaba—. Joe Liston. Han vivido mucho juntos, ¿no? Veamos: «Born to Run», Eldon Burns, Solomon Boukman. Para ser exactos, eso fue cuando estaba en la policía. Y todavía tengo mucha más información sobre usted.

—Seguro que tiene toda la que se pueda conseguir. —A Max no le causaba sorpresa que le hubiera investigado, pero se preocupó al oírle mencionar a Joe.

Paul dejó el archivador sobre el escritorio y miró a Max por encima de las fotografías que adornaban la mesa. Los marcos eran grandes y gruesos, pero guardaban proporción con el mueble, cuya parte superior era una ancha y gruesa tabla de madera maciza oscura, muy barnizada. Casi todo lo que había encima parecía tener el doble del tamaño normal: una pluma estilográfica que parecía un grueso envase para puros; un teléfono gigante que podría confundirse con un juguete para niños pequeños, con su enorme receptor y sus grandes teclas redondas; una taza de café de porcelana del tamaño de un cuenco para sopa; el mayor flexo que Max había visto en su vida.

Ninguno de los dos dijo ni una palabra durante un rato. Se estudiaron, Paul reclinado en su silla de tal modo que incluso se disipó el reflejo de sus ojos.

El silencio que se alzaba entre ambos se hizo más profundo, y luego se volvió denso, casi sólido. Max no podía oír lo que ocurría fuera. Probablemente la habitación estaba insonorizada. Había un gran sofá con almohadones apilados a un lado, y un libro junto a éste, en el suelo, abierto, boca abajo. El sofá era ancho como una cama. Se imaginó a Paul tumbado allí, leyendo, enfrascado en uno de los muchos volúmenes que había en el estante.

La habitación se parecía más a un museo que a una oficina o un estudio. En una pared estaba la bandera de Haití enmarcada, hecha jirones y sucia, con un agujero quemado en el blanco centro. Frente a ésta había una fotografía en blanco y negro, ampliada, en la que se veía a un hombre calvo con traje a rayas finas con un niño pequeño de la mano. Ambos miraban el mundo con calma, inquisitivos. Detrás de ellos, borroso, se veía el Palacio Nacional.

—¿Su padre? —Max señaló la fotografía. Había deducido por los ojos que ambos estaban emparentados, aunque el padre era de piel mucho más clara que el hijo. Podría haber pasado por un hombre de raza mediterránea.

—Sí. Un gran hombre. Tenía una clara visión de lo que podía ser este país —contestó Paul, posando su mirada fijamente sobre Max, que la sentía pero apenas podía verla.

El detective se levantó y se acercó a la fotografía para mirarla mejor. Había algo muy, muy familiar en la cara del adulto. Vincent llevaba la misma ropa que su padre. Ninguno de los dos estaba sonriendo. Parecía como si los hubieran abordado cuando iban con mucha prisa a algún lugar importante y que posaron sólo por cortesía.

Max estaba seguro de que había visto antes a Perry Paul. Pero ¿dónde?

Volvió a su silla. En su mente empezó a dibujarse una idea. La descartó por imposible, pero enseguida ocupó otra vez su pensamiento.

Vincent Paul se echó hacia delante en su silla, sonriendo como si le hubiera leído el pensamiento a su interlocutor. Finalmente la luz alcanzó sus ojos y reveló que eran de un color avellana pálido, sorprendentemente delicados, bonitos.

—Voy a decirle algo que no le conté a los otros dos —dijo Vincent con serenidad.

—¿Qué es? —preguntó Max, mientras el presagio que sentía le recorría el cuerpo como una fría ola.

—Yo soy el padre de Charlie Carver.

45

La mujer que usted conoce como Francesca Carver se llamó
una vez Josephine Latimer —explicó Vincent—. Francesca es su segundo nombre. La conocí en Cambridge, Inglaterra,
a principios de los años setenta. Yo estudiaba en la universidad. Josie vivía allí con sus padres. La vi por primera vez una noche, en
un bar. En realidad, la oí antes de verla, riendo, llenando el lugar
con su alegría. Nuestras miradas tropezaron. Era asombrosamente guapa.

Vincent sonrió cálidamente mientras sacaba a relucir sus recuerdos, con la cabeza ligeramente inclinada hacia atrás, mirando
más hacia el techo que hacia Max.

—Y usted la ayudó a escabullirse del país para que no tuviera
que ir a la cárcel por haber matado a alguien con el coche y darse luego a la fuga. Ya lo sé —interrumpió Max—. Y me pregunto: ¿adónde iría ese tipo que acudió al rescate de la señorita en apuros? ¿Adónde
iría el tipo que arrojó su vida a la basura por amor?

Paul fue sorprendido con la guardia baja.

—No arrojé mi vida a la basura —replicó.

—Entonces, ¿volvería a hacer lo mismo?

—¿Y usted no lo haría? —Sonrió.

—Un poco de arrepentimiento siempre es saludable —recomendó Max—. ¿Por qué odia usted a los Carver?

—Sólo a Gustav.

—¿Qué tiene Allain para merecer su respeto?

—Él no es su padre —respondió Paul—. Cuando Josie y yo llegamos a Haití, fuimos a la casa de mi familia, en Pétionville. Mi gente vivía en una gran finca, en la cima de una colina. Yo no le había avisado a nadie de mi llegada, por si acaso. Nos encontramos con que todo el lugar, es decir, cinco grandes casas, una de las cuales construyó mi padre prácticamente con sus propias manos, todo el terreno, había sido arrasado por las excavadoras por orden de Gustav Carver. Mi padre le debía dinero. Él se cobró la deuda, y de qué manera.

—Eso es llevar las cosas al extremo —coincidió Max.

—Carver tiene una aversión extrema a la competencia. Si se hubiera tratado de una auténtica deuda comercial, yo la podría haber aceptado y hasta considerarla justa, una incidencia normal en los negocios. Pero aquello no eran negocios, era una cuestión personal. Y cuando es personal, Carver siempre sigue el juego hasta el final.

—¿Y qué pasó entonces?

—Mi familia tenía dos negocios muy prósperos, uno de importación y exportación y otro de construcción. Poníamos precios más bajos que los de Carver en ciertos productos; a veces un cincuenta por ciento, a veces más. La gente dejó de comprarle a él y vino a nosotros. También teníamos en proyecto la construcción de un hotel para los peregrinos que van a Saut d'Eau, la cascada sagrada. Tendría un presupuesto bajo, pero con el volumen de negocio que iba a captar, habríamos hecho una fortuna. Gustav Carver estaba furioso. Perdía su prestigio y también un montón de dinero. Odia a muerte a todo el que triunfa compitiendo con él. Compró en secreto el Banque Dessalines. Nosotros habíamos pedido un préstamo para invertir en nuevos negocios. Gustav adquirió nuestra deuda y exigió su cancelación inmediata. Nosotros no teníamos liquidez, así que nos obligó a cerrar; nos dejó en bancarrota. Se hizo cargo del proyecto de Saut d'Eau y luego nos mató financieramente, arruinó la reputación de mi familia, ensució el nombre de Paul. Luego, para poner la guinda, después de haber reducido literalmente a escombros nuestro mundo, ¿sabe lo que hizo? Usó los ladrillos de nuestra finca para construir su banco. Eso fue demasiado para mi padre. Era un hombre muy orgulloso, pero no era un luchador. Se pegó un tiro.

—¡Dios mío! —exclamó Max. Si Paul no estaba exagerando, y dudaba que así fuera, era comprensible su odio a Carver—. ¿Qué pasó con el resto de su familia?

—Tengo dos hermanas y un hermano, que ya no están en el país ni es probable que vuelvan.

—¿Y su madre?

—Murió en Miami el día que llegamos. Cáncer de páncreas. Yo ni siquiera sabía que estaba enferma. Nadie me lo había contado.

—¿Tías, tíos, primos?

—No tengo familia en Haití. Aparte de mi hijo, si es que está aquí.

—¿Y sus amigos?

—En el mejor de los casos, los verdaderos amigos son un producto escaso, pero en Haití, a menos que le conozcan a uno de toda la vida, en los círculos adinerados en los que solíamos movernos los «amigos» tienen la costumbre de desaparecer cuando uno pasa por malos momentos. Para ellos, lo único peor que no tener dinero es tenerlo y perderlo. Le rechazan a uno, como si la mala suerte fuera contagiosa. Le pedí a uno de los «amigos» de toda la vida de mi padre una pequeña ayuda, algún lugar en el que alojarme y un mínimo préstamo para arreglarme hasta que volviera a ponerme en pie. Era alguien a quien mi padre había ayudado mucho en otros tiempos. Se negó rotundamente, dijo que yo no era un riesgo viable —comentó Paul con amargura. Max casi podía ver el odio que brotaba de él. Paul coleccionaba rencores y parecía sentirse mejor cuanto más odio sentía. Ése era el oscuro combustible que le hacía funcionar. Las personas como él, traicionadas, humilladas, apuñaladas por la espalda, destrozadas, podían convertirse en los mayores triunfadores y en los peores seres humanos.

—¿Qué hizo usted después de ver lo que le había sucedido a su finca? ¿Le quedaba dinero?

—No. Ni un céntimo. —Paul rio—. Lo único que tenía era a Anaïs, mi niñera. Era casi un hijo para ella. Me había cuidado desde que nací. De hecho, ayudó en mi parto. Teníamos una relación tan estrecha que juraría que ella era mi verdadera madre. Conociendo a mi padre, no me sorprendería demasiado. Ni él ni mi abuelo eran precisamente defensores de la monogamia. Anaïs nos acogió. Vivía en una casita minúscula, en La Saline. Dormíamos y comíamos todos en la misma habitación, y nos aseábamos en un grifo que estaba a la intemperie. Era una vida que yo había visto, pero que nunca había pensado que sufriría en carne propia. Y en cuanto a Josie, bueno, se sintió seriamente conmocionada por las diferencias culturales, pero solía decir que la cárcel inglesa era peor.

—¿Nunca pensó en volver a Inglaterra, en afrontar los hechos?

—No.

—¿Y ella?

Paul se incorporó y empujó su silla para acercarla al escritorio.

—No iba a permitir que la mujer que amaba volviera al infierno.

—¿Así que obró mal para hacer el bien? Al menos, usted es coherente.

—¿Qué otra cosa podría haber hecho, Mingus?

—Dedicarse al crimen.

—Lamento haber hecho esa pregunta. Quien fue policía una vez...

—No —le cortó Max—. Ella mató a alguien porque conducía borracha. No era una santa, no se portó correctamente. Y usted lo sabe, igual que yo. Piense en la familia de la víctima. Dé la vuelta a los hechos e imagine que es ella la que muere porque la atropella un borracho que huye y es usted el que se queda con el tremendo pesar. Vería las cosas de un modo muy diferente, créame.

—Esos tres chicos que mató... ¿usted piensa en sus familias? —preguntó Vincent con tono glacial.

—No, no pienso en ellas —respondió Max apretando los dientes—. ¿Sabe por qué? Porque esos chicos violaron y torturaron a una niña pequeña para divertirse. Sé que estaban jodidos por el crack, pero la mayoría de los que tienen el cerebro estropeado por el crack no le hacen eso a la gente. Esos mierdas no merecían sus vidas. Lo del chico que mató Francesca es un asunto completamente distinto, y usted lo sabe.

Vincent se enderezó y se acercó al escritorio, se retorció las manos y se inclinó hacia delante. Max vio otra vez sus ojos encantadoramente hermosos.

Ninguno de los dos abrió la boca. Max ganó el duelo de miradas y retomó su interrogatorio.

—¿Alguien les vino a buscar? ¿Policías, por ejemplo?

—No, que yo supiera en aquel momento, pero que siguieran nuestra pista hasta aquí era sólo cuestión de tiempo. Vivimos año y medio en La Saline. Allí estábamos seguros. Es un sitio al que uno no va salvo que viva allí, conozca a alguien o quiera suicidarse. Hoy en día es exactamente igual.

—¿Cómo les trataba la gente?

—Bien. Nos aceptaron. Como es obvio, para ellos Josie era algo así como una extraterrestre, pero durante todo el tiempo que estuvimos allí no tuvimos ni un solo problema. Para ganarnos la vida, trabajábamos en una gasolinera del pueblo, y terminamos administrándola. Hicimos algo bastante innovador para ese momento en este lugar. Añadimos una cafetería, un lavadero de coches, un servicio mecánico y una pequeña tienda. Anaïs llevaba la cafetería y Josie las tiendas. Se tiñó el cabello de castaño. Yo sólo contrataba a gente de La Saline. Tuvimos que pagar a un par de Macoutes para que nos protegieran: Eddie Faustin y su hermano adolescente, Salazar. —El gigante hizo una pausa, apretó los nudillos y siguió—. Me di cuenta de que Eddie estaba loco por Josie. Rondaba todos los días por allí, con cualquier excusa, mientras yo estaba comprando mercancía. Ella siempre rechazaba sus regalos, pero de la manera más amable, para no ofenderle.

—Y usted, ¿qué hizo al respecto?

—¿Qué podía hacer? Era un Macoute y uno de los más temidos del país.

—Debió de pesarle tanta impotencia.

—Por supuesto que me pesaba. —Vincent miró a Max socarronamente, tratando de determinar cómo vería este asunto, cuál sería su punto de vista.

Max no tenía opinión. Sólo pretendía que Paul se mosqueara, desconcertarle.

—Continúe.

—Los negocios iban bien. Dos años después de llegar nos fuimos de La Saline y compramos una pequeña casa en la ciudad. Yo creía que estábamos bastante seguros. Nadie había venido tras nuestros pasos. Pudimos relajarnos un poco. Josie se había adaptado bien a la vida de Haití. Se acostumbró a la gente y la gente a ella. Nunca la venció la nostalgia, pero, por supuesto, añoraba a sus padres. Ni siquiera podía enviarles una postal para hacerles saber que estaba bien, pero aceptaba que ése era el precio que debía pagar por su libertad. Las cosas empezaron a ir mal la mañana en que Gustav Carver se

paró a echar gasolina. Yo me negué a venderle nada. Su chófer se bajó del coche, sacó una pistola y me apuntó, ordenándome que le pusiera gasolina. Por supuesto, un instante después de que hiciera eso, él y el coche estaban rodeados por todos los que andaban por allí, unas veinte personas. Algunas tenían pistolas, otras machetes y cuchillos. Los habrían matado a él y al viejo Carver si yo se lo hubiera ordenado, pero ¿qué mejor castigo que humillar a un tipo orgulloso ante el hijo del hombre cuya vida había destruido? Le aseguro que eso sí que fue dulce. Desarmé al chófer y les dije a él y a su patrón que se largaran de mi propiedad. El chófer tuvo que empujar el coche cinco kilómetros, hasta la siguiente gasolinera, porque en esa época no había teléfonos móviles, los de coche no funcionan aquí y no tenemos, ni mucho menos, un servicio urgente de atención de averías que venga y le saque a uno del apuro si se le estropea el coche.
—Aspiró profundamente y siguió—. Carver me miraba por la ventanilla trasera, como si quisiera matarme. Entonces vio a Josie y su expresión cambió. Sonrió. La sonrió a ella, sí, pero sobre todo a mí. No sé si las cosas habrían sido diferentes si hubiera permitido a Carver llenar el depósito y marcharse en paz. Pero, ciertamente, ése no es el modo en que yo vivo mi vida. No puedo imaginar una situación en la que alguna vez me incline ante ese maldito bastardo. Si hiciera eso, también podría haber conducido yo mismo las excavadoras que arrasaron la propiedad de mi familia. Aquel día y el siguiente me quedé esperando lo peor, es decir, que un par de coches llenos hasta arriba de Macoutes vinieran a buscarme.

Vincent se interrumpió y desvió la mirada hacia la fotografía en la que estaba con su padre. Su rostro estaba rígido, los labios fuertemente apretados, la mandíbula herméticamente cerrada. Hacía un gran esfuerzo para no explotar, de rabia o de tristeza, Max no lo tenía claro. Dudó que Paul se hubiera sincerado con nadie desde hacía muchos años. Tenía guardadas emociones tan intensas que le convertían en una bomba humana.

—Está bien, Vincent —comentó Max con tono suave.

Paul aspiró unas bocanadas de aire, recuperó la compostura y continuó.

—Unas semanas después, Josie desapareció. Alguien me dijo que se había ido en un coche con Eddie Faustin. Envié a alguna gente a buscarla, pero no pudieron encontrarla. Fui a la casa de Faustin. No estaban allí. Seguí buscando. Recorrí la ciudad, fui a todos los sitios por donde andaba Faustin. Ella no estaba por ninguna parte. Cuando regresé a mi casa, Gustav Carver estaba esperándome en el interior. Después del incidente de la gasolina había buscado información sobre mí. Le acompañaban dos agentes de Scotland Yard y tenía una copia de la ficha policial de Josie, además de un montón de periódicos ingleses, con titulares que hacían referencia a su caso. Algunos diarios incluso afirmaban que yo la había raptado y tenían viñetas que me presentaban como King Kong. Carver dijo que el parecido era notable. Aseguró que había tenido una larga charla con Josie y que ella entendía que estaba en apuros y aceptaba sus condiciones. Pero todo dependía de que yo dijera que sí, según afirmó. Si decía que no, los agentes nos llevarían a Josie y a mí de vuelta a Inglaterra. Si daba mi consentimiento, se irían y dirían que no estábamos en Haití.

—¿Qué quería que usted consintiera? ¿Dejar a Josie?

—Sí. La quería para su hijo, Allain. Tenía que permanecer con él el resto de su vida, darle hijos y, desde ese momento, no tener absolutamente ningún contacto conmigo. Así eran las cosas. En cuanto a mí, bueno, yo quedaba libre, siempre que no hiciera el menor intento de verla o de ponerme en contacto de nuevo con ella. Ah, y debía echarle gasolina a Carver, personalmente, todas las veces que pasara por la gasolinera.

—¿Y usted aceptó?

—No tenía alternativa. Pensé que me mandaría de vuelta a Inglaterra y que se quedaría con Josie en Haití. Al menos, quedarme en el país significaba estar cerca de ella.

—No lo entiendo —declaró Max—. Carver destruyó a su padre y se cargó todo lo que había construido su familia. ¿Por qué no fue hasta el final y se libró también de usted?

—Evidentemente, usted no comprende cómo es ese hombre, Mingus —replicó Vincent con una risita amarga—. ¿Ha estado usted en su casa? Ha visto el salmo, ¿no? El de oro, cerca del retrato de su difunta esposa. Salmo 23, versículo 5.

—Sí, lo he visto.

—¿Lo leyó?

—Sí, lo conozco: «Tú preparaste ante mí una mesa en presencia de mis enemigos: tú ungiste mi cabeza con aceite; mi copa se derramó». Está sacado del famoso «El Señor es mi pastor». ¿Y qué pasa con eso?

—Deduzco que a usted no le iba muy bien en la clase de religión.

—Sí me iba bien.

—El significado del Salmo 23, versículo 5, es éste: en la antigüedad, la mejor forma de vengarse de los enemigos no era la muerte ni el encarcelamiento, sino que ellos le vieran a uno dándose la gran vida y pasándoselo bien. Después de todo, ¿no es el éxito el mayor triunfo sobre aquellos que nos han odiado y nos han deseado lo peor?

Max se esforzaba por mantenerse objetivo, neutral, incluso por permanecer del lado de su cliente, pero lo que estaba diciendo Paul, sumado a las cosas que había oído y leído sobre Gustav Carver, le impulsaban a salirse de su actitud profesional.

—¿De modo que le retuvo a usted aquí para que pudiera ver cómo Allain jugueteaba con el amor de su vida?

—Técnicamente, sí. —Vincent soltó una risita—. Pero... en realidad, no.

—¿Qué quiere usted decir?

—Ella no jugueteaba con Allain.

—Pero yo pensé que... —Max se interrumpió. Estaba perdido.

—¿Qué clase de detective es usted? Creí que se suponía que era bueno, el mejor. —Max no dijo nada—. ¿Quiere decir, en serio, que no ha notado nada de nada? —Vincent estaba a punto de estallar en carcajadas—. ¿No ha observado nada en Allain?

—No. ¿Debería haber notado algo?

—Usted ha vivido en Miami toda su vida, acaba de pasar siete años en la cárcel ¡y aun así no puede distinguir a un marica a un metro de distancia!

—¿Allain? —Max se quedó desconcertado de nuevo. Otra cosa más que no se había esperado ni había visto venir. Normalmente, solía detectar la orientación sexual de las personas. No era muy difícil en Estados Unidos, sobre todo en Miami, donde la gente tendía a ser más abierta. ¿Su capacidad de observación se había deteriorado tanto?

—Sí, Allain Carver es homosexual, gay, un *massissi,* como les llamamos aquí. En realidad, Mingus, no estoy tan sorprendido de que a usted se le pasara por alto. Allain es muy discreto y de comportamiento recto. Durante años han corrido rumores sobre él, pero nunca ha habido ninguna prueba. Allain jamás caga en su propia puerta. Simplemente se pasa largos fines de semana en Miami, San Francisco, Nueva York. Allí hace lo que le gusta, y aquí lo reprime.

—¿Cómo lo sabe usted?

—Tengo una prueba fotográfica y también vídeos. Clyde Beeson me los consiguió. Le contraté de modo anónimo, a través de terceras personas, hace unos diez años. Fue usted quien me lo recomendó.

—¿Yo?

—¿No se acuerda? Bueno, ¿por qué iba a recordarlo? Primero le ofrecí el trabajo a usted, pero me respondió exactamente con estas palabras: «Yo no voy a pescar mierda en los inodoros. Vaya a ver a Clyde Beeson. Ése, hasta puede que se lo haga gratis».

—Es lo que yo podría responder a una propuesta semejante, sí. Me han ofrecido un montón de asuntos sórdidos, sobre todo divorcios, pero no es mi especialidad —repuso Max. Aún estaba sorprendido por no haber calado al hijo de Carver—. Entonces supongo que aquí salir del armario es una cosa muy mal vista.

—Un tabú elevado a la enésima potencia. ¿Sabe lo que dicen de los gays? «En Haití no hay ninguno, todos están casados y con hijos». En todo el Caribe es así. Se ve la homosexualidad como una perversión, un pecado.

—Pobre Allain —se compadeció Max—. Todo su dinero, sus influencias, su estatus, su posición, no le sirven para evitar tener que moverse a escondidas, fingiendo ser lo que no es.

—No es un mal tipo —aseguró Vincent—. Más bien lo contrario.

—Si piensa eso, ¿por qué hizo que le sacaran esas fotografías?

—Para manchar su prestigio. Iba a hacerlas llegar a la prensa de Haití.

—¿Por qué?

—Con una intención buena y otra mala. La buena, librar a Allain de su propio secreto. La mala, vengarme de Gustav, avergonzarlo. El momento sería perfecto: el viejo estaba en baja forma. Baby Doc acababa de caer, su esposa se estaba muriendo, su salud no era buena. Pensé que una humillación pública le llevaría al borde del abismo. Quería matarle de muerte natural.

—¿Por qué no llevó a cabo su plan?

—No podía hacerle eso a Allain, aprovecharme de la sexualidad del pobre tipo, pisotearle para que el daño alcanzara a su padre.

—Qué honorable —soltó Max con sarcasmo—. Dios sabe que usted tenía sus buenas razones. Pero no entiendo, ya que le odia tanto, por qué no se limita a pegarle un tiro.

—Mala hierba nunca muere.

—¿Intentó matarle?

—Eddie Faustin detuvo la bala que estaba destinada a él.

—¿Eso fue obra suya? —Max sacudió la cabeza—. O sea, que Gustav obligó a Allain a casarse con Francesca para poner fin a los rumores.

—Sí. Y...

—¿Y qué?

—Eso no era lo único que Gustav pretendía de ella. También la quería para sí mismo, para mantener relaciones sexuales y tener hijos. Deseaba desesperadamente un nieto varón. Todos los que tenía eran niñas y es lo suficientemente retrógrado como para creer que los hombres son mejores líderes. Se pasó más de diez años tratando de dejarla embarazada. Cuando se acostaba con ella decía que «iba a hacer un ingreso». —Vincent rio con amargura—. Josie tuvo dos abortos, un niño muerto en el parto y una hija que sólo vivió seis meses. Volvimos a relacionarnos a finales de los ochenta. Cuando se quedó embarazada de Charlie, Gustav creyó que era suyo, el país creyó que era de Allain y yo sabía que era mío y de Josie. Además, tengo los resultados de la prueba de paternidad. Por aquel entonces apenas dormía con Gustav. Se las había arreglado para limitar sus encuentros a los días en los que ella estaba ovulando, aunque le mentía sobre tales fechas, de modo que, básicamente, el viejo llegaba demasiado pronto o demasiado tarde. Tuvo a Charlie en Miami. Allain estaba con ella. De hecho son muy buenos amigos, ¿sabe? Él la ayudó a sobrellevar los primeros años con la familia. En cierta medida pensaba que ambos eran víctimas de Gustav.

Max soltó una profunda bocanada de aire.

—¿Por qué me está contando todo esto ahora? ¿Por qué no me lo dijo antes?

—El momento y el lugar son los apropiados.

—¿Por qué no se lo dijo a Beeson o a Medd?

—En Beeson no confiaba. Medd... no pensé que fuera lo suficientemente bueno.

—¿De modo que yo cumplo con sus exigencias? Gracias —farfulló sarcásticamente. Pensó que ya no era tan bueno como antes. O tal vez nunca había sido bueno. Quizá simplemente había sido muy afortunado durante mucho tiempo, porque un montón de sus presuntos éxitos era poco más que suerte o descuido de los criminales. O podía ser que en realidad ya no quisiera dedicarse a aquella mierda. No estaba seguro.

Dejó a un lado sus dudas. Ya se ocuparía de ellas más tarde, en algún momento.

—¿Cómo era su relación con su hijo?

—Solía ver a Charlie una vez a la semana.

—¿Quién eligió su nombre?

—Yo no opiné al respecto —aseguró Paul con tristeza.

Max aprovechó la ventaja que le daba aquel momento de debilidad para aclarar algo que le había estado dando vueltas insidiosamente por la cabeza desde su primera noche en el país.

—¿Cuál era el problema que aquejaba a Charlie?

—Es autista —respondió Paul con tranquilidad.

—¿Sí?

—Es un problema grave para nosotros y para él. —Se notaba que a Paul le dolía aquello.

—¿Pero por qué tanto secretismo?

—Gustav Carver no lo sabe. Y nosotros no sabíamos si podíamos confiarle esa información.

—¿Lo sabían Beeson o Medd?

—No. —Paul negó con la cabeza.

—¿Cuándo se enteraron de que era autista?

—Ambos sabíamos que algo no marchaba bien, sobre todo desde el momento en que empezó a andar. No era comunicativo como los bebés normales.

—Cuando se enteró, ¿cómo se lo tomó?

—Al principio ambos nos sentimos consternados y confundidos, pero...

—No, le he preguntado cómo se sintió usted.

—Al principio, mal, porque yo sabía que nunca podría hacer ciertas cosas con mi hijo —dijo Paul, con la voz un poco quebrada—. Pero, ya sabe usted, así es la vida. No todo depende de uno. Charlie es mi muchachito, mi hijo. Le amo. Eso es lo que hay.

—¿Cómo lograron ocultarle todo eso a Gustav Carver?

—Con mucha suerte y un poco de astucia. El viejo tampoco es ya lo que era. El ataque de apoplejía le dejó tocado. Pero le diré una cosa, él ama a mi hijo con cada centímetro de su condenado cuerpo. Por supuesto, no sabe que Charlie no es su hijo y tampoco sabe nada del autismo; sacando las cosas de su contexto, mirarlos juntos era bastante conmovedor. El tipo ayudó a Charlie a dar sus primeros pasos. Josie me mostró el vídeo que grabó y dijo que casi era una lástima que el niño no fuera de él. Aseguró que el pequeño le había vuelto más agradable. Yo no la creí. Si Carver hubiera sabido la verdad sobre mi niño, le habría arrancado el cerebro a golpes con sus propias manos.

—Si eso es cierto, ¿por qué Francesca, o Josie, y el niño no se mudaron con usted?

—Josie no quería que creciera en un ambiente como el mío. Y tiene razón. Quizás algún día los recupere, Mingus. No querría que las dos personas a quienes más amo en el mundo se quedaran atrapadas en medio del fuego cruzado entre Carver y yo.

—¿Por qué no se ha retirado de esta vida?

—Uno nunca se retira de una vida como la mía. Es la vida la que le retira a uno.

—Eso es cierto —concedió Max—. Ante todo, ¿por qué hace todo lo que hace?

—Para conseguir que Josie regrese. Escogí el camino más rápido hacia la clase de riqueza y poder que necesito para enfrentarme a Carver. Observé cómo los militares haitianos traficaban con cocaína del cartel de Colombia, introduciéndola y sacándola del país, y me di cuenta de que había maneras de mejorar el negocio. Eso es todo lo que voy a decir.

—¿No había otro camino?

—¿Para reunir mil millones de dólares en veinte años en Haití? No.

—Puedo entender sus motivos originales, las razones por las que empezó. Cuando uno oye que alguien quiere ser Caracortada, de cada diez casos, veinte son a causa de su barrio, porque no tuvo una oportunidad, porque su mamá nunca amó su culo tanto como lo amaba el novio de ella. La presión de los padres por aquí, las condiciones socioeconómicas por allá. Bla, bla, bla. Eso es lo que uno oye siempre. Pero usted, según todo lo que me ha dicho, se metió en el tráfico de drogas por amor. —Max soltó una risita—. Eso es una mierda imposible de creer, Vincent. ¿Y sabe qué es más increíble aún? ¡Que yo le creo!

—Me alegro de que vea el lado gracioso del asunto. —Vincent miró fijamente a Max desde el fondo de sus ojos hundidos, con una sonrisa incipiente en los labios—. Le pondré en libertad esta noche. Cuando Allain le pregunte dónde ha estado, no le dirá que me vio, ¿comprendido?

—Sí.

—Bien. Ahora conversemos un poco más.

A Max le vendaron los ojos y le metieron en la parte trasera de un Mercedes SUV. El viaje a Pétionville duró un buen rato, entre curvas, sobre caminos llenos de socavones, por lo que el detective dedujo que la guarida de Paul estaba en las montañas. En el coche iban otras dos personas: Vincent Paul y el chófer. Tuvieron largas conversaciones en criollo y soltaron algunas carcajadas.

Max pasó revista a la charla que había tenido con Paul, comenzando por la verdad sobre la filiación de Charlie; la conmoción que eso le había provocado todavía le afectaba. Sabía que era verdad desde el momento en que examinó la fotografía de Vincent con su padre. Charlie se parecía al Vincent joven, pero salía mucho más a su abuelo paterno. Tenía los mismos ojos, la misma expresión, el mismo porte. Paul le había mostrado un álbum de fotografías de la familia que se remontaba hasta finales de la década de 1890, en las cuales cada rostro que aparecía tenía un rasgo de la fisonomía del niño desaparecido; todos los parientes de Paul habían sido blancos o amarillos hasta la aparición de su abuela negra. Explicó que el hecho de que Charlie hubiera salido con el color de piel que tenía no era infrecuente en Haití, dada la mezcla de sangres de la nación. Max pensó en Eloise Krolak y en los descendientes de los soldados polacos, de ojos azules, casi caucásicos, del pueblo de Jérémie. Como una formalidad, por si quedaban dudas, Paul le había mostrado una copia de la prueba de paternidad de Charlie.

Conversaron sobre la investigación. Paul le contó que había estado en la zona tras el secuestro de Charlie. Fue inmediatamente al escenario de los hechos y había llegado a tiempo para ver a la turba arrancar a Faustin del coche y apuñalarle y golpearle hasta la muerte, antes de cortarle la cabeza, clavarla en una estaca afilada y llevársela bailando al poblado criminal. Charlie había desaparecido. Nadie había visto que le sacaran del coche ni cómo se las había arreglado Francesca para terminar en medio de la calle. Paul supuso que había sujetado a Charlie con tal fuerza que los secuestradores tuvieron que arrastrarlos hasta que pudieron arrancarle al niño. No había testigos de ello, sólo gente que había visto a Francesca cuando recobraba el conocimiento en la calle.

El capo de la droga haitiana había investigado a Faustin. Fue a Saut d'Eau y habló con Mercedes Leballec. Registró su casa de Puerto Príncipe. Había encontrado el *vévé*, pero nada más. A partir de ahí, se perdía la pista. Paul estaba seguro de que Charlie había muerto. Pensaba que el niño había sido secuestrado por uno de los numerosos enemigos de Gustav y que le habían sacado del país vía República Dominicana. También había investigado allí, pero sin resultado.

Discutieron el caso de Claudette Thodore. Paul no creía que ambos raptos estuvieran relacionados.

Max reveló algo de lo que había descubierto, pero no todo. No mencionó la cinta de vídeo que había encontrado ni la posible conexión de El Arca de Noé con el caso. No contó lo que ese vídeo le había demostrado: que estaban robando niños haitianos para lavarles el cerebro y convertirlos en juguetes sexuales para pedófilos extranjeros.

Paul sabía que el detective había estado siguiendo a alguna persona de El Arca de Noé, pero ignoraba a quién. Max se negó a contarle nada, porque no tenía las pruebas que necesitaba. Paul se mostró de acuerdo en permitirle terminar la investigación y se ofreció a ayudarle en todo lo que estuviera a su alcance.

Cuando llegaron a las afueras de Pétionville, le quitaron la venda. El SUV marchaba entre un todoterreno militar con insignias de la ONU y el Landcruiser de Max.

El detective miró hacia fuera, hacia las calles que pasaban por la ventanilla en el anochecer incipiente. Se acercaba la Navidad, pero no había ningún signo del inminente día festivo, ni luces, ni gente disfrazada de Papá Noel, ni árboles, ni guirnaldas. Podría haber sido cualquier época del año. Se preguntó cómo sería Haití antes de sus grandes problemas, en tiempos más pacíficos. Comenzaba a importarle un poco el lugar, le entraron ganas de saber algo más sobre éste, por ejemplo, cómo era posible que albergase personas como Paul, ante quien tenía que admitir que sentía una extraña admiración. Se negaba a aceptar sus métodos, pero consideraba dignas de elogio sus intenciones, e incluso comprendía sus razones para entrar en el negocio al que se dedicaba. ¿Habría hecho lo mismo él si hubiera llevado la vida de Paul? Quizá. O tal vez se hubiera hundido, sin más. ¿Habría hecho Paul lo mismo que había hecho Max? Probablemente no, pero, de ser así, habría seguido un camino más despejado, más rápido, y nunca habría caído del modo en que había caído Max. ¿A Max le habría caído mejor Paul si éste hubiera sido un magnate respetuoso de la ley? Probablemente nunca se habrían conocido.

—No hemos hablado del pago —dijo Paul cuando el coche se metió en el Impasse Carver.

—¿Pago?

—Tú no trabajas gratis.

—Tú no me has contratado, así que no me debes nada —dijo Max.

—De todas maneras te daré algo, para resolver tus problemas.

—No quiero nada.

—Lo que te ofreceré sí vas a quererlo.

—Inténtalo.

—Paz espiritual. ¿Te pago con esa moneda? —Max le lanzó una mirada socarrona—. Solomon Boukman.

—¿Boukman? —Max dio un respingo—. ¿Le has atrapado?

—Sí.

—¿Cuánto tiempo hace que lo tienes? —Max mantuvo el tono de voz y la postura tan inalterables como pudo, reprimiendo todo signo de ira o excitación al hablar.

—Desde que tu país nos lo envió de vuelta. Los que son realmente peligrosos, los asesinos, los violadores, los jefes de bandas, los recojo en el aeropuerto.

—¿Qué haces con ellos?

—Los encierro y dejo que se pudran.

—¿Por qué no los matas simplemente?

—No cometieron sus crímenes aquí.

—¿Y el resto de los que les devuelven? ¿Les das trabajo en tu cuartel general?

—No contrato a criminales. Es malo para los negocios, en especial para mi especialidad. —Max no pudo evitar reírse. Se detuvieron en la puerta de su casa—. Averigua lo que le ha sucedido a mi hijo y yo te pagaré. Sólo tú, Boukman, cuatro paredes, ninguna ventana. Él no estará armado y nadie te buscará para llevarte a juicio —dijo Vincent.

Se lo pensó un momento. Había deseado con toda su alma la muerte de Boukman durante mucho tiempo y cuando supo que le habían dejado marchar, también quiso verle muerto. Pero ahora no estaba seguro de poder dispararle a sangre fría. Es más, en el fondo sabía que no podría hacerlo. Boukman era, por supuesto, un monstruo, el peor criminal con el que se hubiera cruzado jamás, pero matarle haría que Max no fuera mejor que él.

—No puedo aceptarlo, Vincent —dijo Max, y se bajó del coche.

Paul bajó la ventanilla.

—Tu país le tenía y le dejó marchar.

—Eso fue cosa de ellos. Yo ya no soy policía, Vincent. Pareces haberlo olvidado.

—Tú también. —Sonrió y le tendió a Max, para devolvérsela, su Beretta con la pistolera—. Supuse que no aceptarías.

Paul le hizo una seña con la cabeza al chófer. El coche se puso en movimiento.

—Por cierto, ¿recuerdas que te he contado cómo Gustav Carver había arrasado con excavadoras la finca de nuestra familia? Esto es lo que construyó encima de las ruinas. Disfruta de tu estancia aquí —dijo Paul, y sonrió con amargura antes de levantar la ventanilla opaca y dejar que el coche se alejara.

CAPÍTULO

47

abía cinco mensajes esperándole en el contestador; uno de Joe, otro de Allain y tres de Chantale.

Primero llamó a Allain. Se mantuvo fiel al guión que había elaborado en el coche en el camino de vuelta: actuar como si nada hubiera pasado y como si todo estuviera igual que antes. Por el momento no dijo nada sobre Eloise Krolak. Todavía era demasiado pronto y sólo tenía la cinta de vídeo. Aseguró que había pasado los últimos días siguiendo una pista que resultó ser una vía muerta. Allain le agradeció su dedicación y el esfuerzo que ponía en el trabajo.

Luego llamó a Joe. El grandulón estaba fuera de casa, trabajando en un caso. No iba a poder ponerse en contacto con él en toda la noche.

Se dio una ducha y preparó café en abundancia. Estaba bebiendo la primera taza cuando sonó el teléfono. Era Chantale.

Su voz parecía llena de alivio. Tuvieron una larga charla. Max le contó la misma mentira que a Allain. No sabía hasta qué punto podía confiar en ella. ¿Qué sabía ella de Charlie? ¿Y de Allain? ¿Había adivinado que era gay? Se suponía que las mujeres eran capaces de percatarse fácilmente de esa clase de cosas.

Chantale le contó que la salud de su madre estaba empeorando. No creía que durara hasta Navidad. Max utilizó eso como excusa para decirle que no fuera al día siguiente. No quería que le acompañara mientras le siguiera los pasos a Eloise. Dijo que Allain no se enteraría. Ella estuvo de acuerdo de palabra, pero su tono de voz decía lo contrario.

Cuando terminaron de hablar, Max fue al cobertizo y se sentó allí. El aire parecía revivir con la cháchara de los insectos nocturnos. Detrás de la casa soplaba una brisa suave que acariciaba las hojas y difundía la dulce fragancia del jazmín y la menos agradable de la basura quemándose.

Pensó detenidamente en los hechos.

Vincent Paul no había secuestrado a Charlie.

Entonces, ¿quién lo había hecho?

¿Había sido uno de los enemigos de Paul, o uno de los de Carver?

En este último caso, ¿sabían la verdad sobre Charlie?

¿Y Beeson y Medd?

Seguramente habían llegado mucho más cerca de la solución que él y habían pagado por ello.

La idea de Beeson acercándose a la meta antes que él removió los vestigios latentes de su orgullo profesional. Casi llegó a enfadarse al imaginar al pequeño fisgón sudoroso resolviendo el caso, mientras él parecía no poder ni aproximarse.

Entonces recordó lo que le había ocurrido a su viejo rival y dejó que la idea se esfumara.

Necesitaba hablar nuevamente con Beeson, averiguar qué sabía éste. Le pediría a Joe que contactara con él.

Hasta entonces, todo lo que tenía para seguir adelante era Eloise Krolak.

Si ella estaba o no relacionada con la desaparición de Charlie era algo que averiguaría pronto.

48

A la noche siguiente, Max vio que el SUV plateado recogía a Eloise a la salida de El Arca de Noé. Apenas pasaban dos minutos de las seis. Siguió al coche hasta Pétionville. Allí la maestra se metió en el garaje de una casa de dos plantas, en una calle residencial flanqueada por árboles, cerca del centro de la ciudad.

Max siguió conduciendo calle abajo, anotó mentalmente dónde estaba la casa, para no perderse después, y se estacionó más adelante.

Una hora después se dio un paseo para examinar el sitio por fuera. La calle estaba oscura como boca de lobo. No sólo parecía completamente desierta, sino que, además, las otras casas estaban deshabitadas. No había ni el menor rastro de luz en ellas. Max tampoco escuchó ni un solo ruido, aparte del canto de las cigarras y el crujido de las ramas por encima de su cabeza. Todo estaba inquietantemente tranquilo. Ni siquiera oía los tambores de la montaña.

Inspeccionó la casa desde la acera de enfrente. En la habitación de arriba había una televisión encendida. Se preguntó si Eloise estaría viendo un vídeo como el que él había encontrado.

Regresó al Landcruiser.

El SUV salió de la casa temprano, a eso de las siete de la mañana. Casi inmediatamente se metieron en un atasco. Pétionville ya estaba repleto de gente que pululaba alrededor del mercado cubierto, un gran edificio de color mostaza con un tejado de zinc oxidado. Las calles bullían de vendedores; hombres y mujeres de todas las edades ofrecían pescado, huevos, pollos vivos, pollos muertos, desplumados y sin desplumar, carne roja de aspecto dudoso, golosinas caseras, papas fritas, refrescos, cigarrillos y bebidas alcohólicas. El país podía tambalearse cuanto quisiera, pero a esa hora de la mañana había una vitalidad que Max nunca había observado en ninguna ciudad americana.

Tardaron veinte minutos en hacer el recorrido hasta la carretera de Puerto Príncipe, y otros cincuenta para llegar a la capital. Eloise se bajó frente a El Arca de Noé y se despidió con la mano de los ocupantes del vehículo. Le respondieron con un toque de claxon al alejarse hacia el Boulevard Harry Truman.

Max siguió al coche a lo largo de la carretera costera. Cuando el Banque Populaire estuvo a la vista, el SUV puso el intermitente para indicar que iba a doblar a la derecha y cruzar la entrada reservada al personal del banco y a los visitantes especiales.

Max pasó a toda velocidad cuando el SUV entraba por el portón y luego cambió de sentido y volvió a dirigirse hacia el banco. Dio la vuelta al edificio hasta que encontró la entrada para clientes.

Al entrar en el aparcamiento público vio y reconoció a alguien que iba andando hacia la puerta principal. La persona se detuvo, dio media vuelta y comenzó a deshacer su camino.

Los dos aparcamientos, el del personal y el público, estaban separados solamente por un seto de tamaño mediano. Max pudo ver claramente el SUV y la silueta que se dirigía a toda prisa hacia éste.

Todo era muy coherente.

De pronto, comprendió por qué Claudette había dibujado a su raptor con el color naranja.

Era su pelo, aquel peinado afro pelirrojo.

El Hombre Naranja: Maurice Codada, el jefe de seguridad.

Por la noche Max llamó a Vincent Paul y le contó lo que sabía. Paul escuchó en silencio.

—Pasaremos a recogerte dentro de unas horas —le dijo Paul con voz queda—. Quiero interrogarles. Trae toda la información que tengas sobre ellos. Haremos lo que sea para hablar con ellos.

49

Los hombres de Paul le recogieron poco después de las tres de la mañana y le llevaron en coche a la casa de Codada y Krolak. La pareja estaba encerrada en el sótano, en lugares separados.

Max registró la casa antes de ir a verlos.

Max cruzó un vestíbulo de baldosas rojas y negras que llevaba a un salón abierto, con una enorme televisión, un vídeo, un sofá, varios sillones y algunas palmeras plantadas en tiestos.

A la derecha había una barra de bar bien provista, con banquetas tapizadas. Se dirigió hacia allí y la examinó por detrás. Abrió la caja registradora. Estaba llena de billetes y monedas. Los billetes eran gourdes que tenían impresas las caras de Papá Doc y Baby Doc. Debajo de la barra encontró una pistola del calibre 38, cargada, y una pequeña pila de discos compactos de música haitiana y sudamericana. Colgando sobre una pared, al lado de la barra, había una bandera haitiana de la era de Papá Doc, negra y roja en lugar de azul y roja. Entonces comprendió que hacía juego con el diseño del suelo.

La decoración tipo Duvalier continuaba en la planta alta. En las paredes de los pasillos había numerosas fotografías en blanco y negro. Un Papá Doc joven, con abrigo blanco, sonreía en medio de un grupo de pobres, o mejor dicho paupérrimos, miserables, tanto por las ropas como por el entorno. Aun así sonreían con ganas. Max se dio cuenta de que a muchos les faltaban extremidades, manos y pies. La foto debió de hacerse en la época de la epidemia de pian. A los pies de Duvalier estaba sentado un grupo de niños pequeños, de aspecto bravucón, todos negros salvo uno, un muchachito de piel clara con pecas. Era Codada.

Max siguió la evolución de Codada desde su niñez de matón hasta su edad adulta, también de matón. Aparecía posando con Bedouin Désyr y los hermanos Faustin, ahora con uniformes de Macoute, es decir, camisa y pantalones azul marino, un pañuelo al cuello, pistola en el cinturón, ojos escondidos detrás de gruesas gafas de sol, pies con botas apoyados en cadáveres. En los rostros de los verdugos, sonrisas.

Se detuvo ante una serie de fotografías que mostraban a Codada supervisando una obra en construcción. La boca se le abrió a causa de la sorpresa. En casi todas las tomas se veía, en algún lugar al fondo, el templo de Clarinette.

Se dirigió al dormitorio principal. Codada y Eloise Krolak tenían una cama con dosel, al pie de la cual había una enorme televisión.

En la pared se veía un pequeño cuadro que representaba a un niño en uniforme de guerrera azul con pantalones rojos tocando una flauta. Instantáneamente, Max reconoció que era el mismo cuadro que había visto colgado en la pared del club de Manhattan en el que había conocido a Allain Carver. También lo había visto en el despacho de Codada, en el banco.

Descolgó el cuadro y le dio la vuelta. En la parte de atrás había una etiqueta: «*Le Fifre;* Édouard Manet».

Max oyó voces en el pasillo. Dos de los hombres de Vincent salían de una habitación que había al fondo de éste.

Se dirigió hacia allí. Era un gran estudio, amueblado con un escritorio y un ordenador cerca de la puerta, una biblioteca con libros de tapas duras en el otro extremo, y entre ambos, un sillón de piel verde y otro gran aparato de televisión. Una mujer trabajaba sentada en el ordenador.

Habían abierto los cajones y amontonado su contenido encima del escritorio. Vio cinco fajos de billetes de cien dólares, varias pilas de fotos, media docena de discos, todos de distinto color, y dos bandejas de disquetes con etiquetas que los fechaban de 1961 a 1995.

Max se acercó a la librería, deteniéndose en otro retrato de Papá Doc, muy diferente de los que ya había visto en la casa. Aquí, el dictador, vestido como el Barón Samedi, con un sombrero de copa, frac y guantes blancos, estaba sentado en una larga mesa en una habitación roja, mirando fijamente a la cámara. A su alrededor había otras personas sentadas, pero no se les veían los rostros. Estaban en la penumbra y parecían formas ambiguamente humanas, figuras imprecisas en una tiniebla tan oscura que era prácticamente negra. En medio de la mesa se veía un paquete blanco. Max miró más de cerca la tela y vio que era un bebé.

Vio la biblioteca y se dirigió a los estantes. Los libros estaban ordenados por bloques de colores, azul, verde, rojo, marrón oscuro, marrón claro y negro, y sus títulos estaban impresos en los lomos, en letras doradas. Se fijó en el título de uno: «Georgina A». El libro siguiente se llamaba «Georgina B»; el de más allá, «Georgina C». Max abrió uno.

No tenía hojas. El libro era en realidad un estuche de cintas de vídeo camuflado, como las biblias huecas que había visto usar a los yonquis para ocultar sus dosis y sus jeringuillas. Extrajo la cinta negra que contenía. Debajo había una fotografía de una niña al borde de la pubertad, de mirada asustada. Abrió los estuches A y B y en cada uno encontró una fotografía distinta. En la primera, la niña le sonreía a la cámara; en la segunda, su gesto era de confusión.

Continuó revisando los estantes. Cintas por todas partes, todas ellas guardadas en estuches con nombres de niñas grabados en el lomo. No había niños en ninguna parte, ningún Charlie o Charles.

Pero halló una Claudette T.

Y encontró una Eloise.

—¿Qué había ahí? —preguntó la mujer desde atrás del escritorio. Tenía acento de Nueva York.

—Cintas de vídeo. Y usted, ¿qué ha visto? ¿Qué hay en el ordenador?

—Registros de ventas; todo lo anterior a 1985 ha sido escaneado de los libros de contabilidad. Y en el disco duro hay una base de datos. Esta pareja ha estado vendiendo niños.

—En un minuto iré a echarle un vistazo a eso —repuso Max, retrocediendo hacia la televisión. La encendió y colocó la cinta «Eloise A» en el reproductor de vídeo.

Era imposible fechar la grabación, pero había algún parecido con los rasgos de la Eloise adulta en la niña cuyo rostro llenó toda la pantalla durante dos minutos seguidos. En el momento de la filmación no podía tener más de cinco o seis años.

Max detuvo la cinta cuando llegó la primera escena de abuso.

La mujer que estaba en el escritorio interrumpió su trabajo. Por su expresión, oscilando entre el asco y la desesperación, Max se dio cuenta de que ya había visto lo que él acababa de ver.

—Veamos en qué está trabajando usted —dijo Max, acercándose rápidamente al escritorio.

La mujer le mostró la pantalla, la imagen de una base de datos, dividida en columnas con los encabezamientos «Nombre», «Edad», «Precio», «Fecha de venta» y «Dirección». Era de agosto de 1977, e indicaba qué niño se había vendido a cada cliente y dónde se los habían llevado.

Max le echó una rápida ojeada a la última columna. De los trece niños de la lista, cuatro habían ido a parar a Estados Unidos o Canadá, dos se los habían llevado a Venezuela, uno a Francia, uno a Alemania, uno a Suiza, tres a Japón y uno a Australia. Los compradores estaban identificados con sus nombres completos.

Revisaron la base de datos.

Era una historia muy completa, dividida en años, y luego subdividida en países.

Además de su nombre, dirección, fecha de nacimiento, ocupación y empresas para las que había trabajado, por cada comprador (llamado «cliente» en la base de datos) había también un registro de su salario, orientación sexual, estado civil, número de hijos y los nombres y direcciones de sus contactos en el mundo de los negocios, la política, los medios de comunicación, el espectáculo y otros ámbitos.

La primera transacción registrada tenía fecha de 24 de noviembre de 1959, cuando Patterson Brewster III, director ejecutivo de Pickle and Preservatives Company, «adoptó» a un niño haitiano llamado Gesner César.

Había costado 575 dólares.

El registro de adopción más reciente era el de Ismaëlle Cloué, por Gregson Pepper, un banquero de Santa Mónica, California.

El precio había sido de $37.000 (E).

(E) significaba servicio estándar, nada de extras, ni descuentos, ni vías rápidas, ni favores especiales; el comprador elegía su «producto» (como llamaban a los niños en la sección de la base de datos en la que se enumeraban sus características), pagaba y se iba con él o ella. El precio se mantenía constante y no había puja por el producto.

Si existía más de un comprador interesado en el mismo niño, entonces la venta pasaba a realizarse por subasta (S), tomando como precio de base la tarifa estándar prefijada.

El precio más alto pagado por un niño en una subasta era de $500.000, una niña de seis años, comprada por el director ejecutivo canadiense de una compañía petrolera de Kuwait. Eso había ocurrido en marzo de 1992.

Otras categorías de servicios eran las siguientes:

(B), abreviatura de *bon ami*, buen amigo: el comprador podía reservar el niño que eligiera del menú sin tener que afrontar una puja. El coste era mayor, entre $75.000 y S100.000, dependiendo de la «popularidad» del niño y del «valor añadido» del comprador, que figuraba en una casilla independiente de la base de datos, debajo de la sección de datos de contacto, y se refería a las influencias que tenía, es decir, sus vínculos con gobiernos; cuanto mayor era el valor añadido del comprador, menor era el cargo que se le aplicaba.

(M), *meilleur ami*, mejor amigo: el comprador hacía su pedido a la carta. Se le conseguía casi todo lo que pretendía, donde fuera. Por este privilegio podía pagar cualquier cantidad entre $250.000 y $1.000.000.

Muchos compradores estaban clasificados como (R), recurrentes, y un número indicaba cuántas veces habían usado el servicio. La mayoría eran R3 o R4, pero varios llegaban a los dos dígitos, siendo el más alto un R19.

En la base de datos había cerca de dos mil quinientos nombres. Trescientos dieciséis eran de Norteamérica. Incluían senadores, congresistas, banqueros, diplomáticos, corredores de bolsa, policías de alto rango, miembros prominentes del clero, personal militar de elevada graduación, médicos, abogados, empresarios importantes, actores, artistas de rock, productores y directores cinematográficos, un magnate de la prensa y el antiguo presentador de un programa de televisión. Max sólo reconoció un puñado de nombres, pero la mayoría de las instituciones, organizaciones y empresas a las que estaban ligados eran muy conocidas.

Los «menús» eran archivos de fotografías de cada niño, una toma de la cara y tres de cuerpo entero, vestido, en ropa interior y desnudo, que se enviaban a los compradores por correo electrónico. Los clientes respondían indicando su elección.

Antes de que existiera Internet, las citas con los compradores se hacían en clubes privados y los archivos se entregaban en papel. Muchos preferían este método, porque decían que el correo electrónico era vulnerable a los piratas informáticos. Los clubes también eran útiles para crear redes de contactos.

Max examinó a continuación un archivo de fotografías en las que aparecían niños y sus respectivos compradores. Las de los compradores, o habían sido tomadas a distancia y sin que ellos se dieran cuenta o se habían hecho a partir de grabaciones de vídeo.

Un archivo entero estaba dedicado a fotografías de compradores en el lugar en que tenían a los niños o en sus alrededores. Max reconoció el escenario como la casa de Faustin. Se les había fotografiado al encontrarse y saludarse unos a otros, y mientras examinaban las bocas a niños que estaban de pie sobre lo que parecían pedestales para subastas. Los compradores nunca miraban hacia la cámara, lo que le hizo pensar a Max que estaban siendo retratados sin saberlo.

Las últimas fotos de la serie los mostraban subiendo a barcos atracados en algún puerto cercano.

—¿Sabe usted dónde es esto? —preguntó Max.

—Parece que las han sacado en La Gonâve. Es una isla que está cerca de la costa.

—¿Podría hacerme el favor de buscarme un nombre en la base de datos? El nombre es Claudette, y el apellido Thodore.

La mujer recuperó los datos y los imprimió. Claudette había sido vendida a un tal John Saxby en febrero de 1995. Vivía en Fort Lauderdale, Florida.

Max pensó en el resto de los compradores norteamericanos y en cómo podría hacer para poner en libertad a tantos niños esclavizados. Le daría una copia de todas las pruebas a Joe. Su amigo se convertiría en un héroe: cuando todo terminara y se dictaran las sentencias, le nombrarían jefe de policía.

Pero lo primero era lo primero.

Regresó al sótano.

¿Podemos ofrecerle algo, señor Codada? ¿Agua? ¿Café? ¿Algo por el estilo? —sugirió Max, tratando de establecer un punto de partida relajado. A su lado tenía un intérprete, un hombre bajito, sudoroso, con rasgos orientales y brillantina en el pelo.

Codada estaba sentado con las manos atadas a la espalda, los tobillos encadenados el uno al otro y una bombilla desnuda brillando justo encima de su cabeza. Eloise Krolak estaba encerrada en la habitación de al lado.

—Sí. Deseo algo: que salga de mi casa y luego se se vaya a la mierda. —Codada sorprendió a Max por su respuesta en inglés, con un acento francés tan fuerte como sus palabras desafiantes.

—Creía que no sabía hablar inglés.

—Creyó mal.

—No cabe duda.

Codada llevaba pantalones de piel y calcetines negros a rayas, que hacían juego con la camisa de seda, cuyos tres botones superiores estaban desabrochados. Max contó cuatro cadenas de oro colgadas del cuello. Además apestaba a loción de afeitar y perfume de almizcle, que se había echado sin el menor sentido de la medida. De camino hacia la casa, a Max le informaron de que los Codada habían sido sorprendidos cuando regresaban de un club nocturno que estaba en las montañas.

—¿Por qué cree usted que le tenemos aquí? —preguntó Max.

—¿Ustedes creen que yo tengo al muchacho? ¿A Charlie? —preguntó pronunciando Charlie de forma casi ininteligible.

—Exacto. Así que no nos hagamos perder el tiempo el uno al otro. ¿Le tiene?

—No.

—¿Quién le tiene?

—Dios. —Codada miró hacia el techo.

—¿Quiere usted decir que está muerto?

Codada asintió. Max le miró a los ojos. El tipo le estaba mirando a su vez, sin el menor indicio de que mintiera, con la voz firme, veraz. Por supuesto, por ahora eso no significaba nada. Probablemente Codada no había caído en la cuenta de que de todas maneras era hombre muerto.

—¿Quién le mató?

—La gente. Los mismos que mataron a Eddie Faustin... *en même temps.*

—¿Me está diciendo que la turba que atacó a Eddie Faustin también mató a Charlie? ¿Es eso lo que me está contando?

—*Oui.*

—¿Cómo lo sabe?

—Yo... *investiger.*

—¿Usted investigó eso? —Codada asintió de nuevo—. ¿Quién se lo dijo?

—En la calle donde sucedió. *Témoins.* Tes... tigos. La gente habló conmigo.

—Así que estuvo con testigos que vieron que pasó eso. ¿Cuántos? ¿Uno? ¿Dos?

—Más. Muchos. Diez. Veinte. Fue un gran, gran *scandale* aquí. Como si secuestraran a la hija de Clinton. —Codada exhibió una sonrisa. Su diente de oro reflejó la luz y un destello amarillo cálido salió de su boca—. Charlie está muerto. Se lo dije a su padre muchas veces. «Su hijo está muerto», le dije, pero no me escuchó.

—¿Usted le dijo eso a Allain Carver? —preguntó Max, haciéndose el tonto.

—*Non.* Se lo dije a su padre. —Codada sonrió más intensamente, claramente satisfecho de arrojarle la bomba a Max—. Gustav, Gustav es el padre de Charlie.

Max todavía no quería abrir la tierra bajo los pies de Codada. Le devolvió la sonrisa. La reacción inquietó al prisionero, que esperaba otra cosa. Una primera ráfaga de pánico perforó la confianza que exhibía el rostro del jefe de seguridad.

—Cuénteme cosas de Eddie Faustin. ¿Eran buenos amigos?

—Amigos, no.

—¿No le caía bien?

—Él y su hermano Salazar trabajaban para mí en la policía.

—¿Se refiere a los *Ton-ton Macut*?

—Sí, éramos Macoutes. —Trató de enderezarse en la silla, pero no lo consiguió y se resignó a quedarse con la cabeza gacha.

—¿Eddie trabajó para usted posteriormente, cuando dejaron de existir los Macoutes?

—*Non.*

—Y luego, ¿le vio alguna vez?

—Sólo cuando llevaba a Monsieur Carver.

—¿No hablaba con él?

—Le decía hola, cómo estás.

—¿Quedaban? ¿Iban a tomar un trago juntos?

—¿Un trago? ¿Con Eddie? —Codada miró a Max como si estuviera sugiriendo algo no sólo imposible, sino completamente absurdo.

—Sí, ¿por qué no? Para hablar de los viejos tiempos.

—¿Los viejos tiempos? —Codada se rio—. Cuando éramos Macoutes Eddie Faustin trabajaba para mí. Yo era su jefe.

—Así que usted tampoco se mezcla con el servicio doméstico. ¿Usted hace las peores cosas que uno pueda imaginar, pero no desperdiciaba su valioso tiempo con un tipo porque él era su subordinado en los tiempos gloriosos de los Doc? Permítame decirle que ustedes tienen unos principios de mierda. —Max sacudió la cabeza y clavó la vista en los ojos de Codada—. De todas maneras, Eddie Faustin iba a secuestrar a Charlie. ¿Lo sabía usted?

—*Non.* Eso no es cierto —insistió.

—Sí, es cierto, muy cierto.

—Le digo que no es verdad.

—¿Por qué?

—Eddie —la expresión del rostro de Codada se volvió orgullosa— era un buen hombre. Él amaba a Monsieur Carver como... como a su padre.

—¿Eddie le dijo eso?

—No. Lo vi. Lo sé. Lo noté.

—¿De veras? ¿Usted vio, usted sabe, usted notó? De acuerdo. Yo sé que Eddie estaba trabajando para los secuestradores de Charlie. Por eso condujo el coche a esa calle aquel día. Estaba esperándolos para que vinieran y se llevaran al niño.

—¡No!

—¡Sí!

—¿Quién le contó esa... esa bola?

—Yo también *investiger* —masculló Max—. Y no es una bola.

El rostro de Codada expresaba que no le creía; le decía a su interrogador que pensaba que se estaba marcando un farol.

Max decidió cambiar de táctica y preguntarle sobre otras cosas. Se dirigió a un rincón de la habitación y cogió una de las cosas que había traído de arriba: el vídeo de Claudette.

—Hábleme de sus negocios.

—¿Negocios? —Codada le miró, tratando de adivinar adónde quería ir a parar.

—Eso es lo que he dicho.

—Yo no tengo ningún negocio.

Max echó una mirada a la puerta. Estaba vigilada por un hombre armado. El intérprete permanecía de pie contra la pared, detrás de Codada.

—¿Se dedica a raptar niños?

—Yo no rapto niños.

—¡Y una mierda! —explotó Max, con voz de trueno—. Tú y tu banda secuestran a niños para vendérselos a ricos pervertidos. Ése es tu negocio.

—*Non.* —Codada trató de ponerse de pie, pero se cayó de bruces.

Max puso un pie sobre la espalda del individuo y se apoyó con fuerza hasta que oyó que le crujían las vértebras.

—Sí. ¡Lo hiciste, mentiroso cabrón! —Max hervía por dentro, mientras apretaba su pie cada vez más sobre la columna de Codada, haciéndole soltar un grito ahogado de dolor—. Raptaste a esos niños, los llevaste a *La Go-Nav* y se los vendiste a violadores de chiquillos, como tú mismo. Apuesto a que eso es lo que encontraremos cuando vayamos allí; encontraremos tu último lote de mercancía. ¡Hijo de puta, gran pedazo de mierda!

Max le dio un fuerte puntapié y Codada lanzó un gran grito.

—¡Levántenle! —ordenó bruscamente a los matones, que lo sentaron de nuevo en la silla.

Max abrió la caja del vídeo de Claudette y le mostró la fotografía de la niña.

—¿La conoces? —Codada no respondió; sólo hizo una mueca de dolor—. John Saxby es el hombre que la compró; háblame de él. ¿A qué se dedica? Y no me cuentes bolas, porque tengo tus libros de contabilidad, los libros de contabilidad de tus negocios. Respóndeme.

—Ya no quiero hablar —dijo Codada, evitando la mirada de Max.

—Ah, ¿así que ya no quieres hablar? Bueno, que te cojan, Maurice, porque soy todo lo bueno que tú jodidamente te mereces. ¿Crees que ahora te lo estoy haciendo pasar mal? Esto es hacértelo pasar bien, Maurice, porque o bien hablas ahora, o Vincent Paul te hará hablar. ¿Entiendes?

—¿Policía bueno, policía malo? —replicó Codada con sorna.

—Aquí no hay policías, Maurice. Y tampoco hay nadie bueno. Estás jodido. ¿Me escuchas? Estás acabado. ¿Sabes por qué? Voy a hablar con Eloise. Voy a hacer que me cuente lo que no me cuentas tú. ¿Me entiendes? —dijo Max, con la boca pegada a la oreja de Codada—. ¿Sigues sin querer hablar?

Codada no respondió.

Max se dio la vuelta y salió de la habitación.

CAPÍTULO
51

Eloise lanzó una mirada furtiva a Max cuando éste entró en la habitación y luego dirigió la vista al pañuelo blanco que tenía en las manos esposadas.

—¿Eloise? Me llamo Max Mingus. Estoy investigando el secuestro de Charlie Carver. —No hubo respuesta—. Sé que sabe hablar inglés tan bien como yo —dijo Max. La mujer siguió en silencio, mantuvo la mirada en el pañuelo, el cuerpo ligeramente encorvado hacia delante, como si quisiera levantar las rodillas hasta apoyarlas contra su pecho—. Permítame pintarle el panorama. Esto va a ser muy duro para los dos. —Mantuvo la voz baja y suave, sin tono amenazante—. Usted sabe quién es Vincent Paul. He visto lo que hace con la gente y, créame, no es nada bonito. —Ella ni siquiera se movió—. Eloise, yo no soy como él. Quiero ayudarla. He visto el vídeo de cuando usted era una niñita. He visto lo que le hizo el hombre que está en la habitación de al lado. Si me ayuda, le prometo que voy a hablarle de usted a Vincent Paul. Le explicaré que en realidad no fue culpa suya haber quedado involucrada en todo lo que ustedes han hecho. Tendría muchas posibilidades de salir con vida de todo esto.

Silencio.

En ese momento, Max oyó el inconfundible estruendo de la voz de Vincent Paul fuera de la casa.

—Eloise, sálvese. Por favor —imploró Max—. Si no me ayuda, Vincent Paul la matará. No tendrá en cuenta su pasado. No le importará que usted haya sido una vez una niña pequeña que ese malvado bastardo que está allí raptó de su casa, violó y abusó de ella. Sólo verá a una maestra, una persona responsable de las vidas de niños vulnerables, huérfanos, que permite que hombres sin escrúpulos abusen de ellos, e incluso participa de esa infamia. Piénselo. Haga un esfuerzo y piense en eso. Le estoy ofreciendo una salida. Ese montón de mierda que está en la habitación de al lado no merece ningún sacrificio.

El detective salió de la habitación y vio a Paul, que estaba de pie en el pasillo. Vincent le saludó con media sonrisa y un ligero movimiento de cabeza.

—Dele esto. —Vincent puso una cosa pequeña y húmeda en la palma de la mano de Max.

El detective lo miró y regresó con Eloise.

—¿Reconoce esto? —le preguntó.

Los ojos de Eloise se abrieron de par en par, a punto de salirse de sus órbitas, cuando reconoció el pedazo de metal brillante que Max tenía en las manos.

—¡Déjenle en paz! —chilló.

—Si usted no nos dice lo que queremos saber, Eloise, le cortaremos en pedacitos. —Le agarró la mano y le puso en la palma el diente de oro de su amante.

La mujer miró fijamente a Max, con ojos que parecían dardos envenenados. Él se dio cuenta de que, a diferencia de lo que había creído, no era una mujer inocente pervertida por terribles circunstancias. No era en absoluto una víctima. Era, de pies a cabeza, tan culpable como Codada.

—De todas maneras usted va a matarnos —dijo ella irónicamente, con un acento francés que casi suavizaba la entonación inglesa.

Entró Paul, arrastrando a Codada. Tiraba de sus piernas esposadas.

Eloise dio un grito cuando le vio. Trató de ponerse de pie.

—¡Siéntese! —bramó Max—. Usted responderá a mis preguntas o ese cerdo violador de niños que está allí va a perder mucho más que los dientes. ¿Comprendido? —Max no esperó una respuesta—. Charlie Carver. ¿Qué hicieron con él?

—Nada. Nosotros no le tenemos. Nunca le tuvimos. Nunca le habríamos tenido. Se está equivocando de personas, detective.

—¿Sí? —Max la miró intensamente. Decidió cambiar de asunto—. ¿Dónde está Claudette Thodore?

—No sé quién es.

El detective sacó la fotografía de su cartera y se la mostró. Ella la miró un instante.

—No era una de las mías.

—¿Qué quiere decir?

—No trabajé con ella.

—¿*Trabajar con ella*? ¿Qué significa eso?

—No la preparé yo.

—¿*Prepararla*?

—Enseñarle normas, etiqueta, buenos modales, comportamiento adecuado en la mesa, lo que se necesita en la buena sociedad.

Max estaba a punto de pedirle que diera más detalles sobre lo que acababa de decir, pero Codada balbuceó algo con voz ahogada, desde el suelo.

—Ahora dice que hablará —tradujo Paul.

—¿Sí? Bueno, en este momento no quiero escucharle. Llévatelo.

Vincent salió con Codada a rastras.

Max se volvió otra vez hacia Eloise.

—Preparación. Siga, cuénteme.

—¿Es que no es capaz de imaginárselo? —Eloise soltó una risita.

—Claro que soy capaz —dijo Max con sorna—. Pero quiero oírselo a usted.

—Nuestros clientes son hombres muy acaudalados, gente que se mueve en los círculos de la alta sociedad. Quieren que los productos que adquieren satisfagan ciertas exigencias.

—¿Y sus *productos* son esos niños?

—Sí. Antes de vendérselos les enseñamos buenos modales y el modo correcto de comportarse entre los adultos.

—¿Como decir «por favor» y «gracias» cuando los están violando? —Eloise no respondió—. Contésteme.

—No es tan simple. —Eloise se puso a la defensiva.

—¿No?

—La gente maleducada no llega a nada en la vida.

—¿Y usted les hace un favor enseñándoles cómo sostener el cuchillo y el tenedor en la mesa de una cena pedófila? ¡No me joda,

Eloise! —gritó Max—. ¿Por qué hace esto? He visto los vídeos. He visto lo que le ocurrió a usted.

—Usted vio, pero no vio —replicó ella, retando a Max con ojos furibundos—. Debería verlos de nuevo.

—¿Por qué no me pone al corriente de lo que se me está pasando por alto?

—Maurice me ama.

—¡Y una mierda!

—¿Por qué no lo cree? —replicó con toda calma—. ¿Qué esperaba encontrar? ¿Una víctima? ¿Una adulta-niña indefensa y llorosa? ¿Una traumatizada de manual? —Se mostraba desafiante y llena de ira, con una voz que era casi un grito. Sin embargo, pese a ello, carecía por completo de pasión, como si llevara ensayando el discurso toda la vida y las palabras hubieran perdido cualquier significado para ella. Era como si emitiese una sucesión de sonidos que tenía que dejar salir hasta que se acabasen—. Para usted es fácil pintarnos a todos nosotros como pequeñas víctimas vulnerables e inocentes, pero no todos somos iguales. Algunos de nosotros superamos barreras, salimos ganando.

—¿Llama salir ganando a esto? —Max hizo un gesto circular con las manos, señalando la habitación—. Va a morir, y va a morir de mala manera.

—Nadie me ha tratado nunca tan bien como él. Nunca. En toda mi vida. No tengo ningún reproche que hacerle. Si pudiera cambiar todo lo vivido, le aseguro que no lo haría —soltó con tranquilidad.

—Hábleme de Maurice. ¿Cómo se apoderó de usted?

—No se apoderó de mí —dijo con impaciencia—. Me rescató.

—Llámelo como quiera —dijo el detective con un suspiro—. Pero cuénteme cómo lo hizo.

—Lo primero que recuerdo de él es su cámara, en esa época tenía una súper ocho. Solía verlo por las mañanas. Mis amigos y yo le saludábamos con la mano. Él hablaba con nosotros, nos daba cosas, dulces, y esas pequeñas figurillas de alambre que hacía para nosotros. A mí me prestaba más atención que a nadie. Me hacía reír. Mis amigos estaban celosos. —Eloise sonrió—. Un día me preguntó si quería irme con él de viaje a un lugar mágico. Le dije que sí.

Y lo siguiente que recuerdo es estar sentada a su lado en un coche. Fue la mejor decisión que he tomado jamás.

Max trató de tragar saliva, pero tenía la boca reseca como un desierto. La mujer tenía razón. No era lo que se esperaba. Conocía todo lo relacionado con el síndrome de Estocolmo, en el que las víctimas se enamoran de sus secuestradores, pero nunca se había topado con una reacción tan exagerada en un caso de abuso de niños.

Estaba profundamente confundido, por no decir perdido y horrorizado, y lo peor de todo era que no podía evitar que se notara. Su desconcierto ponía a la interrogada en una posición ventajosa.

—Pero... ¿y su familia?

La mujer dejó escapar una risa amarga. Tenía el rostro rígido, los ojos fríos e inmóviles.

—¿Mi familia? ¿Se refiere usted al papi y a la mami perfectos que tienen ustedes en Estados Unidos? ¿Es eso lo que está pensando cuando habla de mi familia? —Max la miró sin comprender. La dejaría hablar hasta que pudiera pensar en la manera de recuperar el control de la conversación—. Lo poco que recuerdo preferiría olvidarlo. Ocho personas en una minúscula casa de una sola habitación, tan pobres que lo único que teníamos para comer era pastel de tierra. ¿Sabe lo que es el pastel de tierra? Es un poco de harina de maíz y un montón de arena mezclado con agua de alcantarilla dejada al sol para que se seque y quede como una torta. Eso era lo que comía a diario.

Se interrumpió y le miró desafiante, provocándole para ver si podía atraparle en las redes de una moralidad de andar por casa.

Cuando vio que el detective no mordía el anzuelo, algo en su interior cambió y dejó de sentirse sobre terreno firme. Inspiró profundamente, retuvo el aire, cerró los ojos y bajó la cabeza.

Contuvo la respiración durante más de un minuto; los globos oculares se le movían hacia atrás y hacia delante, los dedos estrujaban las puntas de su pañuelo y los labios se movían velozmente, pero sin emitir sonido alguno, ya fuera porque estuviera rezando o porque hablara consigo misma. De pronto, uno a uno, los movimientos neuróticos fueron llegando a su término. Dejó el pañuelo sobre el regazo y relajó las manos; los labios se petrificaron y los ojos dejaron de dar vueltas.

Finalmente, soltó el aire por la boca, abrió los ojos y miró a Max.

—Le diré todo lo que necesita saber. Le contaré dónde tenemos a los niños y a quiénes se los vendemos. Le diré quién está involucrado y para quién trabajamos.

—¿Trabajan para alguien?

—No habrá pensado que Maurice dirige todo esto solo, ¿no? —Rio malignamente. Paul volvió a entrar en la habitación—. Maurice es muchas cosas, pero desde luego no es inteligente —dijo la mujer con cariñosa entonación, y luego, casi inmediatamente, su voz adquirió un tono frío y convencional—. Le contaré absolutamente todo, con una condición.

—Dígalo —dijo Max.

—Suelten a Maurice.

— ¡Ni locos, de ninguna manera!

—Ustedes sueltan a Maurice y yo se lo cuento todo. Sólo es una pequeña pieza de un gran engranaje. Ambos lo somos. Si no le sueltan, no hablaré; ya pueden ir pegándonos un tiro con sus armas.

—Trato hecho —declaró Paul de improviso, para que Eloise empezara a hablar—. En cuanto verifiquemos toda la información que nos dé, le soltaremos.

—Deme su palabra —dijo Eloise.

—Le doy mi palabra.

La mujer inclinó la cabeza solemnemente, para que quedara claro que estaban sellando un trato.

Max no sabía si creer que Paul fuera capaz de poner en libertad a Codada, pero aparcó esa idea en el fondo de su mente y se dispuso a escuchar.

Paul le puso la mano en el hombro a Max y le dio una palmadita, lo que fue interpretado por éste como una indicación de que reanudara el interrogatorio.

—Dígame para quién trabajan.

—¿No se lo imagina?

—Eloise, usted ha hecho un trato. No nos vamos a pasar de listos. Yo le hago una pregunta, usted me da una respuesta y lo que me dice tiene que ser la verdad. Tan simple como eso. ¿Comprendido?

—Sí.

—Bien. ¿Para quién trabajan?

—Para Gustav Carver.

—¡No me venga con esa jodida mierda, Eloise! —gritó Max—.
¡Ya sé que es su estúpido jefe! ¡Que es el que manda en El Arca de
Noé! ¡Que preside el banco en el que trabaja el hijo de puta de su
amante violador de niños!

—Pero usted me preguntó para quién traba...

—¡No se haga la lista conmigo! —Max se inclinó sobre ella
hasta quedar muy cerca de su rostro—. La próxima vez que no me
responda, ¡le juro por Dios que me echo encima de Maurice y lo re-
mato con mis propias manos!

—¡Le digo que es Gustav Carver! Él es nuestro jefe, quien está detrás de esto. Él lo dirige, es el dueño. ¡Él fue quien comenzó!
¡Él lo inventó! —insistió Eloise con voz temblorosa—. Gustav
Carver. Es el amo de la red. Ha estado haciendo esto durante casi
cuarenta años. Raptando niños, preparándolos, vendiéndolos como productos sexuales. Gustav Carver es Tonton Clarinette.

Maurice conoció a monsieur Carver, Gustav, en los años cuarenta. Vivía en un pueblecito del suroeste, a unos veinticinco kilómetros de Puerto Príncipe. En esa época, una de las enfermedades más generalizadas en Haití era el pian. La zona de Maurice era la más gravemente infectada. Maurice me contó que sus padres habían sido atacados por la enfermedad. La madre fue la primera en contagiarse. Se le atrofiaron los brazos, luego se le cayeron los labios, después se le pudrió la nariz. Los sacaron del pueblo. Maurice y lo que quedaba de sus padres se fueron a vivir a una casucha de madera. Los vio caerse a pedazos, literalmente.

—¿Cómo es que él no se contagió? —preguntó Max.

—*Le docteur* Duvalier, Papá Doc, le salvó.

—¿Así se conocieron?

—Sí. La casucha se encontraba de camino al pueblo. El doctor estaba instalando un hospital en las cercanías y vio a Maurice sentado allí entre los cuerpos de sus padres. Maurice fue la primera persona a la que vacunó.

—Ya —repuso Max con tono cansino. Otra vez intentaban venderle la historia de una víctima de su triste infancia.

—Tenían problemas con la protección de los suministros médicos. Sufrían robos y atracos perpetrados por la gente del lugar. Entonces Maurice organizó una banda que se ocupó de la seguridad. Niños de su edad, algunos incluso más pequeños. Cuidaban al *docteur* Duvalier mientras estaba trabajando y por la noche vigilaban el hospital. Eran muy eficaces. Usaban resorteras, cuchillos y macanas. Llevaban sus armas consigo en *macoutes*, esos bolsos de paja que usan los campesinos. Duvalier los llamaba *«mes petits tontons macoutes»*, mis hombrecillos con bolsos. Y se quedaron con ese nombre.

—¡Qué bonito! —Max rio sarcásticamente—. ¿Y Gustav Carver? ¿Cuándo entra en escena?

—Monsieur Carver siempre andaba por allí. Fue el primer hombre blanco que Maurice vio en su vida. Los suministros médicos eran imposibles de conseguir. Fue monsieur Carver, con sus contactos en el mundo de los negocios, quien trajo los medicamentos de Estados Unidos. Maurice amaba al *docteur* Duvalier, pero nunca fueron amantes si eso es lo que usted está pensando. —Eloise hablaba a Max al tiempo que le escudriñaba el rostro.

—No estaba pensando eso —dijo Max.

—¿Pero lo sospechó?

Por supuesto que sí, pero no estaba dispuesto a reconocerlo, porque ahora había recuperado el control y no pensaba perderlo otra vez.

—¿Recuerda nuestro trato? Yo pregunto, usted responde. ¿Qué sucedió a continuación?

—Maurice fue a trabajar con el *docteur* Duvalier. Se convirtió en responsable de la seguridad de Duvalier durante su campaña electoral para la presidencia.

—¿Cuándo empezó a robar niños?

—El *docteur* Duvalier, además de médico, era un *bokor*. ¿Sabe qué es eso? —preguntó a Max, con condescendencia.

—Llevo aquí el tiempo suficiente, señorita —respondió Max con aspereza. Ella le sonrió, por primera vez, muy nerviosamente, mostrando unos dientes torcidos y amarillentos. A Max le recordó una rata vieja—. También sé que existe el vudú y la magia negra. Sé lo suficiente de cada uno para distinguirlo de lo otro. Así que Papá Doc practicaba la magia negra, ¿no?

—Tenía trato con los muertos, con los espíritus. Por eso necesitaba niños.

—¿Para qué?

—Lo único que nos separa del mundo de los espíritus son nuestros cuerpos. Cuando éstos desaparecen, nos convertimos en espíritus. Los espíritus antes fueron personas, y al igual que a las personas, se les puede engañar.

—Entonces, ¿qué sentido tiene ser un fantasma si uno no puede ver a los mortales?

—Para eso se usa la magia negra. El *docteur* Duvalier utilizaba las almas de los niños, las más puras que pudieran encontrarse, aquellas a las que los espíritus siempre les hablarán y ayudarán.

—¿Cómo se apoderaba de sus almas?

—¿A usted qué le parece?

—Que los mataba.

—Los sacrificaba —replicó Eloise, otra vez condescendiente.

—¿De modo que Maurice y su banda solían raptar a niños para Papá Doc?

—Sí. Eran secuestros a la carta, porque el *docteur* Duvalier no aceptaba simplemente a cualquier niño de la calle. Era muy explícito en cuanto a lo que quería. Cada vez hacía una petición diferente. A veces necesitaba un niño, a veces una niña. Tenían que haber nacido en determinada fecha, provenir de cierta región. Su edad debía estar por debajo de un determinado límite. Nunca más de diez años. A esa edad, las almas pierden pureza. En ese momento empiezan a convertirse en adultos. Saben más cosas.

—Y los espíritus no estarían tan dispuestos a hablar con ellos —concluyó Max.

—Así es.

—¿Maurice raptaba a esos niños y Gustav Carver lo sabía?

—Sí, lo sabía, pues era el encargado de conseguir a los niños. El *docteur* Duvalier detallaba lo que quería a monsieur Carver. Éste y Maurice recorrían el país, fotografiando a buenos candidatos. Le enseñaban las fotos al *docteur* Duvalier, que elegía el que quería.

A Max se le heló la sangre. Los ojos de Eloise no mentían y su lenguaje corporal indicaba que decía la verdad, no revelaba pánico alguno. Lo que contaba tenía sentido. Todo el mundo sabía que Gustav Carver había mantenido una estrecha relación con Papá Doc. Gustav era un oportunista. Probablemente viera en Duvalier una impiedad idéntica a la suya y la misma voluntad de comportarse sin conciencia ni remordimientos.

—¿Para qué utilizaba Papá Doc a esos niños, a las almas de esos niños?

—Para engañar a sus enemigos.

—¿De qué manera?

—Todos tenemos un espíritu que nos cuida, un ángel de la guarda, supongo. Él vela por nosotros, nos protege. Cuando el *docteur* Duvalier se apoderaba del espíritu de un niño, le obligaba a hacer lo que se le antojara. Los utilizaba para engañar a los espíritus que velaban por sus enemigos, arrancándoles sus secretos.

—Y fue así como obtuvo... ¿Qué obtuvo del Barón Samedi? ¿La presidencia?

—Sí. Y una vez conseguida, el Barón Samedi le mantuvo en el poder, le dio el dominio sobre todos sus enemigos mientras el *docteur* le hiciera ofrendas y siguiera satisfaciendo los caprichos de sus *loas*.

—¿Y usted cree en eso?

—Maurice decía que el Barón Samedi solía aparecerse en la habitación, durante la ceremonia.

—¿Ah, sí? ¿Seguro que no era el tipo de esa película de James Bond, ese malvado ridículo que al final no da pie con bola?

—Puede burlarse todo lo que quiera, señor Mingus, pero el *docteur* Duvalier era un hombre muy poderoso...

—Que mataba a niños indefensos, inocentes. A eso yo no lo llamo ser poderoso, Eloise. Lo llamo ser débil, y cobarde, y cabrón —interrumpió Max.

—Llámelo como desee —replicó ella con evidente irritación—. Pero funcionaba. Nadie le mató. Nadie le derrocó y su país nunca invadió nuestra patria.

—Estoy seguro de que hay razones terrenales para ello, y además su Doc está muerto —espetó Max—. Hábleme de Carver y de Codada. De los secuestros de niños. ¿En qué momento se convirtió en un negocio?

—Cuando el *docteur* Duvalier llegó al poder, recompensó a monsieur Carver con contratos comerciales y diversos monopolios. Maurice se convirtió en consejero de seguridad. Muchas personas que al principio habían respaldado al presidente dejaron de contar con su apoyo, pero eso nunca les sucedió ni a monsieur Carver ni a Maurice. Ambos estaban junto a él en su lecho de muerte.

—Conmovedor —bromeó Max—. Así que Carver construyó su moderno emporio comercial sobre las espaldas de niños secuestrados.

—No empezó con eso. Los raptos llegaron luego, como un negocio más de su imperio en expansión. El *docteur* Duvalier necesitaba hacer sus ofrendas para seguir adelante. Maurice me contó que monsieur Carver vio el posible negocio cuando un alto ejecutivo de una compañía minera que explotaba yacimientos de bauxita vino a Haití. La isla tiene grandes reservas naturales de ese mineral, de bauxita. Monsieur Carver hizo tentativas para un posible acuerdo comercial, pero se enfrentaba a un grupo empresarial de la República Dominicana. Contrató a un detective privado para obtener información sobre la empresa, investigar su gestión administrativa. El director ejecutivo era un pedófilo. Le gustaban los niños haitianos. Tenía un chico pequeño en una casa de Puerto Príncipe. Durante la semana el niño iba a una escuela privada. Se le enseñaban reglas de etiqueta, buenos modales en la mesa, el modo correcto de comportarse entre personas civilizadas...

—¿Lo mismo que enseña usted? —interrumpió Max.

—Sí.

El detective veía que cada vez encajaban más piezas del espantoso rompecabezas. El relato de la mujer casaba con el *modus operandi* de Carver, que era un parásito. Nacido en la abundancia, se había dedicado a incrementar su fortuna, no por medio de la actividad empresarial, sino empleando su dinero para comprar favores que le allanaran el camino, arrasando todo a su paso para quedarse con los negocios que otros habían montado y dirigido, consagrando sus vidas a ellos.

Pensó en el anciano, en su casa, en su banco, en su dinero. De pronto se sintió intrascendente, nulo. ¿Qué era él ahora? ¿Un hombre cuyas buenas acciones beneficiaban a gente malvada?

—Gustav Carver le mostró las pruebas al hombre y le hizo retirarse del acuerdo, ¿me equivoco?

—No, no se equivoca, aunque no fue exactamente así —corrigió Eloise—. Monsieur Carver no sabía nada de minas de bauxita, pero de todos modos se asoció con los dominicanos.

—Y viendo el éxito que había tenido, y probablemente tras averiguar que los pedófilos forman una pequeña élite cuyos miembros se conocen entre sí, comenzó a suministrar «productos» frescos a los dominicanos y a sus amigos, ¿no?

—Así es.

—Y esos amigos eran empresarios con los que Carver tenía trato comercial, o individuos que estaban relacionados con la clase de gente que podía ayudarle a expandir su imperio.

—Exacto.

—¿De modo que les conseguía niños y ellos le daban a cambio contratos y dinero? —preguntó Max.

—Y, lo que es más importante, más relaciones, con otros como ellos u otros que no eran como ellos sino gente mucho más importante, muy, muy poderosa. Monsieur Carver trafica con influencias, compra gente. Así ha forjado su emporio comercial; y no sólo aquí en Haití. Tiene negocios en todo el mundo.

Eloise dejó de hablar, extendió el pañuelo sobre su regazo y lo dobló, muy cuidadosamente, de izquierda a derecha, en forma de triángulo. Alisó la superficie de la figura geométrica, la miró con interés y la deshizo, desdoblando el pañuelo con el mismo esmero.

—Pero en todo ello hay algo más que dinero e influencias, ¿no? —prosiguió Max—. La dulce sensación de conocer los trapos sucios de esa gente poderosa, la que está en la cima. Tienen que tener suficientes pruebas como para enterrarlos diez veces. Él es su dueño. Tiene poder sobre ellos. Son sus esclavos. Si les dice que salten, ellos preguntan: «¿A qué altura?». ¿Correcto?

Eloise asintió.

—¿Y qué hay de Allain Carver? —Paul miró a Eloise—. ¿Está involucrado en esto?

—¿Allain? No. ¡Jamás! —Sonrió con suficiencia y luego dejó escapar una risita.

—¿Qué le resulta tan gracioso? —Max la miró fijamente. Su risita le estaba irritando endemoniadamente.

—Monsieur Carver se refería a Allain llamándole «pichija», o sea, hija con picha. Decía que si hubiera sabido que Allain iba a terminar siendo marica, se lo habría regalado a alguno de sus clientes. —Rio de nuevo.

—Escucha eso —la cortó Paul—. Cree que los gays son pervertidos, pero los pedófilos no.

Eloise trató de sostener su mirada, pero no pudo. Volvió a jugar con su pañuelo; lo enrolló, como si estuviera amasándolo, formando un cilindro.

—¿Así que Allain no sabía nada? —volvió a intervenir Max.

—Yo tampoco sabía nada de todo esto, Max —dijo Paul.

—Tú no eres el hijo de Gustav.

—Hablas de un hijo que él ha repudiado —le recordó Paul—. Creo que dice la verdad. Conozco a Allain. Ni siquiera sabe nada de la mayoría de los negocios legítimos de su padre. Yo estoy al corriente de muchos asuntos internos de la familia, ¿recuerdas? Gustav mantuvo esto realmente en secreto. Hacer algo así en un lugar tan pequeño como este país y mantenerlo en secreto cuesta mucho trabajo. No digamos lo que cuesta mantenerlo tan oculto que ni siquiera yo he podido sospechar nada...

—Todos estaban implicados —explicó Eloise—. Por eso nadie hablaba de ello. Y con sus contactos, si había el menor indicio de que algo pudiera salir a la luz...

—Liquidaría lo que fuera o a quien fuera antes de que pasara nada —terminó Paul.

Max pensó en Allain. Decidió que, a menos que encontrara pruebas que le exoneraran por completo, de todas maneras le interrogaría, para averiguar qué sabía y qué no, sólo para asegurarse de que no estaba involucrado.

—Hábleme de El Arca de Noé.

—Nadie sospechaba nada. Todos creen que es una simple institución caritativa, y lo es, para los niños equivocados.

—¿Qué quiere decir con eso de los *niños equivocados*?

—Los excedentes, los que no se vendían.

—¿Y ésos dónde terminaban?

—Monsieur Carver les daba trabajo.

—No se desperdiciaba nada. —Max miró a Paul. El rostro de éste estaba rígido, las mandíbulas cerradas a presión, los labios fuertemente apretados. A juzgar por su actitud, con las manos de seis dedos cerradas en amenazantes puños, Max se dio cuenta de que estaba listo para dar el primer golpe. Esperaba tener tiempo para sonsacárselo todo a Eloise antes de que Paul le arrancara la cabeza.

—¿Cuándo empezó a *preparar* a los niños?

—Cuando tenía quince o dieciséis años. Monsieur Carver estaba muy orgulloso de mí. Él me llamó. Yo era su favorita. —Sonrió, con lágrimas en los ojos, que relucían con un brillo orgulloso y frío—. Monsieur Carver ya sabía algo sobre las pociones del *vodou*, los ingredientes del suero que le dan a la gente para convertirla en zombi. Había estudiado ese tipo de cosas. Es un hipnotizador nato, ¿sabe? Me contó que siempre había trabajado con niños, con los niñitos de los poblados pobres.

—¿De qué manera? ¿Sexualmente?

—Les enseñaba buenos modales.

—¿Así que fue idea de Carver llevarse a esos niños sin educación y formarlos para que fueran esclavos sexuales, obedientes, con perfectos modales en la mesa, e hicieran buen papel en los círculos de clase alta?

—Sí. Nadie compra un coche a medio terminar.

—¿Todavía lo hace? ¿Hipnotiza a niños?

—Sí, de cuando en cuando, y ha transmitido sus conocimientos a personas de La Gonâve.

Max fijó la vista en una grieta que discurría a lo largo de la pared situada frente a él. Perdió la concentración y dejó que su mente divagara. Ahora se sentía lleno de ira, con amargas náuseas en el estómago. Se veía otra vez al lado de Gustav, mirando el retrato de la señora Carver, sintiendo simpatía por el anciano, porque ambos eran viudos que habían perdido lo que más amaban. Conservaba la imagen en su mente y la acariciaba como una prueba de que Gustav Carver no era un monstruo, sino un hombre... pese a todo, un ser humano. Ni siquiera las cosas que le había contado sobre él Vincent habían destruido por completo esa imagen. Pero lo que ahora había oído, lo que estaba escuchando, disolvió en ácido su aprecio por el anciano. Deseó que Eloise estuviera mintiendo. Pero, evidentemente, decía la verdad.

Tenía que continuar, terminar con aquello.

—Con los niños, ¿qué sucedía si algo salía mal, digamos, si trataban de escapar o de contarle a alguien lo que estaba pasando?

—Estaban programados para no hacerlo. A sus nuevos dueños se les daba suero, que los mantiene en un estado... —se interrumpió para encontrar la palabra adecuada y sonrió cuando dio con ella—: cooperativo. Además tenemos personas disponibles por si los dueños necesitan ayuda. Si algo va mal, el comprador hace una llamada y nosotros nos ocupamos del asunto.

—Como un servicio técnico de refrigeradores o lavadoras.

—Sí. —La mujer sonrió con condescendencia—. Un servicio técnico, como lo llama usted. Lo cubre todo, desde la reorientación del niño, lo que significa hipnotizarle nuevamente, hasta ponerlo fuera de circulación si el asunto es serio.

—¿Quiere decir matarlos?

—Eso ha sido necesario algunas veces, sí, pero pocas.

—¿Y qué sucede cuando los niños crecen? ¿También los matan?

—No ha habido más remedio en algunos casos —reconoció Eloise—. Pero raras veces. Normalmente, se hacen adultos y siguen adelante. Algunos se quedan con su dueño.

—¿Tal como hizo usted?

—Sí.

—¿Qué ocurriría si yo fuera un cliente con deseos especiales? Por ejemplo, si quisiera un niño asiático.

—Eso puede arreglarse fácilmente. Tenemos ramificaciones por todo el mundo. Simplemente le traeríamos uno en un avión.

Max volvió al tema de Charlie.

—¿Y con los niños discapacitados?

—Eso no se ha hecho nunca, que yo sepa. Aunque no hay límites, no hay extremos infranqueables, no hay lugares adonde no lleguemos, pero eso no nos lo han solicitado nunca —respondió Eloise.

Max lanzó una mirada rápida a Paul y sacudió la cabeza. No tenían a Charlie. No se lo habían llevado.

—¿Quién secuestró a Charlie Carver? —preguntó.

—Nadie. Está muerto. Estoy segura de eso, Maurice también lo está. Habló con un montón de testigos que estaban allí cuando la turba atacó el coche. Todos dijeron haber visto al niño tirado en el suelo, mientras la gente que perseguía a Eddie Faustin le pisoteaba y le pateaba.

—¿Y qué fue de su cuerpo? —preguntó Max.

—Era un niño de tres años. Fácil de desaparecer.

—Pero la turba, ¿no le habría dejado allí?

—¿Por qué? Una madre o un padre podrían haberse llevado sus ropas para sus propios niños.

Paul respiró hondo. Aunque su rostro estaba rígido y no reflejaba emoción alguna, Max percibió que se encontraba a punto de explotar. Paul creía que ella decía la verdad. Su hijo estaba muerto.

Max, sin embargo, no acababa de convencerse de que Charlie estuviera muerto. Algo le decía que no era así.

«¿Qué pasaba con Filius Dufour? ¿Y con la certeza que tenía Francesca de que todavía estaba vivo?».

La voz de la razón replicó: «¿Crees a un adivino y a una madre llena de congoja? ¡Vamos!».

Max casi había terminado con Eloise.

—¿Y hasta qué punto se ocupaba Gustav Carver del día a día de este negocio?

—Hasta que tuvo el ataque, se ocupaba mucho. Como ya le he dicho, él es Tonton Clarinette.

—¿De qué modo participaba?

—Era el que hipnotizaba a los niños.

—¿Cómo lo hacía?

—¿Encontraron los discos en el estudio? —Max asintió con la cabeza—. ¿Los han escuchado?

—Todavía no. ¿Qué es lo que voy a oír?

—Do-re-mi-fa-sol: cada nota separada, ejecutada en un clarinete, con un pequeño silencio entre una y otra. En cada disco, una nota en particular tiene una duración mayor. Por ejemplo, en el azul es re, en el rojo es fa, y así sucesivamente. Son códigos —explicó Eloise—. Se graban en las mentes de los niños cuando están siendo hipnotizados. Hay seis etapas en el proceso hipnótico. Las tres primeras borran lo que el niño sabe, y las tres últimas lo reemplazan por lo que queremos que sepa. Por ejemplo, muchos de los chicos, digamos el noventa por ciento, eran niños de la calle. No sabían nada de modales en la mesa, de cómo usar un cuchillo y un tenedor. Comían como monos, con las manos. Bajo hipnosis se les programa para que no hagan eso, para que pierdan la asociación de ideas entre el consumo de comida y los dedos, para que olviden que alguna vez comieron de esa manera, para «desaprender».

—Pero ¿podían llegar a aprender algo de verdad de ese modo?

—Por supuesto. La mayoría de la gente aprende mediante la repetición. Es como la hipnosis, pero requiere mucho tiempo —explicó la mujer.

—¿De modo que sus mentes asociaban determinadas pautas de comportamiento con cierto código? ¿Como una reacción? ¿Como el perro al que se le enseña a sentarse y menear el rabo cada vez que oye sonar una campana?

—Justamente eso —afirmó Eloise.

—Y permítame que adivine el resto: ¿los pervertidos usaban los códigos para mantener el control sobre los niños?

—Sí. Los códigos del clarinete inducían reacciones pavlovianas. Los clientes ponen un disco con un determinado conjunto de códigos para conseguir lo que quieren de sus niños. Por ejemplo, si desean absoluta docilidad sexual, reproducen un disco en el que los códigos van hacia atrás. Si quieren que el niño se comporte como mejor sabe hacerlo cuando está en compañía de adultos, reproducen un disco en el que la nota dominante es re. ¿Lo entiende?

—Ya lo creo —masculló Max con indignación. Le echó un ojo a Paul y sintió la mirada de éste enterrada profundamente en las sombras de sus órbitas. Percibió olas de furia procedentes de él. Volvió a darse la vuelta para enfrentarse a Eloise—. Usted utilizaba la poción para zombis, ¿no?

—¿Cómo lo sabe?

Lo he visto todo en el vídeo.

—¿Vídeo? ¿Dónde lo ha encontrado? —Parecía preocupada.

—No importa. Responda a lo que le he preguntado. El líquido para zombis, ¿para qué lo usaba?

—Para que los niños estuvieran dóciles y receptivos al condicionamiento. Es más fácil manipular una mente aturdida por un estupefaciente.

Max sacudió la cabeza y se frotó las sienes. Necesitaba acabar, dejar de oír aquello, alejarse de allí.

—Dice usted que es Gustav Carver el de los discos, ¿no? ¿Tocaba el clarinete?

—Solía participar en la hipnosis. Se sentaba y tocaba el clarinete para llevar a cabo la reprogramación de los niños. Cuando vaya a las oficinas centrales, en La Gonâve, encontrará el sótano de los vídeos. Hay montones de cintas y fotografías de él sentado en medio de grupos de niños. Maurice me contó que una vez le preguntó por qué participaba en las sesiones, por qué no grababa las notas musicales y listo. Monsieur Carver le respondió que aquello era lo que más se aproximaba al ejercicio del poder absoluto. Gozaba.

—¿Cuándo dejó de tocar el clarinete?

—A mediados de la década de los ochenta, a causa de su enfermedad. Se retiró, pero su mito siguió.

—¿El señor Clarinete, Tonton Clarinette?

—Sí, como le he dicho, Tonton Clarinette es real. Es monsieur Carver, Gustav Carver.

—Pero si se supone que todo esto era secreto, ¿cómo se difundió el mito?

—Por los niños. Alguno que otro escapó —repuso con tranquilidad—. No de nosotros, sino de sus amos. Hay tres que todavía andan sueltos.

—¿Uno de ellos se llama Boris Gaspésie?

—Sí. ¿Cómo lo sabe?

—Yo pregunto, usted responde. ¿Y los otros dos?

—Aparte del chico, hay dos chicas: Lita Ravix y Noëlle Perrin.

Max anotó los dos nombres. Había terminado su interrogatorio. Escrutó a Eloise con severidad, buscando en sus rasgos de rata algo que se acercara al arrepentimiento o la vergüenza por lo que había hecho. No encontró nada por el estilo.

Le hizo a Paul un gesto con la cabeza para indicarle que había acabado y luego se levantó y salió de la habitación.

ax estaba al lado de la casa, dando vueltas por la calle, con la cabeza revolucionada por tantas revelaciones.

Aunque creía que Eloise había dicho la verdad, necesitaba comprobar todas las pruebas y, sobre todo, hacer frente a Gustav Carver, para convencerse. No parecía que ella mintiera. Los mentirosos se traicionan a sí mismos con incoherencias y relatos inverosímiles, a menudo en los detalles más nimios, los cabos sueltos que, al tirar de ellos, deshilachan el tapiz entero. Todo lo que había contado Eloise era coherente, todo fluía en la misma dirección.

Lo que no podía entender era cómo se le había ocurrido a Gustav contratar a extraños para investigar la desaparición de Charlie. ¿No había pensado que éstos podían descubrir su negocio al investigar el secuestro? ¿No había considerado que constituía un riesgo?

Por supuesto que lo había pensado, concluyó Max. La gente como Gustav nunca corría riesgos ciegamente. Sólo lo hacían por necesidad, y con mucho cálculo. No sólo miraban bien antes de saltar, también conocían cada milímetro del terreno sobre el que aterrizarían.

Como todos los tiranos absolutos, Carver hacía las cosas a su manera. Siempre había superado todos los desafíos. ¿Qué importaba si alguien descubría algo? ¿Qué podía hacer una sola persona contra Carver y su red de contactos, que, aunque sólo tuviera una fracción del poder que Eloise había sugerido que tenía, era capaz de borrar a cualquiera de la faz de la tierra? Carver se consideraba a sí mismo intocable, y tenía buenas razones para creerlo.

¿Estaba la mano de Gustav Carver detrás de lo que les había sucedido a Beeson y Medd? ¿Se habían acercado demasiado? No. Max no lo creía. Al menos en el caso de Beeson. Si hubiera intentado chantajear a Carver, éste le habría hecho matar. ¿Para qué dejarle vivo y que pudiera contar lo que sabía?

¿Y qué pasaba con la razón por la que Max había viajado allí, Charlie Carver? ¿Qué le había sucedido?

No tenía la certeza, pero ahora sí la sospecha, de que estaba muerto.

¿Y Eddie Faustin? ¿Qué papel jugaba? Definitivamente, estaba tratando de secuestrar al niño el día que le mataron. De eso no había duda. Faustin esperó a que llegaran los secuestradores y se llevaran a Charlie, en una cita fijada de antemano, y luego la turba trastocó los planes y las cosas acabaron mal, muy mal.

¿O lo habían hecho ellos?

Tal vez a Eddie le habían tendido una trampa, había sido traicionado por los secuestradores. Podía ser. Ellos pagaron a la turba para que provocara disturbios alrededor del coche y matara al ex Macoute. Tenía sentido si los secuestradores querían evitar ser identificados.

Aun así, Codada había dicho que Faustin era leal a Gustav Carver, que le amaba como a un padre. ¿Por qué iba a traicionarle? ¿Qué le habían ofrecido los secuestradores? O tal vez no le habían ofrecido nada, quizá tenían algo con que amenazarle. Eso no era difícil, pues se trataba de un ex Macoute con las manos llenas de sangre que trabajaba para el cabecilla de una red de tráfico de niños destinados a la pedofilia.

¿Hasta qué punto estaba Faustin enterado del negocio de Gustav? El secuestro, ¿estaba relacionado con éste? De ser así, continuaba en pie la gran pregunta: ¿qué le había sucedido a Charlie? ¿Por qué le habían secuestrado?

¿Por dónde podía seguir?

No lo sabía. Había llegado a un punto muerto.

¿Qué podía hacer?

Media hora más tarde, Paul salió para reunirse con él en la calle.

—Me ha dicho dónde está el lugar en La Gonâve. En este momento tienen allí a unos veinte niños. Usan un carguero para llevarlos. Todos los meses llenan la guarida de chicos nuevos —dijo Paul—. Los sacaremos de allí mañana por la noche.

—¿Y los militares que están en el país? ¿Quedan al margen?

—Será una operación conjunta con la ONU. Tengo un buen amigo en las Fuerzas de Paz —explicó Paul.

—¿Y Gustav?

—Tú le traerás.

—¿Yo?

—Sí, tú, Max. Mañana. Quiero evitar que haya bajas. Si me acerco a la propiedad de Carver, su gente comenzará a disparar. Los americanos están acampados bastante cerca y vendrán a investigar. Sé cómo son, nos matarán a todos y le dirán a Carver que tenga un buen día.

—Carver tiene muchos guardias de seguridad.

—Tendrás un montón de refuerzos si lo necesitas. Nuestra gente te seguirá hasta la propiedad y esperará en las cercanías. Estarás en contacto con ellos por radio.

—Suponiendo que le haga salir, ¿adónde le llevo?

—Sácalo hasta la carretera principal. Nosotros le recogeremos allí.

Max no quería hacerlo. Nunca había traicionado a un cliente y recordó el afecto que había llegado a sentir por Gustav la única vez que había estado con él.

—Asegúrate de avisar a Francesca para que no quede en medio. A Allain también.

—Eso está bajo control —dijo Vincent, y se encaminó de nuevo a la casa.

—¿Y ellos, Codada y Eloise? —gritó Max—. ¿Los vas a dejar con vida?

—¿Tú lo harías?

54

A la mañana siguiente, Max se despertó por el timbre del teléfono. Era Joe. No paraba de disculparse. Dijo que había tenido mucho trabajo y que por eso no se había podido ocupar de las cosas que le había solicitado. Max le dijo que tenía que hablar con Clyde Beeson. Joe respondió que ésa era la principal razón de su llamada.

Habían encontrado a Beeson muerto en su caravana. Según las estimaciones de los forenses, llevaba así por lo menos dos semanas. Su pitbull se había comido una pierna del cadáver y estaba dando cuenta de la segunda cuando los policías echaron la puerta abajo. Aunque todavía faltaba la confirmación del informe post mórtem, parecía tratarse de un suicidio. Beeson se había disparado con su Magnum.

Max recibió la noticia en silencio, amargamente decepcionado por no haber tenido oportunidad de charlar detenidamente con Beeson sobre el caso que a éste le había arruinado la vida.

Que Beeson hubiera tenido una mala muerte no le sorprendía. Se lo había buscado. Tenía en su haber unos éxitos notables y con ellos había hecho una pequeña fortuna, pero en el camino había molestado a un montón de personas; Max había sido una de ellas, Joe otra. Estuvo en un tris de arruinarles la vida. Ellos estuvieron en un tris de matarle.

Ni la tristeza ni la compasión asomaron a sus pensamientos. Max le detestaba y le despreciaba profundamente.

—¿Tienes algo que decir sobre el difunto Clyde Beeson? —preguntó Joe.

—Sí. *Bye, bye,* cabrón.

CAPÍTULO

55

Gustav Carver sonrió cálidamente al ver a Max entrando
en cl salón. El gran rostro de gárgola fue convirtiéndose
en algo parecido a un dibujo animado de terror a medida que iba re-
gistrando, procesando y exhibiendo su placer. Las cejas apuntaron,
como flechas, hacia arriba; las arrugas de la frente se le hundieron en
pliegues separados, como si los apretaran las varas de un corsé, y los
labios se estrecharon hasta convertirse en cintas de goma rosadas
que se curvaban hacia los lóbulos de las orejas.

—¡Max! ¡Bienvenido! —gritó a través del espacio vacío que
los separaba.

Cuando estuvieron uno al lado del otro se estrecharon la mano. Carver aplicó su potente apretón con más fuerza de la habitual
y tiró de la mano de Max, atrayéndole hacia él. Se entrechocaron los
hombros, como si fueran dos atletas triunfantes, y ninguno de los dos
supo cómo reaccionar. Carver, que usaba la otra mano para mantener
el equilibrio, apoyado en su bastón negro con empuñadura de plata,
se tambaleó y estuvo a punto de desplomarse; pero Max le sostuvo
y le enderezó. El viejo se irguió con la ayuda de Max, notó el susto
que aún quedaba en la expresión de éste y se rio tontamente, casi con
coquetería. Apestaba a bebida, tabaco y colonia de almizcle.

Max notó que había un gran árbol de Navidad en un rincón
de la habitación, no demasiado lejos del retrato de Judith Carver. Tenía luces de fibra óptica, escondidas entre las ramas, que cambiaban permanentemente de color. Por lo demás, estaba decorado con

centelleantes cintas doradas y plateadas, adornos que colgaban y una estrella dorada en la punta. Era sorprendente encontrar algo tan hortera en un ambiente de gusto tan refinado como el de los Carver.

Gustav pareció leer el pensamiento a Max.

—Eso es para los sirvientes. Son tan simplones que esas condenadas luces les fascinan. Les dejo utilizar esta habitación una noche al año. Les compro regalos a ellos y a sus hijos, y vienen y los cogen. ¿Le gusta la Navidad, Max?

—Ya no estoy seguro, señor Carver —dijo Max en voz baja.

—Yo la detesto. Fue cuando perdí a Judith.

Max se quedó en silencio, no por torpeza, sino porque nada en su interior le impulsaba a hacer algo para consolar al anciano.

Gustav le miró con curiosidad, la frente tensa, los ojos arrugándose en los ángulos, un recelo hostil en la expresión. Max le miró a los ojos con cara de póquer, sin dejar ver nada más que su indiferencia.

—¿Qué le parecería un trago? —Carver levantó el bastón y señaló con él los sofás—. Sentémonos.

Se hundió en el sillón, primero una nalga y luego la otra; los huesos le crujieron con la presión. Max no se ofreció a ayudarle.

Carver dio una palmada y ladró para que acudiera un sirviente. Una criada con uniforme negro y blanco salió de la oscuridad que rodeaba a la puerta, donde probablemente había estado de pie todo ese tiempo. Max no la había visto ni había notado su presencia hasta que apareció. Carver pidió whisky.

Max se sentó cerca del sillón del anciano.

El viejo se inclinó por encima de la mesa y alcanzó una caja de plata llena de cigarrillos sin filtro. Extrajo uno, volvió a poner la caja en su lugar y cogió un cenicero de cristal ahumado que tenía incorporado un mechero de plata. Encendió el cigarro, dio una gran calada y retuvo el humo unos segundos antes de exhalarlo lentamente.

—Son de la República Dominicana —comentó Carver, sosteniendo el cigarrillo en alto—. Solían hacerlos aquí. Forjados a mano. En Puerto Príncipe había una tienda que era de dos mujeres, ex monjas; un sitio minúsculo llamado Le Tabac. Lo único que hacían en todo el día era sentarse en la ventana y hacer cigarros. Una vez las estuve mirando durante cosa de una hora. Simplemente, me quedé

sentado en el asiento trasero de mi coche y las observé. Pura concentración, pura dedicación. Tanto oficio, tanta habilidad. Constantemente entraban clientes a comprar un par de cigarros y las interrumpían. Una los atendía y la otra seguía. ¿Yo? Yo les compraba
doscientos. Lo increíble era que todos y cada uno de esos cigarros
eran idénticos. Uno no podía distinguirlos. Asombroso, ¿sabe? Solía hacer que todos mis empleados se sentaran al lado de la tienda para que miraran trabajar a esas damas y aprendieran virtudes como la
diligencia y la atención a los detalles en las tareas que hacían cuando
trabajaban para mí. Esos cigarros eran maravillosos. Unos tabacos
de sabor profundo, suntuoso, que producían una gran satisfacción.
Los mejores que he probado. Éstos no son demasiado malos, pero
no tienen nada que ver con los que le cuento.

—¿Qué sucedió con la tienda? —preguntó el detective, más
por cortesía que por interés. Tuvo que toser y aclararse la garganta
para lograr que le saliera la voz y no porque se hubiera atraganta-
do. Estaba intranquilo, una energía oscura le recorría el cuerpo,
notaba la tensión en los músculos, los latidos del corazón eran cada
vez más fuertes y sonoros.

—Una de ellas enfermó de Parkinson y no pudo seguir trabajando, y la otra cerró la tienda para cuidarla. Eso es lo que he oído.

—Al menos, no enfermó de cáncer.

—Ellas no fumaban. —Carver se rio y justo en ese momento
la criada reapareció con una botella de whisky, agua, hielo y dos
vasos, todo en una bandeja—. Siempre bebo y fumo mucho en esta
época del año. ¡Que se jodan los médicos! ¿Y usted? ¿Se lo permite? —Max dijo que no con la cabeza—. Pero me acompañará bebiendo una copa, ¿no?

Era una orden, no una invitación. Max asintió con la cabeza
e intentó sonreír, pero su estado de ánimo hizo que los labios se le
quedaran congelados en un mohín ridículo. Carver le lanzó otra mirada llena de curiosidad, esta vez con una buena dosis de sospecha.

La criada desvió la atención de Carver hacia ella cuando se
acercó y sirvió los vasos. El anciano tomó whisky puro. Max lo be-
.bió con hielo y agua casi hasta el borde. Cuando la criada se retiró,
chocaron los vasos, brindando a la salud de ambos, por el año que se
avecinaba y por una feliz culminación de la investigación de Max,
que simuló dar un sorbo.

En su habitación, el detective se había sentado a pensar en la mejor manera de decirle a Carver que se lo llevaba con él. Primero contempló la simple posibilidad de entrar en la casa y encararse con el viejo para decirle lo que sabía y luego obligarle a meterse en su coche. Pero la rechazó, porque ya no era policía.

Estaba decidido a forzar a Carver a confesar lo que había hecho. Quería que admitiese que era el cerebro de la red de pedofilia. Lo llevaba todo pensado, cómo conducir al anciano a la trampa, enredándole más y más, para que mostrara hasta qué punto estaba implicado. Deseaba acorralarle, dejarle sin vías de escape. Convertir la charla en una partida de ajedrez que acabase con jaque mate al terrible viejo.

Pasó el día entero en casa, perfeccionando su estrategia, anticipándose a los muchos giros posibles que pudiera tomar el enfrentamiento y preparando las respuestas para cada objeción, para cada situación imprevista.

Por la tarde le llamó Paul y le dijo que se llevara al anciano cuando ellos tomaran la casa de La Gonâve. Arregló las cosas para que Allain le telefoneara con el pretexto de invitarle a la casa de los Carver, a fin de que Max les pusiera al corriente de la investigación. Paul dijo que Allain se había sentido bastante mal por tener que hacer la llamada. Al fin y al cabo, era a su padre, y no a un criminal desconocido, a quien estaba traicionando.

Al anochecer todo estaba muy claro en su pensamiento. Se duchó, se afeitó y se puso una camisa y unos pantalones holgados. A eso de las nueve llamó Allain. Max supuso que el plan de Paul funcionaba según lo previsto.

En el momento en que salía de la finca con el coche, le detuvieron unos hombres de Paul, que iban en un todoterreno. Le entregaron un sobre sin cerrar para que se lo diera a Gustav en el momento oportuno. Luego le dijeron que tenía que llevar un micrófono oculto cuando se encontrara con el anciano.

Aquello desbarataba todos los planes. Al menos, los suyos.

No había usado un micrófono en su vida. Siempre había estado en el otro extremo de los espionajes, escuchando. Uno ponía esos chismes en las alimañas, para que le ayudaran a atrapar alimañas mayores.

Le dijeron que era para protegerle, ya que no podía entrar llevando un radiotransmisor.

Tenía sentido, pero lo que no le gustaba era ser el señuelo de Paul, el que haría que Gustav Carver se delatara, que confesara y firmara su sentencia de muerte.

De todas formas, no pensó en ello mucho rato, porque no le sobraba el tiempo y además no tenía más remedio que aceptar.

Max y los hombres de Paul volvieron a la casa. El detective se afeitó el pecho y le pegaron el micrófono con cinta adhesiva, con el cable bajándole por el torso y rodeándole la espalda como una larga sanguijuela hasta terminar en un transmisor y unas baterías sujetos a los pantalones.

Hicieron una prueba.

Regresaron a los coches. Max preguntó cómo habían ido las cosas en La Gonâve. Le respondieron que muy bien.

De camino a la finca de Carver decidió que su más preciado deseo para esa Navidad era haber acabado con todo aquello, con Haití, con Carver, con el caso.

Casi había asumido el fin de su investigación. Charlie Carver estaba muerto y lo más probable era que su cadáver no pudiera recuperarse jamás. La turba que había matado a Eddie Faustin le había pisoteado también a él hasta matarle. Era una tesis que cuadraba con todos los datos que había recopilado. Con ella se completaba el rompecabezas. Pero, en el fondo, no le dejaba satisfecho. Tenía que haber algo más, y debía descubrirlo para dormir plácidamente el resto de su vida.

Necesitaba más pruebas de que el niño estaba muerto.

Pero ¿cómo las obtendría? ¿Y para qué?

¿A quién estaba engañando con esa mierda a esas alturas? Ya no era policía, ni siquiera un detective privado, ¿no lo recordaba? Todo eso había terminado. Estaba acabado desde el momento en que había tiroteado a los chicos en Nueva York. Había cruzado la línea sin retorno. Era un asesino convicto; se había llevado por delante tres jóvenes vidas a sangre fría. Eso anulaba todo lo que había sido alguna vez y mucho de aquello con lo que se había sentido identificado.

Y ahora estaba tendiéndole una trampa a su último cliente. Nunca antes había preparado una ratonera para atrapar a un cliente y jamás había conocido a ningún investigador privado que lo hubiera hecho. Ni siquiera Beeson. Era algo que no se debía hacer jamás, era parte de un código ético no escrito, sino implícito, inviolable.

Carver bebía un whisky muy bueno, lo cual no era sorprendente. Max captaba por el olor la calidad de la bebida que tenía en su vaso.

—Allain y Francesca bajarán en un minuto —dijo Gustav.

«No, no bajarán», pensó Max. Se había cruzado con ellos cuando llegaba a la casa; iban en un coche conducido por los hombres de Paul.

—¿Cómo va la investigación? —preguntó el viejo.

—No demasiado bien, señor Carver. Creo que he llegado a un punto muerto.

—Eso suele suceder en su profesión, estoy seguro. Ocurre en la mayor parte de las actividades que requieren cerebro y empuje, ¿no? Si uno avanza por una carretera y choca contra un obstáculo, ¿qué hace? Vuelve atrás hasta el punto de partida y encuentra otro camino dando un rodeo.

Carver, desmintiendo la cordialidad de su tono, atravesó al detective con una mirada feroz. El anciano estaba vestido tal y como Max lo recordaba en la ocasión anterior, con traje beige, camisa blanca y zapatos negros, en extremo brillantes.

—El callejón sin salida en el que se encuentra, ¿es algo muy reciente? Allain me contó, hace unos cuantos días, que usted estaba sobre la pista de algo. —Ahora la voz de Carver tenía un eco despectivo. Aplastó el cigarrillo y puso el cenicero sobre la mesa. Casi inmediatamente llegó una criada y lo reemplazó por otro idéntico pero limpio.

—Había algo, sí —confirmó Max.

—¿Y qué pasó?

—No era lo que yo esperaba.

Gustav estudió el rostro de Max, como si hubiera descubierto en él algo que no había visto antes, y luego esbozó una leve sonrisa.

—Usted va a encontrar a mi nieto. Sé que lo hará. —Vació el vaso de un trago.

Max pensó en tres posibles respuestas: ocurrente, sarcástica o aguafiestas. No usó ninguna de ellas, sólo sonrió y bajó los ojos, para que Carver creyera que se sentía halagado.

—¿Se encuentra bien? —preguntó Carver, al tiempo que le escrutaba—. No parece el mismo.

—¿Qué quiere decir?

—No parece el hombre que estuvo aquí la otra vez. El que yo admiraba, el belicoso triturador de cabrones, el John Wayne-Mingus. ¿Seguro que no está enfermo? No habrá estado con una de las putas de aquí, ¿no? Abra esas piernas y encontrará un catálogo de enfermedades venéreas. —Carver soltó una risita, sin darse cuenta de lo que ocurría. Se habían acabado las contemplaciones. Estaba a punto de comenzar el interrogatorio. Max sacudió la cabeza—. ¿Pero qué le pasa? —Carver se inclinó cordialmente hacia delante, le dio una fuerte palmada en la espalda a Max y rio—. ¡Ni siquiera ha tocado su condenada copa! —Max miró con dureza a Carver, que dejó de reírse. Al viejo se le quedó en la cara una extraña mueca, todo el júbilo se había esfumado de su rostro—. Es Vincent Paul, ¿no? —Gustav volvió a reclinarse en el sillón—. Ha hablado con él. Le ha contado cosas sobre mí, ¿verdad? —Max no contestó, no quería perder la compostura. Se limitó a seguir enfocando a Gustav con su mirada penetrante, con una máscara de indiferencia en el rostro—. Estoy seguro de que le ha contado cosas atroces. Cosas terribles, para que se pregunte qué hace trabajando para mí, para el monstruo que soy. Pero no debe olvidar que Vincent Paul me odia, y un hombre que odia tan intensamente siempre hará un colosal esfuerzo por justificar ese odio y lograr que los otros piensen como él. —Carver soltó una amarga risita, pero no miró a Max a los ojos. Se inclinó sobre la mesa y cogió otro cigarrillo de la caja. Golpeó ambos extremos sobre la palma de su mano antes de ponérselo en la boca y encenderlo—. A usted no necesito explicarle eso.

—Él no se llevó a Charlie —dijo Max.

—¡Ah, qué maldita mierda disparatada! —tronó Carver, cerrando la mano en la que tenía el cigarro.

—Estaba allí, es verdad, el día que Charlie fue secuestrado, pero no fue el secuestrador —insistió Max, levantando la voz pero conservando la calma.

—¿Qué le pasa, Mingus? —preguntó Carver con un feroz siseo—. Le digo que fue él.

—Y yo le digo que no. El secuestro de niños no es su estilo, señor Carver —replicó Max con doble intención.

—Pero es un traficante de drogas.

—Un señor de la droga, en realidad —corrigió el detective.

—¿Cuál es la diferencia? ¿Viven un año más?

—Algo así.

—Entonces, ¿qué le dijo Vincent Paul?

—Muchas cosas, señor Carver. Muchas, muchas cosas.

—¿Como? —Carver abrió los brazos en un gesto burlón—. ¿Le contó lo que le hice a su padre?

—Sí. Usted arruinó su carrera, y...

—Yo no arruiné nada. El pobre infeliz iba de todas maneras camino a la ruina. Yo sólo le acorté el sufrimiento.

—Destruyó su finca. No tenía necesidad de hacerlo.

—Me debían dinero. Yo me lo cobré. Todo está permitido en el amor y en la guerra, señor Mingus. Y los negocios son una guerra que a mí me encanta. —Carver rio mordazmente. Se sirvió más whisky—. ¿Cómo se sintió después del capítulo lacrimógeno que le contó Paul?

—Puedo entender por qué le odia, señor Carver. Incluso podría sentir simpatía por alguien como él, en un lugar como éste, en el que uno sólo tiene el poder que logra por sí mismo y en el que aquella antigua ley del ojo por ojo, diente por diente, es la única forma de hacer justicia. Y entiendo que alguien como usted, que conoce el verdadero significado del odio, vea como ve el punto de vista de alguien como Vincent Paul: un hombre que odia a otro hombre por algunas putadas que se hicieron mutuamente. Usted no podría ver las cosas de otra manera, señor Carver. Porque para usted no hay otra manera. El odio engendra odio y todos ustedes tienen razones para sentirlo. Les sienta bien el odio.

—¿Cree que soy un monstruo? ¡Bienvenido al club!

—Yo no le llamaría monstruo, señor Carver. Usted sólo es un hombre. La mayor parte de los hombres son buenos, algunos son malos y unos pocos son realmente malvados —repuso Max sin alzar la voz, pero claramente, con los ojos relampagueantes.

Carver suspiró, se tragó el whisky y arrojó el cigarrillo en el vaso.

—Para usted la palabra de un traficante de drogas, no, de un señor de la droga, como le llama, vale más que la mía. Usted es policía, señor Mingus, un policía fracasado y sumido en la deshonra, pero se es policía toda la vida. Usted sabe cuánto daño le hace el veneno de ese hombre a sus compatriotas, a sus niños. Usted lo ha visto. Sus amigos y sus colegas lo han visto. Las drogas son la mayor amenaza para la sociedad occidental. Y aun así se pone alegremente del lado de uno de sus mayores proveedores.

—Estoy al tanto de lo que hace Vincent Paul. Y desde hace unas horas sé lo que hace usted.

—No le entiendo.

—En este mismo momento, su finca de *La Go-Nav* tiene nuevos dueños. Han cerrado el negocio que tenía usted allí.

Las palabras golpearon a Carver tan súbitamente que no pudo disimular su aturdimiento. Durante una fracción de segundo, Max vio que el anciano se sintió vulnerable y pareció experimentar todo el miedo que no había sufrido en su vida.

Carver alargó la mano hacia la cigarrera. Por precaución, Max quitó el seguro de la pistola, sin sacarla de la funda, aunque dudaba que el anciano estuviera armado.

La criada surgió silenciosamente de las sombras, reemplazó el vaso de whisky y el cenicero por otros limpios y salió a toda prisa, con la cabeza inclinada.

Max no iba a arrancarle ninguna confesión al anciano, porque no creía que tuviera que hacerlo. Carver hablaría cuando quisiera.

El anciano se sirvió más whisky, esta vez casi hasta el borde del vaso. Luego encendió otro cigarro y se arrellanó en el sillón.

—Supongo que ya sabe qué encontrarán los hombres de Paul en La Gonâve, ¿no? —preguntó un poco cansinamente.

—¿Niños?

—Unos veinte —confirmó Carver, tan tranquila y abiertamente que desconcertó a Max.

—También allí tienen registros, ¿no? Detalles de todas y cada una de las ventas.

—Sí, y también pruebas fílmicas y fotográficas. Pero ésas no son las joyas de la corona. Al entrar en esa casa, del modo en que ustedes lo han hecho... ¿tiene la menor idea de lo que están destapando?

—Dígamelo.

—Esto va a hacer que la caja de Pandora parezca un botecito de chucherías.

—Sé que tiene usted tiene importantes contactos, señor Carver —dijo Max con gesto inexpresivo.

—¡Importantes contactos! —El anciano rio—. ¿Importantes contactos? ¡Estoy enchufado directamente a la jodida fábrica de electricidad, Mingus! ¿Sabe que con una llamada puedo hacerle matar y con dos hacerle desaparecer sin dejar huella y conseguir que oficialmente usted no haya existido nunca? ¿Sabe eso? Tal es la clase de poder que ejerzo, así de importantes son mis contactos.

—No lo pongo en duda. Pero hoy esos números de teléfono que maneja no le van a ser de ayuda.

—¿Ah, no? ¿Y por qué no?

—Han cortado las líneas. Inténtelo. —Max señaló un teléfono que había visto en el otro extremo de la habitación.

Cuando subía por la carretera de la montaña, vio a gente trabajando en los postes telefónicos.

Carver resopló con desprecio y dio una profunda calada a su cigarro.

—¿Qué quiere de mí, Mingus? ¿Dinero?

—No. Tengo preguntas para las que necesito respuestas.

—Déjeme adivinar: ¿por qué he hecho esto?

—Es un buen punto de partida.

—¿Sabe que en la época de los griegos y los romanos era normal que los adultos mantuvieran relaciones sexuales con niños? Estaba aceptado. Hoy día, fuera de Occidente, a las niñas las casan con hombres mayores a veces a la edad de doce años. ¡Y en su país, los embarazos de adolescentes son incontables! El sexo con menores de edad, señor Mingus, existe en todas partes. Siempre ha sido así, y siempre lo será.

—Éstos no eran adolescentes.

—¡Ah, me cago en usted y en su estúpida moralidad, Mingus! —farfulló Carver, a la vez que aplastaba el cigarro y se metía un buen trago de whisky entre pecho y espalda—. La gente como usted, con sus códigos de conducta farisaicos, con sus nociones seculares de lo correcto y lo incorrecto, siempre termina trabajando para gente como yo, que no lleva el lastre de los sentimientos, la consideración y demás zarandajas que impiden avanzar. ¿Usted cree que es un tipo duro, Mingus? No puede hacer nada contra mí.

—Algunos de esos niños parecían no tener más de seis años —dijo Max.

—¿Ah, sí? ¿Sabe una cosa? Una vez hice raptar a un bebé recién nacido ante las narices de su madre, porque eso era lo que uno de mis clientes quería. Le costó dos millones de dólares y me permitió comprar influencias de por vida. Valió la pena.

Carver rugía entre los vapores del whisky, pero la suya no era la jactancia del borracho a quien todo le importa un carajo. Habría dicho las mismas cosas y habría tenido la misma actitud en estado sobrio. Era consciente de cada palabra que pronunciaba.

La criada reapareció, reemplazó el vaso de whisky y el cenicero y rápidamente se marchó con los que estaban sucios.

—¿Qué pasa, Mingus? Parece enfermo. ¿Esto es demasiado para su sensibilidad? —espetó con sorna, dando una palmada sobre el brazo del sillón—. ¿Qué se esperaba, un mea culpa? ¿De mí? ¡Y una mierda!

Max dudó que el hombre entendiera realmente que estaba en apuros. Décadas haciendo lo que se le antojaba le habían cegado, no podía ver lo evidente. Nunca había estado frente a alguien a quien no pudiera sobornar, corromper o destruir. Nada se había interpuesto en su camino sin que él no lo arrollara o lo comprara. Ahora mismo seguramente pensaba que sus clientes pedófilos acudirían en su auxilio, que la caballería de pervertidos estaría galopando sobre la colina, presta a rescatarle. Tal vez pensaba sobornar a Max, o engañarle. O quizá guardaba un as bajo la manga. Tal vez hubiera alguna trampa bajo sus pies, que se abriría de repente y le llevaría a la libertad.

Max oyó un breve grito y ruido de cristales rotos, procedentes de otra parte de la casa. Miró hacia la puerta y no vio nada.

—Pero usted mismo es padre.

—¡Eso nunca ha detenido a nadie y usted lo sabe! —cortó bruscamente Carver—. ¿Por quién me toma? Soy un profesional, mantengo mis emociones a distancia. Eso me permite llevar a cabo tareas desagradables con eficacia máxima.

—Por tanto admite que lo que ha estado haciendo es...

—¿Desagradable? ¡Por supuesto que lo es! Odio a la gente con la que trato. Los desprecio.

—Pero ha estado haciendo negocios con ellos durante...

—Casi cuarenta años, sí. ¿Sabe por qué? Porque no tengo conciencia. La erradiqué de mi modo de pensar hace muchísimo tiempo. Tener conciencia es un pasatiempo sobrevalorado. —Carver se acercó a Max—. Los odio, pero comprendo a los pedófilos. No lo que hacen; eso no es para mí. Pero sí quiénes son, de dónde vienen. Todos son iguales. Nunca cambian. Sienten vergüenza de lo que hacen, de lo que les gusta, de lo que son. Y la mayor parte de ellos tienen terror a ser descubiertos.

—¿Y usted explotaba eso?

—¡Naturalmente! —exclamó Carver, dando una palmada con sus enormes manos—. Soy un hombre de negocios, Mingus, un empresario. Vi un mercado con una potencial base de clientes fieles y un montón de transacciones garantizadas.

—Y también vio a personas a las que podía chantajear.

—Yo nunca he chantajeado a nadie, como usted dice. Nunca he tenido que amenazar ni a uno solo de mis clientes para que me abriera las puertas.

—¿Porque ya conocían la partitura?

—Exactamente. Son personas que se mueven en los círculos más elevados. Para ellos, su reputación lo es todo. Nunca he abusado de nuestro vínculo, nunca he pedido más que uno o dos favores a cada persona en todo el tiempo transcurrido desde que nos conocimos.

—Y esos favores, ¿en qué consistían? ¿Monopolios comerciales? ¿Acceso a expedientes confidenciales de Estados Unidos?

Carver sacudió la cabeza con una sonrisita de complicidad.

—Contactos.

—¿Más pedófilos? ¿Otros de niveles aún más altos?

—¡Claro!

—¿Todos ellos se conocen entre sí?

—Hasta cierto punto. Yo no trato con cualquiera.

—¿Sólo con aquellos de los que puede obtener algo?

—Soy un hombre de negocios, no un empleado de beneficencia. Tiene que haber algo de lo que yo saque tajada. Riesgo contra recompensa. —Carver extendió la mano para coger otro cigarro—. ¿Cómo cree que llegamos hasta usted en la cárcel? Todas esas llamadas. ¿Alguna vez ha pensado en eso?

—Supongo que usted sabría a quién sobornar.

—¡Sobornar! —Carver imitó el acento de Max y estalló en carcajadas—. ¿Sobornar lo llama? ¡Ja, ja! ¡Ustedes, condenados yanquis, y su argot! ¡Claro que tenía a quién corromper, Mingus! ¡Tenía toneladas de estúpidos panes, de cruasanes y de panecillos y de condenada mantequilla! ¿Qué le parece un prominente senador, que es muy buen amigo de alguien de la jodida junta directiva de Rikers? ¿Qué tal material es para sobornarlo?

Carver encendió el enésimo tabaco.

—¿Por qué yo? —preguntó Max.

—Usted era, cuando estaba en la flor de la vida, uno de los mejores detectives privados del país, si no el mejor, al menos si se tiene en cuenta su porcentaje de casos resueltos. Algunos de mis amigos cantaban sus alabanzas hasta ponerse morados. Incluso alguna vez estuvo condenadamente cerca de ponernos al descubierto, en una o dos ocasiones al principio de su carrera. Muy cerca. ¿Sabe? Yo me quedé verdaderamente impresionado.

—¿Cuándo?

—Eso me toca saberlo a mí y averiguarlo a usted. —Carver sonrió mientras exhalaba nubes de humo por la nariz—. ¿Cómo pudo averiguar todo esto sobre mí? ¿Quién me ha traicionado? —Max no respondió—. ¡Oh, venga, Mingus! ¡Cuente! ¿Qué carajo importa?

Max sacudió la cabeza.

El rostro de Carver se contrajo en una mueca de ira, localizada en algún punto más allá de la nariz. Sus ojos se entornaron y dejaron escapar una mirada inquietante entre la estrechez de los párpados.

—Le ordeno que me diga el nombre del traidor —chilló agarrando el bastón, que estaba sobre el sofá, y poniéndose de pie con su ayuda.

—¡Siéntese, Carver! —bramó Max desde su sillón. Le arrebató el bastón y le empujó con rudeza otra vez sobre el sofá. Carver le miró, sorprendido y asustado. Luego dirigió su mirada al cigarrillo que estaba encendido en el cenicero y lo aplastó.

—Aquí está en desventaja numérica. —Sonrió a Max con malignidad—. Puede golpearme con eso hasta matarme —movió la cabeza en dirección al bastón—, pero no saldría vivo de aquí.

—No he venido a matarle —dijo Max, mirando por encima de su hombro, por si acudía algún empleado a defender al amo. No vio a nadie.

Dejó caer el bastón sobre el sofá y se sentó.

En ese momento se oyó en la habitación ruido de pesados pasos que entraban. Max se dio la vuelta y vio a dos de los hombres de

Paul, de pie cerca de la entrada. Alzó la mano para indicarles que se quedaran allí.

Carver los vio y resopló con desprecio.

—Parece que se ha dado la vuelta a la tortilla —dijo Max.

—No tanto —afirmó Carver.

—¿Sus sirvientes? Los trajo de El Arca de Noé, ¿no es así?

—Por supuesto.

—¿No eran lo suficientemente buenos para sus clientes?

—No lo eran.

—Fueron afortunados.

—¿Usted cree? ¿Considera afortunados sus destinos?

—Sí. No se pasaron la niñez siendo violados.

Carver le miró; su escrutinio se convirtió gradualmente en diversión.

—¿Cuánto tiempo lleva aquí, Mingus, en este país? ¿Tres, cuatro semanas? ¿Sabe por qué la gente tiene niños aquí? ¿Los pobres, las masas? No es por las mismas razones cursis por las que los tienen ustedes, allá en Estados Unidos. Ya sabe, allí en casi todos los casos... ustedes quieren tenerlos. Aquí los pobres no planean formar una familia. Eso simplemente sucede. Tienen crías. No es más que eso. Follan, se multiplican. Son amebas humanas. Y cuando los bebés han crecido lo suficiente como para andar, los padres los ponen a trabajar, a hacer lo mismo que ellos. La mayor parte de la gente de este país nace de rodillas. Nacen esclavos, nacen para servir, tan miserables como sus patéticos antepasados. —Carver hizo una pausa para tomar aire y procurarse otro cigarro—. Ya ve usted lo que he hecho, lo que hago: les he dado a esos niños una vida a la que no tenían la menor esperanza de aspirar, una vida con la que sus padres, lelos, analfabetos, sin esperanzas, ni siquiera habrían podido soñar, porque no nacieron con el cerebro lo suficientemente grande. No todos ellos sufren. He dado educación a casi todos los que no he podido vender, y a los que lo hicieron bien les di trabajo. Muchos han seguido su propia senda y les ha ido muy bien. ¿Sabe cuál ha sido mi contribución aquí? He ayudado a crear algo que no teníamos antes, una clase media. Ni ricos, ni pobres, con aspiraciones de progresar. He ayudado a este país a tener ese poquito de normalidad, a disponer de esa pequeña ventaja occidental. Y en cuanto a los que he vendido, bueno, ¿sabe cómo terminan algunos, Mingus?

¿Los que son inteligentes, los fuertes, los supervivientes? Cuando tienen la edad suficiente, espabilan y manejan a los papaítos a su antojo. Terminan siendo ricos, con todas las posibilidades de establecerse y prosperar. La mayoría continúa llevando una vida perfectamente normal en países civilizados, con nuevos nombres, nuevas identidades, y de su pasado sólo les queda un borroso mal recuerdo, como mucho. Usted cree que yo soy malvado, lo sé, pero he dado honor, dignidad, dinero y un hogar a miles de personas. Gracias a mí se respetan al mirarse en el espejo. Demonios, les he dado hasta el condenado espejo. En pocas palabras, Mingus, les he dado la vida.

—Usted no es Dios, Carver.

—¿Ah, no? Bueno, entonces soy el segundo después de él en un lugar como éste. ¡Un hombre blanco con dinero! —tronó—. La servidumbre y la pleitesía hacia el hombre blanco están en el ADN de este país.

—Me temo que disiento —dijo Max—. No sé demasiadas cosas sobre Haití, eso es cierto. Pero a juzgar por lo que veo, ha sido olímpicamente jodido por personas como usted, gente rica, con sus grandes casas y sus sirvientes que les limpian el culo. Recibir, recibir, recibir; nunca dar ni una condenada cosa. Usted no ayuda a nadie más que a sí mismo, señor Carver. Su caridad es sólo una mentira que cuenta a gente como yo para que hagamos la vista gorda.

—Habla como Vincent Paul. ¿Cuánto le paga?

—No me está pagando nada, señor Carver. Y usted, al final, no me ha dicho por qué insistió en traerme a mí para buscar a Charlie, sabiendo que yo casi le descubrí una vez.

—La palabra clave es «casi». —Carver logró esbozar una sonrisa, pese a que su voz era tétrica—. Usted sólo se fijó en lo que podía demostrar, lo que podía creer. Usted sólo estaba interesado en los detalles, no en el cuadro completo.

—¿Creyó que me limitaría a buscar a Charlie, ignorando el resto?

—En términos generales, sí.

—Se ha equivocado conmigo, en términos generales, ¿no? —Carver le fulminó con la mirada—. Tengo una pregunta que hacerle —dijo Max.

—Pregunte.

—¿Quién cree que tiene a Charlie?

—Ése todavía es su trabajo —murmuró Carver, y apartó la mirada.

Max vio cómo lloraba muy silenciosa y suavemente, con pequeños espasmos y aspirando aún más pequeñas bocanadas de aire. El detective miró la cigarrera abierta y un ansia desesperada saltó desde la nada y se apoderó de él. De pronto quería un tabaco, algo que hacer con las manos, algo que le ayudara a calmarse y soportar aquella interminable situación. Entonces sus ojos se toparon con el vaso de whisky rebajado, y durante un momento contempló la posibilidad de bebérselo de un trago, pero logró deshacerse de la tentación.

—Yo estaba al tanto de lo del pequeño Charlie, ¿sabe? —dijo Carver, sin darse la vuelta hacia Max, con la vista puesta en la librería—. Lo supe la primera vez que le vi. Sabía que no era mío. Ella trató de ocultármelo. Pero yo lo sabía.

—¿Cómo lo supo? —Max no se esperaba aquella confesión.

—No era del todo mío, estaba ido, era ajeno a todo, también a mí —prosiguió Carver en el mismo tono de voz, como si no hubiera oído la pregunta de Max—. Autismo. Es una enfermedad posesiva. Se queda con un poco de la persona y nunca suelta lo que ha logrado atrapar.

—¿Cómo se dio cuenta?

—Oh, por muchas cosas —dijo Carver—. Pautas de conducta no del todo correctas. Sé mucho sobre niños, ¿recuerda?

Max deslizó la mano en el bolsillo y extrajo el sobre que le habían dado los hombres de Paul. Sacó las dos fotocopias que había en su interior y se las tendió al anciano.

Luego se puso de pie y se alejó unos pasos.

Gustav Carver se sorbió la nariz y se enjugó las lágrimas de los ojos. Desplegó las fotocopias y miró la primera. Parpadeó y dio un resoplido. La miró un poco más de cerca, con la boca entreabierta en una sonrisa nerviosa, lleno de desconcierto, pero todavía embargado por la tristeza. Barajó las hojas, la primera, la segunda, otra vez la primera, escrutando una y otra. Luego sostuvo una en cada mano y las miró alternativamente, una y otra vez, con los ojos cada vez más empequeñecidos. Los pliegues de la fláccida carne de su piel empezaron a temblar, se pusieron rojos, primero alrededor de la mandíbula, luego debajo de los ojos. Muy rígido, respiró hondo y miró directamente a Max. Estrujó los papeles que tenía en las manos y los dejó caer al suelo.

Al abrir el sobre, Max había encontrado copias de los resultados del test de paternidad que probaban que Vincent Paul era el padre de Charlie Carver. Paul había adjuntado al sobre una nota escrita en una tarjeta:

«Max: entrégale esto a Gustav Carver en el momento oportuno».

El viejo volvió a desplomarse en el sillón, la tez cenicienta, ya sin ganas de pelear. Si no hubiera oído lo que había oído de labios del anciano, Max habría sentido lástima por él.

Permanecieron en silencio, uno frente al otro, un rato muy largo, durante el que apenas se movieron. Los ojos de Gustav Carver apuntaban directamente hacia Max, pero su mirada era ingrávida y vacía, como la de un muerto.

—¿Qué pretende hacer conmigo, Mingus? —preguntó al fin Carver, con la voz ya totalmente despojada de su autoridad y su tono atronador. Apenas era algo más que un estertor en la garganta.

—Encerrarle.

—¿Encerrarme? —Carver frunció el ceño—. ¿Encerrarme dónde? No hay cárceles aquí.

—Vincent Paul quiere hablar con usted.

—¡Hablar conmigo! —Carver rio—. ¡Quiere matarme, Mingus! ¡Además, no le diré una palabra a ese... a ese imbécil!

—Haga lo que le dé la gana. —Max agarró las esposas que llevaba en el cinturón.

—Espere un momento. —Carver alzó la mano—. ¿Puedo tomar una última copa y fumarme un último cigarrillo antes de que haga eso?

—Adelante —dijo Max.

El terrible anciano se sirvió otro gran vaso de whisky y encendió uno de sus cigarrillos sin filtro.

Max se reclinó en su asiento.

—Señor Carver, hay una cosa que no comprendo. Con todos sus contactos, ¿cómo es que nunca le dio por eliminar a Vincent Paul?

—Porque soy la única persona que podía hacerlo. Todo el mundo habría sabido que fui yo. Habría provocado una guerra civil. —Siguió chupando el cigarro y sorbiendo la copa—. Nunca me han gustado los filtros. Matan el sabor —exhaló el humo anaranjado y rio—. ¿Cree que tendrán cigarrillos en el infierno, Mingus?

—No sabría decirle, señor Carver. No fumo.

—¿Podría hacer una cosa por mí? —preguntó Carver.

—¿Qué?

—Permitirme salir de la casa andando por mis propios medios. No entre esos... matones —señaló con los ojos a los hombres que estaban de pie en la entrada.

—Sí, pero tendré que ponerle las esposas. Por precaución.

Acabó de fumar y de beber y le ofreció a Max las muñecas para que le esposara. Max le hizo ponerse en pie, darse la vuelta y colocar las manos en la espalda. Carver gimió cuando las esposas se cerraron y le apretaron las muñecas.

—Vámonos. —Max empezó a conducirle hacia la puerta de salida, sosteniéndole con fuerza, porque Carver se tambaleaba y avanzaba pesadamente, con dificultad.

No habían dado cinco pasos cuando el viejo se detuvo.

—Max, por favor, así no —dijo arrastrando las palabras, arrojándole en la cara el aliento cargado de bebida y tabaco—. Tengo un arma en mi oficina. Un revólver. Permítame terminar con esto por mí mismo. Usted puede vaciar la recámara, dejarme una sola bala. Soy un anciano. No me queda mucho tiempo.

—Señor Carver, usted ha robado cientos de niños y ha arruinado no sólo sus vidas, sino también la vida de sus familias. Más que nada, robó sus almas. Los destruyó. Se llevó su futuro. No existe castigo suficiente para ello.

—Usted, estúpido insignificante con pretensiones de superioridad moral, es un asesino a sangre fría que me da lecciones de moralidad, maldito...

—¿Ha terminado? —le interrumpió Max.

Carver bajó la mirada. Max le llevó a rastras hacia la puerta. Se acercaron los hombres de Paul. Carver dio unos pocos pasos y luego volvió a detenerse.

—Quiero decirle adiós a Judith.

—¿A quién?

—A Judith, mi esposa. Déjeme mirar su retrato sólo una vez más. Es tan bueno, tan real, tan parecido a ella —dijo Carver con la voz quebrada.

—No es ella. Ella está muerta. Y usted puede estar seguro de que volverá a verla pronto.

—¿Y si no la veo? ¿Y si no hay nada? Sólo una última mirada, por favor, Mingus.

Max pensó en Sandra y se ablandó. Hizo una seña con la mano a los hombres y llevó a Carver hacia el retrato.

Sostuvo al anciano mientras éste contemplaba la imagen de su esposa y mascullaba palabras en una mezcla de francés e inglés.

Max miró el «salón de la fama», la repisa y todas las fotografías enmarcadas de los Carver estrechando las manos de peces gordos. Se preguntó si se encontraría con alguno de esos nombres famosos en los registros.

Carver terminó su balbuceo y miró cínicamente a Max.

—Ninguno de ellos es cliente, no se preocupe —dijo dificultosamente—. Pero no están a más de dos personas de distancia. Recuérdelo. Dos personas.

—Vámonos. —Max agarró a Gustav por el brazo.

—¡Quíteme las manos de encima! —gritó Carver soltándose con violencia de los dedos de Max. Intentó dar unos pasos hacia atrás, pero perdió su ya precario equilibrio y cayó pesadamente al suelo, aterrizando sobre la espalda; el peso de su cuerpo le hizo daño al aplastar sus muñecas esposadas.

Max no se movió para ayudarle.

—Levántese.

El anciano rodó sobre su costado, dolorosamente, jadeando y gimiendo. Quedó boca abajo. Se inclinó hacia el lado derecho, levantó su pierna izquierda, pero era su lado malo y para sostenerlo necesitaba el bastón. La pierna se movió un poco y quedó paralizada. Volvió a rodar sobre su pecho. Se quedó sin aliento y parpadeó. Luego forcejeó y se retorció, arrastrándose por el suelo hacia Max, con una mueca de dolor en la cara y resoplando agónicamente.

Cuando su cara estuvo junto a los pies del detective, el anciano miró hacia arriba.

—Dispáreme —suplicó—. No me importa morir. Dispáreme aquí, frente a mi Judith. ¡Por favor!

—Usted se va a levantar —dijo Max sin inmutarse, poniéndose detrás del anciano y levantándolo al tirar violentamente de la cadena de las esposas.

—No me entregue a Vincent Paul, por favor, Max, por favor. Me hará cosas de una crueldad inimaginable. Por favor, dispáreme.

—Como mendigo, es usted asqueroso, Carver —le susurró Max al oído.

—Dispáreme, Max.

—Intente guardar al menos un poco de dignidad. ¿Ve lo que llevo? —Se desabrochó la camisa y mostró al viejo el micrófono adherido a su pecho—. No querrá que la gente de Vincent Paul venga y se lo lleve de aquí, ¿no?

—¿Eso que ha hecho con el micrófono no se llama incitación al delito?

—Aquí, no.

Con expresión de derrota e indignación a partes iguales, Carver sacudió la cabeza solemnemente, señalando la puerta.

—Vámonos.

Max le sacó de la casa.

En el exterior había tres grupos de hombres de Paul, que habían llegado en otros tantos todoterrenos.

Todos los sirvientes y guardias de seguridad habían sido rodeados y estaban de pie en medio de la hierba, vigilados por cuatro personas con fusiles.

—En Estados Unidos habría tenido un juicio justo —dijo Carver al ver la escena.

—En Estados Unidos usted habría conseguido el mejor abogado defensor que su dinero hubiera podido comprar. Puede que la justicia sea ciega, pero no es sorda, y usted lo sabe tan bien como yo: no hay nada que hable más alto que el frío y duro dinero.

Algunos de los sirvientes llamaban a Carver en voz alta, con voces quejumbrosas y confundidas, cuyo tono parecía preguntar qué era lo que iba mal, qué estaba pasando.

—¿Sabe lo que va a hacerme Paul? Ese animal me va a despedazar y me va a arrojar a los salvajes. ¿Quiere cargar eso en su conciencia? ¿Lo quiere?

Max le dio la llave de las esposas a uno de los hombres de Paul, mientras otro sujetaba a Carver.

—Puede que yo haga lo mismo que usted —espetó Max.

—¿Lo mismo que yo?

—Hacer caso omiso de mi conciencia.

—¡Bastardo! —escupió Carver.

—¿Yo? —Max casi se rio—. Si yo soy un malnacido, ¿qué es usted?

—Un hombre que está en paz consigo mismo —dijo el anciano con desprecio.

Max indicó a los hombres que se lo llevaran.

Fue entonces cuando el anciano estalló.

—¡Maldito sea usted, Max Mingus! ¡Maldito sea! ¡Y maldito sea Vincent Paul! ¡Y malditos todos y cada uno de ustedes, monos con escopeta! ¡Malditos sean! Y... ¡y maldito ese canalla bastardo y la puta traicionera que le parió! ¡Espero que no le encuentren nunca! ¡Espero que esté muerto!

Lanzó una mirada rabiosa a Max, llena de un odio intenso, los ojos brillantes clavados en él, la respiración pesada y exhausta, como un toro herido de muerte que planea lanzar con furia la última embestida.

Un silencio absoluto se apoderó del lugar, como si el rugido de Carver hubiera anulado a su paso todos los sonidos cercanos.

Todos los ojos estaban puestos en Max, a la espera de su estocada final.

Ésta llegó pocos segundos después.

—*Bye, bye,* hijo de la gran puta. —Luego, mirando a los hombres cuyas manos sujetaban como tenazas los brazos y los hombros de Carver, añadió—: Llévense de aquí a este saco de mierda y entiérrenlo bien hondo.

CAPÍTULO

56

En el camino de vuelta, Max se detuvo en La Coupole, donde una fiesta estaba en su momento de mayor bullicio. Había adornos navideños, brillantes guirnaldas y banderines, y las luces multicolores proyectaban extrañas formas de pinos sobre las paredes.

La música era espantosa. Sonaba un popurrí de villancicos navideños, sobre una base de ritmo tecno constante e invariable, cantado en inglés por una vocalista de acento germánico que apenas conocía el idioma, lo que hacía que su pronunciación fuera grotesca. De todos modos, el clima era festivo y amistoso; la gente se lo estaba pasando bien. Todos sonreían y bailaban, dentro, fuera, detrás de la barra, probablemente también en el servicio. El sonido de la música estaba salpicado de bromas y risas. Los soldados americanos se mezclaban con los de las tropas de paz de la ONU, y unos y otros, a su vez, alternaban con la gente del lugar. Max notó que había muchos más haitianos, hombres y mujeres. Para su consternación, cuando miró un poco más de cerca vio que las mujeres eran todas prostitutas. Lo dejaban claro sus vestidos demasiado ceñidos, los maquillajes recargados, las pelucas. Trataban de atraer a los soldados con sus miradas de escaparate. Tampoco se le escapó que los hombres haitianos eran sus padrotes; se mantenían a distancia, pero llevaban la cuenta de cada hombre que se ponía a tiro de su cajero automático ambulante.

Pidió un ron doble y se alejó de la barra para mirar a los que bailaban en el patio. Un marine borracho le preguntó si era de la policía militar, y otro si era de la CIA. Una chica de rostro colorado, con pendientes de oro, le colocó una corona de muérdago, de plástico, en la cabeza y le besó con los labios húmedos de ron. Le preguntó si quería bailar, y él dijo que no, que gracias, que tal vez más tarde. El acento de la chica era de Oklahoma. La miró cuando se marchaba para hacer lo mismo con un haitiano que estaba de pie al lado de la cabina del pinchadiscos. Unos segundos más tarde, bailaban muy arrimados.

No podía evitarlo. Sintió amargura por lo que había pasado, por Carver, por haber trabajado para él. Le daba igual que al final ayudara a derribar al viejo, le daba igual que ahora el anciano estuviera sentado en algún lugar esperando a que Vincent Paul llegara y dictara sentencia. No era para eso para lo que había ido allí.

El horror de lo que había visto en las cintas de vídeo volvía obsesivamente, una y otra vez, a ocupar sus pensamientos.

Instantes antes de matar a los tres chicos que torturaron a Manuela había sentido un interminable vacío en el estómago, una sensación de completa futilidad mezclada con una aguda desesperación; un sentimiento de que todo daba igual y que así sería siempre, de que todo se limitaría a empeorar y empeorar hasta que el crimen más perverso de hoy se convirtiera mañana en un pecadillo sin importancia. Luego recordó lo que estaba haciendo allí, por qué había aceptado el caso, por qué llevaba casi dos años de su vida empeñado en resolverlo. Manuela le había sonreído. Sólo una vez, cuando fueron a la playa Sandra, Manuela y él. Ocurrió mientras abría la sombrilla y las tumbonas. Una pareja paseaba de la mano y al pasar junto a ellos, la mujer les dijo que su hijita era muy mona. Estaba embarazada. Max miró a Sandra y a Manuela, sentadas juntas, y en ese momento, por primera vez, quiso tener una familia. Manuela debió de leerle la mente, porque su mirada se cruzó con la de él y le sonrió.

Max pensó en la niña en el momento de disparar a sus asesinos. El último de ellos, Cyrus Newbury, no había muerto en paz. Gritó y aulló, suplicó por su vida, recitó oraciones y gritó, más que cantó, himnos que recordaba a medias. Max le dejó que rogara hasta agotar sus fuerzas, hasta perder la voz. Luego le voló la tapa de los sesos.

El ron le producía un efecto calmante. Suavizaba sus problemas, hacía que se alejaran flotando hacia algún lugar donde por un momento nada tenía importancia. Era una buena medicina, un dulce analgésico.

Dos putas con pelucas negras se le acercaron silenciosamente y se pusieron una a cada lado, sonriéndole. Eran mellizas, casi idénticas. Max sacudió la cabeza y apartó la mirada. Una de las chicas le susurró algo al oído. Él no entendió lo que decía; la música tapó completamente las palabras, excepto los sonidos más fuertes. Cuando se encogió de hombros y puso cara de no entender, la mujer rio y señaló hacia un punto en medio de la multitud. Max echó una ojeada al grupo de cuerpos en movimiento. Vio pantalones vaqueros, tenis, camisetas, playeras, chalecos, pero no lo que se suponía que debía ver. Entonces le sorprendió el destello del flash de una cámara fotográfica. Algunos de los que bailaban se dieron la vuelta para mirar de dónde venía el fogonazo, y luego siguieron con sus movimientos.

Max trató de localizar al fotógrafo, pero no vio a nadie. Las chicas se alejaron. Dio unos pasos sobre la pista, caminando cuidadosamente hacia el lugar desde el que se había sacado la foto. Preguntó a los que estaban bailando más cerca si habían visto al fotógrafo. Dijeron que no, que al igual que él, sólo habían visto la luz.

Max regresó a la barra para buscar a las chicas. Estaban hablando con dos marines. Se acercó a ellas y estuvo a punto de preguntarles por el flash, pero cuando las miró se dio cuenta de que no eran las que le habían abordado. Murmuró una disculpa y siguió buscando por todo el bar, pero no pudo encontrarlas. Le preguntó al camarero, pero éste se limitó a encogerse de hombros. Inspeccionó la zona de los servicios; nadie. Salió del bar y miró arriba y abajo; las calles estaban desiertas.

Tomó unas copas más en el interior del bar. Se puso a charlar con un tal sargento Alejandro Díaz, residente en Miami, que estaba seguro de que Max era de la CIA. El detective le siguió la corriente con risas tranquilas, ni confirmando ni disipando las sospechas del suboficial. Hablaron de Miami y de cómo ambos añoraban su ciudad. Díaz le contó que muchos de los sitios que mencionaba Max, clubes, restaurantes, tiendas de discos, discotecas, habían cerrado hacía mucho tiempo. Le recomendó un local exclusivo para socios, llamado TEPD, Tres Escritores que Pierden Dinero, cuyas bailarinas tenían todas, sin duda, un máster. Le dio al detective una tarjeta con el nombre del club y su logotipo, la caricatura de un lagarto, todo sonrisas, con gafas de sol y bombín, una pluma en una pata y una botella de champán en la otra, y el número de teléfono en la parte inferior. Le dijo que le pedirían una contraseña cuando llamara. Cuando le preguntó cuál era la contraseña, Díaz no pudo recordarla.

Max se fue a casa a eso de las tres de la mañana y llegó a la puerta unos veinte minutos después.

Se dirigió al salón, se quitó la pistolera y se desplomó en el sillón. Vio que el cierre de la funda estaba suelto. No lo dejaba abierto desde la época en que era un novato y algún chico le había arrebatado el arma.

Sacó la Beretta y la revisó. Tenía todas las balas. No había sido disparada.

Tal vez se había distraído. Había tenido un día demasiado largo, inolvidable.

Contempló la posibilidad de levantarse y terminar su viaje hasta la cama, pero pasó de ello. Estaba demasiado lejos.

Cerró los ojos y se durmió.

CAPÍTULO

57

 l día siguiente recibió una llamada de Allain. Quería verle esa misma tarde.

Allain estaba pálido, con el color de la cera y un ligero matiz azulado en la piel fantasmal. Una barba de tres días sombreaba la mitad inferior del rostro y tenía profundas ojeras, que se extendían hasta el comienzo de las mejillas. Max se dio cuenta de que había dormido vestido. Llevaba una chamarra para ocultar la camisa grotescamente arrugada; el cuello estaba aplastado y no se había molestado en bajarse las mangas. Tenía la corbata torcida y el botón superior desabrochado. Se había peinado hacia atrás, como siempre, pero con poca gomina; varios mechones le caían hacia los lados, apuntando a distintas direcciones. Era como si alguien hubiera agarrado al antiguo Allain, el primero que había conocido Max, y le hubiera pasado un estropajo; todavía era completamente reconocible, pero buena parte de su lustre había desaparecido, las líneas del rostro estaban aplanadas y todas las aristas de su cara angulosa se habían limado.

Se encontraban en una sala de reuniones, en la planta alta, sentados ante una mesa redonda, uno frente al otro. A través de los ventanales ahumados se adivinaba una espléndida vista del mar. Max pensó que el botellón que había sobre la mesa contenía agua, pero cuando se sirvió un vaso, el aire se cargó de vapores de alcohol. El detective lo probó. Vodka puro. Allain casi se había acabado el vaso que se había servido. Eran las tres de la tarde.

—Lo siento —dijo Allain tímidamente—. Olvidé retirarla.

No estaba borracho.

Max quería saber hasta qué punto había estado al tanto de las actividades de su padre. Al hablar con él, usó la táctica del abordaje suave, cordial, propia de los policías que tratan de sonsacar a ciertos sospechosos. Consistía en hacer las mismas preguntas de diferentes maneras a lo largo de una prolongada conversación.

Allain tenía el billete de avión de Max sobre la mesa. Regresaría a Miami en el vuelo de las once y media del día siguiente.

—Chantale le llevará —dijo Allain.

—¿Dónde está?

—Su madre murió el martes. Ha llevado las cenizas a su pueblo natal.

—Lamento escuchar eso. ¿Sabe ella lo que ha sucedido aquí?

—Sí. Algo. No le he contado todos los detalles. Le agradecería que fuera reservado al respecto.

—Por supuesto.

Max pasó al tema de la redada en La Gonâve. Allain le contó lo que habían hallado; parecía horrorizado mientras recitaba todos los detalles de un tirón. Al acabar, se vino abajo y se puso a llorar.

Cuando recuperó la compostura, Max prosiguió su interrogatorio. Su padre, ¿le había mencionado alguna vez *Go-Nav*? No, nunca. ¿Alguna vez había tocado el clarinete para él? No, pero él sabía que se le daba bien tal instrumento. También era un trompetista bastante habilidoso. ¿Se había preguntado alguna vez por qué su padre tenía una red tan amplia de contactos comerciales? No, ¿por qué debería haberlo sabido? Los Carver eran gente importante en Haití. Recordaba haber estado con Jimmy Carter antes de que éste se presentara como candidato a la presidencia. ¿En Haití? No, en Georgia. Su padre había cerrado un acuerdo para importar los cacahuetes de Carter tras perder la cosecha en Haití. Carter incluso acudió a visitarlos cuando estuvo en el país negociando la rendición pacífica de la junta militar. Max se desplazaba de este modo hacia delante y hacia atrás, y cuanto más preguntaba y más respuestas daba Allain, mirando a Max con ojos tristes, inyectados en sangre, con la vista empañándosele lentamente por el alcohol y la congoja, más se convencía el detective de que realmente no tenía ni la más remota idea de lo que había estado sucediendo a su alrededor.

—Él me odiaba y usted lo sabe. Me odiaba por lo que era y me odiaba por lo que no era.

Se pasó las manos por el pelo, hacia atrás, para alisárselo. No llevaba puesto el reloj. Max notó que tenía una gran marca rosada en la muñeca izquierda.

—¿Y usted, Allain? ¿Le odiaba a él?

—No —respondió bañado en lágrimas—. Le habría perdonado si me lo hubiera pedido.

—¿Incluso ahora? ¿Con todo lo que ahora sabe?

—Es mi padre —respondió Allain—. Eso no le disculpa por lo que ha hecho. Pero es mi padre de todas maneras. En realidad, en esta vida todo lo que tenemos es a nosotros mismos y nuestras familias.

—¿Alguna vez usó con usted esas técnicas psicológicas?

—¿La hipnosis? No. Quiso llamar a un psiquiatra para enderezarme, pero mi madre no se lo permitió. Ella siempre me defendió. —Allain miró su reflejo borroso en la mesa. Se terminó lo que quedaba en el vaso y se limpió la boca con el dorso de la mano. Luego, repentinamente, chasqueó los dedos y se dio una palmada en la chamarra—. Esto es para usted. —Sacó un sobre arrugado, pero bien cerrado, y se lo tendió a Max.

Lo abrió. Dentro había un resguardo de una transferencia bancaria a su cuenta de Miami.

Cinco millones de dólares.

Max se quedó estupefacto.

Una montaña de dinero servido en bandeja.

Al día siguiente regresaría a Miami. Tenía una vida que rehacer. Ese dinero en la mano sería una gran, pero que gran ayuda.

Entonces, una sombra heló su fantasía.

—Pero... —empezó a decir, levantando la vista del papel.

Se acordó de Claudette Thodore, vendida a cambio de dinero, que fue a parar al imperio de Carver, un imperio construido con carne y huesos de niños. En sus manos había un poco de ese dinero, y ese dinero era su futuro.

—¿No es suficiente? —De pronto Allain pareció asustado—. De buen grado le pagaré más. Diga la cifra.

Max sacudió la cabeza.

—Nunca he cobrado por un trabajo sin terminar —dijo finalmente—. Ni siquiera puedo decirle con certeza qué le sucedió a Charlie.

—Vincent se está ocupando del caso otra vez —repuso Allain—. Usted le caía bien a mi padre, ¿sabe? Decía que usted era un hombre honorable.

—¿Sí? Bueno, a mí él no me gusta —respondió Max—. Y no puedo aceptar este dinero.

Puso el resguardo sobre la mesa.

—Pero está ingresado en su cuenta. Es suyo. —Allain se encogió de hombros—. Al dinero le da igual su destino.

—Pero a mí me importa su origen. Y eso es un gran problema —dijo Max—. Le haré una transferencia para devolvérselo en cuanto tenga oportunidad. Hasta la vista, Allain.

Se estrecharon las manos, y luego Max salió de la sala de juntas y se encaminó hacia el ascensor.

Estacionó el coche cerca de la catedral católica y fue a dar un paseo por el centro de Puerto Príncipe.

Cerca del Mercado de Hierro se detuvo ante un edificio que pretendía ser una iglesia, pese a parecer una nave industrial.

Empujó la puerta y se introdujo en lo que era, sencillamente, la capilla más extraordinaria y hermosa que había visto jamás.

Al final del pasillo central, detrás del altar, había un mural de unos diez metros de alto que cubría la pared entera, desde el suelo hasta las tres ventanas con postigos que había bajo la bóveda. Max caminó entre los sencillos bancos y se sentó en la segunda fila. Diez o quince personas, la mayoría mujeres, estaban sentadas o arrodilladas en distintos lugares.

La Virgen María, ataviada con una túnica amarilla y una capa azul, dominaba el retablo de la Natividad. Iba hacia el espectador con las manos apretando su corazón y con dos ángeles detrás que le sostenían los bordes de la capa. Detrás de ella había una construcción abierta, con techo de paja, una especie de choza sin paredes, muy similar a las que Max recordaba haber visto desde la ventanilla del coche cuando había ido y venido de Pétionville.

Los paneles del retablo estaban rematados y unidos entre sí por ángeles que tocaban instrumentos y desplegaban guirnaldas que caían sobre las escenas que se desarrollaban debajo de ellos, dando a entender que la vida de Jesús, desde su nacimiento hasta su resurrección, era un solo acto.

A veces, Max había resuelto casos meditando en una iglesia, sentado durante largo rato, contemplando imágenes y vidrieras, respirando el aire perfumado por las velas y sintiendo el peso del silencio reverente que le rodeaba. La paz de las iglesias le aclaraba la mente y le ayudaba a encadenar sus pensamientos en una dirección firme.

¿Y ahora? ¿Qué haría con su vida? ¿Adónde iría a parar?

En su ciudad le esperaban los mismos problemas con los que se había enfrentado cara a cara antes de partir. Allí seguirían los recuerdos felices, acumulados detrás de la puerta, listos para envolverle al minuto de haber entrado, dándole una fiesta de bienvenida llena de fantasmas. Evocó a Sandra y el pesar se le fue acumulando detrás de los ojos con presión húmeda y febril.

¿Qué había sacado al final de Haití? ¿Qué iba a conseguir? Ni dinero, ni la satisfacción de un trabajo bien hecho, porque, por primera vez en su carrera, no había resuelto el caso. Se iba dejando inconcluso el asunto. El rostro del chico le perseguiría el resto de sus días. En verdad, todavía no había podido saber nada sobre lo que le había ocurrido al pequeño. Todo era especulación, conjetura, rumor. Pobre niño. Menor y autista. Dos veces inocente.

Había contribuido a desmantelar una red internacional de pedofilia, o al menos había dado el primer golpe de la demolición. Había salvado las vidas de incontables niños y ahorrado a sus padres el dolor de la muerte en vida, de tener que seguir adelante tras perder a un hijo. Pero ¿qué sería de los niños que encontrarían y pondrían en libertad? ¿Tendrían cura? ¿Podría revertirse el proceso? ¿Podrían devolverles lo que les habían quitado? Tendría que esperar y ver.

Esperar y ver; eso era lo único que le quedaba en la vida. La idea le asustaba y le deprimía.

Se fue de la iglesia una hora después; al salir paró a una mujer que entraba para preguntarle el nombre del lugar.

—La Cathédrale Sainte-Trinité —fue la respuesta.

Fuera el sol le deslumbró, y el calor y el ruido le desorientaron cuando atravesaba las calles, más y más lejos de la fresca, tranquila, silenciosa iglesia.

Volvió a orientarse y regresó andando al lugar en el que había aparcado el coche. No estaba allí. Los fragmentos de cristales rotos sobre la acera le revelaron lo que había sucedido.

No le importó. La verdad es que le daba igual.

Volvió sobre sus pasos y encontró el Mercado de Hierro. Enfrente había una larga fila de *tap-taps* aparcados que esperaban la llegada de clientes. Eran coches fúnebres de los años sesenta, cupés y sedanes, y llamaba la atención la psicodelia vudú de sus pintadas carrocerías. Le preguntó al chófer que estaba en la cabecera de la cola si iba a Pétionville. Éste asintió con la cabeza y le dijo que subiera.

Esperaron cuarenta minutos hasta que el coche se llenó de gente con cestos de verduras, arroz, pollos vivos y pescados húmedos. Max quedó encajado en un rincón, con una enorme mujer sentada sobre su regazo, casi enterrado por media docena de cuerpos embutidos en la parte trasera.

Cuando al conductor le pareció bien, arrancaron. Salió de la ciudad por los barrios pobres, en los que el único tráfico con el que tuvo que lidiar era de peatones y ganado. Dentro del vehículo la cosa estaba muy animada, todos parecían conocerse, todos charlaban con alguien. Por supuesto, a excepción de Max, que no podía entender ni una condenada palabra de lo que decían.

Hizo la maleta y cenó en un restaurante cerca de La Coupole.

Tomó arroz, pescado y plátano frito, y dejó una buena propina antes de enfilar la puerta y saludar con la mano y una sonrisa a la bonita chavala que le había atendido.

Cuando caminaba de regreso a casa miró a los niños, desaliñados, flacuchos, con vientres hinchados, mugrientos, vestidos con harapos, muchos apiñados en grupo, escarbando entre los montones de basura, algunos jugando, otros holgazaneando en la calle, unos pocos tropezando con los pies desnudos, detrás de sus padres. Se preguntó qué sufrimientos les había ahorrado.

CAPÍTULO
58

Lamento lo de tu madre, Chantale —dijo Max cuando se dirigían al aeropuerto. Estaban a mitad de camino y apenas habían abierto la boca.

—En cierto modo, yo no lo lamento —respondió la mujer—. Sus últimos días fueron realmente espantosos. Los pasó padeciendo muchísimos dolores. Nadie debería pasar por eso. Espero que haya ido a un lugar mejor. Siempre creyó que había otra vida después de ésta.

Max no tenía nada que decir sobre el asunto, nada que sonara sincero y que sirviera de consuelo. Había soportado un trance similar después de la muerte de Sandra. La sintió como algo definitivo, un súbito punto final después del cual no había nada. Y consideró su propia vida como algo completamente desprovisto de valor.

—¿Qué vas a hacer? —le preguntó.

—Ya veré. Por ahora, Allain quiere que me quede y le eche una mano. En este momento está a cargo de todo. No creo que pueda sobrellevarlo. Realmente ha sido un golpe durísimo para él.

—Sí, lo sé. Te agradezco que me hayas traído en coche. No tenías por qué hacerlo.

—No iba a dejar que te fueras sin decirte adiós.

—No tiene por qué ser un adiós. Podría ser un hasta luego o un hasta pronto. ¿Por qué no me llamas cuando regreses a Miami? —Empezó a anotar su número de teléfono, pero escribió el prefijo de la ciudad y entonces se dio cuenta de que había olvidado el resto—. Tendré que llamarte yo.

La mujer le miró a los ojos y le dejó ver hasta lo más hondo de su tristeza, un dolor tan profundo que ni ella podía percibirlo, tan intenso que estaba a punto de aplastarla. Max se sintió torpe y estúpido. Intentaba una acción equivocada, en el momento equivocado, en el lugar equivocado.

—Lo siento.

La joven sacudió la cabeza, Max no supo si para decir que le disculpaba o porque no creía que su disculpa fuera sincera.

Se detuvieron frente a la terminal del aeropuerto.

Chantale le cogió del brazo.

—Max, no me llames. No estás preparado. Ni para mí, ni para nadie —dijo, haciendo lo posible por sonreír, con los labios temblorosos—. ¿Sabes lo que tienes que hacer cuando llegues a casa? Debes enterrar a tu esposa. Llorarla, gritar, sacar todo el dolor fuera, quitar de tu corazón la sombra de su fantasma. Entonces podrás seguir adelante.

Parte

5

CAPÍTULO

59

e regreso en Miami, de vuelta al hotel Dadeland Radisson.

No le habían dado la misma habitación en la que se había alojado antes, pero bien podrían haberlo hecho, porque hasta donde podía recordar, era idéntica a aquélla: dos camas con edredones marrones y amarillos, una mesilla con la Biblia en el cajón, un escritorio con su silla bajo un espejo al que le hacía falta un buen limpiacristales, una televisión de tamaño mediano y un sillón y una silla al lado de la ventana. La vista tampoco era diferente lo más mínimo. Los luminosos de Starbucks y Barnes & Noble, una heladería, un almacén de alfombras y un restaurante chino barato; detrás, algunas de las tranquilas casas de Kendall, apartadas de la calzada, ahogadas por los árboles y los arbustos. Hacía un tiempo agradable, el cielo era de un azul profundo, el sol no era ni remotamente tan intenso como el de Haití, al que se había acostumbrado.

Al salir del aeropuerto ni siquiera se había molestado en tomar la carretera que iba a casa; simplemente le dijo al taxista que le llevara directamente allí. Tomó la decisión en el avión, justo después del despegue, cuando las ruedas se separaron de la pista y sintió un vacío en el estómago, como si se le hubiera caído. No quería pasar la Navidad ni la llegada de 1997 en su casa, el museo de su vida pasada, de su felicidad antigua. Volvería allí al día siguiente de Año Nuevo, el 2 de enero, cuando terminaba su reserva en el hotel.

El caso no había terminado. No podía quitarse de la cabeza a Charlie Carver.

¿Dónde estaba el niño?

¿Qué le había sucedido?

Nunca había dejado un caso sin resolver, y por esa razón pasaba las noches en vela. El asunto le perseguía, no le dejaba en paz.

Empezó a frecuentar Little Haiti. Las tiendas, los bares, el mercado, los clubes. Era el único blanco allí. Nadie se mostró agresivo con él, montones de personas le dirigieron la palabra. Por momentos creyó reconocer caras que había visto en Puerto Príncipe y Pétionville, pero debían de ser puras imaginaciones.

Cenaba todas las noches en un restaurante haitiano llamado Tap-Tap. La comida era estupenda, el servicio un tanto caprichoso, el ambiente cálido y bullicioso. Se sentaba siempre en la misma mesa, frente a un tablón de anuncios en medio del cual estaba clavado un cartel de Charlie en el que se le señalaba como persona desaparecida.

Rumió una vez más el caso en su mente. Lo repasó cronológicamente. Desplegó los datos. Hizo encajar las piezas. Luego trabajó sobre otros detalles: los antecedentes, la historia, las personas.

Algo estaba fuera de lugar.

Había algo que no había visto, o algo que se le había pasado por alto, o algo que no querían que viera.

Pero no sabía lo que era.

El caso no estaba cerrado.

Tenía que saber qué le había sucedido a Charlie.

21 de diciembre. Joe le llamó a las ocho de la mañana para contarle que habían rescatado a Claudette Thodore y arrestado a Saxby, que comenzó a cantar desde el mismo momento en que le pusieron las esposas. Intentó hacer un trato con cada uno de los que estaban allí, lo mismo le daba que fuera el oficial que le había arrestado o el médico que le había echado un vistazo, prometiéndoles contarles todo lo que sabía sobre cierto club privado en Miami y sobre cuerpos enterrados en el Parque Nacional de los Everglades a cambio de una reducción de condena.

El padre Thodore estaba de camino a Fort Lauderdale para ver a su sobrina.

Joe preguntó a Max por qué se alojaba en el Radisson. El detective no encontró excusas creíbles, así que le dijo la verdad a su amigo. Para su sorpresa, Joe respondió que sabía en qué situación estaba y que debería tomarse todo el tiempo que necesitara, ya que no tenía sentido precipitarse en la solución de problemas cuando se dispone de años para afrontarlos serenamente.

Quedaron en encontrarse la noche siguiente en el L Bar. Era la primera oportunidad que tenían de verse desde que Max había regresado. Joe había estado ocupado, pues con la Navidad siempre hacían su aparición los chiflados.

¿Le invito a una copa, teniente? —preguntó Max al reflejo de Joe en el ventanal del reservado.

477

Su amigo se puso de pie con la mano extendida y una sonrisa de oreja a oreja.

Se abrazaron.

—Ahora tienes mucho mejor aspecto —comentó Joe—. Ya no parece que hubieras estado los últimos diez años colgado cabeza abajo en una cueva oscura.

—¿Has perdido peso, Joe? —Comparado con Vincent Paul, ningún hombre volvería a parecerle un gigante, pero a Joe lo encontró realmente menos voluminoso de lo habitual. Sus ojos parecían más grandes, había un atisbo de pómulo, el borde de la mandíbula estaba más anguloso y el cuello era algo más delgado.

—Sí, he perdido algunos kilos.

Se sentaron. Llegó el barman. Max pidió un ron Barbancourt doble solo; Joe, lo mismo pero con Coca-Cola.

Los dos viejos amigos conversaron de modo tranquilo y relajado. Empezaron por lo pequeño y se fueron internando en asuntos más importantes. Las copas se sucedieron. Max le contó toda su historia, siguiendo el hilo en un orden casi perfecto, detalle a detalle. Empezó por su encuentro con Allain Carver en Nueva York y terminó con Vincent Paul en Pétionville. A lo largo de todo el relato, Joe no abrió la boca, pero Max vio cómo la expresión radiante de su amigo se iba desvaneciendo lentamente, a medida que le daba detalles de lo que había descubierto. Joe quiso saber qué le ocurriría a Gustav Carver.

—Supongo que le pondrán en manos de algunos de los padres de los niños que raptó.

—Bien. Espero que cada uno de ellos se quede con una rebanada del monstruo. Una por cada niño. ¡Odio a esos hijos de puta!

—¿Qué está sucediendo con la organización?

—Controlamos a los pervertidos de Florida. Hemos creado una brigada para hacerlos caer y lo lograremos en pocos días. En cuanto al resto, estoy encomendando la tarea a amigos de otros Estados. Los federales también tendrán lo suyo. Será un gran trabajo. Supongo que se oirá hablar de esto durante mucho tiempo. —Chocaron los vasos—. Bueno, tengo algo para ti. Ya no te será de utilidad, pero me lo pediste, así que de todas maneras lo he traído —dijo Joe, al tiempo que le tendía un sobre marrón—. Antes que nada debes saber que Darwen Medd está muerto.

—¿Qué? ¿Cuándo murió?

—En abril de este año. Los guardacostas abordaron un barco que venía de Haití. Buscaban inmigrantes ilegales y encontraron a Medd en la bodega. Desnudo, con las manos y los pies atados, sin lengua, en un barril sellado. Según el informe de la autopsia, permaneció allí al menos dos meses antes de que le encontraran. Estaba vivo cuando le cortaron la lengua e incluso cuando le metieron en el barril.

—¡Dios!

—Puede que no haya sido la misma gente que rajó a Clyde Beeson. Intenté hurgar un poco en busca de información. Cuando Medd se fue a Haití para ocuparse de este caso, estaba a punto de ser arrestado por los federales por tráfico de drogas. Ayudaba a un ex cliente suyo a introducir en el país alijos procedentes de Venezuela. El barril tenía etiquetas de Venezuela y el barco había recalado allí antes de ir a Haití.

—El corte de la lengua, ¿lo hizo una mano experta?

—Con bisturí, de modo profesional. Bueno, el modo en que le dejaron sangrar ya fue menos profesional.

Max bebió un largo trago de su vaso.

—Fue la misma persona que le hizo la faena a Beeson —dijo Max.

—No necesariamente...

—¿Qué más tienes? —le cortó Max.

—¿Recuerdas las pruebas que me enviaste por correo? Las huellas digitales de la cinta de vídeo nos han ayudado a resolver un caso antiguo.

—¿Sí?

—Antes de irte me pediste que investigara a la familia Carver. Lo único que pude encontrar en los expedientes fue un allanamiento de morada en su casa de aquí. No se llevaron nada, aunque el intruso se cagó en una de sus bandejas de lujo. —Joe rio—. Mira esto, las huellas de la cinta de vídeo tomadas en el laboratorio son las mismas que las encontradas en el plato de la cagada.

—¿Sí?

—Y la cosa es todavía mejor. —Joe se acercó, inclinándose, con una sonrisa—. Hasta aquí, todavía no tenemos localizado al autor, sólo conocemos la coincidencia entre ambas huellas. Pero no está en Estados Unidos. Si nos hubiéramos molestado en hacer llegar las huellas de la bandeja a los de la Policía Montada de Canadá, habríamos sabido exactamente quién era el señor cagón.

—¿Y quién es?

—Otro tipo que me pediste que investigara, Boris Gaspésie.

Max sintió que se le aceleraba el pulso y un escalofrío le recorrió la espalda.

—Cuéntame.

—Buscado por dos homicidios en Canadá.

—¿Qué sucedió?

—Boris debió de ser uno de esos niños de Carver, porque fue adoptado por un tal Jean-Albert LeBoeuf, cirujano, un pedófilo. Iba a Haití con frecuencia. Boris le mató cuando tenía doce años. Le dio más de cincuenta puñaladas. Encontraron pedazos del tipo desparramados por todo el lugar. El chico le había cortado en rodajas, del cuello a las tripas. Cortes verdaderamente limpios, además. Dijo a los policías que le interrogaron que su padre adoptivo le enseñaba vídeos de sus operaciones. Al parecer, decía al chico que le haría lo mismo a él si contaba a alguien lo que sucedía entre ellos. Boris también contó que su verdadero apellido era Gaspésie, y que había sido secuestrado en Haití, donde le sometieron a un lavado de cerebro. Se tragaron lo primero, pero no lo segundo. Los papeles de adopción estaban totalmente en regla. El tribunal fue muy indulgente con el chico. Le internaron en un hospital de las afueras de Vancouver. Estuvo allí unos seis meses, se comportó bien, no hubo ninguna queja, fue un paciente modelo. Entonces, un día, cuando nadie se lo esperaba, riñó con uno de los chicos internados allí. Los testigos dicen que el muchacho sacó un cuchillo para atacar a Boris y que éste se defendió. Pero se defendió demasiado, ¿entiendes lo que digo? Dejó a su atacante en coma. A partir de ahí los acontecimientos toman otro rumbo, bestial. A Boris le meten en la zona de seguridad del hospital. Sufre una nueva agresión. Esta vez el que le ataca es un empleado, un enfermero que hacía un mes que trabajaba allí y que se le echó encima con una jeringuilla llena de adrenalina. Se salvó por los pelos.

—Carver lo envió para matarle —dijo Max.

—Eso es lo que parece ahora, sí. Pero en ese momento, ¿quién podía saberlo? Sólo Boris, supongo, porque lo primero que hizo después fue escaparse. Ordenaron su busca y captura, pero nunca le encontraron.

—¿Cuándo sucedió todo eso?

—Entre 1970 y 1971. —Llegó la camarera. Pidieron otra ronda—. Como te decía, a Boris le busca la policía canadiense por dos homicidios. El de un banquero llamado Shawn Michaels, y el de un empresario llamado Frank Huxley...

—¿Otra vez esos nombres? —dijo Max, con el pulso cada vez más acelerado.

—Shawn Michaels y Frank Huxley, ¿significan algo para ti?

—Algo —repuso Max—. Continúa.

—Los cadáveres estaban llenos de las huellas digitales ensangrentadas de Boris. Los torturó al menos durante tres días antes de matarlos.

—¿Cómo los mató?

—Les rajó la tráquea con un bisturí.

—No me sorprende —comentó Max. Abrió el sobre y extrajo unas fotocopias sujetas por un grueso clip. La primera página era el informe sobre el asesinato. Max hojeó los papeles que le había dado Joe, hacia delante y hacia atrás, hasta que, grapada en una de las páginas, encontró una copia de la foto de la ficha policial de Boris Gaspésie. No era una buena copia, pero reconoció claramente en el adusto rostro del adolescente un esbozo del hombre que había conocido como Shawn Huxley.

Huxley era Boris Gaspésie.

Huxley había tenido en sus manos la cinta de vídeo que Max había encontrado en la casa de Faustin.

Max había localizado la casa de Faustin por la página de la guía telefónica que había en la lata que le había entregado el tipo de las rastas en Saut d'Eau.

No había llegado a verle la cara entera al hombre de las rastas.

¿Boris Gaspésie era también aquel extraño tipo?

Para empezar, ¿por qué había ido a Saut d'Eau?

Huxley le había contado que Beeson y Medd habían estado allí.

Huxley le había manipulado todo el tiempo, le había hecho dar los pasos que había querido.

Huxley había secuestrado a Charlie.

El mundo se hundió bajo los pies de Max, que se sintió al borde de un enorme abismo.

—Hay otra cosa, Max —dijo Joe—. Boris y tú tienen algo en común.

—¿Qué?

—Una persona, Allain Carver. En la época del incidente de la cagada en la bandeja, agarraron a un tal Shawn Huxley conduciendo borracho por la US 1. Le pusieron una multa y le metieron en el calabozo. Dijo que era periodista. Hizo una llamada. Fue a Allain Carver, que llegó a las dos horas y le puso en libertad pagando la fianza. Me enteré por casualidad. Ya era tarde y pensé que haría bien en cruzar los datos de los nombres de las víctimas de Gaspésie, por si estuviera usurpando la identidad de alguno de ellos. Tecleé Shawn Huxley por error.

—Puedes ser la persona más afortunada del mundo y el peor policía de toda la historia de los guardianes de la ley, pero esa buena suerte siempre te hará salir adelante. Cuando es al revés, te echan las culpas de todo y te despiden —comentó Max.

—Eso sí que es cierto. —Joe soltó una risita, y a continuación su rostro se puso serio—. ¿Qué vas a hacer, Max?

—¿Qué te hace pensar que voy a hacer algo?

—Si hubiera creído que no ibas a hacer algo, no te habría contado nada.

incent? Habla Max Mingus —La línea no funcionaba bien, había un montón de ruidos.

—¿Cómo estás, Max?

—Bien, Vincent, gracias. Creo que sé quién secuestró a Charlie.

—¿Quién?

—Mañana vuelvo.

—¿Vuelves? —Parecía sorprendido—. ¿Aquí? ¿A Haití?

—Sí, mañana. En el primer vuelo que consiga.

—No tienes por qué hacerlo, Max. Puedo manejar el asunto desde aquí. De verdad. Sólo cuéntamelo.

—Negativo —dijo Max.

—¿Qué te propones? —preguntó Vincent.

—Déjame terminar mi trabajo. Dame un plazo de una semana, contando desde el aterrizaje. Si no llego a nada, entonces te contaré lo que sé y moveré mi culo de vuelta aquí. Por si me pasara algo durante la investigación y no tuviera éxito, le he dejado toda la información que necesitas a Joe Liston. Él tiene tu teléfono. Si no recibe noticias mías durante una semana a partir de mañana, te lo contará todo.

—De acuerdo. Trato hecho.

—En cuanto a lo que necesito de ti... Ante todo, quiero que mi regreso a la isla sea lo menos ruidoso posible. Nadie, salvo aquellos en quienes más confíes, debe saber que estoy en el país.

—Mandaré gente que te sacará del aeropuerto por una salida militar.

—Bien. También necesitaré un buen coche.

—De acuerdo.

—Y una pistola.

La mañana de su partida había desmontado la Beretta y había arrojado las piezas en distintas alcantarillas de Pétionville.

—Dalo por hecho.

—Gracias. Te llamaré antes de salir.

—De acuerdo.

—Otra cosa, Vincent, sigue siendo mi caso. Deja que yo maneje los hilos.

—Entendido.

—Hasta muy pronto.

—¡Ah, Max!

—¿Sí?

—Gracias.

Parte

6

CAPÍTULO

62

Chantale acababa de cerrar con llave la puerta de su casa y de cargar dos maletas en el asiento trasero de su Fiat Panda cuando Max se le acercó sigilosamente y le dio un golpecito en el hombro.

—¡Max! —exclamó con un grito ahogado cuando le vio, esbozando una sonrisa llena de confusión. Llevaba pantalones vaqueros, una blusa azul, unos pequeños pendientes de oro, una cadena delgada rodeándole el cuello y muy poco maquillaje. Tenía un aire de informalidad estudiada. Hasta para viajar era coqueta.

—¿Dónde está Allain?

—Se fue. Se marchó del país —contestó mientras la inquietud se iba apoderando de su rostro. Max le cortaba el paso hacia el coche—. Yo también me voy. Mi avión sale en un par de horas, y la verdad es que quiero evitar los retrasos, así que...

—Tú no te vas a ninguna parte, Chantale. —Max sacó la pistola Glock que le había hecho llegar Vincent Paul cuando le recogieron sus hombres en el aeropuerto.

A ella le entró el pánico.

—Mira, hasta ayer yo no sabía que algo iba mal —dijo—. Allain vino temprano por la mañana. Yo acababa de despertarme. Me dijo que no volviera al banco, que podía marcharme, que habían surgido problemas y que tenía que ir a hablar con los abogados de la familia en Nueva York. Aseguró que no sabía cuándo iba a volver. Me dio el resguardo de una transferencia que me había hecho a mi cuenta bancaria de Miami. Dijo que era la indemnización por la finalización de mis servicios.

—¿Trataste de averiguar qué había pasado?

—Por supuesto. Llamé a un par de amigos en el banco, pero no sabían nada. Ni siquiera sabían que yo no iba a volver.

—¿Cuánto te dio?

—No tanto como a ti.

—¿Cuánto? —insistió, levantando la voz.

—Un millón.

—Eso es mucho dinero, Chantale.

—Allain es generoso.

—¿Qué más hiciste por él, además de ser su secretaria?

—¡Nada! —soltó iracunda—. ¿Cómo te atreves?

—¿Dónde está Charlie?

—¿Charlie? No lo sé.

Estaba asustada, pero no parecía mentir. ¿Ni siquiera se había dado cuenta de que Allain era gay?

—¿Qué sabes? —preguntó Max—. ¿Qué ha estado haciendo Allain desde que me fui?

La joven le miró, tratando de adivinar qué pasaba por su cabeza. El detective se daba golpecitos en la pierna con la pistola, impaciente.

—Ha estado haciendo un montón de transferencias bancarias. No pude evitar oír cómo aullaba a alguien por teléfono, reprochándole las demoras de algunas de ellas. Atendí llamadas de bancos de las Islas Caimán, Mónaco, Luxemburgo...

—¿Sabes cuánto dinero ha transferido en total?

—No. ¿Qué está pasando, Max?

El detective le tendió una copia de la foto de la ficha policial, la de Gaspésie cuando era adolescente.

—Es un niño —dijo extrañada.

—Ha crecido. Mira bien. Su nombre podría ser...

—¿Shawn Huxley? —sugirió.

—¿Le conoces?

—Sí. Decía ser periodista, y es un viejo amigo de Allain.

—¿Cuántas veces los has visto juntos?

—Dos, a lo sumo tres. Vino a ver a Allain al banco. Justamente estuvo allí la semana pasada. Me preguntó si quería ir a hacer esquí acuático con él ese fin de semana. Ha alquilado la casa de la playa de Allain.

—¿Dónde está eso? —preguntó Max. Se lo dijo. Quedaba a tres horas de viaje. Max le pidió que le apuntara las instrucciones necesarias para llegar—. ¿Sabes algo más sobre Huxley? ¿Alguna vez has oído de qué hablaban?

—No. Sé que se rieron mucho la última vez que se vieron —contó Chantale, y luego su expresión se ensombreció—. ¿Han sido ellos los que secuestraron a Charlie?

—¿Por qué crees que he vuelto?

—¡Eso es imposible!

—¿Hasta qué punto conoces a Allain? —Al ver que ella no respondía, Max le contó lo que sabía con certeza, viendo cómo se apoderaban de su rostro primero la sorpresa, al enterarse de la tendencia sexual de Allain y la verdadera identidad de Huxley, y luego la incredulidad, al oír que Vincent era el padre de Charlie. Finalmente entró en un estado de absoluta perplejidad.

Chantale se apoyó en la pared, casi perdiendo el equilibrio, como si estuviera a punto de desmayarse.

—No sé nada de nada de todo eso, Max. Te lo juro.

Se miraron a los ojos.

—Quiero creerte. —Había sido engañado por Allain, Huxley y Gustav. No quería añadir su nombre a la lista.

—Te he contado todo lo que sé. Sólo quiero irme de aquí. Sólo deseo subir a mi avión. Por favor.

—No. —Subrayó la negativa con la cabeza y la agarró del brazo—. Vas a perder ese avión y todos los demás aviones hasta que esto se aclare.

—Pero yo no sé nada.

La llevó a la acera e hizo una seña en dirección al coche que estaba estacionado detrás de él. Un hombre y una mujer salieron de las puertas traseras y se dirigieron hacia ellos.

—Manténganla en la casa hasta nueva orden —dijo Max—. Trátenla bien. No le hagan daño.

CAPÍTULO
63

L a casa de la playa de los Carver estaba construida sobre una
minúscula porción del paraíso, una playita de arena blanca, increíblemente hermosa, escondida en lo más profundo de una
cala de roca oscura, rodeada por las montañas a un lado y por un trozo de océano de un azul maravilloso al otro. Max vio desde arriba a
Huxley y a dos mujeres subiendo a bordo de una lancha amarrada
a un embarcadero. Al parecer, iban a practicar esquí acuático. Luego se dirigió hacia la casa.

Era una villa de estilo español, rodeada por un grueso muro de unos
seis metros de altura, coronado con alambre de púas y trozos de vidrio. Sorprendentemente, cuando Max empujó la pesada puerta de
metal, se abrió de par en par sobre un patio adoquinado en el que había una piscina y tumbonas. Pensó por qué estaría abierta. En circunstancias normales, no había ninguna necesidad de cerrarla. Allí
se encontraban perfectamente aislados, en medio de una zona de pequeñas rocas calcáreas, matas de hierba silvestre, cactus y cocoteros
de follaje verde amarillento. Siendo así, ¿por qué levantar aquel muro con tantas defensas? Entró y empujó la puerta para cerrarla.

Había una persona a la que Allain Carver amaba tanto como a sí mismo, o posiblemente un poco más: su madre. Encontró un altar de-

dicado a ella en un rincón del salón. Era una losa de granito pulido, reluciente, que tenía incrustada una fotografía de ella en blanco y negro. Se trataba de un retrato hecho en un estudio por un profesional. Parecía elegante y lejana, una estrella en su propio universo. El nombre y las fechas de su nacimiento y muerte estaban grabadas con letras de oro bajo su imagen. El altar se completaba con una pequeña pila en la que podían verse varias velas redondas de color púrpura.

Las demás fotos que había en la casa, en las paredes o colocadas sobre los muebles, eran de Allain, desde que tenía poco menos de veinte años en adelante. Max se sorprendió al ver instantáneas de aquel hombre, al que había creído apocado y sedentario, haciendo *surf*, *rafting* en rápidos, ala delta, alpinismo, paracaidismo, *puenting* y descenso en *rappel*. Carver sonreía de oreja a oreja en todas las fotos, y parecía estar en su elemento en cada una de ellas, viviendo la vida a tope, feliz, saturado de adrenalina.

Max cayó en la cuenta de lo poco que había conocido a Allain, de hasta qué punto había sido engañado por él. Nunca supo a quién se estaba enfrentando. Era un aspecto de su personalidad que la gente no conocía. Aquí, solo, Allain Carver había sido verdaderamente él mismo.

El salón estaba escasamente amueblado. Cerca de la ventana que se veía al fondo, con vistas a una vereda y más atrás al mar, había una mesa de comedor, sin duda perfecta para cenas íntimas al atardecer. Sólo había dos sillas, enfrentadas, en cada extremo de la mesa. Al otro lado de la habitación, delante de la entrada y la piscina, había un sofá de piel y una televisión instalada en la pared. Entre ambos, una mesa baja de madera y metal cromado. Una librería de cuatro estantes que contenía enciclopedias encuadernadas en piel y libros eróticos de temática gay ocupaba una pared entera, mientras que una isla solitaria de dos sillones abatibles, una lámpara y otra mesa ocupaban el centro de la habitación. Había un reproductor de discos en un mueble curvado para los discos, lleno de música, la mayoría clásica.

La casa apestaba a tabaco, canuto y perfume.

Max registró la habitación en busca de armas y encontró un revólver Smith & Wesson de ocho disparos pegado con cinta adhesiva debajo de la mesa. Le quitó las balas y se las echó al bolsillo.

Fue a la cocina, que estaba a la izquierda. Había una nevera y un congelador, ambos bien provistos de alimentos; la nevera estaba llena de productos frescos, sobre todo montones de ensaladas y frutas. Encontró una botella de agua y se bebió la mitad. En un rincón, en los estantes, había pilas de libros de cocina muy manoseados y una carpeta de recetas recortadas de revistas. El lavavajillas estaba en marcha.

Encontró otro revólver encima de la nevera. También le quitó las balas.

Regresó al salón y lo atravesó. El cuarto de baño era espacioso, con bañera y ducha y una buena cantidad de artículos de tocador, tanto de hombre como de mujer. A continuación se dirigió al dormitorio principal, en el que llamaba la atención una cama con armazón de barras de bronce. Tenía la misma amplia vista sobre el mar que el salón. Max pudo ver desde allí la lancha tirando del esquiador. La cama estaba sin hacer. Había ropa esparcida por el suelo, en su mayor parte de mujer.

También encontró un revólver en el mueble situado junto a la cama. Max agregó las balas a su colección.

Se dirigió a la primera habitación de huéspedes y la encontró casi vacía, con una maleta y una bolsa de viaje a juego colocados uno al lado del otro, cerca de la puerta. La maleta estaba cerrada con candado. El detective abrió la bolsa y encontró un billete de ida de British Airways, en primera clase, para el vuelo Santo Domingo-Londres, con fecha del día siguiente. En un bolsillo lateral encontró un pasaporte británico perteneciente a Stuart Boyle.

En la fotografía del pasaporte reconoció al hombre que había conocido como Shawn Huxley.

El aspecto de Huxley había cambiado ligeramente: no tenía bigote y su cabello había crecido y se peinaba al estilo afro, aunque corto. Parecía mayor.

La casa aparentaba estar vacía. Reinaba el silencio. Max ni siquiera podía oír las olas.

En la segunda habitación había dos bolsas de viaje, sin duda de la mujer con la que estaba Huxley. También albergaba una fotocopiadora en mal estado y una caja de papel. La máquina había sido desenchufada. Max levantó la tapa. Nada. Abrió la caja. Vacía.

Echó un vistazo al resto de la habitación. No había nada de interés.

Se quedó mirando fijamente la fotocopiadora. La separó de la pared. Vio una capa de polvo y dos insectos muertos.

No había armas en ninguna de las dos habitaciones.

Max volvió al dormitorio principal y miró la lancha desde la ventana.

Tras una hora de esquí acuático, dieron la vuelta para regresar a tierra firme.

as chicas entraron primero.

Oyó voces en criollo, risas.

Luego a Huxley cerrando la puerta, hablando.

Más risas.

Max estaba en la primera habitación de huéspedes, compartiendo el espacio con la maleta de Huxley y el documento falso.

De pronto, recordó la botella de agua de la que había bebido. La había abierto y la había dejado a la vista. Si iban a la cocina sabrían que había alguien en la casa.

¡Mierda!

Se oyó un golpe en la habitación de al lado, que era el dormitorio principal. Sonaron voces y luego breves risas.

Sonaron pisadas de alguien con chanclas, fuera, justo al lado de la puerta.

El picaporte se movió, desplazándose hacia abajo.

Max se apartó, dando unos pasos hacia atrás, con la pistola amartillada.

Silencio.

El aire acondicionado seguía en marcha.

Max esperó.

Los pasos se alejaron.

Se oyeron otras pisadas, éstas de alguien descalzo, que atravesaron el pasillo rápidamente y se encaminaron hacia el salón.

Sonó la cisterna del inodoro.

Max oyó el gritillo de una mujer, a Huxley gruñendo y luego un gemido.

La voz de la segunda mujer sonó desde el dormitorio. Luego se rio.

Max aguzó el oído. No escuchó nada. Pensó en la botella de agua. Tenía que entrar en acción.

Le sudaba la palma de la mano alrededor de la culata de la Glock. Se la secó en la camisa. Las Glock no eran sus pistolas favoritas. Prefería que las armas fueran más pesadas y voluminosas, como las Berettas y los Colt. Aquéllas parecían de juguete. Vincent Paul le había dado una Glock nueva, con un cargador de trece balas. Joe tenía el mismo modelo. Le encantaban aquellas armas, decía que apenas notaba su presencia cuando llevaba una.

Los pasos de chanclas y de pies descalzos volvieron y entraron en la habitación.

Hablaban, reían tontamente.

Max se acercó a la puerta y esperó.

Oyó a Huxley hablar en voz baja, moviéndose encima de los muelles de la cama.

Max entreabrió una rendija de la puerta. Silencio.

Salió de puntillas.

Huxley volvió a hablar.

Más jadeos, gemidos que subían de tono.

El detective se preparó para actuar. Tenía las ideas claras. Estaba allí por Charlie, para averiguar dónde le tenían escondido o dónde le habían enterrado. Estaba terminando su trabajo y poniendo punto final a su carrera. Tenía a su favor el factor sorpresa. No le esperaban.

Huxley dijo alguna otra cosa.

Era el momento ideal.

Max se introdujo silenciosamente en la habitación.

Los tres estaban tan enfrascados en lo suyo que no se dieron cuenta de su presencia.

Las dos mujeres retozaban sobre la cama, desnudas, cada una con la cabeza enterrada entre los muslos de la otra. Huxley permanecía sentado en una silla frente a ellas, con una camiseta amarilla, unas chanclas y los pantalones cortos bajados hasta los tobillos, boquiabierto, con el pene erecto en la mano, acariciándoselo lentamente.

Max le apuntó a la cabeza con la Glock.

Huxley estaba tan absorto en su excitación que no se dio cuenta de que Max se encontraba de pie frente a él, a una distancia como para tirar a quemarropa.

El detective carraspeó.

La chica que estaba debajo levantó la vista, sacó la cabeza de la entrepierna de la otra y gritó.

Huxley miró a Max como si fuera víctima de una alucinación, con una expresión relajada, como si esperase que su cerebro saliera del delirio y se alejara aquella inesperada visión.

Al no ocurrir, le entró el pánico. Trató de que no se le notara, pero empalideció, sus orificios nasales se dilataron, los ojos se abrieron aún más y los labios se separaron y permanecieron entreabiertos.

La segunda chica gritó también. Ambas se sentaron y agarraron las sábanas para cubrirse. Eran de piel oscura, pómulos altos, labios carnosos, hermosas. Huxley tenía muy buen gusto.

Max se puso el dedo sobre los labios, para indicarles que se mantuvieran en silencio, y se apartó de la cama por si se les ocurría arremeter contra él.

—Charlie Carver —le dijo a Huxley—. ¿Vivo o muerto?

Huxley esbozó una sonrisa.

—Le dije a Allain que volverías —repuso con voz casi de satisfacción—. Sobre todo cuando le hiciste una transferencia para devolverle el dinero. Él no se lo podía creer. Yo supe entonces que estabas tras nuestro rastro. Sabía que era sólo cuestión de tiempo que vinieras a terminar tu trabajo. Lo sabía. Jamás he visto a alguien largarse tan rápidamente. Allain huyó como si su culo estuviera expuesto al fuego.

—Contéstame.

—Charlie está vivo.

—¿Dónde lo tienen?

—Está a salvo. Cerca de la frontera con la República Dominicana.

—¿Quién le tiene?

—Una pareja —dijo Huxley, ahora tartamudeando—. No le han hecho ningún daño, en absoluto. Para ellos es prácticamente un hijo.

—Vamos a buscarle —sentenció Max lapidariamente.

uxley condujo el coche. Max se sentó a su lado, con la pistola apuntándole al pecho.

—¿Cuándo fue la última vez que viste al niño?

—Hace tres meses.

—¿Cómo estaba?

—Muy bien. Muy sano.

—¿Su lenguaje?

—¿Qué?

—¿Puede hablar?

—No. Nunca podrá.

Era media tarde. Huxley le explicó que retrocederían hasta Pétionville, luego tomarían la carretera de la montaña, pasarían junto a la finca de los Carver y se detendrían lo suficientemente cerca como para ver las luces de las casas de la República Dominicana. Esperaba llegar al lugar en el que tenían a Charlie después del atardecer.

—Háblame de la gente que tiene al niño.

—Carl y Ertha. Personas mayores, de setenta y pico años. El objeto más peligroso que hay en su casa es un machete para los cocos. Carl es un antiguo sacerdote...

—Otro más —bromeó Max.

—Nació en Gales. Conocía muy bien a la madre de Allain. Ayudó a Allain en su adolescencia, cuando descubrió que era gay.

—¿Carl también es gay?

—No. Lo suyo son las mujeres y los licores.

—¿Por eso le echaron de la iglesia?

—Se enamoró de Ertha, su criada, y abandonó el sacerdocio por decisión propia. La señora Carver los mantenía. Les compró la casa de campo cerca de la frontera. Allain procuró que no les faltara nada. Son buena gente, Max. Han tratado a Charlie como si fuera su propio hijo. Él ha sido muy feliz allí, verdaderamente ha alcanzado la plenitud. Podría haber sido mucho peor.

—¿Por qué no lo fue? ¿Por qué no le mataste? ¿Por qué meterse en todos estos problemas, correr este riesgo de ser atrapados al mantener con vida al chico?

—No somos monstruos. Matarle nunca estuvo en nuestros planes. Además, nosotros queremos a Charlie. Gustav Carver, con todo su poder y su dinero y sus contactos, el viejo idiota ni siquiera sabía que el niño no era suyo, y mucho menos que era de Vincent Paul, su enemigo jurado.

Huxley redujo la velocidad a la mitad cuando entraron en Pétionville, y luego aminoró hasta marchar poco más que a paso humano cuando se metieron en el concurrido centro, en el que la calzada estaba invadida por masas de gentes, tanto inmóviles como en movimiento. Subieron por la colina y pasaron delante de La Coupole.

—¿Cómo nos descubriste?

—Es mi trabajo. ¿Recuerdas la cinta de vídeo que plantaste en la casa de Faustin? La cagaste, amigo. Dejaste tus huellas en ella. Un pequeño hilo suelto permite deshacer la madeja entera.

—Así que, si no hubiera sido por eso...

—Así es. Podrías haber pasado el resto de tu perra vida huyendo de tus problemas, de la vida que habías dejado atrás, sea la que sea. Pero con Allain, que salió huyendo del modo en que lo hizo, habría sido sólo cuestión de tiempo que Vincent Paul diera contigo.

—Mi intención era irme mañana —dijo Huxley en tono amargo, apretando con fuerza el volante. Tenía manos de boxeador, pensó Max—. Vincent Paul no habría sabido nada de mí. Casi nadie nos ha visto juntos. Sólo Chantale y alguna persona más conocían mi nombre.

—¿Ella está metida en esto?

—No. En absoluto. Ella contaba a Allain dónde habías estado y a quién habíais visto cada día, pero no sabía nada de lo que realmente estaba pasando. Sabía lo mismo que tú.

—¿Por qué no me lo cuentas todo, empezando por el principio?

—¿Qué es lo que sabes? —Estaban remontando la precaria carretera de la montaña. Pasaron al lado de un Suzuki que estaba en una cuneta. A bordo había unos niños jugando.

—A grandes rasgos, que tú y Allain secuestraron a Charlie. Motivo: hundir a Gustav Carver. Al principio, Allain se metió en ello por dinero, y también por venganza. Tú te metiste, en primer lugar, por devolver favores, y en segundo por el dinero, pero sobre todo por lo primero. ¿Qué tal voy?

—No está mal. —Huxley dibujó una sonrisita de complicidad—. ¿Por dónde quieres que empiece?

—Por donde te apetezca.

—De acuerdo. ¿Qué tal si te hablo de Tonton Clarinette?

—Adelante.

CAPÍTULO

66

A mi hermana Patrice yo solía llamarla Treese. Tenía unos ojos hermosos, verdes, como los de Smokey Robinson. Ojos de gato sobre una piel oscura. La gente solía pararse a mirarla por lo hermosa que era. —Huxley sonrió.

—¿Qué edad tenía?

—No más de siete años. Es difícil precisar datos tales como edades, fechas y cosas parecidas, porque éramos analfabetos e incapaces de realizar las operaciones matemáticas más elementales, al igual que nuestros padres y antes que ellos sus padres, lo mismo que todas las personas que conocíamos. Crecimos en Clarinette, en la peor miseria. En cuanto pudimos andar, ya estábamos ayudando a nuestros padres a hacer lo que fuera para llevar algún alimento a la mesa. Yo ayudaba a mi madre a recoger fruta. Ponía mangos y jaguas en cestos, y luego bajábamos a la carretera y se los vendíamos a los peregrinos que iban a Saut d'Eau.

—¿Y tu padre?

—Yo le tenía miedo. Era un tipo con mal genio. Le pegaba a uno por nada. Por cualquier tontería agarraba su delgado bastón y me daba azotes en el culo. Sin embargo, con Treese no era así. No. La adoraba. Yo sentía celos. Un día, unos camiones llegaron a la aldea, eran grandes, enormes volquetes mezcladores de cemento. Yo los tomé por monstruos que venían a comernos. Mi padre nos contó que los hombres que los conducían iban a levantar enormes edificios y harían ricos a todos los del pueblo. Fue a trabajar con ellos. Por aquel entonces, los terrenos eran propiedad de Perry Paul. Creo que la idea era construir alguna clase de hospedaje barato para los peregrinos que acudían a Saut d'Eau. La mayoría viene de muy lejos y no tiene dónde dormir. También construyó el templo. Supongo que quería crear una especie de Meca vudú. Cuando Gustav Carver barrió a Paul, dejándolo fuera de los negocios, se hizo cargo del proyecto. Hubo un cambio en la administración. Un día llegó un tipo, el hombre más extraño que yo había visto jamás, un blanco con el pelo naranja. Nunca se le veía trabajar. Todo lo que parecía hacer era jugar con los chicos. Se hizo amigo nuestro. Solíamos jugar al fútbol. Nos compró un balón. —Suspiró, se quedó callado un instante y siguió—. Era gracioso. Nos hacía reír a todos los chicos. Nos contaba historias, nos regalaba golosinas y ropa. Era como un gran papá y un gran hermano mayor, todo en uno. También solía filmarnos con una cámara súper ocho que tenía. Al rodar parecía que su cara fuera esa fea máquina negra con un ojo saltón de vidrio, una cosa espeluznante y graciosa a la vez. A Treese la filmaba más que a nadie. Un día nos llevó a Treese y a mí aparte y nos dijo que se iba a marchar de allí. Nos quedamos muy tristes. Mi hermana empezó a llorar. Entonces dijo que no nos preocupáramos, que nos llevaría con él si queríamos. Dijimos que sí. Nos hizo prometer que no diríamos nada a nuestros padres o, si no, no nos llevaría. Esa tarde nos fuimos de la aldea, sin decírselo a nadie. Nos encontramos con nuestro amigo junto a un coche, carretera abajo. Con él había otro hombre. Nunca le habíamos visto. Treese empezó a decir que tal vez debíamos regresar. El desconocido salió del coche, la agarró y la arrojó dentro. Hizo lo mismo conmigo. Ambos nos hartamos de llorar cuando el vehículo arrancó. Nos inyectaron alguna cosa y no recuerdo mucho más de lo que sucedió después, ni cómo llegamos a la casa de La Gonâve ni nada.

Pasaron ante la finca de Carver. Iban colina arriba, a lo largo de un trecho de carretera lleno de irregularidades y socavones. Tuvieron que pararse una vez por culpa de un camión averiado y otra a causa de un rebaño de cabras esqueléticas.

—¿Has visto el vídeo, no? El que dejé para ti. ¿Lo viste?

—¿Dónde lo conseguiste? —Max acarició su pistola.

—Luego te lo contaré. ¿Viste la poción que nos daban?

—Sí.

—Mi memoria está bastante jodida desde aquel proceso de adoctrinamiento. No serviría de testigo, porque todo lo que tengo aquí —Huxley se dio una palmadita en el cráneo—, mi cerebro, es como un montón de chatarra. Recuerdo las cosas como si hubieran sido un sueño. No sé cuánto de ello es verdadero ni cuánto se debe al brebaje de zombis que nos daban. No era tan fuerte como el mejunje con el que los sacerdotes vudús ponen catatónica a la gente, pero era suficiente para hacerte perder el control de los sentidos. Solían meternos una dosis todos los días. Como la comunión. Íbamos, nos daban ese líquido verde en una taza y lo bebíamos. Luego llegaba la hipnosis con notas musicales. Gustav Carver se sentaba en el centro de esa habitación totalmente blanca y nosotros permanecíamos de pie alrededor de él, en círculo, de la mano. Tocaba el clarinete para nosotros. Y mientras lo hacía, recibíamos nuestras enseñanzas.

—¿Qué pasó con tu hermana? ¿Estaba también atrapada en eso?

—No lo sé. La última vez que recuerdo haberla visto fue en la parte trasera del coche, cuando nos secuestraron. —Huxley sacudió la cabeza. Pareció meditar un instante—. Lo más probable es que esté muerta. No nos permitían llegar a mayores.

—¿Cómo lo sabes?

—Ya llegaré a eso también. Me vendieron a un cirujano plástico canadiense llamado LeBoeuf. Siempre me miraba como si estuviera desnudándome. Me hacía mirarle cuando practicaba sus operaciones. Aprendí a abrir el cuerpo de las personas. Me volví un experto con los cuchillos. Leí y aprendí por mi cuenta en los libros de medicina. La razón y la justicia estaban de mi lado cuando le maté. Pero Gustav Carver salió indemne porque nunca relacionaron a LeBoeuf con él. Nadie creyó lo que les conté sobre mi secuestro en Haití, mi lavado de cerebro, Tonton Clarinette, mi hermana y lo demás. ¿Por qué habrían de hacerlo? Yo acababa de cortar a un hombre en pedacitos y redecorar la casa con sus vísceras.

—Y cuando los policías registraron la casa para recoger pruebas, ¿no había nada que le inculpara?

—No encontraron nada vinculado con Carver, o si lo hicieron, nunca salió a la luz. El viejo tenía tentáculos en todas partes. Me fugué del hospital en el que me tenían internado porque Gustav trató de matarme allí dentro. Nadie creía una maldita palabra de lo que yo decía. Era un manicomio. A mí no me sorprendía. Cuando empezaron a sospechar que tal vez hubiera algo de verdad en todo ello, yo me había ido, era un fugitivo, un prófugo, un hombre con orden de busca y captura. Viví en la calle. Me prostituí. Algunas de las cosas que hacía no me gustaban, pero era la vida que me había tocado. Mientras estaba en fuga, empecé a componer el rompecabezas, lo que había ocurrido, quién estaba detrás de ello. Recordé a una persona que conocía LeBoeuf. No era alguien del ámbito médico, sino un amigo suyo. Shawn Michaels, un banquero. Averigüé dónde estaba. Le obligué a que me contara todo lo que sabía sobre el negocio de Carver, todo.

—¿Y entonces le mataste?

—Sí. Me llevé su agenda. Él conocía a otros pedófilos, gente a la que le había recomendado los servicios de Carver.

—¿Fuiste tras ellos?

—Sólo llegué a uno.

—¿Frank Huxley?

—Así es. Tenía un montón de cintas de vídeo de lo que sucedía en La Gonâve y en El Arca de Noé. La cinta que encontraste era una compilación que hice yo.

—¿Qué me dices del resto de las personas que había en la agenda?

—Era difícil llegar a ellas.

—Y Allain, ¿cuándo entró en escena?

—En Canadá vivía en la calle la mayor parte del tiempo. Conocí a montones de prostitutas y putos —contó Huxley—. Allain iba a buscar machotes duros. Teníamos conocidos comunes. Había dos tipos que siempre andaban presumiendo de ese haitiano rico que se estaban tirando. Me entró la curiosidad. Averigüé dónde estaba. Fui a un bar en el que iba a encontrarse con sus ligues. Allain era simplemente un pobre chavalito rico cuyo papi no le ofrecía ni una pizca de amor a causa de su homosexualidad. Podría haberlo soportado, pero uno de sus amantes trabajaba para el bufete de abogados de la familia. Le dijo a Allain que el viejo le había dejado completamente al margen de su testamento. Lo legaba todo a sus yernos y a sus lugartenientes más cercanos. El negocio de Carver estaba montado de tal modo que si el viejo caía enfermo o tenía que irse a alguna parte con urgencia, la responsabilidad de regentar las cosas recaía sobre el miembro de la familia de más edad que permaneciera en Haití. Anteriormente, Allain había relevado a su padre cuando éste estaba fuera, así que conocía el tergal. Sabía que había más de mil millones de dólares en activos líquidos, en varias cuentas secretas. Estando a la cabeza del imperio de los Carver, podía hacer lo que quisiera con el dinero...

—Pero antes necesitaba quitar al viejo de en medio —dedujo Max.

—Claro. Allain no tenía forma de llegar al dinero. El tipo tiene astucia, pero le falta colmillo, y tiene muchos, demasiados sentimientos. Los míos están muertos.

—¿Así que fue idea tuya secuestrar al niño?

—Del todo mía. —Huxley asintió con orgullo—. Casi todo fue idea mía. Secuestramos al niño, le ocultamos en un sitio muy seguro, trajimos un investigador de fuera y le allanamos el camino para que descubriera a Gustav.

—¿Me pusieron un reguero de pistas?

—Así es.

—Algunas me las diste en mano...

—¿En la cascada? Sí. Era yo con aquella peluca.

—Te sentaba bien —admitió Max agriamente.

Había oscurecido. Huxley redujo la velocidad. Eran las únicas personas en la carretera. Max se había vuelto para comprobar si continuaba tras ellos la escolta de Vincent Paul. Le habían seguido hasta la casa de la playa y luego de regreso a Pétionville. Ahora no pudo ver a nadie detrás.

—Desde luego, era importante que también te pusieras en contacto con Vincent Paul. Él tenía que confiar en ti, abrirse a ti. No lo hizo con Beeson ni con Medd.

—¿Por eso los mataste?

—Yo no maté a ninguno de los dos. Los convertí en ejemplos.

—Le cortaste la lengua a Medd y le metiste en un barril. ¡Vaya mierda de ejemplo!

—Murió por asfixia —corrigió Huxley—. Mira, reconozco que lo que hice fue un poco... extremo, bárbaro, si lo prefieres. Pero con una recompensa tan enorme, no podíamos permitirnos el lujo de que vinieran por aquí todos los mamones y oportunistas a probar suerte. Mi papel era disuadirlos. Los tipos se enteraban de lo que le había sucedido a Beeson y de pronto les surgían mejores ofertas de trabajo en Alaska. El tuyo es un mundo pequeño, Max. Los sabuesos se conocen unos a otros.

—¿Pero qué es lo que hicieron mal?

—Beeson estaba demasiado próximo al viejo. Le informaba de todo directamente, puenteando a Allain. Además la cagó con Vincent Paul. No congeniaron. Era prácticamente inútil para nosotros. Y Medd... estuvo a punto de llegar al final, pero entonces empezó a sospechar de las pistas que iba consiguiendo. Le dijo a Allain que todo era demasiado obvio, demasiado fácil. Era sólo cuestión de tiempo que diera con nosotros. Actué preventivamente.

—¿Y el tipo haitiano?

—¿Emmanuel? Era un mocoso holgazán. Demasiado ocupado mangoneando por ahí como un idiota. Le habría cortado el pito yo mismo si alguien no se me hubiera adelantado.

—¿Y entonces llegasteis a mí?

La carretera se había vuelto más llana. La superficie era inusitadamente suave y las ruedas parecían deslizarse fluidamente; el motor del coche emitía un sonido uniforme, relajante. En el cielo habían empezado a aparecer las estrellas, parpadeantes; las constelaciones parecían más cercanas que nunca. Durante todo el viaje, Huxley había estado tranquilo y seguro de sí mismo. Ni siquiera le había preguntado a Max qué planeaba hacer con él. Al detective se le pasó por la cabeza que no iban a encontrar a Charlie Carver en absoluto, que Huxley le estaba llevando al lugar en el que había matado a Beeson y a Medd. Si la cosa era así, a él no le sucedería lo mismo. No lo permitiría. Mataría a Huxley ante la más leve señal de peligro. No creía que aquel tipo tuviera eso en mente, pero nunca se sabía. Huxley había pasado la mayor parte de su vida buscando venganza por lo de su hermana y por él mismo. Ahora que lo había hecho, realmente no debía importarle lo que fuera de él.

—Tú eras el que yo quería desde el principio —dijo Huxley—. Seguí tu juicio, día a día. Leí y me informé acerca de ti. Realmente, respeto lo que hiciste. Sentí como si estuvieras de mi lado, como si en el caso de que alguna vez nos conociéramos, serías la única persona que al menos comprendería mis razones.

—La gente siente lo mismo con respecto a sus estrellas de rock favoritas. —Max deshinchó el globo de su acompañante—. Llevado al extremo, se llama acoso.

—Supongo que a ti la vida también te ha vuelto un cabrón duro, ¿eh? —Huxley rio.

—Mi vida ha sido un fracaso —dijo Max—. De todos modos, mira cómo son las cosas. Hacer lo que hice no ha cambiado nada, salvo para mí. No salvé ni resucité a las víctimas, no hice que el reloj marchase hacia atrás para devolverles su inocencia. No ayudé a sus padres, a sus familias. Cerrar un caso es una pura mierda. Uno nunca se recupera de esa clase de pérdida. Se la lleva a la tumba. Pero me alegra que pienses que mi vida te ha ayudado, porque es jodidamente seguro que no me ha ayudado a mí. Perdí la única cosa genuinamente buena que he tenido jamás, mi esposa. Murió cuando yo estaba en la cárcel. No llegué a abrazarla otra vez, a tocarla, a besarla, a estar con ella; no llegué a decirle cuánto la amaba, y todo a causa de la vida que he llevado. Todo lo bueno que creía estar haciendo no llegó a sumar más que un gran cero. Me llevó a la cárcel. Si eso no es fracaso, que venga Dios y lo vea. —Max miró a través del parabrisas, hacia la oscuridad—. Bueno, ¿cómo es que Gustav le permitió a Allain ocuparse de la contratación de los detectives?

—No lo hizo. Hacíamos la selección previa, pero él mandaba. ¿No fuiste a una cena? Aquella entrevista tuya fue con Gustav. Si no le hubieras gustado, habrías regresado a Miami en el primer avión.

—¿Eso ocurrió con algún otro?

—No. Allain y yo elegimos bien.

Marcharon un rato en silencio. Max guardó la Glock en la pistolera. De momento no la necesitaría.

—Háblame de Eddie Faustin.

—Usarle fue también idea mía —dijo Huxley.

—¿Cómo lo convenciste? Creí que era leal al anciano.

—Todo el mundo tiene un precio.

—¿Cuál fue el de Eddie?

—Francesca. A Faustin se le caía la baba por ella. Le dije que podría obtenerla si nos ayudaba. Me valí de su *bokor*, madame Leballec. Ella era una buena amiga de mi madre —explicó Huxley.

—Un momento —interrumpió Max—. ¿Le encargaste a madame Leballec que le dijera a Eddie que podía obtener a Francesca? ¿Entonces era una farsante?

—Sí y no. Tiene ciertos poderes, pero es una nigromante, una hechicera. La mentira es parte de su repertorio. Mucha gente cree en ella.

—Entonces, cuando fuimos a verla y el «espíritu» de Eddie nos dijo que fuéramos al templo...

—Donde me encontraste a mí, y yo te di la lata que contenía la dirección de la casa de Eddie, en la que encontraste la cinta de vídeo...

—¿Le pagaste para que nos señalara el camino?

—Sí. Por cierto, no es paralítica, y Philippe es su amante, no su hijo. Y por favor, no me preguntes qué trucos usó en la sesión, porque no lo sé.

—¡Mierda! —exclamó Max—. De acuerdo, volvamos a Faustin.

—Eddie estaba profundamente atribulado. Temía que el mundo se les echara encima por todas las que habían hecho él y su hermano cuando eran Macoutes. Visitaba a madame Leballec una vez al mes, para conocer su futuro. Ahí entramos en escena. Allain le pagó a madame Leballec un montón de dinero para que le hiciera a Faustin predicciones a la medida de nuestros planes, o sea para que le dijera que obtendría a la chica de sus sueños y viviría feliz para siempre. Le dijo a Faustin que un hombre al que no conocía de nada acudiría a él por un trabajo secreto. Debía hacerlo si quería que sus sueños se hiciesen realidad.

—¿Así que tú te encontraste con él?

—Sí, una noche junto al antro donde iba él. Cuando oyó lo que le propuse, no quiso saber nada. Salió disparado a ver de nuevo a madame Leballec. Nosotros ya habíamos previsto que pasaría eso. Ella redobló la apuesta. Convenció a Faustin de que Charlie Carver era en realidad un espíritu que había huido del Barón Samedi y que había poseído al niño. El chiquillo debía ser devuelto al enviado del Barón Samedi, o sea, a mí.

—¡Carajo!.

—Cayó por eso. Faustin era increíblemente estúpido. Si a eso le agregas la superstición, ahí tienes al perfecto fanático.

—De acuerdo; háblame del secuestro. Las cosas no fueron según lo previsto, ¿no?

—¿En qué sentido? —preguntó Huxley.

—Los disturbios.

—No, eso estuvo planeado. Faustin tenía un montón de enemigos. Pagamos a algunos de ellos para que fueran allí. Él creía que yo iría al coche andando y me llevaría el niño.

—La niñera, Rose, murió. ¿No?

—La mató Faustin.

—¿Su intención era que Faustin muriera?

—Sí.

—¿Quién se llevó a Charlie?

—Yo. Estaba disfrazado, en medio de la multitud que atacaba el coche. Agarré al niño y desaparecí con él.

Atravesaron una pequeña aldea de chozas con techo de paja. Max no vio más señal de vida que una pequeña cabra amarrada, alumbrada por el haz de luz de los faros, mordisqueando un arbusto.

—Entonces, ¿quién era el señor Clarinete? ¿Carver o Codada?

—Ambos. Codada filmaba a los niños y los raptaba por encargo. Carver les robaba las almas y vendía sus cuerpos.

—¿Y qué me dices de ese símbolo, la cruz curvada con el brazo roto?

—¿No lo reconociste?

—No.

—Es *El pífano,* de Manet. ¿Recuerdas ese cuadro, el del niño soldado con una flauta? Era el distintivo de la organización, lo usaban los miembros para reconocerse unos a otros. Había uno colgado en el club en el que tuviste el primer encuentro con Allain. Te hizo sentarte en un lugar desde el que pudieras verlo. Había otro en la oficina de Codada, cuando Allain te llevó para presentártelo. Y otro más en El Arca de Noé, al lado del aula de Eloise Krolak. Había uno colgado en cada uno de los clubes. El símbolo es un bosquejo del cuadro. La intención era que fuese un mensaje subliminal —dijo Huxley, con una sonrisita—. Tal vez resultó demasiado subliminal.

—Podríais haberme hecho las cosas más fáciles. Por ejemplo, con un anónimo contándome para quién estaba trabajando.

—No. No podía ser así de fácil. Habrías querido saber quién estaba detrás de la nota. Habrías dado con nosotros.

—Pero ¿no podrías haber hecho público el asunto, simplemente, para poner fin a las actividades de Carver?

—¿Aquí? Obtendrías más resultados hablando con las paredes. Y ya sabes lo que sucedió en Canadá. No iba a dejar que se salvara otra vez.

Permanecieron en silencio. Max trató de no pensar en cómo habían jugado con él desde el mismísimo comienzo hasta el mismísimo fin, e intentó centrar la atención en el resultado positivo: que pronto estaría librando a Charlie de sus captores y reuniéndole con sus verdaderos padres. Eso era lo principal, lo importante, lo único. Al fin y al cabo, era la razón por la que había ido allí.

No sabía qué iba a hacer con Huxley.

—¿Qué pasa con Allain? —preguntó Max—. ¿Adónde ha ido?

—Vete tú a saber. No me lo dijo. Arreglamos las cuentas y ésa fue la última vez que le vi. No creo que le encuentren nunca.

—O sea, que recibiste dinero por todo esto.

—Sí, por supuesto. No quería volver a vivir de marica —asintió Huxley con firmeza—. Ya estamos bastante cerca.

Max miró el reloj. Eran las ocho pasadas. A lo lejos se veían las luces de una ciudad. Supuso que estarían cerca de la República Dominicana.

—A diferencia de ti, Max, yo no me arrepiento de nada. Vivíamos nuestras vidas, pobres pero nuestras. Nuestras, para conservarlas, nuestras, para vivirlas. Ellos nos las quitaron. Ellos me quitaron a mi hermana. Así que yo se lo quité todo a ellos. A Allain le importaban una mierda esos críos. Estaba horrorizado y asqueado por lo que hacía su padre, es cierto, pero en realidad sólo se preocupaba por él mismo. Por nadie más. Sólo quería timar a su padre, joderlo y robarle su dinero. Solía decir que lo único que vale la pena en la vida es el dinero. Nunca entendí esa mentalidad. ¿Dices que no cambiaste nada, que eres un fracaso? No deberías pensar así, Max. Mataste a unos monstruos y salvaste las vidas de los niños de los que se habrían alimentado. Lo mismo que he hecho yo.

La carretera llevaba colina abajo, más cerca de la frontera. A su izquierda, Max vio que se iban acercando a las luces de una casa.

—Charlie está allí dentro —dijo Huxley, y salió de la carretera.

CAPÍTULO

67

Carl y Ertha estaban esperándolos en la puerta. La mujer, con un vestido holgado y sandalias, era una criolla voluminosa, de edad indeterminada, con un rostro amable y delicado. La estatura de Carl era la mitad que la de ella, a su lado parecía casi esquelético. Su cabeza era demasiado grande para el cuerpo, una calabaza clavada en un palo de escoba vestido, y él hacía que resultara todavía más grande, porque llevaba una melena gris, con mechones castaños, que caía hasta los hombros. El rostro, de facciones gruesas, gastado, picado de viruelas, abotargado, de un rojo hirviente, era la facha de ebrio más clásica que Max había visto jamás. Los ojos, sin embargo, eran de un azul notablemente claro, lo que llevó a Max a pensar que había abandonado la botella recientemente y quería seguir limpio el resto de su vida.

Ambos miraron hacia el coche y sonrieron a Huxley cuando éste descendió. Entonces vieron su semblante y los rasgos se les pusieron mustios, la tristeza llenó sus rostros. La actitud hospitalaria pasó a ser tensa, hostil.

Max bajó del coche y le miraron con desprecio, sabiendo ya lo que buscaba. Le estudiaron, tratando de calarle. No se sentían amedrentados.

Huxley se percató de lo que estaba ocurriendo y no se molestó en hacer las presentaciones.

La pareja entró en la casa y los llevó a una habitación cuya puerta estaba abierta. Se hicieron a un lado. Huxley hizo a Max un gesto con la cabeza, para indicarle que entrara.

En el suelo, de cuclillas, estaba Charlie, ahora de cinco años de edad. Lo primero que buscó Max en él fueron los ojos, que eran en esencia los mismos que aparecían en las fotos, aunque un poco más grandes. Brillaban con inteligencia y recelo. Era un niño hermoso, un querubín travieso, de rasgos más parecidos a los de su padre que a los de su madre. Max esperaba encontrar a Charlie sentado sobre su cabellera, o al menos que ésta estuviera trenzada y recogida encima de su cabeza, pero el pequeño se había rendido a las tijeras. Tenía el pelo corto y peinado con esmero, con raya al medio. Llevaba unos pantalones cortos azules, calcetines blancos, zapatos negros brillantes y una camiseta de marinero a rayas rojas y blancas, con un ancla en el pecho, a la derecha. Parecía feliz, sano y muy bien cuidado, dando una imagen opuesta a la de cualquiera de las víctimas que Max había liberado jamás.

El detective se arrodilló y se presentó a Charlie. Confundido, el niño miró a Huxley, que estaba de pie detrás de Max, buscando ayuda. Huxley se arrodilló, le habló en francés —Max oyó que pronunciaba su nombre dos veces— y luego le revolvió el pelo, le alzó y empezó a jugar, haciéndole dar vueltas. Los ojos de Charlie se iluminaron y rio, pero no articuló palabra. No era capaz de hablar.

Cuando Huxley lo bajó, Charlie se arregló el pelo, hasta dejarlo tal y como estaba cuando habían entrado en la habitación. Luego siguió jugando en el suelo. Ignoró por completo a Max.

Huxley abandonó la habitación y fue a la de al lado para hablar con Carl y Ertha, que estaban de pie cerca de la puerta, mirando. Los llevó aparte, rodeando con un brazo a cada uno, hacia donde no se les pudiera oír.

Max salió para vigilar. Ertha estaba de espaldas, frente a una pared y la fotografía en blanco y negro de unos curas con sotanas negras, uno de los cuales tenía que ser Carl de joven. La mujer se mordía la mano para reprimir el llanto.

Carl tiró de Huxley para que se apartaran un poco de ella, le llevó otra vez hacia la puerta y le habló al oído, mirando por encima a Ertha. La mujer se apoyaba en la pared para sostenerse en pie.

Huxley regresó junto a Max y le habló en susurros.

—Carl acaba de decirme que lo mejor sería que nos lleváramos a Charlie ahora mismo. Si nos quedamos mucho más, Ertha se disgustará demasiado como para permitir que se vaya de aquí.

Huxley entró en la habitación y alzó a Charlie, tan repentinamente que el niño soltó el collar con el que jugaba y todas las anillas se salieron del cordón y cayeron al suelo. El rostro de Charlie se puso de pronto de un rojo brillante. Parecía muy enfadado cuando le sacaron de la habitación. Profería unos extraños gemidos, como si fuera un animal atrapado y herido.

La expresión de Charlie cambió del enojo a la confusión al pasar al lado de Ertha y Carl. La mujer hundía la cabeza en el hombro de su marido y se agarraba con fuerza a él, negándose a ver lo que estaba sucediendo. Carl acariciaba la cabeza de Ertha y tampoco miraba; los dos eran en ese momento las personas más tristes que Max hubiera visto nunca.

Charlie tendió sus brazos hacia ellos cuando Huxley atravesó la puerta con él en brazos. La boca del niño se abrió y sus ojos se clavaron primero en Max e inmediatamente en Carl y Ertha, con terror y perplejidad. El detective se preparó para escuchar el famoso grito del niño. Pero éste no llegó. En cambio, Charlie empezó a berrear como cualquier otro chico pequeño.

Salieron de la casa y Max cerró la puerta tras él. En cuanto lo hizo, oyó que Ertha daba rienda suelta a su profundo dolor. Por un instante se preguntó qué demonios hacía sacando al niño de allí, de una atmósfera saludable, alejándolo del cuidado de gente buena y cariñosa, para llevarlo a los suburbios, una cloaca abierta, al reino de su padre, el señor de la droga.

Max abrió el coche y le dijo a Huxley que pusiera a Charlie en el asiento trasero.

Huxley acomodó a Charlie en el coche y cerró la puerta.

—¿Y ahora qué?

Max extendió la mano. Huxley se la estrechó.

—Mantente alejado de las carreteras —recomendó Max—. Vincent Paul no debe irnos muy a la zaga.

—Gracias, Max.

—Adiós, Shawn... Boris, o como sea.

—Cuídate —dijo Huxley mientras se alejaba a pie hacia la oscuridad de la noche, que se lo tragó rápidamente.

Max subió al coche, puso en marcha el motor y condujo colina abajo sin mirar atrás.

Se metió en la carretera y se alejó de allí.

Sabía que no tardaría en tropezar con Vincent Paul en la carretera.

Y efectivamente, cinco minutos después, vio las luces de un convoy que se acercaba.

Al día siguiente, temprano, Vincent Paul, Francesca y Charlie fueron a recogerle.

Paul iba al volante, Max a su lado, Francesca y Charlie en el asiento trasero. Hablaban de cosas triviales, del tiempo, rumores políticos, bromas sobre los espantosos trajes de Hillary Clinton.

Charlie los ignoraba a todos. Tenía la frente apoyada en la ventanilla y se pasó todo el viaje con la mirada fija en el árido paisaje áspero y arenoso que pasaba velozmente. Max se fijó en lo largas que eran sus piernas. Saldría a su padre. Sería un hombre alto.

Francesca acariciaba el hombro y la espalda al niño, con largos y suaves mimos. De vez en cuando, mientras hablaba, le miraba larga y tiernamente. La sonrisa nunca abandonaba el rostro de la mujer.

Max se iría a Miami a bordo de un avión de la ONU. Una vez allí sería escoltado hasta la salida, sin pasar por la aduana. De pronto pensó que Vincent le pediría que le hiciera el favor de transportar droga, pero la voz de la razón rechazó enseguida tal idea, por absurda: ¿para qué iba a necesitarle de conecte teniendo a la ONU a su disposición?

El coche atravesó una entrada lateral, alejada de la terminal principal, por donde llegaron a la deteriorada pista de aterrizaje en la que esperaba un DC-10 militar. La puerta estaba abierta y habían arrimado a ella la escalerilla. El resto de la pista se encontraba vacía.

—¿Soy la única carga? —preguntó Max.

—No. Eres el único pasajero —corrigió Paul mientras apagaba el motor del coche. Se quedaron sentados, mirando el avión.

—¿Qué pasó con Chantale?

—La dejé ir. Se va a Miami dentro de unas horas.

—¿Y Gustav Carver, Codada, Eloise Krolak? ¿Qué ha pasado con ellos?

—¿Tú qué crees? —preguntó Paul con el rostro impasible—. El mundo tiene que permanecer en equilibrio; los que andan torcidos deben ser enderezados. Ya sabes cómo funciona. —Max asintió con la cabeza. Sí, lo sabía—. ¿Qué vas a hacer con tu vida, en Miami?

—Tengo cosas que equilibrar en mi mundo, cosas que enderezar.

—Bueno, Gaspésie ha huido. —Paul miró fijamente a Max desde el fondo de sus órbitas hundidas—. Y, por supuesto, Allain también se ha fugado. ¿Quieres el trabajo? ¿Los buscas?

—No, Vincent, deberías dejar las cosas como están. El asunto ha terminado bien para ustedes tres. Tienen de nuevo a Charlie sano y salvo. Se tienen los unos a los otros. Deberían dar gracias al cielo. La mayoría de las veces las cosas no terminan de esta manera. —Paul no hizo ningún comentario; sólo miró hacia la pista—. ¿Y tú? —preguntó—. ¿Qué vas a hacer?

—Estoy pensando en cambiar el modo de hacer algunas cosas. —Paul miró hacia atrás, a su familia, y sonrió.

—Bueno, ahora el imperio de los Carver es tuyo —dijo Max—. Una pena que el viejo cabrón no viva para verlo.

—¿Crees en Dios, Max?

—Creo, sí.

—Entonces Gustav está viendo todo lo que pasa desde el infierno.

Ambos rieron al mismo tiempo. Francesca no se les sumó. Charlie siguió mirando por la ventanilla.

Bajaron del coche.

Dos grupos de guardaespaldas de Paul, que venían en sendos todoterrenos y que los habían seguido todo el camino, se detuvieron cerca. Paul caminó hacia ellos, dejando a Max solo con Francesca y Charlie.

El detective se dio cuenta de que no había hablado con Francesca desde la noche en que ella había ido a verle a la casa. Ahora pensó que Vincent Paul seguramente la llevó allí justo antes de salvarle la vida en la calle.

—¿Y usted? —preguntó a la mujer.

—¿Y yo, qué?

—¿Está conforme? ¿Se va a quedar aquí?

—¿Por qué no? Es mi hogar. Para lo bueno y para lo malo. —Rio y rodeó con sus brazos los hombros de Charlie. Entonces, una sombra cruzó su rostro—. ¿Va a contar algo sobre mí?

—No se preocupe por eso —respondió Max.

Miró a Charlie, que le devolvió la mirada, con los ojos fijos en su mentón. Max se agachó para ponerse a la altura de los ojos del pequeño.

—Hasta la vista, Charlie Carver.

—Dile adiós a Max —dijo Francesca, moviendo la mano de Charlie.

El detective sonrió al niño.

Charlie correspondió con otra sonrisa.

—Cuídense. —Max revolvió el pelo al niño. Inmediatamente, éste levantó las manos y se peinó tal y como lo tenía antes.

Francesca le abrazó y le besó en la mejilla.

—Gracias, Max.

Se encaminó hacia el avión, al pie del cual Paul miraba a dos de sus hombres, que subían a bordo sendos petates militares.

—¿Eso es lo que creo que es?

—No —respondió Paul—. Ni soñando haría eso. Es algo para ti.

—¿Qué es?

—Veinte millones de dólares. Diez en nombre de los Thodore, por el regreso de Claudette sana y salva, y el resto de parte nuestra, por devolvernos a Charlie. —Max se quedó pasmado—. La razón por la que viniste la primera vez fue el dinero. La razón por la que volviste fue nuestro hijo, y eso es algo que no se puede pagar con todo el dinero del mundo.

—No sé qué decir —balbuceó finalmente Max.

—Di *au revoir*.

—*Au revoir*.

—*Au revoir, mon ami*.

Se estrecharon la mano.

Paul se encaminó hacia donde Francesca y Charlie permanecían de pie.

Max subió por la escalerilla de pasajeros. Cuando llegó arriba, se dio la vuelta y saludó con la mano a los tres.

Max miró Haití por última vez, las montañas bajas, el cielo bajo, el aire completamente seco, la vegetación rala. Le deseó buena suerte, la mejor. No creía que volviera a verlo jamás. En buena medida deseaba que así fuera.

EPÍLOGO

En el aire, contó el dinero: veinte millones de dólares en billetes de cien.

No pudo resistirse. Tenía que verlo.

Cogió un fajo de billetes. Retiró la banda de papel que los rodeaba y se desparramaron por el suelo.

Todavía estaba demasiado atónito para reaccionar. Nunca había visto semejante montón de dinero, ni siquiera en alguna redada de drogas.

Deslizó un par de billetes en su cartera, recogió el resto y lo guardó en el petate. Miró el otro.

Más dinero, y un sobre blanco con su nombre.

Lo abrió.

Era una foto. Apenas reconoció lo que se veía, dónde y cuándo había sido tomada, y entonces se acordó de la última vez que había estado en La Coupole, del misterioso flash cuyo origen nunca descubrió.

Max aparecía de pie, mirando directamente a la cámara, con un vaso de ron en la mano y aspecto de estar cansado y borracho. Una de las dos prostitutas que le habían abordado estaba cerca de él, a su izquierda; la otra se salía casi totalmente del encuadre.

Junto a ella, apuntando a la cabeza de Max con una pistola y una enorme sonrisa en el rostro, estaba Solomon Boukman.

Max miró detrás de la fotografía.

«Me das una razón para vivir», ponía, con las mayúsculas inconfundibles de Boukman, iguales a las de la nota que habían encontrado en su celda en la cárcel.

El corazón de Max empezó a latir a toda velocidad.

Recordó que había encontrado el seguro de la pistolera quitado. Volvió a mirar la foto. Boukman le apuntaba a la cabeza con su Beretta. Podría haber apretado el gatillo. ¿Por qué no lo hizo?

«Me das una razón para vivir».

En ese instante, un escalofrío le recorrió el cuerpo. Se quedó frío como el hielo.

Había una nota de Paul dentro del sobre.

Max: encontramos esto en la villa en la que te alojabas, sobre la almohada. Se nos escapó. No te lo dije entonces a causa de lo que estaba ocurriendo. Le estamos buscando. No te preocupes. No volverá a escaparse. Cuídate. VP.

«No, no lo harás. No le cogerás», pensó Max. «Deberías haberle matado cuando tuviste la oportunidad».

Max volvió a mirar la foto y estudió el rostro de Boukman. Volverían a encontrarse, lo sabía, no mañana, ni siquiera pronto, pero sí alguna vez, tarde o temprano. Era inevitable; sencillamente, algunas cosas son así. Tenían un asunto pendiente.

Nochebuena.

Max salió andando del aeropuerto de Miami y encontró un taxi. Puso los petates en la parte trasera y subió.

—¿Adónde vamos? —preguntó el taxista.

Max no había pensado ni por un momento en el próximo paso. Barajó la posibilidad de volver al Radisson, tal vez durante una semana, para poner orden en su cabeza y arreglar algunas cosas.

Entonces se lo pensó mejor.

—A casa —dijo Max, y le dio al conductor la dirección de su domicilio en Cayo Vizcaíno—. Lléveme a casa.

AGRADECIMIENTOS

Deseo dar las gracias especialmente a mi agente, Lesley Thorne, por su increíble compromiso y apoyo, y a Beverley Cousins, mi editora, por su aliento.

Y a aquéllos sin los cuales...

Mi padre; los Mighty Bromfields: Cecil, Lucy, Gregory, David, Sonia, Colin, Janice, Brian y Lynette; Novlyn, Errol y Dwayne Thompson; Tim Heath, Suzanne Lovell, Angie Robinson, Rupert Stone, Jan y Vi, Sally y Dick Gallagher, Lloyd Strickland, Pauli y Tiina Toivola, Rick Saba, Christine Stone, Robert y Sonia Philipps, Al y Pedro Díaz, Janet Clarke, Tomas Carruthers, Chas Cook, Clare Oxborrow, Michael 'und die Familie' Schmidt, Georg 'und die Familie' Bischof, Haarm van Maanen, Bill Pearson, Lindsay Leslie-Miller, Claire Harvey, Emma Riddington, Lisa Godwin, Big T, Max Allen, Alex Walsh, Steve Purdom, Nadine Radford, Simon Baron-Cohen, Marcella Edwards, Mike Mastrangelo, Torr, Seamus «The Legend» y Cal de Grammont, Scottish John, Anthony Armstrong Burns de E2, Shahid Iqbal, Abdul Moquith, Khoi Quan-Khio, 'mon frère' Fouad, Whittards y Wrigley's.

...¡Gracias!

El autor tiene también una profunda deuda de gratitud con la dirección y el personal de Tres Escritores que Pierden Dinero, calle Ocho, Miami, Florida. Gracias, amigos, qué bueno es estar en casa.

LA MUERTE DEL PAPA

Luis Miguel Rocha

Y en cuanto a usted, Señor Patriarca, la corona
de Cristo y los días de Cristo.

Año 1978. El 29 de septiembre, el mundo se despierta sobresaltado con la noticia de la repentina muerte del Papa Juan Pablo I, elegido Sumo Pontífice apenas treinta y tres días antes. La reacción oficial del Vaticano ataja de forma expeditiva cualquier duda que pudiera plantearse sobre la causa de tan inesperado suceso: el Papa, hombre de salud delicada, ha sufrido un ataque al corazón.

Año 2006. La periodista Sarah Monteiro vuelve de vacaciones a su casa de Londres. Allí le está esperando un sobre en el que se encuentran dos extraños documentos: una lista de nombres y un mensaje cifrado. A partir de ese momento su vida correrá un grave peligro y se irá viendo inmersa en la vorágine de una trama en la que están implicados príncipes de la Iglesia sin escrúpulos, políticos corruptos y mercenarios dispuestos a vender su alma al mejor postor.

Para muchos, ha llegado el momento de la verdad: ¿qué pasó realmente durante los breves días del pontificado de Juan Pablo I? ¿Qué planes se truncaron tan abruptamente aquella fatídica noche? En suma… ¿a quién podía beneficiar su desaparición?

EL JARDÍN
DE LAS FIERAS

Jeffery Deaver

El protagonista de esta historia es Paul Schumann, un matón de la mafia de Nueva York conocido por su sangre fría y su «profesionalidad».

Sin que él lo sepa, está en el punto de mira de los servicios secretos de su país: acorralado, tendrá que escoger entre pudrirse en la cárcel o aceptar un «trabajo» prácticamente imposible: asesinar al lugarteniente de Hitler que está dirigiendo el plan para rearmar Alemania.

Pero cuando Schumann llega al Berlín de las olimpiadas del 36, los bien trazados planes del Gobierno de Estados Unidos comienzan a torcerse: el mejor y más implacable detective de la policía alemana se pone tras la pista del sicario americano.

A medida que se va desarrollando la trama, las sorpresas se suceden para el lector hasta llegar a un final inesperado.

Como dijo la crítica americana: «Un Deaver de primera», lo que significa «entretenimiento de primera en estado puro».

Vudú se terminó de imprimir en abril de 2007, en Grupo Caz, Marcos Carrillo 159, Col. Asturias, c.p. 06850, México, D.F.